# 荆三林文集

王星光 主编

中州古籍出版社
·郑州·

图书在版编目（CIP）数据

荆三林文集/王星光主编.—郑州：中州古籍出版社，2019.10
ISBN 978-7-5348-8559-4

Ⅰ.①荆… Ⅱ.①王… Ⅲ.①荆三林（1916—1991）－文集 Ⅳ.①Z427

中国版本图书馆CIP数据核字(2019)第058459号

责任编辑：吕兵伟
责任校对：米　敏
出版社：中州古籍出版社
（地址：郑州市郑东新区祥盛街27号6层　　邮政编码：450016）
发行单位：新华书店
设计制作：河南蘭亭設繪包装有限公司
承印单位：郑州印之星印务有限公司
开本：787mm×1092mm　1/16　　印张：39.5
字数：600千字　　　　　　　　　　印数：1—1500册
版次：2019年10月第1版　　　　　　印次：2019年10月第1次印刷

定价：146.00元
本书如有印装质量问题，由承印厂负责调换

"中原历史文化"研究丛书第6-1-2卷

本书获郑州大学中原历史文化一流学科经费资助

获河南省优势特色学科建设工程一期建设学科"中原历史文化"

特色学科群经费资助

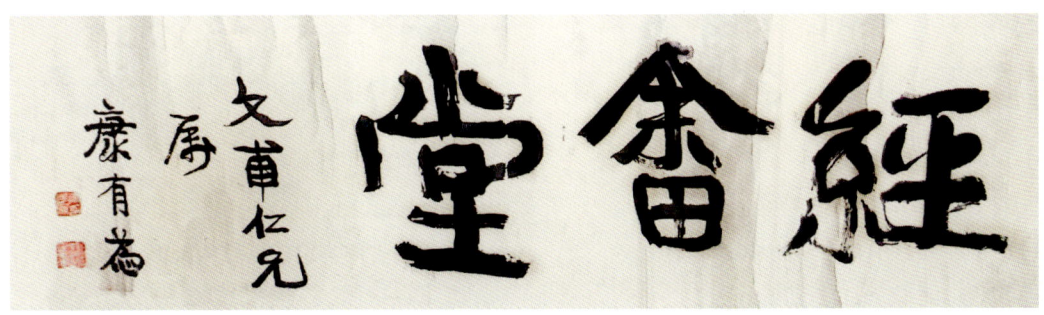

康有为先生为荆三林之父荆文甫老先生题词

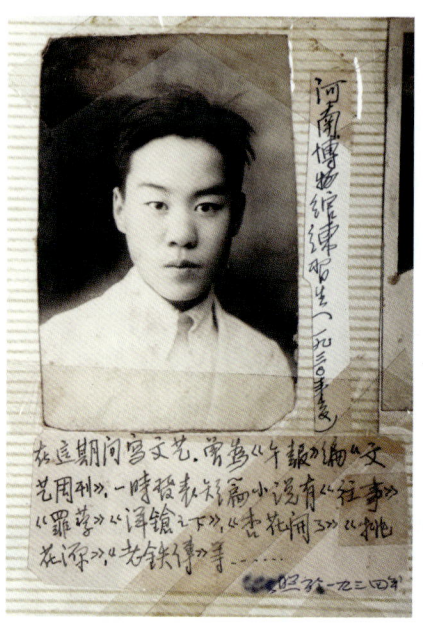

1929年在开封中州中学初中一年级留影

1930年在河南省博物馆任练习生留影

1935年升任河南博物院研究员留影（上），1936年与友人合影于博爱（下）

1935年与原配王玉梅女士合影

1938年任荥阳中学教员时留影

1940年任《学术评论月报》主编时留影

1942年任大学教授时的照片

1942年任国立社会教育学院图博系教授留影

1944年在革命根据地留影

1946年任兰州大学教授时与中原学会会员合影

1947年任西北大学教授时留影

1948年于西安

1949年在沈阳全家合影

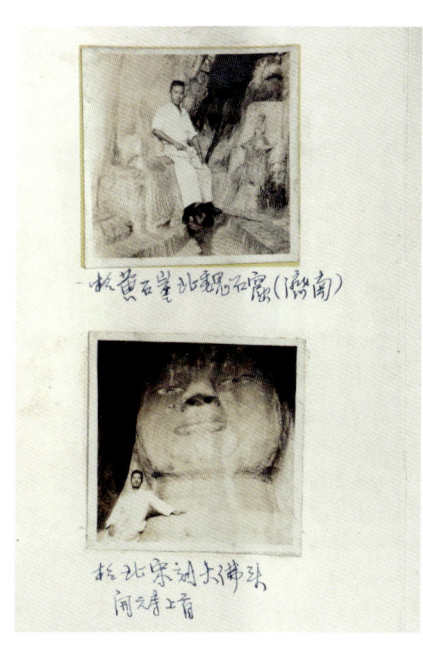

20世纪50年代在山东

1951年任厦门大学教授时的书房

1951年任厦门大学教授时全家合影

1956年于洛阳白马寺

1956年在书房学习

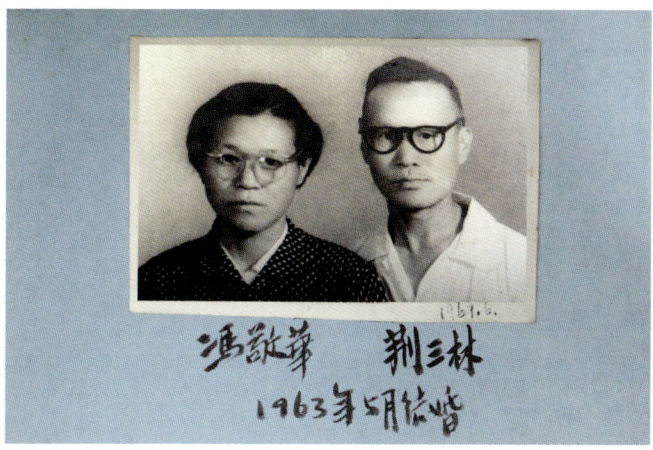

1963年与冯敬华女士结婚照

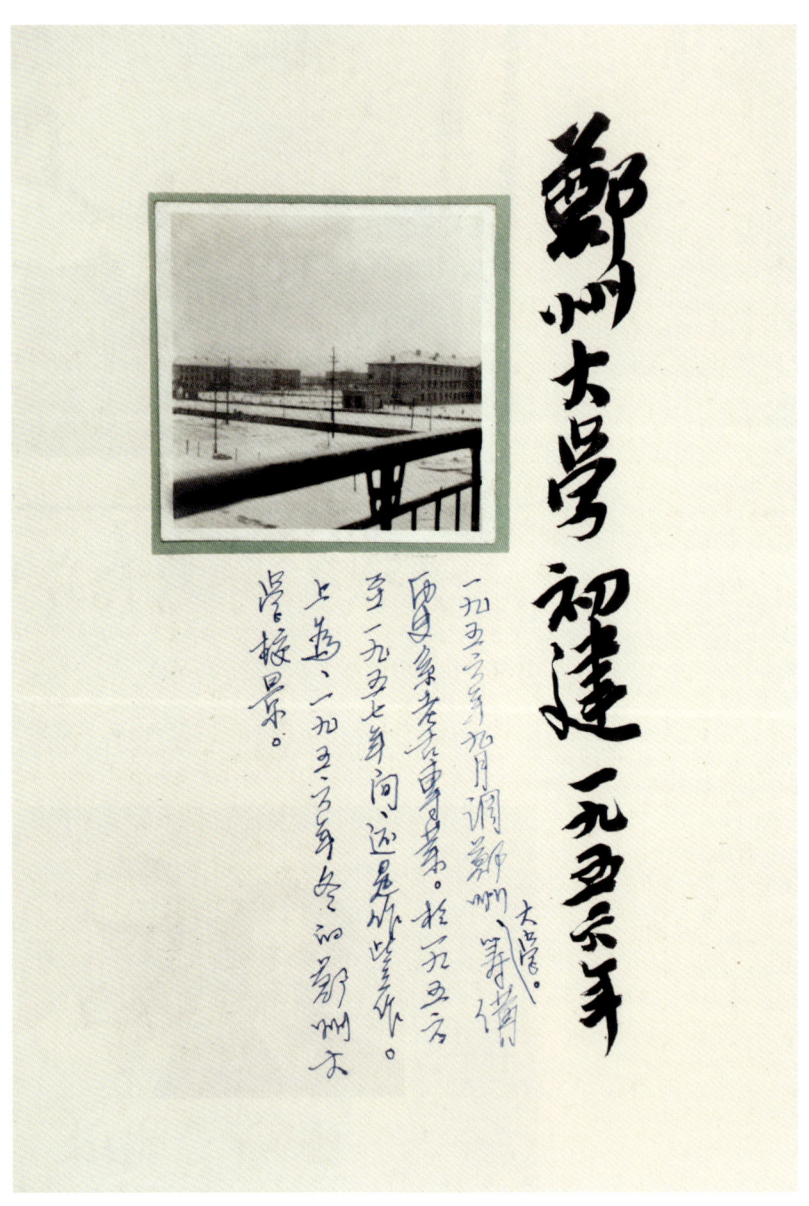

荆先生拍郑州大学初建雪景

有照像机、随时拍摄、得十有三帧、集为一册、时而晤之、犹如亲晤、异赋二律并行，古体诗一首，以送纪念云耳。诗曰：

妙龄情深心相连、山光水色胜当年。三月驿马秦山道、艳阳风雨芳团园。北郭园林爱婵声、南京花首听杜鹃、良田元际兆丰收、逾兴正浓渡湘川。拾级走向长城云霄、松之山遥望兰娘享、长亭滨酒离别意、明日景物是中原、寄语二影集书长在、勉君努力加餐食。

二〇一九三九于金水河畔。

1973年荆先生手迹

1973年全家福

1976年60岁留念

1977年春考察荥阳等慈寺遗址

1978年62岁留影　　　　　　　　　　　　1978年平反后的感慨并留影

20世纪80年代外出考察

1980年代在嵩阳书院

1980年荆先生作学术报告

## 郑州大学稿纸

发展史"，是在历史教学和研究的重点转移到面向四个现代化建设的实际时开设的。对于论证生产力的发展和劳动人民的历史作用，至为重要。学时一年，每周四小时。荆教授收集的"中国科学技术史"的课是始于1943年。在48年团参加革命工作时，问卷表示"决心在党的领导下，为中国古代劳动人民在生产工具及生产技术的创造发明的伟大成就而考古终生"。在1957年出版过"中国生产工具发达简史"。经过二十年，为青年讲授好这门课，重新写成一册近三十万字，插图500幅的"中国生产工具发展史"（81年即由福建人民出版社出版）。这门课的情况，新华社在79年10月9日发出报导后，接到很多来信和电话，都鼓励、支持和建议。

在教研之外，还带领学生出历史教学外的实习。第一次在古荥路城址。第二次沿陇海铁路我们不露，专史迹。第三次是新郑的裴李岗古城大隆新石器时代遗址。第四次是辉县宋陵。还不断招收学生的毕业。平均每学期近四班教课外，还指导一个"中国史历史研究组"的科学研究。该组集体编写了一册"农业博物馆农具史陈列的构思、断代描分类"专册。并写出多篇论文。已获组织参加了在南京的中国农史研究会、黎阳农业文献将作学讨会武汉大会的论文。

1981年65岁时钢笔手迹

1982年于重庆原国立社会教育学院旧址留影一

1982年于重庆原国立社会教育学院旧址留影二

1982年于重庆原国立社会教育学院旧址留影三

1983年于贵阳留影

1983年于昆明留影

1983年于昆明西山华亭寺留影

1983年于重庆留影

1983年于重庆纪念留影

1983年于贵州师范学院留影

1983年于重庆留影

1983年与杨宽先生、王锦光先生等合影于昆明石林

1983年于重庆报告会合影

1983年在重庆自然博物馆做学术报告时留影

1983年与撒尼族导游合影于昆明

1984年与傅振伦教授和王星光于荥阳留影

1984年与北大冯友兰先生合影

1986年与王星光于黄山合影

2014年清明节王星光教授和夫人魏洛霞女士率郑州大学科技史博士生等祭奠荆先生时合影

坐落在荥阳浮戏山中的荆三林先生墓，其右侧碑铭为其学生所题："学界先哲，一代良师"

# 序

　　荆三林先生（1916.3—1991.3）是我国著名的考古学、博物馆学和生产工具史学家。先生1916年3月7日出生于河南省荥阳县王村乡段坊村。自幼随其父亲——晚清拔贡荆文甫先生读书，1930年9月到开封私立中州中学学习。次年到河南博物馆当练习生，参加整理河南史迹及文物资料，开始学习考古学、历史学、人类学、博物馆学、科技史等学科知识。1934年2月在南京《建国月刊》发表第一篇学术论文《易经时代中国社会情况之讨论》，后发表《安特生彩陶分布说之矛盾》等论文，1941年出版《博物馆学大纲》等著作，在学术界产生很大影响。其间加入中国博物馆协会，进行考古考察研究，升任河南博物馆馆刊编辑，兼河南通志馆编辑，并主编《考古学周刊》。1940—1941年与马非百、何士骥、李俨等创办学术评论社，出版《学术评论月报》。由于研究成果突出，曾获中英科学奖金。1942年春"中央学术审议会"通过他的教授资格，旋被聘为国立社会教育学院（因战时迁往重庆）图书馆、博物馆学系教授。1945年任西北大学教授，后曾任兰州大学、西北师范学院教授。1948年6月投奔解放区，先后任职于中州农民银行及东北商业专门学校（设在沈阳）。1950年任厦门大学历史系教授。为筹建郑州大学，先调往山东师范学院任教，1956年调入郑州大学，任历史系教授兼历史文物陈列馆筹备处主任，为郑州大学文物陈列馆文物的搜集、陈列做出了贡献，并着力筹建考古学及博物馆学专业。1957年被划为"右派"，直至"文化大革命"期间受到严重迫害。1978年平反昭雪以后，恢复教授职务，以顾问名义积极参与考古专业及考古教研室的筹建。先后开设考古学通论、博物馆学、中国生产工具史、河南史迹研究专题等课程，并指导学生成立中国生产工具史研究小组。1983年招收中国科技史方向硕士研究生。他以教书育人为己任，日夜操劳，诲人不倦，深受学生爱戴。

　　荆先生一生笔耕不辍，出版著作10余部，发表论文300余篇。主要著作有《史前中国》《西北民族研究》《博物学大纲》《近代中国经营边疆史》《中国石窟雕刻艺术史》《考古学通论》《中国生产工具发展史》等。他在考古学及古人类学、博物馆学、中国生产工具史及科技史、旅游学、河南地方史及历史文化遗产等学术领域,都提出有富有创建的精湛见解。在考古学上,他针对当年"中国文化西来说"进行田野考察,得出中原为中华文化的源头,中原远古文化传至西北甘肃,沿黄河河谷西行至中亚细亚,提出建立"新的历史系统之中心"的观点。并对东北古代民族进行体质人类学的深入研究,认为东北古代先民及文化与中原地区有着密切的联系,东北古代民族与汉族存在着同出一源的可能性;并指出东北古代人类与朝鲜人类在种族体质上也是一个系统。这些见解多为后人所认可和证实。荆先生在1942年在受聘于国立社会教育学院讲授考古学通论课程时,就自编讲义,后在西北大学、厦门大学等高校任教时,又对《考古学通论》多次修订,1955年由高等教育出版社印行为交流讲义,这是我国最早的考古学通论类专著之一,共石印一次,油印8次,铅印3次,对考古学知识的传播产生了深远的影响。他的《中国石窟雕刻艺术史》编写于1958年,是我国最早的将考古学与石窟艺术相结合的研究专著。而他编著的《博物馆学大纲》于民国三十年(1941)由中国文化服务社出版,是我国最早的博物馆学专著之一,对推动我国博物馆学的早期发展、培养博物馆专业的高级人才发挥了重要作用。在科技史领域,他在我国率先开展中国生产工具史研究,1955年出版了《中国生产工具发达简史》,后又修订扩展为《中国生产工具发展史》,开辟了科技史研究的新方向,受到国内外学者的高度评价。荆先生重视中原历史文化的研究,曾编写有《汴京史迹考》《河南历史物质资料研究》等专著,是中原历史研究的珍贵成果。他还将考古学、历史学研究与现实的旅游开发相结合,在郑州黄河游览区、荥阳和新密等的浮戏山旅游区的筹划和开发中,做出了不可磨灭的贡献,至今仍受到人们的怀念。

荆三林先生取得的学术成就是留给后人的宝贵财富,值得加以整理以被人们了解、学习和弘扬。作为荆先生培养的唯一的研究生,我留校后一直在郑大从事中国科技史及古代史等的教学科研工作,深感责任之重大。在2015年提出了编纂《荆三林文集》的计划,得到了郑州大学历史学院时任领导韩国河教授、安国楼教授等的大力支持。我即组织我的研究生们投入了繁杂的搜集论文资料、数字化录入处理等项工作。为了尽量将荆师的文章搜集齐全,除了在网上查阅和到郑州、开封等地的图书馆查找外,还派人奔赴北京、西安等地的图书馆、档案馆搜寻文献资料。尽管如此,由于年代久远和时间所限,搜集到的论文资料远不齐全,仅约为荆先生发表论文的四分之一,编入本文集的文章共60余篇,分为考古学及博物馆学研究篇、科技史研究篇、历史研究篇、旅游及文化遗产研究篇等大类,并附有荆三林先生论著目录,以便了解先生一生学术研究成果的概貌。先后参与资料搜集和文章录入等项工作的研究生有史琦、李瞬宇、王玉宗、王婕妤、李勇、付裕、窦真、郭云奇、王垚琪、于格、秦闯、马思源等。尤其是博士研究生宋先杰作了大量的编排校对工作。荆三林先生的长子荆金城、女儿荆季苹、外甥女刘淑欣等提供了先生不同时期的部分珍贵照片。中州古籍出版社王小方、吕兵伟等编辑为本文集的出版付出了辛勤劳动。本书的出版得到了郑州大学"河南省特色学科——中原历史文化学科群"和郑州大学"一流"建设学科——中原历史文化的大力支持。在此,我对各位领导、同学和师友们的大力支持和辛勤付出表示衷心的感谢!

在文章整理时,因先生所处之时代为白话文之肇兴发展期,部分文字、标点与今之标准不甚相合,为保持荆师语言风格仅修改有碍阅读理解处,余则以原文为准,尽量保持其当时学术语言特色。由于时间较紧、水平所限,文集整理工作中难免有这样和那样的不足,敬请读者不吝赐教。

王星光<br>
2018年元月27日

# 目 录

## 第一篇　考古学与博物馆学研究

从秦王寨出土着色陶器上对安特生及阿恩之质疑 …………………………… 003
河南古人类遗址之新发现 ……………………………………………………… 010
考古学知识讲座
　　——三十二年于国立社会教育学院 ……………………………………… 015
考古学知识讲座
　　——考古学之意义 ………………………………………………………… 022
敖仓故址考 ……………………………………………………………………… 026
中国历代对古迹古物之研究与保存 …………………………………………… 033
安特生彩陶分布说之矛盾 ……………………………………………………… 037
邙山陵地带之历史价值 ………………………………………………………… 046
东北古代民族体质人类学的比较研究 ………………………………………… 050
长春近郊伊通河流域史前文化遗迹调查报告 ………………………………… 092
济南近郊北魏隋唐造像 ………………………………………………………… 111
关于济南近郊北魏隋唐造像的补充意见 ……………………………………… 118
神通寺史迹初步调查记略 ……………………………………………………… 124
神通寺龙虎塔的造型与年代 …………………………………………………… 140
对"在长春伊通河畔田野考古调查"一些问题的商榷 ……………………… 144
汉纪信冢及其有关历史物质遗存 ……………………………………………… 148

河南巩县石窟寺北魏伎乐浮雕初步调查研究……177
荥阳故城址沿革考（附论冶铁遗址的年代问题）……197
论冶铸遗址的年代……204
郑州故城址时代问题商榷……207
再论郑州故城址的年代
　　——答杨育彬同志……215
关于"裴李岗文化"问题……223
敖仓故址再考……228
试论殷商源流……235
浮戏山长城遗迹——魏乎？郑韩乎？……248
还我郑国长城
　　——壬子2358年祭代《荥阳郑氏》序……250
《明太祖实录》徐达所收浮戏山诸寨遗址考……257
民俗博物馆在现代中国之重要性……266
地方博物馆之目的与组织……271
科学博物馆之功用及其组织——对政府的一个建议……275
浮戏山古城堡群的发现及建立"中国军事建筑工程历史博物馆"倡议书（草案）……291

## 第二篇　科技史研究

十一——十九世纪中国在牵引钩上的发明创造与农机的改进……305
孔子思想与科学技术的发展……315
中国古代农具史分期初探……332
中国古代的覆种工具……339
博爱耕织图石刻剖析……342
中国生产工具发展史导论……352
清人陈玉璂《农具记》浅识……364

## 第三篇　历史研究

《易经》时代中国社会情况之讨论
　　——批评郭沫若的《中国古代社会研究》和
　　　王伯平的《易经时代中国社会之结构》……………… 372
中国古代社会中心是女系乎？男系乎？…………………… 389
中华民族之史的结构………………………………………… 402
改造中国民族性应以改造风气为中心论
　　——与张君俊论中国南北之民族性并论中国民族之改造问题………… 413
"易"之名义及其源流………………………………………… 426
《唐昭成寺僧朗谷果园庄地亩幢》所表现的晚唐寺院经济…… 431
荥泽水利工程与郑州地区古代人文地理发展的历史关系…… 441
鉴别古钱中的几个问题……………………………………… 467

## 第四篇　旅游与文化遗产类

黄河游览区黄河河道的变迁………………………………… 474
浮戏山地理考
　　——汜水源头名胜史迹初步调查研究………………… 480
浮戏山历史考………………………………………………… 488
浮戏山史迹考（附文物）…………………………………… 495
浮戏山祠庙考………………………………………………… 506
浮戏山杂考…………………………………………………… 514
附：浮戏山盛景佳叙之一…………………………………… 524
倡议建立汜源公园（草案）
　　——郑州最大的一个天然游乐场所…………………… 529
徐达与浮戏山………………………………………………… 535

鬼谷考…………………………………………………………………… 537

河南密县尖山乡神仙洞历史溯源………………………………………… 542

嫦娥与浮戏山……………………………………………………………… 556

浮戏山神仙洞景区的古今传说及观光线路……………………………… 558

黄帝文化及倡建黄帝文化学会的旨趣…………………………………… 566

## 附 录

毕生追求学术　风范永存人间
　　——缅怀荆三林教授………………………………………………… 582

荆三林先生著述目录……………………………………………………… 587

# 第一篇

## 考古学与博物馆学研究

# 从秦王寨出土着色陶器上对安特生及阿恩之质疑

阿恩（Arne）在其所著《河南石器时代之着色陶器》[1]一书，其材料除河南渑池县仰韶村及不召寨之出土的陶器之外，大批的就是河南河阴县（即今之广武县）秦王寨及池沟寨所出土的着色陶器。秦王寨在广武陵上，临近黄河，据安特生之研究，认其为新石器时代遗址，与仰韶同时[2]，仰韶是世人所共注意及的一个新石器时代遗址，所以秦王寨同时也成为考古学家所注目的地方。连年皆有中外人士到那里去采掘古物[3]，民国二十五年七月间，我因为研究着色陶器的关系，曾几次到秦王寨去，采集到不少陶片，对遗址也略略加以研究，结果对安、阿二氏的研究，发生了许多疑问。今以所出土的陶器本身作为出发点，来对他提一个体系的批评。这个问题，是关系着现代整个中国的历史，所以不得不过分的小心。近二十年来，出

---

[1] 该书收入北平地质调查所地质汇报丁种第二号。编者注：该书作者又译为阿尔纳（T.J.Arne）瑞典古生物及考古学家。

[2] 民国九年（1920）刘长山自河南带往北平石器数百件，至民国十年（1921）安特生［Andersson］袁复礼等至河南渑池县仰韶村开始发掘，得石器，骨器，釉陶器及彩陶等古物甚多，安氏因其发掘地点在仰韶的关系，随因其地名而定此时期为仰韶时期——详安氏著《中华远古之文化》。

[3] 同时安、袁二氏至河南河阴县的秦王寨，所获得的陶器及其他遗物完全与仰韶相同——此项资料皆收入阿恩所编之《河南石器时代之着色陶器》中。自民国二十二年（1933）以后连年河南博物馆及河南古迹研究会皆派人到此地搜集资料。

土彩陶的地方，除秦王寨及仰韶村外，尚有沙锅屯[1]、新店[2]、齐家坪[3]、马厂沿[4]、西阴村[5]、荆村[6]、殷墟[7]、新疆[8]、宁夏[9]各地。出土彩陶亦颇多。专门研讨这种着色陶器的著作，除上述阿恩之大著外，比较重要的为安特生之《中华远古之文化及甘肃考古记》等。而外如《奉天锦西县沙锅屯之洞穴层》、《西阴村史前之遗存》、《长征记·安阳发掘报告书》、《西游日记》、《城子崖》等著作中，皆涉及彩陶，彼等对彩陶之时代的判定皆不一：安特生及阿恩认其时代当在新石器时代末期，合纪元前两千五百年至四千五百年左右，徐中舒氏则云："当为夏代遗物。"若按安特生之说，约合中国神话之中黄帝时代，这一种说法，已为一般人所采用了。

安特生所判断年代的根据是遗址的地址及和其他着色陶器之比较。对该陶器

---

[1] 沙锅屯在奉天（辽宁省）锦西县，民国十六年（1927）为安特生及白万玉等所发掘，探得彩陶五块，与仰韶者相同。

[2] 在甘肃姚沙县，亦为安特生所发见，民国十年（1921）至十四年（1925）安氏在此地采掘彩陶甚多，其花纹有回纹，旋纹及犬羊兽形纹，龙形，人形，齿轮形花纹。安氏定此期当在纪元前一千五百年到三千五百年之左右，亦为新石器时代遗址，定名为"新店期"。

[3] 在甘肃姚沙县，亦为安特生所发见，民国十年（1921）至十四年（1925）安氏在此地采掘彩陶甚多，其花纹有回纹，旋纹及犬羊兽形纹，龙形，人形，齿轮形花纹。安氏定此期当在纪元前一千五百年到三千五百年之左右，亦为新石器时代遗址，定名为"新店期"。

[4] 在甘肃姚沙县，亦为安特生所发见，民国十年（1921）至十四年（1925）安氏在此地采掘彩陶甚多，其花纹有回纹，旋纹及犬羊兽形纹，龙形，人形，齿轮形花纹。安氏定此期当在纪元前一千五百年到三千五百年之左右，亦为新石器时代遗址，定名为"新店期"。皆参阅安氏著甘肃考古记：北平地质调查所地质报丁种。

[5] 西阴村在山西夏县，民国十七年（1928）经李济，袁复礼等往发掘，采得着色陶器甚多。其着色方法：1.为先着色衣，复着色彩；2.为将彩施于陶骨之上，大半皆黑色花纹。此项资料皆收入李济等著之《西阴村史前之遗存》中。

[6] 在山西万泉县，民国二十年（1931）为卫聚贤等所发掘。

[7] 在河南安阳县小屯村，为殷代之遗址，内亦掘得有同仰韶期形状之彩陶。

[8] 民国十六年（1927）至二十二年（1933）间，西北科学考察团，在新疆、甘肃、宁夏一带采集资料，亦获有彩陶许多。而外，民国二十五年（1936）所发掘之门鸡台遗址，亦获得有彩陶，其他各处甚多发现，不多赘述。

[9] 民国十六年（1927）至二十二年（1933）间，西北科学考察团，在新疆、甘肃、宁夏一带采集资料，亦获有彩陶许多。而外，民国二十五年（1936）所发掘之门鸡台遗址，亦获得有彩陶，其他各处甚多发现，不多赘述。

的本身并无多大研究,即肯定其年代,这样自然不免有点武断。因为一件东西之生产,自有其本身的用途和时代及自然的背景,这一点是必须先加考察,不能即根据他的出土地方的地质或其他东西的比较而即肯定的！安特生的第一种根据为彩陶出土的地方之地质。第二是比较苏萨与亚诺的古陶。第三是欧洲其他的新石器时代之遗物与该地遗物之比较。翁文灏先生对此颇为相信,他说:"前述(即安特生之证明)从俄国、波斯所得陶器比较所得。仰韶时代大致不误,则仰韶一部分及马厂期或已唐尧时代,仰韶陶器,精美绝伦,尧号陶唐或即为陶器盛行之证,如是则新店、寺洼、沙井三期,应即在虞夏之时,或且竟在夏商之间。"[1]翁文灏先生的说法,他并没有一点加以研究,是不负责任的话。尧舜之为人为神,还是一个大问题,[2]自无引证必要。

从上述,可注意的疑问,即发生四项,今且分别予以提出,以作研究着色陶器之出发点:

第一,只靠地质是否即可作证据而肯定陶器时代?——秦王寨之地质[遗址]如何?自为另一个问题,即使认为尚有一部分可信,但是,着色陶器或陶片在秦王寨者,据本人所知,是顺山崖及山巅地面上到处皆可发现,据土人之传说:"为昔某次大乱,他处人民逃上该寨,所带来的许多陶器。"秦王寨之自然形式,确甚险要。河南县志载:"秦王李世民曾屯兵于此,故得名。"[3]按《唐书》所载秦王擒窦建德处在牛口峪,[4]距此迫近与秦王屯兵于此,颇有可能性,而此项陶器之纹样,及涂粉情形,皆与唐代器物之纹样及涂粉情形相似,应有直接的历史上的关系存在。况,即使说,秦王寨之地质甚古,灰土坑为古人类之洞穴,但在同一处所发现之器物亦不一定即认其为同时代的东西。从秦王寨的发掘结果,我们应当提出下列几点问题:

1.此项陶片并不在较深之下层,且所谓之遗址亦在地面上,因此,不论如何,后人之器物定有投入之可能性。

2.在同一遗址中,尚有瓷片及带釉之陶片、铜铁片之发现,即可证明内中器物已经混乱。

---

[1] 《科学》第十一卷第六期翁文灏著《近十年来中国史前时代之新发现》。
[2] 《史学》荆三林著《中国古代神话之产生及流变》。
[3] 河阴县志及汜水县志。
[4] 参阅《唐书》。

3.秦汉时代之器物,在秦王寨及其附近各地,皆可随时发现,且为大宗。或为秦汉时代之遗址。

4.从各地发掘情形来说,有在最近代之遗址中发现石器者[1],同时在最古之遗址中,亦可发现最近之遗迹遗物,可见地层之不断变动,或因人类关系而时加混乱。

由上面四种理由,虽不能说地质遗物不发生关系。但是不能完全以地质的情形来肯定遗物的一切。把话说回来,是"要想肯定一种遗物的时代,一定得根据遗物的本身而断定,绝不能只因为遗址的关系而即加以肯定"。

第二,比较国外遗物是否可作该着色陶器之证明?——安特生博士之肯定着色陶器为石器时代遗址之主要理由,就是因为此项陶器颇似欧洲石器时代遗址中的古彩陶,故判断其为石器时代之遗物。这样似乎太武断。——他所根据之彩陶的本身,是否即为石器时代的遗物,因为我们没有亲见过实物,自不敢即行判定其是否!不过波斯、俄国之彩陶的纹样与仰韶的纹样绝不相同,可说是风马牛不相及,何以安特生又据此以谈中华民族来自土耳其[2]呢?真是岂有此理。因为同是人类用的器物,也不能说没有相同的地方,但因着各有各自的地理环境,各有各自的时代关系,所以说仅靠比较他物,也太不妥当。

第三,陶器在中国历史上及考古学上所知的发展之阶段——陶器在中国历史上,据旧史的记载,中国在宋代以前无着色陶器。王琎先生曾根据古书上的记载,把中国陶器之进化的阶段分为:1.瓦缶时期;2.单色釉时期;3.彩釉时期。曾列为表,转录如下:[3]

| 时期 | 朝代 | |
|---|---|---|
| 瓦缶时期 | 神农 | |
| | 黄帝 | |
| | 唐尧 | (略) |
| | 夏,商,周 | (略) |
| 单色釉时期 | 汉 | 1.祭器仍用瓦;2.天竺瓦器传入中国;3.汉武帝作乌漆瓦盆置亡后陵中;4.汉代始有鱼藻纹 |
| | 南北朝 | (略) |
| | 唐 | (略) |

---

[1] 如殷墟即可发现大批石器之类是。

[2] 如殷墟中发现之近代墓等是。

[3] 《科学》王琎著《中国古代陶业之科学观》。

续表

| | | |
|---|---|---|
| 彩色釉时期 | 五代 | 柴世宗时用青色制瓷，名曰"雨过天青" |
| | 宋 | 1.（略）；2.（略）；3.始用彩画及贵重之釉，并加玛瑙为原料 |
| | 明 | （略） |
| | 清 | （略） |

王琎先生之根据资料，在史前部分，不免有许多是根据旧书籍中的神话，似不可凭，但以近年来考古学上之发现而论，亦有许多粗糙之陶器或陶片，颇与古书中记载之远古陶器形状及质料相似，若以此粗陶器揆诸陶器进化之顺序上，则亦颇合。易之，将安特生等说法，认彩陶为石器时代遗物，将这些粗陶器与此精美绝伦至彩陶划为同一时代之器物，则不惟不甚合理，且觉甚为牵强，况秦汉而后之陶器在中国考古学之发现上自成一进化系统。若将彩陶即以彼等肯定之时代为是而套入陶器进化之系统上，则会发生下列问题：第一，何以自商至秦千余年间无精美陶器之发现？第二，即自夏代至六朝三千年间，根本不惟考古学上没发现过彩陶，即在旧书上亦无是项之记载。第三，秦汉时代之陶器及纹样尚不及此彩陶精美与坚固之半，（难道说是退化了吗？）即反过来说。古人多用陶器，故精美；若据此，退化到现在当无陶器才是，为何反而更精美坚固呢？第四，为何秦汉而后之陶器反而进化了？第五，若按安特生对陶器之时代的说法，则中国陶器之史的情形当为两个阶段：除发明期而外，应分为两个阶段：1.退化期——由新石器时代之末期至周秦；2.进化期——由秦汉而至现在，要按这种说法，那算什么一回事的历史呢？在这几个问题上，可以肯定的讲安特生及阿恩的研究不能说没有相当的错误。

第四，由上述看，彩陶之本身上发生了许多问题，主要点有四：即——

1.彩陶有一种为着薄粉，此彩粉之着上手续确为未在入炉火烧以前所着上，为我们曾经做过几次试验，即将彩陶送入火中，待约烧有一点钟后取出，其颜色并无丝毫变动，由此可知该彩粉为在未经火烧以前所着上者。那么，这一种陶器之生产时代就当在彩粉产生之后，中国陶器着彩粉以隋唐最为发达。在隋唐时代的墓中发现颇多隋唐时陶器上之彩粉，据我们试验的结果，系在陶器烧成之后所涂上者，尚不若此陶器着法之精细。

2.彩陶上所绘之图确系用毛笔类之物所绘上者。那么：其生产的时代不会在毛笔生产以前。据中国史书所载,到秦朝才知道用毛笔写字,以前都是用刀。假若石器时代的人就知道用毛笔向陶器上绘,为何到殷周而后的人反而不知道用毛笔写字了呢?这一个疑问极其重大,极可证明彩陶之时代当不会远过周代。

3.其上所绘花纹,为秦汉以前古物上所无者,但颇似现代华北瓷器上的纹样当发生直接的历史关系。况彩陶上之纹样,既不见于秦汉以前之遗物,且与隋唐遗物上之纹样制法多颇似。六朝墓中又发现亦有此种器物,可见其时代不会在纪元前三千年前。

4.其质比普通瓦器为细致、坚精,绝非原始人能力所能及。

5.此彩陶在中国北部甚为普遍,其质、形皆独具其格,自可代表一个时代与一个地方的文化。与外国陶器绝不相同,即此亦可证明安特生外来说的错误。

由这五个问题上,彩陶的时代,确已发生莫大的问题,而其时代毕竟当在什么时候呢?我们暂时不必肯定。但根据其本身各方面看,我们可以知道它是由普通的单色瓦缶而进往彩色瓷器之度过期的产物,这一个过渡时期在由东周而至隋唐之间:因为魏晋时代才有精瓷的制造,在这时代所用的瓷,多为单色,制造之土,在当时产地亦不一,王琎先生曾云:"隋唐而后,南宋以前,国内产瓷之地颇多,皆以陶土为坯料,惟各地之坯质绝不相同,颜色亦绝不相似。"而彩陶之质与颜色亦不相同,有红底、灰底、白底、蓝底之分,也是以陶土为坯,似隋唐之瓷器制法然。再者:在同一遗址中,亦有许多加单色釉之瓷器或破片的发现,但此项瓷器之质比该彩陶之质为坚固的多。亦或为土质不同的关系,颇似同一时代物。今将中国陶器进化之阶段,暂定如左表,详示着色陶器之时代:

```
远古→东周(过渡)秦汉→隋唐(过渡)隋唐而后(过渡)→现代
瓦缶时代————→
着色陶器————→
(瓷之发明)———→
单色瓷之产生————→
彩色瓷器之产生————→
洋瓷输入-→
```

中国现代之一般学者对于安特生及阿恩之研究,似乎奉为金科玉律,崇拜太过。其实在他的研究方面,何尝不是错误百出。但自他这种的错误学说产生后,中国史学界受莫大影响,一般崇拜外人不务实际的史学者,便引为新奇。把新石器时代的一期也就定名为"仰韶期"了。固然安特生及阿恩等是自欺欺人,而我们无条件的崇拜外人,没有一点自信心,没一点自主的判断,便盲从外人,也不能不引为遗憾。着色陶器的时代发生了问题,仰韶自不便代表中国的石器时代,当然整个中国古史都会发生问题,发生变动,不得不特别注意,中国历史需要整理,需要更进一步的取消这些"新神话式"的史料,冀求精确的史料,创造真正的历史啊!

二十九年(1940)七月十七日于洛阳。二十六年(1937)是日余正在北平,编理《中国史前史纲》一书,该稿恐已佚失,良可惜也。今作此以纪念之。

（原刊《学术评论月报》创刊号,1940年7月17日）

# 河南古人类遗址之新发现

三林兄惠鉴：

弟蒙孙文青兄之邀，汇纂《南阳县志》，今值农藏，野无所障，两旬来在南阳各地调查，颇有所获，为兄述之暂作调查通讯可也。

南阳居伏牛桐柏两山脉环抱之中，南绾荆襄，北通郑洛，西达汉中，唐河、白河、辽河纵贯之，土沃民广，气候温和，史称夏人之居，商季为谢，周初为申，范蠡因而致富，孔氏冶铁起家，是盖宜于人类生活之区也。每与文青论古五帝与民族迁徙事，余谓为南阳古文化当于辽河沿岸求之，盖其地逼近高原，且多绳纹陶片遗址也。南阳东，据《水经注》，在两汉为湖沼区，推于赊旗镇西，改造地形工事，黄土层中曾见绳纹砖耳。

十月九日（农历重阳节）与文青作野游，欲一视该处之地层，八时许出发，自太山庙（太山庙距赊旗镇西北八里，旧许封镇遗址，为南阳县志馆临时工作处也。）迤逦南行。越唐河南源（赵河），经陈郎店，檀营循新沟南行，突见绳纹沙质陶片数事，形色较古，未之奇也。再南行、抵泥河岸欲一话久没废桥残碑，为许封镇证，终无所获，废而思返，既而相谓曰："重阳何不登高？"遂踏禾田，西趋岗顶，访耕夫，询刍荛其地陶片堆积，一古人类遗址也。分而进，旋文青遥呼余曰："得之矣！不图彩陶之见于斯也。"余亦漫应之曰："然。"白而细腻，红而秀丽，数十年之血花磁也，旋予亦得仰韶红陶数事，黄色绳纹光底式之陶片一，文青复得残石器一。于岗北古道旁，得绳纹实鬲足一，是次计获残器二十，残石器一，彩陶片三。红陶片八。黑陶片二，黄沙陶五，灰陶片一。足为夏人之居语一证。文青为南阳新石器时代仰韶彩陶发现记一文，刊于十月十八日《宛南民报》论证极详，二十五日再道于斯，复得残石斧一，灰色手制残陶盖一，黄色沙质残陶底一。

二十四日抵桐河镇西五里许之谢营村，唐河县境，与南阳犬牙相接，访村东明古唐棘阳郡谢氏旧家修桥碑，棘字右半可识，阳字全毁，桥上汉墓画石七十二，应龙（应龙者，防旱之神，用释墓为防死者之化旱魃也）全部完整，彫镂亦工。孙文青为庚款会编南阳汉画像考释，论证极详。

按：谢为申伯封地，《水经注·比水注》谢水出谢城北，其源微小，至城渐大，城周回侧水，申伯之都邑，《诗》所谓"申伯番番，既入于谢"者也。……其城之西，旧棘阳县治，故亦谓之棘阳城，旧以棘阳入邓县者误，桥东改造地形工事中，多灰色绳纹陶片，深一公尺，多灰土坑，有陶豆、巨形无底绳纹陶缸，俗乎"地钉"，谓为武侯置以防水者。按武侯实不客宛，且该陶器亦不全滨水，余疑为唐前之"地下仓"，未识然否。河，今名小桐河，民二十四（1935）春赵纯先生曾于该遗址东南五里许之马庄得石斧一，今存北平研究院，当与该遗址有密切关系，以时间所限，未能详为调查，综观遗址，证以碑记，谢姓，则谢城应在是地，惜谢姓今式微，无谓谱牒之证耳，当再考之。

二十六日与文青游吴绍庄，八时许出太山庙，南行，道章新庄，渡赵河，于娘娘庙渡河，东南行不及里余，断崖处陶片叠叠，绳纹红陶黑陶杂出，间有黑陶、仰韶红陶，惟于铜石器则无所见，是役共得残物十二事，记灰色三足空腿瓦鬲、下部盛器一、深绳纹重灰色平腿空足鬲腿一、灰色绳纹鬲口残片一、红色半残陶豆一、蓝色残陶口部一、黑色残陶片二、褐色木材一段、泥青木材二、红色陶部口一、有鼻已破仰韶期红色口部残陶一。吴绍庄北，有版筑遗迹，间夹绳纹陶片，泥制木材；木体处无黑孔。

该遗迹虽仰韶黑陶绳纹错出，要以绳纹为至，不能估计过早，其豆擎头而深、高八.六公分、口径一一.五公分、底径五.六公分、深二.四公分。按豆之实有韭、菹醢等类，用以濡物折，擎短而容深，较为实用，其式古有鼻，残陶鼻外凸，其工劣，式较古。鬲之使用较古，黑陶又多见于殷民族遗址，是等泥质木材，皆出于化石过渡期，为将为化石而未能者。能者质虽不坚亦迥异黄土，其能保有其原型，冲洗不毁，其历时之久，亦可概见。

文青意谓许封镇或因许而得名"周简王九年当春秋世，楚人避郑迁许于叶，叶境故兼方城"，故楚得置许终此，北周封宇文述为许国公，取故许名也。果如是，则吴绍庄当为许之遗址矣，其文化层之厚，则为许前后村民所遗耳。

凡此三遗址，以发现之次第言，先檀岗而后谢营，吴绍庄最后。以文化之时代，则檀岗最古。谢营次之，吴绍庄为晚。以中国历史之程序言，则檀营为夏，谢城为商，许国为周，棘阳为汉，发现之次序与时代无殊，亦一有趣事也，不两旬而夏、商、周汉之遗物略备，亦云幸矣。略为老友陈，以待正之，此颂

撰祺

弟刘兴唐顿首拜上二十九年十月二十九日自南阳

兴唐仁兄大鉴：

顷读惠书,所云各节,发现颇多,为史学界增光不少。弟今春以来,在陕县、洛阳一带,亦新发现一二遗址,消息俱见报载,主要有二,谨略述之,以供参考云耳：

（一）陕县北阳村新石器时代遗址——本年三月间,余因公赴陕,道经北阳村,留住三日,每日晨起,赴莘原北山崖间,偶采得石块一,颇似人类用过物,随开始在附近各地寻觅,已而在该村西北山崖之断层中,发现一灰土崖岸,与秦王寨及池沟者完全相同,余即以手掘之,得若干着色陶片,与仰韶及秦王寨出土者质料形状完全相似,随又于其附近发现四五处同样之灰土崖及洞穴,翌日晨起,即借用农具试掘一次,得破碎的陶鬲,陶斝,陶甑,陶鼎,着色陶片,石器,骨器,壳等。惜无完整者。

（甲）此次发现,遗物数目统计表：

| 遗物 | 数目/片 |
| --- | --- |
| 釉陶 | 五六 |
| 石器 | 七 |
| 贝壳 | 五 |
| 古瓷片 | 七 |
| 着色陶片 | 六二 |
| 骨针 | 四 |
| 绳纹瓦（汉代物） | 十二 |
| 其他 | 一八 |

此次之发现,最奇者即有铁钉,铁片之发现,颇堪注意,上列遗物现在该附近关帝庙僧人老王处。

（乙）地层和面积：

A.山谷之深度——为一少年期谷地,断崖残壁甚为清晰。概为大雨时冲破者。

谷底尚有小溪，为山上之雨水留下而积存者，两岸为梯田，其斜面据目力及日光之测量，约三十六米突，东岸少短，约三十二米突有余，成V字形。

B.古洞穴离谷底之高度——在谷两岸上层，其斜面离谷底约二十九米突少强。

C.古洞穴之高度——约五米突少弱。

D.离原面之深度——原面为壤土，其深度不过二米突至三米突不等。至于地质之层，因无适当研究标准，故从略。

E.遗址面积——共计约四华亩。

F.各遗址之距离——显露出之古洞穴四处，系灰土，中杂有若干之沙砾，在其中可发现石器、贝壳、骨针、仰韶式陶片等，每处相离约一米突左右。

G.离现在住人地方——离北阳村中心不过半华里，在村之西。而村东亦发现有同时期之遗物，但遗址尚不曾一见耳。

H.离陇海铁路——约五华里。

I.发掘应注意之事项——当分为四，列如下：

1.其附近之今人洞穴。

2.遗址附近之近代人洞穴。

3.历代器物之混杂情形。

4.各陶器之纹样。

（二）洛阳汉代城基——四月末，余于洛阳环城马路上散步，（即今之洛阳城，因拆废之遗址）偶于防空壕间，发现汉砖，随环城而行，亦见甚多。又深掘之，尽为汉砖所砌，由此可得两个假设，即：

1.今之洛阳城即汉代之洛阳城遗址。

2.即造此城时，以汉砖为基（从他方运来）。

但经三林近数月研究，大概以前者为是。后者问题太多：何以基层尽为汉砖耶？此说尚未确实，故只可云为假设耳。

"吾国之真史出现，须待锄头考古之发达"，已为一般人之口头禅矣，尤其吾国之史前史，概为古神话所砌成，更需新发现。但吾国之遗址，多发现于外人，如仰韶之为安特生是，致史前历史，不啻为外人所造成。材料为中国之材料，何皆仰之于外人？炎黄子孙，宁不愧乎？河南文物遍地，全待吾人之发现与研究，奈吾国一般人之知识程度太差。咸认此项为逸老之工作，莫肯问津，只知一味盲从，将错就错，若长此以往，中国之信史将何时始见？中国之信史，将待何人而成？言之无忾于悒。

专此顺颂

时祺

　　弟

　　荆三林拜复十一月二日于洛阳

（与刘兴唐合作，原刊《学术评论月报》第1卷第2期，1940年）

# 考古学知识讲座
## ——三十二年于国立社会教育学院

## 第一讲 我们为什么需要研究考古学

### 一、引言

在你们没有明白考古学之意义的时候，一定会先发生了这样的两个问题：
（1）考古学有什么应用处；
（2）我们为什么需要研究考古学。

从这两个问题上，更会想到不少的不高兴。尤其在现在各方面皆发生问题，物价这样高，考古平不了物价，敌人的飞机不断的轰炸，考古学又不能作防空洞。还设什么考古学呢？因此有不少的人反对考古。记得在初事变的第一年，陕西考古曾在斗鸡台发现了不少的古器物，这个消息在报上被登的时候，标题是《依然考古》，他的意思大概是说在战时不应当再有考古工作，甚至说不应当再使考古学继续存在。这是通有的毛病，因为在一般人眼光中的考古学，往往是抽象的，或者有许多所说的根本就不是考古学。

### 二、一般人对考古学认识的错误

假使有一个人介绍说："某某先生是一个考古学者。"就会拿着古物来问："先生，这个古物是什么时候的东西？价值几何？"或者说"先生托你把这个古物卖出去"或者说"我要托先生卖个古物"，诸如此类的话。我们就这些话里，可以知道他们所问的是一个骨董商人，而不是考古学家，然而一般人即偏偏会把"骨董商人"认为考古学家的。至于所以如此的原因盖不外他们把考古学误解了。在一般人所认为的考古学不外为：（一）认为考古学是鉴别宝物的方法，（二）认为考古学是玩赏骨董的学问,(三)认为考古学是保存或者整理实物之技术,(四)认为考古学是研究古文字或图绘之技术,(五)认为考古学是研究的古董学问,(六)认为考古学的目的是在访求宝物……诸如是类所认为的考古学是抽象的,所以有不少的人常常说不必考古了,尤其当现在的时候,何必再说研究考古学呢?又何必考古呢?并且称考古学者的别号叫作"骨董[1]们",这未免有点可笑。至于一般人对考古学误解的原因,一方面固然是一般人考古学知识的浅薄,另一方面即是因为我们没有一个具体的说明文献。

虽在一般人攻击着考古者,在叫着不必考古了,然而在另一方面却屈服于考古学作用的伟大;尤其近百年来外人来华考古之成绩以及其对中国命运的关系上,对考古学更会"莫明其妙"的发生诸多误解,甚而说外人的来华考古是盗宝,或者说他们以考古当作烟幕,而来中国做了间谍工作,实际这完全是误解了。

### 三、近百年来外人来华考古之经过与结果

(甲)外来人来华考古之概况

外来人来华考古是始自清代季年,其考古的结果情形,卫聚贤先生在中国考古小史一书中所列的一部分现在我们列出以供我们作参考:

| 考古者 | 国籍 | 年(光绪—宣统—民国) | 所在地 |
| --- | --- | --- | --- |
| 李桑[2] | 法 | 民国十二年 | 河套 |
| 伯希和 | 法 | 光绪三十一年至宣统元年 | 新疆 |
| 沙畹 | 法 | 光绪三十三年 | 华北各地及四川 |
| 色伽蓝 | 法 | 民国十三年 | 陕西、四川 |
| 格路维德 | 德 |  | 新疆 |
| 雷治尔 | 俄 | 光绪四年 | 新疆 |
| 勒可克 | 德 |  | 新疆 |
| 克布猛薪 | 俄 | 光绪二十四至二十五年 | 新疆 |
| 阿智鯠夫 | 俄 | 光绪三十三年至宣统元年,民国十三年 | 蒙、新、甘 |
| 鄂登堡 | 俄 | 宣统元年,民国九年 | 新疆 |

---

[1] "骨董"是"古董"的旧称,最早见于北宋韩驹的《陵阳集》。

[2] 编者按,即桑志华。

续表

| 东省文物研究会 | 俄 | 民国十一年 | 满洲 |
| --- | --- | --- | --- |
| 大光谷端 | 日 | 民国二十八年 | 新疆 |
| 橘端超 | 日 |  | 新疆 |
| 鸟居龙藏 | 日 | 民国八年 | 满蒙 |
| 滨田耕作 | 日 | 民国十六年 | 满洲 |
| 江上波夫 | 日 | 民国十一至十五年 | 满蒙 |
| 八木奘三郎 | 日 |  | 满蒙 |
| 原田淑人 | 日 |  | 满蒙 |
| 小牧实繁 | 日 |  | 内蒙 |
| 驹井和爱 | 日 |  | 山东 |
| 斯文赫定 | 瑞典 |  | 新疆 |
| 斯坦因 | 英（匈） |  | 新甘 |
| 毕士卜 | 美 |  | 新疆 |
| 安竹罗 | 美 |  | 新疆 |
| 卜安 | 美 |  | 蒙新 |

由上表共列二十五人其所考古之地理上的分配有一显著特色，即日人多在东北及蒙古，俄人多在蒙古及新疆，德人、英人皆在新疆。此表内未有外人在西藏及安南的列入。据我所知，在西藏的考古多为英人，安南多为法人且有日人。由近百年来外人在华考古之结果，东北之入于日人之势力范围，蒙、新入于俄人势力之下，而西藏则处处受英人牵扯。此种结果，颇为显明。由此说来，考古学岂不成侵略先锋学了么？不是的，因为考古学与人类的关系太密切了。常为人类社会中一种潜势力。甚而成为社会转动的原动力了。故而会有这样大的作用。

（乙）外人考古之成绩及对国运之影响

由这上面就会联想另一个问题。就是在近百年的外人来华考古与中国的国运。

清初以来，俄人到蒙新考古，蒙古就动乱，继之英人之在西藏，法人之在安南，德人、美人皆在中国境内作考古工作，结果是朝鲜、台湾、安南、满洲各地的沦亡，以至演到现在的局面，几乎无不与考古有关，起初一般人意为外国人来华盗宝，觉着我们的宝物丧失的可惜。继之又见到外人考古与军事有关，又意为外人的考古是"假考古之名而来作侦探"。例如民国十九年新疆反对斯文·赫定之入境等事实。

因之不特反对外人的考古,甚而说到华传教士都是帝国主义的侦探,更弄得是莫明其妙,想不到考古的作用会这样大,会与国运发生了这样大的关系。

因此使中国的人民失去了自信力了,没有自信的民族,是不会建国的。所以近二百年,外人来华考古的结果,不唯是侵占了中国许多土地,而且造成了大批出卖祖国的汉奸,和所谓的亲各外国派,以及其政治国体。这一个中国人的团体根本就是瓜分了,还能成什么独立的国家呢?

实际外人考古是真的考古了,并不像我们所想的那样"假考古之名来作侦探",人家的考古是真正的考古,利用考古来改革了中国的文化和中国人的思想。

考古学的作用太大了,它可以造成一个新的局面,所以能造成局面的原因,就是作一切学术思想之母。他可以直接的支配学术的发展,可以间接支配人类的思想。简单的举个例子来说,支配人类思想及行为的学问是史学和地理学,如果没有正确的史料的史书,是不是等于一个"伪组织"。这个"伪组织"中间自然也可以迷惑不少的人。由此:我们说可以来谈外人之来华考古之所以能促使中国危亡的原因了。

我们的史前史是外人造成的,我们的全部史书是外人达成的。本来外国人的解释中国史料,自然是难免不有一点的主观(有色眼镜),因此,造成了中国各派不同的学说,否认了中国文化的伟大,造成了不正确的思想,自信力消减了,所以有研究国学不如到日本去的口号,甚而造成了一般人认为研究中国的国学,也得留留洋,所以讲考古学的人,开口也弄个外国人的名字说,这样的中国文化,算是什么文化。

以往国人不肯深深地去研究,所以自民国十八年以来,中国也有不少所谓的考古者,东施效颦的去学西洋人,也去发掘,然而发掘的目的仍旧是在找宝物,结果破坏了不少的古迹,并造成了目前一般人对考古学之错误的认识。这是中国——也可说是世界上普遍之考古学的危机,加之国人一味的对外人的崇拜,不敢越"雷池"一步,难道外人的研究没有错误吗?比方安特生对中国石器时代之着色陶器的研究上面论(一)从地质方面说,(二)从纹样方面说,(三)从器形方面来说,(四)从资料方面来说,(五)从古书之记载方面来说:自不能说是到处皆发生问题(我曾有专文来评论这个问题,载《学术评论》月报第一期)。日人鸟居龙藏氏曾有句话说的顶对,大意是:"安特生既不明中国人之生活习惯,又未曾多读中国古书,亦不明了中国之历史与地理情形,盎然下了一个定义,未免可笑。"(见氏著《满蒙古迹考》)然而在中国考古界却无一人提出,反而不准任何人提出,好像是研究考古学也得先引用"xxxx说"才对,像这样的中国考古界自然造出的成绩也出不了外人的或图录派考古之范围。因此,也不会有什么进步,只是抱残守缺了。这一点我们当特别注意。然而,从这一点上,我们也算知道考古学之重要了。

**四、外人来华考古之成绩及其对中国文化认识上之转变**

说到近代中国考古学上的成绩,要得把一半以上皆归功于外人,我曾把许多外人在中国考古之成绩报告书和外国人所著的关于中国文化的书籍,作过一个详密的比较,结果得出了两个特点:

第一,在时间上说:起初来华考古的作品,完全是卑视中国文化,甚而就说中国没有文化。他们的理由,美国的桑代克氏在世界文化中曾公开的说:"中国没有高深的文化。因为中国没有一千五百年的古物和古迹。"然而以后他们经过几次的考古之后,却皆极慕敬中国的文化,说中国文化最悠久和优美,因为中国有数万年或者万万年以来的古迹古物,遍地皆是的。

第二,在空间方面来说:他们在边地考古的人,往往轻视中国文化,到中国内地考古后,却又敬佩中国文化了。

其实这两个特点是可以归一的,也可说是因为考古的程度与时间上会增加中国文化的光辉。何况我们中国是世界文化的发源地,又是世界文化的集中地,又是世界最悠久的地方。因此,要当一个中国人不了解考古学,岂不是觉得也太笑话了吗? 由此更知考古学之重要了。至于为什么因为考古学程度之不同就对中国文化认识上生出了差异了呢? 其原因就在于考古学发展的程度之深浅上;因为在民国十年以前,西洋之来华的文化人所到中国的地方多是边疆,且多在长江以南,到民国十年以后,才渐入中原考古。中国文化之发展以及其普及的情况,是起自中原,渐向各边地发展,且自来的中国文化皆以中原为中心,而向四方发展,渐移动而渐共溶,比方在西南各夷人,海南岛上之黎人,尚未得受到中国文化之熏陶,在珠江流域各省开化不过数百年,且因"山高皇帝远"而未习法制生活,在长江流域各省开化虽有二千年,然而所习亦多为"蛮夷"与越之风,非中国本位文化,满洲朝鲜虽较之为早,然亦不过二千五六百年,其他各地被中夏开化之年代皆不同,进步之尺度又不同,所以在中国境内的文化就不相同。也像英国一样有白人文化也有黑人文化,不能指非洲尼格鲁人的文化就是代表英国文化,同时也不能说他不是英国文化。就在中国所谓的文明之域来说,也有不少人未脱旧习,比方有不少的人,对人不礼让,说话时瞪眼摇头摆尾,只放空话不办实事,种种行为都是习性未脱的明证。在世界上的文化有两种:一种是精神文明,一种是物质文明。其当有高度精神文明的国家,才会创造高度的物质文化,因是,二者是不可缺一的。我们中国是世界的文化古国,不论精神世界或是物质文明,皆属高尚。在中国文化曾崩坏的时候,以前的西边是一片荒地,千余年来中国只是以高度之精神文化只开化其他荒地,使世界各地开化,开化地面太大了,一方面因为"鞭长莫及"失掉了支配力量,另一方面本身上也收入了不少的文化病菌,如迷信、缠足,以及一切非中原文明者,侵入中土,而造成了近七百年来中国文化精神上之惰性,促使物质文明进步的停滞。加之异族数次入主,和外方风气之猛烈内袭,使中原失去其发扬精神和领导作用。西方各国,一时缓慢而起,一时的突飞猛进,在物质文化上超过中国,实际上精神文明上较中国仍差得多。然而外来文化之力量,确为早接受其文化的边族文化病菌一时而起,向内猛袭,使古老的中国,无形中造成了不少的半开化区域和行为,阻碍了中国正统文化之进展,至为可叹。话又说回来了,因为外人初至中国时,所到的地方就不定有古文化,且可说不一定有文化,当然他们轻视中国,及至到了中原以及到了北方各省,突然发现了中国的文化及其遗迹,所以又重视了中国文化,即起初因为考古的不发达轻视中国文化,及至考古学发达,则反而又极端重视中国文化……这就是证明了考古学与中国文化之间的关系了,中国是五千年的文化古国,遍地皆有各地的各种文化遗迹,尤其精神文明极端发达的中国,处处需要考古学的阐扬,这就是说:要发扬中国文化,需要考古学,要整理中国文化需要考古学,要创造和建设中国的和世界的文化,更需要考古学。进步说,考古学与人类的关系密切,与中国的关系更密切。在战时需要考古学,到建国的时候更须要考古学。

**五、我们应有的认识和努力**

为了这个问题,我曾写过不少的论文,如一年来之中国考古界(汉口大光报特刊),青年对考古学应有的认识(北京现代青年半月刊),我为甚么研究考古学(天津谷世报),河南考古界应有之改造论(河南民国日报),考古学之改造(汉口大光报),考古与甘肃(兰州民国日报)等论文和讲演来作提倡,在当时也颇为一般人所注意,一般人对考古观念亦少改变,崇拜偶像之风也少为低落。然战事一起,无形中各种文化工作都入于非常状态,当然考古工作更是无形中入于停滞,这自然是一点不争。

然而我们要认定考古学的作用,是这样的:(一)考古学是文化上的基础。(二)考古学是利用人类活动遗迹物而了解宇宙间一切进化现象及进化原则之工具。(三)考古学是可以建立新文化,新思想。(四)考古学可以说明历代政区之演变假说。(五)考古学可以作为文化战之"军需处"或"军机处"。(六)考古学可以佐证历史,可支配人类之思想与活动。(七)真正的考古学是建立正确的人生及人生观的学问。

然而中国目前的史书,不少是受着外国人的统制。造成了中国人思想错误与矛盾。失去了中国的自信力,因此,也就产生出中国乱动的状态,以及大批的汉奸思想和汉奸组织。所以在现在的中国,考古学是太重要了,随便举几个例子说:(一)要革新一般人的思想,需要考古;(二)划分政区,需要先考古;(三)改革风气,需要先考古;(四)建立正确的人生观,需要先考古;(五)要发扬中国文化之伟大,需要先考古;(六)要与外人作文化斗争需要先考古……诸如此例,可知考古学功用之大。因此我们太需要研究考古学,我们更当在此时扫往日"无用的考古学"之积习,而建立"实用的考古学及至人类有关的考古学",以发扬中国固有文化,建设中国的新文化,造成文化的中国。所以我们考古的态度应当是:

(一)为发扬中国文化而考古。

(二)为创造和建立新文化而考古。

(三)为发现正确之史料而考古。

(四)为中国民族之一切而考古。

(五)为世界文明和全人类之文化而考古……

(原刊《中原与西北》第1卷第1期,1943年)

# 考古学知识讲座
## ——考古学之意义

上次,我和诸君从两种实事上说了考古学在现代中国之重要性,并且说明了一般人对考古学的误解。然而究竟什么是考古学呢?我们的解答给考古学的定义说:"考古学是利用与人类以往活动有关的遗物,去了解宇宙间一切进化现象与进化法则的基本科学"。

### 一、"考"与"古"之中国字义

关于"考"与"古"二字之意义,若分开来解释。"考"字《说文》云:"考,老也。"段注云:"考,击也,是也",又说"考下云老也,此许氏指为异字而同意义。……伸引之义,考校考问,皆考之假借也。由是说来,考是一类追究之动作。而"古"字呢?在《说文》云"古,故也",段注"邶风、大雅、毛传云:古,故也,文部曰故,是为之也",按文者凡事之所以然,所以然皆备于古,故曰古者故也。又说"古、大远也",释诂云:"古、远也,大也。"系传云"古,识前者也……而古者无文字,口相传者也"。再按从"考"的字上看:金文中的形状,井人钟有考、季良父壶有老、曾伯簠有耆、追敦有孝。以上等字,卫聚贤先生的解释(见卫氏著《中国考古学史》),𠆢为人形,人字上的 ⼟,当是人顶戴之物。其物按齐镈与夆叔盘的老字为 ⿱,可知 ⼟即古字的简写,⿱即酒壶,这是在古代祭神时的主祭人,将酒壶放在头上。可见考是一种动作。所以说考古,又称稽古,有考究、考据、思考等等含义。而"古"字在甲骨文、金文、石鼓文、陶文等等的上面之字形有 ⿱、⿱、古、古各形,《说文》释为:"古者,故也,识前言者也。"按古字之字形与缶字同,国差罐的缶字为 ⿱,麓伯敦为 ⿱,师望壶为 ⿱,可知古字与缶字是原来同形的,古字同缶,而缶是陶器物,缶的器物形状,从同音的 ⿱字上看,甲骨文中作 ⿱、⿱,金文士父钟作 ⿱,可知"畐"的原来确是壶而从"缶"字得音的字,如"匋""淘""陶"……而从"古"字得音的字,如"胡",皆与"壶"字同音。就音上言,古为往古,"古"字确当与壶及一切陶器有关。再就时间上言,古为"已往",为指过去而言,却确含有物质上的意义。

综上二字之意以观,则考古二字之合为一词乃系"由古迹古物之研究上来推知已往一切进化现象与进化法则之细作"的意义。

二、考古学之词意

"考古"二字之连为一词,在中国始自宋叶大庆的《考古质疑》,该书上自六经诸史,下据宋世著述诸名家,各为扶摘其疑义,加以考证。然半笃以古书而考史,非言古物。同时吕大临作《考古图》一书,信以古物或实物为对象,并有释谱五卷,然他所谓的考古的意义,为由古物上来考察古代文物制度的意味了。此外关于金石之玩弄的著作,或云"博古",如宋《博古图》;或云"稽古",如司马光的《稽古传》;或云"博物",如《博物要览》;或云"格古",如曹明仲的《格物要论》等……然自宋以来,皆无定名,"古人以博物归儒者",在目录分类中,或分入经,或分为史,或分为艺术。到民国,在中国始有"考古学"或者"古物学"这个名词。按这个名词来自日本,日本人系译自英文字而来。此词来源系自简牍文而来,其原意为物质上的学问。当其所指者,为人类活动所残余的物质,而非囊括一切之物质而言。此词日人译为考古学,吾国人亦仍之。与我国往日所谓的考古学不甚相同,为含有学问或科学的意义,不似吾国往日所说的金石古画玉品之玩弄,或名胜古迹之游记;等等而言的。再者,这个字包有两点意思,前段系指往古的物质而言,其涵盖有历代的文化,以及宗教、艺术等之文化之还留的真谛而言。后者的意思是方法,按这个词整个的意思,便是由一切物质上去观察人类以往之活动的痕迹之情况而言,他所指的物,又专指古物,即现今存在之一切器物及建筑物,凡可作为研究人类以往活动之情况的证据者。或含有历史性者,皆在考古学所研究的范围。

三、考古学之定义

关于考古学之定义,英国考古学牛屯氏所说的比较新近,他说:"考古学是研究人类过去残余之物质的一门科学。"英吴理氏,对于考古学之功用更说:"人类的历史,以及通贯到现在文化的一大段,烛幽发暗,提示正确之事实于我们之就,我们不能与前代仳离……并且证明考古学之功用是与人类发生关系的。"其实这两种说法皆是不完全的,我们可以说:"考古学是利用与人类活动有关的遗迹物而推断宇宙间之一切事与物之演进法则的科学。"因此:考古学的价值太重大了。

**四、考古学与考古之区别**

考古学所研究的对象为如何考古？及把研究之结果加以整理,而求其如何应用之理论。而考古则系指一切考古时之工作而言。易言之:即考古是工作,而至于工作的方法与一切学问,皆属考古学。

**五、考古与玩古之区别**

玩古的目的是在玩古董,考古的目的是在由古物古迹上来研究历来之文化,故其各所找的材料亦不相同,玩古之古器要精美,考古则所在意的在其对于文化上的关系,因此,考古学研究对象之范围,就不只限于古迹古物之某种或者某部分,当然更不限于精美之实物。比方,一个石器时代的陶片,或者任何地方的坏碑碣,要站在玩古的立场上,这些东西都没价值,然而在考古学者看来,则都是最可宝贵的材料。所以有不少最有价值的东西,都被一般人弄烂,至为可惜。而考古所研究之对象,实应包括与人类活动所用或遗弃物之全部而言,绝非单独的所剩之实物而已。例如:汉武梁祠画像石刻,在玩古者独收其优良之整块,其残缺者或不甚精美者,则皆遗之不理,若以考古之眼光来看,则大异于是,我们最少应当注意:（1）其本质;（2）其艺术;（3）其时代背景;（4）其所内表当时的文化;（5）其与前代或后代历史的关系等……总之,玩古的古物要精美,考古则注意其各方面,故此:同一器物,玩古者与考古者其研究方法与采取均不相同。

**六、考古学是否是科学？**

考古学之意义既明,则可知考古学当然是科学了。因为,在人类社会进化到相当阶段,势必要有考古现象的产生,同时也有科学的方法去考古。因此也就有科学的考古学之产生了。再按科学的意义来说："是以一定之对象，为研究之范围，而于其间求统一确实之知识者，即为科学。故凡有系统而能归纳之原理者，皆为科学。"而考古学正合乎这个原则，所以说考古学才是一门独立的科学，是不属于任何学科之内的。

（原刊《中原与西北》第1卷第2期，1943年）

# 敖仓故址考

## 一、古书中所记之敖仓

敖仓之名最初见诸《史记》：汉之三年（前204）："汉军荥阳筑甬道，属汉之河以取敖仓粟。"汉之四年（前203）："汉王则引旁渡河，复取成皋，军广武就敖仓食。"（见《史记》之《项羽本纪》第七）

《史记·高祖本纪》亦有同样记载。《集解》云："敖，地名，在荥阳西北山，临河有大仓。"《括地志》谓："敖仓在郑州荥阳县西十五里，县门之东北，临汴水，南带三皇山，秦时置仓于敖山，名敖仓云。"《后汉书·郡国志》（第十九郡国—河南尹。）荥阳有敖亭，注云"周宣王狩于敖。《左传·宣十二年》晋师在敖鄗之间，秦立为敖仓"云云。按《左传》所载"敖鄗之间"，系晋楚之役晋师驻军之所。杜氏注云："敖鄗二山在荥（原字为濒）阳县西北。"又谓："韩将帅七覆于敖前。"当为同一地。由上列数点，敖山似在荥阳县境，鄗，疑即为今之高山，在汜水县境。汉之荥阳，故城在今广武县古荥镇西南十七里，魏时移治大索（栅）城，即今治。《郡国志》所记之荥阳县系指故治。而《史记集解》《括地志》《左传》《杜氏注》诸书所指之荥阳，应皆为今城，则所谓"敖仓在县西北十五里"之说，实不可靠。今之《荥阳县志》中虽亦载有敖仓，概以是说为据也。太康《地理志》云："秦建敖仓于成皋。"成皋即今汜水县，成皋县故城，在今汜水县治东南八里之上街镇，故汜水县志中亦载有敖仓。《水经注》（济水第七卷）云："东经敖山北。"诗所谓"薄狩于敖"，其山上有城，即殷帝仲丁之所迁也。皇甫谧《帝王世纪》曰："仲丁自亳迁嚣，于河山者也。或曰敖矣，秦置仓其中，故亦曰敖仓城也。"观此，则敖山上之筑城，非始自秦。《舆地广记》荥泽县条谓："有敖山，商王仲丁自亳迁此，周宣王尝狩其地，故诗曰：'搏兽于敖。'秦于此置仓，所谓敖仓也。"按荥泽为隋时置，故城在今广武县古荥镇北五里，据此敖仓似又当在旧荥泽县境。

按《河阴县志》载县治西北十八里有敖山……有敖仓故址。汜水县志所载略合。《广记》卷第九河阴县条亦有"三皇山,亦曰敖鄗山,山上有三城,即刘项相持处"云云,按河阴县唐开元十九年(731)割汜水、荥泽、武陟三县置,在汉为成皋、荥阳、怀县地,故治在今广武县城东。观此,敖仓故地似又当在河阴县(今广武)境。

**二、实地探查之经过与结果**

第一次探查——访求遗址

(兴趣之引起)引起实际考察兴趣之原因有五:其一即古书记载敖仓之所在地不一,或谓在今之荥阳,或谓在汜水,或谓在广武,此三县毗连,固有不少地方时属于荥,时属于汜,时属于广,然各书所记似皆未尝实地考察,多所附会以讹传讹,故不得知敖仓遗址究在何处。其二:敖仓在刘项战争中作用极大,汉之所以胜者,则为"得敖仓粟",而楚之所以败者,则为"老弱罢转漕"及"兵乏食绝"。故研究楚汉相争之历史者,又不得不先知敖仓。其三:阅志书得知在今广武县西北十八里临河处,有仓头,据云即敖仓故址。其山上平原又多发现汉代陶瓦,极可能为敖仓故址所在处。按仓头汉为荥阳县地,晋属荥阳郡,后魏关中东府,魏属北豫州,后周属荥州,隋属荥泽,唐开元以来属河阴与各书所在多不合,更与《括地志》所记荥阳县西北十五里之说相差甚远。即以唐宋代之各县城言,此地距荥泽古城西北三十五里,离河阴古城西北二十里,汜水城东北二十三里,荥阳城正北三十里,似上列各书所载多误,此为一最有兴趣之问题。其四:民国十年安特生(Anderson)等在敖头池沟寨及其附近之秦王寨发现仰韶时代遗迹,正与商代有关或为仲丁迁敖仓之遗址。其五:二十二、三年间河南博物馆于仓头附近之青台发现黑陶器,并带向仓头出土汉瓦及陶器甚多,详考之后,更相信于仓头附近必能访得敖仓故址。

(行程)因上述五种关系,于二十四年春三月间,自开封乘陇路火车西上,行二百八十华里,至荥阳车站下车,骑驴北行,二十八华里,达程庄,下坡即到仓头矣。于山崖上,随时皆可发现汉瓦破片,即知确有汉代遗址。

(访问土人)翌日起,即着手调查,第一步先访问当地居民,所得结果大略如次:其一:在山上程庄陈庄一带,于犁地时,不断发现大瓦(即汉瓦)片,瓦面上皆刻有纹样,然皆弃之于附近路沟中,间亦有整个瓦之发现,长约三尺余,附近居民,家多有蓄者。其二:或因掘土或因大雨冲刷之低洼处,时发现古代陶器。据传说是处古为一城,此城中有大仓,此器物皆为储存粮食者,且陶器之初发现时,中尚有粟麦等食粮之痕迹。其三：此处少偏东一带，有许多古墓遗迹，不断被掘出古墓穴，概为大空心砖所砌成，砖面上尚有许多花纹。其四：为一极有关系之传说，即汉高祖与项羽作战，败逃至此，数日无食，正在饥饿迨死之际，有二女子送饭食之举，二女忽不见，乃二仙女也。及高祖即位，乃为筑庙以祀之，曰二仙女庙。此传说最可注意者，即高祖之"得食"，概为由楚汉相争中"汉就敖仓食"一事蜕演而出，秦汉人多信神仙，乃假之神仙予之食欤。出土古物甚多，几乎每家中皆存有不少云。

（参观出土器物）继乃至各家参观其所存之古器物，概为陶器，砖瓦。陶器中以甕、大盆为最多；甕之形状不一；有口小、腹大、尖底者，有口大、尖底者，有口小而底大者，此为最少。高约三尺余者为最多，亦有高一二尺者，另有陶鼎等物。按此种陶器之用途，概皆为储存食粮。若非大仓，则绝不必用此大量之储粮器物。据居民云"每发现时，于一坑内可掘出甚多"，可知非私家存粮之所用。

至于砖瓦皆为秦汉时，则无疑处。空心砖，皆为汉时筑墓所用，可知附近当有汉墓。

（遗址之发现）完成访问工作后，遂进一步赴山上考查其出土器物之遗址。从李坡登山，先至二仙庙，庙共三大殿皆已无神像，今已改为敖仓小学校矣。内碑记甚多，皆为元明清以来者，所记皆二仙女修道于三皇山故事，知此地即为三皇山。至于仙女送饭一节，则有云光武帝者，与传说虽不合，然与敖仓尝有关系。按三皇山亦名敖鄗山，即敖山与《后汉书·郡国志》《舆地广记》各书所记皆相同，故信敖仓遗址于其附近定可发现。稍东行，至山谷中，即于其崖岸中发现一遗迹，为许多瓦及陶片杂于土中，土呈灰色，广约八尺，高约五尺，此盖为一房舍之一部遗迹也。向南行，接连不断又有十余处同样之痕迹。崖下为谷，谷深约丈许，广约方丈，谷间有田。新犁毕，于田间又发现有屋舍遗痕之一部，长约二丈余，广可一丈，据云余所观之陶器有不少为此地所掘得者。越谷而东，为南北大路，路道旁不少砖瓦及陶片，皆秦汉时物，在山崖间，发现一遗址，为经火烧过，似为一砖瓦窑之遗痕。又东登山，遍地皆可见房舍遗痕，道旁或田陇间到处积有汉代以前之砖瓦陶片。再向东约里许，越大道B（见附图）则不复见。然于其东之深处，时有墓碑之发现，盖为当时之墓地也。沿B路南至行程庄附近。皆不知有房舍遗址，近大路A（亦见附图）则无之。间北至陈庄附近。此间，南北约里许，东西约一里有半，秦汉时皆有房舍，且出土陶器又多为储存食粮器皿，可知即敖仓遗址矣。

（遗址中之绳纹瓦与空心砖）在各遗址中发现最多者为绳纹瓦，此瓦见诸金石索、金石苑及其他金石书中者颇多。按三代陶器多绳纹，东周以降，则除瓦面外，陶器则多为磨光面,除边沿或腰部饰以雷纹外,无绳纹。而砖瓦之绳纹秦汉时大流行,降至六朝,不复多见。因是知此遗址当为秦汉时代者。其瓦之里面,纹样不一,有正方格文,有斜方格纹,但以麻布纹为多。至空心砖,乃筑墓所用,其上多为图案。亦为秦汉之遗物。此次捡得者颇多。

（登广武城）在敖仓遗址中,有一特殊之点,即纯为秦汉时代遗物,上古或以后之遗物不可见。余心甚疑焉,按殷仲丁迁敖,《水经注》且云:"秦置仓其中,故亦曰敖仓城也。"何无三代之遗物乎。因念及阿恩之《河南石器时代之着色陶器》一书所载之池沟寨。随于异日约姊丈程君召周,同登池沟寨一游,由池沟寨西岸登山,入寨东门,门首书曰"广武城"。回首间黄河汤汤,杨柳青青,万顷麦田尽处,风帆沙鸟,春色可人,因思唐王维《广武城边》一诗:"广武城边逢暮春,汶阳归客泪沾巾;落花寂寂啼山鸟,杨柳青青渡水人。"

斯时,斯地,斯景,斯情,使一一见于王维诗中矣。然城内已无居民,尽为耕田,及入城后,即发现着色陶片等物。其内有十数遗址,确与仰韶同期,正合殷时代。按迁嚣（敖）在仲丁二年（前1561）至六年（前1557）间,正为新石器时代末期,此盖即仲丁所迁之城。余越南城墙,下一小坡,在山崖上更发现遗迹数处,其中多陶鬲、陶瓮、陶鼎等器物之破片,及石器骨针等,间亦有仰韶彩陶及磨光面之红色陶片之发现,越山谷而东,田野间即可发现汉瓦,再来至二仙庙西侧,即无仰韶陶器,皆为秦汉遗物,界限甚显明,折向南又西,至山峰下,向北至山峰,下即为黄河,东西南北约一里,为一新石器时代遗址,盖即殷之敖城也。

（所得结果）由此次考察所得结果,大概可知:（一）敖仓故址在仓头山上,而所谓仓头非即敖仓。（二）证明各书所记之敖仓故址所在地皆误。（三）证明《水经注》所云之秦置仓于敖城中之说亦误,敖仓实在仲丁敖城之东。然此所得乃大概耳。

第二次探查——观测遗址

（再赴敖仓）第一次虽略有所得,而所待解决之问题,尚有以下数点:一曰今所发现之敖仓遗址之自然与人文的环境是否与《史记》所记敖仓相合？二曰其各遗址之分布究如何？三曰敖山与敖仓之关系如何？周宣王"搏兽于敖"是否即在此？四曰"晋师出敖鄗之间"之敖是否即在此？五曰池沟寨遗址是否广武城？六曰敖仓遗址之界限究如何？因此六问题之需要解决,故于二十五年暑假返里之便,复赴敖仓作第二次之考察焉。

（敖仓之自然环境）按《史记集解》《水经注》诸书,敖仓在山上,且临黄河。

如按《郡国志注》及《方舆记胜》诸书，敖仓当在敖鄗二山之间。如按《广记》诸书，敖仓当在敖山上。（原文请参阅上章）因此，即问题又生矣。此次注意其自然环境，首先当确定敖仓与鄗山之关系，再确定晋师所出之"敖鄗之间"。按《左传》宣公十二年，晋楚之役，晋师及河（即黄河）……师军，所驻处绝非一小涧旁，势必为二山间相当大之地方。楚王所次之管，在今荥阳东境与郑州必临近处，亦为南北二山间之平原。又"楚潘当逐之及荥泽"可见其战场甚广，东西达七十华里，敖山当临河，鄗山则势当在其对面有相当距离也无疑。据各书所载，敖山与三皇山，皆在今广武陵（即邙山在汜水河以东者）上，其对面即为高山，当即为鄗山，且"鄗""高"同音，似无疑处。敖与鄗之间，为一宽约二十余华里之平原，晋师渡河后，正可驻于此，与楚王所次之营相对，正合于《左传》所载者。由鄗山峰至黄河谷约三十五华里。

敖山在三皇山之阳，少偏东之一小台地上，北行二里许，至山峰，山下即为黄河，则与各书所载者皆合矣。

（敖仓遗址附近村落）由南而北，近敖仓遗址者，为程庄，居民五六家，再北者约一里许，即至陈庄，亦为一小村落。即下山入谷中，居民多居洞穴，然亦有房舍门庭院落。居民之谷凡八，曰宋沟、池沟（池沟寨即在其西山上）、李坡、马沟、唐沟、黄山、苏坡、牛口峪（即唐李世民擒窦建德处）等，合称曰仓头，此其附近村落之大略也。

（遗址之再考察）此次所注意者，为由遗址之分布概况而求得当日敖仓之平面为目的。故发时约十余日，除对地质方面而观察外，复对遗址之平面及山谷之高度皆作有简单之测量。是时，正值麦已收毕，秋禾初种，野无所障，故工作极为方便。吾人以李坡赴丁村之南北路沟为中心，谷之西设为A区，即第一次所经之二仙庙村附近，在此区中所发现之遗址较少，房舍遗痕概为似由南而北。以谷东南部程庄附近为B区，砖瓦陶片遍地皆是，且房舍遗痕较多，盖为敖仓之中心区也。以陈庄附近为C区，其情形与A区略同。然在程庄西南附近一里内，亦不断可发现汉瓦及陶片，此盖为当时附近居民之住址也。暂称之为D区。程庄以东及以北多古墓，盖为当时之填充。称之为E区。至其建筑及街道城垣，因未作发掘，故而不得而知也。其平面图如下：

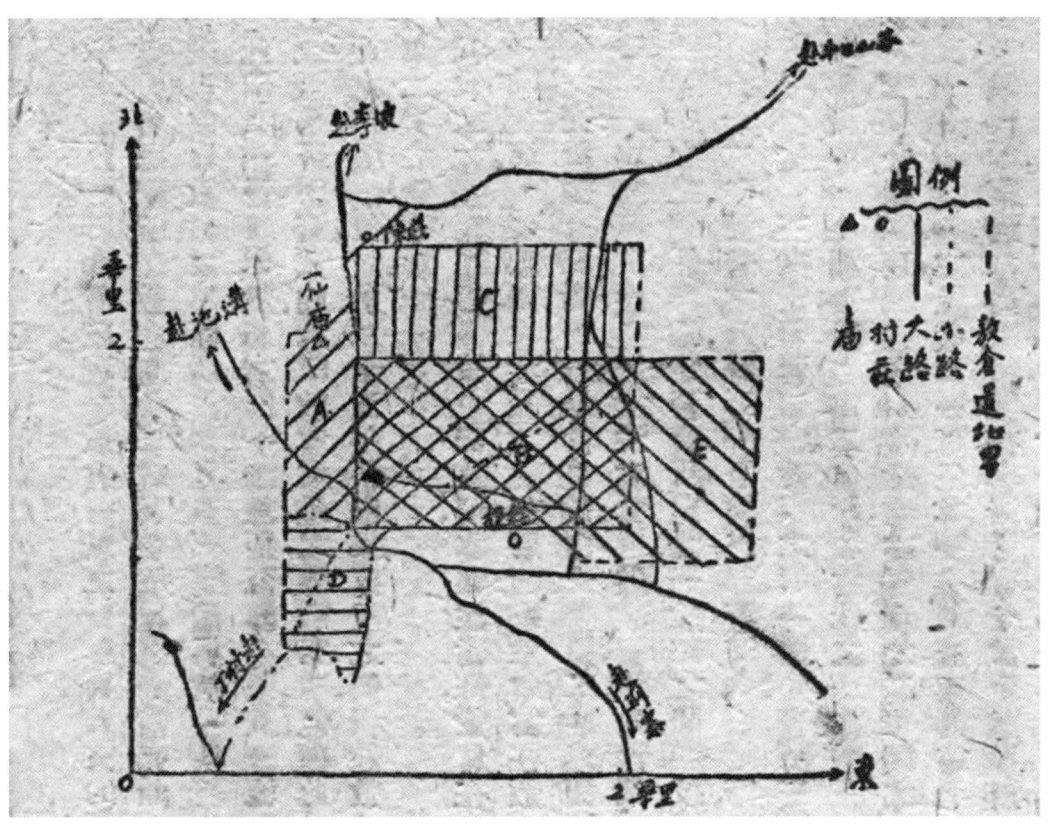

（敖仓与广武城）与敖仓最有关系之地，即广武城。且今之池沟寨即称为广武城，与敖仓遗址甚近，故不得不特别一考也。古书之记载：《史记》云："复取成皋，军广武就敖仓食。"窥此据可推之：广武与敖仓当甚近，便于就食也。又"项王已定东海，来西与汉俱临广武而军"（卷第七《项羽本纪》）。可见项王军离近广武，非驻军于广武城中。《集解》康曰："与荥阳筑南城，相对为广武在敖仓西三皇山上。"《括地志》云："东广域地面广城，在郑州荥阳西二十里。"《西征记》云："三皇山上有二城，东曰东广城，西曰西广城，……在敖仓西。"据此则可知广武城似当在敖仓西，《水经注》云："（济）水南带三皇山，又东经西广武城北，《郡国志》（后汉书第十九）荥阳县有西广武城，在山上，汉所城也。……济水又东经东广武城北，项王所城也……济水又东迳敖山北，其山上有城即殷仲丁之所迁，……秦置仓其中，古曰敖仓城也。"观此意广武城皆在敖仓之西，揆之地理形势，不甚合理。又据《志》载今之广武县治北十里山上有霸王城（今日军正驻于此城中，知其将败也）在鸿沟东，汉王城在鸿沟西，中隔一大山谷，曰鸿沟，此地在敖仓东二十里，揆之情理甚合。因汉驻军地之广武，并非前线，自当在敖仓附近以便就食。而敖仓为军之食粮所在，生命所关，绝不会在项氏之后方，宜在汉军之后方，离前线有相当距离为合理。如据《水经注》之说，则敖仓适在项王后方矣，中又隔一城，汉军何得而就食乎？又何得以鸿沟以西为汉，鸿沟以东为楚乎？可知《水经注》所记完全错误，与《史记》原文亦相矛盾，故不足信乎。按邙山过汜河以东，通称为广武陵，故可知刘项之广武，非必为广武城，甚明矣。再者：汉驻军之广武城，乃为一故城，非汉王临时修筑者，自当有远古之遗迹。或今之池沟寨即汉驻军之广武城欤？然在其西石漕沟山上亦有一故城遗址，余疑为即汉之广武城，今之广武城（池沟寨）当为殷仲丁迁敖之敖城，此说盖无大疑问也。

（**敖仓故址之确定**）有此二次实地考察之结果，证明《史记》所云之敖仓故址，当在今广武县治西北二十里，三皇山上，程庄与陈庄之间也。

二十六年二月十日作于开封，原名"广武考古记"，图版甚多。三十二年元月二十日作提纲于重庆。

（原载《文史杂志》，1943年第2卷第9、10期合刊）

# 中国历代对古迹古物之研究与保存

## 甲、中国历代对古迹之研究

### 一、历代对古迹之研究

中国已经对古迹之研究,多与考史有关。盖古迹之为用,一可以引人发思古之情,一可以从古迹上而考知古代之文物制度。故:孔子欲观夏道而之杞,欲观殷道而之宋,(参考《礼记》及《论语》)乃升太(泰)山,观易姓而王可得而致者七十余人焉,(《韩诗外传》)孔子之学乃成。子思游齐,亦先登泰山而观天子之铭。(《孔丛子》)汉时,司马迁欲作《史记》,乃遍寻天下古迹。登箕山访许由冢,(《伯夷列传》)至楚观春申君故城,及长沙看屈原沉渊,适北边观蒙恬所筑之长城,至淮阴而访韩信漂母冢,适沛丰而观萧曹樊哙滕公冢,上会稽探禹穴,陟姑苏而望五湖。适大梁、梁墟,求向其所谓夷门,始知"夷门者,乃城之东门也"。(《史记》)因此,而《史记》乃成。此后,学人每欲著作,先观史迹。或睹史迹而发思古之幽情,或睹史迹而得见先代之文物制度。因是:"吊古""怀古""访古""考古""稽古",以及古迹"纪游""纪行"之诗、之文、之赋、之歌、之书册,不可胜数,唐宋以来尤多,明清更盛,几成为"文人""雅士"之工作焉。

### 二、古迹之保存

因史迹之为文人重视,故保管史迹亦成为要事。保管史迹之风,亦起于两汉,而盛于唐宋,明清尤之。盖因周末世道衰微,及秦时典籍又多被焚毁,欲知先朝之文物制度,势必求诸史迹。因是对先朝遗迹,咸加修复。如孔子宅,至鲁共王时坏之,"以广其居,升堂闻金石丝竹之音,乃不坏宅"(《尚书序》)而鲁共王灵官殿,晋时犹存。至于宋代，修复古迹之事，乃为官家所提倡，如："成都大成殿，建于东汉初平中，气象雄浑，汉人大隶记其修筑年月，刻于东楹，至今（宋）千余年巍然独存……绍兴丙辰高宗书大成殿赐之。其后胡承公世将宣抚川陕，治成都，诣殿周视栋梁，但为易其太腐者，增瓦数千，而不敢改其旧"云。（《梁溪漫志》）诸如此例，甚多。凡古寺庙宫阙桥梁之重修，古陵墓之树碑、立庙，概为唐宋明清以来事，到处可见。然可注意者，即或为官修，或为私修。至康熙年间，中国寺庙共七九六二二处。而多数皆人民私修。（如下表）由此可知当时风气之一般。此种风气，非尽为考史，而大部因迷信之结果也。

| 敕建大寺庙 | 敕建小寺庙 | 私建大寺庙 | 私建小寺庙 | 共计（处） |
|---|---|---|---|---|
| 六〇七三 | 六〇四九 | 八四八五 | 五八六八二 | 七九六二二 |

上表据王逋《蚓庵琐语》制成

## 乙、中国历代对古物之保管及研究

一、古物之保管及保管库之建置

（一）古物被重视之原因——其一曰：古物之神话化也。（如济源济渎庙之石、丰山之钟、达摩之履）；其二曰"三代时以鼎钟为最重之器，故有立国以鼎彝为分器者"，（抄中考史28页）（《阮元积古斋钟鼎彝器款识序》），故秦汉以来，咸以得鼎彝为祥瑞也。其三曰：古物可以证经史也，"夫金石之足证经史，其实证经者二十之一耳，证史者则处处有之"。云云（翁方纲《平津读碑记》）。其四曰：古物雕镂纹样之精美，为贵族阶级之玩赏，"用以摅适性情，泳陶清暇，附于古圣人游艺之意"。（康熙《御制佩文斋书画谱序》）。或："玩好之物，以古为贵也。"（《敝帚斋录谈》）。其五曰：古物可以动怀旧之蓄念，发思古之幽情也。因是古物随被世人重视矣。其六：先圣名贤及神仙之遗物。其七：文章中描写之遗物……

（二）古物保管及其建置——古物保管之历史可分二阶段，一为官府保管（自三代至隋）时代。二为官府与私人并保管时代。（由隋唐至现代）古物之保管处所，在三代为宗庙，凡国家重器皆存其内，设守祧天府之官掌之："守祧掌守先王先公之庙祧，其遗衣服藏焉。若将祭祀，则各以其服授尸，既祭则藏其服。"又："天府掌祖庙之守藏与其禁令，凡立国之玉镇大宝器藏焉。若有大祭，则出而陈之，既事，则藏之，……若迁宝则奉之。"（《文献通考·宗庙考》）至其陈列之方法："庙堂之上，牺尊在西，罍尊在阼。庙堂之下，县鼓在西，应鼓在东。"凡国之大事皆先告于宗庙。凡六艺之学习亦必在宗庙。由此可知：宗庙不唯为古物之保管库，且为一中央性之博物馆也。春秋战国时各国之重器国宝皆纳于宗庙。秦汉而后，古物之保管除宗庙而外，且有专馆之建置。唐宋以来更盛，宋代之九成宫、神御殿、崇文院、龙图阁、天章阁、宝文阁、征猷阁、直秘阁、昭文馆、集贤院史馆、仪礼局等，皆为著名之古物博物馆，宣和间内府尚古器，更于宣和殿后之保和殿，左右有稽古、尚古、博古等阁以贮之。（《铁围山丛谈》）宋室南渡，内府古物，多入于金。而金人多毁之。元、明、清内府皆建有专馆，保管古物。且分类建馆，如南薰殿之藏历代帝后图像、史皇宬之珍藏太祖以来御笔实录。至其他如文华殿、文渊阁、文澜阁之内，皆陈有古物，以备考究，此虽为古物之保管建置，实即古物博物馆之原形也。

### 二、由官府保管至私人保管

历代古物之保管，有一显著之实事，即由官府之保管而渐至于私家保存之转变。周代，凡有实物，概纳于宗庙。及至汉魏，出土古物，似皆献于上，即考史、考字之所据鼎彝，概亦为存诸官府者。晋及六朝似已有私人藏古器物事，如"物华天宝"故事。唐宋以降，私家保藏古物之风颇盛，据哲宗元祐年间，吕大临《考古图》所列收藏古物者四十家，《续考古图》所列者三十，以上共七十家，余如"单路分炜字丙文……居黔阳，好古博雅，所蓄古物甚富"，（《游宦纪闻》）至"宣和间，士大夫家多藏三代秦汉遗物。下迄于明，此风仍炽，如吴南园何氏、笠泽虞氏、庐山陈氏书籍金石之富，甲于海内"。（《江南通志》）及至清代，此风更盛。尤以乾嘉之后，天下大定，"好事者蓄之，徒为耳目奇异玩好之具而已"。金石珍品，除为学术界利用外，兼可为附庸风雅者摩挲赏玩，故大人先生、富商巨贾，力求古物，刻书谈文。此风一开，而金石之出土无已时，是故，金石之学以清代为最盛也。

### 三、历代对古物之研究

对古物研究之风起于春秋，凡言史、言事，每先引遗物为证。如《左传·昭公七年》言孔子为圣人之后，只因"其祖……正考父……故其鼎铭云：一命而偻，再命而伛，三命而俯，循墙而走，亦莫余敢侮，饘于是，鬻于是，以糊余口"云云。迄于战国，此风渐盛，（参考《礼记·礼运》《论语》《韩诗外传》《国语》《吕氏春秋》《孔丛子》《韩非子》诸书）汉人继之,时如李少君(《史记·封禅书》)、司马迁(《史记·留侯世家》)、张敞(《汉书·郊祀志》)、袁康(《越绝书》)、许慎(《说文》),皆以善识古器物名于世。晋时有张华(《博物志》)、束皙。梁代有刘杳、顾烜、虞荔、陶弘景、刘显诸家,皆为著名之古器物学者。且有专著书焉(如虞氏之《鼎录》、陶氏之《刀剑录》),迄唐有吴协之《三代鼎器录》、郑承规之《碧落碑释文》,何稠以博古名,韦应物有《石鼓歌》,此风以开,至宋而更盛,一时名家专著如吕氏大临之《考古图》、宋徽宗之《宣和博古图》、薛尚功之《历代钟鼎款识》、王俅之《啸堂积古录》、张抡之《绍兴内府古器评》、欧阳修之《集古录》、李清照之《金石录》、洪适之《隶释》、洪遵之《泉志》、聂崇义之《三礼图》之类,不下二三百家,即其他丛集,无不谈及古物者,且如郑樵撰《通志》,即分金石为一门,可见当时研究古物风气之一般矣。金元两朝,不重古物,此风少衰。明代虽有著作,如曹昭之《格古要论》、郭宗昌之《金石史》、赵崡之《石墨镌华》、于弈正之《天下金石志》、王世贞之《古今书法苑》、王常之《集古印谱》诸作,虽亦甚多,然不及宋代之盛。清代,此风复炽,二百余年间金石著作九〇六种(据卫著《中国考古学史》),以金石名家者一五〇五人,如阮元、翁方纲、王昶、孙星衍、钱大昕、翟宗瀚、吴荣光、鲍康、陆耀通、黄易、朱彝尊、陈介琪、吴式芬、刘心源、吴大澂、王懿荣、端方、吴云、严可均、徐渭仁、杨守敬、毕沅、王国维诸氏,凡古器物,不论金、石、陶瓷、帛币、印玺、木简、绢纸、甲骨之类,皆有专著刊行。民国以来金石名家者,如罗振玉、关百益、容庚、商承祚诸氏,亦不下百人。然自西洋考古学及其方法东传以来,国人竞习新式考古学,此种玩弄金石、考校经史之"金石学",已渐形衰落矣。

由前所述,历代对古器物总之研究显然应分为五个阶段:即(一)由周至两汉为萌芽期。(二)晋至隋唐为发达期。(三)宋至清为兴盛期。(四)清末至现在为新旧考古学交替时期。(五)以目前论,旧式金石学似全衰退。新的考古学似走入发达途中矣。

（原刊《力行月刊》第9卷第4期合刊,1944年）

# 安特生彩陶分布说之矛盾

关于中国民族及文化之起源,现在仍然以西来说为普遍。一般人总以为中国民族与文化源于中央亚细亚,或者在中国的西北部,由此而定中国民族及中国文化发展之路线,为由西北而东南。其实这是一个绝大的错误,至于所以造成此绝大错误的原因,主要者就是安特生(Anderesson)、阿尔纳(Arne)、步达生(Davidson Black)等人所创的"彩陶分布说"。试将安特生的《中华远古之文化》,步达生的《奉天沙锅屯及河南仰韶村古代人骨与近代华北人骨之比较》与《甘肃河南石器时代及甘肃史前后期之人类头骨与现代华北及其他人种之比较》、阿尔纳之《河南石器时代之着色陶器》、安特生之《甘肃考古记》和《奉天锦西县沙锅屯之洞穴层》、巴尔姆格伦著《半山及马厂随葬之着色陶器》等书作综合比较,即可发现他们有很多的矛盾及其认识的错误处。兹分如下五点论述之。

第一,各史前遗址年代上之排列与文化西来说之矛盾——按照他所列各项遗址之年代,仰韶期是始自西元前四千年至一千五百年,为最古;与此同期的有奉天的沙锅屯,山西的西阴村,陕西的斗鸡台及鱼化寨等。最晚为沙井期在西元前一千五百年;所以他分齐家、仰韶、马厂各期为新石器时代,始自纪元前四千年至二千五百年。又以辛店、寺洼、沙井三期为紫铜器时代,约自西元前二千五百年至一千五百年。他所列各期之情形如下:

1.仰韶期(河南渑池仰韶村):河南所发现之矢镞,系骨贝和板岩所制。为甘肃所极少。河南之饰珠,在甘肃又极多。河南出之陶鼎和陶鬲却为甘肃所绝无。河南殉葬之地,不及甘肃的华丽,河南之陶器花纹复杂异常,而家用陶器则极其简单。

2.齐家期(甘肃宁定县齐家坪):这时期所出的石器多是小件,和仰韶大致相同。有尖锐骨制之器,有灰色的陶质,其上缀有席纹,或压成篮纹,其颈及耳满布压成之美丽花纹,形式秀丽。有浅黄色的薄壁瓶,其陶质表面光滑,颈部甚高,而有二大耳,则与罗马古代安佛拉式(Amphora)相似。

3.马厂期(甘肃碾伯县马厂沿):这时候的陶甕分为二种,一种较高大,其上所绘之大圈中普遍实以方格或"之"字的条纹,"之"字的转角处,并有手指参差状的花样;一种较小,其口甚大,耳颇高,近口之全部,满绘复杂花纹,有模纹、纵纹、斜纹及斜长的椭圆形,并有三角纹,三角中杂以多数的方格。

4.新店期(甘肃洮沙县新店):石骨各器,除牛马胛骨所制与鹤嘴除外,其余都是这期极普遍的器物。铜器有形似刀剑的,但极少。陶质较疏松,不及前二期。这期陶甕之底多凸形,其口甚大,其高者甚多,而短者较少,彩绘之花纹多横行,为黑色的条纹及细狭的纹,还有颠倒列置的三角纹,所以往往形成"之"字的裂缝。又有一种连续的回纹,和小件花纹杂于其中,如N形或如犬羊之图形,点缀于重要花纹之间,至于马形人形间或也有,而鸟形和牛形则不多见。

5.寺洼期(甘肃狄道之寺洼山):此处发现有单色大陶甕及足部肥大之陶鬲,而在同一葬地中,亦得到铜器多件。

6.沙井期(甘肃镇番县西三十里之沙井):此地得到无数的小铜器,就中以带翼之铜镞精美异常。还有许多贝货及绿松石之饰珠等。至于陶器形杂且粗,大半没有彩纹,其有纹的,则系直立三角形和鸟形之横带纹,与苏萨陶器之有鸟形纹极相类似,但沙井文化却比苏萨为迟。

由上所列情形看,甚显著者即前三期是以河南仰韶为中心,后三期以甘肃为中心。再按中国正史,夏起于西元前二千二百年,殷起于西元前一千八百年,终于一千一百三十年,在此时期之中国文化已达相当程度,而且有甚完备之文字纪事,铜器亦已相当进步,远超过甘肃所发见各期之上。且按安氏发现之遗物,除上列各地外,尚有大部分是出自青海湖滨。按青海在魏时面积为九百华里,而今时之面积不及七百华里,而安氏所发现之彩陶多在今之湖滨黄土中,可见此遗址在魏时尚在水中,绝不会有人类居住,而用陶器。可见其年代当晚在魏晋之后,魏晋时代此地仍属西羌民族所居,羌人无文字,其所用仍以石器与陶器为主,间亦有铜器,故其文化系统与仰韶者似不相同。此点加尔格仑(Karlgran)氏亦论及之。且安特生又再三重述仰韶所代表者各遗址如沙锅屯等,其彩陶及器物显为一文化系统,甘肃所出土者显又系一文化系统。然其比较结果,证明亦有其相类似处。此点则即说明:第一,河南者为一文化中心。第二,甘肃彩陶与河南彩陶发生着其历史的关系,即此彩陶文化之由河南传入甘肃后之演变的关系。因此:甘肃者虽与河南者不同,此不同则为文化演变之形体的不同,非中心系统之不同,故甘肃彩陶较河南者为精制,此即彩陶文化西移之明证。然安特生氏反而以此云中国文化西来,岂不是一大矛盾吗？

由此矛盾作出发点，即可知安氏谬误之处很多，如前述之一段中，安氏云："仰韶陶器尚有一部分或与西方文化具有相互关系，近与俄属土耳其斯坦相通，远或与欧洲相关。"此种关系，我们当可承认。他的比较也很精细，然他所得结论，为"巴比伦在西元前三千五百年，即有彩陶，仰韶陶器与三代铜制鼎鬲相近似"，即以此证明，"此彩陶当去有史不远，当在今四五千年之间，是即远在巴比伦之后"。此语中有两点大矛盾：第一，安氏前已云仰韶遗址在纪元前四千年至二千五百年之间，此即说明仰韶彩陶之时代最少当在三千五百年至三千年之间；反而又说"巴比伦彩陶在西元前三千五百年，而仰韶当在巴比伦之后"；后一说之唯一根据为"此彩陶与三代鼎鬲相近似"，如以此而言，现代中国器物亦多与仰韶期彩陶相似，是则仰韶彩陶又当为最近代之器物，那么安氏所谓的仰韶时代，则亦当为最近期，即无一点之价值可言。

此语则前后矛盾。况彼所列之西西里岛、启龙尼亚及安诺等等地方，并非古文化区，在中国文明已甚盛时，此等地方仍为未开化人居住；且欧洲本身未有任何文化起源，彼之文明乃源于西亚，在西亚文明未入欧洲之先，亦或有人类居住，乃一般之原始蛮族，故其所发现之石器年代，然亦可想知绝不会超过中国所发现古物之先，虽不敢确说其年代，然亦可想知绝不会超过中国所发现古物之先。再按现在世界所发现知一般古器物而言，西欧之古器物，确与现在西欧之器物相类似，今如举一群古物为例，吾人一看即可知为欧洲器物，其形与现在欧洲者完全相似，我们只能说此器物与现在欧洲器物有一贯之历史关系，绝不能因此之形相近而即肯定其"当远在巴比伦之后"，为极不合理，且不能自圆其说。如按安氏等人所列之时期排列，即中原者在先，西北各地者越西越后，次即对安氏"当由西来，非自东去也"之说，完全推翻。易言之：即安氏等人并不能自圆其说，所以其"彩陶创于巴比伦而东移说"乃为荒谬之言，因是安氏等人之著述，即不能为中华民族源于西北说之根据。

第二，步达生氏对古人骨比较之结果与安特生彩陶分布说之矛盾——进一步再来看安氏与步氏学说中之矛盾点，步氏对古人骨与现在人骨之比较，其所据材料，完全为安特生氏所发现者。所以他第一步是先将仰韶出土古人骨与沙锅屯出土的古人骨与现在中国各地人骨之比较，而成其《奉天沙锅屯及河南仰韶村之古代人骨与近代华北人骨之比较》一书，所得结论为"沙锅屯仰韶居民体质与现代华北居民体质同派"；并说明其为"所谓亚洲之嫡派人种"。此即证明在纪元前四千年以前中国民族之主干的汉族,即繁殖于今华北大平原及其沿旁之山陵地带。此后,又以安氏在甘肃青海各地出土之古人骨,与仰韶古人骨,以及其他各地人骨作一比较,此比较时根据材料,据步氏所列表如下:

| 红铜器时代及铜器时代 | 石器时代 |
| --- | --- |
| 寺洼时期(甘肃)——男性四具及女性四具 | 马厂时期(甘肃)——男性三具 |
| 辛店时期(甘肃)——男性十具及女性两具 | 仰韶时期(甘肃)——男性二十七具及女性十具 |
|  | (河南)——男性六具及女性四具 |

所探遗骨晚时期时代者共三十六具。除上列古人骨而外,并取所谓"亚外系"共二十六具。以此详细比较所得结论,证明"甘肃之古人骨(约纪元前一千五百年)与现在华北汉人在内(现在甘肃)人种相差较远,而有一部分则与西藏B种人种及西藏甘姆斯人种相似"。此两种比较,窥诸中国史乘,正相符合,即仰韶者为嫡系,而在殷时代之甘肃,则确为羌民之活动区域,汉人之移入则为周代以后事。故此甘肃之遗址出土古人骨与现代华北者不甚类似。然步氏之说明并不如此解释,反而以符合安特生氏之说为原则。故步氏在《甘肃史前人种说略》一文中说:"此种人之东移而且为中国古文化之主人翁"。不知将在此时代之殷周人的文化置于何处?以此而窥诸上章所录《甘肃考古记》中之一段,即很明显地表露出许多矛盾。第一,如以此种人为中国古文化之主人翁,即此所代表之时代,为自纪元前一千五百年至二千五百年,则其前千余年间之仰韶古人类之文化,当从何而来?再窥诸该文图四曲线表,可知彩陶文化显然向西移。则如果言文化西来,按理当为新疆所发现之遗址早于甘肃,甘肃者再早于河南,而事实则为河南者早于甘肃,甘肃者早于新疆至今中央亚细亚一带所用彩陶又多与甘肃者相类似,此乃显然为由东而西的明证。因此,按安氏之说,则势必得中华民族东来时,当先自巴比伦乘飞机由空运至河南,发展相当文化后,再返回经甘肃而至新疆,再入中亚与西方文化交流。想古代绝无此理,且巴比伦之彩陶年代又与河南彩陶年代相等,甚而河南之彩陶年代尚早于巴比伦,即使年代相等,东西数万里,在原始之民族,大山大水之阻碍,绝无一时即可神速之移到河南。此点显然最不合理,如综合一看,则矛盾丛生。第二,如以安氏之说及步氏之说为据,然现在甘肃居民之文化中心,显以汉人为主,最少在甘肃亦有很多汉人之居住,而西藏之B种人种及甘姆斯人种确已西

迁，并未向东移入中原，且在中原又并无西藏人种之居住。各方言之，其很显著确为由东向西。找不出由西而东之凭据。即以安特生比较之彩陶说不至有误，则适可证明中国文化之西移。而安氏之结论，适与彼之所得实例相矛盾。所以，在没有新的证据发现之先，安特生氏及步达生之发现，只可供中国文化西移说之证据，绝不可以作为文化来自西北之证据。彼承认为由地理环境上之分析，由此我们首先要注意者，世界高等文化之起源最早不过一万年，且产生文化之自然环境，一定是温带气候适中之区。那么：中亚气候确不如中原，且不适宜为农。即使大戈壁沙漠古为湖泊，然其干涸已久，其周围真人之骨骸可否发现，当为一很可注意的问题。因为我们讨论的是人，人的产地以生有古人骨之发现地为主，所以没有在新疆或中央亚细亚发现较有力证据之先，安氏之所则确纯为假想。并且他亦承认"吾人历来之设想"云云。可见其在未作研究即已先有成见，此点即已失却其学术研究上意义。所以说安氏等人之学说多不可靠，再者，他说："所示定居之农业，如文化层之豕骨，如雕刻之方法，皆与仰韶村及中国史乘相符。"此则又显然承认甘肃所发现的遗址中之农业痕迹，此种农业方法来自仰韶文化，合乎中国史乘。然他在后面反而说："凡此皆所以示此种文化（指甘肃新石器文化）之主人翁，实为中国史前之民族……其于中国本部西北特为发达，且杂有西方文化之表征……即谓彼中国人种最早之进化，当在亚细亚之内部，略如中国之中新疆或其附近一带。"此话又前后矛盾。既云似仰韶与中国史乘，则为说仰韶时代农业已相当发达，即以仰韶为农业中心，中国史乘所载之农业中心亦以黄河中游及下游为主。而甘肃遗址与之相似，则即为甘肃新石器时代之农业文化与仰韶者发生其相当之历史关系。况甘肃之遗址时代相当中国史中之殷代；殷代之农业，确已相当发达，文化程度亦相当高超，文化之传入甘肃亦为必然之事实。可是安氏硬把他又结到此为文化来自中亚，其说自相矛盾，且不合理。不知其所谓之科学的方法之说明何在。亦或许安氏等人不明中国地理方向乎？绝非如此。至其所谓与西方文化关系一点吾人亦承认，因中国文化西传，渐传势必渐变。至中亚一带，与西方文化接触。即在其形式上亦兼似中西，而成为一甚合理之事体，安氏亦承认之。然其偏见太深，故而矛盾才太多。况仰韶文化自成一系，其区域在华北大平原及其沿边之山陵地带，又自成一文化区域，其历史系统又与在中国正史之发展正相吻合。至其区之外者，渐远渐变，越近越似，其文化移动与流变之系统又甚明晰，故安氏之说乃诚如鸟居龙藏之语"可笑已极"。然鸟居氏之"中华民族源于甘肃"说，又不知何所根据。然彼之说，不过一个假设，亦未成立，一般人不甚注意，故亦无讨论之必要。

第三，文化源于西北说与中国历史系统的矛盾——如以安特生等人之学说为是，则又可发现一显著的事实。即在马厂、辛店诸期之前西北无文化。其后在夏、商、周三代千余年间，西北又无文化轨迹。按甘肃各省之有史以来的史迹最早不过秦朝。这就是说明了"文化起源于西北"说是与中国史之进步系统的矛盾。这一点，是任何人皆知道，然而大半是解释说："中国的西北只是一个过渡期，即由中亚西亚及于中国的西北各省；又由西北而至中原，文化才开始大进步。所以在其以前的文化常在中央亚细亚，其后者便又由西北而至中原。所以在中国的西北各省没有三代的遗迹。到秦汉之后，文化又返而西来，所以史迹才又渐渐的有了，文化才又渐渐的进步。"这一种解释，显然有很多不甚合理处，我们当提出下列各点：

（甲）以中亚来说：——即以安特生之比较的安诺彩陶来说，其年代不过在纪元前三千年至二千年之间，而安氏所指的甘肃齐家期之时间，已为在纪元前三千年前后，据此则即可知中亚之史迹较甘肃者仍为晚。且在中亚目前尚无较古之遗址发现。然在无较古遗址发现之先。安特生等人之学说则显然为理想，所以说是靠不住的。即使以亚诺之遗址为较古之学说亦显然为理想，所以说是靠不住的。即使以亚诺之遗址为较古来说，既与甘肃之遗址同时，故其关系不会是历史的关系，而且其所谓之移动的中间地带，又找不出联系之遗址，那么，按安氏之说，则其文化之移动非有"飞机"之联系没有办法来说通。然而古代没飞机，则安氏之说又不通。

（乙）再以中原来说：正当寺洼各期，中原已是夏殷时代，其文化较之安氏所举甘肃者为优越的多多，而且夏殷周之文化自成一系统，与以后之秦汉历史又甚显明亦相合，与以前中华原始人之发现及仰韶期之文化又相合。仰韶之鬲形陶器与夏殷周之鼎形铜器，与秦汉而后之中原器物又自成一发展之系统。如以安特生之说为是，则势必以寺洼、马厂、辛店各期之一千余年来代替夏殷时代。则仰韶以后为寺洼各期。在寺洼各期以后又为周代，如下表：

| 期名 | 西元前之年代 | 中国之朝代 |
| --- | --- | --- |
| 马厂 | 二八零零—二五零零年 | 夏代 |
| 辛店 | 二五零零—二二零零年 | |
| 寺洼 | 二二零零—一八零零年 | 殷代 |
| 沙井 | 一八零零—一五零零年 | 周代 |

由此表以看,即知其不合理。第一,马厂各期无文字之记载,而殷代之文字已相当进步。第二,马厂各期之器物极劣,而殷代之遗物皆相当精美。如以安氏之说为据,则中国文化之进步在地理上而言,为西元前两千五百年前在中原发展,突然移向西,至纪元前一千七百年又突然返东。然周之文化颇为进步,且在器物之形状,与马厂各期绝不相联系。再以进化之阶段而言,即中国文化在中原发展至相当时间,突然退化,至周代又突然进化,一日之间即可退至马厂文化,而一日之间则又可进至周代文化。此种进步方法,绝无此理,且殷代之文化又当如何解释乎?因此而引出下列一说,亦为一重要问题。

(丙)加尔格仑(Karlgren)学说之矛盾——加尔格仑因安特生及步达生等人不能自圆其说,乃解释为:"在中原者为汉人之文化,在甘肃者为羌人文化。"如此则又分中国民族为东来与西来,而文化系统则分而为二。如此说来,则安特生之彩陶分布说,所谓中国民族及文化之西来则完全推翻。然加氏之意,并非如此,乃中原者为自西来之一系统,或又自何时而来?加氏更不能自圆其说。如此之矛盾的学说,似根本不能成立,再者,如以加氏之说为是,则羌民之见于中国正史为周代,《诗经》中云:"昔自成汤,自彼氐羌,莫敢不来王。"可见西元前二千年至正统文化而逐渐开化,由此正适合于安特生之发现。即甘肃之马厂等彩陶文化为中原古文化之影响而成立者。如此说来,则羌民族似与汉族又为两系,其实不然,按羌民族之原居处并不在今之青海或西藏,实处于今之陕甘等地与汉民族杂处,后渐西迁。实际,其远祖与汉族似当为一系。再由马厂各期文化之情形来看。显系由中原文化而分变出来,则是正史为一系统,甘肃马厂文化为一旁支。此旁支亦源自中原移动至甘肃而后仍保存其原来器文化,无文字,且不甚进步。然中原者,突飞猛进,故而有殷周文化之形成,此新文化至秦汉以后,又渐西移。故可知此马厂等期文化所代表者为中国古代文化西移以至秦汉或其以后一阶段的西北文化,此为很显然之事实,且不甚进步。然中原者,突飞猛进,故而有殷周文化之形成,此新文化至秦汉以后,又渐西移。故可知此马厂等期文化所代表者为中国文化西移以至秦汉或其以后一阶段的西北文化,此为很显然之事实,且亦甚合乎中国历史之系统。

第四,中国各地彩陶分布实况与安氏学说之矛盾——按照安氏的文化发展线来说,应当是甘肃的彩陶与河南的极相似,甚至于完全一样才为合理。然而事实上,甘肃的彩陶与河南的彩陶则又完全不同,其所涂之花纹以及其样式则又显然代表着两种不同的文化。再按已经发现之彩陶的地理分布上说,河南仰韶式彩陶之分布地理范围,有陕西的关中、汉中,河南的邙山陵地带、南阳、豫北各地,以及辽宁的沙锅屯皆大致相似，可知当为一文化区，此种文化显然发展与陕西、河南、河北、山东、辽宁等省之大平原及沿边之山陵地带。而甘肃式之彩陶则显然又为一文化区，其发展之地理范围大概在青海、甘肃、新疆等地之西部高原地带，与仰韶式文化以陇山脉为其分水岭，甚为显明。因此，如按安氏之文化发展线而言，为何陇山之东西即完全不同，即使乃因自然环境而演变，亦不至经过一山脉以后就连丝毫痕迹也没有了。况且在此两文化区中有甚多之大山大河相隔，何皆不变。此则何又如此之变动呢？由此即可知安氏之学说显然矛盾。至于其两文化区之各个发展、移动，与其交流之情形，自为很多必待解决之问题。然安氏学说之不可靠，亦甚为显然。

第五，中国器物之进化系统与安氏学说之矛盾——在前述各节，已屡屡述及此点，然亦尚有再特别提出之必要。即安氏之结论，应当以甘肃彩陶与中国历代器物之进化成一系统为合理。然而仰韶等地彩陶的形状与其以后之铜器，与汉魏以后之器物形状显然是一个系统，其进化的情形甚为显著，而甘肃之彩陶则甚显然与中国古代器物无干，此点安氏亦述及之，然其前后之矛盾又甚显然，故我们当特别注意。

第六，总结——由前述各点，只是证明了安特生及步达生等人学说之不可靠，并证明安特生及步达生之说"当在新石器时代受西方人种之影响或西方文化之影响，……可由中央亚细亚经南北两山间之孔道。东南达于黄河河谷，以至现在甘肃之兰州"。此说不知从何说起。如以彼所找之材料而论，正是中国古代文化经甘肃之兰州，沿黄河河谷西行，经南北两山之间而至中央亚细亚，西方人受东方人或东方文化之影响，而向西移动。由西亚而至欧洲。此说至为合理，且证据又比较确实。

由此，即已说明安特生氏等人学说之谬误，当然不可轻信而为根据。尤其近年中国之一般洋迷学者，不论外人之所说是否有当，即以之为据而大吹大擂，由此根据而言中国民族西来，或中国文化起自西北。尤其些写小说的作家，把他描写的更有声有色，实际一点根据也没有。可是这些学说确对中国现代文化及思想上有极大的影响，所以我们特别提出来一论。一方面使我们注意许多现在所谓考古学上的史前史料之不可靠，另一方面使我们要建立一新的历史系统之中心。如此：即则已说明现在一般的所谓中华民族西来说，或文化源于西北说，或西北为中华民族文化之摇篮者论者，在没有更新的确实证据发现之先，其学说仍似不能成立。

**本文批评对象各书索引：**

（1）Andersson:*An Eary Chinese Culture,Bulletin of the Geological Survey of China*.No.5.pt.I.1923（中华远古之文化）。

（2）Andersson:*The Caue-DepositatvSha-Kuo-T'unvinvFengtien, Palaeontologia Sinica*.Series D.vol.Ⅰ.Fasc.I.Peking1923（奉天锦西县沙锅屯洞穴层）。

（3）T.J.Arne:*Painted Stone Age Pottery from the Province of Henan. Paloontologica Sinca*.Series.D.Vol.Fasc.2 Peking.1923（河南石器时代之着色陶器）。

（4）Davidson Black:*A Note on the Physical Characters of The Prehistoric Kansu Race*（甘肃史前人种论略）。

（5）Davidson Black:*The Henan Skeletal Remains form the Sha-Kuo-T'un Caue Deposit in Comparison with those Form Yong-Shao-Tsun and with Recent North China Skeletal Material*（奉天沙锅屯及河南仰韶村之古代人骨与近代华北人骨之比较）。

（6）Andersson:*Preliminary Report on Archoological Research in Kansu. Memorirs of the Geological Survey of China*.Series A No.5.Peking.1925（甘肃考古记）。

（7）S.M.Shirokogoroff:*Anthropology of Northern China.Royal Asiatic Society*.Extra Vol.Ⅱ.Shanghai 1923（华北人类学）。

（8）Licent:*The Discovery of A Palaeolithic Industry in Northern China.*（桑志华著：中国北部旧石器时代之遗迹。见中国地质学会会志第三卷第一期）。

（9）Nals Palmgren:*Kansu Mortuary Urns of the Pan-Shan and Machang Groups*（半山及马厂随葬陶器）。

（10）步达生著：甘肃河南晚石器时代及甘肃史前后期之人类头骨与现代华北及其他人种之比较。

（原刊《新中华》第6卷第7期,1948年）

# 邙山陵地带之历史价值

## 一、邙山陵地带之历史地位

坐着陇海路的火车向西行，自郑州至潼关间可见之一带黄土陵原，就是在中国文化史上极有价值的邙山陵。其地理位置是在河南省的中部和西部，自潼关而东，沿着黄河南岸，至平汉路的黄河铁桥止，共计五百三十余华里，完全为黄土质。在上面完全为可耕土地，大半是棉田。所经县份有陕西省的潼关，河南省的阌乡、灵宝、陕县、渑池、新安、洛阳、孟津、偃师、汜水、广武等十二县。如图。

邙山陵地带范围图：

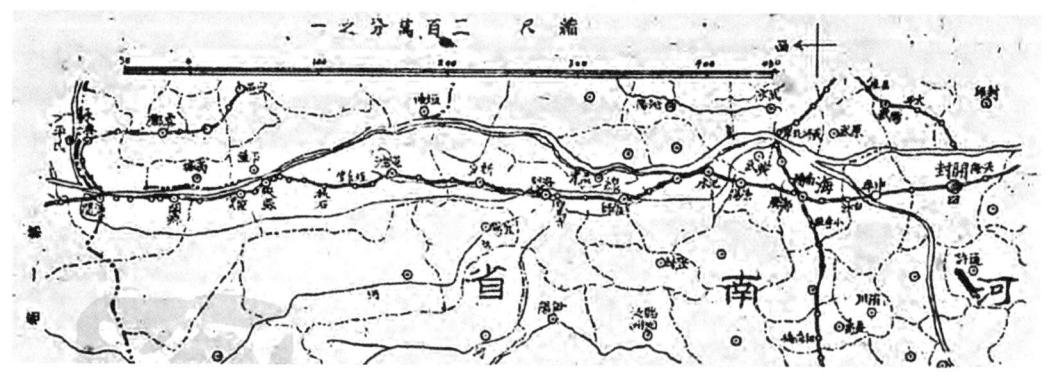

## 二、邙山陵地带之历史及其史迹

中国自有人类文化以来，没有一时一刻与邙山陵脱离过关系。又没任何一种文化不是在邙山陵上孕育和长成。邙山陵地带可以称为"中国文化之母"，所以我们当特别注意。其地带所包括名山，主要的为陕山、北邙山和广武陵。

《河南通志·山川志·北邙山》云："在府城(洛阳)北一十里，又名陕山，'周筑王城,北贯陕山',即此。西自新安,东接洛阳、偃师、巩县,峻极险固,当河洛之间,东汉诸陵及唐宋名卿冢墓多在焉。金更名为太平山。"又广武山:"在河阴县(广武)北……其上有东西广武二城,即楚汉屯兵相拒处。其麓东跨荥泽、西南跨汜水,连亘五十里。其旁有小山,名金山。"

所谓邙山陵地带,不止这些地方,按其间署名山岗共五十余,如三门、底柱、函谷、崇山、敖山、百牛阌等。名川如黄河、伊河、洛河、瀍河、润河、京水、索水、汜水……著名之关塞如虎牢关、函谷关、潼关、桃林塞、龙门……渡口如玉门、茅津、孟津……名城如洛阳、成皋、新安……在这些名山大川中,还出了中国五千年的历史。所以在其中是古迹遍地,据见之史册中的共计一千○七十处。其内包括古陵墓一八五,著名寺观三○一,名城、宫殿、名人遗址、古战场、古驿站、渡口、园囿、楼阁、亭塔、桥梁、壁垒、岩洞、摩岩造像、壁画、井泉之类共计五百五十余处。若再以其年代而论,最古老当属旧石器时代遗址女倘陵,据传说已应有百余万年。此后经三代至秦汉,中国的历史差不多都是在邙山陵地带造成,此后邙山陵地带又成为东西交通之孔道,所以其中古迹名胜甲乎天下。

### 三、三十年来邙山陵地带重要遗址之发掘

自民国九年刘长山[1]自河南邙山陵一带采集石器数百件。因此被一般学人注意,料定其上必有石器时代的遗迹,因是民国十年十月,北京地质调查所,派瑞典人安特生前往调查及发掘,在渑池县之仰韶村、不召寨,及河阴县(今广武县)之秦王寨、池沟寨等地发掘,时经年余,发掘之遗址地质多在黄土层与红土层之间的灰土层,遗物有石斧、石磬、石锛、石刀、石杵、石环、石铲、骨针、骨铲、粗陶器及着色彩陶器等件甚多。此后民国二十二、三年间,又有河南史迹研究会之前往调查发掘。从之到民国二十年间,河南史迹研究会及河南博物馆不断派人在此一带考察,进而发掘广武县之清台黑陶遗址及池沟寨等处。民国二十三年以来,笔者或为公或以私人研究、在邙山陵一带所发现之史前遗址三十余处,主要有陕州北杨村遗址及崇福寺附近遗址,皆为较有特殊之价值的先史遗址。此外笔者民国二十五、六年间曾测量作小规模之发掘秦汉时代之敖仓遗址。其重要者如下:

---

[1] 刘长山,是早于安特生发现仰韶标本的考古家。

| 遗址名称 | 所在地 | 遗址年代 | 发现者 | 发现时期 |
|---|---|---|---|---|
| 仰韶遗址 | 渑池仰韶村 | 石器时代 | 刘长山 | |
| | | | 安特生 | 民国九年至十二、三年 |
| 不召寨遗址 | 同上 | 同上 | 同上 | 同上 |
| 秦王寨遗址 | 广武县 | 同上 | 白万玉 | |
| | | | 安特生 | |
| | | | 荆三林 | 民国九年至二十二、三年间，民国二十五年 |
| 池沟寨遗址 | 同上 | 同上 | 同上 | 同上 |
| 北杨村遗址 | 陕县北村遗址 | 同上 | 荆三林 | 民国二十七年 |
| 崇福寺遗址 | 同上 | 同上 | 同上 | 民国三十三年 |
| 吕布城遗址 | 汜水 | 同上 | 同上 | 民国二十八年 |
| 青台遗址 | 广武青台 | 同上 | 关百益等 | 民国二十三年 |
| 敖仓遗址 | 广武仓头 | 秦汉 | 荆三林 | 民国二十五、六年 |

**四、报告书及其所证明之邙山陵的历史价值**

至于这些遗址发掘的报告，据知已发表的，有下列几种：

| 书名 | 著者 | 发表处 |
|---|---|---|
| 中华远古之文化 | 安特生 | 古生物志丁种（北平） |
| 河南石器时代之着色陶器 | 阿恩 | 古生物志丁种（北平） |
| 陕州北杨村先史遗址发现记 | 荆三林 | 学术评论月报第二号 |
| 敖仓遗址出土古瓦面纹样 | 荆三林 | |
| 敖仓故址考 | 荆三林 | 文史杂志（重庆） |
| 由秦王寨出土着色陶器纹样上对安特生之质疑 | 荆三林 | 学评月报第一号 |
| 秦王寨出土着色陶器上之纹样 | 荆三林 | 稿本 |

由这些报告书上，可以确知在石器时代，邙山陵地带已为东方文化之中心、

其移动之方向则为向西北方。因为根据着色陶器之分布上可以证明,即在河南省乃为公元前三千年的,到甘肃、青海则在纪元前一千五百年左右之遗址中发现(注一),到新疆则在六朝墓中发现(注二)。可为"邙山陵地带着色陶器文化"西移之证明。

  注一:参阅安特生甘肃考古记
  注二:参阅徐旭生注西游日记

**五、邙山陵地带史迹之调查研究之简略计划**

  由前述可以知邙山陵地带之一砖一瓦皆无不是古物,任何一片地方皆是古路,可以说邙山陵地带就是一个大的东方文化历史博物院。然而在此博物院中之古迹古物皆未加保管和整理。随时的破坏,又随时抛弃,随着风雨的侵蚀,至为可惜。所以我们当时特别注意,并加以具体的整理,所以我们现在要整理它的步骤当分为二:

  第一步:调查与统计——即作一具体调查,然后按其年代与性质而予以分别统计一下,以作研究邙山陵地带遗址的参考和指南。

  第二步:发掘与整理——即对地下史迹分别作相当的发掘,对地上之古迹名胜分别予以整理。

  这一个工作为发扬中国固有文化之主要工作。尤其在建国之初,更有相当价值。所以我们在计划着今春即开始去作一个初步的调查。至其详细计划表,则另列了。

(本篇系荆三林先生未刊稿,据文中"陇海路火车""建国初"等字眼推测完成于50年代。)

# 东北古代民族体质人类学的比较研究

## 前 言

这篇论文是1950年春在时写的。原定发表在1958年的《中华医学杂志》,因错划右派,临时抽出。今幸旧稿尚存,重读之后,虽材料感到陈旧,因近三十年又有不少新的发现。但在论点上,仍有可参考的必要。特将该文参加东北民族源流学术讨论,以就教于诸同志。

## 一、对东北古代人类体质研究情况概述及其存在的问题

对于东北先史居民的种族问题,在近五十年来的研究结论。是因着资料新发现之增加而不同。第一阶段是清末民族,一般人对东北先史民族的研究,所根据的资料概为古文献之记载,以及其连年调查所得的遗迹物。[1]所得结论,概认为先史居民是古东胡族及匈奴族——即肃慎之后裔及獯狁之后裔,其移动之情形,匈奴族概由今山西、河北部以热河、东夷诸族及肃慎氏是今之山东河北、而至辽东。渐渐发展蔓延及于全东北及朝鲜。俟后到周秦汉各朝,汉族才大批的向东北发展。这一结论的代表学者,如鸟居龙藏、八木奘三郎[2]。其余大抵也不甚出此范围。一九二一年瑞典人安特生在锦西县沙锅屯发现先史人类遗骨及仰韶期彩陶之后[3]。经步达生比较的结果认为与仰韶先史人类之遗骨相同。[4]自此之后到一九三三年间先史遗骨之发现虽多,但比较结果,大致皆与仰韶古人骨相同。一九三三年(民国二十年)。札赉诺尔人类头盖骨之发现,远藤隆次命名为"满洲原人",[5]虽经赤堀英三研究结果,谓是"现代蒙古人的头骨,毫无学术上的价值"。[6]但远藤等人亦力求自圆其说[7]。自此之后,东北史前人类种族上之问题,即日益加多。如1.东北的先史居民是土著或是外来?2.东北先史居民与汉族的祖先是一

个或者两个？3.古文献中记的东北先史居民究属何种？4.汉族何时来到东北？及其移动的路线如何？5.先史东北各民族之关系如何？这些问题始终没有正确的解决，截至一九四五年日本投降，对东北的先史种族在体质上由于古人骨的发现，除扎赉诺尔古人骨，或谓"原人"，或谓现在蒙古人[8]，各执一说，尚无肯定外，其余如貔子窝[9]，赤峰红山后[10]各古人骨大致已确定其与仰韶古人骨相似。抚顺古人骨在岛五郎的报告书中，已确定其为汉族则毫无疑问[11]，至此大致可得一结论，即"东北的先史居民不论其各部族名称如何，则在体质方面，大致与仰韶古人骨相似"。如果扎赉诺尔古人骨确如赤掘英三报告，则其体质亦与仰韶先史居民为接近，即东北先史居民当来自今之华北及中原的山东、河南、山西各地，与汉族为同出一源。金毓黻先生说史前东北居民即为汉族河北，[12]这一点我们不甚同意。因为汉族与肃慎、东胡等族的关系是极近的兄弟，这些民族不一定就是汉族的支脉，按汉族是夏、殷、周三代，在中原地区创造有高度文化，而建立中国的一个中心民族，固然汉族的文化，曾影响各地的民族的开化与进步，但同时存在的兄弟民族，一样也另在个别的或交互的向前发展。所以说，这些古人类的发现及其比较的结果，可以证明在东北地区先史居民是汉族的兄弟，而且是血统极近的兄弟民族，但不等于就必要都是汉族。

中国古文献所记东北先史居民及其血统关系。第一，古文献中所记东北之地理范围——关于东北之命名，金毓黻先生已详加论述[13]。他说：方位之称……实始于庖牺画卦，以乾、坎、艮、震、巽、坤、兑、离八方之位。故《易·说》云："艮，东北之卦也。"《周礼》本之，更以八方明九州之方位，东北曰幽州，按《周礼·职方氏》，东北曰幽州，其山镇曰医巫闾。郑注：医巫闾在辽东，在今辽西省北镇县。金毓黻先生并说"夫医巫闾以北，则为辽宁省西之西北境，亦热河之东境也。依此求之，时东北之一名，于今辽宁、吉林、黑龙江三省之外，并兼综热河之东境在内，特其时所谓之东北，祇以表示方位之所在，不似金以后有明确界画之可指耳"云云[14]。金先生这个说法，我们是赞同的。其境界究竟如何？其南境当为燕齐各地之北境，其东极海，接朝鲜以及其沿海岛屿。按《山海经·大荒北经》肃慎氏尚在东北海之外。郭注"去辽东三千里"[15]。《左传》说："肃慎、燕、亳，吾北土也。"[16]《北史》云："其地东至辽海，以西至西海万里。"[17]如再诸《史记》《汉书》《通志》所记，在东北活动之各民族群及秦汉经营的地方，实至今之西伯利亚、阿拉斯加、库页岛等地，皆属于先史东北居民所活动的范围，即在此广阔范围之内，住着很多文化程度不同的人群。

第二,古书活动在东北地区各民族——古文献中所记载秦汉及其以前,在东北活动的民族,是肃慎氏[18]、东胡[19]、良夷[20]、貉貊——貉[21]、玁狁[22]、匈奴[23]、挹娄[24]、勿吉[25]、扶余、乌桓、鲜卑、朝鲜各族[26],除朝鲜似为箕子受封之地[27],则属于汉族之外,其余或属于满族及蒙古族。如下:

| 汉族 | 朝鲜 |
| --- | --- |
| 满族 | 肃慎、挹娄、勿吉、东胡、乌桓 |
| 蒙古族 | 玁狁、匈奴 |
| 不像东北最古之民族 | 貉貊、貉、扶余、良夷 |

这些民族当时文化比较中原的华夏民族的文化稍为落后。如在周秦汉各代的肃慎氏,仍在用石器的阶段[28],各个民族群体之生产方式的不同,或游牧,或渔猎,或农耕,因是其各群体的生活习惯,文化程度则皆有可能显著有所差别,由此差别上,而分为各小的民族,这种现象,即到隋、唐之后以迄清末,尚并不统一,现在仍有黑斤人、鱼皮达子等在北满的存在,究竟其是否为满族之血统,从仍有肃慎的血统,恐早已成问题,几经迫袭,几经混化,不论文化体质皆有所演变。

第三,上列各民族之来源及其血统——关于上列各民族的血统问题,我们于各民族之信仰及夏民族之关系上,曾罗列古文献之记载。总结所得,东胡、肃慎、匈奴诸族与汉民族为同出一源[29],郑樵《通志》曾总结古文献的记载为:"北国之先,皆轩辕氏之苗裔,世居朔漠,北方严肃之气。故其人天资刚劲。"[30]他所指的是匈奴、乌桓、鲜卑等二十多个民族而言。他的根据概为《史记·匈奴传》及《汉书》[31]、《晋书》[32]等史书中的四夷传而来。《史记·匈奴传》曾言"匈奴之先,夏后氏之苗裔也,曰淳维"[33]……他们的生活是游牧,与农耕之汉族在生产方式上不相同,故其在历史之发展上,又各有所差异。郑樵疑肃慎即魏之挹娄[34]。"古称息慎、稷慎及肃慎氏",夏殷周三代皆与中原有极密切的关系,金毓黻先生论肃慎氏原居于山东,自山东半岛移于东北[35],他说:"盖东北民族,僻处一隅,开化视内地为晚,肃慎之贡,石砮楛矢,晚在周初,是为其时犹用石器之证,即谓迁来之汉族,携内地文化以俱来。……就吾国古史料求之,即居于东北最早之肃慎族,亦有于先史时代自山东半岛移殖之可能……夙沙国历史在今之胶州,属于齐地,为古东夷之一,又考左氏昭公九年传,有'肃慎燕亳吾北地也'一语,若谓古代肃慎族居于今宁古塔一带,则于燕亳之地,隔绝太甚。何以与之并言,愚因疑最古之肃慎族当起于山东半岛,至其移居东北之时代,或在有史以前,由是观之,则肃慎一族,亦由汉族所蜕化。……后徙之汉人,势力既厚,视先来之肃慎人,已同异族。肃慎人又以畏汉人之威,渐徙而北,以成周代后之肃慎"云云。

金先生的见解,我们除肃慎为汉族蜕化一说不甚同意之外,则论肃慎来自山东半岛一说我们则甚同意,因肃慎氏为古东夷之一,古东夷原居于徐淮之间,不论如何,原来的肃慎,不会居于宁古塔亦甚明显,日人八木奘三郎于《满洲考古学》中论肃慎民族与挹娄族,亦有由南而北迁徙之痕迹,他并论貉貊诸族之来源,在今之徐淮及山东河南一带[36],《周礼·职方氏》:"掌四夷……九貉即九夷[37],九夷居于徐淮间。"《正义》《左传》载桓公北伐孤竹、山戎、貉貊。《山海经》云:"貊国在汉水东北,地近于燕。"《诗经》郑笺:"其后追也貊也,为猃狁所逼稍东迁,鲁僖公之时,貊近鲁地,至汉氏初貊种皆在东北,于并州之北,无复貊种,故辩之猃狁最强,故知为猃狁夷所逼也"云云。由是可知貉貊远在山东省境。按《山海经》,今扶余国即貉貊之故地,在长城北去玄菟千里。《后汉书·东夷传》高句两条:"依小水为居,因名曰小水貊。"八木奘三郎说过"实即今之鸭绿江[38]貊(貉)的生活情形"。据《孟子》的记载是:"子之道,貉之道也……夫貉五谷不生,维黍生之,无城郭宫室。宗庙祭祀之礼,无诸侯,币帛雍飧无百官有司……欲轻之于尧舜之道,大貉小貉也。"这大概是貊(貉)与中夏生活不同之地方。按"黍"当即高粱,中原人今尚称之为"黍",亦为东北之物产,其生活当同时似仍在野蛮状态。扶余之祖,称貊种。《史记·货殖传》云:"东绾秽貉、朝鲜、真番之利。"是在西汉时中原人与之商业关系发达。《后汉书·东夷传》:"扶余国在玄菟北千里……本猃故地。"是则其又向北迁徙了。由上所述猃的来路,据有史以来,是经今之山东、河南、江苏之间渐渐北迁,而至于鸭绿江及图们一带。朝鲜为周封箕子之地。[39]"作礼义田之教",为中原氏族之所殖民,不必再为叙述。此外即猃猁及匈奴的北迁。据《史记·匈奴传》:匈奴是夏后氏之苗裔[40],司马迁自有其根据:夏后氏之国在今之河南西部及中部[41]。其后一支为猃狁,居于今之山西,《诗经》所谓之:"薄伐猃狁,至于太原。"到春秋战国时代,与猃狁同组的赤狄、白狄、潞氏等人群,仍有居住山西中部及南部的。战国之末,燕赵秦各国向北扩展势力,匈奴才被逐出长城之外,渐向北迁移,其重要与中夏民族不同的地方,是生产方式的不同——中夏民族是农耕的,匈奴民族是游牧的。他到了长城之北,又常与东胡诸族发生关系。他主要的活动范围是在热河及其以北之内蒙自治区,蔓延游牧于北满及兴安岭一带。由于中国古文献之记载,在东北地区先史活动的民族,除汉族外,似为两个重要系统。即1.北狄(猃狁——匈奴)系;自今之河南出发,经山西河北而至东北区之热河,入内蒙古自治区及北满一带。并外蒙及西北各地活动。主要生产方式为狩猎及游牧。2.东夷(肃慎、挹娄、扶余)系;自今之河南山东起,而至东北地区之辽河鸭绿江、图们江以及朝鲜地带,他们的生产方式,以农耕及游牧并行——以农业为主。

此外即移入东北之中夏氏族(汉族)的燕、赵、齐、鲁、宋、卫人。他们的生产方式是农业为主,似还经营工商业。这就是古文献的记载上所知其同来自中夏的大概。[42]不过生产方式不同,生活习惯不同,劳动的程度及文化的程度各有差别而已。

## 二、东北古代人类体质资料的发现及其报告文献

近五十年来,在东北考古学及人类学所发现的资料,主要如下列六处:

第一,扎赉诺尔原人的发起问题

按扎赉诺尔,原为蒙古语"低地的湖泊"之意义,其地位于内蒙古自治区,离满洲里约一百华里,为一大的采煤场。在巴嘎欧鲁亲山西沿,由粗面岩所构成。丘上有新石器时代灶场遗址数处,丘下为低平的冲积层,四周紧临阿尔贡河、达赖湖及毛头那牙河。[43]其地层,据尔玛可夫(V.Toemaatchhov)、德日进(P.Tei hard de chardin)及远藤隆次等的报告大致可知铁北的北坑之地层[44]为如下:

| 腐殖表土层 | 干燥沙层(非水成层) | 致密沙层 | 干燥水层(水成层) | 永久冻结泥层 | 永久冻结沙层 | 永久冻结细砾层 | 黏土页岩层 | 煤层 | 灰色黏土层 |
|---|---|---|---|---|---|---|---|---|---|
| 3.5m | 2.0m | 1.0m | 2.0m | 1.0m | 1.0m | 3.0m | 6.5m | 7.0m | ? |

德日进与李桑神父(E.Licent),更进一步观测了南北两个小丘的地层,其发表结果如下:

| A.北方段丘(古期) | 1.砂质黑土层 | 2.砂层及植物层 | 3.黏土质砂层及砾层 | 4.砾层 | 5.含化石砂层 | 6.基底砾层 | 7.第三纪夹炭青色页岩 |
|---|---|---|---|---|---|---|---|
| B.南方段丘(新期) | | | | a.砂质黑土 | b.砂层植物层 | c.(砾层) | d.第三纪夹炭青色页岩 |

在第三层中检出优贝类化石及流纹岩石斧[46]。俟后远藤隆次又作过一次调

查，及对地层之观测，但与人类遗骨无关，[47]至其出土人类遗物，先后发现的有石器，出土在德日进观测的第三层中。据赤掘英三研究的结果，他认为"如果说旧石器，莫如说是新石器为妥当"[48]此外有打制石器及用磨制之后的黑曜石作成的石刀石枪之类，概皆为极晚期的新石器，此外有骨器、角器，及柳枝编物与木板之类，这些显然是近代的器物，驹井和爱强调这是后世器物的混入[49]，"由此种遗物之出土及地理与地层的上面看，此遗物的年代似不甚古，而为近代游牧之比较文化落后的民族群之遗迹，则似为近埋。故其发现之人类遗骸，亦或非十五万年以前之原人。"又裴文中先生估计，其绝对年代，在纪元前7000年左右。

这里发现的人类头盖骨共三个，远藤隆次命名之为"满洲原人"。出土地层第三号比较确定是在德日进所测的五层沙层中之外，余皆不甚清楚。因为这三个古人头骨的发现不在一个时候，第一号出土在一九三三年，第二号出土在一九四三年，中间相去十年。第一号的发现人是顾振权。第二号的发现人是矿工[50]。一九四三年九月，远藤隆次及裴文中亲往调查，于附近小丘中，又得一人类下颌骨，右侧尺骨，肋骨碎片，远藤定名为"第三号的扎赉诺尔原人"。

自第一号的头盖骨出土之后，经赤掘英三的研究，认其为壮年男性，其计测各点如下例：

| 头盖容积 | 一一八零 |
| :---: | :---: |
| 垂直弧长 | 三一一 |
| 正中弧长 | 三四零 |
| 头盖最大长 | 一七四 |
| 头盖最大幅 | 一四五 |
| 全耳高 | 一零六 |
| 最小前额幅 | 八八 |
| 上颜高 | 六五 |
| 颧弓骨 | 一三二 |
| 眼窠幅 | 四四 |
| 眼窠高 | 三三 |
| 头盖底长 | 九九 |
| 颜长 | 一零一 |
| 上颚齿槽长 | 五三 |
| 上颚齿槽幅 | 六七 |
| 头盖长幅指数 | 八三八 |

续表

| | |
|---|---|
| 头盖长指数 | 七一一 |
| 头盖幅指数 | 八四八 |
| 上颜面指数 | 四九二 |
| 眼槽示数 | 七五零 |
| 上齿槽示数 | 一二六四 |
| 颧弓前头示数 | 六六七 |
| 前额侧面角 | 七八度 |
| 全测面角 | 八二度 |
| 颜面扁平度上角 | 一四五度 |
| 头面扁平度下角 | 一二九度 |

由于上列的计测,并与其他人骨比较之结果,发表其报告书[52],结论是:"似今之蒙古人头骨,缺乏学术上的价值。"十五年之后,远藤隆次对于此第一、二号头骨,又变之为壮年女性,其计测列如:

| 人头骨 | 性别 | 大后头骨示数 | 眼窝示数（左） | 眼窝示数 |
|---|---|---|---|---|
| 第一号 | ♀ | 76、3 | 77、3 | |
| 第二号 | ♂ | | 82、9 | 72、1 |

上述与赤掘氏所列大有出入,并对第二号的物证。列举如下:

| 第一 | 最小前额幅九三米毫,眼窠后方极窄。 |
|---|---|
| 第二 | 从头盖面看,略呈五角形。 |
| 第三 | 前眼窠间幅,二五二米毫,很宽。 |
| 第四 | Naiion——Lemjeda,一七六五米毫,很长。 |
| 第五 | 颜面低而宽。 |
| 第六 | 牙齿眼窠各部似 aurigNaciaN |
| 第七 | 鼻高五七米毫,高于一切现代人。 |
| 第八 | 鼻幅二七五米毫,比现代人宽。 |

他由于上列几点物证,又说其确具"原人"的条件,类似周口店一零二号之山

顶洞人。第三号亦定为壮年男性,云其时期距今约四五万年前或六七万年[54]。

由于上述使我们发现一极重大的疑问。即赤掘对第一号扎赉诺尔人头骨与远藤的计测所相差的悬殊,同是一个东西,用同一的尺度去计测,结果为什么报告数字会相差的这么远?究竟谁是谁非?固然,在目前,赤掘英三与远藤隆次的报告,尚在争论间,我们又未得见实际标本,亦无物可据来批判,只就所有报告中比较可靠的来说,我们认为赤掘英三的见解当属是。

第二,沙锅屯先史人类遗骨之发现

沙锅屯在辽西省锦西县女儿河车站附近,为一新时期时代遗址,一九二一年(民国十年)为瑞典人安特生发现,发现的经过,安氏于其报告书说:"余于民国十年赴奉天锦西县一带调查煤矿。故询得近山石灰岩中有数石穴。吾人发现之第一片,位于沙锅屯东南,掘得数小骨,余断为蝙蝠类之骨,北方数省石穴中,概常见之,余谓必达岩石乃已。此外同层又发现人类骨骼多具,显系新石器时代遗址,如以吾人在河南渑池县仰韶所得者比较之,以为二址不特同时,复为同一文化之氏族所遗,即所谓仰韶古代文化者是"。[55]

又"民国十一年孟夏,余至奉天,以黄君及万白玉之力,觅得一石穴,此穴在锦西县,由京奉路女儿河站,至通裕煤矿支路末站,为沙锅屯。洞穴在站南三里,所得者石器,有石刀、小石斧、石碓、石削、石矛、石镞、石环、石瑗、石剑、石珠、石圆板及一切似猫石雕刻物,陶器,单纯彩色兼有破碎。骨器:有器针、骨锥、小锥针、骨刀、豕牙之雕刻物,乃形如羹匙之长器。贝器:有贝环、贝瑗,又得人骨兽骨"[56]。

他发表的报告书有二:1.《奉天锦西县沙锅屯之洞穴层》载《古生物志》丁种第一号;2.《中华远古之文化》载《地质汇报》第五号第一册。他所发现的人骨由步达生研究,其报告书名《奉天沙锅屯及河南仰韶村之古代人骨与近代华北人骨之比较》[57],所得结果云:"吾人比较研究之结果,颇不易避去沙锅屯与仰韶居民体质与近代华北居民体质同派之结论。仰韶沙锅屯居民与史前甘肃居民之体质亦相似,盖三组之体质,均似现代华北人,即所谓亚洲嫡派人种也。"他又说:"我们更可以谓史前人种为中华原始人。"云云。他对沙锅屯古人骨之结论,是由于与仰韶各地古人骨及现代华北人骨比较的结果,可能无误。仰韶古人骨的年代,在公元前一万年左右[58],但沙锅屯史前人骨比较仰韶为晚[59],这些说法,大概也没有疑问,则仰韶与沙锅屯先史人类的关系,即可知其梗概。

第三,赤峰红山后先史人类遗骨之发现

赤峰红山后先史遗迹址的年代应晚于沙锅屯,约在公元前一七零零年——

零零年之间[60]。按赤峰，蒙古语为"乌兰哈达"，亦即"红色的山"之意，位于热河省的中部，在英金河岸，海拔二三百米，周围皆花岗岩山地，呈赤红色，故名曰赤峰。一九零八年日人鸟居龙藏开始在此地发现先史遗迹[61]，采掘新石器时代遗物甚多，自是为学术界所注意，俟后天津北疆博物院李桑神父连续作了两次的考察，获得燧石制成的石犁、石刀、石斧、石棒、石皿等器，并有鬲甗形陶器及彩色陶器，及骨、角、贝等器皿。继之经德永重康、八幡一郎、赤掘英三等人的调查，一九三五年，由伪满文教部及旅顺博物馆之助，经岛田真彦、水野清一、滨田耕作等的发掘获得人类骨甚多，发现的地址是在红山后第一峰上部东南急倾斜面，及红山之东麓台地一带之缓倾斜面，与第二峰北向斜面中央B、C地区，散乱一部分石椁墓的残迹，即所谓之墓地区，发掘始自一九三五年六月十一日至六月二十六日，共计十五天，墓共二十六号，发掘所得人骨五十二，计成人骨男性二十四、女性十四、性别不详者三、未成年者十三、其出土时之情况、如下表[62]：

| 石墓之号数 | 人骨 | | | | |
| --- | --- | --- | --- | --- | --- |
| | 番号 | 性别 | 老幼 | 埋葬状态 | 头部方位 |
| 1 | 第十号 | 女 | 壮年 | 仰卧伸展 | 东十五度南 |
| 2 | 第十六号 | 男 | 老年 | 仰卧伸展 | 东 |
| 3 | 第十五号 | 男 | 壮年 | 仰卧伸展 | 东三十度北 |
| 4 | 第十七号 | 女 | 老年 | 东西度南 | |
| 5 | 第十八号 | 无 | 小儿 | 仰卧伸展 | 东 |
| 6 | 第十九号 | 无 | 小儿 | 无 | 东二十度南 |
| 7 | 第二十号 | 女 | 壮年 | 仰卧伸展 | 正东 |
| 8 | 第二十一号 | 男 | 无 | 仰卧伸展 | 正西 |
| 9 | 第二十二号 | 女 | 青年 | 仰卧伸展 | 东五度北 |
| 10 | 第二十三号 | 无 | 小儿 | 无 | 东 |
| 12 | 第二十四号 | 无 | 小儿 | 左卧伸展 | 东二十度南 |
| 12 | 第二十五号 | 无 | 小儿 | 无 | 东十度北 |
| 13 | 第二十七号 | 无 | 小儿 | 右卧伸展 | 正东 |
| 14 | 第二十八号 | 无 | 小儿 | 右卧伸展 | 正东 |
| 15 | 第二十九号 | 男 | 壮年 | 左卧伸展 | 东二十度南 |
| 16 | 第三十号 | 男 | 壮年 | 左卧伸展 | 正东 |

续表

| 17 | 第三十一号 | 无 | 小儿 | 右卧伸展 | 东十度南 |
| 18 | 第三十二号 | 男 | 老年 | 右卧伸展 | 东十度南 |
| 19 | 第三十三号 | 女 | 老年 | 左卧伸展 | 正东 |
| 20 | 第三十四号 | 女 | 壮年 | 仰卧伸展 | 东十度南 |
| 21 | 第三十五号 | 男 | 老年 | 仰卧伸展 | 东二十度南 |
| 22 | 无 | 无 | 无 | 无 | 东二十二度南 |
| 23 | 第三十六号 | 女 | 老年 | 俯卧伸展 | 东三十度南 |
| 24 | 第三十七号 | 无 | 小儿 | 无 | 东三十六度南 |
| 25 | 第三十八号 | 女 | 老年 | 右卧伸展 | 东十度南 |
| 26 | 无 | 无 | 无 | 无 | 东十度北 |

同时于墓中发现有：犬、羊、豕、牛、鹿等畜类，为当时以畜殉葬的痕迹。

至于热河的先史人类究属何族？鸟居龙藏的意见是当属东胡族[63]，滨田耕作在赤峰红山后的报告书的结论[64]大意是："由于赤峰古人骨的比较，与现状华北人的体质极有亲缘的关系。"然而他的解释则认为："在体质方面与汉族虽系同种。但在文化方面，确与汉族，则为分别地发展。"是依据西方帝国主义学者的错误结论[65]说，西历前二零零零甘肃的氐羌民族在涅河洮河流域成立时有的文化，汉族在黄河流域之中原成立文化，蒙古之貉貊以及东胡族在蒙古满洲成立文化，各个不同的发展，互相冲突。他又说"文化是不同的，然而体质的接近"他则不加否认。他这个结论的错误，目的在曲解史实，而使东北文化之发展脱离中国的历史系统而独立，甚而使其吻合日本历史的系统，以成其"满洲史观"的"满洲史"系统。尤其在结论中的第一段的话，[66]他的大意是"由于此次发掘人骨、而测定的结果当为东胡（乌桓、鲜卑、匈奴右支）民族之遗骸，其体质与华北人极其相似。但这些骨骼的资料之本身的时代，确还在汉民族移殖东北之先。这个民族——东胡——与汉族绝对对立、互相抗争，为史所明记。由遗物上，更当明了赤峰红山后之红陶之与秦汉之灰陶的对立，绥远式青铜器之与秦汉式青铜器的对立……其中间交融抗争地区，概为万里长城。这人种相近，而文化之各个单独的发展，又互相对立抗争，各发展各民族的特性，当极值得注意"，云云。下面他接着说："东胡民族西邻匈奴，东邻貉貊。这匈奴、貉貊与东胡在人种学上的关系，因为貉貊没有根据的资料，匈奴盖即现在之蒙古民族。"他这段结论,我们若与他的前一段,赤峰第一文化(彩陶文化)[67]与赤峰第二文化(红陶文化)[68]所得结论加以比较,似有矛盾。在第一文化出土的主要彩陶,他说是"与仰韶文化为一个文化系统,时间比仰韶文化为晚,为农业文化的特征"。其第二文化之主要的赤陶的器形与资料及作法,亦为受中原文化之影响,且在其出土物中所用的货币又为秦汉之刀布,[69]他并列出第二文化之年代为与秦式汉式并行,此则承认其年代相当于秦汉时代,然而,他又说其与秦式汉式并行,强硬的解说其为另一文化系统,可是又说其为秦汉之周边文化,由此前后所得结论既知其器物多为秦汉器物,何得为并行?按东胡民族(第一文化之主人)即中国文献中的北狄与猃狁的后裔。第二文化相当于中国古文献中之东胡山戎,按周末匈奴[72]由南而北,扩地至热河。同时赵、燕、秦各国向北开边移民,至秦汉更受中原新兴文化之影响,故发展的迟速不同,所各保存的文化阶段亦不同,并不是民族体质的不同,更不是文化系统的不同,如肃慎氏[73]确为与周民族有关,先秦时代中原地区文化进展至黄金时代,而这些兄弟民族,仍保存着石器时代的文化阶段,仍用彩陶,其彩陶当然与仰韶少异了。然其演变之历史关系,是可以看出来的,所以我们对于滨田耕作的报告书,因其全部资料上所说明的应当是赤峰红山后的人类,不只是与汉族在体质上同出一源,文化也是由于一个系统的演变而来,绝不是两个系统的相并发展,至于秦汉之后,与北边的居民之间的斗争,在种族上说是"兄弟阋于墙",故滨田耕作的说法,对中国民族或各地民族中间起了离开作用。然而,这发掘的资料亦还有其价值,故其在人类遗骨的方面,用科学方法比较的结果承认"其与现在华北人——即汉族——之体质的相同"。在遗物方面,据科学的比较,又承认其与仰韶及秦汉以前之器物的关系。再由于出土之秦汉器物——如秦汉刀布类——更不得不承认当时与中原的交互关系。按赤峰的先史人类遗址,相当于中国文献中的北狄猃狁匈奴或东胡诸族的住地。中国文献中曾记载着"其先史夏后氏之苗裔"。现在更由赤峰先史人骨的比较上,更可知其体质上与汉族确有其相近的关系。其出土人骨,由三宅宗悦研究报告书名《赤峰红山后石椁墓人骨之人类学的研究》所得结论是:"赤峰为汉民族与东胡民族接触的地点,故究系汉族乎?或东胡族乎?为一重要问题。"[74]我们同意此说。

第四,貔子窝先史人类遗骨之发现

貔之窝遗址分为三个,即东老滩、单砣子及高鹿寨。由于所得出土遗物的相异,故其所代表的年代亦不同,东老滩遗址的发现,早在一九二四年,八木奘三郎曾在此发现石器及彩陶,与岛村孝三郎在大连滨町所发见者相同。此后复经滨田耕作之发掘，亦得有石器及彩陶片。单砣子由滨田耕作等的发掘，出土物之石器，计有石镞、石镰、石厨刀、石凿、石斧。陶器有陶鬲、彩陶、纺锤，及其他粗陶片，并有骨角牙器物等类。高鹿寨出土遗物较为复杂，有石器、陶器、骨角器、铁器、明刀，秦汉货币之类，但无彩陶之发现。其石器与单砣子的相同，其铜器与铁器则为前各遗址所无，明刀则更明显为秦汉时代的货币，由此来推断他的年代，则很可靠的是三个遗址的年代不能相同，他的绝对年代，大约当在周末至秦汉时代。该时期为新石器时代之末期到铁器时代之初期。上述以东老滩及单砣子为早，高鹿寨的时间为最晚。滨田耕作于报告书貔子窝中列出其年代，亦可供给我们的参考。如他说："高鹿寨遗址，当在周末汉初。"他的根据是出土的刀布，为周末汉初的货币。按刀布为战国通用之货币，所以说他的年代当于早秦，是时中原文物大增，对东北居民的记载，亦有不少的资料，所记当时居于今之貔子窝一带的民族，是周末的肃慎氏及以后的良（即乐浪）夷，以后为挹娄与勿吉。此次发掘时，于单砣子埋葬墓以及东老滩二地，得古人骨多块拼凑起来，足三人个体，计第一号人骨，有锁骨、上膊骨、桡骨、尺骨、椎骨、大腿骨、膝盖骨、胫骨、腓骨，然缺头盖骨。第二号人骨计有头盖骨，然只有前头骨、颅顶骨之一部分遗存。其他有四肢骨、躯干骨、桡骨、尺骨、骶骨、髋骨、大腿骨、膝盖骨、胫骨、腓骨、距骨、腿骨、舟状骨、二三趾骨。第三号人骨，只有右侧大腿骨之下端部，右侧胫骨之大部，右侧腓骨下端的一小部分。由于人骨的形质上推定，大体第一及第二号人骨为壮年男性，第三号人骨为壮年女性，由清野谦次研究其报告书名《关东洲貔子窝遗迹发掘所得人骨之考证》，该报告书系将头骨、下颚骨、齿牙、锁骨、上膊骨、桡骨、尺骨、椎骨、骨盘骨、骶骨、大腿骨、膝盖骨、胫骨、腓骨、距骨、跟骨、舟状骨、楔状骨、骰子骨、蹠骨等分别与河南仰韶村出土的新石器时代人骨，锦西县沙锅屯出土的新石器时代人骨，及现代华北人，现代朝鲜人及辽时代古坟人骨，以及鸟居龙藏在旅顺古墓出土的头盖骨（汉氏族），长谷部氏在大连西公园所发现的人骨，及老铁山麓刁家屯贝塚古坟人骨及库仑人骨各方面之比较，所得出的结论是：先史的貔子窝人与仰韶村人及沙锅屯人极类似，与现代的华北人在血统上的关系极密切。由此即产生出一个问题，即滨田耕作于《貔子窝——南满洲碧河畔之先史遗迹》第十六结论中提出的："这些人骨是不是汉民族移民于此的人民遗骸？"并提出"这两个遗址——单砣子与高鹿寨是否是同一个民族的居住地？"他并强调貔子窝遗址的时代是在汉武帝征服朝鲜辽东之前，所以他给的答复是："假令肃慎氏受汉民族之人种的文化的影响最强。"他似乎不愿意承认貔子窝先史人类遗骨是属于汉民族的祖先。但他在文化方面却说"不论其人种学上如何的决定,但此遗址之文化人的显示,确很带着是周末汉初文化的色彩。即有孔石斧之似所谓之中国式石器,鬲甗形陶器又为中国所特有,在出土的汉式青铜器及周末汉初的钱币等等为证,确是受汉民族的影响结果"云云。按肃慎氏,在古文献的记载与夏民族有关系,故貔子窝出土人骨与先史仰韶人及现代华北人相近,则为合理的事。其人种概相同,其文化则自属于中国文化的一环,似无疑问。至其所代表的文化阶段,按滨田耕作的意思,于貔子窝第六十五—六十八项,他说:"貔子窝当属于新石器时代末期到铜器时代的过渡期,为金石并用时代。"这一点,自有他的理由在。然而,貔子窝的本身似不成其文化体系,他只是中国文化发展在东北的一个边缘,在貔子窝所发现的遗物中,有鬲甗形陶器、石器、铜器、彩陶、铁器,即在文化发展的阶段上包含着石器、铜器、铁器各阶段;在地区来说,有中国器物同时也有打制石器及日本上古式的青铜器——及西域之碧玉等等……由于这些器物上面,我们可以知道,貔子窝地带或者是周末秦汉的一个商业地带,中原的汉民族到此与其周围的人群交易,所以遗物中以有铁器,有钱币,同时也可以有打制石器。况汉民族的向东北移殖,还在殷周之际的箕子封于朝鲜,继之是卫满的为王于朝鲜,在文化的移动上,及东北文化的开发上,皆具有相当之作用。中国民族向此移殖的,也绝非只此几人,尤其在周末的燕、赵、齐各国的人民到此地贸易的移殖的频多,这里的居民当属于汉民族相同之人种,则毫不足为奇。再者我们认为貔子窝的价值,不只是石器时代到金属时代的过渡期的文化遗迹,更当认为貔子窝及其附近地带是周末到秦汉及其以后之魏晋各朝,中原居民与东北朝鲜等地之交易的商业地区,所以可以见到石器——因为当时在东北及朝鲜尚有很多文化落后处于石器时代阶段的民族存在。同时也可以见到铁器和钱币等有中国文化的遗物,同时也可以有其他各地的物品。至其人种,我们不必肯定他是汉族或者是肃慎氏或良夷。按诸史乘,勿吉挹娄及良夷皆出自肃慎。肃慎又是周之北边地,在人种上,自与汉族当为同一祖先,且清野谦次氏根据多方比较所得结论,亦有科学上的价值,可能无误。

第五,延吉小营子先史人类遗骨之发现

延吉小营子墓地的发掘,始于一九三八年六月二十九日到七月二十五日。在七月二日开始发现人骨,一、二、三号。七月三日发掘四号坟墓地区发现人骨一号,七月四号发掘四、五号坟,第二日发现人骨七、八、九号,六日后发现人骨五体,内四体人骨并列,盖为同时埋葬。七月八日继续掘得人骨多体,并有小儿骨骸,十日发现二体抱合之埋葬尸骨,并得头盖五个,十一日发掘A区坟墓二十、二十二、二十三，在二十三号墓中发现四体并列，十二日调查A区二十、二十二、二十五、二十六、二十七号坟墓，发现人骨及其殉葬的石器骨剑等，十三日调查二十七、二十八、二十九、三十、三十一、三十二、三十三号坟墓，发现成年男子骨骼二，少年男子骨骼一，七月十五日调查A区三十五、三十六、三十九、四十、四十一等号七个坟墓遗址，得人骨一体，十六日调查自此为止，发现人类骨骸二三十体；并殉葬遗物数百件，为东北石器时代坟墓发现之规模最大的，其详细情形载于《延吉小营子遗迹调查报告》第四、五各节。今就所发掘的情形，以及报告书上提出点意见。第一，由于其古物及人骨的保存状态上不一定会年代很久远，第二报告书中的解释不一定完全合理，在其报告书中对此遗址的文化阶段，定为是新石器时代的末期至金属时代。定其年代"当在西元前后，黄河流域文化进步至相当程度，而此地当为一部分之野蛮人类居住，此遗迹与节目文土器文化较有关系"，云云。……不过按照其出土之遗物的情形而言，虽缺少金属器物，然所出土的石器、骨器及陶器比较细致，且有骨制人面雕刻之笄以及彩色陶器与涂丹陶器，皆相当进步，其石器陶器、彩陶及骨器皆与南满新石器时代遗址出土器物相似，由于这些出土物的上面，我们可以知道他与南满各遗址的关系，概为直接受南满文化之影响而产生的文化。同时在与南满各民族之交易的关系上，又受其文化的影响，这些文化是南满文化向北发展的痕迹，与南满文化为一系统，并非独立的发展，这一点我们不同意山田文英先生的意见，更不同意他说是"图们江流域文化的代表"。至其人种属于何族？按古文献的记载，肃慎所居"在不咸山北，去扶余可六十日行。东滨大海，西接寇满汗国，北极弱水，其土界广袤数千里，居深穷谷，其路险阻"。按《后汉书·东夷传》扶余国北有弱水，当即今之黑龙江，其国俗习与山田文英所报告的埋葬状态亦多同，故这一个民族群究属何种，可惜他的研究还没结果，只就遗物上来看，或为"女真族"的祖先。

第六，西团山子先史人类遗骨之发现

一九四八年到一九四九年间，东北师范大学杨公骥教授等在吉林市郊西团山子发掘史前坟群。由石棺内出土人骨先后共十三具，但皆残破不完，在现在技术条件下，尚无法复原，或残缺太甚，不可复原，其中只第一坟区第五棺及第十棺，人骨比较完整，研究报告书由杨公骥写出，发表于《东北日报》（民国三十八年二月十一日），其对该次发掘所得第五棺及第十棺出土之头盖计测结果，如下：

### 1. 第一坟区第五棺（西1·5）头骨计测表

| | |
|---|---|
| （1）头型指数 | 76 |
| （2）头高指数 | 52.9 |
| （3）头顶位示数 | 30.8 |
| （4）头顶角 | 60° |
| （5）前额角 | 84° |
| （6）脑容量 | 1300—1400立方公分（约） |

### n. 第一坟区第十棺（西·T·10）头盖计测表——（数值测量表）

| | |
|---|---|
| （1）脑容量 | |
| （2）重量 | 740g |
| （3）下颚重量 | 115g |
| （4）最大长 | 170g |
| （5）G—e长 | 182.85cm |
| （6）G—I长 | 191.8cm |
| （7）n—e长 | 182.3cm |
| （8）n—i长 | 186.45cm |
| （9）基底长 | 110.15cm |
| （10）大后头孔长 | 43.4cm |
| （11）基部底长 | 78.5cm |
| （12）最小前头幅 | 95.75cm |
| （13）最大前头幅 | 110cm |
| （14）两耳幅 | 131.25cm |
| （15）最大幅 | 143cm |
| （16）最大后头幅 | 104.6cm |
| （17）最小基底幅 | 73.5cm |
| （18）基底幅 | 110.3cm |
| （19）基底部幅 | 21.3cm |

续表1

| | | |
|---|---|---|
| （20）大后头孔幅 | | 33cm |
| （21）ba—b高 | | 145.8cm |
| （22）po—b高 | | 132.2cm |
| （23）G—I缘头顶高 | | 8.4cm |
| （24）横弧长（po B po） | | 31.4cm |
| （25）直弧长 | | 32cm |
| （26）正中矢状弧长（n—o） | | 375.2cm |
| （27）正中矢状颅顶弧长（B—e） | | 12cm |
| （28）正中矢状后头弧长（L—O） | | 12.5cm |
| （29）正中矢状上弧长（L—I） | | 5.8cm |
| （30）冠状缘弧长（B—SP） | | 11.5cm |
| （31）三角缘弧长（L—Gst） | | 9.1cm |
| （32）正中矢状前头弧长（n—B） | | 11.7cm |
| （33）正中矢状后头弦长（L—O） | | 10.58cm |
| （34）正中矢状颅顶弦长（B—L） | | 10.75cm |
| （35）正中矢状上叶弦长（L—I） | | 5.6cm |
| （36）冠状缘弦长（B—SP） | | 9.845cm |
| （37）三角缘弦长（e—ast） | | 8.945cm |
| （38）颞弦长（spn—ast） | | 12.075cm |
| （39）颜长（ba—pr） | | 9.94cm |
| （40）侧颜长（ck—po） | | 7.85cm |
| （41）下颜长（ba—gn） | | 11.425cm |
| （42）颜高（n—gn） | | 13.3cm |
| （43）上颜高（n—pr） | | 7.94cm |
| （44）颧骨弓幅（zy—zy） | | 14.545cm |
| （45）上颜幅 | | 10.815cm |

续表2

| 项目 | 数值 |
|---|---|
| （46）两眼幅（ek—ek）11.04cm | |
| （47）鼻颧骨幅 | 9.965cm |
| （48）中颜骨（zm—zm）11.3cm | |
| （49）下眼窠孔间距离 | 5.74cm |
| （50）上颚齿长 | 5.5cm |
| （51）上颚齿槽幅 | 4.7cm |
| （52）下颚枝最小幅 | 4.1cm |
| （53）下颚枝最大幅高 | 6.1cm |
| （54）下颚髁状突起幅 | 13.6cm |
| （55）下颚角幅 | 121cm |
| （56）鼻高 | 6.0cm |
| （57）鼻幅 | 2.7cm |

**第七，东北其他各地发现之先史人类遗骨**

此外尚有下列五：A.鸟居龙藏在旅顺贝墓发掘得——人类头盖骨。B.长谷部言人在大连西公园附近、贝榔古坟发掘得二头盖骨，及老铁山麓、刁家屯贝墓得二头墓。C.抚顺郊外发现之头盖骨，由岛五郎研究报告书名《抚顺郊外所得中国人头盖骨之人类学的研究》第一回报文——发表于《人类学杂志》（第四十八卷第八号）所得结果，证明其即为汉族之祖先。D.清野及宫本在金州城外，小北山发现一头盖骨。E.除上列外，还有一个女头骨上部，发现于呼伦池东乌尔顺河沿岸、该地离扎赉诺尔二百里，附近多新石器时代遗迹，是骨出在河底。头盖前后径一七一毫米，左右径一三七毫米，高八八毫米，颅骨底部厚八点五毫米。

发现古人骨的地点之扎赉诺尔、沙锅屯、赤峰红山后、貔子窝、抚顺、延吉小营子、旅顺、大连、锦州、乌尔顺等分布的情况。

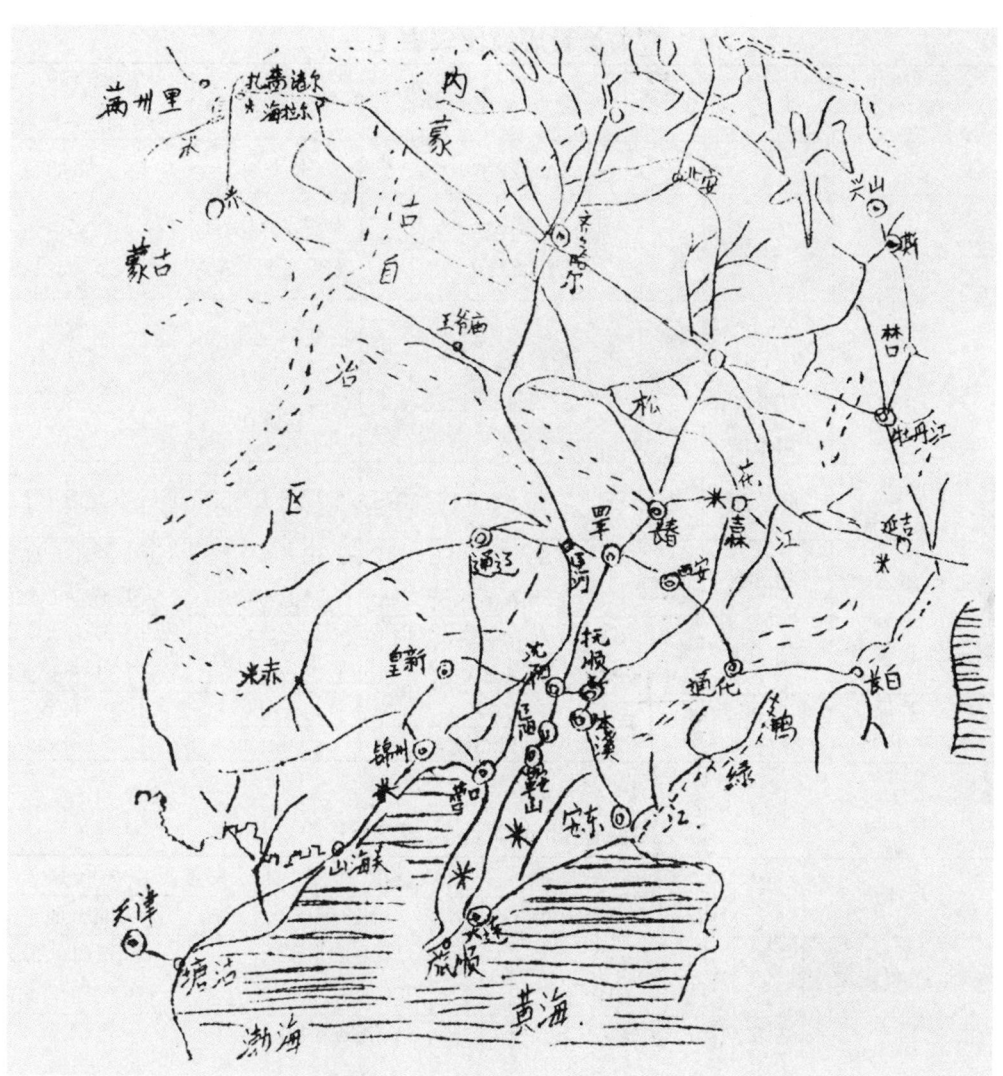

东北古人类骨骼发现地点分布草图

### 三、东北与中原以及其他地区古今人骨的比较及初步的结论

上列十处遗址中发现之古人骨,除扎赉诺尔之古人骨尚无一定结论外,赤峰红山后、貔子窝、抚顺、沙锅屯发现之古人骨皆有较完善的报告书,其报告书大半是与其他各地人骨的比较研究的结果。所主要比较的是仰韶人骨、甘肃古人骨,以及现代之华北人、蒙古人、朝鲜人,并比较及于亚外系大致可能无误,现在我们即根据这些材料制成如下列十七个表:

## 1. 头盖骨成绩比较表之一

| 人种 | | 性别 | 头盖最大伸长 | | 头盖最大幅 | | Basion—Bregmo—Hohe | |
|---|---|---|---|---|---|---|---|---|
| | | | N | M±m | N | M±m | n | M±m |
| 东北抚顺人骨 | 9·SHIMA | ♂ ♀ | 76 17 | 180.8±77 173.2±1.19 | 75 | 139.7±0.73 135.2±1.45 | 77 17 | 139.2±0.57 133.7±1.17 |
| 赤峰古人骨 | SMIYA KETYO SIMMN AMPA | ♂ ♀ | 8 6 | 181.88±2.51 177.50±1.23 | 7 4 | 135.64±1.96 132.0 | 2 2 | 138.0 130.5 |
| 甘肃河南晚石器时代人骨 | DBLACK | ♂ | 25 | 181.6±1.23 | 26 | 137.0±0.53 | 23 | 136.8±1.2 |
| 华北史前人骨 | DBLACK | ♂ ♀ | 41 14 | 180.3±0.96 175.4±1.55 | 42 13 | 138.6±0.71 134.8±2.84 | 42 13 | 137.0±0.90 130.1±1.23 |
| 现代华北人骨 | DBLACK | ♂ ♀ | 86 10 | 178.5±0.70 172.4±1.85 | 86 10 | 138.2±0.49 133.6±1.61 | 86 10 | 137.2±0.62 131.6±1.24 |
| 扎赉诺尔原人 | 赤掘英三 | | | 174 | | 145 | | 125 |
| 西团山先史人头 | 杨公骥 | | | 190cm | | 143cm | | 190cm |

## 2. 头盖骨成绩比较表之二

| 人种 | 性别 | 头盖地平周径 | | 头盖直弧长 | | 头盖正中矢壮弧长 | |
|---|---|---|---|---|---|---|---|
| | | N | M±m | n | M±m | n | M±m |
| 东北抚顺人骨 | ♂ ♀ | 77 17 | 520.2±1.72 511±2.58 | 77 17 | 310.3±1.33 305.6±2.15 | 77 18 | 375.5±1.63 357.2±2.43 |
| 赤峰古人骨 | ♂ ♀ | 5 1 | 507.2±4.35 500 | 5 1 | 313.5±6.84 318 | 4 3 | 373.5 357.7 |
| 甘肃河南晚石器时代人骨 | ♂ | 22 | 507.0±2.90 | 23 | 310.3±198 | 22 | 375.4±2.29 |
| 华北史前人骨 | ♂ ♀ | 34 14 | 507.1±2.45 495.0±3.52 | 37 13 | 312.3±1.83 305.6±2.37 | 36 10 | 371.9±2.43 362.6±2.31 |
| 现代华北人骨 | ♂ ♀ | 74 8 | 502.2±1.70 492.0±4.26 | 60 10 | 317.0±1.50 303.0±0.53 | 82 10 | 370.0±1.53 359.2±0.53 |
| 扎赉诺尔原人 | | | 503 | | 311 | | 340 |
| 西团山先史人头 | | | | | | | 375 |

### 3. 头盖骨成绩比较表之三

| 人种<br>RAsr | 性别 | 最小前头幅 | | 颧骨幅 | | 颜高 | |
|---|---|---|---|---|---|---|---|
| | | n | M±m | n | M±m | n | M±m |
| 东北抚顺人骨 | ♂<br>♀ | 77<br>18 | 90.8±0.49<br>87.8±0.9 | 77<br>17 | 310.3±1.33<br>305.6±2.1 | 77<br>18 | 375.5±1.63<br>357.2±2.43 |
| 赤峰古人骨 | ♂♀ | 11<br>5 | 88.36±0.97<br>91.30±1.71 | 2<br>1 | 131<br>125 | 3<br>1 | 121.3<br>118 |
| 甘肃河南晚石器时代人骨 | ♂ | 24 | 92.3±0.80 | 19 | 130.7±1.08 | 19 | 117.1±1.39 |
| 华北史前人骨 | ♂<br>♀ | 41<br>12 | 91.9±0.70<br>87.6±1.11 | 37<br>10 | 132.3±0.93<br>125.5±1.64 | 40<br>9 | 120.3±1.02<br>114.4±1.98 |
| 现代华北人骨 | ♂<br>♀ | 85<br>10 | 89.4±0.47<br>87.2±1.08 | 83<br>10 | 132.7±0.47<br>124.8±1.08 | 83<br>10 | 124.6±0.50<br>115.0±1.89 |
| 扎赉诺尔原人 | | | 88 | | 132 | | 101 |
| 西团山先史人头 | | | 915.75cm | | 145.75cm | | |

### 4. 头盖骨成绩比较表之四

| 人种<br>R | 性别 | 头盖长幅指数 | | 头盖长高指数 | | 头盖骨幅指数 | |
|---|---|---|---|---|---|---|---|
| | | n | M±m | n | M±m | n | M±m |
| 东北抚顺人骨 | ♂<br>♀ | 75<br>17 | 77.3±0.53<br>78.0±1.15 | 76<br>17 | 77.1±0.33<br>77.0±0.85 | 75<br>17 | 100.0±0.63<br>99.0±10 |
| 赤峰古人骨 | ♂<br>♀ | 7<br>2 | 74.36±1.46<br>76.7 | 2<br>2 | 76.5<br>74.8 | 2<br>1 | 104.6<br>103.0 |
| 甘肃河南晚石器时代人骨 | ♂ | 25 | 74.96±0.94 | 23 | 75.65±0.49 | 22 | 100.47±0.84 |
| 华北史前人骨 | ♂<br>♀ | 40<br>12 | 76.00±49<br>77.83±0.58 | 39<br>12 | 75.97±0.41<br>75.83±1.17 | 38<br>13 | 99.24±0.76<br>96.93±1.48 |
| 现代华北人骨 | ♂<br>♀ | 86<br>10 | 77.56±0.41<br>75.55±1.32 | 86<br>10 | 77.02±0.33<br>26.35±1.05 | 86<br>10 | 99.53±0.55<br>98.15±1.45 |
| 扎赉诺尔原人 | | | 83.8 | | 71.7 | | 84.8 |

### 5.头盖骨成绩比较表之五(一)

| 人种 R | 性别 | 中颜幅 n | M±m | 上颌齿槽长 n | M±m | 上颌齿槽幅 n | M±m |
|---|---|---|---|---|---|---|---|
| 东北抚顺人骨 | ♂ | 73 | 100.1±0.51 | 63 | 52.4±0.34 | 62 | 65.3±0.35 |
|  | ♀ | 18 | 95.8±0.98 | 16 | 50.9±0.67 | 17 | 63.2±1,04 |
| 赤峰古人骨 | ♂ | 3 | 102.0 | 2 | 56.5 | 4 | 67.8 |
|  | ♀ | 1 | 99 | 1 | 49 | 1 | 66 |
| 甘肃河南晚石器时代人骨 | ♂ | 12 | 101.4±1.23 | 11 | 54.6±0.58 | 12 | 67.6±1.28 |
|  | ♀ |  |  |  |  |  |  |
| 华北史前人骨 | ♂ | 32 | 10.0±0.83 | 27 | 53.6±0.46 | 296 | 66.5±0.71 |
|  | ♀ | 10 | 95.0±1.16 | 7 | 50.7±0.93 |  | 64.2±0.67 |
| 现代华北人骨 | ♂ | 83 | 97.9±0.49 | 84 | 52.5±0.37 | 857 | 64.8±0.39 |
|  | ♀ | 10 | 95.0±1.32 | 9 | 51.8±0.83 |  | 62.3±0.71 |
| 扎赉诺尔原人 |  |  | 101 |  | 53 |  | 67 |

### 5.头盖骨成绩比较表之五(二)

| 人种 R | 性别 | 头盖长 n | M±m | 头盖长 n | M±m | 口盖幅 n | M±m |
|---|---|---|---|---|---|---|---|
| 东北抚顺人骨 | ♂ | 64 | 44.4±0.33 | 62 | 49.3±0.35 | 64 | 41.7±0.31 |
|  | ♀ | 17 | 42.9±0.66 | 16 | 47.9±0.86 | 17 | 39.9±0.75 |
| 赤峰古人骨 | ♂ | 2 | 465 | 1 | 52 | 4 | 39.3 |
|  | ♀ | 1 | 43 | 1 | 48 | 1 | 43 |
| 甘肃河南晚石器时代人骨 | ♂ | 15 | 46.5±0.58 | 14 | 51.4±0.56 | 13 | 43.8±0.70 |
|  | ♀ |  |  |  |  |  |  |
| 华北史前人骨 | ♂ | 36 | 64.1±0.40 | 37 | 50.9±0.37 | 33 | 43.6±0.42 |
|  | ♀ | 4 | 44.5±1.34 | 4 | 49.0±1.17 | 5 | 42.8±102 |
| 现代华北人骨 | ♂ | 85 | 45.2±0.36 | 59 | 50.5±0.45 | 57 | 40.5±0.34 |
|  | ♀ | 10 | 44.3±0.88 | 6 | 50.0±1.20 | 5 | 50.0±1.20 |
| 扎赉诺尔原人 |  |  |  |  |  |  |  |

### 6. 下颌骨之比较表六

| 下颌骨（男性）Unterkiefer（↑） | 东北抚顺人 | 赤峰古人骨 | 甘肃河南晚石器时代人骨 | 华北史前人骨 | 现代华北人 | 现代朝鲜人 |
|---|---|---|---|---|---|---|
| 下颌长 | 76.2±74（60） | 79.0±1.79（6） | | | 120.0±0.59（81） | 74.98±0.45（104） |
| 髁突幅 | 123.4±0.64（54） | 126.3（4） | 119.8±136（23） | 121.12±38（39） | | 124.42±0.65（102） |
| 啄突幅 | 95.8±0.64（64） | 99.50±183（7） | | | | 98.70±0.55（104） |
| 下颌角幅 | 104.2±0.72（65） | 104.9±4.01（5） | | | 99.8（53） | 104.37±0.53（104） |
| 颏高 | 34.0±0.38（56） | 36.33±0.731（6） | | | 34.4（51） 35.2（16） | 33.02±0.29（82） |
| 下颌体高（r） | 32.2±0.28（62） | 34.21±0.80（7） | | | | 31.61±0.24（93） |
| 下颌体厚（r） | 12.2±0.17（69） | 13.88±0.58（8） | | | 66.3（10） | 12.37±0.13（104） |
| 下颌枝高 | 64.4±0.57（64） | 62.67（3） | | | | 60.30±0.48（104） |
| 下颌枝高 | 35.1±0.41（64） | 34.64±0.82（7） | | | | 37.24±0.27（104） |

### 7. 锁骨成绩比较表

| 锁骨（石）cavieue（r） | 性别 | 沙锅屯石器时代人骨 | 赤峰古人骨 | 仰韶石器时代人骨 | 现表华北人 | 现代中国人 |
|---|---|---|---|---|---|---|
| Autor | | D.BLACK | S.MIYAKE T.YOSIMI M.NAMBA | D.BLACK | D.BLACK | KSHIIHOY、NAKAYAMA |
| 最大长 Gross・teTage | ♂ ♀ | 145.2（13） | 135.5（2） 125（1） | 161（1） 127.6（3） | 141（1） 129（3） | 146.9±0.54（208） |

续表

| | | | | | |
|---|---|---|---|---|---|
| 中央矢状径 | ♂ | | 12.6±0.55（7） | | 13.5±0.09（208） |
| | ♀ | | 10.7±0.52（5） | | |
| 中央周径 | ♂ | | 11.6±0.47（7） | | 108±0.69（208） |
| | ♀ | | 9.9±0.36（5） | | |
| 中央垂直径 | ♂ | | 39.2±1.44（7） | | 39.5±0.24（208） |
| | ♀ | | 33.0±1.26（5） | | |
| 骨干弯曲高 | ♂ | | 80（4） | | 11.6±0.22（208） |
| | ♀ | | 8（1） | | |
| 体横断示数 | ♂ | | 94.6±3.76（7） | | 80.5±0.78（208） |
| | ♀ | | 94.0±4.56（5） | | |

**8. 肱(上膊)骨成绩比较表**

| 肱骨（右）HUmenus（r） | 性别 | 沙锅屯石器时代人骨 | 赤峰古人骨 | 仰韶村石器时代人骨 | 现代华北人 | 现代中国人 |
|---|---|---|---|---|---|---|
| 最大长 | ♂♀ | 277（1） | 292.50±3.3（6）27.5（1） | 332.0（0）284.2（4） | 311.7（20）285.6 | 311.4±0.68（174） |
| 上幅 | ♂♀ | 47.4（9） | 46.3（3） | 53.3（3）48.6（11） | 51.3（20）44.0（3） | 51.8±0.17（174） |
| 中央最大径 | ♂♀ | 22.6（18） | 24.40±0.60（9）19.83±0.50（9） | 23.5（4）20.4（5） | 22.7（20）19.0（3） | 23.2±0.09（174） |

续表

| | | | | | | |
|---|---|---|---|---|---|---|
| 中央最小径 | ♂♀ | 16.2（18） | 18.17±0.51（4）<br>14.94±0.28（9） | 17.7（4）<br>14.4（5） | 172（20）<br>13.0（3） | 17.4±0.08（174） |
| 中央周径 | ♂♀ | | 69.22±1.79（9）<br>56.50±0.86（9） | | | 67.09（174） |
| 髁体角 | ♂♀ | | 82.67±1.04（6）82.0（2） | | | 81.0±0.15（174） |
| 体横断指数 | ♂♀ | 71.7（18） | 74.11±1.41（9）<br>75.55±2.50（5） | 75.4（4）<br>70.7（5） | 75.7（20）<br>68.5（3） | 75.3±30（174） |
| 长厚指数 | ♂♀ | | 21.5±8.81（6）18.91（1） | | | 20.3（174） |

### 9.桡骨成绩比较表

| 桡骨（右）Radius（r） | 性别 | 沙锅屯石器时代人骨 | 赤峰古人骨 | 仰韶村石器时代人骨 | 现代华北人 | 现代中国人 |
|---|---|---|---|---|---|---|
| 最大长 | ♂♀ | 23.55（7） | 240.25（4）<br>218（1） | 269（1）<br>214.3（3） | 239.9（18）<br>214.5（3） | 265.4±0.38（166） |
| 生理的长<br>Physio-ogiseha Zenge | ♂♀ | | 225.50（4）<br>207.50（2） | | | 223.0±0.83（166） |
| 体最小周径 | ♂♀ | | 40.75±1.40（8）<br>35.83±0.70（9） | | | 14.9±0.11（166） |
| 体横径 | ♂♀ | | 17.06±0.47（9）<br>15.61±0.3（9） | | | 11.6±0.07（166） |
| 体矢状径 | ♂♀ | | 11.75±0.16（9）<br>10.53±0.17（9） | | | 77.4±0.64（166） |

续表

| 体横断指数 | ♂♀ | | 60.83±1.83（9）<br>68.17±1.28（9） | | 17.7±0.10（166） |
|---|---|---|---|---|---|
| 长厚指数 | ♂♀ | | 18.4（4）<br>17.4（2） | | 17.7±0.10（166） |

## 10. 尺骨成绩比较表

| 尺骨（右）Una（r） | 性别 | 赤峰古人骨 A tgrabermensche nauschin_feng | 现代中国人 Rexentechinese |
|---|---|---|---|
| 最大长 | ♂♀ | 242.5（2） | 252.6±0.89（166） |
| 生理的长 Physio ogis-chev Lange | ♂♀ | 226.5±5.5（5）<br>209.0±（2） | 225.4±0.83（166） |
| 周径 | ♂♀ | 36.21±0.90（7）<br>32.36±0.87（7） | 37.1±0.26 |
| 中央最大径 | ♂♀ | 17.06±0.52（9）<br>14.33±0.52（7） | 16.2±0.11（166） |
| 中央最小径 | ♂♀ | 12.50±0.38（9）<br>10.75±0.42（7） | 12.9±0.09（166） |
| 中央体横断指数 | ♂♀ | 72.83±0.89（9）<br>76.40±2.24（7） | 89.4±0.52（166） |
| 长厚指数 | ♂♀ | 15.65±0.38（5）<br>16.28（2） | 1652012（166） |

## 11. 膝盖骨成绩比较表

| 膝盖骨 Patear | 性别 | 沙锅屯石器时代人骨 | 赤峰古人骨 | 仰韶村石器时代人骨 | 现代华北人 |
|---|---|---|---|---|---|
| 最大高 | ♂♀ | 40.816 | 41.7±0.52（5）39（1） | 44.0（3）<br>35.2（7） | 40.2（17）<br>35.3（2） |
| 最大幅 | ♂♀ | 44.714 | 43.3±1.40（6）<br>42.1（1） | 49.0（3）<br>40.8（7） | 43.4（17）<br>38.5（2） |

续表

| 最大厚 | ♂♀ | 20.118 | 19.5±0.33（6）18（1） | 22.6（3）<br>17.5（7） | 20.7（17）<br>19.0（2） |
|---|---|---|---|---|---|
| 高幅指数 | ♂♀ | 94.414 | 96.6±3.68（9）<br>92.9±（9） | 89.8（3）<br>86.4（7） | 92.7（17）<br>93.3（2） |

## 12.股骨成绩比较表河南

| 桡骨（右）Radius（r） | 性别 | 沙锅屯石器时代人骨 | 赤峰古人骨 | 仰韶村石器时代人骨 | 现代华北人 | 现代中国人 |
|---|---|---|---|---|---|---|
| 最大长 | ♂<br>♀ | 447（1） | 439.0±61（6）<br>430.5（2） | 458.7（4）<br>417.0（5） | 440.3（19）<br>404.0（3） | 4332±116（100） |
| 大转子最大长 | ♂<br>♀ | 415（1） | 429.5（4）58.9（1） | 433.2（4）<br>391.1（6） | 412.7（19）<br>379.3（3） | 4191±121（100） |
| 中央矢状径 | ♂<br>♀ | 29.6（5） | 29.7±0.55（13）<br>24.6±0.41（10） | | | |
| 中央横径 | ♂<br>♀ | 25.2（5） | 27.6±0.49（13）25.8±0.55（10） | 28.0（4）<br>25.0（10） | 25.8（20）<br>24.0（3） | 267±013（100） |
| 中央横断指数 | ♂<br>♀ | 116.9（5） | 1086±263（13）961±232（10） | 111.4（4）<br>100.4（6） | 106.6（20）97.1（3） | 1015±062（100） |
| 中央周径 | ♂<br>♀ | | 896±120（13）<br>887±125（15） | | | 840±030（100） |
| 长厚指数 | ♂<br>♀ | | 210±039（6）<br>19.1（2） | | | 195±006（100） |
| 骨干上部矢状径 | ♂<br>♀ | 22.5（7） | 250±059（13）<br>230±046（8） | 25.5（4）<br>20.6（6） | 24.0（20）<br>21.0（3） | 245±016（100） |
| 骨干上部横径 | ♂<br>♀ | 30.2（7） | 324±049（13）<br>305±073（8） | 33.0（4）<br>30.3（6） | 30.5（20）<br>27.6（3） | 30.1±0.16 |

续表

| | | | | | | |
|---|---|---|---|---|---|---|
| 上部横断指数 | ♂ | 74.5（7） | 771±208（13） | 78.3（4） | 78.9（20） | 812±054 |
| | ♀ | | 755±223（8） | 68.2（6） | 75.9（3） | （100） |
| 头垂直径 | ♂ | | 45.8（4） | | | 469±0.141 |
| | ♀ | | 40.0（3） | | | （100） |
| 头横径 | ♂ | | 470±087（6） | | | 466±014 |
| | ♀ | | 40.5（2） | | | （100） |
| 头横断指数 | ♂ | | 98.3（3） | | | 998±011 |
| | ♀ | | 97.6（2） | | | （100） |
| 上髁幅 | ♂ | 82（1） | 74.5（2） | 83.1（3） | 80.6（19） | 755±022 |
| | ♀ | | 71（1） | 72.0（7） | 71.3（3） | （100） |
| 外髁厚径 | ♂ | | 623±077（5） | | | 618±021 |
| | ♀ | | 58（1） | | | （100） |
| 髁指数 | ♂ | | 820（2） | | | 776±019 |
| | ♀ | | 81.7（1） | | | （100） |

Noch M HASHIMOTO

## 13.胫骨成绩比较表

| 胫骨（左）（r） | 性别 | 沙锅屯石器时代人骨 | 赤峰古人骨 | 仰韶村石器时代人骨 | 现代华北人 |
|---|---|---|---|---|---|
| 最大长 | ♂♀ | | 3640±349（6）<br>342.5（3） | 372.8（5）<br>343.8（8） | 364.3（18）<br>339.0（2） |
| 荣养孔部矢状径 | ♂♀ | 26.0（8） | 35.9±0.90（11）<br>29.5±0.53（11） | 32.6（5）<br>28.1（6） | 28.8（18）<br>23.5（2） |
| 荣养孔部横径 | ♂♀ | 18.1（8） | 23.6±0.42（12）<br>198±0.57（10） | 21.8（5）<br>20.6（6） | 20.6（18）<br>18.0（2） |
| 荣养孔部横径指数 | ♂♀ | 69.8（8） | 66.2±2.04（11）<br>67.7±2.15（10） | 66.9（5）<br>72.2（6） | 71.6（18）<br>76.5（2） |

## 14.距骨成绩比较表

| 距骨 | 性别 | 沙锅屯石器时代人骨 | 赤峰古人骨 | 仰韶村石器时代人骨 | 现代华北人 | 现代中国人 |
|---|---|---|---|---|---|---|
| 长 | ♂♀ | | 50.7±0.93（6） | | | 51.5±0.19（192） |
| 幅 | ♂♀ | | 41.8 | | | 39.9±0.15（192） |
| 中央高 | ♂♀ | | 29.5 | | | 30.7±0.11（192） |
| 滑车长 | ♂♀ | 31.6（35） | 32.7±0.36（6）28.1（1） | 32（6）28.1（1） | 32.4（18）29.0（2） | 32.4±0.13（192） |
| 滑车中央幅 | ♂♀ | 28.5（36） | 29.4±0.82（6）27（1） | 29.5（6）26.1（6） | 28.4（18）26.5（2） | 27.9±0.12（192） |
| 颈偏倚角 | ♂♀ | | 22.30±1.09（6） | | | 22.9±0.26（192） |
| 头捻转角 | ♂♀ | | 47.10±1.46（5） | | | 41.60±0.40（192） |
| 大幅指数 | ♂♀ | | 82.3（4） | | | 78.2±0.25（192） |
| 长高指数 | ♂♀ | | 58.0（4） | | | 60.2±0.17（192） |
| 滑车指数 | ♂♀ | 86.8（34） | 89.0±1.70（6）87.1（1） | | | 86.3±0.38（192） |
| 滑车长高指数 | ♂♀ | | 25.7±080（6） | | | 26.7±0.22（192） |
| 滑车长指数 | ♂♀ | 63.3 | 62.3±1.87（6）67.4（1） | | | 63.4±0.24（192） |

### 15. 骨盆成绩比较表

| 骨盆 BecKen | 性别 | 赤峰古人骨 | 现代中国人 |
|---|---|---|---|
| | | S、MIYAKET、YOSIMIM、NAMBA | Y·LIU |
| 小骨盆侧高（右）r | ♂ | 93.0（1） | 79.8（18） |
| 小骨盆直高 | ♂ | 128.0（3） | 131.8（18） |
| 髂翼高（右） | ♂ | 103.0（3） | 958（18） |
| 髂窝深（右） | ♂ | 5.7（3） | 9.0（18） |
| 闭（锁）孔长（右） | ♂ | 55.3（4） | 52.9（18） |
| 闭孔幅 | ♂ | 36.8（4） | 32.8（18） |
| 坐骨切迹最大幅（r） | ♂ | 52.5（2） | 41.8（18） |
| 闭孔长幅指数（r） | ♂ | 66.4（4） | 61.9（18） |

### 16. 跟骨成绩比较表

| 跟骨（右） | 性别 | 沙锅屯石器时代人骨 | 赤峰古人骨 | 仰韶村石器时代人骨 | 现代华北人 | 现代中国人 |
|---|---|---|---|---|---|---|
| 最大长 | ♂♀ | 77.6（21） | 36.12088（5） | 79.4（5）<br>71.8（6） | 78.0（17）<br>72.5（2） | 76.0±32（192） |
| 生理的长 | ♂♀ | 72.8（1） | 70.5±0.94（5） | 74.2（5）<br>66.5（6） | 72.9（17）<br>67.5（2） | 73.0±0.26（192） |
| 最小幅 | ♂♀ | 26.2（21） | 25.0（2） | 27.0（4）<br>25.1（6） | 27.6（17）<br>24.0（2） | 21.6±0.15（192） |
| 小高 | ♂♀ | 38.6（21） | 36.8±0.89（6） | 38.6（5）<br>34.3（6） | 38.4（17）<br>24.0（2） | 30.3±0.19（192） |
| 载距突幅 | ♂♀ | | 13.9±0.71（6） | | | 11.5±0.11（192） |
| 后关节面长 | ♂♀ | 30.8（21） | 30.8±0.89（4）31（1） | 31.0（3）<br>26.8（6） | | 27.5±0.11（192） |

续表

| 后关节面幅 | ♂♀ | 22.0（20） | 22.0（4）<br>20（1） | 22.4（5）<br>210（6） | 22.3±0.12<br>（192） |  |
|---|---|---|---|---|---|---|
| 长幅指数 | ♂♀ | 378（17） |  | 34.3（4）<br>35.0（6） | 35.4（17）<br>32.8（2） | 36.3±0.17<br>（192） |
| 长高指数 | ♂♀ | 29.8（24） | 51.5±1.35<br>（5） | 48.7（5）<br>47.7（6） | 49.3（17）<br>45.4（2） |  |

### 17.骨长成绩比较表

| 骶骨 | 性别 | 沙锅屯石器时代人骨 | 赤峰古人骨 | 仰韶村石器时代人骨 | 现代华北人 | 现代中国人 |
|---|---|---|---|---|---|---|
| 弧骨 | ♂♀ |  | 116.0（2） |  |  | 119.4±0.65（197） |
| 前直长 | ♂♀ |  | 110.5（2） |  |  | 108.2±0.61（197） |
| 体正中矢状径 | ♂♀ | 30.1（8） | 33.3±0.71（5）<br>38（1） | 34.3（5）<br>29.7（4） | 32.3（3）<br>29.0（4） | 32.1±0.16（197） |
| 体骨大横径 | ♂♀ | 47.5（8） | 52.3±1.19（6）48.5（1） | 51.8（3）<br>50.2（4） | 516（11）<br>45.5（4） | 51.7±0.32（197） |
| 骶骨管上孔深 | ♂♀ |  | 15.7±986（6）<br>31.0（3） |  |  | 16.3±0.17（197） |
| 骶骨管上孔幅 | ♂♀ |  | 30.2±0.86（6）<br>31.0（3） |  |  | 31.3±0.17（197） |
| 骶岬角 | ♂♀ | 62.60（9） | 60.30（4）<br>62.00（2） | 64.0（3）<br>60.7（4） | 59.90（12）<br>60.50（4） | 63.10±0.38（179） |
| 体矢状横径指数 | ♂♀ | 63.6（8） | 64.6±2.80（5）<br>79.2（1） | 65.1（3）<br>59.5（4） | 62.9（11）<br>63.8（4） | 62.6±0.36（197） |

就上列各表所得出的结果,扎赉诺尔原人与赤峰古人骨、魏子窝古人骨、沙锅屯古人骨、抚顺古人骨——即东地区之先史人类遗骨——不论其头盖骨、下颚骨、锁骨、上膊骨、桡骨、尺骨、大腿骨、胫骨、距骨、骶骨,皆与河南仰韶先史人类及华北先史人类的遗骨相似,与现代华北人相同。

我们总结前述,大致可以这样地作出下列的五个初步结论。

第一,东北南部先史居民的老家可能是在华北及中原地区即仰韶先史人类所在的地区。

第二,东北古代民族在文献所记为东胡、匈奴、乌桓、良夷,皆有与汉族同出一源的可能。

第三,古文献中所记各民族都同属于步达生所说的亚洲嫡派人种。

第四,若只以汉族的一系人群之向东北移动而言,最早当在夏商之间,东周之后,日益加多,但所经营似为农业与商业与前来之各兄弟民族之营畜牧业,或狩猎业者不相同,因是而显出其生活习惯等各方面之差异,即后来所谓之各个"民族",这些"民族"的不同,乃是由于生产方式不同,并非由于血统之相异。

第五,先史东北各民族之间,固然或有时因利害冲突而发生斗争,但主要还是于其文化经济之互助和交流的上面。固然汉族因其较高的文化程度,及其较进步的生产工具和劳动力在东北的开展上常居于领导地位,但其他兄弟民族之文化的发展及其贡献在东北的开发上亦占着重要的地位。

最后,还有一个需要在此研究的问题,就是东北古代人类与其临近之朝鲜古代人类种族上的血统关系。

A.在古代时都认为祖先是卵生的——《论衡·吉验篇》载北夷—离国的祖先为卵生。《魏书·高句丽传》载高句丽的祖先蒙是河伯的卵生。《高句丽好大王碑》及朝鲜《旧三国史·东明王本纪》,皆有同样的记载。清之先祖据《清太祖武帝实录》也是卵生。在黄河流域的殷民族之祖先"天命玄鸟降而生商"。(《玄鸟》)周民族的祖先是"厥初生民,时维姜嫄……诞厥月,先王如达,不坼不副,无菑无害……鸟覆翼之,鸟乃去矣,后稷呱矣"(《诗经》)这些神话记载,各朝的先祖,皆同时卵生。

B.始为天帝之子……同上书所记载。

C.再者还有不少相同的地方,如:母为河伯女,兽类不敢加害,生而能言,除后稷长而为农业之外,皆长为牧牛马。

D.其图腾称帜——为在空中飞行的兽、龙、凤、神鹰……

E.其后的事业多与河伯有关系——如:朝鲜之祖先与河伯为翁婿关系,殷王子亥曾假师于河伯,以伐有易。

第二,由古代文献所记载之史的关系上来看,殷族的箕子被封于朝鲜。(约公元前一二零零年)见《史记》[93]。

第三,由原始中朝的宗教思想上看,有一个共同的信仰,就是"天"、"帝"。

第四,从史前考古学的发现上来看。

A.从地史上看——渤海沿岸的史前遗址。诸如:东北的沙锅屯、老铁山、郭家屯、傅家庄、柳树屯、抚顺及朝鲜的平壤与山东省黄县、龙口、城子崖、日照……在地史上的表现相同。

B.在各遗址中所出土的遗物,共同鬲、甗形陶器的发现,为中国先史遗迹的代表器物,普遍于黄河流域,如:河南、陕西、甘肃、内蒙古各地。其器形如下:

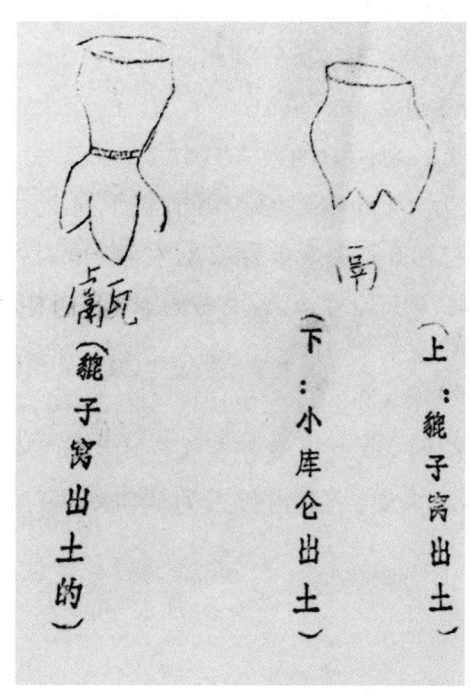

第五,从先史人类遗骨——以前所有根据。

A.在东北方面——以前所有根据。

B.在朝鲜方面——所发现的先史人类遗迹,如:京城(汉城)郊外,星州威劲北道雄基近郊朱等处,皆有人骨的发见,其年代与东北各先史遗址大致相同——其研究结果之报告书,如:长谷部言人的《贝榔古城之头盖骨的研究》,岛五郎的《东部亚细亚诸民族的相互关系》,岛五郎《现代朝鲜人与中国抚顺人头盖骨之人类学的研究》等文献,足供参考。

C.中朝先史人骨之比较——上列文献是将中朝先史人类的头盖骨、下颌骨、牙齿、锁骨、肱上膊骨、桡骨、尺骨、椎骨、骨盆、骶骨、大腿骨、膝盖骨、胫骨、腓骨、距骨、跟骨般状骨、舟状骨、楔状骨、蹠骨、毛发、颜面等类所作的具体的比较。日人长谷部曾根据中国人头骨二十五例(♂20,♀5)及朝鲜人头盖骨四十例(♂28,♀12),其中包括老铁山、刁家屯贝古坟人骨及大连先史人舟骨,及现代的中国人与朝鲜人骨所比较而得的结论是:"这些人类的头盖骨酷似。"清野谦次根据中国头盖骨二十五例与朝鲜人头盖骨三十六例,所得结论是:"一般中国头盖长幅示数♂78.8♀77.5,朝鲜人头骨长幅示数♂80.9,♀83.9,大致相同。"[101]其他部分,例如:上膊骨最大长,河南仰韶村先史居民为♂337.7,♀284.1——♂+♀305.6。沙锅屯先史居民为♂309.3,♀277,现代华北人为♂311.2,♀283.1——♂+♀306.9,现代中国人(一般)为♂右289♀左286,朝鲜人则为♂292,♀262,大致相同。最大上髁幅仰韶村先史居民♂61.2(右)61.6(右)♀(右)55.5(左)55.0;沙锅屯居民右56.7,左58.0,右+左57.3,现代中国人♂右61.2左60.2,♀(右)50.3,左51.2,♂+♀右58.9左58.6,朝鲜人为55及50,又大致相同。骨干横继示数,仰韶村先史居民♂右75.4左77.4,♀右70.7左70.8♀+♂右为72.8,左为73.6,沙锅屯居民右为71.7左为74.8,右+左73.3,貔子窝、单砣子先史居民右为71.4,左85.7,现代华北人男性右为75.7,左为78.5,女性右为68.5,左为72.4——♂+♀右74.8左77.4朝鲜人为75.0,及66.7亦大致相同。桡骨最大长,仰韶村先史居民♂右269.0,左268.0♀右214,沙锅屯先史居民右235.5左239.6,右+左237.4,朝鲜人平均为243及194,又大致相似。

由上述各证据总结起来说,东北古代人类与朝鲜古人类在种族体质上是一个系统。

**附录:与本文有关系之来函两件**

Ⅰ.一九五零年十月二十九日谢再善先生来函

三林兄:

接奉十月二十日大札,拜读敬悉一是,欣慰无既,前岁吾兄离长安后,不知何往。此间友人多有询及者,无以为对。吾兄远游东北,研究先史时代,此种追求真理精神，令人钦佩。为配合目前之文化及科学的建设，吾兄此举之意义更为重大。弟对此有一点感想。

东北地区作考古学工作，乃是一很适宜的地方，在过去也曾经有些人在这方面努力，可是所成甚微，且多为日本学者的工作，不用说是为日本帝国主义服务，故其仅有的一点成绩，也是为日本帝国主义侵略我国而来的。现在我们的工作不然了，我们的工作是为了建设新中国而努力，是为人民服务的，故工作的远景壮丽辉煌，意义更是伟大。

我以为在东北作先史学、人类学、考古学的工作首当注意到满蒙两族的先史活动，解决了这个问题，则中华民族之东来、西来、南来、北来的说法也可以解决了。我们常常想，蒙古族是与满族有关的，而古之所谓东胡或即匈奴之别称，而基本上是一个民族，现在青海的土族，其自称为吐谷浑后者，而其语言百分之九十与今之蒙语一样，吐谷浑为鲜卑一支，鲜卑为东胡族，乃人所公认，从语言上看，最低限度可谓古东胡族是与匈奴族语言相同，又甘肃、临夏、东胡族，今亦称蒙古族，而信仰为回族，即可谓东乡回族，现已成立民族自治区，这个东乡族亦可能是鲜卑后裔而信仰回族者，这也是个证据。以上仅是我的想法，究竟土族、东乡族的源出如何？今尚无具体调查，其究竟者，材料没有这一点，但这问题如能在东胡老家——东北去找根源，是可解决的。

我对考古学是外行，但有时颇感兴趣，国庆日的第二天——十月二号，我曾与两位同仁到鱼花寨去作一次游玩，在那里发现了新石器时代的石斧、石刀各一，彩陶片、黑陶片也采集了一些，陶片的发现已甚早，本校文物研究早有采集与发现。认为新石器时代遗迹已无问题，谁想我这次发现的石器尚在首次，先我数日，侯外庐校长曾率学校数人前往，但采集者亦多系陶片，仅掘粗石器六件，如我所得之细致者尚无也，此地居街津水至东周镐京之所，当为周民族活动区域，先史人类居镐此地，当无疑问，现在不果是就掘出的战壕中断层偶尔采集而已。据我观察，如能就原地扩大发掘，必所更有成果，而彩陶黑陶文化之分布亦可得一证明，又我在那发现古器的同一地方，曾发现一人齿，未注意弃掉了。

像吾兄所做的工作，在东北是适宜的。那里的条件比西北好，西北区也是一个适于考古的地方，但目前的工作条件尚不具备，像以上所说的鱼化寨新石器的发现，近在西安城郊，意无人过，任其荒废了。敬祝吾兄工作成功。

以上拉杂写来，不过报告我的兴趣而已（下略）

顺颂诸安。

弟谢再善上

（西安西北大学教授）

Ⅱ 一九五零年十一月三日王在民先生来函

三林兄：

（略）吾兄前札有谈及东北史一语，弟意研究东北史问题，必先注意先史时代活动在东北之民族。按东北最先开发之民族为东胡，东胡衍为乌桓、鲜卑、女真、契丹、满洲各族。弟年来治明清史，关于女真之源流，稍为留心，兹时提供兄参考。

按女真之名，本为满洲之部族，而有清一代，而讳莫如深。且以建州之后，捏称为满洲官修明史，既无建州亦无女真。《吉林通志》引盛京与图，言三姓人，其举布库里雍顺为主，定号满洲。反谓南朝误认满洲亦祖宗臣顺于明为忌讳，故意捏造事实颠倒历史，今日之言民族史者，可殊加深查，考证而厘正之也。

女真古称息慎人，应为肃慎之转音，慎为真音，女真古音与"汝"字文言中尚有读近北音肃字。尧舜时称息慎见于《竹书纪年》，则作息慎、稷慎见于《周书王会解》。在周以前，已有肃慎、稷慎之弃。

《竹书纪年》："舜二十五年。息慎贡献弓矣。"

《书序》："成王既伐东夷，肃慎来贺，王俾荣伯作贿肃慎之命。"

《国语》："仲尼在陈，有隼集于陈侯之庭而死，楛矢贯之，石砮其长尺有咫，以问仲尼。仲尼对曰：武王灭商，肃慎来贺，楛矢石，其长尺有咫，以分太姬配陈胡公，而封之陈，若使有司求之，故府其可得也，陈惠公使求得之。"

汉以后史载东夷，两汉时称挹娄，《后汉书》有挹类传，南北朝元魏为勿吉，隋唐五代称黑水。《唐书》无女真。女直之名起于辽时，辽兴宗讳宗真，女真始改为女直。

《元史·地理志》谓："古肃慎之地，即金鼻祖之部落也。初号女真，后避兴宗讳，改曰女直。"

明人官私文字，女真女直并用，清修《明史》自附于金后，讳言女真，以辽世隶之藩属，职其先远之微，乃悉去女真之名，下令禁止，自称满洲，钦定《满洲源流考》。

宋刘忠恕称金之姓为朱里真，夫北京音读肃为须，须朱同韵，里真二字合乎之音近慎，盖即肃慎之转音。

满代官书，又多译为申，诸申盖皆女真之对音也。自元以前，女真之名见于史者,如此,至《明史》为清代所修,反尽将其祖居讳匿不见。今日钩稽东北民族之先史,对于女真之源流,不得不求诸清室所禁之明代记载矣。

此致
敬礼

弟王在民

(原稿写于1950年,因故未刊出,后作为1983年抚顺"东北民族源流与分布学术讨论会"会议论文刊发)

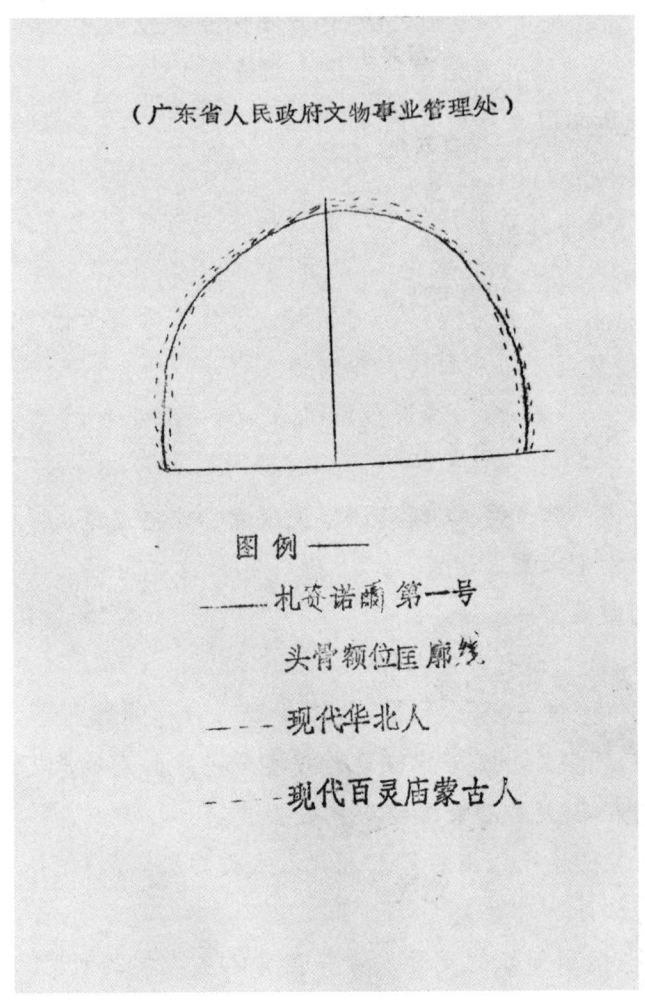

附注:

（1）远藤隆次：满洲国兴安北省海拉尔附近及扎赉诺尔煤田之地质。

（2）水野清一：满洲旧石器时代の骨角器资料，《人类学杂志》第四八卷第十二号。

（3）驹井和爱、江上波夫：东亚考古学第二六七页。

（4）同四十六。

（5）赤掘英三：旧满扎赉诺尔出土の新资料。

（6）裴文中：中国史前研究，贾兰坡《中国猿人》。

（7）远藤隆次：扎赉诺尔第二头骨，《国立中央博物馆时报》二十二号。

（8）赤掘英三：扎赉诺尔人骨之层位（日本民族学会东京人类学会联合大会第一回记事赤掘英三：北满扎赉诺尔遗迹出土新资料）。

（9）佟柱臣：东北旧石器时代问题，国立潘阳博物院筹备委员会汇报．第一期第一八五——八九。

（10）安特生：奉天锦西县沙锅屯之洞穴层古生物志。丁种第一号。

（11）安特生：中华远古之文化。

（12）步达生：奉天沙锅屯及河南仰韶村之古代人骨与近代华北人骨之比较。

（13）业为耽：震巨人与周口店文化附表。

（14）滨田耕作、水野清一：赤峰红山矾第一六——一七页。

（15）同上。

（16）滨田耕作：《貔子窝》（即满洲碧流河畔の先史遗迹）。

（17）同上第六十六页。

（18）同上图版五三——五七。

（19）《晋书》第九十七卷东夷传。

（20）滨田耕作：《貔子窝》。

（21）清野谦次：关东州貔子窝遗迹だ发掘せる人骨ん就きて。

（22）山田文英等：延吉小菅子遗迹调查报告。

（23）三宅宗悦：《赤峰红山后郭墓人骨の人类的研究》。

（24）同第八二页。

（25）岛五郎：抚顺郊外的支那人类头盖骨的人类学的研究（第一回报文），人类学杂志第四八卷第八号。

（26）汉司马迁《史记·宋世家》。

（27）小金井：京城郊外出土人类头盖骨之计测。

附注：28～125，底稿遗失。
西文

1.T,OLMACHEV,V,Ya,Devnosti Manchjurii.

Razvaling Beichena po dannym areheologic-heskikh razvedok.1923～1924g、g、（kharbin,1925）.

2.TOLMACHEFF.V.J,Historic Mahchurian relions.The Pei chen ruins（Harbin,1925）.

3.Tolmacheff.V.J,Remains of neolithic age in the vicinity of Hailar（Harbin 1928）.

4.Tolmacheff.V.J,Traces of Scythran and Siberian Civilization in Manchuria（Harbin）.

5.Tolmacheff.V.J,Sur le Paleoltique de La Mandchourie（Eurasia septentrionalis Ant-iqua、4）.

6.Tolmacheff.V.J,The question of paleolithic in Northern Manchuria（Horbin,1938）.

7.Lukashkin.A.S,New data on neolithic culture in Northern Manchuria.（Bulletin of the Geographical society of China,Vol、7,No3）.

8.ANDERSSON.J.Gunner,The cave Deposit at Sha-kuo-Tun in Fengtien（paleontologia Sinica、Seres D、vol、I、Fas、2、peking·1915）.

9.Black.D,The human skeletal remains from the Sha-kuo-Tun Cave Deposit in comparison with those from Yang-Shao-Tsun and with recent North China Skeletal material.

参考文献

（甲）中文

1.梁思永：热河查不干庙林西双井赤峰等处所采集之新石器时代石器与陶片——田野考古报告第一册。

2.梁思永：昂昂溪史前遗址——国立中央研究院历史语言研究所集刊第四本第一分本。

3.李文信：吉林龙潭山遗迹报告，《满洲史学》一卷二、三期。

4.李文信:吉林市附近之中迹及遗物,《历史与考古》第一期。

5.佟柱臣:东北旧石器时代问题,《国立沈阳博物馆院汇刊》第一期。

6.佟柱臣:凌源附近新石器时代遗址之调查满洲古迹古物名胜天然纪念物保存协会会志第四辑。

7.佟柱臣:赤峰附近发现之汉前土城址与古长城,《历史考古》第一期。

8.杨公骥:西团山史前文化遗址初步发掘报告,《东北日报》(民国三十八年二月十二日)。

9.荆三林:长春近郊伊通河流域原始人类遗迹调查报告——《厦门大学学报》(文法版)。

(乙)日文

1.德永重康、直良信夫:满洲帝国吉林省顾乡屯第一回发掘物研究报文,第一次学术研究调查报告第二部。

2.德永重康、直良信夫:满洲帝国吉林省顾乡屯の古生人类遗品,第一次学术研究调查报告第六部。

3.远藤隆次:顾乡屯,伪满古迹名胜纪念物保存协会出版。

4.水野清一:满洲旧石器时代の骨角资料《人类学杂志》第四个卷十二号。

5.水野清一:世界文化大系北满旧石器时代遗迹条。

6.驹井和发:北满洲の石器时代文化《人类学》先史学讲座第十二册。

7.江上波夫:东洋考古学旧石器时代条。

8.奥田直荣:顾乡屯二次堆积,《人类学杂志》第五、六卷第六号。

9.八木奘三郎:满洲旧志上、下集三册。

10.八木奘三郎:满洲考古学。

11.三宅俊成:满洲考古学概说。

12.鸟居龙藏:满蒙其の他の思か出。

13.鸟居龙藏:蒙古旅行。

14.桑田滕藏:考古游记。

15.鸟居龙藏:南满洲调查报告。

16.滨田耕作:东洋考古学研究。

17.岛村孝三郎:大连滨町贝の,《读书杂志》。

18. 立政花一郎：关东州原始拾遗。

19. 八木奘三郎：满蒙考古图谱。

20. 滨田耕作：貔子窝(南满洲碧流河畔四先史遗迹)。

21. 滨田耕作：牧羊城《东亚考古汇刊》。

22. 鸟居龙藏：西伯利亚かち满蒙一。

23. 森修等：营城子，《东亚考古学刊》。

24. 三上次男：关东州萱家沟于汉式坟墓，《人类学杂志》第四八卷第十一号。

25. 三定俊成：大屯岭遗址。

26. 水野清一等：羊头洼。

27. 三宅俊成：常山列岛先史时代の小调查。

28. 八幡一郎：热河省北部の先史时代遗迹遗物，《第一次学术研究调查报告》第六部。

29. 八幡一郎：热河省南部の先史时代遗迹遗物(同上)。

30. 滨田耕作：赤峰红山后，满洲国热河省赤峰红山后先史时代遗迹，《东亚考古会刊》。

31. 八木奘三郎：锦州省の古迹。

32. 伪满民生部：考古学上ち见なよ热河。

33. 伊藤伊八：通沟。

34. 鸟山喜一，藤田良策：间岛省之古迹调查报告。

35. 三宅俊成，复州城及长兴岛史迹调查略记，《满洲史学》第一号及第三号。

36. 山田文英，竹下晖彦：延吉小菅子调查报告。

37. 山本守：敦化，《古迹古物保存协会会刊》第五辑。

38. 奥田直荣：镜泊湖畔先史学的调查觉书，《大陆科学院汇报》第四卷第五号。

39. 岛田贞彦、森修：望海埚，东亚考古学会刊。

40. 岛村孝三郎：老铁山、石斧かろ关东厅博物馆，创立キヌ，《ソタツ满鲜时辑》。

41. リサメ：天津北疆博物院代表ち水新石器时つ遗品，《人类学杂志》第四六卷。

42. 滨田耕作：赤峰附近发现の完形彩纹土器，《考古学杂志》第二七卷第二号。

43.赤掘英三:北满ラタレ遗迹出土之新资料,《人类学杂志》第五四卷第三号。

44.水野清一等:北满风土记。

45.水野清一:石牌岭ヲ铁岭,《人类学杂志》第五一卷第十号。

46.三上次南:满洲国吉林团山子の遗迹,《人类学杂志》第四五卷第六号。

47.驹井和爱:吉林省宁安县附近三灵屯の石器时代の遗迹,《考古学杂志》第二十四卷第一号。

48.驹井和爱:滨江省三灵屯の石器,《考古学杂志》第二六卷第八号。

49.驹井和爱:石器时代蒙古四石器其系统,《善协会月报》昭和十一年八月号。

50.小池奥吉:北朝鲜太古四石器。

51.水野清一:郑家屯西北沙丘地带四遗迹,《人类学杂志》第四七卷第六号。

52.李桑:天津北疆博物院の古生物学的并考古学的事业,《考古学论丛》第二。

53.赤崛英三:大庙——热河省西北部四,先史遗迹——《考古学杂志》第二七卷第五期。

54.后藤朝太郎:满洲考古学上るリ见象形文学。

55.三宅宗悦:间岛省延吉县西城村北大屯所在高勾鹿の坟群调查报告,《伪满国立中央博物馆时报》第三号。

56.山田文英:延吉郊外发现之石器与石棺,《满洲史学》一卷三号。

57.户田宽:抚顺永安公园附近し于けち石器及骨器类之分布状况,《满洲史学》一卷二号。

58.岛田贞彦:考古学上るい见太子热河省の古代文化か就りこ,《满洲史学》一卷二号。

59.三宅俊成:关东州彩色土器の考查,《满洲史学》二卷二号。

60.伊东忠太:满洲の文化王遗迹之史的考查。

61.关东厅博物馆:考古图录。

62.滨田耕作:考古学上ちり见太子东亚の文明の黎明。

63.高桥健自:石田茂作:满洲考古行脚。

64.鸟居龙藏:满蒙考古学参考写真集。

65.滨田耕作:南满洲の古迹与遗物,《关东厅博物馆报》一号。

66.八木奘三郎:石器时代之土器与日鲜满民族论。

67.滨田耕作:貔子窝の土器,《民族》第二卷二号。

68.滨田耕作:南满洲かナけ子考古学的研究,《东洋学报》二三号三一号。

69.清野谦次:关东州貔子窝遗迹ら り 发掘め人骨口就れ。

70.大山柏:基础史前学。

71.德永重康:直良信夫:八儿わ近郊发现之洪积期人类遗品,《人类学杂志》第四八卷第十二号。

72.滨田耕作:族顺石塚发现土器の种类,《东亚考古学研究》。

73.江上波夫等:族顺双台子石器时代の遗迹,《人类学杂志》第四九卷第一号。

74.三宅宗悦:支那人骨骼の人类学的研究,《南满医学会杂志》第五期与十二卷第九期。

# 长春近郊伊通河流域史前文化遗迹调查报告

## （上）遗址

**对东北古代人类体质研究情况概述及其存在的问题**

（一）地理位置

伊通河《金史》作益褪河，《明史》作一秃河，又名伊图河，源于吉林省磐石县城西库勒岭西侧，西北流至伊通县城南二十华里勒克山村东，会伊巴丹河，更北流经长春农安，汇新开河、驿马河入松花江。由伊通以北至长春间，河之东侧为连续起伏状花岗岩丘陵地带，西侧陵原则地势较为平坦，中间为一河谷冲积平原，土地肥沃，可耕可牧。沿此两侧约百余华里，到处散布着先史人类足迹，尤以长春附近地区为中心，据近八九个月调查研究之结果，这一带当为史前人类长久居留地区。按长春为于北纬四十三度五十一分，东经一百二十度二十分，海拔二百一十五米，城在伊通河之西畔，汉为玄菟郡地，北魏属高句丽，唐以后属渤海国。辽设长春州于黄龙府，长春之名自此始。金属泰州，元为开元路南郭尔罗斯旗地，明属三万卫，1791年（清乾隆五十六年）札萨克格布囊招致山东流民，开垦是地，设长春堡于县北十华里。1825年（清道光五年）移治所于宽城子，即今长春市。

（二）调查经过

A. 初步的发现——1950年九月下旬，我们行经南岭区长春市立中学以南体育场以北地区，及动物园沿小溪至吉顺桥，于地面壤土间，发现新石器时代陶片二件，一似陶鼎之腹部，一似陶瓶之口部，但皆出自再堆积瓦砾堆中，故对其原生地无由知其详。另采拾得似石耒肩部一块，亦不知其原生地。在体育场以北至游泳池之间的防空壕内，发现火烧的痕迹一处。于其中采得陶器耳部一，继之于其旁发现黑色的及灰色的土层数处，于此层中更获得数个陶片。并有石锤柄部一段。由于此次发现结果，确知此区及其附近当有先史人类活动的痕迹，因是，乃引起调查研究之兴趣。

B.无计划的调查——自1950年秋收以后到1951年四月之间，野无所障，遂不断向四郊做调查。初步沿伊通河南岸高地，自南岭街至红咀子以南，及河之东岸的庙山一带，总之在南湖西南地区，先后发现有明显文化层的遗址十三处，采集到的遗物，有石器十八件，种类分石斧、石锯、石耒、鹤嘴状石斧、石刀（石庖丁）、石矛、石镞等，除在红咀子采集到细石器一件外，余概为磨制。陶器有双横环耳陶瓶一，已残坏，不可见完形。陶纺锤一（图版二、1），其余大小陶片约两千余件、贝壳七件。并在红咀子以南高地发现含木化石之森林遗迹一处。至此，已确定此地区为先史人类居留地。

C.有计划的调查——1951年6月初，我们拟订调查计划，由商专温耀中及袁君时二校长的帮助，并请周之凤、康序五、衣家驹诸先生提供意见，合力进行。我们的时间分配是：

1.伊通河西岸陵原地区三天。

2.红咀子南部地区（南岸街以南四十里外）二天。

3.南湖以南地区一天。

4.伊通河东岸陵原地区三天。

5.其他地区一天。

六月二十日开始工作，第一步再详细的调查了西岸高地各遗址，于刁家山、萧家堡子、四门李、马家沟、黑咀子、红咀子一带，南北四十华里之间，详细的调查遗址八处，采集到的石器二十三件，陶片大小五百三十一件，贝壳五件。此次调查的人员除我与苏联友人司大力克夫外，康序五先生亦参加。由于这次调查的结果，证明新石器时代在伊通河的西岸已是农业人群的居住场所，总之调查伊通河东岸遗址，越庙山更东行至杨家沟以东山林间，在杨家沟西北坡发现一打制石器遗址。最初，我们认为是石器制造场所，这一些出土物，我们认为是石材。但经再次研究的结果知完全是石器，与龙江及林西出土石器相似。在西山南坡发现贝壳三片。在庙山遗址找出二十多件极标准之细石器。此等遗物概属于旧石器时代之晚期或新石器时代之初期，比西岸各遗址年代为早，但由这个发现上，给我们了一个问题，即这个遗址的文化与西峰的文化是否有关系？因是，自此之后，我们的调查即专注于这一点。七月初，在红咀子遗址中发现打制石器一件，半磨制石器一件，由此各器物之比较上，知其间似有发展的关系存在。

各遗址出土物,截至写此报告书时为止,计先后发现石器六十一件,内打制石器十三件,细石器二十三件,磨制石器三十五件(残片附)。打制石器种类较少,有石手斧、刮削器等,磨制石器种类较多,有石斧、石锹、石镞、石鎚、石刀(分三眼与两眼)、石锛等,显系由于分工结果,生活日击所致,陶片大小两千多件,贝壳七片,木化石三块。

各遗址之年代,以杨家沟为最早,属于旧石器时代末期或中石器时代。与龙江、林西各遗址同时,约在万年以上,为狩猎文化遗迹,我们称为杨家沟文化期。次之为庙山遗址,约当纪元前2000年左右,我们称为庙山文化期,营畜牧业。西岸各遗址年代较晚,属新石器时代,约当纪元前1500至2500年间,营原始农业。各年代列左。

杨家沟文化　　　　　　　　约10000年左右
庙山文化时期　　　　　　　2000年左右　B.C.
西岸高地文化时期　　　　　1500—2500年　B.C.

(三)遗址之层位与分布

A.杨家沟遗址——标准遗址在杨家沟西山南北两坡。按,杨家沟位于长春市东南约四十余华里,为一老年期谷地,中间依山麓地带有居民及耕田,遗址在今居民地区西山北坡,山为花岗岩所构成,北坡陡峭,于突出部可见盐磐,文化层在北坡突出高地点的腐殖土层及风化砾中,雨水不断冲洗,地表经常改变,故层位多错置。似此地形之山地,散布于其四周,皆可能有先史遗迹,但我们尚未调查。杨家沟西山南坡,为一带低平陵原,其南约里许,即达净月水源地,陵之上层为黄色或黑色相间之壤土,文化层在一二尺深之下的腐殖土层中,再下为沙砾,更下有赤红色黏土。

B.庙山文化遗址——标准遗址在杨家湾东五华里,为一花岗岩圆形小山,距长春市中心区约三十五华里,因其上旧有娘娘庙一座,故土人称为庙山,或称庙山子。山顶多碎石,四周为冲积土之田野,可耕牧。文化层在山之半坡,于其四周有军队所筑之战壕内,可以发现不少灰色的或黑色的土坑,及火烧过的痕迹,于此等土坑或在断层中,发现粗糙之红色或黑色陶片与标准的细石器,但无大型之打制石器,亦无磨制石器,由此主要的出土物上,则可断定为畜牧业人的居留地,似此遗址,据我们的推断,尤于北方之拉拉屯一带,当仍存有此一文化期的遗迹遗物。

C.西址高地点文化遗址——我们对西岸的遗址调查时间较长,故所发现有明显文化层遗址较多。主要有八处,即刁家山遗址、萧家堡子遗址、马家沟上首遗址、马家沟东北高地遗址、黑咀子遗址，黑咀子至红咀子间高地遗址、红咀子上首遗址、红咀子南边高地遗址，这几处的地形与地质大概一样，为连续不断之低平陵原，上层为黄色土间以黑色土，可耕种。其下为腐殖土及赤红色黏土，再下为沙砾层、文化层多在腐殖土中，由于不断经雨水的冲洗，及农耕掘土的关系，很多遗物皆露于地面。

1.刁家山遗址——刁家山在长春市南岭街以南约二华里，与南大营相隔一老年期谷地。谷之周围为低平之陵原，上层为黄色土间以黑色土的耕地，有很多腐殖土散布于其间。处处可以表示出其原来的面貌，为一草地。这些地方是最好的耕地与牧畜地区，在这样的自然条件中，有不少已经被破坏的灰色土坑或火烧过的土质的痕迹，很显明表示着是古代人类的居住地区。由南大营南端谷岸下坡，绕经刁家山居民地区，再向西南上山，于高地点及缓斜面的耕田内，处处皆可发现原始陶片。于高地点以南军队所筑之战壕内，可见明显之文化层，有火烧过的痕迹，概为一小陶窑的断面，高约三尺，宽五尺，其上层为壤土，厚约一尺二寸左右，其旁尚有火烧遗迹之断面三处。由此更南下山坡，于倾斜面上也有原始陶器之散布，概为由山上高地经雨水冲流而来。

2.萧家堡子遗址——与刁家山遗址隔一老年期谷地。在萧家堡子村西南之高地点，有明显之文化层一处，发现有陶片及贝壳。

3.马家沟上首遗址——自萧家堡子南行，过四门李约里许，即至马家沟，与马家沟村西高地，发现遗址一处，出土有陶片，及残缺之石斧一件。田野中有很多散乱之木化石片。

4.马家沟东北高地遗址——沿马家沟西南行，于陵原之上部高地点绕马家沟之北，约里许，遍地皆有已被破坏之灰土坑及腐殖土层，于其中有多数的陶片。但未发现石器。

5.黑咀子上首遗址——由马家沟南行隔一突出之山地，即达黑咀子，在黑咀子上首突出地带之高地点，有明显之文化土层，出土有磨制石器及半磨制石器、陶器破片、贝壳等，于耕地内，到处有灰色土坑及腐殖土的散布，并于其中随时随意地皆可捡到陶片及石器与木化石，这样的地方，向西直与马家沟上首连接，向南达红咀子，这一带，当为史前人类居留的中心地区。

6. 黑咀子至红咀子间高地点遗址——由黑咀子向南，于流水之断崖中，有显著的文化层一处。其中出土除陶片外，有打制之石耒及细石器，但无磨制石器。此型之遗址，向南还有两处。

7. 红咀子上首遗址——红咀子在黑咀子之南,此遗址与黑咀子遗址大致相同。出土有石器及陶片之类。

8. 红咀子以南高地遗址——自红咀子以南之遗迹渐不显著,只有陶片散在田陇间。亦有石器残片及木化石断片。渐南约里许,于山崖之断层中,发现大片的木化石,此概为原始的森林地带,渐南可能为大森林区,或可能无人类之痕迹。故我们的调查到此为止。但在沿此山崖向东南之高地,仍不断有石器及陶片的发现。

除上列八处外,于南湖东南地区及体育场附近亦零星有所发现,共计遗址十八处,分布如下图:

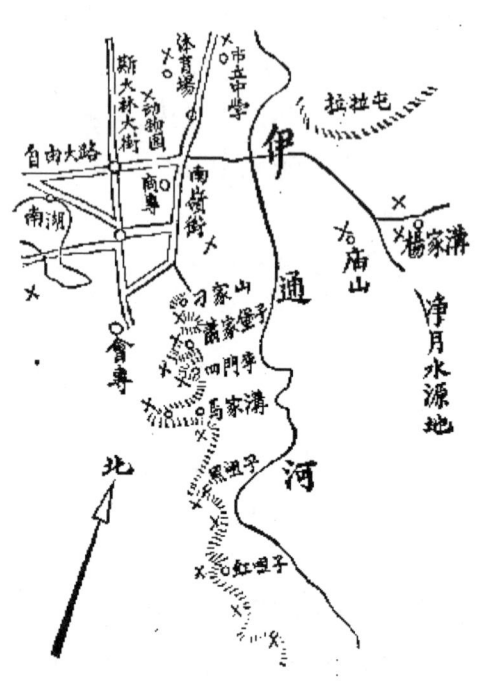

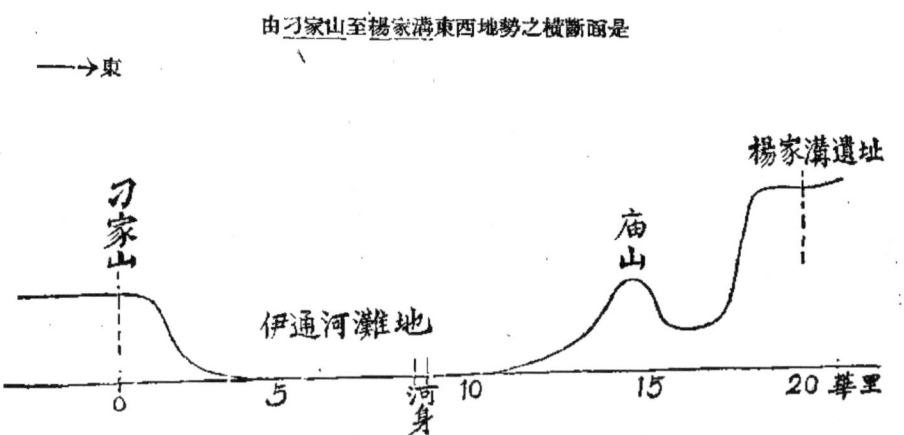

(四)劳动的自然条件

上列各遗址所在地区,濒临伊通河,土地肥沃,再以此次我们所发现的木化石之普遍的情形上来说,此一地带原在旧石器时代确有森林。更由于各遗址腐殖土层的分布上,可知此地史前为草地,植物茂盛。由此,可知史前的伊通河流域长春附近为半森林半草原地带。于此森林茂草间,且繁殖着各种动物。于长春市动物园

野田间,曾发现过下列动物化石:

| 偶蹄类 | 牛科 | Bos Rimigenius Bosonus |
| | | B. Occidental |
| | 鹿科 | C. spp |
| | | Megaceros cf. Ordesianes (Young) |
| 奇蹄类 | 犀科 | R.iuoceros antieuitatis Blum |
| 長鼻类 | 象科 | Elephas Primigenius Blum |

此外在长春西南五道川亦曾发现马科、牛科、鹿科、象科等类化石。由此可知,古代于此森林草原间,动物繁殖的一斑。更由于象的存在上,知道古伊通河流域附近地带气候并不十分寒冷,适宜于人类生活。这就说明了在长春附近伊通河流域地带之自然环境是从远古——数十万年前以来,都适合于人类生活及文化的发展。

（五）各遗址出土物概况

1.杨家沟遗址出土物——狩猎文化遗迹——在杨家沟采集到打制石器十三件,概为狩猎所用的工具,计手斧五件,刮削器五件,另石器残片三件。由生产工具上,可以知道当时的人是营狩猎业。更由其工具制造的技术上,知当时文化尚处于野蛮的文化阶段。

2.庙山遗址出土物——畜牧文化遗迹——在庙山遗址出土物,有细石器二十三件,陶器耳部,有扁平突起耳一,横环耳残缺部分三,陶器底部二。陶器口边缘部分四,及陶片大小六十六片。质粗,除一口部陶片为黑色外,余皆为红黄色。另有一陶片带刀刻纹,制作技术拙劣,火度极低。

3.西岸高地遗址出土物——农业文化遗迹

A.刁家山遗址出土物——采集到的陶器耳部有乳头状突起耳五,扁平突起耳三,横环耳(残破)一,器底部分五,其余陶片大小五十三片,分红色与黑色。里面部分磨光,在技术上较庙山文化期陶器为进步。但质粗,主要成分为红黏土、石英、白云母、碎石、火成岩分化土等。火度低,亦即不平均。此遗址中无石器的发现。

B.萧家堡子遗址出土物——陶片共一百二十件。有陶鼎口边缘部分一,腹部两件,皆有手握突起纹饰,腿部一,上方,下尖,陶鬲腿部三,残破的横环耳二,陶瓶之底部四。红、黄、黑、蓝、赤各色皆有,质粗,与刁家山出土者相似。但黄色陶片质较细,火度亦较强,这些似较刁家山文化为进步。其年代或晚于刁家山,并于遗址中发现打制石斧残片一。

  C.马家沟上首遗址出土物——陶片共七件,计陶器底部一,耳部一,口边缘一,其他四片。质粗,黑色者三,红色者四,石器破片一。

  D.马家沟东北高地遗址出土物——采的五十多块陶片,各色皆有。质粗,除有一扁平突出耳部外,余皆看不出是何器的何部分。

  E.黑咀子上首遗址出土物——此为一主要的遗址,出土物最多,有精致的磨制石器,种类分石刀残片三件,石斧五件,石锤一件,鹤嘴状石斧一件,石耒一件,石镞六件,石锤柄部一件,石矛头部一件,石器破片七件,打制石耒一件,但皆残缺。陶器破片共五百三十一片,计分为底部十二件,耳部及腿部二十七件,口部二十七件,大多为红色,有少数的黑色,但无黄色陶片。质粗,火度低,有里部是部分磨研的光面,呈黑色。另有陶纺锤一件,贝壳七件。

  F.黑咀子至红咀子间高地点遗址出土物——石器有石斧三件,磨制,但极粗糙,皆残缺。陶器有大型陶瓶一件,残破、质粗,一边为红色,一边为黑色,横耳,陶鼎腿部五件,陶器耳部八件,底部七件,陶豆底部一件,腰部二件,此外陶片大小二十五件,另有未制成的石镞一件。

  G.红咀子上首遗址出土物——有磨制残片二件,陶器底部五件,器耳二十一件,陶片大小三十七块,多红色,间有黑色,有一器耳,内为黑色,表为白色,此最少见。大致,质粗,火度低。器耳可分三种,乳头状突起耳,扁平突起耳,横环耳。

  H.红咀子南边高地遗址出土物——石器残片一,陶鼎腿部二,陶器耳部十三,陶器底部三,口缘部分一片,带有纹饰,另于山崖沙砾层中采木化石三块。

  此外,在南湖东南地区,无石器的发现,只是有些陶片,色分红黑,质粗,无大特征。

  由这些遗物出土的情况上去看,当时居民的中心地区是黑咀子至红咀子一带。再由其主要生产工具之石器石耒等上来说,知其已进步到了农业社会。

  总结上述如下表:

| 地质时代 | 文化分期 | | 代表遗址 | 绝对年代 | 遗物类别 | 生产方式 |
|---|---|---|---|---|---|---|
| 全新代 | 旧石器时代 | 末期 | X杨家沟遗址 | 10,000年以上 | 打制石器（粗糙） | 狩猎 |
| | 新石器时代 | 初期 | X庙山遗址 | 4,000年前 | 细石器，陶片（粗） | 畜牧 |
| | | 中期与末期 | 刁家山遗址 | 3,500年至4,500年间 | 陶片（组） | 农业 |
| | | | 董家堡子遗址 | 3,500年至4,500年间 | 陶片（有纹饰陶片一件） | 农业 |
| | | | 马家沟上首遗址 | 3,500年至4,500年间 | 陶片 | 农业 |
| | | | 马家沟东北高地 | 3,500年至4,500年间 | 陶片 | 农业 |
| | | | X黑咀子上首遗址 | 3,500年至4,500年间 | 磨制石器（石刀、石斧、石锤、鹤嘴状石斧、石耒、石镞、石锤、石矛）。打制石器（石耒一）半磨制石斧，陶片，陶纺锤，贝壳 | 农业 |
| | | | X黑咀子至红咀子间高地点遗址 | 3,500年至4,500年间 | 磨制石器（石斧、石簇），陶片，（鼎、豆、鬲之残部） | 农业 |
| | | | X红咀子上首遗址 | 3,500年至4,500年间 | 磨制石器,细石器,陶片 | 农业 |
| | | | 红咀子南边高地点遗址 | 3,500年至4,500年间 | 石器,陶片 | 农业 |
| | | | 南湖东南 | 3,500年至4,500年间 | 陶片 | 农业 |
| | | | 物动区 | 3,500年至4,500年间 | 陶片 | 农业 |

注：X记号为重要遗址

## （中）遗物

这次我们所采集到的遗物,截至本报告书编写时为止,完整的器物还没有找到一件,少残缺可见完形者,只有石斧石镞共三件,余皆残破太甚,无法得知其器物原来之大小,这是一个最大的憾事,这个工作,只有留待将来的发掘,今仅就这次所得的残破器物上做部分的说明。

（一）石器

1.打制石器——分粗糙、精致及细石器三种。

A.粗糙打制石器——系将圆形之石鎚与石块周边加以打击,使其成为锋刃,作为狩猎用之工具,或作为切食物之用。这是旧石器时代末期或中石器时代的遗物。此次所采到的共十三件,概分为斧形石器,刀形刮削器。有手斧一件,只余刃部,长约五寸,轮廓如下（比原器物缩小三分之一）。

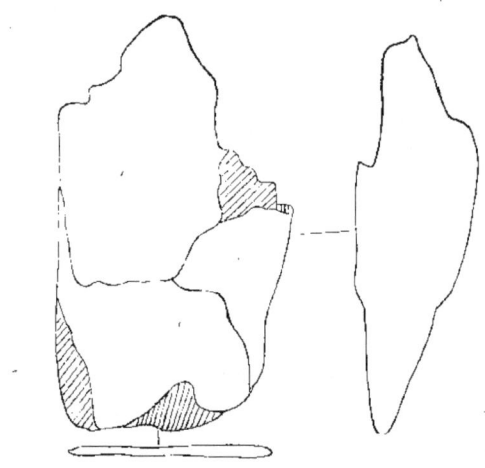

另中型打制石器五件,一件刃部方形,其余刃部皆呈舌头状。刮削器完全是用圆形或半圆形之石块,于其周边或一边打击成刃,有的把一边打平作为手拿的柄部,像这样的石器共五件,与林西出土石器大致相似,如图版各图。

B.精致打制石器——在西岸高地遗址中,采集到的打制石器较为精致,且有一定的形状。如石耒、石斧。属于新石器时代初期遗物。

C.细石器——为玉髓及玛瑙所制成,其种类有石刃、尖石、刮削器等。与龙江、林西各地出土者完全相似,如图版各图。

2.半磨制石器——器身为打制,部分磨研,在黑咀子遗址中拾得石斧一件,斧身为打制,但刃部磨光,面上刻有𠆢形之记号,如照像版之二,另外有石器残片二。此类石器概为由打制进步到磨制过渡期中的产物。

3.磨制石器——全部经人工磨研而成。属新石器时代。

A.石斧——为变质岩或黑曜石所制成,形状分为长方形及扁平梯状(如照相版三之一,)及短型(如照相版三之二)等,举例如下:

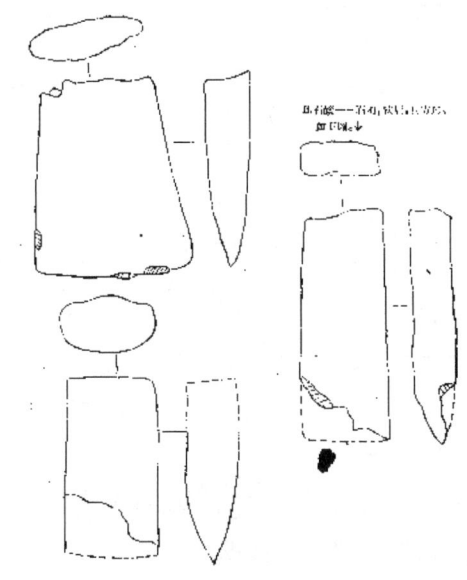

C.石镞——一共六件,皆为黑色变质岩所制成,其形状、其大小如下图。

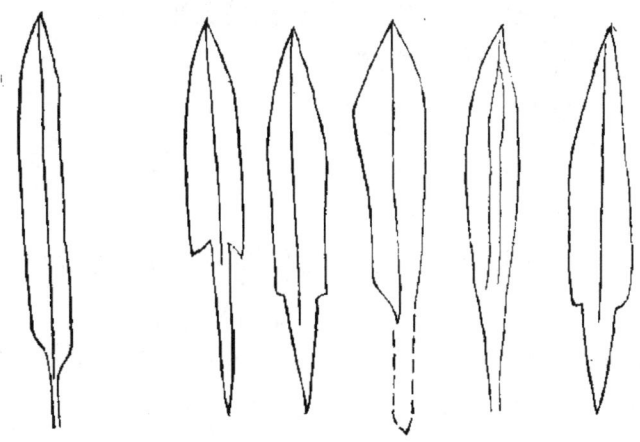

D.石刀(石庖丁)——一共采得三片,分三孔与二孔的两种,由残片上可以看得出为月牙形,列如左。

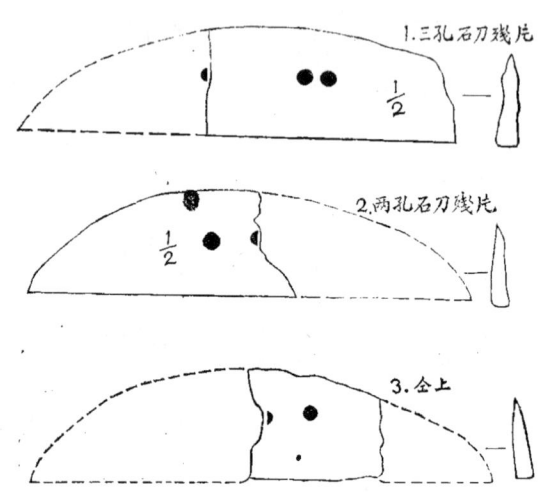

E.石耒——为农具,一件。

F.鹤嘴状石斧——青色,腰部打孔,但刃部残缺。

G.石矛——青色,只有刃部,下部残缺。

上列自C至D五种,为 Ctapukob 带往哈尔滨,故在写报告书时,无法详加说明,尤其E、F、G三种,在采到时笔者亦无留底稿,故无法作图说明。

H.石鎚———件,只余柄部,残缺。

(二)陶器

因为这次我们没有发现一件完整的器物,故对其形状大小不能随便推断。只就这些所采到的陶片上,作一综合的介绍。

A.质料与颜色——分下列十种。

1.赤红色陶片——这一种陶片,约占百分之二十五,质粗,含很多砂粒,火候不均,表面有部分磨光

2.浅红色陶片——约占百分之二十五左右,质料极粗,含砂,粒多且大,火度极低,不均。

3.表面黑色,里面蓝色陶片——表面磨光,里面似涂有细泥土一层,中心多极粗之砂粒,白云母及玉髓之小粒。

4.表面黑色与土黄色,里面浅黑色略带红色陶片——为数约占百分之二十。

表面为涂细泥后又加以磨光的,磨痕方向杂乱,质粗,含少量之玉髓细粒和白云母,火候不均。

5.表面红色,里面为黑色的陶片——质粗,含多量细沙,火度低,不均。

6.黑色陶片——三片,是深灰近黑色,质料较纯,间或杂一二砂粒,外表及口边缘部分磨研,火度较强,比较坚固。

7.黄色陶片——质粗,含白云母及玉髓之细粒很多,火低,不坚固,表面有涂细泥痕迹。

8.赤金色陶片——出土在黑咀子,陶内全部赤金色,间或带红色,表面是否曾涂颜色较深之衣皮,尚不能确定。质料较纯,含沙粒很少。

9.表面白色,陶内全部为蓝色陶片——于红咀子遗址发现有陶器耳之一端,质料较韧,蓝色,表面涂以白色土,带沙粒较多的衣皮,粗糙,火候不均。

10.表皮黄色,里面灰色陶片——出土于红咀子与黑咀子间高地遗址中,表面黄色,磨研,里面质粗,沙粒极多,灰色,火度低。

总括上述陶片颜色十种,除在萧家堡子及黑咀子两遗址中所发现五片带有纹饰外,余皆素面,质料粗,多砂粒,火度低,不均,全部找不出轮制的痕迹。这些,皆表示其仍在原始的文化阶段,但并非退化现象。其制陶技术极低劣,可以看得出正向前进中。

| 色 | 质 | 数% |
| --- | --- | --- |
| 赤红色陶片 | 粗 | 25% |
| 浅红色陶片 | 极粗 | 25% |
| 表皮黑色里面蓝色陶片 | 粗 | 10% |
| 表皮黑色与土黄色里面浅黑色略带红色陶片 | 粗 | 2% |
| 表面红色里面黑色陶片 | 粗 | 15% |
| 黑色陶片 | 较纯(少沙粒) | 2% |
| 黄色陶片 |  | 1% |
| 赤金色陶片 | 较纯(少沙粒) | 1% |
| 表面黄色里面灰色陶片 | 粗 |  |
| 表面白色陶肉全部紫色陶片 | 粗 |  |

B.边缘与纹饰

此次所采得陶器口部边缘共五十多片,但可以看得出其边缘的样式,只有两种,即短胫大口(下图一)与长胫小口(下图二)

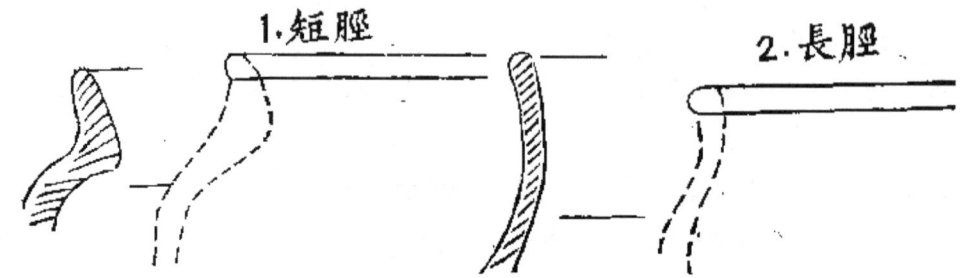

带纹饰的陶片只有五片,三片为口边缘,二片似为腰部。口边缘的三片(一)卷纹一片,于器口边缘除,捏起微浮的高脊后,再用刀刻成波浪形的纹样。(二)印纹两片,即于器的口缘部用木条印上凹纹,样式如下:

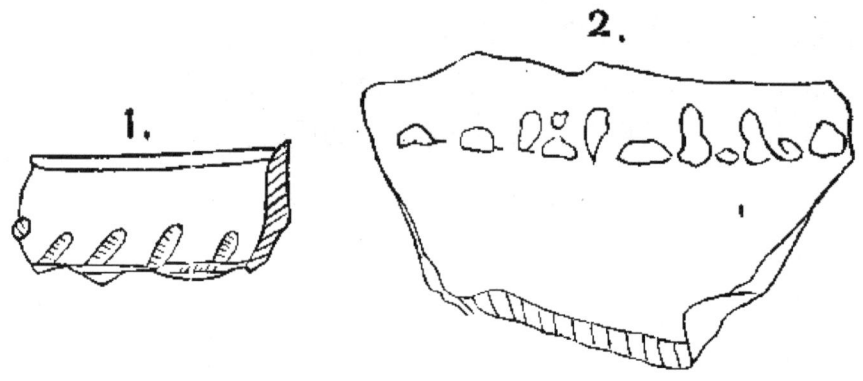

(三)腰部的纹饰,概为于腰部捏起高脊一带。别无其他雕刻。另有穿圆孔之陶片二,但看不出是何器物的何部分。

C.器耳

此次发现的陶耳共一百一十三件,总括的说,分为实耳与横环耳。

1.实耳——按治陶技术的发展,最初为捧持陶器不易滑失,故将器物之捧持的地方拧起一块,即为耳。继之渐渐的把它伸长与加大,成为扁平状、圆形乳头状与舌头状各样式。更进而穿孔,而至于环耳,或横或竖。我们这次发现之实耳的形状,共分五种类型,分别列出其轮廓如下:

第一类型:原始扁平耳——上面为斜坡,下面平底,概为便于捧持之故,今按原大小举一例:

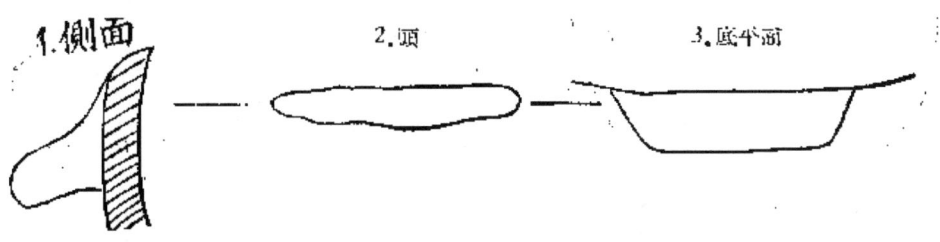

第二類型：乳頭狀耳，形，例如左：

第三類型：扁平狀耳，例如左：

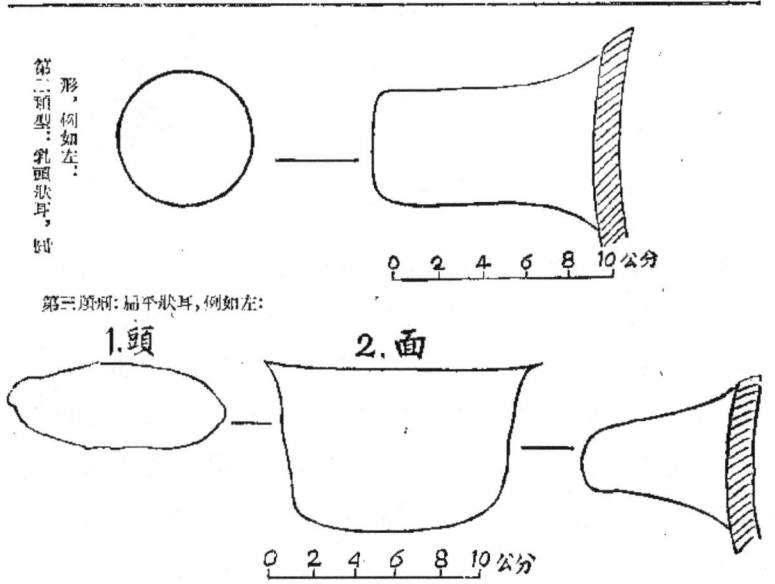

第四類型：舌然：分大小兩種，各舉例如左：

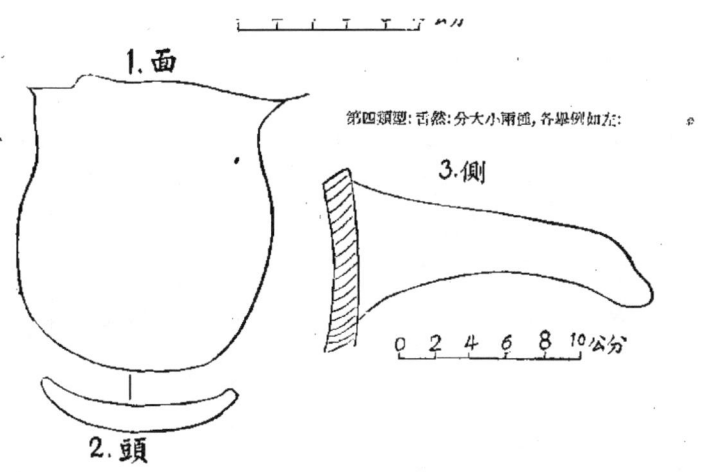

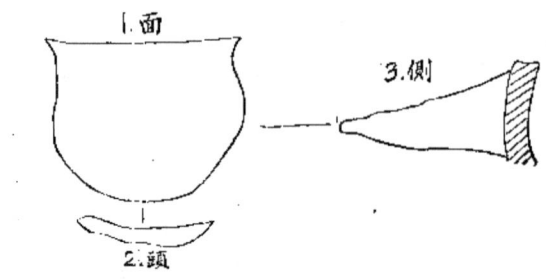

第五类型：扁圆地、圆部连、硬质、扁平、复捏展，例如右：

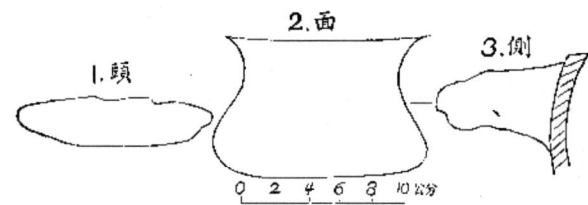

上列五种类型，以第二类为最多，约占40%，第五类次之，占35%，第四类再次之，约占20%，第一类与第二类所采到的数目皆最少。

2.横环耳——采集到之完整者只五个，多半者三个，只一部分者三十多件。由这些上其制法，而综合起来去看，常分两种类型，即圆环与扁环，以后者为最多，前者只发现两个半，为陶瓶之横耳，由打破处之痕迹上，可以看得出来，是在器物制成坯后，另外所加上的，然后经火烧成陶器。这点与实耳之就原器物上所捏起的耳之制法就不相同，其大小形状，就原器物之大小举方例如左：

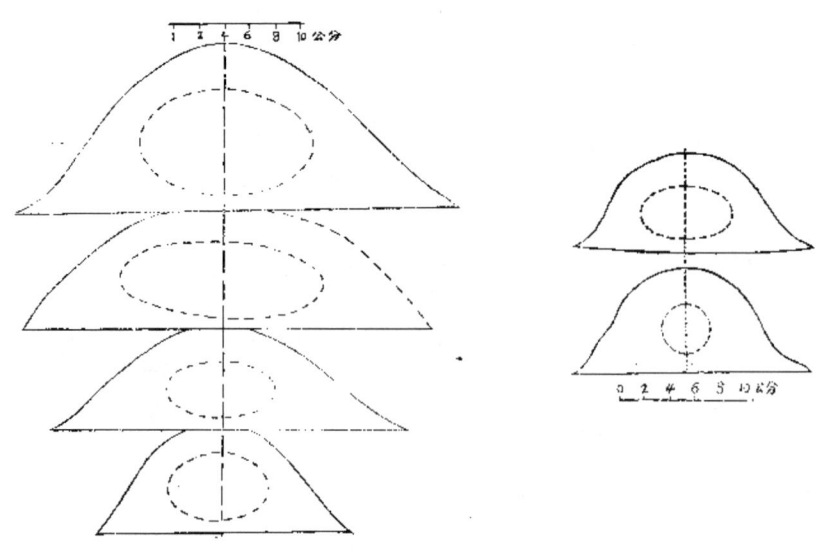

D. 器底

1.平底——以此类为最多,样式分:

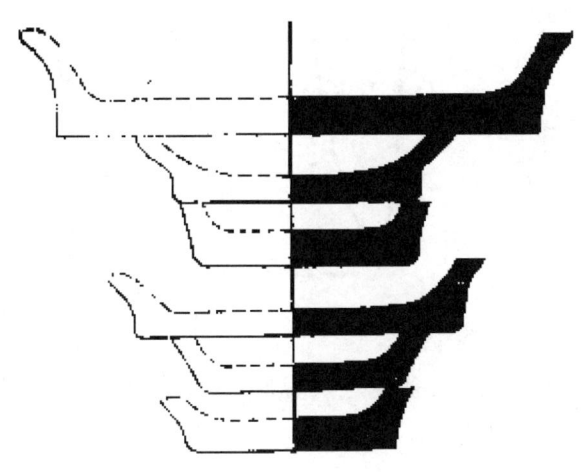

2.凹底——似今吃饭所用之碗底,由其下部来看,大概这些凹底的陶器亦当为碗形,今举一例:

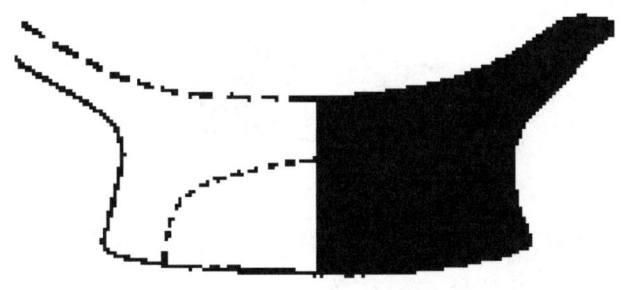

凹底共采到五个,大小虽不等,但形状则是一样。

3.尖底与带腿的底——有尖底一,不知属何器,有带腿痕迹的底三片,则可以推知是属于鼎鬲型陶器的。

E. 器腿及其他

共采得器腿七件,全部为鼎腿或鬲腿,方形,上粗下尖,形状是:

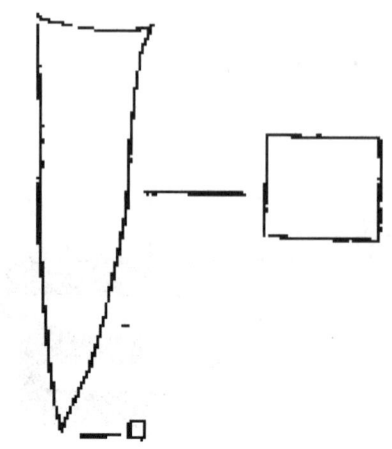

另有陶豆之腰部三件,及多孔之陶豆底部一件,陶纺锤一件。这些都可以看出它的原形。豆的形状,如下例:

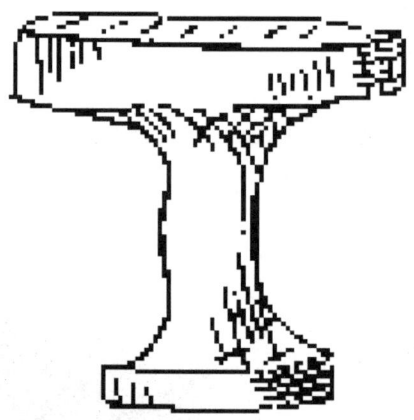

概括来说,长春附近的陶器是质粗、色杂、火度低、制作技术粗笨,更由其器底器耳上看,确为原始器物,处处表示其文化程度尚处于野蛮阶段。

## (下)结论

由前述遗址的分布及遗物的情况上,总括起来可以得出一个结论,就是在史前的伊通河流域为人类长久居住地区,而且发展了自己独特的文化。由野蛮的低级发展到高级,由狩猎文化发展到农业,这次为我们全部所发现。但这次的发现只是一个轮廓,还有很多问题的解决,需待诸将来的发掘。

现在我们附带讨论一下这个文化来源,以及与其他文化的关系问题。

第一,伊通河流域史前文化可能是与札赉诺尔龙江、林西等地文化同属一系——我们由于杨家沟遗址及庙山遗址的打制石器及细石器的发现上,则可以推知他与札赉诺尔、龙江、林西等地细石器文化同属一系,按"细石器文化(Microlithic Culture)是我们北方发达的一种特殊文化,代表的工业是细小磨制的石器……此种文化可以分札赉、龙江(昂昂溪)林西及赤峰四期,占甚长久的一段时间,约为中石器时代至新石器时代末期"(裴文中著中国史前时期之研究144页)。他并说:"大约细石器文化发源于西伯利亚贝加尔湖附近。"这个说法,我们是同意的,但他说的是这个文化在兴安岭以西发展的一线。这一次,我们在长春附近的发现,杨家沟及庙山各遗址,比较单纯,有打制(粗糙)石器及细石器,年代可能介乎龙江与林西之间。西岸高地各遗址出土之遗物,虽以磨制石器为主,但亦有较细致之打制石器与细石器,由此可以知道西岸高地文化是由杨家沟及庙山文化发展而来,故我们可以暂时这样的说:长春附近史前文化是与札赉、龙江、林西等文化同属一系,但在此地确单独更进一步的发展到相当的高度。易言之,即伊通河流域长春附近史前文化是北方系文化的一环,但单独发展到新石器时代的末期,成为史前与兴安岭以东东北地区的一个文化中心地,更进而散布于松花江一带。因是我们可以这样的假设,这种的文化在长春附近发展到相当程度后,渐沿伊通河而下,以至松花江流域,上溯东行至吉林、延吉,可能再向前发展至鸭绿江流域,受南满文化之影响而渐告结束。这北方文化与南满先史文化之混合地点,可能在吉林附近。按吉林东团山、西团山一带出土物,与长春附近出土物多相似,但东团山有汉代货币明刀钱的发现(参考历史与考古第一期)这确是秦汉文化发展到松花江流域的铁证。至于北方文化在长春像鸭绿江发展之假设的证明,尚待沿伊通河至松花江,再沿松花江沿岸至吉林,更向东而至鸭绿江流域的考察。不过,据我们的推断,于这一带可能有连续不断之史前遗址的发现,来说明这个问题。

第二,伊通河流域史前文化是否曾受黄河文化的影响?——由这次调查采集到的出土物上来说,与河南史前文化遗物不同,如主要生产工具之打制石器、细石器、石耒、鹤嘴状石斧、陶瓶之类,则为河南所无,即此地发现之鼎鬲亦与河南省不一样。黄河文化主要代表的器物,如彩陶、黑陶,以及一切的绳纹陶器,则此地又绝无一片的发现,更在此地出土陶器多横耳,则河南的陶器又多竖耳,实耳则河南省尚未曾发现。……诸如此例,即说明伊通河流域长春附近文化与黄河文化之相异。

而南满各地史前遗址,如沙锅屯、赤峰、貔子窝等地的史前文化又很显然与黄河文化共属一系,亦与长春附近所发现之史前遗物相异。由此:即可说明史前伊通河流域文化可能没有直接受到黄河文化的影响。

至于这个文化何时结束?又如何的结束?据我们的推测,可能沿长至秦汉以后,由于另一支文化程度较高民族的侵袭,或者受其他较高文化的影响与同化而自告结束其先史时代。至于这各个问题的具体解决,尚需待诸将来的发掘。

一九五一年七月二十三日完稿于长春伊通河畔。遗物由东北商业专门学校衣家驹先生保存。

［原载《厦门大学学报(文史版)》,1954年3月第1期,文原附图版,现缺失］

# 济南近郊北魏隋唐造像

在山东济南市郊近有很多极有价值的造像,有一部分过去被埋没在荒烟蔓草中,没人知道。一九五四年九月,笔者为了教学的需要,对济南市近郊的历山、玉函山、佛慧山、千佛山四处作了五十天多的调查,将现所得情况介绍如下。

## 一、北魏及东魏的造像

元魏在济南附近留存的石窟造像,主要是历山黄石崖,次之为龙洞。

黄石崖在历山的西北角,山腰半有一片黄色的悬崖,叫作黄石崖。这里有北魏正光四年(公元五二三年)造的窟石一个,及很多的石坎,造像七十多尊。据《山左访碑录》及《续修历城县志》所载,造像记共八种,计:

(1)大魏正光四年七月二九十日,法义兄弟姊妹等造敬石窟二像十四躯……

(2)大魏孝昌二年九月丁酉朔八日甲辰,帝主元氏法义三十五人,敬造弥勒像一躯……

(3)大魏孝昌三年七月十日,法义兄弟一百余人,各抽家财,于历山之阴敬造石窟,刻雕灵像……

(4)大魏建义元年五月四日,清信士佛弟子雍州长安人王僧欢敬造尊像一躯……

(5)大魏元象二年岁次己未三月二十三日,车骑将军左光禄大夫齐州长史镇城大都督挺县开国男乞伏锐……敬造弥勒石像一堪……

(6)大魏元象二次年岁次己未三月二十三日,假伏波将军魏郡丞姚敬遵,敬造弥勒石像一躯……

(7)兴和二年九月十七日,清信女赵胜习伃二人,敬造弥勒石像三躯……

(8)高伏香敬造释迦像一躯……

尹彭寿《山左六朝碑存目》中记有《大般涅槃经碣》注云："在黄石崖最高处，昔曾见拓本，高约一尺，广约一尺九寸，字径约不及一寸，正书。"法伟堂《山左访碑录》也有同样记载。据我们两次调查，现存的造像记，有正光四年法义兄弟姐妹造石窟记、法义兄弟姐妹一百余人造像记、王僧欢像造像记、姚敬遵造像记、清信女赵胜习仵二人造像记，另有一造像记被打破，只余一小块，残字有"冯首、王难生、崔令姿、胜、张女、赵勾男、张胜姜、王伏姬"等等，证之《续修历城县志》所录铭文，当为帝主元氏法义三十五人造像记的残存。所缺为高伏香造像记。及乞伏锐造像记。乞伏锐造像毁坏原因，见陶良锦《东魏齐州长史乞伏锐造像记跋》，《国学汇编》第二册二十二页登载。前齐鲁大学国学究研所出版。——编者）

在这些铭文中，所记的年号有：正光四年，孝昌二年，孝昌三年，建义元年，元象二年，兴和二年。正光、孝昌、建义都是北魏的年号，正光四年是公元五二三年；元象、兴和是东魏的年号，兴和二年是公元五四零年，前后共十七年，距今已是一千四百多年。这就是说，黄石崖的石窟造像的年代，就碑文看，最早是起于北魏孝明帝正光四年，这时也正是石窟造像的风气高涨的时期。就这些碑还可以看出这些造像者的身份，有皇帝贵族，如帝主元氏；有地方长官，如齐州长史乞伏锐及魏郡丞姚敬遵；有僧尼如法义、静志等，以及很多的善男信女。其中除乞伏锐、姚敬遵的造像为独立经营外，余皆为合资营构，参加的多至一百余人。

黄石崖造像的现状，据我们的调查，现存有石窟一，崖壁上大小石坎二十五个，共有佛、菩萨像七十五尊。所占面积，由东北向西南，约十丈多长，约四丈多高。

从东北端起编为一号大石窟，窟口向西北；内造像二十四尊。计东壁七尊：立像一，坐像一，其余为侍者菩萨。在立像与坐像上，刻有美丽的光圈；左上角有小佛像一个，旁有明代天启年的题名。西壁造像大小十七尊：佛五尊，余为侍者菩萨。在大的佛像上刻有光环及飞天。雕刻颇精美。在石窟的门上沿，有古代壁画遗存，还有旧的油漆色彩。在西壁的左上角有宋宣和三年三月二十三日刘明恢、李子瑛的题名刻字。

出一号石窟向西南是二号造像区，有很多小坎，第一个小坎中为一佛二菩萨，其右上角小有佛龛一，只一佛像；再西为一排摩崖造像。计佛像三，侍者四；另外还有残像二，其右上角小佛龛中有一佛二菩萨。

再向西是第三号，这一区中有姚敬遵造像记所说的造像一躯，有佛像及菩萨七尊。在它上面有一大片浮雕像，计上排四尊，下排五尊，其间为正光四年法义的造石窟记。

再西是第四号,这一区的造像颇多,有孝昌三年法义兄弟姐妹一百余人的造像记,建义元年王僧欢的造像记及兴和二年赵胜、习作二人的造像记。大小石坎十个,共分三层。最下层第一个石坎现存造像四尊,还有两个残像;第二个石坎中是佛像两个,侍者四人。中层石坎一个,有一佛二菩萨。上层石坎七个,由东而西,第一个有一坐佛像二菩萨,佛像头顶有飞天四个,手中持有乐器,除身上的飘带外,几全身裸体;其西小坎五个,各有一佛二菩萨;再西有一较大的石坎,有立佛一,侍者二,佛头顶雕有飞天五个,这个佛像仰望着上面的飞仙,似面带笑容,很有艺术价值。

再向西一区编为第五号,范围颇大,但造像多残破。完整的只有一个石坎,在最下层有一佛二侍者,其旁小坎三个,各有一像。最高处有一个小石坎,已残破。在西面有残存的帝主元氏法义三五十人造像记,得残石一片,佛像全部崩塌,在残石旁边留有飞天两个,此外全部破坏。再西下层有石坎一,造像无存。

在石窟东边孤立着一个石坎,有一佛二侍者,佛像之上还可以看出原来油漆的色彩,有光圈之类。现在黄石崖元魏造像的规模依然还可看出是相当大的,雕刻艺术也很精美。很多佛头大都被破坏,从削的痕迹较新这一点上,可以看出破坏的时间是在近几十年内,因此,肯定的说这是帝国主义分子及其所勾结的古玩奸商所为。

在已破坏石的壁上,发现题着"左口木及河本"字样,其下写着"一九二三年十月二十八日"。

在龙洞也有一处元魏的造像。据清乾隆年间《历城县志》卷二十三载东魏的龙洞造像记云:大魏天平四年(公元五三七年)岁次(缺)朔廿口日,庚申使持节(缺)侍骠骑大将军关(缺),尚书(缺)泾凉华口南(缺)九州刺史汝阳王口(缺)敬造弥勒像一躯(缺)。七厝皇祚永隆,四(缺)合生之类普登正觉,车骑将军左光禄大夫(缺)州长史乞伏锐,征北将军金光禄大夫(缺)。这个造像碑在乾隆四年的情况,据县志记载是"右造像石刻高八寸,宽一尺四寸五分,十行,行十字,径五分,正书,后有张永康、王舜居六大字为后人所刻,在城东南三十六里龙洞后门口北向",足证该石刻在清乾隆年间仍保存完好。清末《山东通志》只载有:"东魏王口叔造像记,天平四年,历城"(卷百五十二艺文志第二十)等字。光绪年间的山左访碑录中也记有这个造像铭的题目,下面却附注了一行小字是"今此石止存弥勒像已六行,其前五行缺"。可见该石刻在清末业已破坏了一半,但弥勒佛像仍存。按碑文的年代是天平四年,造像者中有乞伏锐,乞伏锐元象二年三月在黄石崖也造有一躯佛像。天平、元象都是东魏孝静帝的年号,天平四年,在元象之先,元象二年是公年元五三九年,比天平四年晚二年,大概乞伏锐先在龙洞造了一躯佛像之后,又到很多人造像的黄石崖造了一躯。据《山左访碑录》载,在东崖峪有"魏车骑将军乞伏锐题名,正书,无年月"。

二、隋代的造像

在济南附近地区隋代造像最精而美且保存比较完整的是玉函山的西佛峪,它是在一个自然形成的岩荫下,长约十余丈,高约二丈大小的面积,就凸凹不平的石崖形状上,随高就低而造成九十二尊佛像,各躯佛像的周边雕刻花纹及柱头与斗拱形构成佛龛,其下刻莲花宝座,佛像上饰以彩色(这些色彩可能不是原有的),都非常精美。有的佛头被打掉,另装上了一个石质或泥质的头。每个佛龛旁边都有造像记,在这上面说明了造像的历史。在(续修历城县志)上也有详细的记录。

由碑记铭文上面知道玉函山的造像年代是始于开皇四年(公元五八四年)止于开皇二十年(公元六零零年),规模相当大。造像者除罗宝奴造像记中的"女华仁"似与千佛山造像中的"女花仁"为同一人外,其他都没相同的,足见当时于山崖像造的风气已遍布民间。黄石崖北魏造像为"齐州长史"等地方长官及僧尼,而玉函山之隋代造像没有一个是这类人物,都是平民或者妇女,这似乎也可说明造像风气由官僚而普及于一般民众的例证。

关于千佛山的石窟造像,在《历城县志》中没有记载。在《山左访碑录》中记载有十五个造像记目,有关开皇元年的千佛山□□题名,即开皇七年的邓景口造像、开八皇年时昔造像、邑子□元等造像碑,开皇十年八月李景崇造像记,开皇十年三月吴□造像记,开皇十一年五月十九日女永照等造像二种,开皇十一年五月二十三日宋叔敬造像,同年许道筹造像三种,开皇十三年四月宋僧海妻张公主造像,同年九月戊戌朔十杨文盖领都二人造像,开皇十五年正月女花红等造像,同年□□题名,开皇二十年二月十三日吴敬造像,此外尚有无年月的解省躬妻礼佛题字及造像残字等名目共十五种。在《续修历城县志》卷三十一没有邓景□造像,其所录《造像记》大小有十四种。

这些造像记给我们的说明是:千佛山的造像是起于隋开皇元年,到开皇二十年,是这二十年间,经很多人陆续所造,并不在一区,也并没有一致的造像计划。每一区的规模都不大,但总起来所造佛像的数目就很多,分布的面积也很广。

千佛山的造像集中在该山的山阴,以面对济南市来说,是比黄石崖较近的地区。黄石崖的造像从北魏到东魏,魏之后就没有继续建造。隋代的造像,都集中在千佛山,即由较远的黄石崖而转移到离城较近的千佛山。转移的原因,是由于黄石崖那个地方已经没有了可以继续造像的石崖,不得不另开新的区域,所以到了开皇元年之后,就扩展到离城较近的千佛山了。

千佛山的隋代造像碑记,我们收集到七种拓本,这些碑记的原刻石,现在只有李景崇造像记一块尚存,余皆毁。至于造像的情况,据我们两次调查,属于隋代的遗迹只有一些洞窟的形式及其规模似为隋代风格外,里面的佛像全都是最近修理千佛山的兴国寺时新装的,油漆的五光十色,看去焕然一新。破坏了原有的历史价值及艺术价值。

佛慧山造像,在《山左访碑录》有开元诗残刻一目,注云:"残造像有大隋开皇字,余皆唐宋刻。"由这材料可知在佛慧山造像是起于隋代。这些材料是清末调查所得,可见当时尚有此刻石,我们去调查时就未见此石。

龙洞这次未往调查。但据《山左访碑录》和《历城县志》卷二十三金石考所记,在龙洞有隋大业三年的造像;又《历城县志》载在龙洞的后门口北七十余步石崖下北向,有墨书"开皇三年五月八日骑则苟祭席威来礼拜观"的题名;《山左访碑录》载有龙洞金享法师塔记的名目,是"天德壬申四年(公元一一五二年)春望日"立的。按天德是金太宗的年号,是年已是五九六年,足证在这五九六年间,在龙洞从造像到立塔看,似乎是不断的在发展。

东佛峪的造像始于隋开皇七年,在文献中所记只有一个比丘尼静观等造像记,所造的像为"释迦像四躯,弥勒佛一躯",其后没有再继续刻造,所以它的规模不大。《山左访碑录》载有"魏车骑将军乞伏锐题名目",下注:"正书,无年月。前有永隆四年残造像"。乞伏锐在历山黄石崖造像是元象二年三月,在龙洞造像是天平四年,至于这个题名或在天平元象之间,亦或即在隋代的开皇年间。永隆是唐高宗的年号,可能是以后在这里又曾有人造像。

### 三、唐代及其以后的造像

隋代以后,造像的地区集中于佛慧山,开元寺的前后石崖上,在大门旁东崖边有大石窟一,中有佛坐像一尊,头部被毁,最近在修理时被另安装一个泥头,形象极劣,不过下半尚可看出是唐代的遗物。在南崖间有造像一排。再前又一大窟,也有造像。在北崖有大小造像颇多，有数十尊造像，虽经修理，由于涂色不厚，仍可看出是唐代的遗物。除此之外，据《山左访碑录》载佛峪的遇缘造像，注云"正书四行，乾元二年三月五日"，及金刚会碑二目，注云"开成四月"。按清乾隆《历城县志》金石考所载佛峪造像记注云："在城东南三十余里佛峪寺西北悬崖。"金刚会碑原文，据拓片节录："大唐□金刚之会碑石弥勒像赞并序，齐州历城县维那刘长清等八人，为□中金刚经邑会之长，曾同邑内信直者十数公，俱埋南灵台山禅大德僧□方为出世之师，师以太和六年受灵岩寺请命诣阙进本寺图，将谢圣旨，再许起置镇国般若，道场之鸿泽，师行能二备，慕止京畿，首末三秋，无疾而谢世，维那刘公等痛惠焰绝照……乃率邑内诸人等家财，同心奉为□故禅大德建此弥勒像一个，侍菩萨二个于南灵台山先师要坐之地，上答生前法海之恩惠……同冀入龙华之大会也……开成二年止，岁次丁巳月甲午朔功德主及都维那邑人等一百一十人，经金刚经会，每会书经一卷，每至正月十八日，九月十五日设斋一中，以表众缘标于此，碑院主□行勤，功德主刘长清，都维那王昇朝，维那刘君义……僧元忠，僧楚文……尼体幽，尼元□……邢忠信……"

从这个碑文上可以看出：造的像为三个，即一佛二菩萨；造像的计有碑院主、功德主、都维那、僧尼以及信徒，在信徒中还有兄弟数人的，这种联合造像为往昔所没有；造像的目的一方面为纪念已死的"僧□"，另一方面则为结金刚会，这和一般造像只为亡父母亲故的亦不相同；这就是说，自唐之后，佛教的信仰似比以往更流行，但在造像的规模上说，以这样多的人数，其力量所造只三尊，是规模较以往越来越小了。此外，还有元代僧普光于龙洞造像一躯，其铭文为"大元延祐五年（公元一三一八年）寺僧普光圆明大师□大元世□禅皇帝圣旨……命工造释迦佛龛像……历下匠者尹礼韩延藻造"。明清多于寺内塑像，至于开凿石窟摩崖造像的风气浸衰。

如前所述，我们可以看得出来济南市附近石窟及摩崖造像是始于元魏，到隋代更为普遍，唐代即进入末期，北宋以后渐渐衰灭。它最初营造的地点是历山黄石崖，开凿有能容佛像二十多尊的石窟，有大躯的摩崖造像，规模可算宏大。到隋代始散布于玉函山、千佛山、龙洞及东佛峪，佛慧山是开辟最晚的，是唐代在这个地区造像的中心。在佛像的雕造技术上，以元魏为最精，隋代次之，唐宋以后可说是粗枝大叶。在营造规模上，以黄石崖元魏造像规模最大，玉函山、东佛峪、千佛山等的隋代造像，规模远不及黄石崖。造像者的身份，济南附近元魏的造像是地方官联合僧尼营造的，隋唐以下的造像则是一般的信徒及僧尼。

黄石崖造像代表着自洛阳龙门造像艺术向东发展的一支,历山及其附近的石窟,及摩崖造像,代表着这一个艺术系统在山东发展的主流。

（注：原附图版十六幅,现略。）

（原载《文物参考资料》,1955年9月第9期）

# 关于济南近郊北魏隋唐造像的补充意见

"文物参考查料"1955年第9期于笔者《济南近郊北魏隋唐造像》一文(第27页末行)中附编者按语言云：

"为什么较晚的这些石崖,逐步的靠拢济南市？为什么较早的北魏石崖不这样靠拢？据山东文物管理委员会同志的意见,有无石崖造像似乎只是一方面,他们觉得更远的朗公谷(柳埠)是个中心。它向南向北发展。这是向北发展的,因而由远及近。——编者。"

在这里面包括两个问题：其一,是济南近郊造像之由远及近的原因问题；其二,是济南近郊的造像是否从朗公谷(柳埠)作为中心发展而来的问题。这两个问题都关系着对济南造像整个的看法,是非常的重要,因此特再补充如下的两点意见,尚希同志们指正。

## 一、关于济南近郊造像之由远及近的原因问题

关于这一点,首先我说明黄石崖、玉函山、千佛山、佛慧山四处之距济南的远近情况是：北魏的黄石崖造像距城为5华里(据《历城县志》载),隋初的千佛山造像距城较近,亦为5华里(同上书载),隋中叶的玉函山造像距城最远,为府南20华里(同上书载),唐代造像的中心地佛慧山造像距城比黄石崖更远,为10华里(同上书载),其分布如附图。从这些上面给我们说明了一点,就是在元魏到隋初的造像是由远而近的,隋中叶之后的造像是由近及远的。这一个排列非常明显。因此我认为这由远及近即向济南市靠拢的一点,不能单独成为问题,也不是本问题的中心。如然,则隋代的千佛山至玉函山,佛慧山之"由近及远"也应包括在内。故它的中心应放在这四处造像的关系究竟如何的上面。很显然,济南近郊的造像,最早是历山的黄石崖,而千佛山、玉函山、佛慧山、龙洞、东佛峪等地,都是在它的周围,在时间

上又都是按序发展,这一点又是非常的明显。因此,我认为它们的发展是一个系统。

关于黄石崖到千佛山造像的转移原因,我说是"由于黄石崖那个地方已经没有了可以继续造像的石崖",这个说法不够全面。有无石崖可以造像,只是不能再在黄石崖造像的原因,而不是使当时造像必然转向千佛山靠拢济南市的原因。因为黄石崖即使无崖可以造像,还可以向附近的石崖上去造,不一定要向济南市靠拢。因此,这个促使靠拢的主要原因,不只是有无石崖,而是由于东魏之后经北齐、北周到隋代之一段济南局势发展的结果。

关于这一发展的经过,我在《玉函山之宗教史迹》(山东师院47期)一文中,说的比较详细,节录如下:

"其一:在时间上说,黄石崖造像是始于北魏正光四年(523)至东魏兴和元年(539)。即比玉函山造像早42年,中经北齐北周两朝。按千佛山造像始于隋开皇元年(581)止于开皇十五年(595),是较玉函山造像早起4年,早止5年。开元寺造像多唐代物,是其比玉函山为晚。如再窥之当时的历史,据文献的记载,东魏、北齐、北周一段,济南(时为齐州)地方大乱,民不聊生,隋开皇元年天下初定,到开皇五年(585)天下已经大定。由这些上面可以看得出来,黄石崖、千佛山、玉函山等地造像的历史是一个系统,其阶段是随着当时齐州的社会经济之发展而发展的。即最初都在黄石崖造像,而后由于荒乱,并又有北周的毁灭佛像,突告停止了42年。隋开皇元年天下初定,乃在离城较近处造像,继之天下大定,故又向较远的玉函山发展了。与此同时,又开发了开元寺,到唐代造像即集中于开元寺,故玉函山的造像也就到开皇二十年(600)为止。这个发展是和北魏至隋唐间齐州的发展历史分不开的。其二:从造像的人来说,黄石崖的造像是地方长官及僧尼来建造的:如齐州长史乞伏锐,魏郡丞姚敬遵,及帝主元氏,僧法义等。而玉函山造像者,全部是一般的佛教信徒,这一点和千佛山的造像有点接近,这一点反映着佛教信仰逐步的普遍化了,已由帝王贵族大臣而渐传布到民间。其三:由于时间的不同,经济条件的不同,所以表现在造像的技术与布置上都有些显著的差异。"

**二、关于朗公谷(柳埠)是否是造像的一个中心向北发展到黄石崖、千佛山的问题**

关于这一点,我们应当首先考察一下朗公谷的造像。据我们目前所掌握的材料来说,在柳埠最早的造像是神通寺东四门塔内的杨□叔造像,它的铭文是:"武定二□□月,乙卯朔十四日戊辰,冠军将军司空府前西阁祭酒齐州骠大府长流参军杨□叔,仰为□□□,十一日,敬造石像四躯,愿令亡者生常值佛。"参照"山左访碑录",知是武定二"年",杨"显"叔造像。按"武定"是东魏孝静帝的年号,武定二年是公元554年。武定这个年号,还在元象及兴和之后。黄石岩造像最晚在兴和二年,是公元540年。是柳埠朗公谷的造像起始比黄石崖造像的终止还晚4年。因此朗公谷造像即使为一个中心的话,它也不会向北发展成为比其早20年的黄石崖造像,这一点可以肯定山东文物管理委员会同志们的说法是不正确的。如果可以觉得黄石崖造像是从朗公谷造像发展而来,倒不如说柳埠朗公谷的造像为继黄石崖造像向前发展比较妥当。

　　柳埠的朗公谷在唐代是一个造像的中心,这一点我们是承认的,而且那里有最大规模的千佛崖,表现着最优美的雕刻艺术,远在佛慧山开元寺造像之上。据它的造像铭文有:唐武德□年(武德是自公元618-626年)的僧沙栋造像、贞观□8年(644)的僧明德造像、永徽□年的千佛崖造像、显庆二年(657)齐州刺史刘玄意造像、同年的南平长公主造像、显庆三年(658)青州刺史赵王福为太宗文皇帝的造像、文明元年(684)的赵昕造像。此外题记二三十个,虽无年月,大都是唐代遗物。就这些题记来看,自唐高祖的武德□年至睿宗(武则天皇帝时)的文明元年,前后60多年,正是唐朝的盛时。造像者有皇族的南平长公主及驸马齐州刺史刘玄意等大贵族大官僚,以及僧尼等人,造像的纪念对象,有"太宗文皇帝"等帝王,因此决定了千佛崖造像规模的宏大及艺术的精美,而成为唐代造像的一个中心地区(即在全国来说,唐代的遗存中千佛崖也是有特殊价值的,远超过佛慧山开元寺)。但它这个中心的构成是在东魏之后,主要还是在盛唐这一阶段(公元618-685年之间),而后的发展自成一个体系。这是与济南近郊的造像体系不能混淆的,更不能说以它这一个造像为中心,向北发展到济南近郊构成了北魏的黄石崖造像及隋代千佛山造像。(在历史价值来说,还是以黄石崖的北魏造像为首。)至于它们中间的互相影响关系,我们并不否认,当然不能把它们各个都孤立起来。

　　至于为什么山东省文物管理委员会同志会产生这样的说法呢?据我们推测(当然不一定正确),他们是基于:第一,从石窟及摩崖造像的发展与佛教发达的历史笼统来看问题。因为朗公谷的得名由于西晋时曾有高僧"竺僧朗,京兆人"(《高僧传》),"乃于金舆谷昆仑山别立精舍"(同上)。昆仑山就在现在的柳埠南,距济南市约75里。俟后到了隋代又于此建有神通寺,唐代的千佛崖又是在这一个地区开辟的。直到现在,犹有神通寺的存在,柳埠朗公谷是有这样一段的历史。在佛教史上来说,远在西晋末叶(约在公元300-316年间),僧朗就在这里设舍传授佛教。但我们所研究的对象是石窟造像及摩崖造像,这石窟造像的艺术是就印度的支提建造艺术结合着中国的崖洞建造艺术而成的。摩崖造像是"就其山而凿之",(《金石索句》)的造像。这些在我国,据现有的物质材料来说,约始于苻秦时代,最发达的是在北魏。这就是说在中国西晋时还没有造像的发生,如何会在柳埠构成一个中心呢?当然,石窟造像也是佛教发达史的重要史料的一环,这一点我们并不否认。但它只是一环,而不能说有佛教的地方或有了佛教就都必然有石窟造像,更不能把所有佛教传播的地方硬与附近的造像都拉起关系。晋时僧朗并没石窟造像。四门塔的建立造像是东魏末,神通寺的建立是在隋代,千佛崖的开发是在唐代,这是很显然的史实。并不是因为它先构成了造像的中心,而向北向南发展。——向北发展为黄石崖造像的说法是不正确的,但不知他们所说的向南发展又如何?

第二,他们是根据政治区域来看石窟造像的系统问题。因为都属于历城县,所以基本上先把这些造像发展的历史看为一个,然后就觉得黄石崖的造像是由柳埠这个"中心"向北发展而来的。

如然:这两种看法都不正确。我们应当以历史的具体条件结合着现有的物质遗存来看,认为这些物质遗存——实物的历史材料,都是历史发展到一定阶段的产物,都有它一定的社会经济背景,这样还未必会看的正确,更不可是抽象地觉得。

**三、济南近郊造像补遗三则**

1.黄石崖的古建筑遗痕及磴道遗迹

在黄石崖北魏摩崖造像的上首,有很多排列整齐的石洞眼,这些很显然是当初架置梁椽的所在。由这些遗痕上,可以证明在最初造像的前面是有木构建筑物的。从此向下有一些石磴道的痕迹,断断续续直通向千佛山去,尤其在千佛山东南正面对黄石崖的一段石磴道遗迹最为明显。如果站在黄石崖上望去,磴道两旁的界石还相连成两条线,古道规模仍可看得出来。直到山半腰间,至此似绕山向北,达山阴隋代造像区所在地。这一条石磴道,很明显是连接着黄石崖与千佛山。因此,可以推断它的年代是在北魏至隋唐之间,与黄石崖及千佛山造像同时,并由此,不难推知黄石崖造像与千佛山造像原是一个系统。

2.开元寺的隋唐造像记残石

在开元寺东北山崖下,有一个石窟,内有造像七尊,其窟西壁上有一造像记,残余如下：

　　□□

　　□□□净□

　　一□流□□古

　　大隋开皇□□□□

　　师僧父母□□□□□□

由此可知开元寺的造像起始也在隋开皇年间，与千佛山、玉函山为同时。此外，在南崖造像的旁边，刻有经文及梵文咒语五处，似皆为唐代物。

3.北宋造大佛头

在佛慧山阴山岩间有一座伟大的造像，俗名"大佛头"。《历城县志·山水考二》虽载："佛慧山，一名大佛头山，以岩半有石佛头故也，又名大佛山。"但在该书《金石考》及《古迹考》各篇中，都没有提到这个佛头的来历。此外各金石志书，即如较详尽的《山左访碑录》及民国初年编的《续修历城县志》，对它都没有记载，这是最可惋惜的一件事。因此，迄今一般人对这座伟大的造像还不得知其究竟。

经我们两次考察的结果，在佛头的周围发现有三个摩崖刻石。

第一个，在其东旁崖壁山上刻有双石塔，双塔之间放置着一个北宋景祐三年（1035）立的碑记，原文是："齐州大佛寺自景祐二年正月十五日，命匠人□三镌大佛头，至景祐三年丙子岁六月戊申朔毕。……"（其下刻首事的僧尼信徒及工人名字约百余）

由这上面可以知道这一座造像是北宋的遗存，距今已是921年。雕刻的经过时间是1年零6个月。

第二个刻石是佛像的西壁，上刻"李思从……万历丁未三月吉日重妆"。按"万历"是明神宗的年号，"丁未"是万历三十五年（1607）。东壁刻有"大慈大悲"四字，末题"明李伯春题"。由此可知，在明朝的时候，曾经对这个佛像妆饰过一次。

第三个，外面的石门，门额刻着"大雄宝殿"四字，前面的年月是民国12年（1923）修，由此可知这个佛像只有前面的大门是民国12年新增修的。

这个佛头保存还相当的完整，高1丈5尺，宽1丈1尺，容貌衣饰刻纹皆甚精巧。

（原刊《文物参考资料》，1956年3月第3期）

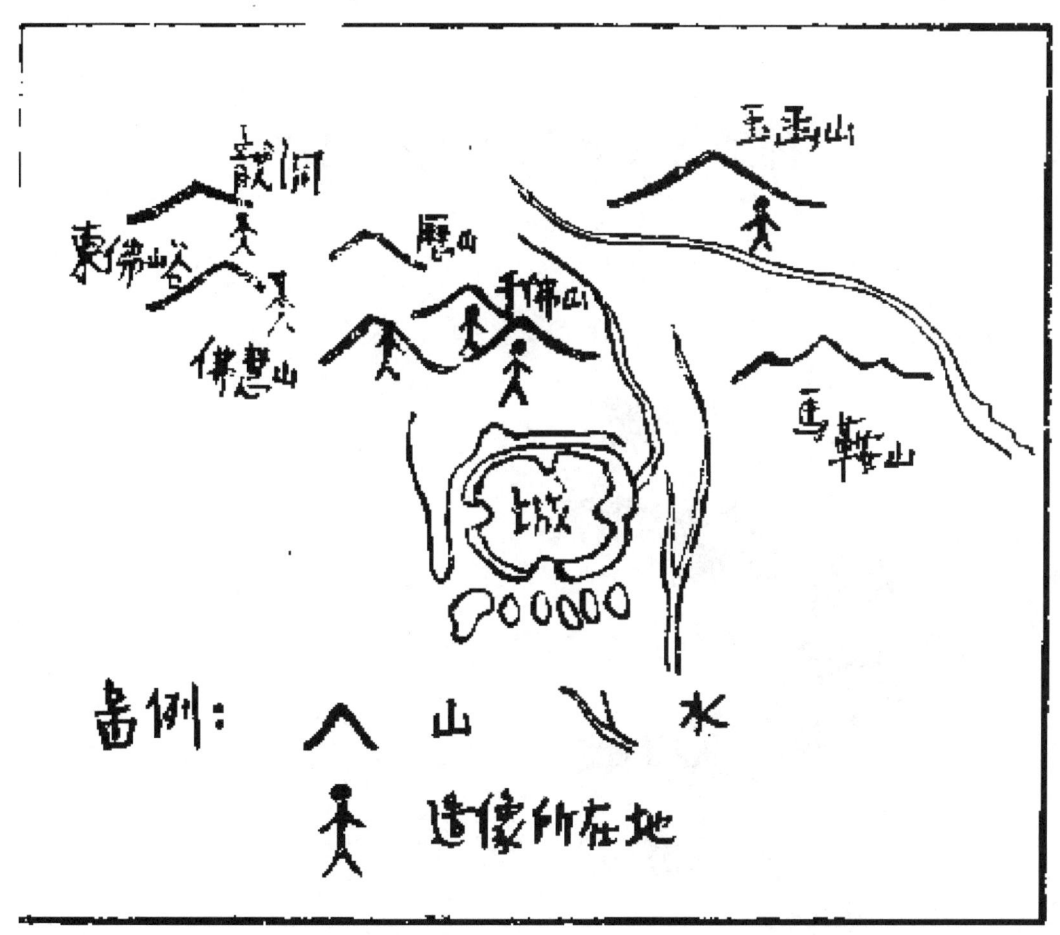

济南近郊造像分布图（参照《历城县志》原图）

# 神通寺史迹初步调查记略

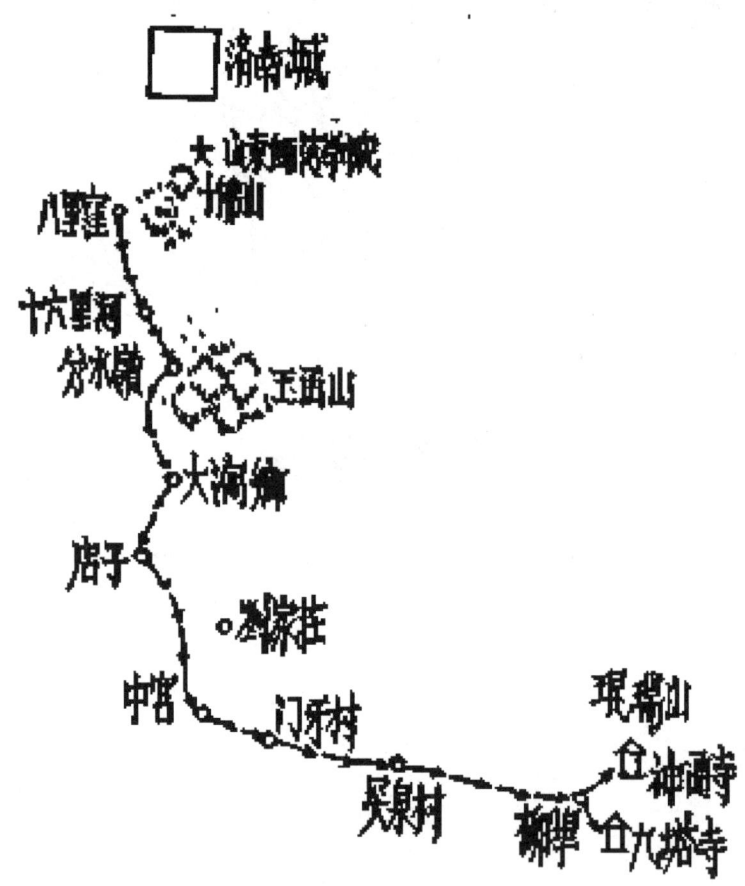

图一 行程路线图

神通寺遗址在济南市南约四十公里[1]柳埠镇东北琨瑞山阳(图一),隋文帝开皇三年(583)始命名为神通寺。唐释道宣《续高僧传》载"仁寿置塔。敕令法瓒送舍

---

[1] 据《历城县志》及《续修历城县志》道里折合。

利于齐州泰山神通寺,即南燕主慕容德为僧朗禅师之所立也。燕主以三县民调用给于朗,并敬营寺,上下诸院,十有余所,长廊延袤,千有余间,……于今(唐——笔者)俨然,古号为郎公寺,以其灵感即目,故天下崇焉。开皇三年,文帝以通征屡感,故曰神通也。"据此,即知神通寺为郎公寺之改名,并非创建。按梁释慧皎《高僧传》,"竺僧朗,京兆人……以伪秦皇始元年移卜泰山……朗乃金舆谷昆嵛山中,别立精舍,闻风而造者百有余人。"《魏书·释老志》云:"先是有沙门僧朗与其徒隐于泰山之琨瑞谷,帝(苻坚——笔者)遣使致书,以缯、素、旃罽、银钵为礼。今犹号曰朗公谷焉。"《高僧传》:"秦姚兴亦加敬重,燕主慕容德钦朗名行,给以二县租税。"《集神州塔寺三宝感通录》记载:"昔中原值乱,永嘉失驭,有沙门释僧朗者姓李,冀人……士俗咸异有祯感,声振殊国……天下无主,英雄负图,秦、宋、燕、赵莫不致书崇敬,割二县租税,以崇福焉。故有高丽、相国、胡国、女国、吴国、昆仑、北代七国,所送铜像。"由这些文献上,可以看得出来,僧朗隐居于琨瑞山的时间,是始于苻秦皇始元年(351)。至于《三宝感通录》称"秦宋燕赵",是宋已建国。按宋建国始于公元420年(是时僧朗本人不一定还在世)。但由此可以看出僧朗在此隐居约当公元351-420年间。朗公寺的建立在中国佛教史——尤其在山东佛教史上是一个重大的事件。经北魏以来逐步的发达。北魏郦道元作《水经注》时即名此地为朗公谷,其原因是"朗居琨瑞山";山川因人易名,足证北魏时对此地敬重的程度。是时住持朗公寺的是僧法意[1],"聚徒教授",继承着僧朗发展着佛教。隋代对寺舍更加修饰,仁寿置塔更名神通寺,由高僧法安、法瓒[2]先后住持,以"扬法化言"。唐初南平公主等于此刊造佛像,成为千佛崖。下历各朝,直到明清均有修葺。

一九五六年三月二十六日上午,我们自济南山东师范学院起程,向南是逐渐上坡(图二)。至东八里洼,高50米。至十六里河,高80米[3]。至分水岭,此地离济南已二十里,比济南高100米左右。下午至兴隆山南坡,高120米。到邵而区大涧乡,高140米。在此午餐,再前行。大涧沟南岭高200米。下岭坡至店子村,高130米。又上坡至中宫北岭,高190米。再下坡即达中宫镇,已四点左右。中宫又名终宫,为汉终军故里。据《汉书·终军传》载"终军字子云,济南人,少好学,以辩博,能属文,闻于郡中,年十八选为博士弟子……至长安上书,武帝奇其言……"。他在盐铁问题上

---

[1] 释道宣《续高僧传》。
[2] 同上。
[3] 道里据《续修历城县志》,高度系我们用高度计的测量,回来时又对照一遍,大致没有错误。

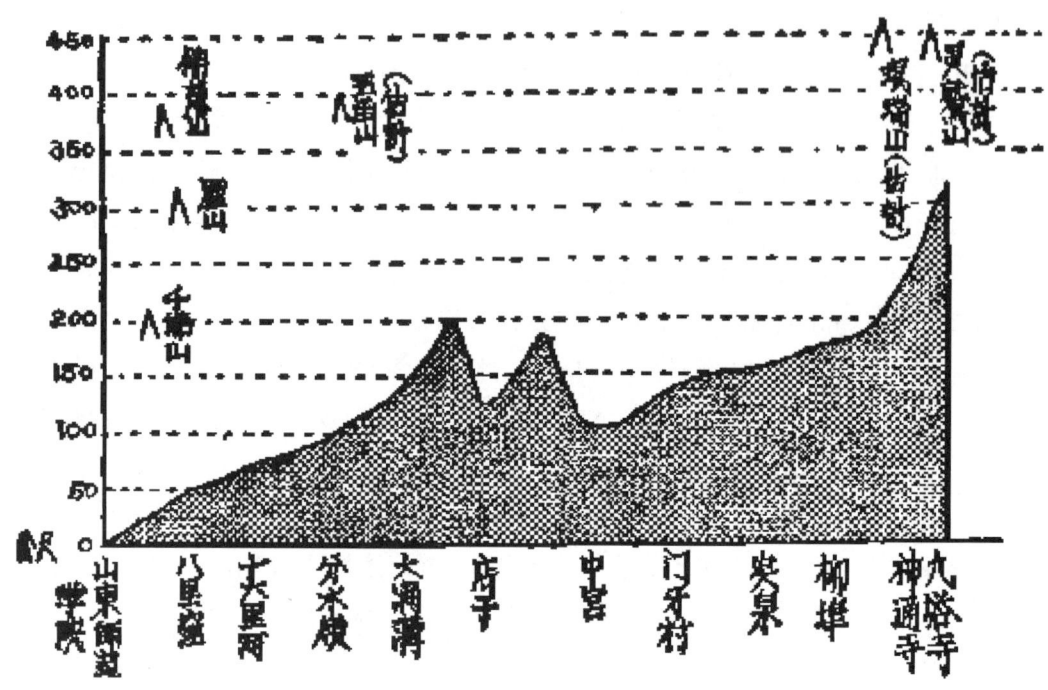

图二　行程坡度横断面

起过作用,后出使南越,被害死,"死时年二十余"。中宫镇东有洪福寺,创建于唐代,现该寺改作贮藏之用,碑文尽毁,门外有已残破的明成化甲辰年重修碑记云"中宫距城五十里",另有民国三十年重修记云"考其碑记,敕建于季唐,宗元长老,开山创修,计成大雄宝殿,四天王,二天王等殿,至元……创修藏王殿,迦蓝达摩等殿,至清元口和尚续修碧霞元君及火神殿"云云。中宫镇高100米。中宫距柳埠尚有三十余里,正在修路,三轮车无法通行。故将车寄存于门牙村三元宫内,该庙有明嘉靖万历两重修碑记。门牙村高145米。再前为突泉村,山崖旁有明嘉靖三十九年(1560)造像三尊,并有造像记一石。按《山左访碑录》载"城西南口里白突泉有唐造像五种,正书无年月"。不知所指在何处。其前至蟠龙山角有旧佛像一尊,清宣统年碑记载"不知创于何代"。由此即可以看到琨瑞山了。晚六点至柳埠,承该镇小学教师刘元志同志等七人的帮助,解决了食宿问题。柳埠比济南高170多米。翌日早由该校诸教师领我们赴神通寺,直到四门塔。塔基所在比济南高200米左右,在山阳高约25-30米左右处。依照计划,先后调查了四门塔、唐代千佛崖、宋元明墓塔、神通寺遗址中的碑残碣、残桥及涌泉庵。下午调查了九塔寺唐代造像,下午三点半自柳埠起程,夜十一点二十分返抵济南。

## 东魏造像及四门塔

四门塔在琨瑞山阳的一个山角上，与神通寺遗址隔一溪谷，四方形，但四边不甚相等，北面7.34米，西面7.38米，南面7.38米，东面7.41米。四面各有一门，门高2.10米，宽1.40米，南北各门方向皆为正南正北、正东正西。塔高约13米左右，全部用该山出产的青色岩石筑成。建筑技术颇精致。室内正中为一大方石柱，四边四尊佛像，面北佛像，身高1.231米，衣处宽1.11米，头部由顶至脖子下53厘米，头周（眉间）88厘米，腰周1.67米，膝部横宽90厘米，佛座宽1米，高0.50米，座正面刻"住持福胜、宝山、禹城王贵，男玉凤、玉禄、玉俊刊"等字样。按宋绍圣五年（1098）《齐州历城县三坛寺阿弥陀佛窆堵坡铭并序》有"神通寺住持福胜、宝山、玉福、玉禄、玉正、玉俊"，是福胜等为北宋哲宗绍圣年间人，而此石刻佛座亦当新置于北宋末年。面东造像身高1.35米，头由顶至项高59厘米，头周1.05米，腰周1.75米，底宽0.95米。佛座为新砌。面南造像身高1.47米，头由顶至项55厘米，头周0.92的米，底宽1.06米。佛座为新砌。面西造像高1.42米，头由顶至项高54厘米，头周1.04米，座底0.97米。佛座为新砌。此四尊佛像，皆盘腿静坐，其中东西南三尊，双手平叠置身体中部，作入定姿态，而北尊则双手分置于两膝，有说法之意。衣服装饰上，南、北、东三尊，大致相同，有从左肩垂下之系衣飘带（图三），西尊服饰则完全不同（图四）。另外北尊（见图三）在座前有下垂之衣褶，与其他三尊不同。《尼无畏造像记》则未见，这是一个相当大的损失。依其数目为四尊上，与《续修历城县志》所载《杨显叔造像记》吻

图三　四门塔面北造像速写
（东魏遗物之一）

图四　四门塔面西造像速写
（东魏遗物之二）

合,因此,当为东魏末年遗物。四门塔是新修过的,上面加了铁圈两道,门上也加了很多新的石头,佛座也换上新的,只保存了主位的四尊大的佛像,有些艺术极精美的残造像还弃置在四周地下,计有缺头的一个,有项至腰部的一件,大残造像的部分六块,莲花座一块,窥其特征皆唐代刻,此概为《山左访碑录》所载尼无畏的造像。该造像记亦毁坏,《山左金石志》及《续修历城县志》中,都只记有"景龙三年(709)七月四日……右造像记正书,高四寸二分,宽九寸五分,在城南神通寺四门塔内"云云,未录原文,故造像多少及当时一切情况,无所根据。按景龙为唐中宗年号,适当唐之中叶,时佛教已甚流行。

在涌泉庵(现为林场办公处)下有一大块石刻造像,共造像两排,每排五像。无造像记。从其排列形式及造像特征上,初步推断可能为隋代或更早一点的遗物。

## 唐代千佛崖

唐代千佛崖保存尚相当完整。所存造像记共四十多个。有武德、贞观、显庆、永淳、文明等初唐年号。造像者身份,有贵族如南平长公主、驸马都尉刘元意、赵王福等,有大臣如上骑都尉刘操等,有僧尼及平民等。造像目的,大都为亡父母及亲属祈福,如南平长公主、刘元意、赵王福等的造像,造像记即为:

"显庆二年南平长公主为太宗文皇帝敬舩(造——笔者)像一躯。"

"大唐显庆二年六月十五日齐州刺史上柱国驸马都尉渝国公刘元意敬造相供养。"

"大唐显庆二年行青州刺史清信佛弟子赵王福为太宗文皇帝敬造弥陀像一躯,愿四夷顺命,家国安宁,法界众生,同登佛道。"

按《新唐书·诸公主列传》[1],南平公主为唐太宗李世民之第三女,"(初)下嫁王敬直,以累斥岭南,更嫁刘玄意(即刘元意)"。《旧唐书》称赵王福为"太宗第十三子也,贞观十三年(639)受封,……咸亨元年(670)薨"[2]。按唐太宗死于贞观二十三年(649)。显庆二年(657)为太宗死后之第七年,其子女及婿皆为之造像祈福。此外有刘操为亡妹祈福造像。陶□为亡儿造像……。还有因天灾而集体造像,如"永□□年□月,为天淡,侧□诸村,史□、王元□百余人等□,世泽□,设齐造

---

[1] 《新唐书》卷八十三列传第八。

[2] 《旧唐书》卷七十六列传第二十六太宗诸子。

像"等。按此"永□"当为"永征",或"永隆",都是唐高宗的年号。《唐书·高宗纪》载"永徽五年(654)济南大水"。《新唐书·五行志》载"永隆元年(680)大水,溺死者甚众"。此百人的集体造像,当是为死于水灾中的亲属祈福。

造像山崖比济南高260米左右,即高出山角60余米(大石崖处),南北共长64米(合市尺为十九丈二尺多),遍崖都有大小佛龛及造像。自北而南。最北一号大石窟,"陶□为亡儿造像记"在此,大佛像一尊,高2.65米,头周1.20米,底宽1.95米,此外小佛像五尊。左上角小龛一,内有佛像一尊。再南为二号石窟,规模较大,门有一石柱,其内造大佛像两尊,中间有赵王福的造像记石刻一方。北边大佛像高2.80米,宽1.85米(图五)。南边大佛像高2.65米,宽1米。四周小佛像十九尊。再南为散布的小龛共十五个,一号龛造像四尊,二、三、四、五号龛各一尊,六号龛二尊,七号龛三尊,八、九号龛各一尊,十号龛八尊,十一号龛一尊,十二号龛二尊,十三号龛一尊,佛像体态较高大美丽,刘元意造像记即在此像旁(图六)。十四号龛一像,十五号龛二像。再南为一区集体的摩崖造像(图九),共三十五尊,旁有"□□奴妻赵造□□□"造像记石,此为旧各金石志录所无。再南有石窟一,我们编为第三号(图八),大佛像三尊,北边的高1.75米,底宽0.90米。中间的高2米,宽1.20米。南边的高2.10米,底宽1.25米。周迴摩崖,刻造大小佛龛罗列,共有造像八十二尊,为千佛崖精华所在(图十、十一)。造像记十一石,唐武德□□年及贞观十八年僧□德造像记皆在此。崖头上还有较大佛龛二,大像两尊。再南又一石窟,编为四号,大佛像一,高2.55米,底宽1.29米,其旁有"唐显庆三年僧朗造像记"一石,左边刻小佛像八尊。门外北崖下树有明嘉靖四十三年神咒碑一。再南又为一区摩崖造像,共十一尊(图十二),有二造像记,门外有一四门塔形石刻,内像一尊。再南又一石窟,大像一,我们编为第五号,据造像记开于唐显庆二年,为南平长公主所造(图七)。

以上计石窟五个,2米以上高大佛像七尊,2米以下大小佛龛造像共一百九十余尊,残破不显著的尚未计算在内。保存大部完整,造像技术精巧,为唐初造像遗存中相当伟大的一区。

图五　赵五福造像

图六　刘元意造像

图七　南平公主造像

图八　唐千佛崖三号窟造像之一

图九　唐千佛崖摩崖造像之一部

图十二　四号窟南壁摩崖造像

图十　唐千佛崖四号窟外景之一部

图十一　唐千佛崖三、四号窟外景

## 宋、元、明墓塔

在东山崖距四门塔三十余步,地势比四门塔高约40米的地方,有石造方塔一座,建于北宋哲宗绍圣五年(1098)3月。塔铭尚保存完整,历城县志金石考中录有全文。历城县尉潘卞[1]撰文,乡贡进士冯睿[2]书。该塔乃尼福林为其父母所筑墓塔。尼福林俗姓郑,其父郑朝宗,死于元丰五年(1082),其母毕氏,死于元祐六年(1091),筑塔始于绍圣三年,经过了二年的时间,至绍圣五年告成。据塔铭,原为七级,今存只有三级(图十三),在塔的背面有墨笔题字"大元国河间路□□,□(按当为'至'字)祐三年三月二十四日"。在其旁山崖下有残塔石基两个,无塔铭。

在神通寺遗址西北,有大群墓塔。有砖塔,多方形,为宋元遗物。有石塔,形状不一,有方有圆,共计四十一个(已倒的未计在内)。砖塔建筑较精致。尤其在最南端的一个,雕刻华丽,俗称龙虎塔。但塔铭多被人拆去。现存塔铭尚有三十一。有年号的,计元代的十一:

图十三　北宋绍圣五年建石塔遗存

元中统三年(1262)希公塔

元至元五年(1272)元公法师之塔

元至元五年(1272)定公塔

元大德十一年(1307)宝公塔

元皇庆二年(1313)明照大师塔

元延祐五年(1318)□□坐化塔

元至治改元岁(1321)湛公主讲之塔

元至治二年(1322)刻佛顶尊胜经塔(兴公塔)

元泰定二年(1325)冬,故宾公监寺之塔

元泰定三年(1326)清惠朗德大师敬公山主寿塔铭

元元统二年(1334)洪福院恩院主塔

---

[1]　《历城县志》卷第二十七《职官表》。

[2]　同上书卷第二十八《选举表》。

希公塔、元公塔、佛顶尊胜经幢、定公塔、敬公塔等五塔,铭刻皆见于《历城县志》及《山左访碑录》,此外六个,旧籍皆无记载。县志中所载而我们未见的计有进公塔(中统一年三月)、晖公塔(皇庆二年)、敏公塔(延祐六年)、慧公塔、存公塔(泰定二年)、宽公塔(泰定二年十月)、涌库主之塔(元绪二年十月)、凭监寺之塔(元统二年十月)等八个。按《历城县志》书成于清乾隆三十六年(1771)前后,距今已一百八十余年,此塔铭或早毁坏。此次调查所见无名之塔,窥其形制皆元代物,当为此各塔之遗存部份。此外尚有年月被毁只有塔名的各塔,有贵公塔、静公塔、祖师隆公塔、云公塔、浩公塔、清公塔、庆公塔等七塔,除云公塔见于县志,知为元"大德十年孟夏"外,余皆不知其建塔年月,但从形制的特征上看,可以断定为元代物。

明代的塔有年号的共计十三个:

嘉靖五年(1526)成公塔,另有成公碑记在其旁(同时)

嘉靖五年全公塔

嘉靖九年(1530)可公和尚塔

嘉靖九年胜公和尚塔

嘉靖十四年(1535)兴公寺塔

嘉靖十四年静公塔

嘉靖十四年通宝方禅师寿塔

嘉靖三十七年(1558)积公寿塔

嘉靖三十七年松公塔

嘉靖三十九年(1560)满公塔

嘉靖三十九年岱之公塔

隆庆二年(1568)启老耶耶宝公大塔

万历□□年来公墓塔。(按万历共四十七年,自公元前1573年–1619年)

以上明代墓塔皆不见于旧有志书。塔群见残石很多,皆为残塔石块及残碑等等,足证已毁塔不在少数。在这些塔的铭记上大都记载着已故僧人的事迹,这是有关神通寺在宋、元、明三朝发展最好的史料。塔群中无清代塔,最晚为明神宗万历年,足证自此之后神通寺即已趋于没落。

## 断碑残碣

神通寺房舍已全部倾毁。最南为神通寺本部(图十四),稍北为道院(图十五),

图十四　神通寺遗址中的断碑残碣　　　　图十五　神通寺残存石柱

皆已荒废,除一部分变为农田外,只有断瓦颓垣及石柱,覆于荒烟蔓草间而已。于此间,尚有不少断碑残碣,大多为元明时物,清初的占极少数。列目如下:

一、元

大德十年(1306)通理妙明禅师淳愚长老云公碑名并序
至志二年(1322)敕赐神通寺祖师兴公菩萨道德碑——中奉大夫山东□□廉访使阔里不花护持功德

二、明

成化二年(1466)绘像碑记
成化十年(1474)神通寺外□□□碑记
成化十年易住持碑
成化十四年(1478)九月二十六日神通寺重建伽蓝殿记
成化十四年神通寺重建祖师殿记
弘治□□年泰安州善人崔三发心造香炉
弘治八年(1495)铸大钟一个,在道院
正德四年(1509)重修神通寺记——张天瑞撰,朱世准书
嘉靖三十八年(1559)造大悲菩萨一尊记
嘉靖庚申年李齐芳题春日行山中诗

隆庆二年(1568)造像斋僧记

万历四年(1576)斋僧碑记

万历七年(1579)张公饭僧记

万历三十年(1602)重修东西配殿碑记

万历三十二年(1605)造桥记——在残石桥上

万历四十三年建藏经宝殿记

崇祯十一年(1638)重修伽蓝殿碑记

### 三、清

康熙戊午年(1678)重修神通寺金刚天王伽蓝殿碑记

乾隆十三年(1748)重修伽蓝殿碑记

乾隆二十五年(1760)驱出僧人兴瑞,易法兴为住持碑记

乾隆□□年重修达摩祖师殿碑记

同治壬申年(1872)重修神通寺佛殿碑记

光绪三十一年(1905)神通寺住持碑记

以上碑记公二十三个(除明代大钟外),计元代二,明代十七,清代六。明代的最多,由此说明了明代神通寺还相当兴盛。现在该寺规模,为明代遗存,大概废于清初乾隆年间,故此乾隆之后即无碑记。同治光绪年间碑记皆在最北的一小院内,该院可能是清末新修,荒废当为晚近。有火烧痕迹。大约是由于火焚,无人再为修理,而任其自行荒废了。

## 灵鹫山唐代造像及九塔寺

九塔寺在柳埠东南约二公里左右之灵鹫山齐城峪山半腰,其地此济南高280多米,即比柳埠高80米。据《历城县志》载"九塔寺齐城峪唐大历重修"。塔在寺外的西南角,基底八面,周15.67米。其上原有九小塔,现只存五个,余皆毁,内石造像一,其下弃残石像大部分的三块,可能为元、明物。寺内正殿前有石碑五,为明正德八年(1513)马雄撰的重修观音殿记。明嘉靖四十一年(1613)许邦才撰、李攀龙书的《重修九塔观音寺记》云:"……有山曰灵鹫,有川曰锦阳……距郡邑百里,称异境云,寺建于此,莫知其始,历考寺碑,惟得唐天宝大历之文为古,然曰重修,

则犹非其始也,意必建于隋梁之间,而无稽。逮我皇明弘治十三年,重修九塔寺之碑,而寺名有定征矣。今六十余禩(年——笔者)……其塔一茎,上而顶九,各出构缔诡巧……"由此可知九塔寺之名在明中叶已有定,寺因塔得名,是建塔之年当尚为早。至于所说的"唐天宝大历"之文中是否即称此寺名"九塔",不明确。所指或系唐代造像记而言。是否另有碑记亦不明确。再为明万历二十七年重修碑记云:"按山东通志省会南九十里……有九塔寺在焉,乃唐尉迟敬德公所造,殿前柏树亦公手植者。"现柏树仍在,虽不一定植于唐初,但相当古老,既明代已称古柏,是其年当早于明。此外有清康熙五十八年(1719)重修碑记,雍正□年重修碑记,嘉庆八年(1803)重修碑记等,这些碑记是九塔寺发展的史料。

寺后山崖间有唐代摩崖造像两区,北崖一龛一佛像,南崖十六龛,佛像大小共五十七尊(图十六)。正座本尊高0.5米(合市尺一尺五寸),胁侍菩萨高约0.4米,

图十六　九塔寺上首唐人李舍那造像全部

正面共宽7米,崖高约7米。此地比济南高340余米,比九塔寺所在高约40米左右。有造像记三处,两处皆看不清楚,惟李舍那造像记字迹尚清,原文:"天宝十一载七月二十四日,李舍那上军都尉,为亡父母造阿弥陀佛一体,□□□□男今见沙大娘,□二娘,□三娘,合家供养。"

《山左访碑录》尚记有唐乾封县人张大娘造像记一目,下注"天宝六载三月十一日",又"唐残造像五种,正书,无年月,以在并在九塔寺"。上造像记未见到。

## 几点文献上的正误

这一次我们调查的时间虽然不长,还是有不少的收获,除有些新的发现外,

对于一些有关文献如《历城县志》《山左访碑录》《续修历城县志》等书以及最近《文物参考资料》所引用有关文献,都作了点校对工作。关于唐千佛崖,《历城县志》(下简称《县志》)及《山左访碑录》(下简称《访碑录》)所载造像记中,原写"僧明德造像,正书九行,贞观□八年"当为十八年。关于刘玄意造像,县志载"大唐显庆三年九月十五日齐州刺史……刘元意敬造像",按造像记此"元"字应为"玄"字。访碑录载"齐州刺史刘元意造象,正书三行,阮志作三年,是,县志同,显庆二年九月一五日",此"元"字亦当改为"玄"字,"显庆二年"之"二"字,当为"三"字。这个错误主要是由于造像记有些字迹不清,以及"元""玄"两字过去通用之故。北宋尼福林所修"窣堵坡(塔)铭并序","县志"作"绍圣五年三月初十日",当为"绍圣五年二月"。县志及访碑录皆称在"神通寺东南半里",实际临近神通寺,没有半里。关于九塔寺唐代造像,县志没记载,初见于《山左访碑录》第八页,原文照录如次:

隋李惠猛妻杨静太造弥勒象记,正书,开皇四年八月十日,城南九塔寺。

隋李惠猛妻杨静太造观音象,正书,无年月。

隋故人刘洛造象记,正书,开皇四年八月十五日。

隋夏树造弥勒象记,正书,开皇五年七月七日。

隋王景遵造象记,正书,开皇八年四月八日。

隋罗沙弥造象记,正书,开皇八年七月二十二日。

隋殷洪纂息造象记,正书,开皇八年八月八日。

隋傅朗造象记,正书,开皇八年九月五日。

隋罗江海造象,正书,开皇八年十月二十七日。

隋罗宝奴造象记,正书,开皇十三年五月二日。

隋张峻毋桓造象记,正书,开皇二十年十月八日。

隋颜海造象,正书,无年月。

隋比邱尼智定造象,正书,无年月。

隋残造象七种,正书,无年月。

唐乾封县张大娘造象记,正书,天宝六载三月十一日。

唐李舍那造象记,正书,天宝十一载七月二十四日。

唐残造象五种,正书,无年月。

以上并在九塔寺[1]。按前列隋代造象十三种,调查结果皆在玉函山西佛塔[2],玉函山距济南约十公里,距九塔寺尚有约三十三公里左右,此注"城南九塔寺"或与后列唐代三种造像并注为"以上并在九塔寺"说,为最大的错误。且九塔寺距城达四十余公里之远,只注以"城南"二字,亦为不妥。由此影响到《续修历城县志·金石考》中,亦错误的于《李舍那造像记》及乾封县人《张大娘造像记》后皆注以"右造像记,正书,在城南九塔寺。"其下小注并为"据法氏山左访碑录"。

《文物参考资料》发表有山东省文物管理处《论历城四门塔的年代兼答荆三林先生》[3]一文中,说明四门塔年代证据之一的千佛崖上所刻的四门塔模型,在所附照片下注"北宋大观四年雕造的四门塔模型和佛像(在神通寺千佛崖上)"一行。按该塔型刻在第四号大石窟门口,在该塔模型的门额上有刻字一片,原文自南向北念为:"平原郑天德济南沉君主,同弟天粹,自西禅寺,登奉春君洞□□岩道场□天门,东至[4]是寺[5],大观庚寅年□月五日"。这片刻字的性质非常清楚,是北宋大观年间郑天德等的来游题名,而非造像记。足证四门塔模型的刻造时间,并非是大观四年,而应在大观四年以前。按此塔的刻造与该洞(即本文所指第四窟)为一体。该窟有造像记,成于初唐贞观年间,是此塔为唐初物,且造像形制亦为初唐风格,足证这样的形制的塔为隋与初唐济南方面建塔的流行形制,同时由此佐证,证明了现存的四门塔的建筑年代,虽不必肯定是东魏武定二年,但与此千佛崖刻塔的时间应属一历史阶段,故不会相去很远,更不会再早于东魏武定二年之前又一百若干年。文管处同志在举了一些各地造像的情况说这都是从郎公寺为中心向北向南向西发展的结果时,他首先说:"若向南五里,就可找到隋唐时期的九塔寺,塔尚存在,山崖也有石窟造像。"按现存九塔寺的塔,其形制是在一个八角形而且高约一丈余的塔基之上建了九个小塔,这是一种晚近的形制,故不会早于元代,因此这个"现在尚存"的塔,不是隋唐时代的塔。况据寺内所存的碑碣及有关文献,只说唐代此地有寺,并没说名叫"九塔寺",这九塔寺之名亦为后起。至于他说"山崖也有

---

[1] 法伟堂著《山左访碑录》之一,济南府,顾氏金石舆地丛书本第一集八–九页。

[2] 荆三林著《玉函山之宗教史迹》(山东师院第四十六期),及《济南近郊北魏隋唐造像》(《文物参考资料》1955年第9期)。

[3] 《文物参考资料》1956年第3期。

[4] 此字不甚清楚。

[5] 按宋绍圣五年窦堵坡路,三坛寺即在今四门塔所在处。

石窟造像",据我们所调查的材料,山崖上只有唐玄宗天宝十一年的摩崖造像,没有隋代造像,也没有石窟造像。

（本文系与张鹤云合作,原载《文物参考资料》,1956年10月第10期）

# 神通寺龙虎塔的造型与年代

龙虎塔在济南城南七十五里柳埠镇神通寺的墓塔群中。它的年代据日人关野贞说约为中唐或晚唐,山东省文物管理处在《论历城四门塔的年代兼答荆三林先生》(《文参》一九五六年三月)一文中认为是"隋仁寿时令瓒送舍利所建的塔",另外山东博物馆陈列室中将此塔的照片标题为唐代所建的朗公塔。各种说法不一

龙虎塔

致,因此关于该塔的年代有讨论的必要。至于其名称,虽然山东博物馆标为"朗公塔",但不知何据?明代碑记中称为龙虎塔[1],当地人亦皆称为龙虎塔,《世界美术全集》中关野贞也标为龙虎塔,所以我们觉得还是称为龙虎塔比较合适。

龙虎塔的位置在神通寺遗址之外,道院西北,主持者的墓地范围内,于此有大群的墓塔遗存,龙虎塔处于该墓地的最南端,由此决定它的性质是墓塔。又因它是该墓地诸塔之一,故我们考证龙虎塔的年代,就不能与该地的其他诸墓塔脱离关系,其时间不会距离这些共存的墓塔太久远。

在龙虎塔的造型来讲,基座为平面四边形,共为三层,每层有平石的大檐突出。故此三层,每层皆似一个完整的塔座,但重重相叠,类似二层束腰塔座,但又有长檐分割,不相连系,因而构成较高而有独特形式的基座。基座下两层每面有两个长

---

[1] 弘治十年张天瑞撰重修神通寺碑记。

方形凹陷的槽，内有浮雕，基座最上一层，颇似一完整的须弥座，转折处雕莲花瓣。其束腰部分中央有兽形浮雕，左右有飞天，四角有力士像。在基座之表面存在有涂抹的白灰痕迹。

于三层基座的上面，筑有方形的塔身，每面长九.七三尺，高与宽相差不多。此乃塔的主要部分，为四方形小石室，其内有雕刻佛像的方形石柱，四面雕有优美的浮雕佛像。塔身外面周有四门券面作火焰形，门口的两侧，雕刻金刚、罗汉、兽形等，另外在壁面上部更有菩萨、天人、飞虎等。所有雕刻皆为高浮雕，雕制精美，布局合适，宾主分明。这是塔的主体，也是最使人注意的一部分。再上用砖层层叠涩，挑出塔檐，刻砖作柱头及斗栱形状，更上为檐顶内收，成为较细的腰形，此上又用砖砌成斗栱，渐渐扩大，类似重檐，再上即为方形的刹座，正中结为一个较大的圆顶。

龙虎塔塔身　　　　　　　　　　龙虎塔基座

如上所述，这是一种新奇的形制，由此决定它不是佛教史上早期建筑物。至于它的主要的特征，如多层大檐的塔基座，塔身主要部分精美的浮雕，塔顶石砌斗栱的形式等等，都不同于唐代单层塔的一般做法。按唐代单层墓塔的一般形制，塔基是方形的砖台或石台，于台上筑一较高的方形小室，四面开门，中有佛像，其上即刹座，再上为刹。唐代的多层塔一般是于砖台或石台上建一节较高的基层，四边形，四面有门，再上为多层塔檐，塔身四周一般很少雕刻佛像。这就是说龙虎塔的形制很显然没有唐代的风格。

宋代的塔普通为八角或六角形平面,但北宋的塔基没有构成多层的形式,一般的形式是于砖台或石台上,建较高的一层,作为塔身的下层,亦即塔身的主体。且该部都很高,愈上层愈短,从没有下面是较短的多层,反而上层为较高以成为塔身的主要部分。这就是说龙虎塔与北宋一般塔的做法亦不相同。四方形塔为神通寺宋、元墓塔的一般形制。同一遗址中,尚有北宋尼福林所筑的"窣堵坡"塔,为四方形的七级石塔,亦底层较高,愈高愈低,主要部分是下层,有佛像及塔铭。在佛慧山大佛头旁山崖上,有宋景祐三年石刻方形的七级双塔。都表现着北宋济南地方筑塔的特点。龙虎塔的形制上绝没有这些特征。按内蒙古及东北地区遗存的很多辽金时代古塔,辽塔一般的造型是基座较高,且大多构成多层的形式,然后于其上建筑塔身的主要部分,一般为九层、十一层或十三层,或为单层,于此主要部分上雕造美丽的佛像和飞天,不论八角或方形的塔,都具有这类造像的特点,与唐宋内地所造的塔不同。同时济南附近所有金代墓塔,如城东北约十余里卧牛山脚的祖师塔、诠和尚塔、灌师辈塔等,皆具有多层束腰的基座,与双重顶盖的基本特征,该塔铭记金大定十三年。在龙虎塔的造型,如多层大檐的基座及主要塔身的雕造各方面,都与此大致相同,显示着辽金系统塔的特点。另外我们把龙虎塔周围的墓塔与此两物比较,也是大同小异。这种形式似是济南附近金代墓塔的共同形式。

再从砖砌斗栱的形制来看,若把它列为唐代,则更不合适。第一,斗栱比例的大小,与唐代建筑不相符合。第二,这种砖砌斗栱的形式,我国建筑最早的例子,

卧牛山金大定十三年祖师塔

佛慧山宋景祐三年石刻双塔

为开封祐国寺铁色琉璃塔,将龙虎塔的斗栱与此塔相比,确有相似之处。开封铁色琉璃塔,为北宋遗物,公元一〇四四年建。所以我们肯定,此塔最早不能超过一〇四四年。这一点充分说明了认为龙虎塔是建于隋或唐的说法不合适。就龙虎塔的顶部,重檐与斗栱,亦属一新的造型,不同于唐、宋一般的单层墓塔,又完全与卧牛山金代墓塔的顶部为一种形式。且所用砖瓦大小厚薄及其烧度的情况,与周围墓塔所用又完全一样,因此,肯定其为同一历史阶段的遗物。

再从龙虎塔浮雕飞天的形态,及其在塔上的位置来说,又大致与辽金系统塔上的飞天相同,其他雕像亦多具有辽金特征,雕刻艺术又和辽天宁寺塔的雕刻相似。由这些特点上来说,龙虎塔的构筑及雕造艺术,显然是就辽金系统造塔技术发展而来的新形制。

另外就龙虎塔上所有的题字来说,于塔的四周白灰所粉刷的上面,有不少残存的元代墨笔题字,于第二层石檐下有"中统一年六月"字样。其上于浮雕旁题字有"太原府"字样。由此足证造塔的年代当在中统元年之前。按中统为元世祖的年号,中统一年为公元一二六〇年,——南宋理宗景定元年。元之前即为金代,距中统一年只有二十余年。金的势力统治济南是在北宋之后,自公元一一二七年(高宗建炎元年)至一二三四年(元灭金之年)。济南正式属金——齐在内——辽金文化是时当随之而来,所以龙虎塔才会具备着辽金系统建塔的特征,发展成为新的造型。

由以上各点,我们初步推断龙虎塔是金代所建。

至于它是谁的墓塔?金代有□和禅师,是与宋庆历年间的开山祖师隆公禅师并重的[1],其功德尚在元代祖师道兴禅师之上。隆公禅师及道兴禅师的墓塔皆在此墓地内,又皆占着主要的位置,独□和禅师的墓塔,在此墓塔群中未发现;因此,就位置及规模上来看,这龙虎塔就很有可能是□和禅师的墓塔。

刘敦桢先生说:"……杨坚建塔诏书与杨雄等庆舍利感应表,以及后来幽州悯忠寺重藏舍利记,很明白地告诉我们仁寿元年所建舍利塔三十处,全是'有司造样送往当州'的木塔……"(《文参》一九五四年第七期)。通过这段话说明,把砖石建筑的龙虎塔称为"仁寿置塔",就更不合适。

(本文系与张鹤云合作,原刊《文物参考资料》,1956年11月第11期)

---

[1] 元至治二年邢天祐撰神通寺祖师兴公道德碑记。

# 对"在长春伊通河畔田野考古调查"一些问题的商榷

《文物参考资料》一九五六年第十一期刊载王雅周先生的《在长春伊通河畔的田野考古调查》一文,在看法上有很多问题值得商榷。

第一,在长春伊通河畔有很多原始社会的遗址,各遗址都显示着不同的特征并存在着不少的遗物——主要是杨家沟西山南北两坡的遗址。包含物只有极粗糙而没一定形状的打制石器、蚌壳及一些骨片。细石器主要存在于庙山遗址,在西岸及东岸的一些遗址包括杨家沟东冈及拉拉屯一带中存在的石器,主要的特征是种类繁多,制作精良,共存的有很多陶片,并有陶制的一些生产工具,如陶纺锤之类。这些特征的不同,说明它们是处于不同的历史阶段。但王雅周先生的说法则是:"过去有人错误的认为长春伊通河两岸新石器文化遗迹是旧石器或中石器文化到新石器时期,有的日本人认为石碑岭文化是旧石器时期。我们的看法则与他们相反,认为河东西两岸遗址大体属于同一时期……"[1]我们认为看法的错误与否并不取决于某些人,而是取决于在伊通河畔各遗址的特征及其出土的物质遗存。石器本身所显示的不是"同一时期",如果硬把它说成"同一时期",那就不对。

第二,由于王先生在这个基本问题上存在着错误,所以接着就产生下面的问题。他说:"……自杨家沟至庙山相距只五里,自庙山至黑嘴子相距也不过三十里,虽然中间相隔伊通河,但河是不能阻碍交通的。何况每个遗址的面积又相当大,而且在时间上已进入较高阶段的农耕文化。"

按照这一段的说法,他并不否认杨家沟及黑嘴子等地的文化是一个整体。然而他对这个整体的看法,认为都是同属于"较高阶段的农耕文化"。如然,则不知对杨家沟遗址出土的没一定形状的打制石器作如何处理?是否把这些石器及细石

---

[1] 王雅周《在长春伊通河畔的田野考古调查——东北人民大学历史系同学的学术活动》,文物参考资料,1956年。本文所引王先生之说,皆系此文。

器也都认为是"较高阶段的农耕文化"的遗物呢?况且在伊通河畔各遗址的分布上还有一个主要特征,即旧石器或中石器的遗址面积很小,只有杨家沟西山南北两坡间可以发现,此外即王雅周先生所说的石碑岭。细石器的遗址也很少,集中在庙山,其他地方的发现都与一般磨制或打制的新石器共存,而且为数极少。这"较高阶段的农耕文化"遗物,如伊通河东岸出土的石器,确是分布面积极广,为数极多。这一个特征,很显然所说明的这个整体并不是"同一时期",而是由"较低阶段的狩猎文化"的少数人居住的时代,逐步登展到"较高阶段的农耕文化"的多数人居住的时代。由于"较低阶段"的人数少,活动范围小,所以遗址也极少;以后人口渐渐愈来愈多,活动的范围也愈来愈大,在它的四周才分布了很多"较高阶段的农耕文化"遗址。因此,我们并不否认这大多数的新石器文化遗址的同一时期的共存关系。同时我们也不能否认从杨家沟遗址出土的打制石器到伊通河东岸各遗址出土的石器和陶器的发展关系。

第三,王雅周先生由于要把各遗址都"同一时期"起来,因此他对各个遗址的分布及遗物存在的特征的解释上,就不得不产生了一些无法说通的说法。例如他说:"各遗址出土物中的打制石器、细石器、磨制石器和陶器,都属于同一文化时期的遗物。这在同一个文化层的断面中可以看到共存关系;我们不能遇到打制石器和细石器存在,就孤立的认为是旧石器或中石器时代。"

这一段话基本上是很难解释的。因为事实上所表示的这各个遗址所在,只是"同一地区",而不是"同一文化层"。而且这些所称为旧石器或中石器时代的粗糙打制石器及细石器,与伊通河东岸遗址出土的各种石器,又不出土在一个遗址中,并且这三种石器——石制生产工具——在使用上又不相同。因此,这"同一文化层的断面中可以看到共存关系"的说法就不知从何而来。其二:王先生为着要把这"使用不同的生产工具"的几种石器都"同一时期"起来,所以他继续在原文第四段中就把这些不同的生产工具——狩猎和畜牧,都说成是这"较高阶段农耕文化"人群的副业,他并且用肯定的口气说:"但它已经不是生活中最主要的生业了。"而事实告诉我们的是:在杨家沟出土的石器及遗址中,找不到农业的痕迹。在庙山遗址中确以细石器为主,显然是以牧畜为主要生业。至于这些作为副业的现象,只是见于较晚期的各遗址中。其三:最后王先生说"根据历史发展不平衡的客观律",认为"长春附近的新石器时代晚期,可能相当于黄河流域文化的战国时期"。因此他就说:

"关于文化发展问题,因为长春地处松辽平原中部,又是西部草原与东部山林地区相接触的地方,成为农耕、牧畜、狩猎三种文化的交错地区是很自然的。这一平原地带交通比较发达,年代又比较晚些,故而文化交流面亦比较广泛,所以才有比重相差不多的细石器和磨石器共存,也有西伯利亚文化痕迹(如篦纹陶)和黄河流域文化共存。"

据生产方法来说,在"同一时期"的"同一地区",既是农场,又是牧畜场,又是狩猎地带,不知这三种经营不同生产方法的人群,将如何的生产?一般的道理,农田中是不可能同时作畜牧,更不能于此狩猎——除非作为副业,既是副业就不能说是农耕文化、畜牧文化、又狩猎文化交错。这三种生产方法,如果是同时并存,就不会在一个地区,如果在一个地区,就不会同时并存。文化交流的关系是存在的,也会有相互的影响。但文化交流并不等于同时同地几种生产方法不同、文化不同的人群的共存。长春附近新石器时代的晚期,纵然晚到等于黄河流域的战国时期,而它的早期毕竟还在战国以前。因此,在战国以前长春附近的文化就不能如王先生在第五段的说法,更不能说"各遗址发现的石镞、石戈的造型上看,确似模仿铜制品的形制"。甚而把在那里发现的"光滑玛瑙杯"也说成是"战国时期"遗物。按一般的道理,由于使用价值相同的基本原因,不论石镞、铜镞、骨镞或石戈、铜戈……,其造型在基本形态上都是相同,因此不能据此说明它是由于与某文化交流的结果,更不能由造型上把石镞、石戈都说成是"受战国文化的影响",而与黄河流域文化拉上关系。即使说长春伊通河流域的新石器文化的晚期是受战国文化的影响,而战国时代的黄河流域的文化已发展到相当的高度,所以他的影响一定是促使长春的文化向前更进一步的发展,而不是由此影响而使长春近郊人们去模仿造形而制造石器。

王雅周先生的六点看法,不只是前后矛盾,实际也难作解释,况且据王先生的报导,他们是只作了地表的采集。这"地表"的遗址中有很多是再堆积。所以,后来的遗物就可能混进去。因此,他们认为战国时代玛瑙杯及铜凿之类就不一定与那些石器、陶片等同一个时代。依据长春附近各遗址出土的陶器、石器的特征来说,并没有受黄河流域古文化直接影响的痕迹,故"和黄河流域文化共存"的说法就没有根据。再者,就王先生所提各点看法总起来说,是把长春伊通河畔各古文化遗物都当作"同一时期"的,因此就把这些不同文化阶段及生产方法的遗物,都使它们拉上横的关系,以此来否定过去有些人指出的这一文化整体的历史关系,这在原则上说就成问题,因为任何一种文化都有发生与发展的历史过程,绝不是突如其来。长春伊通河畔的文化也是这样,绝不会突如其来的产生了一个"新石器时代到金石并用时代",又突然的结束。它本身必有其旧石器阶段,到金石并用时代之后也仍是在继续的发展。长春伊通河畔古代的自然条件是适合生物生长的，在其附近发现过很多古生动物的化石及木化石，也确适合于原始人类的生存。就这各方面的情形来说，长春近郊伊通河畔绝不是到"新石器时代"才突然从四面八方迁来些人居住，而是原来就有人居住，渐渐地发展到了新石器时代，才会招致四面八方的文化与之交流，又渐渐渡往新的历史阶段。所以我们认为长春近郊在新石器时代的农耕文化是相当繁荣，但它的本身也是发展而来，自有旧石器时代。况且就其遗迹的分布来说，杨家沟、石碑岭都在长春市东南四五十里的山上或山半腰间，与这些石器伴出的只有蚌壳及骨片。这些特征，都是属于旧石器时代的晚期或中石器时代。就这里出土的石器本身来说，它主要特征是没有一定的形状，只是将圆形或其他形状的石块周边加以击打，使其成为锋刃而使用的，故所采集到的十三件石器中各件的形状都不相同。这些特征，反映了当时的生产力极低，社会尚没有分工，故石器尚未如何的分化。显然它不是"较高阶段的农耕文化"，而是过着原始狩猎生活的"较低阶段"。因此，我们才肯定它是属于旧石器或中石器时代。但另一方面，在黑咀子等地各遗址出土的器物，不论打制或磨制，主要特征是有了一定的形状，分为很多的种类，制造精良，这就反映出当时社会分工已很细致，且伴出着很多陶片。由其生产工具之石锄、石斧等上面，知道它是农耕文化。这前后两者的对比，很清楚地表示了两个不同的文化阶段，这"两个阶段"的遗址又处于同一地区：自是一个整体，因此这一整体的文化就不只是同时共存之横的关系，而确实有自旧石器时代或中石器时代直到新石器时代末期的发展关系。

  王雅周先生这篇文章的目的是在"对过去有人传播的错误观点，得到了彻底澄清"，主要是指"荆三林先生《长春新石器时代调查》"——厦门大学学报史版一九五四年第一期——的看法而言。并且与"有的日本人"并列起来批评的。我们认为"错误的观点"在今天科学大道进军的旗帜下是应当"彻底澄清"的，因此，对王雅周先生这一系列从原则上解释困难，且离开实物而空谈的一些"看法"的错误，也应当指出。再者，厦门大学学报所刊载荆三林的文章是《长春近郊伊通河流域史前文化遗迹调查报告》，内容包括着还有十三件旧石器或中石器，并不是"长春新石器时代调查"，顺便更正。

（原载《文物参考资料》，1957年7月第7期）

# 汉纪信冢及其有关历史物质遗存

## 一、纪信传

### 1.纪信事迹

在中国古代史籍中记载纪信的事迹,主要有两件。

第一件,鸿门宴、忠心保驾。这一事件发生在汉之元年(前205)冬,项羽(楚霸王)及刘邦(汉高祖)所举行的鸿门宴,项羽、范增及项庄等将要杀害刘邦,危急之际,刘邦借口"起入厕"打算逃跑,纪信是在这种情形之下随从保护他逃回霸上军营的。

《史记·项羽本纪》云:"当是时项王军在鸿门下,沛公军在霸上,相去四十里。沛公则置车骑,脱身独骑,与樊哙、夏侯婴、靳强、纪信等持剑盾步走,从郦山下道芷阳间行。沛公谓张良曰,从此道至吾军不过二十里耳,度我至军中,公乃入。"

《前汉书·高祖纪》所记与此略有出入,原文云:"樊哙闻事急,直入,怒甚,羽壮之,赐以酒,哙因谯让羽。有顷,沛公起如厕,招樊哙出,置车官属,独骑与樊哙、靳强、滕公、纪成,步从间道走军。使张良留谢羽,羽问沛公安在,曰闻将军有意督过之,脱身去,间至军,故使臣献璧。"

但后来史书多以《史记》为根据,称纪信而不称纪成。如《资治通鉴》。

《汉纪》高帝元年,"鸿门去霸上四十里,沛公则置车骑,脱身独骑、樊哙、夏侯婴、靳强、纪信等四人,持剑盾步走,从郦山下道芷阳间行,趋霸上"。

至于谁是?我们的意见。按《史记》为西汉司马迁作,迁生于汉景帝中丙申年(前145),卒于汉武帝元始中,是其生年距鸿门宴只有六十余年。他是龙门(今陕西韩城)人,其父司马谈,世代为史官,掌管着汉皇室的主要史料,司马迁是在这种情况下继续其父来完成的《史记》。这就说明了司马迁不只是生年距鸿门宴时间较近,且所根据的史料又比较完整而真实。于此,《前汉书》的作者班固就比较差,固生于后汉建武八年（32），死于永元四年（92），是其距鸿门宴时已过二百年以上，所根据的资料又是经过两汉之际散乱的残余，故其所记，可靠性就比较不大。《史记索隐》又称随刘邦自鸿门回霸上的为纪通。《汉书注》为纪成，又相互矛盾。《索隐》更为晚出，其可靠性也更差。故此后史书多据《史记》。这一次随刘邦逃回的樊哙、靳强、纪信、夏侯婴四人，其籍贯可考者，樊哙与夏侯婴都是沛人，是刘邦的同乡。靳强是曲沃人，以"郎中骑从刘邦"，这些人与刘邦的关系都非常密切。是时正处危难，所随行的必是近人，由此可以断定纪信与刘邦的关系亦非寻常。鸿门宴决定着项羽及刘邦两大势力的发展前途，是时项羽的势力最大，刘邦的情况诚如樊哙所说的"人为刀俎，我为鱼肉"，大局的发展方向也只在项羽这一刀，纪信等是在这一刀下救出了刘邦，安返霸上，大振旗鼓，这不只是救了刘邦性命的问题，也是转变当时大局的关键，使项羽大封诸侯的时候，就不得不封刘邦为汉王。因此，可以说纪信是鸿门宴中的主要人物之一。

第二件，困荥阳，舍生救主。这一件发生在汉之三年（前203），楚霸王以大军自彭城（今徐州）追赶着汉王，把汉军杀伤过半，以致"淮水为之不流"，汉王在路上连自己的儿女都不敢去照顾，丢盔弃甲，急急逃入了荥阳城内。楚霸王接着进兵围困了荥阳。"夏四月，汉王请和，亚父（范增）劝项羽（楚霸王）急攻荥阳"，在此紧急情况下，纪信献出自己的生命救了刘邦，并因此转变了这一危局。

《史记·项羽本纪》，"汉将纪信说汉王曰，事已急矣，请为王诳楚为王，王可以间出，于是汉王夜出女子荥阳东门被甲二千人，楚军四面击之。纪信乘黄屋车，傅左纛，曰，城内食尽，汉王降，楚军皆呼万岁。汉王亦与数十骑从城西门出，走成皋。项王见纪信，问汉王安在？信曰，汉王已出矣。项王烧杀纪信"。

《高祖本纪》云，"汉军绝食，乃夜出子女东门二千余人被甲，楚军四面击之，将军纪信乃乘主驾，诈为汉王诳楚，楚皆呼万岁，之城东观，以故汉王得与十数骑出西门遁"。

《前汉书·高帝纪》："五月，将军纪信曰，事急矣，臣请诳楚，可以间出，于是陈平夜出女子东门二千余人，楚围四面击之，纪信乃乘王车，黄屋左纛，曰，食尽，汉王降楚，楚皆呼万岁，之城东观，以故汉王得与数十骑出西门遁。令御史大夫周苛、魏豹、枞公守荥阳，羽见纪信，问汉王安在。曰已出矣，羽烧杀信。"

此后史书如《资治通鉴》《通鉴纲目》等书皆有以此为据的记载。这一段史料中可以看出，是出于纪信的主动，他的目的显然是为着汉王的前途。他并不是不知如此作而必死。明代欧阳哲有一段评论："夫以项羽之暴，所过诛无遗，侯（指纪信）

固知诈必见杀也,乃死而无畏,其殉主之心,亦何烈哉,无微侯(纪信)帝势必屈降楚,项羽当肆愤而甘心焉,则汉事去矣,虽萧何守关中,韩张为腹心,将何及与事乎。"

这一段评语正确。纪信是献出自己的生命来转变大局的。自此,汉王得入关中,重整军队,由失败的局面逐渐转向胜利,奠定了西汉大帝国的基础。所以纪信之死在封建时代的历史上是一件不寻常的"忠君爱国"行为,而且是起着决定作用的一个重大历史事件。

就这一系列事迹上说明了纪信不只是刘邦一个人的忠臣义士,而是封建统治者的一个典型忠臣。

2.纪信附传

至于纪信的乡里年岁、家世等等问题,都没有原始记载的材料。唐武后长安二年,卢藏用撰《纪信碑》时,仍称其"官族世载,史失其书"。是当时对纪信的乡里、家世都没一定的说法。因此,自唐宋以后,对他的家乡就产生很多的附会。如《广舆记》及《通鉴纲目》皆称:"纪信,甘肃秦州人,汉王三年楚项羽围荥阳益急,汉将纪信曰,事急矣,臣请诳楚。乃乘汉王车,黄屋左纛,出东门,诈为汉王降楚。楚兵皆之城东观,汉王出西门遁。羽烧杀信,谥曰忠祐。"

实际,"忠祐"的谥号为宋人的追赠,汉人对纪信并无谥号。再则,秦州之名亦为后起,三国魏始置秦州,治上邽,在今甘肃省天水南,是秦汉之际尚无秦州。故宋朱熹作《通鉴纲目》时称纪信为秦州人,是宋人的附会。另一说,称纪信为蜀之果人,按果即今四川南充县,唐时曾置果州。此说始于何时,不可考,盖由于四川南充县有纪信庙而起。南充于宋元间曾名顺庆,故《中国古今人名大词典》综合各种附会,称"纪信,事汉王为将军,……汉王间出,项羽怒,烧死信,后立庙于顺庆,曰忠祐",实际汉代既无果州,亦无顺庆,这些说法显然是出于后人的附会。按《资治通鉴》卷九汉纪高帝元年,纪信下胡注云"春秋纪侯之后,以国为姓"。按纪国名,姜姓、侯爵,春秋时为齐所灭,在今山东寿光县南。《左传》隐公元年"纪人伐夷"。应劭曰古纪国,今寿光县纪亭是。《齐乘》云:"纪城在寿光县南三十里,即剧城也。"《山东通志》"纪,本在东海赣榆,后迁剧,亦称纪城",是纪姓原出山东。徐州铜山县有纪家湾,据云纪信此地人。此说当是。且就纪信与刘邦的关系来说。在鸿门宴之先,刘邦是起于江苏北部的丰沛一带,经河南中部南部而入陕西关中的,所率领的大部为这一地区的人,所以他被封为汉王后,他的军队都不愿意去汉中,由此推说,则纪信的原籍,当与其同行之樊哙、夏侯婴、靳强等籍贯相近,不然不会与刘邦的关系这样密切,两次舍生去救护刘邦,且终于为他献出自己的生命。再者,纪信既然是会装刘邦的,最少他的相貌、语言与刘邦必大致相似,由这些上,亦可以看出纪信的籍贯当是丰沛一带。

至于纪信的家世,史书没有记载,后人附会很多,甚而说他有妻子,"妻子姓李,有儿有女",于是在豫剧中有一本《火烧纪信》,唱词中便大呼"李氏,贤德妻,日日夜夜盼夫妇"了。

纪信死后的第二年(汉之五年,公元前202年)刘邦即帝位,当然对于他的老朋友、老部下、大功臣的纪信,是会有一番的纪念,因不见诸正史,所以唐宋以来的学者多为之惋惜,称:"微纪信则沛公已矣,乃帝定天下,论功行赏,不及纪信,史迁、班固亦不为之立传,至武后长安二年,荥阳令孔祖舜始作颂树碑,然后纪信之忠,始显于世。"明欧阳哲又称:"或旧史载纪通,以其父纪成死事,封平襄侯,而成或即信欤?"这一个说法有其道理。清王昶于《金石萃编》中感叹着说"可知孤忠遗迹,得以流于世,为不易也"云云。按史迁(即司马迁)、班固等于《史记》及《前汉书》中是没有单列《纪信传》的,然亦无纪成列传,纪通封侯,亦只见于《高祖功臣侯表》中,又无事迹可考。但在《项羽本纪》及《高祖本纪》中,对纪信的事迹,确详加叙述,至于是不是刘邦即位后,不曾论功行赏及于纪信呢? 明人欧阳哲认为是"史氏之缺文耳",此文有其道理。按今郑州北郊三十余华里处有纪信墓,在荥阳故城西,距古荥阳约二华里,其南一里许,即索河,窥诸史书所记之地理位置,楚军在古荥阳城东,纪信所出为城的东门,汉王所出遁逃的道路是西门,烧杀纪信的刑场据传说在今纪公庙村北之红土冈,但经我们调查所得结果,红土冈面积约十余亩,于土层下存在着大量的火烧土、炭渣、生铁块、铁器残片铁矿石、陶片、瓦片、煤灰之类,显然这是一个冶铁和铸造工具的场所,其时是与荥阳故城的发展分不开的,他的时代当在战国至秦汉间,也正与楚汉战争时间相吻合。于冶炼铁的地方烧死纪信,也是可能的,如果说这些火烧痕迹都是火烧纪信的结果,那则有些附会。纪信墓在此以南,古荥阳城西,则此墓地可能即为当时烧杀纪信的刑场。今存纪信墓冢的建立时间当在西汉中业之后。此种规模高大之墓冢在汉代,除帝王外,大臣非有大功是很少见的,因此,这绝非烧杀后即时的痕迹,也不会是刘邦即帝位即刻对他加葬仪的痕迹。《魏书·地形志》称"北豫州,荥阳郡荥阳县下云有纪信冢",当时此冢已成为可纪之名胜古迹,则其规模仍甚广大。《旧唐书·高宗本纪》称:"麟德二年(665)东封泰山至原武,以少牢祭汉将纪信墓。"是此冢在唐初甚为著名,可以引起皇帝的凭吊。《河南通志》载:"纪信墓在荥泽县城西孝义保。"又隩城下云:"项羽围高祖于荥阳,纪信诳楚诈降亦此地。"此冢现存范围仍周一百四十公尺二公寸,高约十一公尺左右,就此,可想其原来范围比此更大。其冢中的包含物,就所见皆属秦汉以前,是其时间当在西汉。帝王肯为纪信建筑这样一个大冢,可见"论功行赏",纪念功臣之意仍是有的。至于是否"没有追封"这一点,按西汉初叶,追封的事例不多见,但在当时对纪信本人没有追封,并不等于论功行赏没有及于纪信。通见于《高帝功臣侯表》中,有纪微、成子,纪成是否即纪信,仍是问题,封侯与否?亦未明确。还有一点,就是在纪信墓前原来是否有碑志的问题。按坟墓上立碑记一般在汉武之后,就此来说,纪信墓上原来不会有碑记。按唐长安二年(702)《纪信碑》碑阴称:"会有耕者,于纪公墓侧居人田中得一古石,磨砻俱口,但无文字,其螭首及两侧龙距。文仿佛有子丹碑生动之势,非近动所为,询之故老,莫究年代。"由此在唐长安二年(702)以前,纪信墓前即曾有建筑物。《河南通志》卷之四十,"祀祠,纪将军庙下注云:在荥泽县西二十五里,祀汉纪信"。此为清乾隆以前情况,所指荥泽为旧治。

3. 纪信后传一人到神的转化过程及其发展

至于封建统治者所造成的神权,除反映自然经济的自然神仙外,就是反映封建压迫剥削诸形态及地主政治制度的阴间系统。则这些封建的政权制度典型如天帝、城隍、阎罗天子、天堂、地狱——以及保障这一切制度权力者的形象,则这些典型所谓忠臣、义士、孝子、烈父、节妇……就都成为他们表彰的对象,也都成了神权阴间系统的主要典型形象。

纪信这一个典型的忠实的封建统治者的忠臣、封建政权的保护者,也必然成为历代封建统治者所表彰的特殊人物,随着封建经济生产力的提高及封建地主政权加强而来的则是对劳动人民剥削的加深,也就必然是阶级矛盾的尖锐化,则纪信这一典型的人物就越有被他们利用作为统治工具的必要,这就促使着纪信不只是所要表彰"生为名人"的忠臣义士,而且成了"死为明神"的封建神权系统中的标准神灵。纪信的神化程度也就随着这封建政权的发展而发展。

在魏晋时代的纪信是被表彰的忠臣义士,纪信的神化是从唐代开始的。

列宁在《论第二国际的破产》一文中这样说:"所有一切压迫阶段,为了维持自己的统治,都需要两种社会职能,一种是刽子手职能,另一种是牧师的职能,刽子手镇压被压迫者反抗和暴动,牧师安慰压迫者……使他忍受这种统治。"封建统治者们也都是非常懂得这一套的。唐初的统治者一方面以强大的武力镇压了隋末的各个起义军队,及人民的不断起义,极尽了他们的刽子手职能。另一方在统一了中国之后，为着巩固他们的政权，所需要的是要大力运用其牧师职能，使一切反抗者都来忍受他的统治。因此在武德三年六月"诏天下收瘗隋末丧乱白骨"。贞观二年四月也有同样的诏书，贞观四年诏于各战地建立佛寺，同年九年及贞观五年二月，贞观十九年四月……一系列的收瘗隋末死亡人士，建立佛道寺院，超度死者的灵魂，表示他们的慈悲，并一系列的表彰忠臣义士，为之修墓、建庙，亲加御祭，追封官爵，以加强他的神权统治这一绳索的力量，向人民灌输忠臣思想，以麻醉人民，以巩固其封建统治政权，这一点在唐代初封建统治者的用心暴露的非常明确。在这一个时代的要求下，纪信便是非常值得利用的标准的而且是突出的古代人物，因此唐高宗皇帝，于麟德二年（665），便以"少牢礼亲祭纪信，并赠以骠骑大将军"封号。按《礼记·王制》及《大戴记》所载。"诸侯社稷皆少牢。"唐高宗是以诸侯社稷的祭仪来祭奠纪信的，可见其对纪信的尊重。又按"骠骑将军"始于汉，如霍去病、景丹、东平王苍，位皆在三公以上，隋时并置有骠骑将军府，唐仍隋制。天宝七年又下诏"令郡县长官，春秋二时，择日粢盛蔬馔、时果、酒脯，洁诚致祭于忠臣义士烈女孝妇，史籍所载德行弥高者，所在宜置祠宇，量事致祭"，在这一项大的政治任务中，令荥阳郡建立纪信庙，按时祭祀，这样，纪信就正式登入了"祀典"，开始到了神的阶段，纪信墓地因这"赠""祭"的刺激而更为君者倡于上，为臣者应于下。先于武后长安二年荥阳令孔祖舜曾奏请立碑于纪信墓前，碑文为卢藏用撰并题，于该碑文中，说明了他们所以要为纪信立碑的目的。

《纪信碑》："壮哉纪公，诚得其死矣……於戏，仲尼所颂，杀身成仁，临难勿免苟者，则纪公其人也。……而纪公之墓，芜而不显，岂所以鼓舞前志，发挥臣子之道哉？府君习咨谟察史，稽古训典，以为忘生从道者，仁也，沉断固与义也，威仪不成者礼也，好谋而成者智也，有死无二者信也，决机兴运者明也，大节不挠者勇也，夫藏一人予人，则铭之□□，□□□，况纪公兼而有焉。斯实忠臣义士之殊尤，而文献之所先也。故表商客式干术君子，□之乃仰。推春秋旌善之义，庶几为臣子之节，予万世之上，凛然可以比肩斯人，我□天子之□，岂不褒德而显功哉！"云云。

宋代是在统一五代十国之后的局面下建立的。因此到全国安定之后，更需要加强其思想统制，这就抬出了已经神化了的纪信，于《文献通考》记，"景德四年，赠汉将纪信为太尉"。碑记中，也有同样记载，称"景德四年，章圣皇帝西幸，□始□□□太尉，而□广大其祠宇。元六年，庙□□□□□滋□即□力修完，而□随又益之以□□严其神相"。由此，说明了于宋初景德年间（1004-1007）更追封纪信为太尉。按"太尉官名，始于秦，掌武事，位与丞相等，是对其地位又进增了一步"。

经过金元至明代,中国北方阶级矛盾与民族矛盾都日益加深,明是汉族,以武力统一了中国,明中叶,比较安定了,为巩固他的政权,又需要思想的统治,因此于英宗正统三年(1438),郑州儒学训导郭明郁为着"表忠臣以励臣节",所以奏请重修纪公庙。皇帝为此,就"诏封信为荥泽侯,谥忠烈"。把纪信的地位提的更高,因此纪信的"神通"也就相应的更为广大,不尽是纪信墓前庙中的纪公这一"忠魂",而且是让人们去作为由学习的对象,而到了向之"祈福"的偶像,甚而成为其他各地护守一方的"城隍爷"。

《春明梦余录》云:"赵宋以来,城隍之祀偏天下,或赐庙额,或加封爵,至或迁附会,各指一人以为神之姓名,如填口、庆元、宁江、太平、华亭、芜湖等郡邑,皆以为纪信。"

按《春明梦余录》为孙承泽作,承泽益都人,明崇祯间进士,入清官至吏部左侍郎,以所收藏典故著成此书,所记皆为当时实事。

纪信一直在封建社会中作着统治阶级教育其臣民思想的工具。自汉直到解放前夕,二千年来,由"舍生救主"忠臣义士的汉将纪信,到"威振一方,十方万灵"的"纪公爷"和"城隍神"。直到解放,才被人识破并非"纪公爷"有什么威灵,而封建统治者之所以大捧纪信,由人到神,都是为着麻醉人民,剥削人民统治人民。随着封建经济政治的破产也消减了在人们意识形态中的纪公神。

**二、纪公庙沿革史**

1.纪公庙的创建

纪公庙的创建和发展及现况都是随着纪信由人到神之后的发展而发展的。因此,纪公庙的创建也在纪信神化开始的唐代初年。

《文献通考》卷一百三宗庙十三,详记其创建原委,于玄宗天宝七载(748)皇帝下诏于"忠臣义士墓前建祠宇"中有"汉将军纪信,荥阳郡。以上义士八人。"按《唐书·玄宗纪》于天宝七年群臣上皇帝"开元天安圣文神武应道"的尊号,在这一个受册的大典时。

"七载……五月,上御兴庆宫,受册徽号,大赦天下,百姓免租庸,三皇以前帝王,京城置庙,以时致祭。其历代帝王肇迹之外,未有祠宇者,所在各置一庙,忠臣义士,孝妇烈女,德行弥高者,亦置祠宇致祭。"

纪公庙的创建是这一重大政治活动的一环,继承着唐初对纪信的追封、致祭、树碑等一系事件之后,而诏令荥阳郡的地方长官在纪信墓前建立了纪公庙,正式列入祀典,按时致祭的。

诏下于天宝七载五月,这个诏地方长官绝对是应时照办,因此纪公庙建成的时间也当在天宝七载或八载。纪公庙是在皇帝诏令下建立的,其规模自不会太小。

天宝之后,经过"安史之乱",社会经济逐步动荡荒废,经过五代的时间短暂更替,亦无暇注意于纪公庙的重修,所以纪公庙也就随着晚唐五代的政治经济局面而逐步荒废。

2. 宋代纪公庙

宋初,中国统一,政局安定。经济繁荣,封建统治者为巩固其封建统治秩序,所以又注意急于来重修纪公庙。在真宗景德年间(1004-1007)。在追封纪信为大尉的同时,也"广大其祠宇"。此后在纪信墓前建立一个更大的祠宇。哲宗元祐六年(1091)更加修筑和塑造了纪信的神像。元符二年(1099)周颖为纪公庙写作了一篇碑记,由宣德郎中蔡靖书写。朝散大夫尚书刑部郎中柱国李贲篆额。徽宗大观四年(1110)刻石,经过这样一系列的追封、建庙、树碑、……北宋之末,纪公庙的庙貌已大有可观。按周颖字伯望,江山(浙江省江山县)人,进士出身,官至乐清守,著有《正介先生集》,纪信经过这大封建统治者——皇帝一系列的追封、御祭,又在这一大群官僚、大"名士"们的颂扬称赞下,他的地位提的更高了。自此,纪信墓一方面成为文人雅士所游赏的名胜古迹,同时也是封建统治者所表扬作为教育其臣民的一个工具。

金大定十二年(公元1172年即南宋孝宗乾道八年),纥石列公过荥泽,为作诗一首,即由荥泽令朱辂刻石嵌于墙壁间。照录如此。《西汉纪将军庙》:白刃千重合,奇谋无计逃,蕞尔应泰岳,视死如鸿毛。抱义欺强虏,焚身救汉高,论功谁第一,回首谢萧曹。大定壬辰春二月十有八日纥石列题。南京留同本国纥石列公,因按部河防,过荥泽,留诗祠下,命工刻石,广传永久。同宰伯达,监张仲俭,簿尉赵居吉,令朱辂立石。

由此证明,在金代此地庙宇仍完整,金朝群臣也对其尚加重视,但没有提到修葺纪公庙及祭祀等事项,是其较宋人为差。

3. 明代纪公庙

在纪公庙现存的断碑残碣中,元代无物,且于有关文献及碑记中皆未提到元代对纪公庙的修葺。足证纪公庙自金之后即行荒废,金元都不是汉族,尤其是元代是把汉人列在第二级的,对汉的英雄纪信,当然不加重视,就不会去修他的祠宇,因此元人统治的长时期内,纪公庙无人重修,至明代初年,纪公庙几完全倾圮。英宗正统三年(1438)郑州儒学训导郭明郁为着建议"表忠臣以励臣节",所以奏请重修建纪公庙,诏封纪信为荥泽侯,谥忠烈,这一次修建纪公庙的规模是比较大的。修庙的碑记由赐进士出身奉议大夫河南等处提判按察司签事欧阳哲撰文,由河南开封府知府黄璿,郑州知州史林、同知张亨,荥阳县知县李永同立。碑记原文:

《荥泽忠烈侯庙纪》"郑州荥泽县西,有荥阳旧城,汉将纪信将军墓在焉。正统三年二月诏封荥泽侯,谥忠烈,建庙墓前,有司春秋致祭,盖从郑州儒学训导郭明郁之请,所以表忠义而励臣节也。制下,知州林厚奉命惟谨,躬诸墓所建庙,庙成,学正沈衡征文记之,余因述纪侯忠臣之大节,朝廷褒崇之盛典,并以明史氏之缺遗,后之人其永览焉"。

该碑立于正统八年(1443),即建庙后之第五年,在这个碑记中给我们说明的有两点,第一这次是进爵封侯修庙,并重新规定"有司春秋祭祀之"的制度。第二这一次的建立庙宇是在皇帝的"诏封"下,由地方自上而下的有关长官(省、府、州、县)全体来倡导修建的,因此这次的规模比过往各次都大。奠定了此后发展的基础。

宪宗成化二十三年(1487)九月有知河阴县事张素在《致祭纪公庙题诗》并书,刻在一方,嵌于壁间。

世宗嘉靖十八年(1539)碑记云"己亥春三月,朔,皇帝巡幸南天,道经荥泽,悯汉王纪忠烈之忠,遣礼部侍郎学士詹事壬张同恭诣祠下,为文奠之",云云。是日题。

嘉靖三十七年(1558)荥泽教谕来此致祭,并作诗刻石。

神宗万历七年(1579)知荥泽县事永靖王题诗,刻石嵌壁。

此后题诗刻石嵌壁的事有:

万历十年(1582)署荥泽县事上好仁依旧例来纪公庙祭祀作《吊古四绝有引》,原碑录如次。

《吊古四绝有引》:予视篆荥泽,恪遵旧典,□僚诣纪公祠祭焉,时万历壬午仲秋五月也。风露凄凄,松楸郁郁,当年英烈之气,犹若有未散者,及阅冢上棘茨咸直而不屈,以是见公之忠口感召天地,而征诸草木也,已视屋壁,古今名公题咏殆遍,信天理之在人心,千古犹一日也。因不揣谫陋,步前人员,勉成四绝,刻石以纪岁月云。其一:断础荒碑宇倾,千年勋业向谁明,封侯祇有良平在,狂楚虚劳过此生。

其二:霸王兵合汉莫支,谋臣无计脱灾危,将军一死重围解,留取芳名万古遗。

其三:地割鸿沟各自王,楚兵何事困荥阳,当时不有将军死,汉祚安能四百长。

其四：鹿走嬴秦王气终,天数口主在苍穹,荥阳围解论封日,谁数当年诳楚功。署荥泽县事通许县县丞胶东上好仁识。

由其诗中可以看出庙宇已多倾圮,然树木皆长大成林,万历二十四年(1596)知荥泽县事蒋成林领着全体地方官吏,重修了纪公庙,并增修了卷棚及东庑。

《重修纪公庙碑记》云"予□兹土,幸报奉□□祀□□,其像犹然凛凛有生气,第祠前展拜无台,贮器无地,当祀之曰,□□□□,以便享献,岁岁此举,岁□□□、□□□□□□□,建前厦一座,俾展拜者便,东抚三楹,俾贮器者便,于是鸠工庀材,与众共口之,广几于则肃,于制者久,于材力□未□,□缙绅士大夫及诸父孝子乎,感不予□□□敢居之为已功也"。云云。

同年御史龚文选过荥泽,知县蒋成林便在纪公庙内设宴待、饮酒赋诗,足证此时纪公庙貌已相当可观,不然这蒋成林不会选此地来招待这"御史"。原碑刻石,嵌于卷棚西壁。原碑为：万历庚申岁过荥阳,蒋成林招饮纪信祠,漫赋二律一以吊古,一以悲风云。其一：计策当年数项东,汉王重困楚围中,方奇全赖将军力,□□终凭一死功。熊虎岂能诳义烈,麒麟何故漏英雄,荒村亭外凄风雨,若为忠臣洒泪红。

其二：黄河盘曲绕荥阳,半是沙乡半水乡,陇上雁鸿多寂落,城头烟火几凄凉,医疮频费倪宽拙,县馨应劳郑侠忙,天子正颁轸恤诏,有闻定发鹿台藏。御史蜀人龚文选题,知荥泽县事全州蒋成林立。

同时蒋成林"捐俸金二两,置买庙前王嘉宾地共十亩,王嘉宾分外舍地五亩,为纪公庙看守驻人衣食之资",……这样便使纪公庙有了固定的收入。可以找专人负责看守庙宇。在纪公庙的发展史上来说,这是一件大事。因此在蒋成林升任怀庆府知府时,地方士绅便在纪公庙大殿西山给他修了一座生祠,称赞他是"政修事举,百废俱兴"云云。

万历四十一年(1613)署荥泽县事迪功郎县丞虎符来同纪公拉同乡关系,随又率领儒学教谕朱任臣等,大加重修。

《重修纪公庙记》"汉将军纪信,余蜀果人也,果距巴风马牛相及,倾心英烈,询旦稔矣,试逆其武。台鸿沟约。败失荥阳,汉几颠厥趾,将军不惮九死诳楚,遂脱生奇难,成赤帝子业,造化光焰蒙天,谓四百年炎祚,非造自将军不可。第将军之迹大创繇荥阳治,广武山西,实受焚身处也。明正统间敕庙有祀,其呵护士中,血食不历,带极崇根所宜,乃松楸几易,风雨渐摧,幽凄宫榭,雉兔荒,尤吊忠魂者之大快也,适余佐邑,逢丙丁,谒之庙貌,遐思乡里,念倍切津津,□□□孛工,乡耆王嘉宾等,葺理前门,独中殿尚未改观,值沈先生学博,□受命未□,始知将军为沈公□

州郡城隍,威灵赫濯,最庇一方。爰是同意修缮,立鸠其成,所治前门一座,正殿二层,尺寸□□□□,旬月而赡料一新。(下略)大明万历四十一年,署荥泽县事迪功郎县丞蜀巴合庵虎符顿首题"。

据此,则知当时曾重修前门及大殿。自此至崇祯十七年(1644)三十余年间,没有再重修的痕迹。总结明代所有史迹来看,给我们显示有两个特点。第一,在明万历四十一年以前,纪公庙是不断倾圮和不断重修的。第二,每次的重修都是由地方长官及当地士绅募捐款项来修葺的,足证其先没有固定修建庙宇的专款,和专门负责的"守陵户",就这来看,在明初尚没有对纪公庙村居民以免除差役的特权。

4. 清代的纪公庙

清入关后,虽系满族,然其对待汉族的政策,与元人不同。接受了明代的体制,以安定为其主要统治手段。因此,对汉人所祀的忠臣义士,仍都加以表扬,顺治十年(1653)"韩县主勒碑曰,合村陵户,准照前代优免,如有地方酷吏堕法滥签,依架骗律罪"。对纪信墓周围的居民——守陵户除运漕一役外,凡大甲差徭夫车辆悉免之。政府对这个特权的保障,更加大了纪公庙村民——守陵户的保护责任及对庙宇的修建工作。自此,该村组织有专对纪公庙春秋大祭的会社。选择会首主持会务,这在对纪公庙的保护上是起了一定的作用,然在另一方面,却引起了各村农民在徭役上负担的不均,以致不断发生纠纷。几乎成为有清一代在纪公庙上的主要问题。

雍正三年(1725)由李天宇倡导,重修过一次纪公庙。这一次的规模,据《重修汉荥泽忠烈纪侯庙并金妆神像建置神龛碑记》云云"汉论功酬勋之典,虽不可考,而荒烟蔓草,青冢徒存,□矣。颓垣祀祠,断碑残碣,上慰忠魂,下励风节,概可知矣。然而正气不泯,自当与无报,直道常存,每见随人起兴,周长安二年,县令孔奉先修其基,卢藏用刻颂于石,宋真宗赠太尉。庙随以祀,□□明正统三年,从训导郭明郁之请,敕封荥泽侯,谥忠烈,建庙墓下,春秋□官致祭,列在祀典,岁以为常。自明至于国朝,数□年,一□□□□□□楼,历有建置,庙貌神像,屡经重新,而焚修拜扫,奔走趋事,则守墓居人士之力为多云,前碑可考也。雍正乙□□□□□□邑诸生李天宇、李建荣,居士王纲等率合村捐资冗材,重修庙宇,建置龛笼,金像幔地,焕然一新。……"云云。这一次的重修比前各次都大,有戏楼、有神龛。神龛后面的六幅壁画,亦当为是时遗物。同碑记载"本村生员李连茹买到邢士元兄,粮地五亩入庙……只许主持耕种,不许典当,外人不得侵种"。以此连同明代蒋成林、王应宾所给地共为二十亩。这样就可以找到固定的人员来保护庙宇,规定每年春秋由地方官吏来致祭,并造作了纪信的生日是正月初三,于是也有一翻大的祭典。把纪信又捧成什么"威震一方"的神灵,因之"十方香火",更可收入不少布施。这多方面的经济来源,促进了纪公庙的发展。另有雍正三年(1735)孟春的残碑一块,残字为:

拔贡任获嘉

佛诸神

又捐创二殿

　　　康熙

　　　康熙

中国□府通

大清雍正三年岁次乙卯孟春

窥其大意,是由拔贡某捐了一笔款,创建了两座配殿,殿内所塑为"诸神佛"的像,由此可知殿内还供养有些菩萨及诸杂神。

乾隆年间,为纪公庙免去杂差的问题,曾有一次争讼。结果,于乾隆二十四年(1759)夏荥泽县知事宋奉批示,"应照常免去差徭",并为刻石以作保障。原碑录如次。

《汉忠烈纪公碑》"岁己卯,余署荥泽,考治域西南隅,有侯庙墓在焉。春秋俎豆,岁以为常,盖数百年于兹矣。阅其规模严翼,□□□□,一抔之土为新,数角之堂未坠,推厥由来,则守陵人士,葺葺之力为多焉。茌兹土者,嘉其劳举,守陵之户,除运漕一役而外,凡大甲差徭夫役车辆悉免之。顺治与雍正年间两勒诸石可考也。余视事月余,有以车役不均为讼者,余思守陵之乎,得大甲车等差,乃所崇侯之德,而推侯之功,其盛事也。易之其可乎,兹据陵户宋梦龙等乞余为记,余惟蕞尔荥,当南北孔道,过差徭无区别剔乃可。但以侯之庙陵所在,思敬思哀,当倍深其感触,矧防护典修,陵户独肩其任,无以免之,其何以视优也。所有纪公庙庄守陵各户,遇有皇差漕运等事,仍照常一体支车外,其余杂派车差,概行优免,俾兹庄人士得以专力防葺,供纪侯在天之灵,亦其永妥乎。是为记。儒学教谕上蔡宋大甲。大清乾隆二十四年,岁次己卯孟夏吉旦"。

乾隆四十二年(1777),修纪公墓围墙四周,碑楼两座。

嘉庆四年(1795)为差役争讼又起,是由荥泽县正堂殷秉容处理的,为记刻石。录如次。

《汉忠烈纪公碑》:迨本朝定鼎,春秋俎豆,岁以为常,庙宇数经重修,悉属合村陵户捐输,并未累及他乡,己巳春,余赴祭公祠,见庙貌整齐,金像辉煌,历年久远,片瓦犹未坠裂,观优免合村大甲车辆夫役碑记,使守陵人士,得专力修补,供永无顷敞,而妥忠魂之实矣。历任数月,竟有地方蒙混,不遵旧规,分庄槛禀,妄报大甲车辆夫役等卷。据碑文陵户始念批示均准,一体优免,陵户王廷桂等恐余离任后,不法污役,仍蹈前愆,乞文以为记。余亦思年深日久,或前卷朽蠹,后来贤人无以核其实,而示其优。负韩、汪、宋、钱、汪、王公议,泯陵户修坠补缺之功,是以特符前卷,俾勒诸石,以垂后世,且以示劝焉。大清嘉庆十四年孟夏立,邑庠生李从午书丹。

光绪年间纠纷复起,经曹通宪、吴通宪两度批示,由翰林院编修赵东阶撰文立石。该碑称:"光绪三十二年二月二十日曹通宪批示:兹据该□详定车马章程,按地摊派□□一律,并提所余,以学堂之用,革除流弊,极为公允,该禀生等以守护忠烈侯墓寝与庙,援引旧章,息请优免则可,乃以为地方官藐视,不应如此。现住纪公村者共若干户,有地若干亩,当如何量予优免,示以限制,不得附令影射,此后纪忠烈侯墓寝庙宇,应即竟成保护修葺,如有损坏,亦惟有该民村是问,仰郑州饬荥泽县悉心酌定,□遵照,并报考查,所呈碑文,并发抄完仍缴。""光绪三十二年四月初十日,吴通宪批示。前据该生等具禀,但经曹前通宪批州查明,居住纪公庙村者若干户。有地若干亩,量予优免,饬具查覆,核办在案,查此案,该前县详定车马章程,按地摊派,所提所余以为学堂经费,系通具一律办理。继以该生等禀,纪公庙村素无差徭,又本村自捐经费在庙,□公立小学堂,是以量免差徭,用是鼓励,惟必须查明该村户口地亩,方能核免,以杜影射,今具禀各情,究核村地亩若干,当来据该县查覆核夺,至征完钱粮,立即按期收纳,勿任籍迈,以重正供,切切,训伐仍缴。"

光绪二十九年(1903)守陵户重建戏楼,《重建歌舞楼记》"大清光绪二十九年,汉忠烈侯荥阳太守纪公庙守陵士民,以公庙前歌舞楼,年久将敞,乃派款而重建之,经始于九月十六日,制唯仍旧,物唯求新,至东十月十有一日工竣,即于是月二十四日,勒石以记其事。……专守陵各户之职司修补庙宇,除运漕河公工外,照例优免杂派车辆诸徭",云云。

总前所述,有清一代,政府对纪公庙是采取了对守陵户的差役免除,俾其集中力量去保护和修葺纪信墓庙。同时有二十亩庙产,供养专人来看守庙宇和日常香火祭祀,因此,清代的纪公庙是逐步发展与壮大,现有纪公庙的规模,基本上是明清两代的建置。

5.民国纪公庙及其现况

民国初年,由于是汉人复兴,就这点出发,更对汉代大忠臣的纪信墓庙大为敬重,进一步为纪公庙村的土地另立新册,免去钱粮,并刻石立碑。

《汉忠烈侯纪公碑记》:"……至民国元年十月十日,黄前知事在纪公庙追悼大汉诸烈士,谕阁村父老子弟曰,尔陵户既蒙优免之恩,修庙守墓,其各黾勉无息,今当大汉复兴,万国共和,崇尚忠烈之典,大不可废,故蒙豫东观察使沈批示,据呈请优免差徭,以后该村无论添地若干,将续增地亩,另立新册,与各保花户,一律免纳差钱,俾有限制等情,通禀有岸,该村民等如非增添地亩,该县何致不照旧案责令完纳差徭,来呈显有隐饰情事,姑侯令荥泽县查获核夺,仰即知照,此批,故勒石以志,永垂不朽云。中华民国二年(1913)。"

民国十八年(1929)北伐之后,随着破除迷信的声浪,纪公庙亦在被破之列,守陵户的特权被取消。自此,庙宇逐年破坏,大的树木皆被盗卖,自此一变往日"松柏郁郁"的状貌,而显出荒芜景象。

6.纪公庙现况

现有的物质遗存。在建筑方面,有戏楼一座,大门一间,大殿及卷棚、东庑、西庑,皆庙旧址,西院及东院及厨灶、茶炉、房屋皆修作为学舍。庙后为纪公冢,为夯土,层位清晰,为黄土,其土质经过选择,较纯净,包含物有少数的汉代以前的砖瓦,陶器碎片,现存仍周一百四十公尺二公寸,东西长四十公尺,西斜面十九公尺,东斜面为二十六公尺。

据此数字来推算,其高度为十公尺另一公寸左右,南北长三十六公尺三公寸。冢上现有柏树大小十六株,及苹果、棘茨、荆条等。周围有垣墙,总面积东西四十五公尺,南北九十七公尺。其他方面,大殿内现存木制神龛,中有塑像三尊,似为明清物,神龛匾额题"取义成仁"时间为清道光五年,有铁香炉一,铭记清咸丰四年。就这些遗存来说,自唐代以来各朝遗存是代代皆有,于这些遗物的上面,反映着纪公庙的历史,是创建当为唐代初年,唐初追封纪信为骠骑大将军,宋初封纪信为太尉,明初封纪信为荥泽侯,追封爵位是一日比一日高,因此纪公庙的建设也随着日益扩大,直到明清又为置固定产二十亩,纪公庙村民享有不支差徭的特权,专事于修建和保护庙宇,办理春秋大祭及正月初三日祭祀等等事项。民国初年,这种封建制仍存。反动政府是愿意"臣民"为他而死,以维护垂死的封建王朝,因此,到民国二十七年(1938)抗日军兴之初,国民党反动集团才又找到了这个纪信,作为教育其士兵和臣民的工具,所以才又有广武县县长刘绍唐主持,由于右任、李培基、李汉珍等捐款,重修了一次纪公庙,即现存概况。

### 三、纪公庙碑碣残存及宋元以来有关唐《纪信碑》的考古记录

现在纪公庙残存的碑碣,以时代为顺序,计有唐长安二年卢藏用书的《纪信碑》,有碑楼仍完整。在西侧门旁有一石佛座,窥其造型,亦为唐代物。宋大观年间的石碑一,在大门月台的西侧,有碑楼。金大定十二年纥石烈的石刻一方,嵌在大殿卷棚东壁。明代正统八年的石碑一,在大门外月台东侧,有碑楼,大门前有残石狮子一对,按其造型来说,亦为明代物,大殿卷棚壁间有明成化二年、嘉靖己亥年、嘉靖□□年、万历丙申年、万历壬午年、万历七年等明代诗碑,西偏院立有万历二十八年的蒋公生祠碑,蒋公指荥泽知县蒋成林,大殿下卧倒的有万历二十四年、万历四十一年的两个重修碑记。清代的碑碣,有康熙五十年李谟题诗石碑,康熙五十二年、雍正三年、雍正十三年、乾隆元年、乾隆二十四年、嘉庆四年、同治九年、光绪二十九年、光绪三十二年等一系列的重修碑记。另有光绪庚子年题诗刻石一方。民国石碑有:民国二年,民国三十年两次重修碑记。总计,自唐长安二年(702)以来一千二百七十多年的历代刻碑碣残余,计唐二、宋一、金一、明十二、清十一、民国二、(另木石等刻匾额六)记载着一千二百多年纪公庙的历史。

唐《纪信碑》为全国著名石刻之一,为历史考古学者所重视。有关系统的记录。录如次:

《唐纪信碑》碑阴:"长安元年,乡人白孔府君,诸为纪公建立碑表,府君具状申请,而州僚以为异代风烈,今式□文。且惧乡人头会,抑而不建。孔府君感激忠义,枸牵下僚,乃叹曰,吾以不才,黍此邦政,至于激贪励俗,旌孝尚忠,百子之行,教化之端也,乡人之请允有礼矣,吾可以噎欤?至二年七月,乃自减私俸,将鄙石采山,以旌忠烈,会有耕者于纪公墓侧居人田中,得一古石,磨砻俱口,但无文字,其螭首及两侧龙距文仿佛有子丹碑法,生动之势,非近工所为,询之故老,莫究年代。府君遂酬地主之□苴于之于墓,刊勒斯颂,岂神明昭,应有所盛废哉,何其□显之符会也。乡人奔走而观者甚众,威□纪公有述、幽□自彰□,以崇宰君之征烈,表至诚之必感,夫减俸以旌贤,至清也,希古以砥节,至忠也,不然后□何以仰德而立名哉,乃于碑阴刊纪斯异。县丞南阳□略□敏□,主簿天水赵悦子豫,尉太原□王景先温猷,尉博陵崔滂广润,前尉冯翌吉日告叔昭,前尉常山阎至为去伪,勒碑企史,出劝,石工张敬镌字。"

按孔府君,指孔组舜,越州山阴(今浙江绍兴县)人,官至监察御史。卢藏用,字子阶,幽州范阳人,举进士,长安中召授右拾遗,武后作兴泰宫,上疏功□,历官黄

门侍郎,当右丞,坐附太平公主,流欢州令,交趾叛,藏用有扞御劳,迁黔州长史,卒于绍兴。

该书系据《元丰九域志》所列碑目加以考证的,为研究石刻较完整的最早的一部著作,共二十卷。陈思临安(浙江杭州)人,于宋理宗时曾官成忠郎,国史宝录院秘书省采访。

清代金石家所有著录,多涉及此碑,如《金石存》《中州金石记》,及王昶的《金石萃编》诸书,皆有较详细的考证。

《金石存》,右唐立汉将纪信碑,自来收集文字者,皆未之及,如著录于恭寿先生,积书严题跋中,惜前段损数十字,予得此本几尽少八九字,余书刻画完如新,旧唐书高宗本纪:麟德二年,东封泰山至原武,以少牢祭汉将纪信墓,赠骠骑大将军。此碑立于长安二年,至麟德二年才三十七年,乃云历数百载莫能表之,以本朝典礼意不能如何也。碑阴记孔府君树碑刊跋之事,并列承尉官名,以兹碑字法审之,卢藏用书也。汉刘熊碑"奸宄革情",以"究"为"宄",此碑莫"宄"年代,则又以"宄"为"究",二字互用,其余有如此者。表扬风烈,贤□有□事也。曾何限于异代乎"。……

《中州金石记》卷二:"纪信墓碑,长安二年七月,卢藏用撰,并隶书篆额,在荥阳",《宝刻类编》有此碑,《唐文粹》载此文,《地形志云》荥阳有纪信冢,刘□唐书本记,至麟德二年规模相当宏大,城墙的包含物全部属汉及其以前物,其建筑技术杵窝、版筑、眠孔,与战国至秦汉魏晋时的城址同。于此只说明一下荥阳发展的政治军事经济意义及其与纪信死事时的关系。从上文中很明显地表露出如下的一个结论,就是由经济上的意义——因鸿沟的开凿而成为全国经济上的枢纽而兴起的,它的兴起时间大约在春秋之末至战国初业。韩灭郑之后,韩国的土地扩大到至北今西南部的长治(上党)一带地区,则荥阳正处于南北咽喉而加大了它的政治意义,而成为韩国的政治军事重镇。在战国末叶秦国经营东方的总目的下,荥阳城便成"范雎军事计划"的中心目标,重点地区。适应这一计划的经济布置是城广武、建敖仓,最后是攻占了荥阳。以荥阳作为郡治建立了三川郡以作为秦国在东方对韩、赵、魏以及齐、楚、燕的军事政治根据地,所管辖的地区,东至大梁(今开封)即包括了今河南的大部地区,则荥阳适成为它的军事、经济、政治中心。秦始皇统一中国是在这基础上发展的,佐秦始皇统一中国的主要人物是李斯,他们坚持着正确的军事政治的路线,进行着军事周密部署,特命李斯的长子李由任三川郡守,驻在荥阳来主持这里经济和军事任务,以远交近攻,各个击破的正确战略方针,先灭了韩国,后攻破赵和燕,继灭了魏、楚,扫清两翼,最后灭掉齐国,而成了统一大业。

建立了中央集权制的封建帝国,荥阳则是完成这个历史任务的主要名城,因此,决定了于此必然建筑了一个宏大而坚固的城池,于统一之后,负起镇压东方复辟势力的军事政治和经济重镇之一的重要使命。

在赵高的反动政变之后,复辟势力兴起,严重的压迫农民,激化了同农民的矛盾,终于在公元前209前年爆发了陈胜、吴广领导的农民大起义。毛主席指出它的历史意义:"地主阶级对于农民的残酷的经济剥削和政治压迫,迫使农民多次的举行起义,以反抗地主阶级的统治。从秦朝的陈胜、吴广、项羽、刘邦起。"——陈涉,吴广的起义军向西进攻的目标,首指的就是荥阳,在荥阳下,斩了秦将郡守李由,占领了荥阳,声势大振,则荥阳的地位又转变成为农民起义军的军事、政治的主要根据地,以与秦军对抗,自此,荥阳便成为秦汉之际自陈胜与秦的争夺,以至于楚项羽和汉刘邦长期争夺战重点,汉军是以先后夺取和坚守荥阳,利用了秦统一中国的一切有利条件,如"得敖仓食"……等等而得到了最后的胜利。纪信是在这一个大的历史事件中,献出了自己的生命,由纪信、周苛二公墓及古荥阳城址的分布上,证明了现在的古荥阳城址,正是战国至秦汉间的荥阳城池规模,但在秦汉争夺战中,对荥阳经济实施也遭到了一些破坏,但在楚汉争夺战中,对荥阳经济实施也遭到了一些破坏,因而到汉统一中国之后,政治局势发生了新的变化,在军事上所镇压的又不是主要指在六国的复辟势力,秦国旧势力也包括在镇压范围之内,因此,三川郡改为河南郡后,郡治就不再在荥阳。麟德二年十一月次于原武,以少牢礼祭汉将纪信墓,赠骠骑大将军,知唐时甚重纪信,碑未述其事,惟记县令孔祖舜表墓之义中有云,"乞就亨以旬白",说文无"殉"字、知经史"殉"字、知经史"殉"字皆当作"旬",又云摄斋而清斋见说文。知唐人犹能用古字也。今本《唐文粹》,俱改为"殉",为"斋",赖碑刻以证之矣。吕端临读书评八分书五人,称卢藏用书"露润花研,烟凝修竹",今观其书信然。

《金石萃编》卷六五。"按纪信墓独见于《魏书·地理志》,北豫州荥泽郡荥泽县注,有纪信。隋唐二史志,及宋之寰宇,九域诸书皆略之。"

**四、纪信死节时楚汉战争形势及其有关史迹考证**

1.纪信死节时的战局。纪信死节时,当时楚汉势力的斗争,由彭城(今徐州)战场转移到了荥阳,这是秦汉之际自汉之二年到五年——战争中的一个大战役,也是这三年中的主要事件,《史记·项羽本纪》记载自彭城转移到荥阳之后的情况是:"(汉王)悄悄收其卒士至荥阳,诸败军皆会,萧何亦发关中老弱末付,悉至荥阳,复大振。楚起于彭城,常乘胜逐北,与汉战荥阳南京索间,汉败楚,楚以故不能过荥阳而西,……汉军荥阳,筑甬道,属之河、以取敖仓粟。汉之三年,项王数侵夺汉甬道,汉王食乏,恐,请和。割荥阳以西为汉,项王欲听之。……项王乃与范增急围荥阳,汉王患之,……汉将纪信说汉王曰",……事已急矣,请为王诳楚为王,王可以间出。"于是汉王夜出女子荥阳东门,被甲二千人,楚兵四面击之。……汉王亦与数十骑从城西面出,走成皋。……项王烧杀纪信,汉王使御史大夫周苛、枞公、魏豹守荥阳。

就这段记载来看,在纪信死节时的战局。第一,在纪信死节以前,楚汉的主要战场是"京索间",这个战场的位置方向,是在荥阳以南,由此阻挡了楚军不能越过荥阳而西的,则其当与荥阳城为正南北或偏东。不然,不能起阻挡其过"荥阳而西的作用"。第二,汉王守荥阳的时间是自汉之二年(前203)五月汉王至荥阳,及楚军作了一次大战,打败了楚军,在这一胜利之后,才保存了荥阳,直守了一年,纪信死事是在汉之三年(前204)夏四月,局势是"楚军围荥阳急",纪信于紧急情况下主动代刘邦而死的。第三,纪信是出的东门伪降的,证明了当时的楚军大本营是在荥阳东方,因此汉王开了西门逃跑而奔向成皋的,成皋在今荥阳县汜水镇西原上,按《汜水县志》山川志大伾山条云今称吕布城至唐初仍为县治,距荥阳故城正西百余华里。纪信死后,周苛及枞公等留荥阳,由此证明在纪信死事之前后汉军始终是占据着荥阳,即到周苛及枞公死事时为止,楚的势力范围始终没有过荥阳而西。

2.荥阳古址。与纪公庙最有关系的史迹,就是纪信所守的荥阳城遗址。位于今郑州北郊古荥镇及纪公庙村由古荥镇北隅向南,直至纪公庙东南角,南北长约三华里多,自该村东南角,沿索河北岸向东又长约三四华里,四方形,城墙遗迹现继续存在,如照一、二,城内除西北角为古荥镇所在外,大都为农田,地势西北较高,为春秋时践土所在,大都平地,城南为索河谷地,东城外向东为凹地,即古荥泽所在,亦即为鸿沟所经流,是该城正位于古荥泽的西北岸,城以泽得名,水之北称阳。故名为荥阳,始建于战国韩,东有鸿沟通淮泗,北依光武临黄河,南面遥望京索,西过虎牢接洛阳,为兵家必争之地。秦时在此置三川郡,楚汉之争,双方屡据荥阳,刘邦取敖仓粟,扼项羽于荥阳。西汉改三川郡为河南郡。而治洛阳。虽然"工官、铁官及敖仓"仍在荥阳,但政治和军事上显然降低了它的重要地位,而渐入于没落道路,东汉"荥泽夷为平地",鸿沟也失去了原来的南北大运河的主干作用,则荥阳经济地位亦趋于没落,自晋之后,通过"五胡十六国"多次不断拉锯战争,造成了中原地区"自关中(陕西)薄青齐(山东),万里无人烟""白骨蔽野"的局面,而荥阳正处于这个地区的中心,因此,它也和中原所有的城镇一样于此时遭到了荒废。到北魏恢复重建的太和十九年重建豫州荥阳郡的时候,郡治亦移于大索城。因此,在荥阳故城所留至今的废墟,都是这一个阶段(自战国至汉晋)的遗物。它的规模主要是战国之末到秦代所形成。汉代之后渐渐趋没落,荒废的时间是在五胡十六国。北魏之后,这座城池就完全成为废墟。

3.铁工业遗址,在这里出土有大量的铁工具及冶铁的遗迹。这是合理的,这个遗址是荥阳城的一环。按《汉书·地理志》于河南郡条称"……故秦三川郡,高帝更名……有铁官、工官,敖仓在荥阳"。按铁官在春秋战国六国各地都有铁官,在《管子·海王篇》中即记有"今铁官之数曰",是铁官的名称,在春秋战国,各重要地区都设有"铁官",冶铁业成"富埒王者"的,如赵国的卓氏、梁国的孔氏等,在战国时韩国在荥阳建城,当然也设有铁官,在秦统一中国后,把中国各地居民作了一次大的调整,把很多冶铁工业的经营者及熟练工作技术的铁冶工人,找到了更多新的原料出产地,在这两者综合的条件下,秦的铁冶工业的生产率,进了二十多倍荥阳的铁官,铁工厂是在配合秦建三川郡的条件下发展的,所以荥阳的铁工厂遗址是相当大的规模,说明它在统一六国的军事、政治经济上起过的重大作用。到西汉时虽然郡治转移到了洛阳,而铁官、工官和粮仓却仍然在荥阳,因此,就可以肯定这个铁工厂遗址的时间是在战国至秦汉间,它的发展是和荥阳城的发展是一致的,它是荥阳城市经济不可分割的一环。

作为建设荥阳城市"工官、铁官、敖仓"三个主要经济部门之一的敖仓,是在秦昭王四十三年执行"范雎军事计划"的重要建设之一,自此于这里储存了大量的食粮,以备军用,成为三川郡的设置是不可分割的一体。按《括地志》称敖城即为荥阳故城,并云为殷仲丁所迁的敖城,春秋时曾为晋楚二国战争的地方,是这一带于春秋战国以来,即为重镇,因此秦人在进攻六国,打算先攻占韩国的计划中,要在这里先建一个粮仓,敖地是在广武的,并不在荥阳城内,它的所在是"因城河上广武"。那么就决定了它的所在,既是韩地,又在河上,而且是与荥阳城仍有若干距离,它即是向东进攻荥阳的,在其方向一定是在荥阳故城的西方。为着运输粮食的方便,设在近河之滨的广武高地点。就这些条件,不难看出它的所在,即今荥阳县城北约三十华里的仓头一带,直到楚汉荥阳成皋之战中,敖仓仍起着重大的作用,汉刘邦的军事计划中,主要是要占住这个粮仓,以便不至于缺乏军粮,至荥阳失守后与楚军"相持于广武间时"又是"取敖仓粟"的,就不必再经河道,足证敖仓是更在今汉王王城遗址以西又若里外。《项羽本纪》及《高祖本纪》中皆有详细的记载,由于汉军有敖仓存粮的供给,所以他在持久战中兵强马壮,相对楚军没有这一条件,于是"老弱罢转漕"于是"士卒皆有饥色",没有了战斗的力量,因之,汉军就取得了最后的胜利,就这一点,也决定敖仓的所在是汉军的后方。按汉楚是相隔广武间而对垒的,遗址汉王城、霸王城及广武间都仍存在。就此,在这里我们来纠正在《河阴县志》中的一条错误。

《河阴县志·山川考》称"夫敖山在广武东",又称"若是敖山久已不存"。又云:"是误认仓头为敖仓也。"

这一段考证,是完全相信了一些文献的记载,而全忽略了史迹的物质证据。他们是认汉霸二城及广武间的,在《河阴县志》的说法就把敖仓安在楚军的后方,则汉军就无从得食,而"老弱罢转漕"的不是楚军而成了汉军。当然这不符史实。况《水经注》所称"济水东经广武城北,又东径敖山西,又东合荥渎。济水入黄河处,原在广武城西方"。

广武城原并不是指的汉霸二王城,原是指的秦时城广武的敖仓城,正在河上。黄河正是经此向北流的,则又正在敖山(今仓头)之西。《水经注》的作者郦道元,北魏太和年间人,是时的济水渠道正在刘沟以北向东流,注入故荥泽。这一记载本无错误。中间政区又多少变化,而这些文献又都没有作实地调查,只是陈陈相因,《河阴县志》则是总合了这些而又加以自己的推测,到没法解释时,则只好说它"久已不存"而沦于河中了。实际不只北魏以来文献没有此地敖山"沦于河"的记载,也没有地质上的痕迹,敖仓及广武城的遗迹都仍可寻访,山川依旧。

4.楚汉战场京、索间的问题。按唐杜佑《通典·州郡志·荥阳注》云:"又有京水、索水、楚汉战于京索间是也。"这里虽然没有明确地理范围,但就所指是二水而言,这一点,基本上是正确的。京水与索水的河道基本上二千年来没有变动,都是于秦汉前注入荥泽的水系,也都是秦汉间鸿沟的水源,索水流经荥阳故城南,自此再向东南约二十多华里,即为京河谷。那么,即自京水向西北至索水间的一片平原,谓的京索间,当日的汉军是自彭城(今徐州)败溃下来,向荥阳城追的,这一地区在荥阳故城南,也正是个适合于当时武装战斗的战场,但自南北朝以来。在《史记》这一段各有关注解里,却大多是解作京城与索城,则"京索间"即成了京城与索城之间,这是一个很大的错误。如《史记集解》"应劭曰,京、县名,属河南,有索亭,晋灼曰,索音栅"。《正义》引《括地志》云,"京县城,在郑州荥阳县东南二十里,郑之京邑也。晋太康地志云,郑太叔段所居也。荥阳县北四里,京相璠地名云,京县有大索亭、小索亭,大小索氏兄弟居之,故有大小之号,按楚与汉战荥阳南之京索间,即次"。云云。

日人泷川资言《考证》云:"京故城,在河南开封府荥阳县东南。索,荥阳县治,即古大索城。"

如按以上这些解释的"京索间",则是自今荥阳县属城里村(京城)西北至今荥阳县城二十华里左右地区。在这一地区在荥阳故城的大西南,即在当在汉军的大后方,与《史记》所记的情况完全不合。正由于秦汉间荥阳地位重要,也由有索河谷地的凭依,及京水作外围而更加巩固。楚军攻击荥阳的方向是自东南向着西北方向。按《史记·曹相国世家》,"是时曹参还军攻击楚军武强城",然后也入荥阳与刘邦会合,则显然武强城是楚军所占据的一个距点。至于武强城在今什么地方,按文献的记载,有三种不同的说法,第一是《史记集解》称在阳武,第二,《括地志》称"武强故城在郑州管城县东北三十一里";第三,《河南通志》称"在(郑)州东三十里"。……这三种说法实际是接近的,按《史记集解》为南北朝时刘宋裴骃作的,他是按《后汉书·郡国志》的说法来说的,汉时黄河行故道,原武及阳武都在黄河以南,属荥阳郡,故武强所在属阳武,《括地志》为唐代文献,隋唐设置了郑州,州治管城亦兴起而代替了荥阳故城的地位,则所指的管城县东北三十里,亦正属汉代的阳武。就此,可以得出一个结论,即武强的所在当在今郑州的东北,约四五十里,仍在京水东岸。这一地区与荥阳故城基本上成了东西方向,这与楚军来的方向正相吻合。自荥阳、广武、鸿沟、敖仓、成皋……今后的战争是在这一地区开展的,遗迹都在,这是非常清楚的史实。楚军所驻的武强城与汉军的大本营荥阳城之间,又正是京水与索水,这就说明了楚汉战场的"京索间",是使"楚军不得过荥阳而西"(《史记》)的战斗,它就应是在故荥阳城东南的京水与索水之间的地区,绝不会是处于荥阳故城大西南而且是汉军大后方的京城与索城之间的地区。

《水经注》记:"索水又东经荥阳故城南,其城跨依冈原,居山之阳……又东流北屈,而转北流径荥阳故城东,北流注入济水。"

这一记载也与荥阳故城及索水流经正相吻合。按《水经》称为汉人桑钦撰,《水经注》为郦道元所作,北魏时范阳人,成书于孝文帝太和间(477–499)。于《水经注》即称"荥阳故城",是此时该城业已荒废。

5. 大索城与京城。至于大索城是否就是今日的荥阳县治?是另一个问题。按大索城,于《汉书·地理志》及《后汉书·郡国志》中都没有提到,这两部书所记较详,而且对秦时代较重要的城镇都有记载,竟没有提到大索城,足证该城在秦汉时代并不发达,东汉末应劭称"京县有索亭",是于东汉时该地属于邮亭或乡镇所在,是否建城? 也没记载。晋杜预注《春秋左氏传》于昭公五年晋韩宣子入楚逆女时,郑子皮等曾"劳诸索民"一条下注云:"大索城在成皋县东。"北魏郦道元《水经注》称大索城是"东晋时始建城"。这个说法比较正确,唐《括地志》则称"京城在荥阳县东三十里,大索城在京城西二十里",京城的地点是固定的,古城遗址仍在,自京城出发,按其道里,唐时的大索城,是以索水得名,但并没有说它是当时的荥阳县治,却清楚地描写了荥阳故城,就这些情况来说,大索城是到汉代才兴的一个城镇,则它就不一定是《左传》昭公九年的劳诸索氏,且于晋时仍是属于成皋县的范围。清《河南通志·古迹》于小索城条下注云:"在荥阳县大索城东北四里,城北犹存……晋韩宣子如楚逆女,叔向为介,郑子皮、子太叔劳诸索氏即此"云云。则索氏又似非大索城。《河南通志》引《左传》原文易"索氏"为"京索城",似亦不妥,京索城或京襄城,都指京城。就此可以看得出来,大索城及小索城于东汉以前都属于邮亭所在,故在韩宣子往楚国的时候曾路过这里,郑国的大夫们也来这里招待他们。汉代之后逐步发达,至北魏荥阳故城残破之后,县治才转移到这一地区。

至于京城及京水。春秋时的郑国共叔殷是居在京城的,汉置京县,至北魏废,该城在京水西,城址仍断续存在,俗称京襄城。在今荥阳县治少偏东南二十华里,有城里村和城角头两个农村,这是比较清清楚楚的。唐《元和郡县志》称"京、京水出县南",宋《太平寰宇记》亦称京和京水。明《读史方舆纪要》京索并称,称为京索水,即今贾鲁河上游的总称。这又比较清清楚楚的。

6.蜘蛛庙。该庙位于荥阳故城偏西南十余华里的白寨村,在索河南岸。按清康熙五十年(1711)《重修蜘蛛庙碑记》云:"有庙曰蜘蛛庙,盖因楚汉角争之日,而楚驱汉于荥阳之境,匿井避难,而蜘蛛结网于上,楚卒投石,而双鸟即飞腾于空,于是汉王得脱难,而楚王不疑焉,……嗣后汉即帝位,赏功罚罪,所以立庙以表后世也。"此外在该庙尚有明代嘉靖戊戌年的《重修碑记》称"庙之沿革,无志可考"。足证其庙之建远在明代之前。此后,清代乾隆十九年(1754)、嘉庆十四年(1809)及民国初年多次重修。按《河南通志·古迹门》称:"厄井,在汜水县东七十里。"《风俗通》云:"汉高祖与项羽战败,遁入井中,有鸠鸣于其上,追者以为无人,随得脱。"云云。唐《艺文类聚》引《风俗通》原文称:"俗说(汉)高祖与项羽战败于京索,遁从薄中,羽追求之,时鸠正鸣其上,追者以鸟在无人,遂得脱"……于此无投井中之说。再按原汜水县东境至真村,不过三十余里,实为荥阳县境,按道里计,所指正为蜘蛛庙所在,据说井在大殿高祖塑像座下,塑像上为一鸠和一蜘蛛。按《风俗通》

为东汉末应劭作,他是根据当时的传说来记载的,足证这一传说远在他以前,所指高祖刘邦与楚战的情形,正是指的汉王出荥阳西门向成皋逃跑,亦即纪信死节时的事体。再按这一遗迹所在地来说,也正在荥阳故城西南的京索间、靠近索水,不只正是当日的战场西边,也正是汉王刘邦向成皋逃跑的道路所必经之地,因此这一传说与史实亦接近,至于其何时产生蜘蛛结网井上的说法,具体构成的时间,于唐《艺文类聚》中尚没有,足证这个传说故事的具体化的时间当在唐代之后。又称:蜘蛛庙有裴场公庙,其原因不外两个,其一是刘邦原为"沛公",从音的转化。其二可能由于明清人在纪庙中加祠了裴场公,而误为总的庙称。

**五、周苛、枞公事迹及其墓庙祭祀等问题**

荥阳死事之后,在荥阳战役的主要事件就是周苛及枞公等的留守荥阳,与楚军的攻占荥阳,及周苛、枞公的死事。自此,战局暂告一个阶段。周苛与枞公是和纪信同葬于荥阳西门之外的,也同纪信一样有一个高大的墓冢,留存了两千多年。也同样为封建统治者利用为麻醉其臣民的工具,一向附在纪信的祀典里,同样墓前建庙,春秋祭祀。同在纪公庙村里,直到封建势力的结束。因此,于这里也不能不谈一谈周苛、枞公二人的事与史迹。

关于周苛及枞公的主要事迹,是在楚汉战争中共同留守荥阳。《史记·项羽本纪》"汉王御史大夫周苛、枞公、魏豹守荥阳。周苛、枞公谋曰,反国之王,难与守城,乃共杀魏豹。楚下荥阳城,生得周苛,项王谓周苛曰:为我将,我以公为上将军,封三万户。周苛骂曰:若不趋降汉,汉今虏若,若非汉敌也。项王怒,烹周苛,并杀枞公"。

《史记·高祖本纪》:"令御史大夫周苛、魏豹、枞公守荥阳。诸将卒不能从者,尽在城中。周苛、枞公相谓曰,反国之王,难与守城,因杀魏豹。汉王之出荥阳,入关收兵,欲复东。袁生说汉王曰,汉与楚相距荥阳数岁,汉常困,愿君王出武关,项羽必引兵南走,王深壁,令荥阳成皋间且得休,使韩信等辑河北赵地,连燕齐,君王乃复走荥阳,未晚也。如此,则楚所备者多力分,汉得休,复与之战,破楚必矣。汉王从其计,出军宛叶间,与黥布行收兵。项羽闻汉王在宛,果引兵南,汉王坚壁不与战,是时彭越渡睢水,与项王薛公战下邳,彭越大破楚军。项羽乃引兵东击彭越。汉王亦引兵北,军成皋。项羽已破走彭越,闻汉王复军成皋乃复引兵西拔荥阳,诛周苛、枞公,而虏汉王信。"

由此看来。周苛及枞公守荥阳的时间是在汉之三年(前204)。《前汉书》卷一《高帝纪》中把周苛受命留守荥阳及杀魏豹的事体，列在五月。楚破荥阳烹周苛，杀枞公的时间列在六月。此后史书如《资治通鉴》等书皆以此为据。称周苛等留守荥阳的时间为汉之三年的五月六日，是前后不到两个月。按《史记》卷十六《秦楚之际月表》汉之三年(前204)四月称"楚围王(汉王)荥阳。六月(汉)王出荥阳"。四年(前203)三月于楚栏内写"汉御史周苛入楚"。汉栏内写："周苛入楚。三年四月王(汉王)出荥阳，豹死。"按此，则周苛留守的时间为一年多，则各书前后矛盾，这是值得首先研究的一个问题。

按这一段史实来说，自汉王离开荥阳之后，是"入关收兵"的"关"指的是函谷关、崤关而言，所至为今之陕西省的西安一带。西安距荥阳一千五百多华里，他到了那里之后，把兵重整起来，听了袁生的意见，又向东南出兵武关；武关在今河南西南部，距西安又约五六百华里，距荥阳亦达约八九百华里。汉王自此出武关到"宛(今南阳)叶(今叶县)间"。这消息又传给了楚霸王，霸王卒大兵前去应战，把战场从荥阳成皋一带转移河南的西南部，接着楚霸王又亲自领兵向豫东去打彭越，把彭越打下之后，才转回头来打的荥阳，俘虏了周苛及枞公的。至此结束了这一阶段，把战场从京索间转向到广武，之后荥阳变成了楚的后方，与以成皋为后方的汉军对垒于广武间，最后是划分鸿沟以西者属汉，以东者属楚，以这个和约结束了全部的成皋荥阳战役。据此，则是在周苛、枞公等留守荥阳期，汉王及楚霸王都转移了上下数千里，中间经过在豫西南的宛叶之间及河南东部及江苏、安徽间的下邳地区的数次大战，就当时的交通工具只是车马，以此行动上下数千里，经过收兵、进兵、战斗等等的过程，这绝不是两个月的时间能够完成，因此决定了班固在《汉书》中把这各件事都安排在汉之三年的五月、六月，是绝大的错误，因而也影响到《资治通鉴》等书的错误。司马迁在《秦楚之际月表》所记载的时间基本上是正确的。那就是说，周苛及枞公等留守荥阳是在汉三年(前204)四月至汉之四年(前203)六、七月间，前后为一年多，在这一年多中，由于战争的转移宛叶及下邳，所以荥阳没有重大事迹可记。

司马迁在《项羽本纪》及《高祖本纪》中，虽没有说是某月发生的事件，但都一并列入汉之三年中来叙述，致令后人发生概念上的混乱，这也不够正确。不过一种体例在《史记》中是有的，由于保持一个事体的完整形态，故一气叙述下来，又为着说明这"征战八年之间，天上三擅，事繁变重"(《史记·太史公自序》)的详细时间，故司马迁在《史记》中才又详著《秦楚之际月表》。于此更说明了《月表》所记的时间比较正确。《史记集解》于《高祖本纪》"杀魏豹之下注云"："徐广曰，按表三年七月，王出荥阳，八月杀魏豹，而又云四年三月，周苛死，四月魏豹死，二者不同。项羽杀纪信、周苛、枞公皆是三年。"按徐广东晋人，官至秘书监，是其时较班固为更晚，他只注意到《本纪》中的记载，没有注意到司马迁之所列月表的作用，且对月表所记事也没有弄清楚。《史记·秦楚之际月表》三月于楚栏内写"汉御史周苛入楚"。又于汉栏内填写"周苛入楚"。就此可见周苛在三月的"入楚"是另回事，并没有死，由文句上来看，既两栏内都记载，可能为交涉事情而入楚的，并不是作为俘虏。这与"烹杀周苛"不是一回事。此段徐广的说法本身就有错误。又在《月表》中所记"汉之三年四月楚围(汉)王荥阳"，六月"王(汉王)出荥阳"。这次的出荥阳，即纪信诳楚使汉王乘间逃出的一次。汉之四年三月"周苛入楚"似是交涉某项事情，四月"王出荥阳"又是一次，在这次之后，周苛及枞公才杀了魏豹。杀魏豹后又守了若干天，到楚拔荥阳，周苛及枞公都做了俘虏，被楚霸王杀害，按照事情的发展来看，可能在六、七月间。不过这个五、六月间是在汉之四年，不是《汉书》中列的汉之三年。

至于周苛等为什么要杀魏王豹呢？按这一次留守在荥阳城内的主要将领是周苛、枞公、魏王豹及韩王信这四个人。魏王豹是魏国复立的国王，他是战国末叶故魏国的一个公子。在秦未灭魏之先，即封为"宁陵君"，在鸿门宴之后，项羽立他作了魏王，这就说明他既是出身贵族，且与项羽有着相当的关系，他曾两度降汉，又曾两度叛汉，他的目的是在于复辟，即恢复他已经失去的魏国，因此他和刘邦这出身农民，小官吏，而为着人民的利益去战争的刘邦，在阶级上和路线上目的上都有着很大的基本分歧，当然他和刘邦的故人周苛、枞公之间存在着尖锐的矛盾，因此周苛、枞公在刘邦去后，楚霸王急进兵攻打荥阳之际，当然不能不引起周苛及枞公的顾虑，而认为这个"叛国之王，不可与守城"，才共同杀了魏豹。

至于韩王信，虽然是"故襄王孽孙也"，是出身贵族，他也有与魏豹的共同愿望，但和刘邦的关系上和魏豹不同。

《韩王信卢绾列传》："沛公引兵击阳城，使张良以韩司徒下韩故也，得信，以为韩将，将其兵，从沛公入武关，沛公立为汉王，韩信入汉中，乃说汉王曰：项王王诸将近地，而王独远居此，此左迁也。士卒皆山东人，跂而望帝，及其锋来向，可以争天下。汉王还定三秦，乃许信为韩王，先拜信为韩太尉，将兵略韩地。项籍之封诸王，皆就国，韩王成以不从，无功不遣就国，更以为列侯。及闻汉遣韩信略韩地，乃令故项籍游吴时吴令郑昌为韩王，以拒汉，汉二年，韩信略定韩十余城，汉王至河南，韩信急击韩王昌阳城,昌降,汉王乃立韩信为韩王,常将韩兵从。三年,汉王出荥阳,韩王信与周苛等守荥阳,及楚破荥阳,信降楚,已而得王,复归汉,汉复立为韩王。"

这就是说他是从刘邦起家的,他的韩王也是刘邦立的,因此周苛、枞公等人等人对他相信,才会和他共同守城,到城破后三人虽都作了俘虏,结果也不甚相同,也表现了三个人对于刘邦的态度,周苛、枞王都不投降,为楚霸王或烹或杀,而韩王信则是"信降楚,已而得亡,复归汉"。

至于周苛及枞公的乡里。《史记》称周苛为沛人,是刘邦的同乡,枞公的乡里虽不详,都是自沛县随刘邦起兵入关中的,是刘邦的老朋友、老部下。《前汉书》卷十九下《百官卿表》七下,高帝元年栏内填写:"内史周苛为御史大夫,守荥阳,三年死。"是周苛原官内史。并云:"内史、周官,秦因之,掌治京师。"后改为御史大夫,该表称:"御史大夫,秦官,上位卿,银印青绶,掌副丞相、有两丞秩,千石,一旦中丞,在殿中。兰台,掌图籍秘书,外督部刺史,内领侍御史员十五人,受公卿奏事,举按章。"由此可知周苛在汉是处于重要地位,是在危急中受命守荥阳的。周苛死后,刘邦即帝位,论功行赏,即封他儿子周成为高京侯,直到汉宣帝元康四年(前62)成的玄孙"长安公大夫赐诏复家世代为侯,安享华荣",《史记》及《汉书》皆有记载。录原表如下:

| 高京 | 国名 |
|---|---|
| 周苛起兵,以内史入关从击破秦,为御史大夫,入汉取诸侯,坚守荥阳功比辟阳,苛以御史大夫死事。子成后袭侯 | 功侯 |
| 九年四月丙寅四侯周成元年 | 高祖十二 |
| 七 | 孝惠七 |
| 八 | 高后八 |
| 二十后五年坐谋反击死国除绝 | 孝文二十三 |
| 中元封戍绳孙应元年 | 孝景十六 |
| 元狩四年。平座为太常不缮治园陵。不敬。国除 | 建元至元封六年 |
| 太初元年冬后元二年十八 | |
| 六十 | 侯弟 |

续表

| 成侯周高景 | 姓名谥号 |
| --- | --- |
| 父苛从内史、从击破秦，为御史大夫。入汉围取诸侯。守荥阳功，比辟阳侯，骂项籍死事，子侯 | 户数侯状 |
| 四月戊寅封三十九年孝文侯五年谋反。下狱死 | 姓封 |
| 六十 | 位次 |
| 子 | 子 |
| 孝景中元年侯绳应以成孙，绍封 | 孙 |
| 侯平嗣元守五年座为太常不缮屋免 | 曾孙 |
| 元康四年成玄孙长安公大夫赐诏复家 | 玄孙 |

周苛与枞公虽和纪信都为封建统治者所敬重，但由于纪信是主动的代君而死，这一点比周苛、枞公等被俘后不屈而死更为封建统治者所欣赏，由于这点差别，所以两千年来周苛及枞公的祭祀始终是附在纪信祀典内，因之其祠庙也远远没有纪公庙那么宏大，只有殿堂三间而已。

周苛、枞公同是在荥阳被俘之后为楚霸王所杀害的，其坟墓自当在荥阳故城外。《河南通志》载："汉周苛墓，在荥泽县城西南，苛，御史大夫。"却未提到枞公。按周苛墓在纪公庙村，其东距荥阳故城西壁不到半华里，其西距纪信墓约百步。据传说此为周苛枞公合葬处，这一种说法比较合理，他二人是同时被害又同为一个原因所以杀害的，刑场也当在一处，这传说正与这事相合，因此这个墓可能就是当时"烹""杀"的地方，烹后及杀后项羽当然不会给他们建立一个高大的墓冢。当然又可能是把他两个尸体拉在一起葬埋。周枞二人死后只有几个月汉军收复了荥阳，第二年（汉之五年）汉王刘邦即登皇位，当然是他的老朋友、老部下周苛、枞公要来一次埋葬，汉代皇帝们把他的墓冢更加筑起一个高大的坟冢，此冢到清乾隆四十二年（1777）时平面还有"一亩九分八厘四毫，东西宽十工二尺四寸、南北宽十二工，中长四十方工"。此后乡人用坟上土，致渐缩小，就挖土所露夯土层来看，与荥阳故城遗址和纪信墓的土层、杵窝、包含物情况都基本一致，足证此冢的筑成时间亦当为西汉。

至于在周苛及枞公墓前建庙，始于清康熙二十年（1681），有创建碑记。记荥泽县管河簿胡绍兰建庙事。就这个碑记上看来，在胡绍兰为周苛及枞公墓修庙之前似没有庙宇，或坍塌久而没有再修。

对周苛及枞公墓庙的看守和祀典没有专一的组织，都是附属在纪信墓之内，清乾隆四十二年（1777）为着修纪公的围墙及碑楼，从捐款中抽出一部分来增修过一次。《增修碑记》称"余乡士民为忠烈纪公守陵，历有年所……（周苛及枞公）公同守荥阳郡者也……众随分捐金置地清界，厚其垣墙"云云。此外，在荥阳名官祠中自唐以来亦祀有周苛。

现存所遗存。墓冢南北十九公尺左右，东西十二公尺左右，墓前庙三间，其中周苛及枞公二人的塑像。庙前横卧当凳子的石碑一，即清康熙年间的创建碑记。在前檐下东墙上砌石碑一，为清乾隆四十二年《增修枞周二公庙记》，门前铺石碑一，因面向下，不知其内容和年代。现况平面如下图。

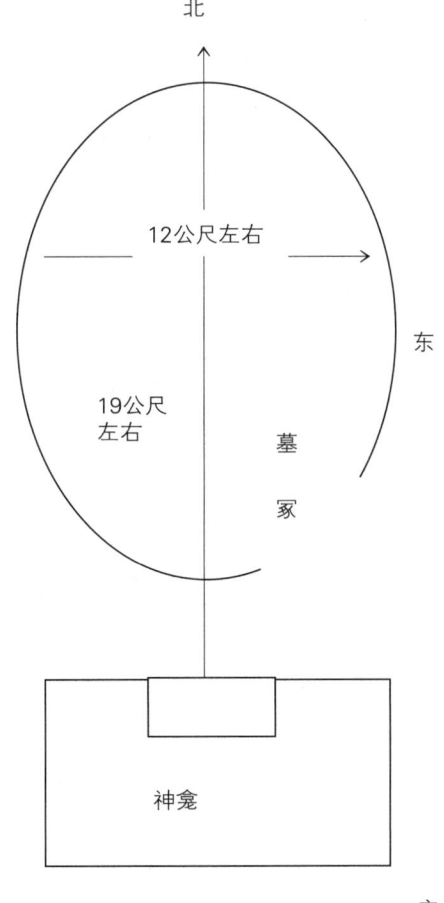

调查时间：1957年2月、4月、7月共三次
调查人：荆三林、游寿、陈怀德
初稿于1957—1958年

（原稿完成于1957-1958年，后载于《黄河游览区史话——附史迹考证五篇》，郑州市黄河游览区史话编写组，1985年8月）

# 河南巩县石窟寺北魏伎乐浮雕初步调查研究

一、调查的经过及结果

河南巩县石窟寺在城西三华里之洛河北岸,就邙山南麓渐崖开凿石洞、雕刻佛、菩萨等像而构成一大伽蓝,共三大窟,即所谓西一窟、东一窟及东二窟;此外还有两个小窟。石窟寺东距河南省会郑州约一百五十余华里,西距洛阳八十余华里。北魏首都洛阳城故址在今洛阳城东二十余里,距巩县石窟寺所在只有四十余华里。

1956年12月为着研究石窟寺院发达史收集资料,我们赴巩县石窟寺调查,除拍照一些石窟构筑及造像之外,同时发现一套完整的浮雕伎乐图,那是一套宝贵的音乐史料。因此我们在对石窟作初步调查的同时也系统地调查了这伎乐浮雕。1958年6月初间,又去了一次,现将先后调查及研究的一些材料作了初步的整理。

三个石窟中伎乐的分布概况如下:

(1)西一窟。乐工三十三人皆坐,一般高45公分。

前壁:西侧,在帝后礼佛图下的乐工,除余有击担鼓者外,余皆破坏。东侧,第一人吹排箫,第二人吹短笛,第三人吹横笛,第四人奏箜篌,第五人弹琵琶(照片17)。

西壁:第一人吹横笛,第二人弹琵琶,第三人吹排箫,第四人已破坏,第五人击答腊鼓,第六人奏箜篌,第七人奏阮咸(琵琶之一种),第八、九、十、十一、十二人皆残破。

东壁:第一人击磬,第二人双手持杖击羯鼓,第三人吹觱,第四人奏筝,第五、六、七、八、九、十、十一皆破坏,第十二人弹琵琶。

以上乐队共三十四人、乐器可以看得出来的有担鼓、排箫、短笛、横笛、箜篌、琵琶、答腊鼓、阮咸、磬、羯鼓、觱、筝等,余皆残破。

后壁为杂技,诸畏兽,共十二个。

中央方柱,下层前壁为神仙及杂技八人,左侧八人,中央一人带虎头面具,右侧及后侧各八人,共十六人。西一窟总计伎乐人。

(2)东一窟。乐工一般高56公分。皆坐。

前壁:右方,乐工二人(照片15),第一人奏羯鼓,第二人奏腰鼓,左方,第一人尚余一头部,吹觱篥,第二人残破。

西壁:第一人吹横笛,第二人吹长笛,第三人弹琵琶,第四人吹排箫,第五人奏箜篌,第六人弹筝,第七人吹觱。

东壁:第一人弹筝,第二人击腰鼓,第三人双手拍答腊鼓,第四人吹排箫,第五人吹横笛,第六人所吹乐器破坏。

共计乐队十六人,皆神态沉静,飘带飞舞,作奏乐状。乐器计有羯鼓、腰鼓、觱篥、横笛、长笛、琵琶、箫、箜篌、答腊鼓等十二种,皆保存完整。

后壁及中央方柱下层为杂技、神仙及诸畏兽。后壁皆带诸畏兽面具(照片18),作诸畏兽形态,共七个。中为一大蜥蜴的形状,头向下,又似鳄鱼,双眼圆睁。

中央方柱下层,正面刻五人。第一人怀抱水壶洒水,第二人残破,第三人——即中间一人双手托佛座,第四人在莲叶下,第五人双手托水纹,皆作在水面下之状。

左侧六人:皆为杂技,第一人肩扛大鲤鱼,第二、三人手执物破坏,第四人口吐圆珠,落满怀抱,第五人带凤凰面具,第六人手执菩提树、作植树状。

右侧六人:第一人仰面,向中间的一人,似作道贺状。第二人一头双面,怀抱婴儿,中间二人抱膝对坐,面带笑容。第五人手执物待考。第六人带牛头面具,手执宝盆。

后侧也是六人:第一人带鹰首面具,手执桃。第二人一手执桃,一手执一长圆形似香蕉物在吃。第三人带驴头面具,双手执桃。第四、五人皆执桃微笑。第六人上部残破。

以上共计伎乐四十六人,大致皆保存完整。各具不同的动作、姿态、手法,生动活泼。

(3)东二窟。乐工一般高52公分,宽45.3公分。皆坐。

西壁第一人,一手执莲叶,靠在右肩上,左手掌向上,于手指中指间、夹一莲花,下端较粗大,双目神注。第二人闭目,吹觱篥,双手执管(照片1)。第三人吹排箫(照片2),排箫共十二管,各管长短不同,两手各执一端,右手较高,左手较低。第四人弹琵琶(照片3),盘腿而坐,将琵琶放置膝上。第五人吹贝(法螺)(照片4中)。第六人吹横笛,笛作扁平状(照片4左)。第七人吹短笛(照片5右)。第八人挎答腊鼓,以手作拍鼓状（照片5左）。

后壁：第一人拍腰鼓（照片6右）、第二人击钵或缶（照片6中及7中）。第三人双手击担鼓（照片6左及7左）。第四人弹箜篌（照片8），上部残缺。第五人弹筝。第六人击磬（照片9右）。第七人吹长笛（照片9左）。第八人吹觱。第九人双手互击铜钹。第十人弹琵琶。

以上乐工共十八人，乐器有觱篥、箫、琵琶、贝、横笛、腰鼓、短笛、答腊鼓、缶（或钵）、担鼓、箜篌、筝、磬、长笛、铜钹十五种。

杂技及其他。东壁：第一人带兔首面具。第二人口衔长蛇头部，一手执蛇尾。第三人手执物残破不可识。第四人手执火钳。第五人带极高帽子，手执似为水壶（照片11）。第六人带鸟头面具（照片12）。第七人带大象面具（照片13）。第八人怀抱大鱼（照片14左）。第九人双手各执一小圆球（照片14右）。

中央方柱下层，正面。中一人双手举一块大石，顶于头上，头发分为两处。左一人肩上扛一大龙，一手执龙爪，一手按膝。右一人亦于肩上扛一大龙，双龙皆怒目、生动。前面石高53公分，长2公尺15公分，人高约45公分。

左侧，刻四人。第一人上部残缺。第二人双手抱手抱膝，仰面高歌。第三人手执水壶洒水。第四人双手执两火炬，皆面带笑容。

后面，刻五人。第一人怀抱大鱼，一手弄鱼尾，一手持飘带按于膝上。第二人，一手按腰，一手执物，双目注视，面含微笑。第三人肩扛一大动物口，似龙，双爪交加于胸前。第四人带鹰头面具，第五人手执双头枪，作跳舞状。

右侧，刻四人。第一人头梳抓角儿，怀抱大鱼，鱼尾伸张，鱼头很大，张着大咀，咀中吞一月牙儿（照片20左）。第二人一头双面，怀抱婴儿（照片20右）。第三人在莲叶下。第四人头上水纹多条，双手托着，似潜水状，态度自如，面含微笑，飘带飞舞。

窟门两侧的前壁、共刻四个作跳舞状的怪兽。

以上三窟共计、乐工六十八人，杂技、神仙、舞人九十三人。总计一百六十一人。

## 二、巩县石窟寺伎乐图的年代

推测伎乐图年代的方法，首先肯定伎乐图在石窟中的地位，找出其关系物；其次，然后再从其关系物上来决定伎乐图的年代。

巩县石窟寺伎乐图的主要关系是石窟中的帝后礼佛图。严格地说，它就是帝后礼佛图的一部分。帝后在祭佛时必设伎乐，因此首先肯定它和石窟寺这三大石窟的供养人——帝后礼佛图是一个整体。次之,开凿巩县石窟寺院的目的是为了帝后们礼拜,因此主要的造像及供养人都是这一石窟的整体,都是经过一定的计划,同时进行开凿及雕塑。就这些上面来说,决定伎乐图年代的唯一根据应当是巩县石窟寺的开创年代,也就是伎乐图的年代。

关于巩县石窟寺创建年代,一说创自北魏宣武帝景明年间,如日人关野贞、伊东忠太等,他们根据明弘治七年(1494)《重修石窟静土寺记》中的"自后魏宣武帝景明之间,凿石为窟,刻佛千万象,世无能烛其数者"等语,说:"可知为后魏之物,然亦有后世追加者。"[1]另一说则为罗叔子先生,他在《北朝石窟艺术》中说:"如为北魏景明间开始凿造,则与龙门宾阳洞、古阳洞为同时,今从佛像作风及式样察之,不甚适当,当为北魏晚期及东魏所作无疑。"

按巩县距北魏京都洛阳只有四五十华里,所以它的一切发展是与洛阳分不开的,这是我们首先要注意的第一点。景明为北魏宣武帝的年号,始于公元500年终于公元503年,共四年。北魏亡于孝武帝永熙三年(534),景明距北魏之亡约三十年,因此前一说正是北魏迁都之后国运兴隆时代,而后一说则正当北魏衰亡的时代及国势极不振的东魏时代,这是我们应注意的第二点。巩县石窟寺是大规模的建筑之一,它的创建是需要极大的人力及财力。按北魏文献如《洛阳伽蓝记》之类,凡大的寺院都创建于孝文帝,宣武帝至孝明帝孝昌之前,孝庄帝之后都无力创建,这是我们应注意的第三点。孝明帝之后,直到北齐北周(527-550)国家局势不定,且在北魏亡后,东魏京都迁邺(河南北部的安阳),而洛阳佛寺即入于破坏阶段。

《洛阳伽蓝记》:永熙多难,皇舆迁邺,诸寺僧尼,亦与时徙。至武定五年,岁在丁卯,余因行役,重览洛阳,城郭崩毁,宫室倾覆,寺观灰烬,庙塔丘墟。墙被蒿艾,巷罗荆棘……京城表里、凡有一千余寺,今日寥廓,钟声罕闻。[2]

按武定,是东魏孝静帝的年号,武定五年是公元547年,杨衒之所记的正是北魏末叶到东魏时代(532-550)洛阳佛寺的情况。"皇舆"迁邺了,僧尼也都随着走了,洛阳城内外的佛寺都"庙塔坵墟,钟声罕闻"了,在这种情况之下,是谁有力量来创建大规模的石窟寺呢?创建它又作什么用呢?这是很显然的道理。

按东一窟外崖摩崖碑,刻于"大唐龙朔口年口月八日"。龙朔为唐高宗年号,只

---

[1] 伊东忠太著《中国建筑史》。

[2] 杨衒之著《洛阳伽蓝记》序例。

有二年（661-663），是在唐初，题《后魏孝文帝故希玄寺碑》，记创建经过：昔后魏孝文帝，发迹金山，途遥玉塞，弯拓弧而望月，控骥焉以追风，电转伊源，云飞巩洛，爰止斯地，创建伽蓝。

依此，创建年代则为孝文帝迁都之际的太和年间，与龙门（伊源）开窟为同时。按龙门石窟，最早开凿的是古阳洞，始于太和七年至景明年间。是时洛阳工商发达，经济繁荣。佛教主要僧尼多集中在洛阳。北魏的帝王贵族又多信奉佛教，支持建立寺院。石窟寺院在北魏时代是一种最新的佛寺形式之一，故由帝王主持开凿，如云冈石窟及龙门石窟等。就巩县石窟寺的供养人——帝后礼佛图上，证明巩县石窟寺是帝后直接所开凿的石窟寺院之一，与龙门石窟是在同一的政治意义及社会经济条件下所开凿的。况唐龙朔年间，距北魏太和年间只有一百七十多年，所记较为可信。因此，大致可以肯定巩县石窟寺的创建年代当在北魏于洛阳创建佛寺最发达的太和、景明年间（477-503）。

伎乐图的雕刻是与礼佛图为一个整体。因此决定了这伎乐浮雕的年代是在太和、景明之间，所表现的也正是此时帝后礼佛时的音乐制度。

《魏书·释老志》："景明初，世宗诏大长秋卿白整准代京灵严寺石窟，于洛南伊阙山为高祖文昭皇太后营石窟二所。"

洛南石窟一般人已肯定即现存的龙门石窟宾阳洞。《巩县志》《授金堂石跋》皆据金代《石窟寺创建佛牙象塔记》，认为今静土寺（巩县石窟寺）与龙门石窟同为白整所开凿。

**三、关于乐工及乐器的考释**

在巩县石窟寺中的乐工：西一窟三十四人，东一窟十七人，东二窟十八人，共计为六十八人。三窟中所刻为三部，皆坐着吹奏。按《旧唐书·音乐志》称乐队在庭上坐者为"坐部伎"堂下立奏的为"立部伎"。这三部伎乐皆在庭上坐奏，当皆属于坐部。乐工们衣饰大致相同，穿着宽大衣服，腰系飘带，态度沉静。亦符合《隋书·音乐志》所说的"伎人皆衣锦绣缯采"。

在这三窟乐工所吹的乐器最多用的是箫（照片2），东一窟及西一窟的乐队中都有两个以上吹箫的乐工。最有意味的是这箫的形状不是中国古文献及绘图中所记的箫，也不是中国现存旧乐器中的箫，其形状及吹奏方式和西洋的排箫（奈伊）相似。各窟乐工中所吹的箫，全部一排十二管，中间以带编起（插图1）。按箫这一名词早见于《诗经》及《礼记》等书,传说黄帝时伶伦所制造。《诗经》等书都是公元前500年以前的文献,可见箫这种乐器在中国已有悠久的历史。《尔雅·释乐》云"大箫为之言,小箫为之筊。"注云:"大者编二十三管,长一尺四寸;小者十六管长一尺二寸,一名籁。"据此,则巩县石窟寺伎乐图乐工所吹的箫,即汉魏间一般所谓的小箫(籁)。洛阳龙门石窟群唐初八作司洞伎乐图(照片21)所吹虽仍为排箫,但只有六个管,且形状也和前者不同(插图2)。八作司洞开凿于唐代高宗时候(650-683)。由此证明自魏之后,经过东、西魏,北齐,北周及隋代亦都有所改变。

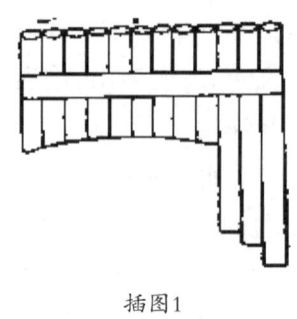

插图1

《朱子语录》"云箫方是古代之箫,云箫者排箫也。"

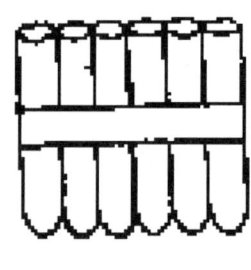

插图2

朱熹,宋人。他说"排箫"是古代的乐器,足证宋代排箫形制已经消亡。此后的箫,就是今人所见单管的箫了。因此,晚唐之后所有绘图中的箫便都是单管的箫,即古代所称的"洞箫"。后人绘图中的排箫,多出于理想,与原形可能有出入,这就更能明了伎乐浮雕中箫之模型的音乐史料价值。

巩县石窟寺浮雕伎乐图的箫和汉代石刻馆象中的排箫形制不同,因此这是否就是中国原有自汉魏传来的箫,是一个值得考虑的问题。排箫在埃及及中亚古代各国如波斯、印度都是流行的乐器,也都有其悠久的历史。按《礼记·明堂位》、称"苇籥,伊耆氏之乐也"。足证战国时代的箫,已受中亚的影响。俟后,汉、魏与西域交通频繁,尤其在佛教文化的影响下,在形式上及曲刹词上都有所改变。这就不难看出石窟佛寺中伎乐图所执的箫,是受着西域的影响的。《隋书·音乐志》记载西凉苻氏之末的西凉、龟兹、疏勒、安国、高丽等乐中,都有箫这种乐器。这些乐又都是在北魏太武帝平西凉之后,随着北魏太武帝"沙门佛事俱东"[1]而到了北魏首都平城(大同)的。在对佛的祭祀大礼是使用箫的。魏孝文帝迁都洛阳,创建了这一石窟寺院,于供养人下面所刻的伎乐,是属于这些乐部,曾受到西域佛教各国音乐的影响。因此,它之所以与西洋音乐中的排箫形式相似,是有其历史根源的。

---

[1] 杨衒之著《洛阳伽蓝记》序例。

在巩县石窟寺伎乐图中,口吹的乐器还有长笛、短笛和横笛(照片5、9、16)。按《魏书·乐志》及《隋书·音乐志》笛在"夷乐"(外来音乐)各部中都是主要的乐器,如西凉、高丽、龟兹、疏勒、安国各乐中都有笛,都分为长笛、短笛与横笛。

《续通考·乐考》:"笛,以竹为之,长一尺六寸,围二十二分,上开一大窍,名曰吹窍,径三分半,吹窍至第一孔,离三十二分,余孔昔离五分,下有穿绳,对开二小眼,第六孔至穿绳眼,离一寸二分,绳至本一寸三分,除吹窍凡六孔。"

笛在中国本是起源很早的。《玉海》说是黄帝使伶伦所作。《风俗通》说是汉武帝时丘仲所作,马融《长笛赋》说出自羌中,本四孔,京房加一孔。《乐书》说京房于四孔之外加一孔,"以备五音"。《乐书》为宋人陈阳作,该书的笛分作羌笛、雅笛、长笛、短笛、双笛等五种。

《乐书》:"昔人有吹笛而歌曰,闻夜寂以清,长笛亮且鸣,长笛六孔,如尺八而长,蔡邕之所制也。魏明帝时令列和承受笛声以作律,歌声浊者用长笛,长律,歌声清者用短笛,短律。列和之长笛四尺二寸、今乐所用短笛长尺有咫,此笛长短之辨也。"

在印度的古代石刻中,伎乐所吹多为横笛,周围聚集很多带伎乐面的人,如克里希那(Krishna)王子吹笛石刻之类。在中国石窟寺院中,如云冈石窟、龙门石窟……飞天所吹一般亦以横笛为多。巩县石窟伎乐图吹横笛乐工(照片16)也如是。

在西一窟东壁第三人、东一窟前壁第四人及西壁第七人、东二窟第八人,所吹的乐器上部为牛角,下部为匏,半圆形,在这半圆形体上伸出一吹口(插图3),乍看去,形体和现在的笙大致相似,所不同的是上面为牛角。至于这一种乐器的名称及用法是比较生疏的。据《玉篇》的记载:角,可以吹的叫作"觱"。《通典·乐典》说黄帝时军中吹角。后世军中吹角,如"画角"之类,也是"胡乐"的一种。因此,这一伎乐石刻的乐器,我们初步称它为"觱"。是否妥当,还待考证。

再一种吹奏乐器就是北魏"夷乐"中的觱篥,东一窟前壁第三人、东二窟西侧第二人(照片1)。按觱篥,亦名筚篥、悲篥,又名笳管。《乐书》说它的形制是"以芦为首,状类胡笳而九窍,所法者角音而甚悲,篥,吹之以惊中国马焉"。与觱篥同类的胡笳,是"卷菠叶吹之"的一种乐器。《乐书》说笳管,"龟兹乐也,以竹为管,以芦为首,

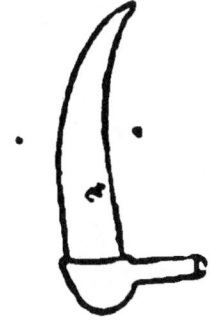

插图3

类胡笳而九窍"。东二窟及东一窟乐工中所执的觱篥正是这种形状。唐《九部塞乐》有漆觱篥。北部安国乐有双觱篥、银字觱篥。北宋初《通雅·乐器》中还记载着"太宗时三大宴,皇帝升座,宰相进酒,庭中吹觱篥,以众乐和之"。足见宋时有觱篥,而且在乐队中还相当重要。但唐以后的觱篥,就这"漆觱篥""银觱篥"的一些名词上来看,已不是原来的形状了。而这石窟浮雕乐工所吹的觱篥,是北魏觱篥的模型。

巩县石窟寺浮雕伎乐图中,鼓也分为如下种类如羯鼓、腰鼓、答腊鼓及担鼓。以腰鼓及答腊鼓最为普遍,三个大窟伎乐中都有。

在西一窟东壁第二人及东一窟前壁第一人所系的鼓,就是羯鼓,按《通典·乐典》的解释是"正如漆筒,两头俱击,以出羯中,故曰羯鼓,亦为之两杖鼓"。这两个乐工,都是双手持着"杖"生动地击打着羯鼓。

在西一窟第五人、东一窟东壁第三人、东二窟石壁第三人(照片5)用双手所拍的鼓,形状和羯鼓大致相同。按《通考》及《白帖》所载:"答腊鼓,龟兹、疏勒之乐器,如羯鼓而短,以手揩之,其声甚震,亦谓之揩鼓。"这三个"以手揩之"的两头鼓叫作答腊鼓。

次之,就是腰鼓。东一窟前壁第二人、东壁第二人、东二窟后壁第一人(照片6)。腰鼓的主要特点,据《通考·音乐考》说"腰鼓其制小者瓦,小者木,皆广首纤腰,"故又名细腰鼓。为北魏时主要乐器的一种。在龙门石窟群唐初八作司洞中,腰鼓也是主要的乐器之一(照片22)。

在东二窟第三人(照片5、7)双手持杖击打着一个大鼓。西一窟中也有一个同样的浮雕击鼓乐工,但已残破。至于这所击的鼓,其名称按《旧唐书·音乐志》有"齐鼓,如齐桶大,一头设齐于鼓面,如麝脐,故曰齐鼓"。又《通典》载"担鼓如小瓮,先冒以革而漆之"。《旧唐书·音乐志》同。就上面所述看来,应当是担鼓。

巩县石窟寺伎乐图中的弦乐器,保存完整的为琵琶(照片3、4右)及阮咸。较残破的有箜篌。还有一种比较难以确定的,可能是筝。

弹琵琶的乐工。西一窟前壁东侧第五人,西壁第二人,东壁第十二人。东一窟西壁第三人。东二窟西壁第四人,后壁第十人。按《文献通考》:"秦汉琵琶,本出于胡人。"

《琵琶赋序》:"故老云,汉遣乌孙公主嫁昆弥,念其行道思慕,使知音者裁筝、筑、箜篌之声,作马上之乐,以方语目之曰琵琶。"

《释名》(琵琶):"本出于胡中,马上所鼓也。推手却曰批,引手却曰把,象其鼓时,因以为名也。"

《琵琶赋》,傅玄作。玄,北地人,于晋武帝时掌谏职。《释名》刘熙作。熙,汉北海人。就这两段材料来说,第一,汉晋中国已用琵琶。第二,琵琶这种乐器都是来自"胡中",非中国的乐器。第三,器形和从后的琵琶是否相似,自是一个问题。日人田边尚雄认为王昭君所弹的琵琶,实即后来所称的"阮咸"[1],并非北魏石窟中所见的琵琶。就考古学上的材料来说:"汉绘中所见的乐器,似乎还未受到西洋的影响,乐器中有笙、竽、筑、琴、笛、洞箫、排箫、手摇的鼗、两人对舞所击的建鼓……西域乐器的琵琶、箜篌,在汉绘中尚未出见"[2]。就此可以证明汉晋的琵琶和北魏的琵琶在样式上有一定的区别。汉晋的琵琶或即汉武帝时依筝、筑、箜篌之类所制造的琵琶,而南北朝时——北魏所用的琵琶则是于五胡十方国及北魏之初从西域传来的琵琶。这种琵琶原产自印度及中亚佛教各国,后随着佛教传入中国。因此,在北魏作为佛寺的石窟中才出现了这一种西域样式的琵琶。

插图4 中亚佛寺遗迹壁中的波斯琵琶

在印度及波斯的石窟寺院中,有很多的伎乐浮雕(插图4),所执琵琶的形状,和北魏一般的石窟寺院伎乐图中的琵琶相似。

这就不难看出北魏石窟的琵琶是自西域新传来的一种乐器。这种样式的琵琶直到唐初石窟中,仍然存在(照片23)。

此外,西一窟西壁第七人所弹的琵琶形状(插图5)与前者不同,主要是胫长。

插图5

《通典》:"(唐)蒯朗初得铜者(琵琶),时莫有识之,太常少卿元行冲曰,此阮咸所造,乃令匠人改以木为之,声甚清雅。"

《文献通考》:"阮咸琵琶。阮咸五弦,此秦琵琶,而胫长过之,列十二柱焉。唐武后时,蒯朗于古冢得铜琵琶,晋阮咸所造也。元亨中命工以木为之,声甚清微,颇类竹林七贤图所造旧器,因以阮咸名之,亦以其前弹故也。"

就文献的记载证之,这一个琵琶、是称为秦琵琶之

---

[1] 田边尚雄《东洋音乐史》,50页。
[2] 常任侠《汉画艺术研究》,9页。

长胫、五弦的阮咸。

此外，西一窟东壁第四人、东一窟东壁第一人、东二窟后壁第五人所弹乐器，乍看去和汉代画像石刻及陶俑中所抚的琴在形状上相似，和龙门石窟唐初八作司洞中抚琴伎乐也相似（照片24）。仔细地比较起来，却有若干区别。第一，这三个乐器两头的大小几乎相等。第二，形状似古代的瑟，又似筑。但筑的鼓法是"以左手扼之，右手以竹尺击之"的，因此这里弹的不是筑。第三，按北魏夷乐、西凉、疏勒等乐中都没有"琴"，而有"筝"。按《玉篇》："筝，似瑟十三弦。"《隋书·音乐志》称"筝十三弦，所谓秦声，蒙恬所作也"。就这两点来说，这是与瑟相似的乐器，我们初步推断它就是秦汉至隋唐时代所用的筝。再如：

《通典》："筝，秦声也。傅元（玄）筝赋序曰：世以为蒙恬所造，（唐代——林注）观其器，上崇似天，下平似地，中空准六合，弦柱拟十二月设之则四象在，鼓之则五音发，斯乃仁智之器，岂蒙恬亡国之臣能之哉。"

《通典》为唐人杜佑作，所记为唐代筝的形状，其器形与石窟伎乐中的筝形接近。

在西一窟前壁东侧第四人、西壁第九人、东一窟西壁第五人，皆弹箜篌奏。尚保存着完整的箜篌架子（插图6）。东二窟后壁第四人，就其膝上所置一板，及其残余上架及手法而言（照片8），和北魏黄花石四面石佛箜篌石雕（插图7）与古门乐图（插图8）中的箜篌相同。箜篌原为印度佛教的一种乐器，在石窟伎乐图中原有不少刻雕。据古文献的记载，箜篌传入中国，始于汉武帝时（前140–前87）。

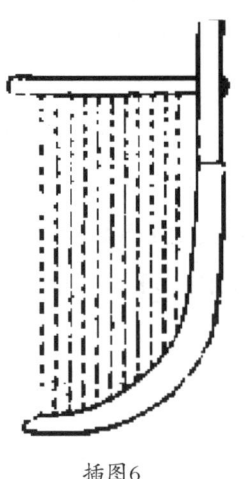

插图6

插图7　北魏黄华石四面石佛箜篌石刻

插图8　竖箜篌（古乐图）

《史记·武帝本纪》：祷祠泰一、后土，始用乐舞，益召歌儿作二十五弦箜篌瑟，自此起。《集解》：应劭曰武帝命乐人侯调始造箜篌，一作空侯，又作坎侯。

又《封禅书》：于是赛南越，祷祠太一后土，益召歌儿，作二十五弦及空侯。

至其所以名为箜篌的原因，有下列两个说法。

《风俗通》：谨按《汉书》，孝武帝常赛南越，祷太一、后土，始用乐人侯调，依琴作坎坎之乐，言共坎坎应节奏也。侯以姓冠章耳。或说，空取其空中，琴瑟昔空，何独坎坎耶？斯论是也。诗云：坎坎鼓我，是其文也。

《通典》：箜篌，汉武帝使乐人侯调所造，以祀太一。或云，侯晖所作，其声坎坎应节，谓之坎侯，声讹为箜篌，篌者因乐工人姓名。

又《通典》：竖箜篌，胡乐也，汉灵帝好之，体曲而长，一十二弦，紧抱于怀中，用两手齐奏，俗谓之擘箜篌。

就这些材料来说，首先可以肯定地说在西汉——公元前二、三世纪时，箜篌这种乐器已传入中国。武帝时是自南越地方传来，所用的箜篌为二十五弦。后汉灵帝时，中西交通频繁，西域传来的箜篌则是二十二弦。因此《隋书·音乐志》称箜篌出自西域。此外：

《事务原始》：箜篌体曲而长，二十三弦，抱于怀中，两手齐奏之，谓之擘。或曰用木拨弹之。

这又与前两者不相同。此外，朝鲜亦有箜篌。

《文献通考》：高丽等国有竖箜篌、卧箜篌之乐，其引则朝鲜津卒霍里子高所作也。

至于这种箜篌是否与前者相同，自是另一问题。但朝鲜津卒霍里子高作《箜篌引》的故事，在南北朝时确已流行，且为《乐府相和六引》之一，即有名的《公无渡河》。

《古今注》：《箜篌引》者，朝鲜津卒霍里子高妻丽玉所作也。子高晨起刺船，有一白首狂夫，被发乱流而渡，其妻随而止之，不及，随堕河而死。于是拨箜篌而歌曰：公无渡河……其声凄惨。

上列三个地方的箜篌是否一样形式，自是另一问题。但可以肯定，巩县石窟寺伎乐图的箜篌则是来自西域的一种。

在巩县石窟寺东二窟后壁第九人手执铜钹。其形体较小，与今日旧乐中的铜钹不同，却与古代埃及绘画中的铜钹（插图9）相似。按铜钹为佛教音乐主要乐器之一，在印度古墓中有不少的发掘，在石窟寺院浮雕中也有不少的雕刻，巩县石窟寺

插图9　埃及古代壁画之铜拔

的浮雕铜钹有之大致相似。

《旧唐书·音乐志》：铜盘，亦谓之铜钹，出西戎及南蛮，其圆数寸，隐起如浮沤，贯之韦皮，相击以和乐也。南蛮国大者圆数尺，或谓南齐穆士素所造，非也。

《通典》：作铜钹，一般称为铙钹。

西一窟中也有铜钹的残迹。

在东二窟后壁第二人（照片6中、7右），一手持带柄高杯，一手持杖击打。这一种乐器是相当有意义的。究竟这是何种乐器，《魏书·乐志》《隋书·音乐志》中都没有记载。按其形状来说，一种可能是沙门（和尚）所敲的钵，另一可能是古乐中所谓的缶。在印度音乐中是有击碗的，把高杯碗当作乐器。在朝鲜的雅乐中，也有击碗的。因此，在这三部"事佛"的乐队中，这个带柄高杯，就可能是属于后者。

在东二窟西壁第五人（照片4中），双手捧着吹奏的乐器，形似海螺。按《隋书·音乐志》西凉、龟兹、天竺各乐队中，都有"贝"，因此，这个乐工所吹的可能就是"贝"。

在东二窟后壁第六人（照片9右）一手持细杖击打，另一手所执挑起的 ⌒ 形乐器，这一乐器与古乐中的磬相似。

就以上各种乐器可以看得出来，都是随着佛教自西域传入用于佛事祭祀中的音乐，与"太乐"及"雅乐"有相当的区别。

**四、关于乐部及乐队编制**

我们再进一步考察一下使用这些乐器的是属于什么音乐，以及其部别、乐队组织等等问题。据《魏书·乐志》《隋书·音乐志》以及有关文献如《唐书·音乐志》《通典》《通志》《通考》《乐书》等文献的记载，北魏太武帝平凉州，所获有西凉、龟兹、天竺、疏勒、安国、高丽等各部音乐。这些音乐都是与"沙门佛事"有关的，为礼佛所奏的音乐。

《魏书·释老志》记载：凉州自张轨后，世信佛教。敦煌地接西域，通俗交，得其旧式，村坞相属，多有塔寺。太延中，凉州平，徙其国人于京邑，沙门佛事俱东，象教弥增矣。

凉州建国,始于晋惠帝永宁元年(301),史称前凉,属地包括今之甘肃西北部,及青海东北一角,建都于敦煌及武威两地,中间经过苻秦,至北魏太武帝太延三年(437)灭北凉为止,中间经过一百三十六年,佛教的发达已到"村坞相属,多有塔寺"的程度。他们集合了所有西域与佛事有关的音乐,制成了"西凉"等部乐,为礼佛所演奏。太武帝平凉州后,把这些音乐首先带到他们的京邑——平城(今大同),又经过一番整理。

《魏书·乐志》:及平凉州,得其伶人器服,并择而存之,后通西域,又以悦般国鼓舞,设于乐署。……高宗、显宗无所改作……修广数器,……及四夷歌舞,稍增列于太乐。金石羽旄之饰,为壮丽于往时矣。

在孝文帝的汉化政策施行下,迁都洛阳之后的太和、景明间(494-503)即巩县石窟寺伎乐图的时代,其伎乐又有一些改变。

至于这些来自西域的音乐,其乐队及乐器,记载比较详尽的文献是《隋书·音乐志》,录有关各节如后:西凉者起苻氏之末,吕光、沮渠蒙逊等,据有凉州,变龟兹声为之,号为秦汉伎。魏太武平河西,得之,谓之《西凉乐》。至魏周之际,遂谓之国伎。今曲项琵琶,竖头箜篌之徒,并出自西域,非华夏旧器。《杨泽新声》《神白马》之类,生于胡戎。胡戎歌非汉魏遗曲,故其乐器声调,悉于书史不同,其歌曲有《永世械》,解曲有《万世丰》,舞曲有《于阗佛曲》。其乐器有钟、磬、弹筝、搊筝、卧箜篌、竖箜篌、琵琶、五弦、笙、箫、大筚篥、竖小筚篥、横笛、腰鼓、齐鼓、担鼓、铜钹、贝等十九种为一部,工二十七人。

又:龟兹者,起自吕光灭龟兹,因得其声,吕氏亡,其乐分散。后魏平中原,复获之,其声多变易……其乐器有竖箜篌、琵琶、五弦、笙、笛、箫、筚篥、毛员鼓、都昙鼓、答腊鼓、腰鼓、羯鼓、鸡娄鼓、铜钹、贝等十五种为一部,工二十人。

又:天竺者,起自张重华据有凉州,重来贡男伎,天竺即其乐焉。歌曲有《沙石疆》,舞曲有《天曲》,乐器有凤首箜篌、琵琶、五弦、笛、铜鼓、毛员鼓、都昙鼓、铜钹、贝等九种为一部,工十二人。

又:疏勒、安国、高丽并起自后魏平冯氏,及通西域,因得其伎,后渐繁会其声,以别于太乐。疏勒歌曲有《亢利死让》,乐舞曲有《远服》,解曲有《监曲》,乐器有竖箜篌、琵琶、五弦、笛、箫、筚篥、答腊鼓、腰鼓、羯鼓、鸡娄鼓等十种为一部。工十二人。

安国歌曲有《附萨单时》,舞曲有《末奚》,解曲有《居和祇》。乐器有箜篌、琵琶、五弦、笛、箫、筚篥、正鼓、和鼓，铜钹等十四种为一部，工十二人。

高丽……乐器有弹筝、卧箜篌、琵琶、五弦、笛、笙、箫、小筚篥、腰鼓、齐鼓、担鼓、贝等十四种为一部，工十八人。

这些乐队的乐器，有钟、磬、筝、箜篌、琵琶、五弦、笙、箫、觱篥、腰鼓、齐鼓、担鼓、打（答）腊鼓、笛、贝、铜钹等。这些乐器与巩县石窟寺浮雕伎乐图中所使用的乐器符合，因此可以初步肯定石窟伎乐图所表现的是属于这些乐部。这三窟的伎乐究竟都属于那些部别呢？由于人数上及乐器上与《隋书·音乐志》不完全相同，故不能遽然肯定某窟的伎乐图即是属于某一部。但《隋书·音乐志》所记为隋代的音乐，虽然在源流上叙述到北魏初叶，实际中间相去百余年，自有若干的修改。北魏迁都洛阳之后，于景明年间对于音乐曾有一次大的修改。

《魏书·乐志》：（景明）四年（503）春，公孙崇复奏言，伏惟皇魏。龙跃凤举，配天光宅，世祖太武皇帝，草静荒嵎，廓宁宇内。凶丑尚繁，戎轩仍动，制礼作乐，致有阙如。高祖孝文皇帝，德锺后仁之期，道协先天之日，顾云门以兴言，感箫韶而忘味，以故中书监高闻博识，明敏文思，优洽绍纵，成均实允，所寄乃命。向广程儒林，究论古乐，依据六经，参诸国志，错综阴阳，以制声律。钟石管弦，略以完具，八音声韵，事别粗举。值迁邑崧（端）、瀍（指洛阳），未获周密，五权五量，竟不就果，自尔迄今，率多褫落，金石虚悬。……

此后在永平三年，正光、普泰年间皆有所改革。后经北齐、北周，至隋代的一切乐部编制，都有所改变。即以《西凉乐》为例，《西凉乐》一名西凉州。《通典》说它是："西凉乐者，起苻氏之末，吕光、沮渠蒙逊等据有凉州，变龟兹声为之，号为秦汉伎。后魏太武既平河西得之，谓之西凉乐。"就此来说，西凉乐是从龟兹乐中变出来的。其编制情况如何？没有记载。隋代的编制见前录《音乐志》。到唐代初叶，据《唐六典》的记载则是：凡大燕会则设十部之伎于庭，以备华夷……三曰西凉伎，编钟、编磬各一架，歌二人，弹筝、搊筝、卧箜篌、竖箜篌、琵琶、五弦、笙、长笛、短笛、大篥、小篥、箫、腰鼓、齐鼓、担鼓各一，铜钹二、贝。

乐器为十七种，工为十八人。若合钟、磬则为十九种。另加歌者二人，总人数为二十二人，与《隋书·音乐志》所载的西凉乐，在乐器数目上约相等，乐工上则少五人。没有横笛，但有长笛、短笛，在乐器上也有改变。就这一发展及变革的实例来看，说明了虽然是同一乐部，在不同的时间，乐队的组织也会有所区别，人数或多或少，乐器也有些更动。

西凉乐是自龟兹乐中修改而来的，所以在最初的乐器中自应杂一些龟兹的乐器，乐器及人数都会比较为多。因此，我们初步认为西一窟的乐队，就是西凉，乐工为三十三或三十四人，乐器因多残破，无法统计。乐器中的羯鼓是较《隋书·音乐志》多出的乐器，此外皆与之大致相同。东一窟乐工十六人，乐器十二种，有羯鼓、腰鼓、觱篥、横笛、长笛、琵琶、箫、箜篌、觱、竽、答腊鼓等，与疏勒乐器接近。东二窟的乐队除上列的两种外，另有磬、铜钹、缶（钵）等十五种，有些接近天竺乐，但人数上此较多。疏勒、高丽等乐都没有磬及铜钹等乐器。就此，我们初步认为这三窟中的三部乐，是西凉（西一窟）、疏勒（东一窟）及龟兹（东二窟）。

**五、关于杂伎乐队的关系及其史料价值**

在西一窟后壁下层所列的是带禽兽面具的舞人。中央方柱所刻为神仙、杂伎及舞人等。东一窟后壁为带畏兽面具的杂伎，做出种种恐怖形状（照片18）。中央方柱下层四周所刻为带面具舞伎及神仙、怪物。东二窟前壁左、右两侧所刻为奇形怪状的舞伎，以及东壁有各种带伎乐面具如象（照片13）、鹰（照片12）等人。中央方柱上有神仙、畏兽、力士之类。这些浮雕都是与乐队形成一个整体，可能是乐舞上的一定制度的反映。

案汉之后西域的杂技先后传来。在汉代画像石刻及壁画中都画有很多的杂技表演。晋末五胡并起，于是西域杂技、歌舞，随着大量传入。北魏统一华北，也就把这些都收入乐署，于大燕及祭祀时设于殿庭。

《魏书·乐志》：六年多，诏太乐，总章鼓吹，增修杂伎，造五兵角觝、麒麟、凤凰、仙人、长蛇、白象、白虎及诸畏兽、鱼、龙、辟邪、鹿马仙车，高绠百尺、长趫、缘撞、跳丸、五案，以备百戏，大飨设之于殿庭，如汉晋之旧也。太皇初，又增修之，撰合大曲，更为钟鼓之节。世祖破赫连昌，获古雅乐，及平凉州，得其伶人、器服，并择而存之。后通西域，又以悦般国鼓舞，设于东署。

又：高宗显祖，无所改作……修广器数……及四夷歌舞，稍增列于太乐，金石羽旄之饰，为壮丽于往时矣。

《隋书·音乐志》：始齐武平中，有鱼龙烂漫、俳优侏儒、山车、巨象、拔井、种瓜、杀马、剥驴等奇怪异端，百有余物，名为百戏。周时，郑泽有能于宜帝，奏征齐散乐人，并会京师。

又：伎人昔衣娜城玲探，其歌娜者，多为妇人服。

又：神鳌负山，幻人吐火。……大鲸鱼喷雾翳日。

又：故事，天子有事于太庙，备法驾，陈羽葆以入于次，礼毕，升率而鼓吹并作。

就这些文献能明石窟中一切畏兽、神仙、杂伎表演及歌舞等等人物，都是在天子礼佛时"并作"的。因此，这大队的伎乐才雕刻在帝、后礼佛图及佛座的下层，所表现的是帝、后礼佛时仪式的整体。这一种制度直到唐代。在洛阳龙门石窟基唐初开凿的八作司洞佛座下也还刻着舞伎（照片25）。

唐代的石窟规模都比较小，不会雕刻大队的伎乐。北魏较早的大同云冈石窟雕刻时音乐制度未备，因此也没有完整的伎乐图。巩县石窟寺及洛阳龙门石窟开凿于北魏文物制度大备的太和、景明年间，这是巩县石窟寺中有完整的浮雕伎乐大队的第一个原因。太和、景明年间，洛阳工商繁荣，佛寺经济也发展到相当高度，因此才能雕造这样大规模的石窟寺院。且就巩县石窟寺西一窟、东一窟、东二窟的供养人来说，都是帝、后及文武大臣、三宫六院，这就说明了这石窟是在皇帝的直接支持下开凿雕造的，因为只有他才会使用这大队的伎乐，这一条件是其他任何地方官吏及僧尼所不能有的。这是伎乐图所以出现于巩县石窟寺的主要原因之二。北魏至太和景明年间，佛教文化已发展到相当高度，雕塑艺术已臻完善，所以在设计上也比较完整，照顾周到。在帝后礼佛的制度上也能照顾到大规模的乐队及一切杂技的各种动作。这是巩县石窟寺出现大规模完整伎乐图原因之三。由于这三个主要原因而产生的伎乐图，是会具有真实的表演动作，吹、奏技术，以及乐器的标准形状，因此，它才是北魏至隋代一部最完整的音乐史的实物史料。从它的上面不只可以了解北魏的音乐情况，且可以纠正唐宋之后一切有关文献中对北魏音乐上一些错误的解释。

1958年6月20日于郑州

（原载《音乐研究》，1958年10月第5期）

图1 东二窟西壁第二人,吹觱篥乐工

图2 东二窟西壁第三人,吹排箫乐工

图3 东二窟西壁弹琵琶乐工

图4 东二窟西壁乐工,右弹琵琶,中吹贝,左吹横笛

图5 东二窟西壁乐工二人,右短笛,左答腊鼓

图6 东二窟后壁乐工三人,右腰鼓,中钵或缶,左担鼓

图7　东二窟后壁乐工二人,右钵图（或缶）,左担鼓

图8　东二窟后壁第四人弹竖箜篌(残)

图9　东二窟后壁乐工二人,右击图磬,左吹长笛

图10　东二窟东壁下层第四人

图11　东二窟东壁下层第五人

图12　东二窟东壁带鸟头面具

图13　东二窟东壁带大象面具

图14　东二窟东壁杂技二人

图15　东一窟前壁帝后礼佛图（上）
　　　乐工二人（下）

图16　东一窟西壁乐工之一，吹横笛

图17　西一窟前壁乐工与帝后礼佛图

图18　东一窟后壁畏兽面具杂技之一

图19 东二窟前壁畏兽杂技之一

图20 东二窟中央方柱右侧伎乐

图21 龙门石窟八作司洞乐工之一,吹排箫(初唐)

图22 龙门石窟八作司洞乐工之二,打腰鼓(初唐)

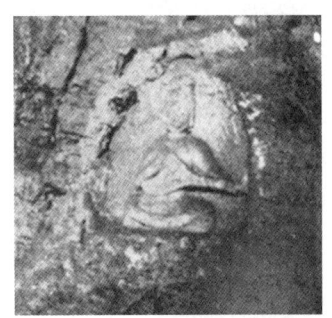

图23 龙门石窟八作司洞乐工之三,弹琵琶(初唐)

图24 龙门石窟八作司洞乐工之四,弹琴(或筝)(初唐)

图25 龙门石窟八作司洞乐工之五,舞伎(初唐)

# 荥阳故城址沿革考（附论冶铁遗址的年代问题）

一九七八年《文物》二期发表《郑州古荥镇汉代冶铁遗址发掘简报》，认为这个遗址的"上限不会早于武帝实行盐铁官营以前"，又说"古荥冶铸遗址是西汉中晚期至东汉时期"。这一说法值得商榷。与这个遗址关系最大的是古荥阳城址。实际上，这个冶铸遗址就是荥阳故城址的一部分，两者是不可分割的一个整体，因此有先明确荥阳故城的历史的必要，因为它的兴废沿革基本上就是这个冶铸遗址的年代。

## 荥阳故城兴废沿革考证

一、荥阳城市的兴起、发达及其在战国时期政治、经济上的地位

古荥镇的地理位置，见原报告。所称的旧荥阳城址，即我们所要考证的对象。荥阳于春秋时代原属郑国。在郑国的前期，主要是与周（在今洛阳）的关系，不论政治或商业上的关系都比较密切，处于郑（在今新郑）与周（洛阳）交通孔道上的枢纽，是京（今荥阳京襄城）制（今上街）等等城市，荥阳地区在这上面的意义不大。当时不为人们所注意。春秋中期在晋、楚争霸的局势下，郑国成为两国的缓冲地带，则荥阳地区又正处于晋、楚及郑国的南北交通孔道，它是位于敖山（广武陵）东端之阳，荥泽这一大湖泊的西岸，处于黄河转向北流的转弯处，陵北及东南又是一片大平原。这一地带不只为交通关系上的孔道，也是争霸军事上的地盘。因此，《左传》僖公十八年（前635），晋文公败楚兵于城濮，"还至衡雍，作王官于践土"。据《读史方舆纪要》及《荥泽县志》："荥阳故城内东北隅有践土台。"实即今古荥镇所在。城濮之役是晋文公"一战而霸"的战役，他于此建筑王官自有其在军事上政治上的特殊意义。宣公十二年（前579）晋楚"邲之役"，楚国战胜了。楚国在这里也建

立了它的胜利纪念建筑物(京观)。但在这个时期的荥阳地区的情况,在《左传》中有生动的描述,仍是一个林木畅茂、麋鹿出没的地区。春秋末期,中国整个的局势发生了很大变化,首先是南方吴越的兴起,及楚灭吴、越,楚国的势力占领了整个的江汉及淮河流域,同时晋国也分为韩、赵、魏三国。这个局势的转变,使郑国失去了原来作为晋楚缓冲地区的意义,而变为韩魏两国急于瓜分的对象。同时,齐在东方,燕在北方,秦在西方都逐渐扩大地盘,急于建立其纵与横的政治关系和商业关系,则处于这东西水陆交通中心地位的荥阳随着这一局势的时代要求,而兴起与很快发展成为一个有着"国际"意义的政治、经济、军事上的一大都会。

为着说明荥阳在战国时期的地位,再谈两个问题。第一,是荥阳地区在战国时代政治地位上的变化。《史记·韩世家》"哀侯二年(前375)灭郑国,徙都郑"。按韩的故都是阳翟(今禹县),徙都的郑,在今新郑县,郑韩故城遗址尤在。经过这一转变,则今郑州地区的政区也就必须重新划分,各城市的重要性质也就随着政治经济的需要而升降。首先是京、制等城市地位的下降,践土、衡雍等城市的兴起。韩灭郑之后,韩国疆土是跨黄河南北的。河西北有野王(今河南沁阳),向北直到上党(今山西长治)的广大地区。在黄河南岸基本上有今河南省的西南部和西部地区——包括了春秋时的周郑旧地、国新郑,为着统治河北,便于南北两部地区的联系,则沿荥泽西岸而至衡雍渡黄河、西北直赴野王,成了当时唯一孔道,而且是韩国的咽喉,是国都与野王之间的枢纽,因此韩国就不能不重视这一孔道的建设。首先是于此经营新的城池,来适应这一政治局面。

第二,鸿沟这一交通水利工程的建设。由于当时各国之间的关系日益频繁,工商业的进步,各国之间为着这一政治经济上的时代要求,都在重视水陆交通的建设,鸿沟这一伟大的交通水利工程就是这一时代要求下的产物,这个交通水利工程是从荥阳开始的。

《史记·河渠书》"荥阳下引河东南为鸿沟,以通宋、郑、陈、蔡、曹、卫与济、汝、淮、泗会。于楚,西方则通渠汉水,云梦之野。东方则通鸿沟江、淮之间。于吴,则通渠三江、五湖。于齐,则通菑济之间。于蜀,蜀守冰凿离碓辟沫水害、穿二江成都之中。此渠可行舟,有余则用灌溉、百姓飨其利"。

这样一来,则鸿沟不只是韩国的交通要道,也是国际上大运河主干。古代运河的开凿都是利用自然地势,把许多河道和湖泊联系起来的,鸿沟这个大运河的起点是处于荥泽西岸的荥阳。主要水源是黄河及荥泽,并以荥阳地区为中心组成了一个大的国际水运交通网。在荥阳以上向西是黄河。黄河的水至此转向东北,连接漳、卫诸水系,经今河北、山东平原,联系了燕、赵,自荥阳沿河而上,经洛水至洛阳,沿黄河再西连渭水、汾水诸水系而达秦、晋。就此说来,荥阳适居于全国交通中心地位,因此,战国时代的荥阳不只是韩国大河南北两部的命脉,而成了"国际"交通的总枢纽,在这一条件下,荥阳城市一跃而起,成为当时的一个商业大都会。此外于荥泽沿岸也新建了不少城镇,如卫、雍、卷、衍、中牟等等,在鸿沟的刺激下,沿岸一时也兴起了一些工商业(《史记》称为"货殖")大都会,如大梁、陶、寿春、彭城、睢阳等。这以荥阳为起点的大动脉——鸿沟,在战国时代是促使着全国工商业的发达和文化沟通,为中国的统一打下了基础。

### 二、广武建城与敖仓及战国末期荥阳地位的转变

在战国末期秦并六国形势发展的时代要求下,荥阳城的地位由一个"国际"工商业中心城市转变为一个"国际"上政治、军事的中心城市。这个转变是和秦并六国的军事、政治行动分不开的。秦国攻六国的策略首先是攻韩,攻韩的第一步是谋取攻占荥阳,广武城及敖仓的建设就是在秦国这一政策及军事发展下的重要设施。

自周赧王二十三年(前293)以后,秦国在东方的势力是一天比一天的大。"秦将白起攻伊阙(洛阳龙门),韩予秦武遂地二百里",此后攻魏、攻赵、攻齐,都必需牵扯到韩国,又都必需经过荥阳。因此作为韩国咽喉的荥阳,便成为他首先谋取占据的地点,为着这一目的,形成了在广武陵建城设仓,作为秦国向东方用兵的根据地。

广武建城。始于秦昭襄王四十三年(前264,周赧王五十一年)。《史记·范雎蔡泽列传》:"昭襄王四十三年秦(白起)攻韩汾陉,拔之。(范雎)因城河上广武"。范雎的于广武建城是与秦将白起攻汾陉配合的行动,这个广武,《史记索隐》"刘氏云,此河上盖近河之地,本属韩,今秦得而城",注为"在河南河阴县北"[1]秦昭襄王的城广武,是依据范雎的计划来对韩国侵略的。

《史记·范雎蔡泽列传》:"客卿范雎复说昭王曰,秦韩之地形、相错如绣。秦之有韩也,譬如木之有蠹也,人之有心腹之病也。天下不变则已,天下有变,其为秦患者,孰大于韩乎?王不如收韩。昭王曰,再固欲收韩,韩不听,为之奈何?对曰,韩

---
[1] 吕思勉《先秦史》234页。

安得而无听乎？王下兵而攻荥阳，则巩、成皋之道不通。北断太行之道，则上党之师不下，王一兴兵而攻荥阳，则其（韩）国断而为三，夫韩见必亡，安得不听乎？若韩听，而霸事因可虑矣。王曰善。见欲发使于韩。"

范雎自此重用。范雎计划是依据当时形势来制定的，是时秦兵已"攻垣、河雍、决桥取之"。"攻魏卷（今河南原阳县西南地）、蔡阳、长社（在许昌），取之。"昭王二十三年（前284）"攻魏，至大梁"。以上皆见《史记·白起传》，范雎计划就是根据这个形势来制定的，因此，"城河上广武"才成为范雎的最大功绩之一。范雎所城的广武是在河上的，"河"在古代是专指黄河，那它的位置就非常清楚，是在临近黄河沿岸的广武陵上。这个广武城是要起"绝巩、成皋以及太行上党道"，把韩国绝为三段的军事政治作用，那么这个城就是要屯军，而且要屯粮，并作为一切在经营东方政治上的基地，则这个城与敖仓城当是一个城池，在今仓头原上。"秦人筑城于上，置仓于其中"[1]是一回事。这是与此后的军事行动完全配合的。《史记·白起传》和《秦本纪》中记载。"（昭王）四十三年白起攻韩陉城、拔五城"。"四十四年，白起攻南阳太行道，绝之。"（按此南阳在今河南修武县。）"四十五年伐韩之野王（沁阳），野王降秦。上党道绝。"

接着是秦将王龁攻上党。至此韩国在黄河西北的领土全部为秦所占领，更进而灭周，进而占领阳城、负黍（皆在今登封县内），至此，全部完成了范雎计划，韩国不敢不唯秦之命是听，进一步顺利的占领了荥阳城。

### 三、三川郡治荥阳

三川郡是在这一个胜利的条件下建立的。

《史记·秦本纪》"庄襄王元年（前249），蒙骜伐韩，韩献成皋（今荥阳县汜水城关西北）巩（今巩县），秦界至大梁（今开封），初置三川郡"。

《韩世家》："秦拔我成皋、荥阳、置三川郡。"

《资治通鉴》（秦）"庄襄王元年，蒙骜伐韩，取成皋，荥阳置三川郡"。

三川郡是适应这一时代的要求，和发展到这一历史阶段建立的，郡治在荥阳，它负着秦对东方经营军事、政治及经济中心的三重使命，是秦在中原的主要据点之一，控制着韩、魏、燕、赵、齐各国的一切活动。更加大了秦在东方的军政势力，决

---

[1] 《汜水县志》古迹。

定了秦的必然胜利。秦王政十七年（前230）"秦灭韩"。直到公元前221年秦统一中国为止，荥阳始终是起着东方中枢的重要作用。自庄襄王元年三川郡的建立，到秦统一中国，时间是近三十年，这一阶段仍属战国时期。秦统一中国是在公元前221年，秦亡在公元前207年，是秦朝的时间只有十五年。三川郡治的荥阳在秦统一的局面下，始终是居于天下之中的政治、经济的城市，又是镇压六国复辟势力的军事重镇。又是秦国的东方门户。因此，秦汉之际，自公元前的207至前202的五年间，陈涉起义直攻荥阳，楚汉两大势力的战争四年多的时间，都在争夺荥阳。守荥阳而死的将领，如楚将李归，汉将纪信、周苛、枞公。战事大部是在成皋、敖仓间。楚汉各筑军垒于广武涧东西两岸，即今汉霸二王城，最后又是以"鸿沟为界"而结束了在这一地区的战争。汉之所以胜利的主要条件，是得"敖仓食"，因而兵强马壮，取得了最后的胜利。这些遗迹现在仍然存在，纪信、周苛、枞公墓都在荥阳故城西门外的今纪公庙村。这个铁工场遗址，在纪公庙村北，俗名红土冈，俗传是因烧死纪信，而遗下的红烧土堆积。虽不会因烧一个人而变成大片红土，但这个传说是值得注意的。

### 四、西汉河南郡的经济城市荥阳

《汉书·地理志》"河南郡，故秦三川郡，雒（洛）阳户五万二千八百三十九。户二十七万六千四百四十四，口一百七十四万二百九十七，有工官、铁官、敖仓在荥阳"。

就此反映的第一点是汉的河南郡在是秦三川郡的基础上发展的。第二点是虽然郡治转移了，但工业和冶铁业的中心仍在郡治荥阳，原秦建的敖仓仍然继续使用。是荥阳在经济上仍是一个重要城市。西汉的河南郡和秦时三川郡的政治任务不同，它已不再是侵略六国的军事策略的根据地，也不再是镇压六国复辟势力的中心，而是统治中原和安定中原的政治区域，在这个意义上荥阳显然不及周王旧部的洛阳为合适。因此郡治就移住洛阳。在经济意义上，荥阳已有秦时的雄厚经济建设基础。而荥阳又是处于这一条大运河鸿沟的起点，在交通建设上亦有基础。因此工业、铁业管理处所皆在荥阳，以作为洛阳和京都长安的东方门户。

关于这一地区的自然景观。于《汉书·地理志》的描述是"荥阳，卞水、冯池皆在西南，有狼汤渠首受沛（济水）东南至陈入颍，过郡四，行七百八十里，京、中牟、圃田泽在西，豫州薮，有管叔邑，赵献侯自邢徙此，卷、原武……成皋、故虎牢、或曰制"。在这段描述中的荥泽显然不是春秋战国时代大面积湖泊的局面，西部也不是春秋时候林木畅茂、麋鹿奔走的处所,而是车马辐辏、人烟稠密的大小城邑。荥泽与黄河之间的距离远了,不再是直接的"引河东南",而两者的连系则是依靠人工开凿的狼汤渠(莨荡渠)。秦时的博浪沙,汉时置为原武县治,多出了圃田泽、豫州薮等一些浅水泽薮,管叔邑和成皋都已成了史迹意义的地点,……这些特征说明了荥泽水量小了,面积的缩小,相对是陆地的面积在增大,政治区划也有了变化。

**五、荥泽"塞为平地"与荥阳故城的荒废**

《史记正义》引郑玄的说法:"自平帝之后,荥泽塞为平地,荥阳民犹以其处为荥泽"。郑玄字康成,东汉人,所记当可靠。平帝是西汉末的一个皇帝,当公元1至5年。荥泽水量小了,首要转变了这个"引河东南为鸿沟"的大运河主干失去了交通上的重大作用,对荥阳经济上是一个重要的打击,失去了它原在战国秦及西汉前半期的经济地位。加之西汉间政治局面上的变化,陆路上东西交通干线,主要在于联系彭城(徐州)、大梁(开封)和洛阳及长安之间的关系,驿站大道在今荥阳这个政区内已基本上移于今日陇海线上,因而提高了中牟和大索城(今荥阳县城)的重要意义,而代替了荥阳故城的地位,这就使荥阳故城很快的进入没落状态直到完全荒废。东汉的荥阳情况,据《后汉书·郡国志》"河南尹。荥(荥)阳,有鸿沟水,有广武亭、有虢亭、虢叔国。有陇城、有薄亭、有敖亭、有费泽(荥泽)。"于此,没有了工官、铁官的设置。敖仓亦改称敖亭,而荥泽亦称为"费泽"。反而把西汉称为"管叔邑"的史迹所在,于中牟县内设管城,魏晋至五胡十六国间对这个荥阳故城经过不断的破坏,到北魏恢复重建荥阳时,即改治所于大索城(今荥阳县治所在)。隋时于荥阳故城东十七里(今胡桃园北)设荥泽县。清乾隆间没于黄河。移"县治于古荥阳郡城西北隅"(《荥泽县志》沿革)。1913年(民国十二年)二月与河阴两县合并称广武县,县治设于旧河阴县城,改旧荥泽县治名为古荥镇。解放后的第三年(1950年,该地区于1948年秋解放),广武与汜水合并称为成皋县。该县改属荥阳县。于1957年前后古荥镇划为郑州郊区。即现在局面。

荥阳故城遗址现况。自今郑州北郊古荥镇北隅向南至纪公庙村东南角,南北长约三华里多,自纪公庙村东南角沿索河北岸向东又长约三华里,四方形,城墙遗迹犹断续存在,城内除西北角为古荥镇外,大部为农田,地势西北部高,东城外向东为凹地,即古荥泽遗址。是该城正建于荥泽的西北岸,城以泽得名,故名为荥阳。城南为索河谷地,再南为平原,约十余华里至京水,此即《史记》所称的"京索间"。

这一城址的规模宏大，城墙内的包含物大多为汉及其以前物，其建筑技术、版筑眼孔与一般战国至秦汉间城池建筑大致相同。城西南角外为纪公庙村，有纪信墓（照片三）和周苛、枞公墓。该冶铸遗址即位于荥阳故城西城墙外、纪公庙村以北。其西北约二十多里为汉、霸二王城故址，再西为敖仓城遗址，再西约三十里过汜水，即到古成皋，这些遗址的分布和道里，正符合于《史记·项羽本纪》及《高祖本纪》等文献的记录，证明了现在的荥阳故城遗址，正是战国至秦汉间的物质遗存。在这个地址上没有北魏之后的痕迹，北魏郦道元《水经注》已称为荥阳故城。……这些材料证明北魏以来即成为废墟。

在这个历史和物质遗存所表现的，荥阳故城的鼎盛时期是在战国中期之后到西汉的中期，西汉晚期至东汉渐入没落，三国之后逐渐荒废。

# 论冶铸遗址的年代

**一、冶铁工业与荥阳故城发展的历史关系**

这个铁冶工场的遗址显然是这个荥阳故城发展中的一环,则它的时代不会与荥阳故城的时代分开,它两者发展的历史是一个体系。恩格斯指出:"铁器的使用,生产成果更加丰富,超过了过去所有各时代的总和。"[1]则人类历史进入了新的历史阶段,战国至秦与西汉前期,铁冶工业是城市发展的重要条件,制铁是活跃在市场上的主要商品部门,因此盐铁经营便成为国家的命脉,特为政府所注意,设铁官。见《管子·海王》。

《管子》一书虽名为管仲作,管仲相齐事在公元前685年左右,但今世传的《管子》这本书可能出自战国。此外在《墨子》各书中亦记载的铁工具、铁器物很多,基本上已使用于生产工具及生活用具的各个部门。在农业及工业的生产力不断提高,耕地面积很快扩大的时代要求下,更刺激着铁工具制造业的发展,成为活跃市场的主要商品,因而冶铁工业便成为战国时商业资本投资的主要对象,故是时城市的大小和繁荣都以铁冶工业作为它的基本条件。繁荣荥阳城市的,也同样是冶铁工业,作为主要商品活跃在市场上的也同样是铁制生产工具和生活用具。铁官之设是始于战国,并不是到武帝时才开始。武帝的盐铁收归国营,主要是限制商人在铁工业的发展。因为商业资本及商业资本家如宛孔氏、临邛卓氏等等,都发展到"拟与人君",及"富埒王侯"的程度,直接与政府经济发生尖锐的矛盾,严重地影响着财政上的收入。《汉书·食货志》"元符(武帝年号)中兵不解,县官大空,富商大贾,冶铁、鬻盐,则或累万金,而不佐国家之急"。武帝是针对着这种情况,把过去垄断在商业资本家手中的铁工业收归国家专管,禁止私人铸铁的。但这个政策在武

---

[1] 恩格斯《家庭、私有制和国家的起源》。

帝之后，也是屡设屡罢，到昭帝始元六年（前81）即以"毋与天下争利"为理由罢"盐铁酒榷均输官"。元帝初元五年又来了一次"罢盐铁官"。东汉的铁，《后汉书·百官志》"郡县……出铁多者，置铁官，主鼓铸"。在意义上和汉武帝的政策也不相同，并不是完全收归国有，统一经营。

故荥阳城西的冶铁工场的遗迹是普遍于所称的红土冈一带的，其规模之大，正符合于作为荥阳城市发展的条件。三川郡是就处于韩国咽喉地带的荥阳城市上向前发展，三川郡的建立是在战国末年，汉初高帝（刘邦）是就原有的规模上更名为河南郡的，即韩之荥阳在秦之三川郡，到汉之河南郡的发展是一个体系，则这个冶铸工场也是随着这个发展的形势而扩大的。因此，我们认为这个铁工场遗迹年代的上限绝不是只到武帝元狩（前122-前117）年间，而是远在战国中期韩灭郑之年（前230）。最发达的时期也和荥阳故城的发达历史一致，是在战国末年建三川郡（前249）到西汉的中叶。同样到西汉末期转入没落，东汉后逐渐荒废。因此，在这里发现的遗迹、遗物，时间应大多是属于战国晚期至秦汉间。

这个冶铸遗址的年代可能延续到东汉或更晚些，它不是突然停止，它也和荥阳城市的发展一致，有其没落到荒废的过程。

## 二、从该遗址出土遗物上论断它的年代

在该报告书《五、出土遗物》说"1.铁器共出土三百一十八件。其中有犁、铲、锛、钁、臿等农具二百零六件，均为铸制，此外还有凿、齿轮、矛等"，并附有照片及绘图。所绘犁铧仍是铁口犁，锄仍是六角形，铲仍是"与镈相似"的铲，锛仍是"长方形"的锛，臿仍是凹字形，钁仍是"长条方銎"……这些特点都是一般战国中晚期到西汉前期器物的特征。一般的情况，铁口工具——如铁口锄、铁口犁、铁口臿……之类，到西汉中期即逐渐为全铁工具所代替，东汉铁工具器形也比较精致。在制器技术上铸制工具到西汉中期之后也渐渐绝迹。就这一次所发掘的器物来说，它的年代都属于战国至西汉前期。

至于在有些铁工具上带有"河一"字样的问题。该报告中和巩县铁生沟冶铁遗址联系起来，由于那里出土工具上有"河三"字样，分析这个"河一"是标志着河南郡铁官所辖第一冶铸作坊的简称，这样说法是可以的，当然在一个河南郡中不会只有一个冶铸作坊，可以排为第一、第二、第三……。但这并不等于在武帝之后。改三川郡名为河南郡是始于高帝（前206-前195年间）至武帝元狩中（前122-前117）

其间已近九十年,在这之间冶铁工业已有普遍的发展,在一个郡中只有一个冶铸作坊也适应不了这个发展的局面。

### 三、从有关遗物和史迹来看这个冶铸遗址的年代

与这些铁器共一个遗址出土的遗物,在该报告书中记有,陶器、瓦当、板瓦、筒瓦,和空心砖块,并有五铢钱……就所绘图来看,皆属西汉前期器物。瓦当和板瓦大多为战国晚期至西汉前期物。五铢钱就字体来看很明显为西汉五铢,图二五,1、2、4、5(此处未找到插图,仅保留文字)的铢字都很明显是属于武帝时第一批铸造品,空心砖为战国至西汉的墓砖,一般不用于建筑房屋。与这里最有关的几个史迹是敖仓、汉霸二王城、成皋故城址,以及京城故址等等。在这些遗址中,残存着大批的板瓦、筒瓦和瓦当,和故荥阳城址的情况一样,表现它是当时建筑房屋的材料。同一时代——战国晚期至西汉的建筑特征。

附记:

对荥阳故城及这一冶铁作坊遗迹,我们曾进行过几次的调查研究。第一次在1956至1958年间,先后同游寿教授、陈怀德先生等去过三次。第二次在1963至1964年间。也采集到一些标本,保存在郑州大学历史系文物室,并采集到一大块的铁渣,在这里面包含有不少铁器残片,有不少的煤炭渣,证明当时已用煤炭作燃料。冶铁作坊遗址在荥阳故城西的所谓红土冈上是普遍的存在。这个冈的面积自纪公庙村向北蔓延达一华里左右。自荥阳故城西城墙遗址向西,也蔓延达一华里。这个作坊的规模相当的大,因此它绝不是一时所形成,也不会一时突然就停止。我们的看法这个作坊的时间是和荥阳故城一致蔓延到魏晋时期。

[原载《郑州大学学报(哲学社会科学版)》,1978年8月第4期]

# 郑州故城址时代问题商榷

在郑州市1955—1956年基本建设工程中,发现一些不连接的夯土遗迹,于是就有些同志把它与郑州旧城墙的中间部分连在一起而推断它是商代前期的一个城垣遗址[1],俟后更有人认为是商"仲丁迁隞"的"隞都",最近更有人认为是商初的亳[2]。这些说法还值得商榷。

## 一、商代说的基本矛盾

据发掘报告说:"这座商代城墙周长近七公里,其中东城墙和南城墙长度相等,皆为一千七百米,西城墙长约一千八百七十米,北城墙长约一千六百九十米。"[3]面积比现在的郑州旧城大三倍,而且形容其建筑技术非常进步,同时又说发现的遗物如何的多,表现着当时如何如何的繁荣。但所发现的物品却都是石器、陶器、骨器以及"四百多个白色的贝"(原始的货币),还有少数的铜器。就这些遗物而言,这些人群当时还是使用石器作为生产工具,制造骨器、陶器,并仍是使用"贝"作为货币而进行"贸易"的人群,反映出当时的社会还是处于低级的历史阶段。就此,商代说所表示的逻辑则成了:一个大的建筑技术进步的城垣,它的建筑时代却是在社会发展的低级历史阶段上,反而所指比其小三倍的郑州旧城,则是明清建筑的城池。明清为社会发展史上封建社会的末期。如果说一个低级历史阶段建的城垣比一个封建社会末期的城垣还大三倍,而且技术又比之为进步,这是无法解释的基本矛盾。此其一。

---

[1] 《河南日报》1956年12月30日载徐旭生先生发言。
[2] 邹衡《郑州商城即汤都亳说》文物1978年二期。
[3] 河南省博物馆、郑州市博物馆《郑州商城址发掘简报》文物1977年一期。

主要遗迹是城垣。按城市的起源是在生产方式由手工业和交换发展到私有财产而引起和形成的，城垣建设的高度技术是城市经济发展到一定高度后的产物。按城垣的使用价值对奴隶主、封建领主或地主来说，既是军事上的工具，用以保护奴隶主或封建主或地主们的私有财产，同时也是为加强心理上的影响和强化当时的政治制度。此外，城市也往往是一个地区的经济中心。故城市的建筑及其范围的大小，主要取决于其当时的政治需要和经济条件——生产力、生产关系的发展程度。因此，决定这城址是否是商代前期以及城垣之大小都是取决于当时经济发展需要及政治地位的高低。正因此，所发现的遗物反映的历史阶段也决定着这个城垣的创建时间。如果发现的遗物反映的历史是低级阶段，就不需要也不会有这样的城垣，已有了这样大的城垣就不应当是这一套遗物。再就所发现的商代遗址来说，它的分布又大都在这所谓"商代城垣"之外。如主要的二里岗遗址，是商代的手工业和居民的中心，就在商代城墙之外。而这个城垣的内部按该报告的附图所示，却大都是空白，那么要这个城垣作什么用呢？此其二。

再者，对一个史迹，不能孤立来看，必与历史的发展以及当地共存遗迹结合，看其纵的和横的联系。就这一点来说，按中国古文献《周礼·考工记》的记载："匠人营国，方九里。"以周尺折合今华里来说，不过五六里。安阳殷墟为殷末叶首都，除一些宫墙外，也还未发现大城垣。周初周公经营洛邑（约在公元前1122年），据《通鉴外纪》所说不过方十七里。合今华里也不过十里。在郑州地区，现仍存不少故城址，如在北郊古荥镇的荥阳故城址，它是战国到秦汉间郑州地区的政治、经济中心，是秦的三川郡治，是汉代的"工官、铁官、敖仓"（《汉书·地理志》）所在地，且不过方十四里。如果把它们与这个所谓比其早一千五百多年前、大及方二十多华里以上的城垣相比，则郑州地区的城垣发展历史却成了越来越小，建筑技术越来越低，这就不可理解。此其三。

如果商代说是没有问题的话，则三千年来郑州城市的发展规律即成了殷早期突然在郑州建了一个比旧郑州大三倍的城垣，又突然的荒废，经过三千多年发展结果，到解放初期还不及三千多年前城垣的三分之一。这样与由无到有，由小到大，由低级到高级的历史发展规律以及殷周以来郑州城市的发展史实，都不相符合。此其四。

再进一步，城池建筑的大小所表示的是人们集中定居的程度，因此较大的城池，一般都是到封建领主经济达到高度之后的产物，建筑的工具一般在使用铁器之后。根据古代文献《史记·货殖列传》等的记载，城垣的扩大建筑都在春秋战国时代。如荥阳、洛阳、阳翟、临淄、邯郸、陶……。如果说要在它的一千五百年前的奴隶社会早期人们的集中和定居的程度，就比春秋战国时代还高了几倍，那也无法解释。此其五。

再次之，以筑城所需要的工具而论，如"坚固的夯土层"和"细密的夯窝"，势必有打成夯土层的"夯"，及打成窝的"杵"。可是到现在为止，在这个遗址并没有发现一件可以打成这些夯土层和窝的工具。而且夯土层及夯窝的大小全部基本一致。证明打土层及窝的工具，绝不是只用一些木棍和石子所可以完成。此其六。

再进一步看，所指的商代古城址，主要是把附近发现的一些夯土遗迹，以及郑州旧城拉起来而说成一个商代城垣的，那么，其本身即产生了是否是一个城垣的问题。同时他们又是把旧城墙建筑技术较高的部分说成是商代的，反而把技术较低的一些说成是后代的。按照技术发展的规律，应是越早的城墙其建筑技术越低，渐渐发展则越来越高。因此，把坚硬的"有小而密夯窝的土墙"说成是比"不坚硬而建筑技术差"的城垣还要早两三千年，就建筑技术发展的原则来说，也不可理解。此其七。

**二、物质遗存诸主要特征分析**

为了解决这些问题，我们曾作过系统的考查，研究了所谓的商代古城垣诸物质证据的各个地点。所得结果，总起来有八个特征：（一）所指"商代古城址"大部分即现在郑州的旧城城基及城墙中心之某些坚硬的部分。此外遗址则是城外的一些不连接的废墟，如紫荆山等，以及附近有夯土层的一些遗址。（二）在城墙的两侧及郑州旧城内外存在着商代及其以前的古文化遗址及遗物。（三）郑州旧城之包含物，以商周遗物为最多，且分层也比较集中，但各层排列较为混乱。例如，在城北紫荆山附近的遗址中，下层为所谓的商代古城基，其中间有所谓的居住址，可是人类的居住只能在城外或城内，甚或在城墙上，绝无生存在墙壁之间的道理，这显然是混乱以后的一种现象，并非原来的文化层。更于旧城东北城墙上，有商代的灰土坑，且于此灰坑中，包含物又大部为商代陶片及遗骨，然这个灰土坑所在城墙，则为明清所建筑。（四）所谓商代古城址"夯土层"，杵窝圆而又密，分布又相当齐整均匀，且其上又都有用物刮平或蹑平的痕迹，显示出一定的高度建筑技术水平。（五）所谓"商代古城"部分，每层大多比较清晰齐整，厚度约四五寸，所筑特别坚硬，土质较纯，又差不多全用黏土，显示出在建城前对土质都经过选择。（六）相反所称为周代的部分,土质较差,夯土层中又较少夯窝。包含物又较杂,然皆为城墙的表面或外层。(七)每层之间,大多有植物所烧灰土或沙土痕迹,基层中间包含物比较单纯,大部分为商代陶片。此外包含物则较复杂。(八)所指商代古城址的部分,其宽度、高度及入地平面以下之深度,及其在郑州旧城墙中所占的位置与作用,几乎全部相同。

这八个特征所证明的第一点是,这所谓的商代古城址为郑州旧城墙的主要部分,与郑州旧城是一个整体,很明显地表现在(一)、(八)两个特征上面。第二点,在这个城墙的整体上来说,所有包含物不论是成群或杂乱的存在,皆为混乱现象,是再堆积而非原来的文化层,具体表现在特征(三)的上面。至于这种特征之所以构成,主要是由于附近多新石器时代及商周的遗址、遗物,混入土中作为筑城的原料。这些由特征(二)中取得了相当的证明。第三点,在特征(四)、(五)、(六)、(七)上证明了此城基的建筑技术已达到高度水平,高度建筑技术必有较高的建筑工具,及事先有周密的设计规划,就此来说,绝非使用石制工具的原始—奴隶时代的人们所能及。因此,肯定了它的时代不是处于历史低级阶段的商代前期。

### 三、关于郑州旧城城基的时代问题

至于郑州旧城城基是什么时候的建筑物,现在我们就郑州建城的历史及城基的建筑技术两方面作一个考察。

第一,就中国建城技术之发展史来作考察。一般周代以来城垣遗址,就规模上是愈古愈小;战国至秦汉以来的城垣上,一般都有了整齐的坚硬土层或大或小的杵窝,表示其建筑时用夯及用杵的操作程序。这种技术起源大约在春秋战国时代,至宋李明仲于《营造法式》一书中,总结地叙述了古代劳动人民建筑城寨的技术经验,今将《营造法式》中记壕寨制度的《筑寨》一段,照录如次:

"筑寨之制,每方一尺,用土二担,隔层用碎砖瓦及石札等亦二担,每次布土厚五寸,先打六杵。二人相对,每窝子内各打一杵,以上并各打平土头,然后碎,用杵辗蹑令平,再攒杵扇扑重纲辗蹑,每布土厚五寸,筑实厚三寸,每布碎砖瓦及石札等厚三寸,筑实厚一寸五分。凡开基址,须相视地脉虚实,其深不过一丈,浅至于五尺。或四尺后用碎砖瓦及石札等,每三分内添碎砖瓦等一分。"

在这段文献中,所说明的筑城工具是用夯和杵,取材是选择好土,并杂以砖瓦石札(渣)的,所打的情况及土层的厚薄,基本上与郑州旧城基——即所谓的"商代古城墙"的情况相吻合。按，李明仲名诫，郑州管城县（今郑州市）人，《营造法式》一书成于北宋徽宗崇宁元年（1120）。他是总结了前人筑城的经验，尤其是郑州地区的筑城经验写成的。就此足证这种筑城技术，在北宋是普遍存在的，当然它不是起始于北宋，亦必有其产生发展的过程，但不会早到三千年以前。

其二，就郑州城市发展之经济政治基础来作一考察。录《读史方舆纪要》中有关两段材料。

"（郑）州在上古，为高辛氏火正祝融之墟，周初封管叔于此，又为虢邻之地，郑武公从平王东迁，灭西虢而有其地。韩灭郑，又从都之。秦属三川郡，汉属河南郡，晋分置荥阳郡，东魏因之，后周置荥州，寻改郑州。旧志云，俱治成皋，隋置管州，大业初复旧曰郑州，又为荥阳郡，俱治管城县，王世充复置管州，移郑州于汜水县。《九域志》王世充置秦州于此，移置管州于中牟县。唐亦曰郑州，武德四年于武牢县置，贞观七年，移置管城，天宝初，曰荥阳郡，乾元初，复为郑州。宋因之，亦曰奉宁军，熙宁五年，州废，属开封府，元丰八年复置。金元仍旧，明朝亦曰郑州，以附郭管城县省入，编户三十六里，领县四。"

又云："管城废县，即州治，管叔封于此，春秋时郑地，《左传》宣公十二年，楚伐郑，晋人救郑，楚军次于管以待之。后为韩地。《战国策》秦攻韩之管。又《韩非子》，魏安釐王攻韩，拔管，使缩高守管，信陵君攻之不下。汉为中牟县地，晋因之，隆安三年，邓启方等将兵击慕容德于管城，败还。隋开皇十六年，始析置管城县，又置管州治焉。唐武德四年，亦置管州，贞观元年州废，县属郑州，七年移郑州治此，宋因之，明初省，今州城九里有奇。"

由此，说明郑州最初建城，虽始于西周初叶，由于封管叔于此。封管叔的主要政治任务是监视"殷顽民"的。所建的城显然是属于军垒性质。但管叔存在的时间，起自武王灭殷（前1065），终于"周公东征"杀管叔（前1061），共只有四年，到"殷武庚叛"后，管国即行废除，则这个城的政治任务亦随之而消失。此后直到北周之末（580），中间经过一千五百多年，它的经济情况始终并不繁荣，始终没有政治地位。春秋时郑州地区是奴隶起义的根据地，即旧史所称的"子太叔攻盗"的"萑蒲"之区，其荒芜景象，可以概见。此后皆为其他郡县属地，又不断变更，如在秦统一之前，为郑韩属地，郑韩政治中心在今新郑，商业中心城市荥阳在今古荥镇。北周虽置郑州，但州治远在其西百里之外的汜水，有时属中牟县。这就说明了在这一千五百年间，郑州地区的经济政治中心都不在今郑州旧城，根本没有够得上建筑比现存郑州还大三倍的条件，史书中也从没有记载。隋开皇十六年（596）始析置管城县，此后才升为管州，大业初（605）复曰郑州，又为荥阳郡治，于此时由于政治形势的变化，才建有合于郡治规格的城池，但为时不久即废，王世充又移州治于汜水，且在隋唐之际大变动的年代，长期的废弃中，其城垣的荒废残破可想而知。《郑州志》称"今之紫荆山等为一些残破城垣废墟"，当即属于这一些城垣的遗迹。郑州在政治地位上的确定，实际是从唐贞观七年（633）把州治由汜水移来后才开始的。自此才有筑方九里的大城的条件。因此，现在郑州旧城的创建时代，只可说是在唐代。新建州城不一定就旧城的垣墙，但也可能有一部分是因隋代废城基础。自唐以来郑州的城市经济政治的发展是一个体系，都见诸历史文献，它的城垣历代都有重修，在基础上没有大的变动。就郑州旧城的遗存和中国建城技术的历史发展来说，现在的郑州旧城城基及其主要部分，似是隋唐及其以后的建筑物。

## 四、关于"仲丁迁敖"及旧城外一些废墟的时代问题

有人把这所谓的商代古城说成是"仲丁迁敖"的敖都（也写为隞都）。首都的城一般说来是比较大的，但我们不能以封建时代的"帝都""王城"去规划奴隶社会早期的政治中心。它虽然可能比同时的其他居住地区大。但如按有些同志的说法，则是这个城址是比殷商晚期的安阳殷墟还繁荣，比封建时代之秦汉咸阳、长安还大的一个京城，那就不可理解。况"仲丁迁敖"的时间，据《史记·殷本纪》的记载是"子帝仲丁立，帝仲丁迁于敖"（亦写为嚣）。其时间约当于公元前1557至前1534年，为时二十多年，此后"不常厥居"，终于"八迁至殷"（《尚书·盘庚》）以此肯定当时他们即使作为首都的话，也不会筑成一个比秦汉首都咸阳长安还大的城垣。因为后者是具有封建性质的一种建筑物。城的建筑技术本是随着经济政治的发展而发展，则城的大小是和当时的生产力及生产关系的发展程度不能分开。就仲丁时代的历史条件来说，还不可能有这样大的城垣。

有些同志肯定郑州商代古城址是商代敖都的线索，是根据《荥泽县志》称隞"在治西南十七里"。该说原出唐《括地志》，因此，他们便从今古荥镇（原荥泽县治）向西南找隞都故址，找来找去，找不到有古城址，就附会到今郑州的所谓"商代古城"，以此为"仲丁迁隞"的"隞都"。实际，《括地志》及《荥泽县志》中所称的荥泽县治，是在清乾隆以前，在此以前的荥泽县治是旧城，在今胡桃园村以北，于清乾隆间因河患圮于河，移治于"荥阳郡城西北隅"，即今古荥镇。因此，《荥泽县志》所指的"在治西南十七里"，所称的"治"是已圮于河的旧治，它西南十七里的古城

址,则为今古荥镇以外的荥阳城故址。这个古城址,《括地志》曾称为"古之敖地",而且俗传其中一隅为商代故城,俗称为"鞭指城"。实际都有些附会,亦没有原始的材料。《竹书纪年》记载帝仲丁"迁于敖于河上",河在古代是黄河的专称,黄河古道从今牛口峪即向东北,古荥镇距旧黄河道远在六十里以外,显然是不会在这里,而应是在"河上"的秦汉敖仓城(今荥阳城西北三十里的仓头上首)。当然从古荥镇来说,其"治西南十七里",不会再有古城遗址,更不会远到三十里之外。在郑州地区自有大量的石器时代到商周古文化遗址,有居住地,有墓葬,表现着其原始文化的发展形态。同时一个城垣的发展也是自小而大,没有大城之先,也自当有其人工筑成的土墙。再就文献记载,《读史方舆纪要》所指的"周初封管叔于此,又为虢会之地",也反映了在郑州地区,自西周时代以来在这里曾有很多的国和邑的出现。据《河南通志》及《郑州志》的记载,在旧城附近,即有"周管叔邑在城北二里",在"州东北十五里有祭伯城"。显然这些国和邑也都会有其城垣,这些城垣都早已荒废,于地面上没有遗迹,亦或成为废墟,亦或有一部上面又建筑有其后不同时代的建筑物。但这些城址的部分残迹,我们不能把所见到的城址或一些遗迹都拉起来,结合着附近的商代遗址而称其为一个大城,更不是什么"敖城"或"敖都"。况且在商代早期即奴隶社会早期所称的"敖"也不是只指一个城市,而是一个区域,这个区域是得名于敖山这一个自然范围的地区。所以在古文献中所称的"敖",含义也不是专指一个据点。如"仲丁迁敖于河上",显然是指的近河的一个居住区。西周的"搏兽(狩)于敖",又显然是一个广泛的地区。后人亦或将此二者混称去加注释,以致造成了混乱。因此,在这个问题上,我们的看法是,在"仲丁迁敖"的敖,是指的在今仓头上首的敖,这和战国秦汉间的敖城、敖仓、敖仓城、敖亭是一个地点的不同发展。"搏兽于敖"及"敖鄗之间"的敖,所指的是这一地区,当然在这一地区中也包括了古荥阳城址。在这一个地区内又绝不只是一个居住点,而是很多。这样才逐渐形成不少的村落、城市和邑。因此,我们认为所谓的商代古城,不是一个城垣,也不是建于商代,更不是"仲丁迁敖"的敖都。当然,我们并不否定这郑州故城区在仲丁时代与敖的经济政治关系。

**五、关于鉴别上的一些材料问题**

由于城基、城墙各个部位及其在城墙上所起作用的不同,决定了施工精粗及一些建筑技术上的差异,这不能看成是时代的不同。自唐宋以来,又经历代多次的修筑，也会在物质遗存上显露出一些各个时代特征的差别。更加之筑城时所用札（破碎砖瓦）来源时代的不同，是会构成现在旧城在包含物的年代分层及建筑技术上显出些差别和混乱现象。但在郑州旧城中的一些包含物，都早已失去其原来的使用价值，而成为这一城墙的建筑材料。由于使用价值的基本转变，所以这些旧城中的陶器、石器和骨器等等残片，就它的本身不失为商代或其更早的遗物，或某一朝代的物质遗存。但从城墙总的意义来说，它都是属于这一城墙的建筑材料，所以这些旧城中包含有商代遗物，不等于这个城墙就是商代城墙，"札"的本身即已失去了作为证明这城是"商代古城"的物证意义。古城墙中所包含的物质材料，一般来说在筑城的当时，它本身早已都成了废物，没有将当时正在使用的器物杂在土内作为筑城原料的道理。因此，依据城墙的包含物去推断城墙的时间，则是筑城的时间晚于包含物的时间。城墙所包含的物质材料，如果大多是商代的，则这个古城的建筑时间就晚于商代。

一九七九年十一月二十九日

［原载《郑州大学学报（社会科学版）》，1980年第1期］

# 再论郑州故城址的年代

## ——答杨育彬同志

杨育彬同志在《对郑州故城址时代问题商榷一文的商榷》中,提到两个确定历史物质资料年代的标准:一个是科学,一个是实践。这个提法很好,这是历史唯物主义的两个基本原则。因此,我们的考古学在衡量和最后确定年代的标准只能是历史唯物主义。就此分为两个部分来提出个人意见,以就教于杨同志。

### 一、关于考古学上鉴定历史物质资料年代的标准

杨文说"考古学是一门科学,而不是由人随心所欲而定的"。"随心所欲而定"是资产阶级唯心主义,它的特点是否认客观历史的存在和法则性及规定性,而从想象去推断。我们应当反对。按"科学"包括自然科学和社会科学两个部门,考古学是历史科学,是属于社会科学的范畴,因此,确定年代不单是"根据考古发掘来确定遗址的年代",而更重要的是依据社会发展的历史规律以及历史的法则性和规定性。"考古发掘"在考古学上是一个动词,它不会确定遗址年代。按杨同志的意思可能是说"要根据对一个遗址发掘出来的物质资料来确定这个遗址的年代"。如果我的理解不错的话,杨同志这个说法在技术的本身上就有问题。按考古学资料确定年代是从多方面来确定。因为在同一个遗址中遗物的年代不是同时的,可能相差会达很长时间。尤其是在一个建筑物里面,它的建筑原料的时间就不是建筑物本身的时间,尤其是城垣、宫殿及仓库等遗址,各个遗物的时间更是相差很远,因此肯定发掘所得物质资料的方法,是多方面的,也充分地利用了自然科学的一些原理和方法,一般采用的如层位学的方法、型式学的方法、共存关系的方法、文化人类学的方法,以及碳14年代测定法等等。但这些方法测定的结果,都只能是参考年代。碳14是一种放射性同位素、半衰期约为五千七百年。它是宇宙射线和大气相互作用的产物,混在大气二氧化碳中被植物吸收传布到整个生物界以及一切

可与大气互相交换的物质中。当生物活着的时候,体内的碳14原子一面衰变,一面从大气中得到补充,保持一定的水平。一旦生物死亡就停止了与大气的交换,体内的碳14则不再有补充,只能按衰变规律减少。因此要测出古遗址或古物中生物残骸的碳14减少的程度,来帮助推算遗址遗物的绝对年代。但碳14年代本身就有其误差,加之碳14的标本不是遗址或古器本身,地层中碳14标本的年代不能百分之百的代表古文化或古遗址的年代,偶然混入较老的碳有时是可能的,也偶然会有其他的不可靠性。因此碳14的年代只能是参考数字。因此,决定遗址年代的方法仍需结合历史文献考证法和古文字及图样的考证法,但最后决定的则是人类社会发展之历史的规律及历史的法则性及规定性。因此,我们对郑州故城址年代鉴定的论据"主要取决于其当时的政治需要和经济条件——生产力、生产关系的发展程度"。即决定这个城址是否是商代前期以及城垣之大小? 都是取决于发掘所得物质遗存上反映的经济社会特征及政治发展需要及历史阶段的高低,与采用自然科学方法相辅为用。杨文中最后提到"实践是检验真理的唯一标准,热烈欢迎荆三林教授到我们郑州商城发掘工地参观指导,对我们这篇文章的谬误之处,亦请指教"。按实践是以生产力、生产关系发展的历史为依据,来看待社会方面和自然方面的一步又一步的由低级向高级的发展。因为人类的生产活动是由低级向高级发展,实践认识论也是如此,它是历史唯物主义的基本原则。但按杨文所谓"实践"所指是他的发掘工地——即所谓的郑州商城。杨的意思是由于荆没有参加发掘,必须实地到工地去看看,然后证明商代说是没矛盾。如果我对杨的话理解是不错的话,杨同志概念中的"实践",是实地( On the spot concrete )或实际( Realistic, Real );不是马列主义检验真理的"实践"( To put in practice )意义。他的根据和对象不是人类的生产活动、由低级向高级的历史发展规律,而是他所在的发掘工地。由于人为的不幸,我二十多年没有参加考古发掘、没有再到过"郑州商城工地",我的原文写于1957年春,所根据又多为当时情况,这是客观存在的实事。但就杨同志的文章所叙述资料及两篇发掘报告,从总的来看,商城遗址仍是指郑州旧城墙中的坚硬部分,所出土的遗物仍然是石器、陶器、骨器以及极少数的铜器,实践告诉我们它仍是属于社会发展史上的低级阶段,为使用石制生产工具的人群,生产力仍然属于低级,它的生产关系纵然不是原始共产制、也是奴隶占有制的前期,我们都应当从这个实践出发来处理问题。史书、史料以及实物史料应全面的配合。在中国史书、史料,以及在郑州地区三十年来发现的实物史料、以实践的标准,证明在史书及文献中记载,在今郑州建筑城垣的起始是商周之际的管,为时只有四年,仍属于军垒（The wall of barrack），还不是城市或城墙（city、city wall）的意义。"郑州商城说"近三十年的特点则是打算根据考古学的资料，构造一个比史书记载还要早三百多年的"商代城市"，而且是要它作为一代首都，以此作为"考古工作上重大的成就之一"。显然，这种做法首先是脱离了史书和历史条件的规定性。要在属于历史的低级阶段构造大城，因此就又去附会"仲丁迁隞"的隞，继之又附会"成汤都亳"的亳。反正是越来越早，竟早到夏末商初，这不只是脱离了史书、古文献，也远远超过郑州故城址的考古学上的碳14年代。对郑州古城址为成汤都亳说，石加先生在《考古》1980年三期上发表一篇文章，我完全同意。至于"迁隞"的说法，《竹书纪年》的记载"仲丁迁隞于河上"，"河"是黄河，今郑州距古黄河所在达八十华里之外。《荥泽县志》"在县城南十七里"一条所指县治是乾隆以前的旧治，其西南十七里则为今古荥阳城址，也不在今郑州。考古学是历史科学，实践是检验真理的标准，因此我很同意杨同志的意见，用"实践"的标准去重作一次衡量。

**二、答复杨同志几个具体的问题**

第一，关于郑州故城址地层关系及碳14年代问题。杨文的第一部分是总述了一些在发掘中的地层关系及碳14年代，最后他说："不但证实了这座大城的存在，而且还证实了这是一座商代的古城。"然后又说综合了对郑州旧城的二十二条探沟发掘的地层叠压资料，列出了五条依据。（原文太长，不录，请参考原文一）可是他所列的地层关系基本上就是我们所列的八个特征，是以旧城墙的坚硬部分，作为"商城"的中心和典型。城墙内外的遗址地层叠压关系中有房基、墓葬，遗物有"原始瓷片、石器、骨器、蚌器、卜骨等等"。杨先生即以上五点依据认为郑州商代城垣应是建于商代二里岗期下层，其使用时间应是从商代二里岗期下层开始，一直延续到二里岗期上层。那就是说这个城址时间，完全是属于郑州二里岗期。可是二里岗遗址却在商城之外，二里岗期约有一百五十多年，在殷墟之前。此外他又根据碳14年代的两个数字，一个为距今3235年，一个距今3215±90年。因为这个碳的标本是在"商代城墙夯土层"。因此他说："这就证明了郑州商城城垣的确是属于安阳殷墟以前的商代前期的。"他同时又说"在这些夯土层内出土有一些碎陶片，其中有龙山文化陶片，有较多属于夏代和商代最早期的郑州洛达庙期陶片"。就说明这个城墙的包含物有早到新石器时代晚期的物品。因此在这个城墙中的碳-14标本，可以有3000年以上的，也可以有四五千年的，这都不应是这个城垣的建筑年代，城垣的建筑年代比之要晚。则杨先生就地层关系及碳14年代为据所得的两个结论本身就都值得考虑。就杨同志所列的资料，证实的则是我在原文中"依据城墙的包含物去推断城墙的时间，则是筑城的时间晚于包含物的时间"的论点。碳14的年代是3000年，则其建筑时间则是在距今3000年以后，距今3215±90年，是公元前1235年左右。商代约始于公元前1766年至1123年（即公元前16世纪至前11世纪），而这个碳14年代是已在商殷的晚期，在盘庚迁殷一个多世纪之后。距商亡只有一个世纪。建城的时间又晚于这个时间，是正当殷周之际，这和管城的建立时间又完全符合。是时的首邑已是安阳殷墟，显然这不是仲丁的隞，更不会是公元前16世纪汤都的亳，这个数字又晚于作为商代前期的二里岗期。杨同志最后的结论："郑州商代城址的发现和发掘，是建国三十年来考古工作上的重大成就之一，它上接偃师二里头三、四期商代早期文化，下连安阳殷墟商代晚期文化，构成了整个商代文化早、中、晚的完整发展序列，使我们对商代历史耳目一新。今后的工作，任重道远，我们想，不但关于郑州商城的时代争论得到解决，就连是隞都还是亳都的争论也一定会解决。"照杨同志的所列的"序列"，郑州二里岗又是商代中期，亳都是夏末商初。这个数字显然又否定了郑州旧城是汤都亳说。则杨文中的"郑州商城是在商代前期"或"早商"等等说法，又都自相矛盾。

第二，关于商城之外侧附加战国以后文化层的问题。在杨文中接着说："在紧贴商代夯土城垣的外侧，附加有战国时期修筑的夯土城墙，其上并有战国文化层，说明郑州商城在战国时期进行修补和夯筑继续使用。到了汉代又筑了一道北城墙，使城垣规模缩小约三分之一以上，仅用了原郑州商城南半部将近三分之二的面积，经汉、唐、宋、元、明、清等各代继续修补和沿用，直到解放前。这就是郑州旧城的由来。它的东、西、南城墙最早是商代修建的，而北城墙最早是汉代时修筑的。"按照杨文的说法，则是郑州商城自商的前期建成之后一直使用。经战国至明、清到解放前。可是客观的史实，郑州自殷周之际的管城起，文献都有记载，而杨同志所列的说法却又全部都无史书记载。就以杨同志的说法为是，这座城墙自商末至战国（公元前1125年至公元前475年）无重修的时间长达七个世纪，可是一个用石工具修筑的土城经过七个世纪，竟没有受到自然（如风雨）和人为的破坏，而保存的竟至于可以作为郑州旧城中坚的一部分的程度。这是如何保存方法？杨同志没有说明，在自然科学或人文科学上又都找不出根据。最不可理解的是一个使用铁工具的战国时人竟在一个使用石制工具的人们所建筑的基础上加以重修，而且是原地不动，这就很难解释。而且这个城垣直到解放前竟又一直使用作为城垣。杨同志结论是:"这就是郑州旧城的由来,它的东、西、南城墙是商代时修的,西北城墙最早是汉代时修的。"可是他倒没注意"城垣"是随着社会的性质变化而变化的,它是相对适应着武器(兵器)的发展而改变建城的大小和技术。商代前期是原始公社制的末期向奴隶占有制的早期过渡的时代。战国已入封建社会,是封建领主经济关系的时代。秦汉以来的社会是封建地主经济关系。在武器方面商前期只是石制兵器,战国使用的是金属兵器,以后攻城武器由石炮发展到大炮,解放前已是飞机大炮。可是按杨同志说法则郑州作为防御建筑的城垣竟始终沿用着一个奴隶制用石工具建的城墙,这个道理是讲不通的。自战国以来,关于郑州旧城地区的情况,从《汉书·地理志》到民国年间出版的《郑州志》都有记载。郑州的大城是在大业间建成的,它是在隋代恢复重建郑州地区政治经济地位时而创建。今郑州地区的原来政治经济中心是古荥阳城(今郑州北郊,古荥镇至纪公庙间),古城遗址的面积我们丈量过,北墙长1283米,东墙长2016米,南墙长2012米,西墙长2016米,共长7327米,即总面积为14华里多。原是作为荥阳郡级的城垣而存在的,它和中原有些城池的命运一样,毁于五胡十六国战乱之下。到北魏后期恢复重建时,把荥阳郡治才移于成皋。郑州旧城是作为恢复重建的荥阳郡治而出现的。因此它的大小和荥阳旧郡制基本相等。所谓"郑州商城"的大小数字与城墙周长近七公里,又基本是与这个郡城相同。唐代设为州,宋、元以后郑州的城是州县级城制、缩小了。紫荆山是隋朝郡治城垣荒废后一段遗迹。因此,实际今日郑州旧城为宋元之后城池。城垣的大小和建筑技术都是随着私有财产的发展而发展的。大面积的城垣是在封建领主及大地主经济制度下,为适应一般的金属兵器而建筑的。建筑技术高到砖城石城,则是在封建末期出现的,它相对是毁灭性较大的火药武器。因此在历史的低级阶段是既无大城,也无建筑技术高的城,同时,高级历史阶段的经济制度下对历史低级阶段的建筑物已无使用价值,在战国以前的文献中,对郑州地区的政治地理记载的清清楚楚,春秋属祭、制、京三邑,当时今郑州地区的政治经济中心是荥阳城(在今古荥镇),《汉书·地理志》及《后汉书·郡国志》对商周之际的管城,是作为史迹"有管叔邑"来看待的。直到北魏晚期,从无在今郑州建大城的记载,管又是属于中牟的一个史迹,一个村镇。在夏商时代,包括古传说时代都无于今郑州地区建城的传说和记载。难道是这座天下唯一的大城,竟被人们毫无所睹？又完全遗忘？史家又都不去记载？只有到今天才被"考古家所发现"？而且它又是三千年一直在使用,以此而说成是"考古重大发现"。这从中国历史和社会发展史的法则上,都无法来作解释,在无新的说明之先,我仍然相信二十四史和地方志的记载基本正确。我对郑州旧城墙的看法:"由于城基、城墙各个部位及其在城墙上所起作用不同,决定了施工精粗及一些建筑技术上的差异,这不能看成时代的不同。"

第三,关于"郑州商城"突然而起又突然而荒废的问题"郑州商城说"给人的印象是突然而起,又突然的荒废。杨同志为解释这个问题,他综述了郑州地区的自新石器时代以来到殷商的遗址概况,然后说:"到了商代前期(商代二里岗期下层),由于经济发展和阶级矛盾日趋尖锐,奴隶主阶级为了镇压奴隶的反抗和防止外族的侵扰,征集成千上万个奴隶从事长期成年累月的劳动,兴建了这座商代城垣。因此它不是突然出现的。"这段文字叙述的应是奴隶社会晚期到封建领主制的时代的情况,在奴隶占有制的前期尚不是这样。如说"为着镇压奴隶的反抗"却又"征集成千上万的奴隶长年累月的建城",不知这样对奴隶主与奴隶的关系怎样理解?奴隶是奴隶主的"会说话的生产工具",从奴隶制来说他们是一体。战俘可以转化为奴隶,但战俘不等于奴隶,在未转化前仍是敌人,不会为他们建城来防卫。从新石器时代晚期到商周集中的地区,不只郑州,而是很多,是一种普遍的存在,在这些地区的城垣构成又都是经过一般的垣墙逐步发展到周秦以后的大城。因此所有周秦古城遗址的附近和下层都可以发现新石器时代遗址,城墙包含物又大都有石器和其同时的陶片。这些在中原地区的古城址,大都到两晋十六国(公元265年至公元420年)时代遭到破坏,到北魏恢复重建的时候,又大都另移政治中心(郡治或县治),而旧城逐渐荒废。可是在所有集中发展的地区,在早商这个历史阶段中都没有发展成像"郑州商城"这样大的城垣遗址。这不只是突然而起。而是"突出而起"。它的下限根据杨同志的资料是一段长达六个世纪没被使用。这不是突然而衰又是什么呢?

第四,关于"都邑""宫殿"的问题,杨文又解释"郑州商城"不是突然而荒废的理由,他说:"郑州商城当是商代前期的都邑,但到以后,随王都的他迁,政治地位下落,经济生产自然也不免受影响,纵使这样,到了商代后期仍有不少人在这里居住……在西周初,这里的政治上和经济上一定还是一个重要的地方,不然在周武王灭纣之后,何以封其弟叔鲜于此?到了战国时候,这座城址仍然补修加固,继续使用,这哪算突然荒废呢?"是什么都?史书没有记载。现在只是两个推断,其一是隞都说,即是说这是"仲丁迁隞"的隞,《史记·殷本纪》"帝仲丁迁于隞"。其时约当公元前1557—1534年,只有二十多年,且远在碳14年代距今3215年之前。其二是成汤都的亳说。远在商初,约当公元前1725年左右。是距今为3705年。可是碳14测定的年代只是距今3215±90年,是远在其约五百年之后。即以树轮校正的

3520±135年,亦只为公元前1540年,距成汤都亳还晚近三个世纪,证明根本不是亳都。商代的晚期,一般人公认为是自盘庚迁殷至纣亡,按《竹书纪年》的说法,共273年。商纣亡之年为公元前1123年。加上273年,则为公元前1396年。按碳14年代,远在仲丁迁隞之后,正为商代晚期,殷的都邑在今安阳。即以对碳14测定年代的树轮校正年代距今3520±135年为是,距今3520年为公元前1540年,即仲丁迁隞的第十七年,那么是只有六年的时间。况树轮校正的年代的(±)数字为135年,本身就不可靠。即使说有这六年的"首都"在今郑州的话,按杨文的说法是奴隶们用简陋的工具来筑城,在奴隶社会的早商,又长年累月的劳动,来修建一个大城作为都邑。长年到什么时候?杨没有说。他倒忽略了当时的国土不大,人口不多,和经常迁移"不常厥居"的生活状态,从哪里能调集"成千上万"的人来"长年累月"筑这样一个城垣呢?不知还生产不生产?按这样一个大城,用石制工具去修筑,请计算一下劳动量、劳动力和劳动时间,自始至终需要多少年?即使自仲丁迁隞之第十七年起就修城,六年间这个大城是否会修好呢?可是以后又是迁都。最妙是迁都之后竟不再筑城垣。那么盘庚迁殷之后的二百七十多年"所谓郑州商城"又是什么都邑?城内房屋又是什么人的宫殿呢?

第五,这座所谓"郑州商城"是否是空城的问题。现将发掘报告中一幅图剪下插在这里,是否是一座空城?大家来看吧,(注:因印刷困难,原图抽出)至于空的原因,杨同志的说法:一个是"城内布满了现代建筑,给考古发掘带来了很大困难"。其意是说本身有很多遗迹,只因考古困难而没有发现。可是这些建筑多是解放以后的建筑或补修。基本上和所谓商城外的大批商代文化遗址所在地的建筑同时兴建,也都是基建中发现。所分布的地位内外基本相等。另一个是指一些散布在商城内的住居遗迹。说这不是有"大批的商代宫殿区"吗?杨同志的逻辑是,"已发现"加"未发现"等于的满城居民,以此来为这个空城辩护,这种方法我不能同意。

第六,关于古今城市对比的问题。在我原文中我提到:"如果一个低级历史阶段建的城垣,比一个封建社会末期的城垣还大三倍,而技术又比之进步,这是一个无法解释的矛盾。"杨文却说,"诚然这座郑州商代城垣要比后来的郑州旧城大一些,也可能比秦汉时期的荥阳故城大一些。这有什么奇怪呢?因为郑州商城是都邑,当时曾是全国的政治、军事、经济中心,而郑州旧城后来是州县。荥阳故城也不过是郡治。当然要小一些。"我们的提法是以"历史低级阶段"的产物去与"封建社会的末期"产物对比的,从历史的发展法则来提出问题,是正确的。可是杨同志的提法却完全打破历史法则,和历史条件的实际情况,只从封建时代的"都邑"与"郡县"来对比。现在来作一分析,即使说"郑州商城"是都邑的话,早商是历史的低级阶段,早商的"所谓全国"也只是今河南中部的一部分。它的生产工具是石器,生产力仍处于低级。所谓的郑州商城也不过是在这样的历史条件、小面积的领域内一个所谓"都邑"。而荥阳故城,是秦三川郡、汉河南郡,起于战国之末到两晋之间(公元前306年至公元420年)有长达七个世纪的历史。它的领域基本是今河南的大部,比早商要大的多,人口也多的多,它的经济是封建领主到地主经济,它是一个中央集权制帝国的大郡。它的生产工具是铁器,生产力高,与早商两个不同社会性质,不同历史条件的又怎样能以"都邑"和"郡县"相比呢？在早商根本不知人间有郡县制。杨同志以"早商的都邑应比秦汉的郡城还大"的逻辑是不妥当的。

总结前述,可以看出有关郑州故城址年代问题的考古资料及碳14测定的年代与中国历史文献记载是完全一致。根据历史文献及考古资料的结合,郑州建筑城垣的起始是始于殷周之际的管。"所谓的商城",从面积大小及建筑技术和在城墙中的位置以及文献资料总和看,应是隋代恢复重建荥阳郡时的郡城遗址。郑州旧城是宋、元、明、清的郑州州治城垣。"郑州商城"说是就旧郡城遗迹上搞起的。"隞都说""亳都说"都是在打算把"郑州商城"说成都邑的意志上去附会的。这就不可避免造成"考古相衔接,历史大脱节"的现象,显露出种种矛盾,无法解释。

考古学是历史科学。如果在史书之外,离开历史文献资料的根据、离开物质资料所表现的时代特征、离开人类社会发展之历史的法则性及规定性,在历史的低级阶段去塑造一座"帝都王城",以作为考古学上的重大发现之一。那不是科学的治学方法。因此我很同意杨同志提出的"科学""实践"的标准,重新衡量"早商古城说"。从"百花齐放、百家争鸣"的政策出发,有利于科学事业的发展。不到之处,尚望同志们再予指正。

1980年7月11日于郑州大学

[原载《郑州大学学报(社会科学版)》,1980年第3期]

# 关于"裴李岗文化"问题

在《考古》1979年4期,发表两篇有关"裴李岗文化"的文章。[1]一致把"通身磨光,制造精致"的四足石磨盘及锯齿状石镰作为其典型器物,认为是"早期新石器时代",距今7400年以上,在仰韶文化以前,并推论仰韶文化是自"裴李岗文化"发展而来。分"中原的新石器时代文化发展史"的各阶段为:

| 早期 | 中期 | 晚期 |
| --- | --- | --- |
| 裴李岗文化 | 仰韶文化 | 龙山文化 |
| ?—7400年 | 7000—5000年 | 5000—3500年 |

这个论点,值得商榷。

## 一、"裴李岗文化"说法与恩格斯史前各文化阶段划分上的矛盾

新石器时代的早期相当于恩格斯划分"史前各文化阶段"的蒙昧时代高级阶段到野蛮时代的低级阶段。[2]恩格斯对这一阶段的描述是:蒙昧时代的高级阶段,是从弓箭的发明开始,打猎,已经有定居而成村落的某些萌芽,但还不知制陶。在野蛮时代的低级阶段,制陶术开始。野蛮时代的特有标志,是动物的驯养、繁殖和植物的种植。对于蒙昧时代所用生产工具的工艺,恩格斯也讲得清清楚楚:是粗笨的打制石器。在新石器时代早期(野蛮时代低级阶段)的石器主要特征,表现着由旧石器时代而来的过渡形态。特征是有无定型到定型,及半磨制石器的出现,和细

---

[1] 安志敏《裴李岗、磁山和仰韶——试论中原新文化的渊源和发展》及李友谋《试论裴李岗文化》。

[2] 恩格斯《家庭、私有制及国家的起源》,《马克思恩格斯选集》第四卷18页。

石器的存在。世界考古学上的发现已经证实了恩格斯的论点。

作为"裴李岗文化"典型器物,是"以磨光为主,制作精致"的"磨盘、磨棒、铲、镰、刀、斧、弹丸和石片等。其中以磨盘、磨棒、铲和镰等具有显著的特点,是这里的典型遗物"[1],同时他们举出"裴李岗文化"的三点特征[2]:(一)以农业经济为主。在农业生产过程中从土地的开垦、耕作到农作物的种植和收割的生产工具都有。(二)代表遗物是通身磨光、精致的舌状刃的石铲、带有锯齿状的石镰,以及通身磨光平面像鞋底状的石磨盘,还带着四条腿。尤以这类石磨盘为裴李岗文化标志。(三)有公共墓地,又包括生产工具和生活用具的随葬品,又一般都是成套的随葬。

就这个"裴李岗文化特征"与恩格斯的"史前文化各阶段"对比,显然有矛盾。如果说"裴李岗文化"的说法是可以的话,则中原社会发展的历史规律即成了:"在蒙昧时代的高阶段及野蛮时代的低级阶段,在中原已是农业为主,石器的制造工艺已是通身磨光而精致,而且已用成套的生产工具或生活用具作为随葬品。"这样的规律不只是不符合马列主义的历史唯物主义,即在从来的历史学说(包括资产阶级唯心主义的历史学)中也找不到这样的论点。

## 二、关于石磨盘等通身磨制的石器及墓地的年代问题

历史的发展规律是从无到有,从低级到高级,由蒙昧野蛮到文明。石制工艺是由打制、半磨制到磨制。在新石器时代的早期有半磨制石器的出现,但一般仍使用打制石器。在形制上是由无定型简单的型制出现到有了固定的形式。"通身磨光,式样精致"的石器及有"成套随葬品"的墓地,都是恩格斯在讲到野蛮时代高级阶段和文明时代低级阶段中的内容。恩格斯在讲了野蛮时代的中级阶段"是从驯养家畜开始……是从驯养供给乳和肉的动物开始的……十分可能,谷物的种植在这里首先是由牲畜饲料的需要所引起的,只有到了后来,才成为人类食物的重要来源"[3]之后,恩格斯接着讲了野蛮时代的高级阶段,是使用磨制石器,主要是农业和定居,以及"谷物加工用的手磨"等等情况。在新石器晚期第一次大分工中,促使生产工具和生活用具分化为很多品种,并构成了种种固定的型制。从恩格斯的论

---

[1] 安志敏《裴李岗、磁山和仰韶》,《考古》1979年4期。

[2] 李友谋《试论裴李岗文化》,《考古》1979年4期。

[3] 恩格斯《家庭、私有制及国家的起源》。

点看,"裴李岗文化"的三大特征,都属于新石器时代的晚期,即野蛮时代的高级阶段。

　　杵臼及石磨盘和石磨棒,都是谷物加工工具,它的出现和进步标志着农业的进步程度,因而它的出现也和石铲、石镰、石锄等等农业工具的发生与发展是一致的,和植物的种植发展到农业的历史也是一致的。植物种植发生于蒙昧时代的高级阶段,在下川文化遗址中就出现有石锤(或石杵)和三件残缺的石磨盘,[1]原件似为盘状,底面为自然平面,周围边沿打制修整,中间由于不断旋转磨研的结果,而成一个下凹的圆坑。很显然这种工具为原始性质,是旧石器时代晚期采集天然谷物加工成食粮的信息。石磨盘是新石器时代很多遗址中出现的,并非只限裴李岗遗址。也不是始于1978年,解放以来,先后在西安半坡、宝鸡北首岭、甘肃兰州、西喇木伦河流域、陕县庙底沟、洛阳王湾、安阳后冈……都有所发现,形制大都比裴李岗的四足石磨盘为原始。即以四腿石磨盘来说,也并非只见于裴李岗,同时也发现在仰韶至龙山文化的遗址及殷商遗址如登封唐庄公社及巩县赵城等等仰韶文化遗址以及郑州西冈商代遗址。[2]在典型仰韶文化半坡遗址出现的是利用自然石块打制的石磨盘与石磨棒。甘肃兰州出土的石磨盘与石杵也是打制的。在西喇木伦河流域发现的石磨盘,有两个凹臼也是打制的,虽已经使用石磨棒,但只有部分磨制。洛阳王湾遗址出土的石磨盘,虽为平板,也只是部分磨研。就此看来是都比裴李岗出土的"通身磨光,制作精美"的四腿石磨盘为原始。那么,如果是有发展关系的话,显然只能是半坡型的石磨盘发展到裴李岗型的石磨盘。反之就很牵强。再者,裴李岗遗址出土的石磨盘都是在墓地发现的,墓地是在私有财产制度发展到一定程度之后的产物,尤其已有了成套的随葬品,足见其意识形态也已经发展到高度水平,这就决定了它的时代不会远在新石器时代的早期。再者,四足石磨盘,据该文的记载,是在开封地区及郑州地区普遍的发现。一种器物已到达为某一部落或一个地区普遍使用的程度,显然并非原始的发生阶段,已成为一种进步工具,则其时间当属晚期。且有些并无地层关系,有些出土在商代遗址,[3]就此决定了裴李岗出土石磨盘的时代。与之伴出的工具——石铲、石镰,都是农业发展到一定高度的产物,都是在社会发展史上第一次大分工后的产物,其年代都不是"新石

---

[1]　王建等《下川文化》,《考古学报》1978年3期。

[2]　汪守平《西喇木伦河流域的新石器时代遗址》,《考古通讯》1955年5期。

[3]　出自郑州西冈,实物存在郑州市博物馆。

器时代早期",而是在新石器时代晚期。

### 三、我们对裴李岗遗址及"裴李岗文化"的一些看法

第一,我们认为裴李岗遗址是一个包含丰富的遗址。它的时间是从新石器时代早期(即中石器时代后期)到新石器时代的晚期,或更晚些,竟至殷代。在裴李岗遗址出土遗物中有基本上相同于许昌灵井及淅川下王冈早一期及早二期[1],以及一般仰韶文化早期遗址或早期文化层中出土的打制石器,如尖状器、石核、石片等等刮削器以及细石器。同样也伴出有火候低的粗陶片,也有与"下王冈早一期"相似的陶器。这些遗物都表现着有旧石器到新石器渡过形态和早期新石器的特征,这测定的年代7400年以前基本上符合,也和我们对下王冈下层年代的推论符合。和仰韶文化早期遗址如宝鸡北首岭遗址的年代7200年以上也基本上联接。实用打制石器的生产方式主要是狩猎、畜牧到植物种植,这和恩格斯所说的野蛮时代低级阶段有完全相符合。从这个意义上说裴李岗遗址作为新石器时代早期的发现,有其价值。在新郑和密县莪沟的一些发现也都是有学术价值的资料。

第二,我们不同意把"裴李岗文化"与仰韶文化说成发展的继承关系。按裴李岗遗址和一般的仰韶文化遗址一样,有早期的尖状器、石核、石片、刮削器及细石器,分层或共存着有比其晚的遗物,直发展到全身磨光的生产工具:如石铲、石镰、石斧……这些生产工具在制造工艺上和前者绝不是同时的产物,这些工具是进步的,表现了生产方式已经是以农业为主,完全摆脱了以畜牧为主,植物种植及"亦牧亦农"的生活。反映了农业、手工业及其分化程度,社会组织已进入原始公社的高级阶段,私有财产已经发生和发展,人们已是定居,有活人居住的村落和埋葬死人的墓群。在这个历史阶段的今中原地区,是多氏族部落并存的时代,在各个部落中的文化表现都会有其本氏族的和地方的特性,但在同时同地区各个氏族部落之间的文化表现上不可避免也有其互相的交流与影响,造成各个部落文化上的共同性和统一性,因此在裴李岗遗址中尽管没有彩陶的发现,但在它的物质遗存确表现出与仰韶文化的共有特征。显然裴李岗遗址出土的"通身磨光、精致的石磨盘、石镰、石铲……"绝不会发展成仰韶文化遗址早期的打制石器:如石核、石片、尖状器、盘状器及刮削器……因此裴李岗遗址出土的通身磨制石器,绝不会在仰韶文

---

[1] 《河南淅川下王冈遗址试掘》,《文物》1972年10期。

化早期打制石器之先,相反这些磨制的石器只能与其同样的仰韶晚期或龙山早期同时。因此肯定的说仰韶文化不会是由"裴李岗文化"发展而来,裴李岗遗址所表现的是和仰韶文化、龙山文化并存于中原的一个类型。它们之间不可能存在继承关系,是同时共存关系。

第三,我们认为"裴李岗文化"这个名词还值得考虑。就目前所称"裴李岗文化"的三要素是(一)打制石器。(二)磨制的石磨盘、石镰、石铲……(三)碳14年代。打制的石核、石片、尖状器、刮削器及细石器等与磨制的石镰石磨盘绝不会是同一个时代的产物。碳14年代本身就有其误差。"加之碳14的标本不是古器物本身,地层中碳14标本的年代不能百分之百的情况下代表古文化或古遗址的年代,偶然混入较老的碳有时是可能的,也偶然会有其他的不可靠性。"[1]因此,碳14年代只能是参考资料。"裴李岗文化"是把这三者结合起来,又把"通身磨制"的石磨盘作为典型器物而定的称谓。其中包括早期、晚期、用一个参考年代去联系起来的东西,它的本身就是不存在的,对这个内容称之为"××文化",似乎应重新考虑。我们的意见,对裴李岗遗址,应当分为早期和晚期,或更多些。打制的石核石器……应为早期,年代似乎不会下于7400年与下王冈早一期为同时。同时我们认为"通身磨制"的石磨盘、石镰是属于晚期不会上于7400年。如果要都与之同列为同一个时间,称之为在7400年以上,而且有作为"典型",则来源和发展从历史唯物主义上都不好解释。因此,我们不同意称为"裴李岗文化"。"通身磨制的石磨盘、石镰等"更不能作为"早期新石器时代"的典型器物。这样不能起到"为补足中原新石器时代早期研究线索"的作用。相反会更引起一些混乱。

(原载《社会科学战线》,1981年第2期)

---

[1] 蔡莲珍《碳14年代数据的统计分析》,《考古》1979年6期。

# 敖仓故址再考

敖仓是秦汉时期一个重要的著名粮仓,在秦统一六国的过程中和楚、汉争霸天下的战争中均起到了巨大作用。然而,敖仓的确切位置在哪里,史学界至今众说纷纭,莫衷一是,给有关历史问题的研究带来了很大麻烦。因此,考证和确定敖仓位置,对于研究商代中期仲丁迁敖的问题,对于研究秦、汉时期的历史,对于目前的编写地方志工作,都具有重要意义。本文依据古文献的有关记载、数次实地勘察和发现的出土实物,并结合当地群众座谈,综合分析认为,敖仓故址应在今荥阳县西北的马沟村和牛口峪一带。

## 一、文献记载

史书有许多关于敖仓的记载。

《史记·殷本纪》:"帝仲丁迁于敖。"集解孔安国释敖曰:"地名。"皇甫谧曰:"或云河南敖仓是也。"

《史记·项羽本纪》:"汉军荥阳,筑甬道,属之河,以取敖仓粟。汉之三年项王数侵夺汉甬道,汉王食乏,恐,请和,割荥阳以西为汉。"集解瓒曰:"敖,地名,在荥阳西北山,临河有大仓。"正义引《括地志》云:"敖仓在郑州荥阳县西十五里……秦时置仓于敖山,名敖仓云。"按汉代荥阳在今古荥镇,唐代荥阳即今荥阳。这段记载说明,汉王刘邦军在荥阳时,是在古荥镇以西的地区"以取敖仓粟"的,具体位置在荥阳县西北十五里的山上,濒临黄河处。

又《史记·郦生陆贾列传》:"汉三年秋,项羽击汉,拔荥阳,汉兵遁保巩、洛……汉王数困荥阳、成皋,计欲捐成皋以东,屯巩、洛以拒楚。郦生因曰:'臣闻知天之天者,王事可成;不知天之天者,王事不可成。王者以民为天,而民以食为天。夫敖仓,天下转输久矣,臣闻其下乃有藏粟甚多,楚人拔荥阳,不坚守敖仓,乃引而东,令适卒分守成皋,此乃天所以资汉也。方今楚易取而汉反却,自夺其便,臣窃以为过矣。且两雄不俱立,楚汉久相持不决,百姓骚动,海内摇荡,农夫释耒,工女下机,天下之心未有所定也。愿足下急复进兵,收取荥阳。据敖仓之粟,塞成皋之险,杜太行之道,距蜚狐之口,守白马之津,以示诸侯效实形制之势。则天下所归矣。'"这一段记载,敖仓应是在成皋以东的荥阳境内。

其他诸书,多有类似记载。

《汉书·地理志》:"敖仓在荥阳。"

《后汉书·郡国志》:"周宣王狩于敖,左传宣公十二年,'晋师在敖鄗之间',秦立为敖仓。"杜预注:"敖,鄗二山在荥(荥)阳县西北。"

皇甫谧《帝王世纪》:"仲丁自亳徙于河上也,或曰敖矣。秦置仓于其中,故亦曰敖仓城也。"

《太平寰宇记》:"敖仓在(荥阳)县西十五里,春秋时,晋师救郑在敖鄗之间,二山名。宋武帝北征记曰:'敖山,秦时筑仓于山上,汉高祖亦因敖山,筑甬道,下汴水,即此地也。'"

《元一统志》:"……秦置敖仓。《史记》楚汉战于荥阳南京索间,郦生说高祖据敖仓之粟。"

《明一统志》郑州条:"荥阳县在州西七十里,本古东虢国,春秋为郑京城,秦置敖仓于此。"同书山川条作了详细说明:"敖山,在河阴县西北二十里,秦氏、敖氏筑仓于上,因以名山,汉郦食其劝高祖据敖仓之粟,又高祖因敖山,筑甬道、下汴水,即其处。"

顾祖禹《读史方舆纪要》:"敖,敖山,在今郑州河阴县西二十里,秦时筑仓于山。"

《大清一统志》河南省图里有一幅地图,也提供了这方面的证据。现把原图草绘如下(图一):

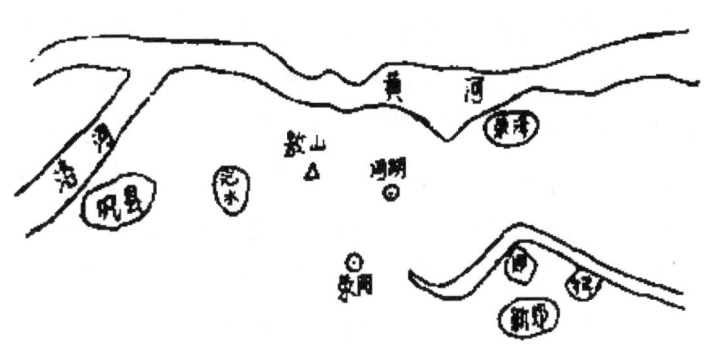

《河阴县志》申志(清康熙三十年申奇彩修):"敖仓,去邑城西北二十里,山本名敖,秦置仓其上,会天下粟转输于此,故名敖仓。"《通鉴》注曰:"在河阴县今东西仓头,即敖仓城也。"

诸如类似记载,还有许多,在兹从略。

综合历代文献所记里程、方向,我们认为敖仓故址位于旧河阴县治(今广武乡)西二十里,荥阳县治西北三十里的敖山,即在今荥阳县西北马沟村和牛口峪一带,原名叫仓头村的地方(图二)。

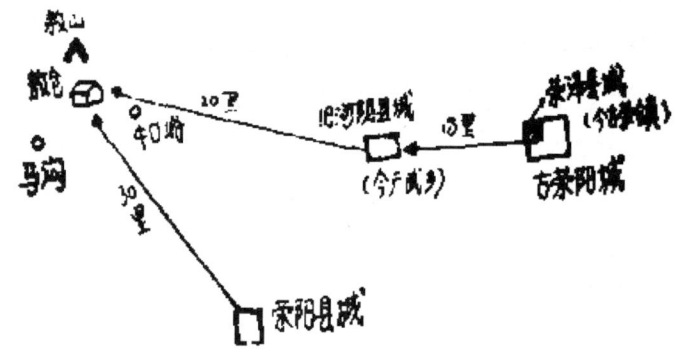

图二　敖仓位置示意图

## 二、实地考察

根据文献记载的地点和方位,我们先后数次在荥阳县西北的马沟、牛峪口及其周围作了实地考察。我们认为以下几个方面与敖仓有密切关系:

1. 河、济水、汴水

史料谈及,敖仓临河,又临济水、汴水。其实,这三处河水,在荥阳县西北的敖山一带应属一水。河,过去专指黄河,元代以前河道是经今牛口峪附近向东北流去;济水是古四渎(江、河、淮、济)之一,发源地在今河南省济源县,在荥阳县西北的温县西南入河,入河后与黄河同流一段,又分支出来向东流去;汴水即战国时的鸿沟,汉代改名浪荡渠,隋唐又称通济渠,是由黄河引出的人工水道。

据《水经·渠水注》讲,济水分河东南流是石门。《水经·济水注》说,荥口石门在敖仓城的东北;还说"济水迳敖山北。"《太平寰宇记》曰:"在(河阴)县南二百五十步,首受黄河,一名通济渠,一名浪荡渠。"《困学纪闻·郡县志》云:"汴水在河南府河阴县南二百五十步,今名通济渠。"《河阴县志》说得更明确:"汴渠、鸿沟、荥口石门,浪渠实属一水,因各代河道变迁而异名。"

河阴县是唐开元年间析荥泽、武陟、汜水三县地而置,据前几年在广武乡曹庄村发现的唐代路碑得知,当时的河阴县城在曹庄西北十八里,即位于牛口峪东不远的刘沟村正北,现已被黄河淹没。河阴县城在黄河东岸,县城南不远就是汴水与河、济水的分水处。可以说,河、济、汴三水的合并流程应是西起济水入河处的氾水镇西,东至牛口峪一带。黄河由此折向东北流去,济水向东流,汴水从刘沟西北引水东南流。敖仓濒近河、济、汴三水并流而又即将分道之处,正在今马沟、牛口峪一带。

2.鸿沟

《秦史集》载:"敖仓位居荥阳西北山上,临河,正因鸿沟转入黄河之处。"这里指出了敖仓与鸿沟的关系。

鸿沟是战国魏惠王时期人工引黄河水开凿而成的水道,即上文所提及的汴水。它分别和济、汝、淮、泗四条大川会合,沟通了当时的宋、郑、陈、蔡、曹、卫等国,形成了贯穿大河南北的"国际"交通网。从开封、宛丘(淮阳)、下蔡(安徽寿县)、定陶、濮阳等地都可循着支流到达鸿沟口。交通极其便利,转运粮食非常方便,这是秦建粮仓于敖山的决定条件。

这一带现在的地形为,牛口峪大坡立窦王碑处往东有一条大沟,约五华里长,越过一道山岭,就是刘沟。刘沟在河阴县南,似属开渠引水的鸿沟口。由此向南有一道四里左右的沟渠,宽三百米左右,深二百米左右、系人工开凿。沟两侧高出沟底两米多的土台上,有住家户。沟底两边有比较明显的水流冲刷痕迹,蜗牛壳,料礓石比比皆是。在四里左右处折向东,横跨广武山(今称邙山岭),直达上任庄,然后折向南,进入旃然河,又向东南流入开封一带。这道沟当地群众仍称之为鸿沟,并传说是古代的运粮河。

由此说来,敖仓位距鸿沟很近的马沟、牛口峪一带,当无大的疑问。敖仓所在的地形恰像一把圈椅,在临河的广武山上,西从老寨疙瘩慢慢向南弯曲,凹进约有二里,又逐渐向北伸出,正好把马沟、牛口峪挡在里面。秦在其中置仓,四周易守难攻,又可防河水侵袭,再加上便利的交通,位置选的真是恰到好处。

3.甬道

《史记》《汉书》都多处谈到汉军筑甬道以取敖仓粟的问题。

公元前206年,汉刘邦和项羽在彭城(今徐州)激战,汉军败退荥阳,后军势复振,韩信又和项羽大战一场,反败为胜。败楚后,汉军驻在荥阳,韩信命令军士沿着河滨筑起甬道,以取敖仓粮食。上面说过,汉代荥阳在今郑州西北二十余公里的古荥镇。据考察这条甬道还断续可见。从牛口峪大坡顶上起首,往东经戚顶、周胡垌、樊铺头、段铺头、刘铺头、陈铺头、秦铺头、赵村、周寨、水泉、广武,一直到古荥镇

(图三)有一条约八米深、十米宽,当地群众俗称的"路沟"。此路沟有"四十五里皇殿街""四十五里皇道沟"之称。我们认为这不可能是一条街道,因沿路沟附近没有古建筑遗存,如果是条四十五里长的浩大街道,《史记》《汉书》应该是有记载的。而"四十五里皇道沟"则比较接近事实。汉往来于甬道,以取敖仓食,沿途的一溜铺头,可能是运粮中转站或休息的地方。后来汉王坐了天下,群众称为之"皇道沟",这是有道理的。除此之外,不可设想谁会从古荥阳挖出一条这么漫长的甬道处有何用。

如果上述汉筑甬道不错的话,那么敖仓的位置也就随之可定。甬道的终点——马沟、牛口峪一带,正是敖仓故址所在。

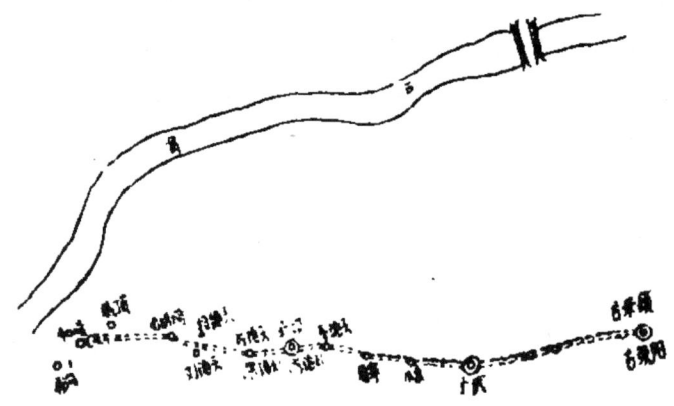

图三　甬道示意图

4.广武城

三国魏孟康注《汉书》云:"于荥阳筑两城相对为广武,在敖仓西广武山上。"晋戴延之《西征记》:"三皇山上有二城,东曰东广武,西曰西广武,各在一山头,相去百余步,汲(汴)水从广武涧中东南流,今涸无水,城各有三面,在敖仓西。"北魏郦道元《水经注》:"济水又东迳西广武城北……济水又东迳东广武城北,……济水又东迳敖山北,诗所谓'搏兽于敖'者也。其山上有城,即殷仲丁之所迁也。"

以上注释和记载皆云敖仓在广武城之东,因此有必要对广武城的位置作一说明和考证。目前对广武城所在比较流行的说法是,"东广武城就是现在的霸王城,西广武城就是现在的汉王城。"并由此说,"敖山……现在已沦到楚王城与桃花峪之间往北的黄河中,其故地距南岸广武山麓大约在一点五公里到两公里间[1]"。也

---

[1] 史念海《河山集》二册,三联书店1981年5月版。

有同志认为,敖山、敖仓应在霸王城之东的今黄河大桥附近[1]。

我们同样认为敖仓应在广武城的东面,但不同意广武城就是汉、霸二王城的说法。荆三林先生在《汉就敖仓食时间问题——附论广武城非汉、霸二王城》一文中作了详细论述,我们仍持此说。在今王村乡北,有一古代城址,俗称老寨疙塔,多出土战国秦汉遗物,这个城址可能就是《汜水县志》所载的:"广武城在县东北五里。"在马沟、牛口峪西部的敖峰顶上也有一城,其下为池沟,沟中有泉水北流,向西隔一大涧为寨八坪古城遗址,俗称池沟寨,城壁的建筑与汉、霸二王城完全一致。包含物为战国秦汉物,出土有汉瓦及铁制一字甾和六角锄。这几个城址都在成皋以东、敖仓以西,紧靠黄河的广武山上,与史书记载相符。而汉、霸二王城当是汉之四年(前203)九月以后,"汉军广武,楚亦军广武"的对垒地点,仍应称作汉、霸二王城而不应叫广武城。

马沟、牛口峪均在广武城东不远,敖仓的位置也就在此附近。

### 三、出土实物

在对马沟、牛峪口一带地形的考察过程中,我们发现了一些粮仓的遗迹和实物。

首先需要说明的是,在今马沟、程庄村中及西南部,有较多的陶窑遗址,这里的陶窑有火门、火道和通风口,内部及附近有较多的残砖烂瓦,瓦有筒瓦和板瓦,皆绳纹,为秦汉遗物无疑。

在村中和村北部,除了一部分陶窑遗迹外,有较多的粮仓遗迹。仓与窑不同,无火门与火道,内部不是砖块,而是粮食灰样的东西。这里的粮仓主要有两种,一种是窖,与洛阳出土的战国粮窖非常相似。平面呈圆形,底面和四壁均经过火烧,呈蓝色,壁厚约十五厘米。《周礼·匠人》载:"囷窌仓城。"注曰:"穿地曰窌。"杨倞《荀子·富国》注:"窌,窖也,掘地藏谷也。"可见窖就是地下仓。这种仓在村中发现几处,过去在村北犁地时发现许多,因大搞平整土地和水利,大多毁坏殆尽。还有一种称庾,"庾"按《说文解字》有两种解释,一说"水漕仓也",即以水转粮,存放这种粮食的仓称之为庾。"一曰仓无屋者。"《释名》:"庾,裕也。言盈裕也,露积之言也。盈裕不可胜受,所以露积之。"如果《说文》后一种解释能够成立,《释名》也释得正确,仓既无屋,又是露积,当然就是露天仓了。说明秦汉时期不仅有露天仓,

---

[1] 邹衡《夏商周考古论文集》,文物出版社1980年版。

而且还有露天仓的专有名称[1]。"按《说文》对"庾"的两种解释,这里都可以对上号。这里临河,以水转粮非常方便,再一是这里出土许多大瓮,多高三尺余,亦有高一二尺者,往往并排发现,概为储粮之用。按章怀《后汉书·安帝纪》注:"敖即诗'搏兽于敖',秦于此筑太仓,亦曰敖庾。"出土实物和文献记载基本一致,敖仓故址位于今马沟、牛口峪一带的可能性是极大的。

### 四、群众座谈

在马沟、牛口峪一带调查时,我们还与马沟大队党支部负责同志协商,召开了群众座谈会。

大队干部冯金水说:"一九七三年修马沟渡槽时,这里发现很多窖形烧土坑。一九七七年平整土地时,二百多亩地又挖出八十多个,有圆形和方形两种,圆形窖有的口小底大,有的口大底小,直径一般是四五尺,窖壁皆经过火烧。"张海和说:"在这种窖坑里,有些底部放有谷子糠样的东西。"有些老人回忆说:"记得小时候大水过后,断崖上露出许多仓和陶罐,大的能盛一百多斤粮食,小的能盛一斗多。"还有的群众说:"俺这里的人解放前出门背的钱搭上,都绣着'敖仓'或'仓头'二字。传说这里是老辈子的粮库。"

当然,群众的说法不能作为证据,但至少可以说给我们提供了重要线索,况且,这些说法与我们考察发现的材料基本一致,与历史文献记载亦相吻合。这里是敖仓故址的可能性的确是很大的。

综上所述,我们的结论是,今荥阳县西北的马沟、牛口峪一带很可能就是敖仓故址所在;敖仓城的范围当是比较大的,现存的遗迹只是敖仓城的南半部分,其北半部分是由于黄河改道而被侧蚀掉,敖仓城主要有称为窖的地下仓和称为庾的露天仓两种,其露天仓是用大小不等的陶瓮盛放粮食。因为没有经过科学发掘,所以还不能得出最后的结论。

以上是我们粗浅的认识,欢迎各位专家到实地考察并提出批评意见。

(本文系与朱秀兰、张量、秦文生合作,原名为《敖仓故址考》,原载《中原文物》,1984年4月第1期)

---

[1] 禚振西、杜葆仁《论秦汉时期的仓》,《考古与文物》1982年6月。

# 试论殷商源流

## 一、殷之起源与溵水

殷,金文作𠨍《尔雅·释言》云:"殷,中也,正也。"《书·禹贡》称:"九江孔殷。"《正义》云:"言其得地势之中也。"《书·尧典》"以殷仲春。"《传》:"殷正也,以正春秋之气节。"还有盛、众、大、富、深……等等含义。原始氏族部落,是逐水草而居的,就很自然给他们所在劳动、生产、居住的河流沿岸广大、肥沃,草木茂盛的地区,命一有赞美意义的名字,叫作殷。久而久之,到他们开发的土地面积扩大了,生产力提高了,人口增多了,社会发展到新的阶段,以至于建立了强大的组织——部族、国家,而这个"殷"也就很容易成了这个部族——国家的名称。

吴泽同志认为:"《诗补传》曰:殷以殷水得名,甲骨文中无殷字,而多商字,殷水当即商水,今河南陈州有商水县,古商水二字含义为商,即今商水县矣。"[1]按《读史方舆纪要》商水县沿革云:"汉汝阳县地,属汝南郡,隋置颍水县,属陈州,唐建中二年隶殷州……宋改商水县,元末徙治南顿县。"又:"殷水旧城,在县西三十里。"是商水县本名殷水县。殷州在今偃城。不论殷水县或殷州都是得名于殷水。按殷水,又名隐水或濦水,俗称沙河,是这个地区的主干河流。汉许慎《说文》:"水出颍川阳城少室山,东入颍,或作隐。"汉阳城在今登封县东南,少室山为嵩山主峰之一。《说文》所记为殷水北源,称北汝河。《河南通志》大殷水条称:"殷水即隐水,亦曰大殷河,为北汝河之下游。俗称沙河。自河南许昌,东南历偃城、西华、商水诸县,入于颍。"《读史方舆纪要》记它在各县的有关材料:

北汝水"出汝州鲁山县西南七十里大盂山,东北流,出县北,经伊阳县及汝州之南,又东南经宝丰县及郏县南,而入南阳府裕州界,自叶县北,经上蔡县西,至汝

---

[1] 吴泽《古代史》。

阳县北，又东经新蔡县西，息县北，至江南颍州南，而注于淮"。

郾城县"大殷水，在城南，以临颍有小殷水也。自裕州叶县境流入，至陈州商水县，而入颍水。《水经注》汝水支分为大殷水"。"殷水有二，一在城北一里，一在城南一里。"

商水县"在县北，自许州郾城县流入境，至县北二十里而合隐水。……隐即殷也"。

项城县"在县北七十里，接商水县界，即合颍之口也。唐元和十一年，置淮颍转运使，扬子院来自淮阴，沂淮入境，至项城入殷，输于郾城。以馈讨淮西诸军。即此处也。"

临颍县："殷水，在县西南，……东流合于颍水。"

就这些记载综合起来可看出这一个地区正是在伏牛山以北由华山向东至嵩山这一条山系以南，淮水上游各支流经的广大地区。

关于殷商的原始。《史记·殷本纪》云："殷契，母曰简狄，有娀氏之女，为帝喾次妃。三人行浴，见玄鸟堕其卵，简狄取而吞之，因孕生契，契长而治水有功，帝舜乃命契曰：百姓不亲，五品不训，汝为司徒而敬敷五敬，五教在宽，封于商，赐姓子氏。契兴于唐虞大禹之际，功业著于百姓，百姓以平。"

《索隐》曰："契是殷家始祖，故言殷契。"在这一段中可注意的：一、契是帝喾的儿子，即黄帝的孙子；二、契的事业是与舜及禹有关的，三、舜封他的地方是商。司马迁写《殷本纪》，是以周代的史料《诗经》《书经》中的记载为根据的。按《诗经·商颂·玄鸟》述其祖先来历是"天命玄鸟，降而生商，宅殷土茫茫，古帝命武汤，正域彼四方"。这个叙述就非常清楚，殷人的祖先是天命而生在商地的，其所"宅"——都所活动的地区是"茫茫"的"殷土"（殷水流域），《世本》称："殷民，以国为氏，汤国号也。二十四代、三十四世、六百二十九年，为周所灭。"即殷是汤的国号。这就是说，他的祖先是被封在商地的，劳动、生息、繁衍的地区还是"茫茫"的"殷土"大地，所以汤建国的国号就叫作殷。因此称为殷氏，称他们的始祖为殷契，而周人称之为大殷国，在古文献中也就一向称为殷朝。所以司马迁作史，就命名为《殷本纪》。

至于殷在什么地方？《诗·商颂·殷武》曰："挞彼殷武，奋伐荆楚，维汝荆楚。……居国南乡，昔有成汤，自彼氐羌，莫敢不来享，莫敢不来王，曰商是常。"这就说明荆楚是殷的近邻，是居住在殷的南方，相对说明了殷是荆楚的北邻。打败了荆楚，树立了殷的威信。荆楚的地点是比较清楚的，即在今湖北北部和河南西南部,在伏牛山、桐柏山以南的汉水流域。相对说明了这殷土是在伏牛山以北。至于殷土的北境,《集解》引郑玄曰,商国在太华之阳。皇甫谧曰:"今上洛,商是也。尧封契于商,即《诗·商颂》云有娀方将,帝立子生商。"《括地志》"商州东十里商洛县。本商邑,古之商国,帝喾之子契所封也"。《读史方舆纪要》:"商洛废县,州东九十里,古商邑,契所封也。战国时为商於地。"按商於的地理范围当今之陕西商南以东之河南省的西峡、淅川、内乡至镇平一带地。在这个地区发现的这一时期(当古传说中黄帝至尧舜、禹时代)的遗址;有淅川的叶家坡、张北寺,内乡县茶庵、黄龙庙,镇平的安国寺、宋小庄、赵湾、冢上寺等新石器时代遗址。这一地区当洛河上游及丹江、湍河流域。洛古字为雒,从鸟、金文作甲骨文。商水当即洛水。按太华、山名。《书经·禹贡》称"……至于太华。熊耳、外方、桐柏、至于陪尾"。外方为今之嵩山,这个地区正在这些山系之阳,禹都阳城是在巩县浮戏山下,是殷土的北境即为太华以东阳城系脉。则殷土又当在登封的南方。这一个地区内,主要的河流就是殷水,还有些小的河道称殷水,如临颍的小殷水,偃城的南、北为水。因此,这一地区的地名也多因水得名,如殷州,殷水(今商水)。殷水、颍水、都是淮河的上游的支流。

在甲骨文中关于开垦土地的文字,如"圣田""坚田"之类,《说文》谓"圣、汝颍之间,谓致力于地曰圣,从又土,读若兜窟"。于省吾先生认为"按许慎必有所本"[1],《方言》谓此字"为致力无遗功貌"云云。就可以看出殷商开始在"汝颍之间"。

关于殷的所在,在西周初的遗物中也有一些记载。如《格伯簋铭》有"部从格伯区级甸殷"。谭戒甫在《格伯簋铭综合研究》中称按《大雅·大明》诗谓"挚仲氏任,自彼殷商。今河南省汝南县城东有挚亭,即是殷边的故挚国"。由此他考释了《大盂鼎铭》中的"殷边侯甸",又考证了畴、杞、缯、邻等地,多方伸引对照、证明所赐格伯的"甸殷三十田",当在今颍汝二水之间。即《左传》中隐公八年的"许田"和成公十六年的"汝阴之田"。"格伯簋"的铸成时间是周懿王五十八年(前926),正月三日,为西周前期。谭戒甫所引的《大盂鼎铭》所称的"殷边侯甸",这一段的原文是"我闻殷坠命,隹殷边侯甸,与殷正百辟,挚肆于酒,故坴纯已"。[2]大盂鼎是周初康王时候(公元前1078年至公元前1053年)的遗物。古盂国,在今河南杞县。就这些

---

[1] 于省吾《从甲骨文看商代农田垦殖》,《考古》,1972年4月。
[2] 郭沫若《两周金文辞大系》第六册。

西周初叶的遗物上所反映的殷商,原来所在的区域是"挚在汝南,畴或在颍北,杞在东偏北,缯在西偏"[1]的中间区域,这正是潋水流域。这就不难看出,殷之源始与潋水的关系。

二、奄与古郾子国

在古文献中记载奄与殷的关系有两则:第一,奄是殷南庚(公元前1433至公元前1407年)自庇(今河南安阳)迁奄的都城所在地,到盘庚时(公元前1401至公元前1373年)自奄迁殷。第二,奄最初是一个与殷最有关系的部族,后为追随殷最近的一个诸侯国,到商末的时候,奄已是一个大国。到周代初年曾与纣的儿子武庚一起叛周,成王和周公在伐灭了武庚之后,进一步"东伐淮夷,践奄、迁其君蒲姑,成王自奄归,至于成周,作《多方》"(《书·多方》)《集解》云:"奄国在淮夷以北"。就这些材料看,其一奄国是与武庚一起叛周的。当时的武庚是在今河南中部,周派的三监管叔、蔡叔、霍叔所居的地方是今日的郑州(管)和上蔡(蔡),即殷遗民是分布在这里。二是周成王灭了三监之后而向东南征伐淮夷的。那么这就产生了两个问题:第一是淮夷在淮河流域,则从蔡伐淮夷的路线是向东南方向,而奄又是接近淮夷的一个部族(方国),在方向上又是在淮夷的西北,那么如说是在今山东曲阜的奄或在今山东益都的"弇中",那不只相距甚远,中间还隔着如徐夷等等部落,而且方向是大东北,也不是临近的西北。第二盘庚的迁徙方向,按《书经·盘庚》中的记载来看是自北向南"复先王之故居"。可是按照这个说法,从今山东曲阜迁到今河南的安阳殷墟的这个新居,又是东西方向,与《盘庚》所记远远不符。《书·正义》的解释"奄东方之国,近鲁之地,盖不能确指其国都所在矣",自契以至封的殷商,是在原始公社的解体发展到奴隶占有制王朝,他的生产方式是由逐水草而居的游牧,发展到开辟耕地而定居的农业。由不定居到定居。殷商正是这一个历史阶段的发展过程,所以他的前期是不断的迁徙,契至汤八迁,汤至盘庚五迁,可是自盘庚之后很少迁移,而在朝歌——安阳这一地区稳定的发展到高度的文化。所以在这一个时代之前根本不可能有固定的地名,在迁徙中凡所到之处,都可以以他的部族标号和原居地的名称来命名,而称为殷、殷商、亳、奄、鲁……之类,这不能用周代之后——尤其晚到春秋战国的地名去附会,而称"奄在曲阜"或即在益都的弇中。

---

[1] 谭戒甫《伯格毁综合研究》,1962年4月2号,光明日报。

进一步还存在着一些个问题,如:殷商的奄是否就是奄国的奄?奄和殷是否同时在存?殷商是"不常厥居"的,而奄也绝不会只在一个地方不动,其迁移的地方也不会比商少,也许是同商一起迁徙,究竟是什么地方?可以这样来看这个问题。奄和殷商始终是联合的,和殷商的活动大体是一致的,则其所在也都是近殷商的地区。解说虽不一,但大致地说,奄与鲁发生着关系。一说是"近鲁之地",另一说是周初封周公的地方就是奄。即奄与鲁是同一个地方在不同时代的两个名称。由于春秋的鲁国在今山东曲阜,因此就说奄是曲阜。实际在《左传》中所称"徐奄"或"商奄"都不是指的鲁国,而是另一个地方,似在江苏北部或河南东部,而且在殷代的甲骨文中无奄字,一般人是把"佥"字附令为奄的。反而在甲骨文中有鲁字,如"□□鲁黍年"(续5,6,10),"寻妍鲁于黍年"(续4,25,2),很清楚鲁是殷商的邑。这个鲁是否就是山东曲阜,也成问题。在周代金文中,《应公鼎铭》原字为 ✹、✹,显然是只大鸟的象形字,为"燕"的本字,"应在今河南鲁山境内,显然所指的鲁是今日的河南鲁山"。至于山东曲阜是否就是南庚所作的国都呢?奄是一个国家,殷王南庚又怎的把自己的国都建在奄国呢?非常明显,殷都的奄,不是奄国的奄,奄这个部族是和殷商联合建业的,不会与殷商相距很远,而且也和商、殷、亳一样,所到之处而称为亳或奄(匽、郾、燕)。

还有一点,即"相传契母简狄吞燕卵生契"[1],按古史传说有娀氏二佚女,居九成之台,帝令燕往视之,二女爱而争搏之,获以玉筐,少选,发而视之,燕遗二卵飞去,所谓"天命玄鸟,降而生商也。……封于商(今河南睢州)姓子氏"[2],这就是说生殷祖先契的"玄鸟"是个燕。而奄呢?是嬴姓,他的祖先是女脩,"女脩吞燕卵生大业,大业生大费,奄是大费之后,大费佐禹有功,其后裔代代都与殷商发生着很近的关系[3]。就这些上面所表示的,契与大业即商与奄的关系,都是因"燕卵"而产生的,功业又都是"佐禹治水"的。这就不难看出"燕"是两个部族共有的图腾。

殷和奄都是起家于殷水流域。金文中的奄是一只鸟,是"燕"的本字,而在周代的铜器中,如"匽侯旨鼎""匽公匜""郾侯旨毁"这些西周初期的器物,和"郾王竖戈郾王朕戈","郾侯腰戈等铭文中。则燕国,一律写作"匽",或"郾",这就非常清楚,奄、燕、匽、郾原是一个字。"商奄"即是"商郾"。郾地即今河南的郾城县。《读史

---

[1] 《左传·昭公元年》。
[2] 夏曾祐《中国古代史》第26页。
[3] 范文澜《中国通史简编》修订本第一册第109页。

方舆纪要》郾城县条称:"古郾子国,汉置郾县。"这就不难看出燕、奄即古郾子国。在今郾城县。(郾城之名是隋代以后才就郾下加一城字而来。)郾城县位于殷水的中游,正是殷先民和其联合的部落所活动的中心区域。同时,周公初封地不是今日山东的曲阜,而是河南鲁山,与鲁国同时受封的召公的封地,也不是今河北的燕,而在今日河南临颍与郾城一带,即古郾子国的地区,鲁与燕的就封都与奄(郾)发生着关系,鲁山远在夏代就称鲁邑、鲁阳,古传说中,夏孔甲时(前1879—前1848)"陶唐既衰,其后有刘累,学扰龙于豢龙民,以事孔甲,孔甲赐之姓为御龙氏",这位御龙的刘累,他活动的地理范围,是自鲁山以东沿着潕水而下,直到临颍。刘累是陶唐之后,他崇拜他的祖先,到处建庙纪念尧,后称这刘累立庙的山名尧山。他的邑所在叫豢龙城。《水经注》称"颍水东过豢龙城,即古豢龙氏之邑,城西有拒陵冈"。《读史方舆纪要》临颍县条"豢龙城在县西四十里",根据这个线索,于此谈谈临颍。临颍故城址在今县西北十五里,再其西四十里,实已至今日的台王地区,相传刘累是在这里豢龙的,"龙"是水中动物,当然豢龙的地方是有水的地方。所以台王以西一带古湖泊地区叫作尧河,这个名称的原始是与刘累豢龙传说分不开的。

《水经注》又称"汝水东屈尧山西岭下,水流两分,一水东经尧山南,为强水,一水在北出为汝水",皆为潕水上流。按尧山在今鲁山县西四十里,汝水源出在大盂山黄柏谷,《读史方舆纪要》:"大盂山在西南七十里,其上多窊,若城,有大团城小团城之说。"鲁国因鲁山得名,鲁山在今县治东三十里,夏为夏邑,又称鲁阳,西周为鲁的初封地。《春秋左氏传》隐公八年,"郑伯请释泰山之祀,以泰山之祊易许田"。疏:"成王营洛邑,……许田近于王城,故赐周公。即《诗·鲁颂》居常居许,复周公之宇。"按许田在颍汝二水间。原为郑地,当为秦汉颍川郡许县地。正当今之临颍西部及郾城西北部一带,郾族和殷族都是在这地区活动的。

### 三、殷商迁徙及其地理范围

殷商的历史,自契至汤在洛河流域(商)及殷水流域(殷)发家,即"降而生商","宅殷土茫茫"。约与夏同时,直到殷纣王灭亡为止。自契到汤(大乙)十三王,自汤到纣(帝辛)三十二王[1]共四十四王。夏禹约起于公元前2205年,殷汤约起于公元

---

[1] 吴泽《古代史》。

前1766年，盘庚约起于公元前1401年，纣亡约在公元前1122年，则是先后为时1083年。大体上分为三个阶段：自契到商汤（先殷）为第一段，共计439年；从汤至盘庚为殷代前朝，为第二段，共计365年；自此到纣（殷亡）为殷代后期，为第三段，共计279年。在第一阶段殷是以夏的附属国而存在的，到汤至盘庚文化程度仍在低级阶段。到盘庚之后逐步高升，至于有文字记事的程度。因此在第一阶段是最不稳定的，《书序》称："自契至汤八迁，汤始居亳。"至于这八迁都是在什么地方？在原始公社时代，随着自然环境的变迁而随时迁徙，本属正常状态，也许不止八迁。但我们从其所在地方上，可以知其活动的地区——地理范围。孔颖达《尚书正义》对这八迁的地点作了一些考证，推测出四个。他说："《商颂》云，帝立子生商，是契居商也。《世本》云昭明在砥石，《左传》称相土居商丘，及汤居亳，事见经传者，有此四迁，未详闻也。"在这四个地方中，首先是《诗》《书》各注都是称商在太华以南，即今陕西商县，所称商洛，为洛河上游。砥石有人解释作砥柱，在今三门峡。商丘是在今河南商丘县。亳，《书序》云："汤始居亳，从先王居，"可见开始居亳的是汤之先王，为帝喾所居。亳在何处？一般所称有三处，《尚书·立政》云"三亳阪尹"，皇甫谧称："蒙为北亳，谷熟为南亳，偃师为西亳。"《括地志》称："宋州谷熟县西南三十五里亳故城，即南亳，汤都也。"《孝烈寺象辩证记》[1]称："睢阳（今商丘）境东巨（距）八十里曰营廓，即古亳方城。"该地今名谷熟集，即唐谷熟县旧城。《括地志》又称"宋州北五十里大蒙城，为景亳，汤所盟也。因景山为名。偃师为西亳，帝喾及汤所都"，云云。至于这一点，《河南通志》卷八十称："亳城。旧志亳城在归德府（商丘）东南四十里，为契父帝喾所居，该相传之误，《立政》曰商有三亳，解者曰：一在洛州偃师县西十里，帝喾都此，是曰西亳。一在宋州谷熟县西南三十五里，汤都此，是曰南亳，其地与葛伯为邻，今宁陵之葛乡即其国也。一在宋州北大蒙城，汤受命之处，是曰北亳。今据郑康成、孔安国及《括地志》汤自商丘而迁，盖自南亳而徙西亳，书所谓从先王居是也。至于盘庚渡河南迁则又帝喾之故都也。故曰商之三都亳，俱当以偃师为是。"

总之，亳是殷商旧都，是帝喾和契所居的地方，即殷商开国受封的首邑。他的后人凡迁徙，所到之处，则将其首邑都命名为亳。因此，前者各说都不矛盾，不止有三亳，还可以多一点。不过从这些上面倒很清楚的反映了一个实事，即殷商的旧居是亳（河南偃师），契封于商（今陕西洛南），他的子孙向东来时经过砥石，这个砥

---

[1] 元代元统年间立，碑在虞城县南30里营廓镇。

石不一定就是砥柱,也表示出是在大的石山之间。商在洛河上游,从商往亳来的道路,沿着洛河而下,所经正是河南卢氏等县一带大山,这山间沿着洛河也有些平原,砥石或就是这些地方。即契至相土沿着洛河而下,复至于亳,又向东南而至于商丘。就上面可以看出,殷商在夏代的活动范围是和夏基本一致的,都是以河洛之间为其中心,夏禹都阳城(今巩南阳城山),阳翟,即汝颍等河上游地区,显然殷商也就在汝颍等流域活动,而后又有南亳、北亳,显示了商的活动地区是在夏的东南方。成汤灭夏,是从东南向西北方向进兵的,成汤之前的活动范围很清楚是在淮水上游各支水系,北至济水,及其东的汝水流域。至汤国扩大了,包括了今日的河南中部及东部,安徽西北部,江苏西北角及山东西南部一带,由于地区扩大,势力也大了,所以他才有力量向西灭了夏,而又回到先王故居的亳(今河南偃师),即所谓"复先王故居"。

汤灭夏之后,殷的地理范围扩大了,产生了青铜器,生产力提高,逐渐巩固和加强了奴隶占有制,而建立了殷商王国。但在前期,农业发展还存在低级阶段,所以他们的定居情况还是比较差,和自然灾害斗争的力量还不够,因此,随着自然条件的变化而不断迁徙,所以自汤至盘庚有五迁。所在地由亳迁隞(今河南荥阳西北),河亶甲居相(河南内黄县地)又迁耿或邢(河南温县地),祖乙居庇(在今何地不可考。有说在河南安阳境[1],又说在山西南部),南庚自庇迁奄,盘庚自奄又迁北蒙、又复先王故居。就这一活动范围来看,自汤到仲丁(前1562)直到河亶甲(前1534—前1525)为时共计24年,不论亳或隞,都在今日的河南中部,黄河南岸的洛河流域(即所谓河洛之间)中心是洛阳东至郑州间,其余的时间都在黄河的东部和北部。殷商中心是自此而沿着黄河向东北转移。所以殷商后期的中心是今汲县及安阳一带。这时生产力提高了,农业已占了主要地位,文化程度提高到能用文字记事,有了人口集中的城市建筑宫室,定居下来,所以迁徙的事情也就减少了。

在这里我们顺便谈一个问题,就是盘庚迁殷。是否就是迁到今日的安阳小屯殷墟或朝歌的问题。在《河南通志》曾这样的提出过:"盘庚迁殷在河南,纣都朝歌在河北。《史记·殷本纪》曰盘庚之时,殷已渡河北,盘庚渡河南,复居成汤之故居。即河南府偃师县所谓西亳,帝喾与汤之旧都也,……亳殷自在河南、今之河南偃师县,洹水及朝歌自在河北,洹水在今安阳县北。"

这个论据值得注意。即是说,盘庚迁殷,是把殷的都城从这一个地方迁移到另

---

[1]　岑仲勉《黄河变迁史》。

一个地方,并不是把它的都城从别的地方迁移到一个叫殷的地方。《史记·考证》引崔述的一段话:"崔述曰,世儒多谓盘庚改商迁殷,《纲目前编》因之,于阳甲以前皆书曰商王,于盘庚以后,皆书曰殷王,于盘庚之元祀,书曰一迁都于殷,改国号曰殷。余按《商书·盘庚篇》云,殷降大虐,先王不怀厥攸作,是盘庚未迁以前,已称殷也。《商颂·殷武》云,商邑翼翼,四方之极,是盘庚既迁以后犹称商也。诗云殷商之旅,又云咨汝殷商,参差不一,是殷与商,可以连称,亦可以互称也,安在其改号也哉。"

这一段议论,基本正确。按《商书·盘庚》三篇,上篇叙述未迁以前的情况。他说的将迁地点非常清楚,是"成汤盘庚五迁,将治亳殷"。他的目的地非常清楚,是"亳殷"。至于亳殷在什么地方,《尚书·疏证》称"将欲迁居而治于亳之殷"。《盘庚》篇上又说"盘庚迁于殷",又说:"矧曰其克从先王之烈,若颠木之有由蘖。天岂永我于兹新邑。"这就非常清楚,他回的亳殷是在河以南的先王的旧居。又"盘庚迁于殷",注曰亳之别名。按史书所记,在《史记·殷本纪》称"帝盘庚之时殷已都河北,盘庚都河南,复居成汤之故居,乃遂涉河南治亳"。这个说法是和《尚书·盘庚》相吻合的。《汉书·地理志》称尸乡殷汤所都,注云"尸乡在今偃师县西十里新塞铺,即古亳殷"。《水经注》称"汤渠东经亳殷南,昔盘庚所迁"。《元和郡县志》云:"河南府偃师县,本汉旧县,帝喾及盘庚并都之,武王伐纣,于此筑城,息偃戎师,因以名焉。"就这些唐代以前的所有材料,盘庚所迁的亳殷,一致认为是在偃师的尸乡。这种记载是和《尚书·盘庚》相符合的。按《史记·殷本纪》称"自契至汤"八迁,汤始居亳,从先王居,中丁迁于隞,河亶甲居相,祖乙居于邢,盘庚渡河南徙亳,按这些地方:亳,《集解》孔安国曰:"十四世凡八徙都,……溧国谷熟为南亳,即汤都也。"又"契父帝喾都亳,汤自商丘迁焉"。到仲丁迁的隞,在今河南荥阳。即殷的前期发展的中心地带是在今日的由商丘而西至于洛阳这一广大地区都在黄河和古荥泽的南岸。至河亶甲时渐沿黄河东岸而开发了相。按《括地志》称"故殷城在相州内黄县东南三十里",祖乙过河而西,开发太行山以东沿河而北的地区,邢(今河南温县)北至于漳水以南,开发了一个新的地区,以作为今后发展的基础,这一新的地区正都在河北。盘庚既是复先王旧居的,当然要渡河而南,在《盘庚》中说"维涉河以民迁"。所到之地又当然是河亶甲以前的中心地区。按《史记·殷本纪》的记载,"帝武乙立,殷复去亳徙河北"。是今后的发展,在河亶甲和祖乙的开发地区(即新区)基础上建立的,在生产力提高和文化发展高度的情况下更建设了这一新区,即纣时期朝歌及其很多的"离宫别馆",这个朝歌即《竹书纪年》中的"武乙十五年自河北迁于沫"的沫。

至于殷墟的得名,按殷墟之名为后起,在文献中最早的是《左传》定公四年称"分康叔以殷民七族,命曰《康诰》,而封于殷墟"。《史记·卫世家》以殷余民封康叔的地方是"居河淇间故商墟",可见殷墟也叫作商墟,这就非常清楚,是由于这个地方已经成了废墟,是和所称的商墟一样,而是殷商这个国家所残余的已成为丘墟的地方,仍叫殷余民住着,一并封给卫康叔的。这就说明,殷墟的得名是由于叫殷的这个部族或朝代而来,并不是这个部族改朝代都得名于这个殷的地方,则所谓殷的得名是由于"盘庚迁殷",这种说法是没有根据的。

**四、先殷历史物质遗存**

按《史记·殷本纪》:"殷契母曰简狄,有娀氏之女,为帝喾次妃。"是先殷的起始应自帝喾算起。帝喾是古传说的五帝之一,约距今五千年左右。下限止于公元前16世纪的成汤代夏,建立殷朝,中间的时间约一千五百多年。公元前16世纪即距今约三千六百年,则先殷时间是在距今约五千五百年至三千五百年之间,这一段尚无文字记事,正当考古学上的新石器时代晚期。在上述文献资料中的殷民族活动范围之殷水流域及蔓延于淮河上游诸水系沿岸各地区,河南中部、东南部、江苏北部、安徽北部以及山东南部这一广大地区,包括汝河、颍河、贾鲁河、洪河、涡河及汉水以南区域,发现的这一个时代的遗址,诸如:登封洞上村遗址,许昌的泉店遗址、思故台遗址,郏县的太横村遗址、马头张遗址,禹县的阎村遗址,鲁山的邱公城遗址;襄城县太平庄遗址,漯河的南岗遗址、东岸遗址,扶沟县的凤凰冈遗址;长葛县暖泉、太平店遗址;舞阳的寺圪垱遗址、阿冈遗址、铁山庙遗址、后刘村遗址,北舞渡镇西北古城村遗址等等。这些新石器时代遗址基本上和郾城台王遗址是一河之隔,都在殷水南岸。在古城村四周有一个古城遗址,南墙长约四华里,在这个城内外的遗物,是自新石器直到秦汉的,大约是战国时楚国修的不羹城,汉为定陵县治。遗址的情况是:"该城址上下内外到处都是绳纹板瓦、绳纹陶片……可以看出层次分明的夯土,每层厚12厘米,夯土中包含被打碎的绳纹灰陶、红陶和素面灰陶片,以城为中心,曾发现自仰韶、龙山以至周汉不同类型的寺圪垱、岭谢等古代文化遗址。陶器发现有夹砂红陶、灰陶片,上面有粗细绳纹。这些陶片有甑、豆、罐瓮、盆等残片。完整器物曾发现过细颈大口素面陶瓶、红釉小陶片、陶猪、鸡、马和绳纹砖瓦……并有五角形下水道和圆形陶圈节对而成和用拱形、子母砖券成的水井"。[1]就这些报告可以看出它的发展基本上是和郾城台王地区完全一致。按在这些遗址中,大都无彩陶,这样的陶圈井,发现的地方有河北易县的燕下都,自1965年来北京先后发现65座。北京原为战国时的燕都蓟县、北京市文管处鉴定它的年代是自"东周到西汉初期",这就不难看出台王地区与北京各遗址及匽、燕、郾的文化关系。粗细绳纹的鬲、豆、瓮、盆等陶片属于龙山文化,陶瓶、猪、鸡等等明器当属东汉晚期。向东漯河的几个古文化遗址,我也曾去看过,和台王等基本一致。自此而东是商水县、沙河(即殷水)从郾城流入该县,"由西向东流去。水观台遗址位于商水县(属周口地区)东南2公里的张庄东侧,沙河南约1公里的冈地上,土冈高约7米,遗址面积约9000平方米,灰层厚约1.5—2米。采集的遗物有龙山文化的篮绳纹,方格纹罐和细绳纹瓮等。还有周代的平沿灰陶盆,饰绳纹灰陶鬲足及红陶足小鬲等"[2]。同时他调查的有鄢陵的三里候、蝎子冈、唐庄、冢刘、边王、十室及扶沟县的罗家寨、高集等文化遗址,他总的结论是初步了解到每处遗址,有具龙山(即所谓的河南龙山文化)、商和周代等不同时代的文化遗物。并且在三里候、蝎子冈、冢刘、罗家寨、十室等五处遗址内均发现了与郑州商代早期洛达庙期类型相仿的遗物,为研究河南南部地区的商代早期文化提供了一些线索。而且就他所报告的遗址情况和遗物图样又基本上是和郾城台王一致。向南上蔡有黄尼庄新石器时代遗址和城南的商代遗址。沿殷水向下是项城县,在该县发现的有高寺新石器时代遗址、尼姑庵新石器时代遗址、故都冢新石器时代遗址,还有周至汉的南填故城址。向东沈邱县有冢子湖、青涸堆新石器时代遗址。再东永城有造律台及黑孤堆新石器时代遗址、淮阳平粮台遗址。

就在这一个广大地区的发现上,很清楚地表现了下列六点。第一,新石器至商周的文化遗址是普遍的存在。第二,这些新石器时代遗址,一般都是属于新石器时代的晚期,又一般都是被称为"河南龙山文化遗址"的,又都具有"商代早期的文化特征"。第三,这些遗址普遍是以绳纹陶器和陶鬲为其典型产物。第四,分布的情况又非常清楚,在接近夏代活动区域,如登封、鲁山、禹县、郑县等地所发现遗址中,一般都有少量仰韶文化的代表器物彩色陶片或陶片。但向东向南各遗址都无彩陶。第五,向东与历史上记载的"夷"族:如徐夷、东夷、淮夷接近的地区,如永城一带,都属龙山文化。鲁山邱公城遗址遗物中亦有薄而光的黑色陶片和陶器。第六,

---

[1] 朱帜《河南舞阳北舞渡古城调查》,《考古通讯》,1958年2月。
[2] 刘亚东《河南鄢陵扶沟商水几处古文化遗址的调查》,《考古通讯》,1962年第2期。

在殷水流域的遗址情况基本相同,都有类似其他商代早期遗物,或附近即间有殷商遗址。这六点,基本上是与古文献的记载的夏、殷的文化发展情况相吻合。

此外,在淮水上游各地遗址:如信阳三里庙新石器时代遗址,阳山新石器时代遗址,确山县台子坡新石器遗址时代。潢川县双柳树村新石器时代、息县"东岳公社,亦曾发现一遗址,有石器及陶片(鬲鼎、豆、罐等)及鹿骨等。该地离郾城亦不甚远。可能文化亦相近",云云。就这一情况来看,和在殷水流域遗址基本相合。

在它的南方商城县,已经发现的商代遗址有三处,如在商城县西北半里的古城子商代遗址,其西北四十里的汪桥商代遗址,又其西北五十里的衰围子商代遗址,这些遗址所发现的显然与台王文物又基本上是同一的文化。又有商代的遗址分布在商城一带,足证殷商文化曾在淮河上游的发展。

又息县,本汉郾县地,东汉析置褒信县,属汝南郡。商城县原名殷城,隋置殷城县,宋改商城,商城故址在今商城县城南五里。春秋时为黄国地,按黄国嬴姓,奄国也是嬴姓,嬴姓是大费之后,在古传说中,大费是佐禹治水有功的,他的子孙是始终和殷商联合的,直到周代。就这些历史记载来说,息县的新石器时代文化和商城县西北商代遗址的发现,证明了这个地区自古即属于商奄各族的活动范围。这里是在先殷时代就为殷商及郾等部族所开发,其子孙于这块广大土地上生息、繁殖,直到殷周时代。黄为楚灭,后秦又灭楚,但留了一个殷城的史迹,属于汉代的期思县,隋又因城而名县,宋为避太祖讳和殷水一样改名为商城。

综上可知,在殷商发展过程中自契至汤这一阶段,即先殷——尤其在帝喾到夏朝前段,是在洛河流域以及丹江等上游地区,亳与商以及砥石。后期的中心即转向殷水流域,即在太华至嵩山这一个山系之阳。这一个地区土地肥沃、水草丰富,渐沿殷水而东的淮水上游各支流域地区。这个地区是殷商发家的基地,文化程度提高了一步,基本上结束了原始社会而渐进入奴隶制度。联合附近的部族,如郾、黄等等,而向东方发展,沿着嵩山余脉的边沿,把中心转向这一东的大平原的河南中部及东部地区。到汤的建国为止,他们的中心地区都是沿着古荥泽(荥波)两岸(今之荥阳、郑州一带)及南岸而东至于山东曹州、江苏徐州之间,即汤都商丘,开发了这一广大地区,而作了殷商建国的基础。在成汤灭夏,"复先王之旧居"都于亳(今偃师)直到仲丁迁徙(今荥阳西北):中心都在黄河以南。把中心推向河北的相和河北的邢、庇,都在殷朝河亶甲之后。由于殷的文化程度、生产力的提高,为着获取更多的生产、生活资料,扩大土地面积,所以河亶甲才沿河东而北至相。祖乙又渡河而西开发了太行山下的河西地区,于是在那里又建立了一些中心地区邢或耿,虽然盘庚渡河而南又回到西亳。但河北地区毕竟是已经建立了基础,以作了殷商晚期的文化发展和物质建设的基础。

［原载《郑州大学学报(哲学社会科学版)》,1986年5月第2期］

# 浮戏山长城遗迹——魏乎？郑韩乎？

长城遗迹自密县茶庵向北，蜿蜒山岭间，直达荥阳王宅店，全长三十多华里。《密县志》卷五、古迹、长城条。

《后汉书·郡国志》卷，有长城，经阳武到密。按《史记》苏秦说襄王曰，大王之地西有长城之界，据此则长城属魏。顾炎武《日知录》曰此韩之长城也。今香炉山五岭上有石垒长堰，状如城垣，疑即其遗址，俗传为秦始皇巡行所策，无据。因此，近人多称此为魏长城。

这段长城遗迹位于今荥阳与今密县交界的浮戏山区。浮戏山春秋称为阳城山，《山海经》称为"浮之山"。汉《水经》称"氾水出浮戏山。"《水经注》它（浮戏山）"世谓之方山"。它的地理范围东界索水，西界罗水。春秋属郑之京邑和制邑，秦汉属京县和成皋，这段长城与战国时的魏国无关，则顾亭林先生"韩之长城也"说近是，应始策于春秋末之郑国。为什么会把韩长城说成魏长城呢？很明显是由于下列两个原因。

第一是把同名称的今地误作古地。所以他说，密荥境内的那段长城，是魏长城。显然他所指的"密荥"是今密县和今荥阳县。因而他就引了不少汉代文献中有关魏长城在荥阳和密县境内的资料。他没注意到历史上荥阳和密县政区的变化。浮戏山区在战国至秦汉间是既不属于今荥阳，更不属于今密县。战国至秦汉间的荥阳在今郑州北郊古荥镇，故城遗址仍在。到北魏移治大索城，京县才并入荥阳县。春秋战国无密县之名，先后属郑国和韩国，名叫新城和新密。汉置密县，县城在今密县城关东南三十多里。《后汉书·郡国志》说密有大䲨（騩）山、有梅山、有陉山。大䲨山大部近今禹县，陉山至今新郑县西南，梅山原属郑县，今划入新郑县。汉代的密县远在今密县的东南。汉代的阳城县，秦以前名颍，秦灭韩改名阳城，为颍川郡治。则阳城山（浮戏山）属三川郡。古无原阳之名。……对这些古政区变化弄清之后：即战国荥阳非今荥阳，古新城（新密）亦非今密县。《史记》《汉书》所写的荥阳密县，都非今"密荥"。这位于浮戏山区的长城遗址，距说的"韩魏交界"远在百里之外。第二是他对这地区自秦汉以来的地貌变化没弄清楚。东汉以前在今郑州北郊，包括中牟大部，北至今原阳延津，即旧荥泽县全部，为一个名叫荥泽的大湖泊。当时的黄河到氾水口即向北流，故称其西叫河内（今沁阳）。属魏国。过河以东叫河外，仍东接魏国，因此梁惠王时韩魏界限是自"河外、卷、衍、酸枣"，向东南，绕着荥泽，到荥泽南的两国界限是沿着古荥阳和密的边界上。北魏时这个长城仍在，郦道元《水经注》所记它的位置是：卷二十二渠水称"西限长城"，又（管水）"东越长城"。而浮戏山则是在《水经注》卷五河水。按管水即郑河，原出梅山东，俗称七里河，东北流入贾鲁河。是其长城，皆远在郑州东南，当在今中牟县境内。

春秋末及战国初的韩是在郑国的西方，原在今禹县，浮戏山区在春秋战国时代先后为郑周、郑韩、韩秦的交界，到战国晚期又是秦国攻韩国北方重镇荥阳的要道，是郑韩的门户，防守重地，也是战略要地。古文献有明确的记载：《左传》昭公四年，说"四岳、三涂、阳城（浮戏山）、太室、荆山、中南九州之险也"，此地先后为郑韩争夺战中的目标。因此，在韩灭郑的首先是"郑君乙十一年，韩伐郑，取阳城（浮戏山）"，就取得灭郑军事的有利条件。战国晚期秦兵攻韩之荥阳和首邑（今新郑），是自少室山先拿下阳城（浮戏山）。则阳城既是韩国的前线阵地，又是秦攻韩的战略要地。就这些历史事实上来说，自春秋到秦灭韩三百多年间，对这个号称"险地"的阳城山区，自当有不少的军事建筑。一如石垒成的城堡是当时的军事建筑物，显然位于浮戏山区的这一段长城遗址，是与这一段历史分不开的。

浮戏山区是位于郑韩的西方，距其东方的韩魏边界达百里之外。中间隔着韩国，当然不是魏长城，当然称之为郑长城或郑韩长城。

（原载《郑州晚报》，1986年12月30日）

# 还我郑国长城

——壬子2358年祭代《荥阳郑氏》序

周烈王七年壬子(前369),是郑国阳城山天险长城被韩攻破,进兵灭郑,徙其公族于荥阳,改姓姬为姓郑的开始。

这个历史事件,留给郑氏公族子孙的是多少国仇家恨。漫长的岁月已经过去了,经历了多少沧桑变化,到今年——公元1989年己巳,已有两千三百五十八年。郑氏子孙生息繁衍,遍布世界,建立了不少新的功勋。饮水思源,不忘荥阳,值得欢迎。荥阳人民,亦关怀世界郑氏,与之共念先王遗惠,虔诚祭奠。于今,郑国阳城关山、长城遗址仍盘绕其上,南北三十余里。标志着当年郑武、郑庄各公"为王卿士"的业绩,和保卫郑国人民繁衍生息的雄姿。登斯城也,缅怀故国,颂先王业绩,展将来宏图,多少感慨,多少兴奋,成为新事业的动力。

## 一、荥阳灵秀钟于郑氏

郑姓起于荥阳,原出姬姓。姬姓始祖后稷,名弃。其母有邰氏,曰姜原。按《说文》:"有邰,炎帝之后,姜姓封邰。"而姜原是帝喾之元妃。据《史记·五帝本纪》:"帝喾高辛者,黄帝之曾孙也,高辛父曰蟜极,蟜极父曰玄嚣,玄嚣父曰黄帝。"这就说明,姬姓的来历,既是出于炎帝,又是出自黄帝。中华民族是炎黄二帝的子孙,后稷是炎黄二帝血统的总和,是中华民族正统的开始。高辛氏以河、洛、济之间为"王畿",荥阳属"王畿"之地,因此,荥、密、汜、巩、偃各地的历史,皆称为"帝喾高辛氏之墟"。后稷的最大功绩是佐禹治水,发展农业,继承了他外家炎帝神农氏的事业,为中国奠定了"以农立国"的经济基础。统计《春秋·左氏传》所有222个姓,单出于炎帝系统的只有21个,单出于黄帝系统的也不到50个,出于炎黄二帝混合系统的有131个,占总数的一半以上。到周宣王二十二年(前806),封姬友于郑(在今陕西华县境),是为郑桓公。到他的三十三年(前774),由于当时的局势变化,周幽王的昏庸,在桓公考虑他的国土迁徙问题时,太史伯建议:"独洛之东土,河济之南可居"。公曰:"何以"?对曰:"地近虢、郐。虢、郐之君,贪而好利,百姓不附。今公为司徒,民皆爱公,公诚请居之,虢、郐之民,皆公之民也。"(《史记·郑世家》)

洛之东,河(今黄河)、济(今济水)之南,其所指地点,即洛水的东方,黄河与济水的南方。按当时的黄河,是到今天的荥阳王村乡即向北流。济水是穿河而向东流入荥泽的。在今政区来说,正是今巩县洛口以东,至今郑州郊区古荥镇,沿着大伾山、广武山(敖山)至荥泽湖畔一线的南方的一片土地。东西约一百四十多华里,正是今荥阳县地。它包括了当时东虢及近邻两个小国的属地。按《史记·集解》徐广曰:"虢在成皋,郐在密县。"当时密县治今密县城东南三十余华里,范围包括今新郑县。这个地区,正是战国晚期至秦汉间的古荥阳范围,今荥阳县又在这个地区的中心。到东周初,郑武公建国初,首邑居京,后徙新郑。百雉以上的大城仍是京(今荥阳县京襄城),城址犹在。他是凭着阳城山的天险,保卫了首都和北部的大邑京、制及祭。阳城山又称浮戏山,《水经》称为方山。位于今荥阳、密县及巩县的三县交界处。在这个山上建立关卡和长城。现在仍保存有郑国长城遗迹,北起荥阳王宗店,南至密县茶庵,蜿蜒起伏于蛇谷两岸的阳城山间,巍然壮观。我们对这段表现着春秋战国保卫郑国的长城的现况作了实测,(载《浮戏山》报第一号):"郑韩长城遗迹,自荥阳崔庙乡王宗店,从草庙向南,经馒头山(400米)、香山寨南门(800米),经南横岭顶(1200米),至风门关炮楼(500米),经五岭寨西门(320米),至密县茶庵(2500米),除此明显地段,加上不明显地段,遗迹全长14320米,较明显的地段宽处1.4米,高0.3米。"就是这段长城,在郑国建国时是连接了虢、郐两地的纽带,作了郑国动脉,最初是与周的边界,最后是与韩国的界线和攻守工具。打击了来自负黍(太室山又名黄城。在登封西南)的敌人。直到战国郑繻公十五年(前402),韩景侯伐郑,郑国修筑了这条在京邑的国防线——长城。第二年自此出发,郑伐韩,败韩兵于负黍(今郜城)。八年后的繻公二十三年(前394),郑国更进兵攻韩之首邑阳翟(今禹州市)。正在这个国威复振的时候,二十五年(前392),"郑君杀其相子阳",到二十七年(前390),"子阳之党共杀繻公骀,而立幽公弟乙为君,是为郑君乙"。注云:"班固云为郑康公。"这一个内部矛盾的政治变动,给郑国制造了一个最大的不幸,国力减弱了,给韩攻郑造成了很好的机会。证实了昭公四年司马侯的论证,说"阳城天下之险也",但国运之盛衰"在德不在险"。"郑君乙立二年,郑负黍反,复归韩。"韩兵自负黍(太室山)出兵,到郑君乙的十一年(前385)"韩伐郑,取阳城",这一条在阳城关险上的长城失守了。终于到郑君乙的二十一年(前375),"韩哀侯灭郑,并其国"。自此,这一带保卫郑国的长城,则变为韩国的保卫工具。在秦攻韩的战斗中,它又主要起到保卫荥阳的作用。《史记·秦本纪》(秦昭王)五十一年(前256)"将军摎攻韩,取阳城、负黍"。但在西周君的援救下,"令秦毋得过阳城"。以此,保卫了荥阳的安全。直到秦王政十七年(前230韩王安九年),这条长城才被秦国攻破。终于在二十四年(前223)秦占领了荥阳。韩亡。其后二年(前221),秦王政始称皇帝,全国统一。这条郑国建筑,韩国使用过,在阳城山上的长城,失去了它的国防线的作用,开始荒废。但这一条蜿蜒起伏于阳城山上三十多华里的长城遗迹,却永远反映着既有郑国的创建,发展到"为王卿士"的盛世,也反映了促使郑国衰亡的教训。直到它作为保卫荥阳的前方,标志着整个荥阳郑氏先王的历史。登斯城也,发思古之情,既感祖宗的荣耀,又是爱国主义的直观教材,也引来不少前车之鉴。

韩灭郑后,集其子孙于荥阳,或居陈、宋之间(宋、陈汉魏亦属荥阳),皆以国为姓,随改姬姓为郑。于此,我们应当说明一个问题,即荥阳地名的出现,是郑国子孙改姬姓为郑姓,同时出现的。它是韩国在灭郑之后,由于当时的局势,韩国才在宅阳、践土各地基础上建城。因该地在荥泽的西北岸上,故名荥阳。在其先,上古为荥陂边地。殷代有桑林,有隞(敖),西周属东虢,春秋初属郑国的京、制、祭三邑地,韩灭郑之后,韩国疆域,北有上党(今山西长治)及河内(今河南沁阳),与魏国穿插,南有今禹州等大片。在荥泽西岸,成一南北通道。为此,才在宅阳、践土等地区,建一重镇,是为政治军事要地。更加鸿沟这条大运河的开通,它又是水陆交通中心,适应这一时代要求,荥阳出现了。秦汉之后的荥阳郡地很广,东至开封淮阳。郑氏子孙就在这个地区繁衍生息,劳动生产,创造和发扬了中国的正统文化,促进了荥阳政治地位的稳定和经济的繁荣。郑国子孙发扬了他们的优秀传统,促进了荥阳重镇的发达。"地灵人杰"与"人杰地灵"两者是互成因果而存在的。郑氏与荥阳,与其说是郑氏出于荥阳,不如说是郑氏创建了荥阳。荥阳郑氏是上承了先祖勋绩,下启了后代业功。

## 二、郑氏族望及其在历史上的贡献

在荥阳郑氏开始(前369)以前的春秋晚期,在中国历史上曾经出现过两个以郑为姓的重要人物。一个是孔门弟子郑国,事见《史记·仲尼弟子传》,称,"郑国,字子徒"。他的原籍无记载。孔子曾经在过郑国,他的学生中郑人是有的。孔子很崇敬郑人公孙侨（子产），认之为兄弟，因此这个郑国很可能是郑的公族，他是儒学正宗。另一个是在春秋之末到战国初期（前493—前472）自吴伐越到越灭吴的二十年间，起着很大作用的女性郑旦。在《史记·越世家》《吴越春秋》《勾践阴谋外传》《越绝书》《吴地记》等书中对郑旦的说法有两个。第一个是把郑旦和西施作为两个人。《史记·越世家》的《索隐》载"于是勾践乃以美女宝器，令种间献于太宰嚭。使行'美人计'"，以腐化吴王夫差。乘间越国"十年生聚，十年教训"，终于灭吴复越。第二个是在《吴越春秋》等书中称"勾践使相者国中，得苎萝山鬻薪之女，曰西施郑旦……三年学服而献于吴，吴王大悦"。则西施或称先施，或称西子，都是美人的形容词或绰号。一个有西施绰号的郑旦，被越王勾践选中，并且"学"服三年（通过三年的特殊训练），才派到吴国，进行了一系列的工作，里应外合灭了吴国。我们对于这个问题的看法：第一，她是去作"美人计"的，她的政治任务是去作"内应"和腐化吴王夫差报越王杀父之仇的，而且是配合着越王勾践"卧薪尝胆"的复国行动，这就不会派两个人，以免思想行动的不统一，误了大事。第二，不会出于一家，而一个有姓名无绰号，一个有绰号而无姓名。因此，我们同意西施郑旦是一个人：其意即漂亮的美女郑旦。至于郑旦的父亲是一个山中樵夫。就当时的社会制度，他不是越人，他姓郑，郑国当时正是政治动乱、国势日衰的时期，人民流亡的不在少数，以国为姓，生女名旦。她为着复兴越国，献出了她的青春。至于她的下落，一说是随着范蠡逃亡江湖，浪迹商旅；一说吴被越灭后，吴人为纪念伍员（子胥），因其曾反对过吴王夫差纳越献美女而使的美人计，他临死前曾"退而告人曰，越十年生聚，而十年教训，二十年之外，吴其为沼乎"（《左传·哀公元年》）。为此，吴人杀郑旦，而投诸江。这两位一男一女从郑国到吴越来的流亡人（注：伍员也是自郑国去吴国的），为着吴与越的胜败，都献出了终生。尤其是这位郑旦女郎，配合着越王勾践的艰苦生活，二十年如一日，终于很好地完成复国大业的重大任务。

孔门弟子郑国和西施郑旦，一个儒学正宗，一个立下复越大功，这两个历史人物，都值得一提作郑氏族望的先声。

在韩灭郑，姓姬改为姓郑之后，当时的历史任务是全国统一，在当时来说六国都不具备统一中国的条件。尤其秦国只是以"剽悍"著称，且处于土瘠民贫的西方，是不具备统一中国的条件的，必需改善自然的瘠土为良田。韩人郑国在这方面起了很大的作用。

《史记·河渠书》："韩闻秦之好兴事，欲罢之，毋令东伐，乃使水工郑国，间说秦，令凿泾水，自中山，西邸瓠口，为渠，并北山，东注洛，三百余里，欲以溉田。中作而觉,秦欲杀郑国。郑国曰,始臣为间,然渠成,亦秦之利也。秦以为然,卒使就渠。渠就,用注填阏之水,溉泽卤之地四万余顷,皆亩一钟。于是关中为沃野,无凶年,秦以富强,卒并诸侯,因名曰郑国渠。"

"水工"今称"水利工程专家",郑国的家乡《史记》只是泛称为韩人。郑国无疑是郑的公族后裔,因韩灭郑之后而得郑姓的人。就此来说,第一他的家乡绝不会在当时的韩都——新郑,因为韩都中不会留一个亡国的公族。第二,当时郑公族一部分处在陈宋间的地方,在战国晚期尚不属韩。属韩的是处在荥阳的一部分郑国后裔。第三,他是"水工",因此他在韩的职业是修水利。当时的韩国最大的水患是在"河"与"荥泽"之上,就这些情况看来,郑国的家乡应在荥阳。在《汉书·沟洫志》中郑国的话是:"臣为韩国延数岁之命,而为秦建万世之功。"秦的统一大业力量是在郑国水利工程技术上建立的,至今郑国渠仍是陕西的一个主要水利工程。就此,统一中国的经济基础是郑国建立的,如果没有郑国,当时的嬴政也当不了秦始皇,当时的六国局势也不会统一,这一个功绩,应该记在郑国身上。还有秦汉之际农民起义军中的郑节,也是起着重要作用。他忠于人民,忠于项羽而献出了他的一生。汉代的郑玄,以及郑众,对中国正统文化中心的儒学,作了进一步的发扬,已成二千年来封建社会秩序的思想基础。

我对二十五史中的郑氏族望人物443人作了一个粗略统计和分析。计先秦8人,秦5人(包括郑国、郑节在内),汉19人,三国5人,魏12人,晋4人,南北朝时期北朝22人、南朝3人,隋5人,唐61人,五代15人,宋87人,元20人,明120人,清57人(近现代人物未计在内)。他们发展的曲线是:(图见下页)

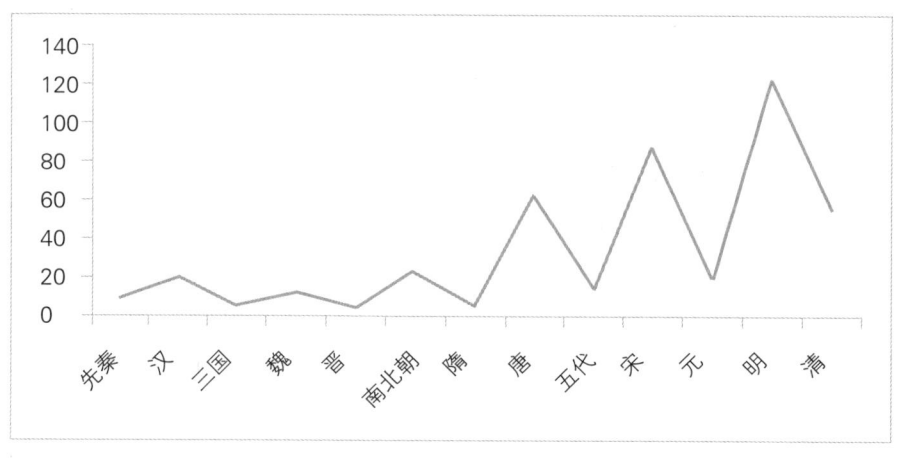

这就很清楚是明代为最多,魏为最少。但从其籍贯上来分析。第一,唐代以前,大部籍贯荥阳,著名人物如北朝的郑演、郑子翻、郑懿、郑俨、郑羲、郑尚、郑伯猷、郑元礼、郑道照、郑述祖、郑伟、郑雕、郑媛、郑孝穆、郑法士、郑德文、郑亚、郑法轮、郑旷、郑町、郑世翼,以及仕南朝陈的郑露、郑庄、郑淑三兄弟。隋唐的郑泽、郑昌、郑虔、郑善果、郑寓、郑钦说、郑细、郑肃、郑繁、郑审、郑潜曜、郑严祖、郑颢、郑权、郑中丞(一个女音乐家)、郑畋、郑处晦、郑从谠、郑元瑾……占总数三分之二。第二,宋元以后,荥阳郑氏人物减少,相对普及到全国各地,尤其到明清两代,郑氏人物占总数三分之二都是出自闽、粤。起重大作用的郑姓亦多在闽、粤。如郑成功等人,因之郑氏更移至台湾及南亚各地,进一步遍布欧美及全世界。(详见宋国桢同志《荥阳郑氏在海外》一文)第三,不论居住在哪里的郑氏人物,都称其"先祖荥阳人也"云云。这就说明了郑氏始于荥阳,发迹于荥阳,子孙蔓衍遍世界,与荥阳故里形成原子爆炸型的关系,如下图:(另附)

进一步分析一下他们的事业,分为学术文化、政治家、军事家、经济家及其他(包括义士、烈女、高节)等五大类。计学术文化201人,政治家102人,军事家33人,经济家20人,其他87人。就此可见从事学术文化事业的就占近一半。还有些政治家、军事家善文墨,在刺史以上的大官善书、善诗文的就近50人,且有些在儒学上有特殊贡献,如仕于南朝陈的郑露、郑庄、郑淑兄弟三人"潜修儒学,号南湖三先生",把正统文化思想的儒学发扬光大,而传往南方。还有中国法学之祖的汉郑昌,精于地理的(宋)郑良,及宋代史学专家郑樵,他们都表现了刚健、跃进、永恒深入、持续不断创造的和扩大了黄河文化特征。尤其在国家由分裂而求统一和国家由衰败而复兴之大业上,郑氏族望都作出了重大贡献,发扬了周—郑特有的"存亡续绝"精神,贡献了炎黄子孙的天职。

**三、荥阳郑氏研究会的特有使命**

荥阳是郑氏发迹之地,留下很多的史迹文物。郑氏在历史上的贡献和在世界上的贡献,使荥阳人民深感光荣。本人有幸籍隶郑氏创建之地的荥阳,又是研究历史考古的人员,每逢研究到郑氏有关历史和史迹文物,总是感到无限光荣,无限兴奋。因此在荥阳成立荥阳郑氏研究会一举,我是特表赞同的。就郑氏史事、史迹,结合当时局势和时代要求,我认为郑氏研究会担负着下列五个任务:

第一,以荥阳郑氏的丰功伟绩,作为研究的对象,对它的继承、发扬和建设作为本会宗旨。

第二，宣扬中国传统的黄河文化。这是郑氏的先祖，从炎黄二帝、帝喾高辛氏到建立郑国的桓公、武公、庄公……诸君所经营之地、所创造的文化，在今天更应发扬光大，加强爱国民主义教育。从臻存亡续绝，振兴中华。

第三，在郑氏家乡的人民，应搞好郑氏研究会工作，作为世界各地郑氏一切事业的后盾。

第四，为使全世界各地郑氏人人有家可归，有亲可依，本会有责任为郑氏做到"保护郑国长城，臻修郑氏庐墓"的工作。我想，海内外郑氏子孙也都会有怀念故土，振兴祖地的愿望与感情。在此，我建议郑氏研究会应把失去两千多年的保卫郑国的长城遗址及其所在地的三十多华里山山水水、古城堡群（照片）连在一起建成"郑国长城公园"，为郑氏子孙和劳动人民瞻仰与游乐。这个举动不只有利于郑氏子孙自家，也为荥阳人民增辟游乐场所，供举世人观光，藉便进行爱国主义教育。如郑国先祖有知，不只是含笑九泉，且要高奏凯旋之歌。此外，我还建议在郑氏祖茔的广武之阳开建郑氏纪念馆。

第五，郑氏研究会应负责联合世界各地郑氏族望团结前进，使郑氏"故土"荥阳，变为"新颜"的荥阳。

因此，"荥阳郑氏研究会"不只是地方性的组织，而是国际性的组织。

公元1989年8月7日于郑州大学

（原文写于1989年，后收于宋国桢编《荥阳郑氏》）

# 《明太祖实录》徐达所收浮戏山诸寨遗址考

## 一、《明太祖实录》所记浮戏山的诸山寨

《明太祖实录》及《明史》太祖本记,徐达、傅友德等传,所记徐达及傅友德等"收诸山寨"的时间是在洪武元年(1368)的四月到七月。徐达是大将军,常遇春是副将军,傅友德是参政。徐达的大军是自山东进入河南。三月五日"徐达徇汴梁"[1],即打下了开封,接着进军虎牢关到河阴(今荥阳广武镇)后,四月初八日达命员外郭高瑞召集浮戏山各寨主。四月十一日荥阳白尺川寨的寨主楚谅即鸡笼寨等表示与徐达联合,进攻元军,使徐达在进军上得到了地方的援助,在前进中无后顾之忧,进一步劝其他各寨主受到明的招抚。因此,接着徐达才得向西进军:"遂自虎牢关入洛阳,与元将脱因帖木儿大战洛水北,破走之。梁王阿鲁温以河南降。略定嵩、陕、陈、汝诸州。遂捣潼关。"[2]这一段战事是很顺利的。到五月十二日(辛巳),大将军徐达等自陕州还至河南(今洛阳),遣指挥唐英抚谕巩县诸山寨。可是这些山寨主却有不少叛变,又成了中原新的一支阻力。因此,自五月初起,徐达、傅友德又不得不以大军来镇压这些山寨。录《明实录》有关各条:

1. 甲申登封、巩县鸡翎山并天堂山寨复叛。大将军徐达命指挥曹谅等栾兵讨之。
2. 指挥任亮,以兵取露豹寨,克之。
3. 参政傅文德取凌青寨,克之。黑山寨守将,闻风遁去。友德送所获守仙人寨参政牛某等十一人于大将军。
4. 指挥唐英及曹谅破鸡翎山寨。获叛将,送大将军,斩之。
5. 五月二十六日未指挥任亮克玉山等寨,擒其头目李德,斩之。

---

[1] 《明史·徐达传》。
[2] 《明太祖实录》卷三十二。

6.指挥任亮与以所获元玉山、黑山等寨守将左丞张恒等一十六人,送大将军徐达所,达令安置于河南。

至此,复叛的山寨基本平定。到六月庚子朔大将军徐达自河南"至行在(开封)见上"。到六月十二日(癸卯),这天,徐达自开封到河阴(今荥阳广武乡)。

己酉指挥曹谅以兵攻青山寨,与战,胜之,其守将参政王兴祖以其众来降。

到洪武元年七月指挥任亮讨平了焦山寨。至此,徐达及傅友德对浮戏山诸山寨平定战斗全部结束。七月庚寅,"振恤中原贫民",朱元璋谕达等曰:"中原之民,久为群雄所苦,流离相望,故命将北争,拯民水火。"安慰了一番。中原的大局才算稳定,到八月底一日渡河,取卫辉(今汲县)、彰德(今安阳),开始转入平定河北,夺取元都(今北京)的战斗。

洪武元年三月下旬到七月下旬,对中原平定的战争,是奠定大明帝国的关键性战争。先后是三个多月,可是对浮戏山区诸寨(城堡)的战争就占了全部三分之二以上的时间。浮戏山寨的势力左右了明军的命运。就全部史实来看:这些山寨的态度很清楚分三种。第一是与明军有联系,自始终向明军投靠,如百尺川寨寨主楚谅等。第二是既降又叛的,如黑山寨、天堂山寨主。第三是观望派。到明军胜了,他就投降,如青山寨主。徐达对他们也是采取了不同的对待:对联合助战的楚谅等是封官的,对叛将李德等是要斩的,对降将们是安置的。浮戏山区诸寨就在这几种对待下结束了二百多年的"群雄所苦"岁月。浮戏山区诸寨,在明的"统一中原,奠定大业"的历史上,占着很重要的一页。

在这段历史上,所记浮戏山区诸寨的名称,计有百尺川寨、福昌寨、方山寨、鸡笼寨、孟夏寨、神顶寨。上列寨名是在徐达初到河南的三月下旬,和他"遂自虎牢关入洛阳"的四月间出现的,这些寨自始至终都和明军配合。此外,鸡翎山寨、天堂山寨、露豹寨、玉山寨、凌青寨、黑山寨、仙人寨等,都是在四月底徐达自陕州派人来"抚谕巩县诸山寨"后而相继叛变的,其中有的还有元的守将,如鸡翎山寨本身就是元的百户所驻在地,有的称为叛将,如玉山寨的头目李德等。主要的以军事攻取山寨行动是在五月。在六月间大局已定。青山寨主也就"以其众降",焦山寨人马"自动溃散"。以上,共记山寨名称十六个。在这些山寨名称上,还需要说明下列两个问题。第一,是有些名称与明代其他文献:如明本《巩县志》及《读史方舆纪要》各书所记有区别:如露豹寨,《志》和《纪要》都称为"雾豹寨";玉山寨,称为"王山寨";凌青寨称为"凌霄寨";等等。究竟何者为是? 或者竟是两个。尚待考证。第二,在明志及《纪要》中尚记有孟良寨,称"宋将孟良立"。石门寨(俗称穆桂英寨)都为宋元城堡。此外《明志》中尚有鹿耳寨，亦是时建筑物。总起来，共计十九个。

这些山寨的分布地区，就《明史》《明太祖实录》所记的史实和方向，前段的明军是自开封经虎牢关向西的，则他所联系的山寨在就近的荥阳汜水境内（今荥阳庙子乡和崔庙乡）。自陕州归来所攻打的各寨，是当在登封和巩县境内（今巩县新中乡）。继之曹谅是守的嵩州，是向东北攻打的。则其战斗的几个寨，就当在今密县境。这个分布的情况基本上还是比较清楚的。

**二、发现的宋元古城堡遗址群**

自1985年起，我们先后作过几次的系统调查。在这一个山区发现的宋元型的石筑古城堡遗址，为二十处，与正史及《明太祖实录》、嘉靖年的《巩县志》、《读史方舆纪要》、《明史》等文献所记的宋元城堡（寨），在数字上基本相同。在这些宋元寨中保存比较完整的：计有梅寨、黑山寨、周家寨、西沙固堆寨、石楼寨、马上寨、马头寨。此外还保留一部分原来面目的如天堂寨（二郎寨）等等。残存城墙多段的：如穆桂英寨。此外清代修筑的山寨中残余有部分宋元遗址的有凤屏寨（柏树门寨），鸡翎寨（大鹰寨、冷沟寨）等八个，此外分布在各山有宋元寨迹象，有成大段宋元寨墙或寨门的，如小顶山寨、龙马寨，还有宋元古寨墙痕迹残存的。还有全部被毁的，如孟良寨。我们系统的调查了有北显遗迹和保存比较好的宋元城堡十二个。除穆柯寨及孟良为北宋早期遗址，其余十个都是属于《明太祖实录》所记各寨。[1]基本上遗址与《明太祖实录》等文献记载吻合，但名称大都改变。这些寨本身的历史如何？哪个城寨遗址是属于《明太祖实录》中的那个寨呢？这是值得重视和研讨的问题。

**三、建修和使用年代（宋元，公元960-1368年）**

这些山寨是军事建筑物，他的性质属于城堡（Castle）的围。因此，筑寨的历史背景是这一阶段在浮戏山区军事设置和行动。为着军事上的需要，所以才有城堡的建筑。北宋初（公元960年前后）选定巩县建筑皇陵后，即在它的东南山陵地带的浮戏山区驻扎军队，以保护皇陵。这是宋建设皇陵和守卫皇陵的主要政治任务。因

---

[1] 荆三林著《浮戏山丛考》及曹振莹等《浮戏山区古城堡现况调查初步简报》。

此,青龙山、赵封山都成为其建筑驻军城堡的主要地带。今称的孟良寨和石门寨(俗称的穆桂英寨)就是在这一历史条件下建筑的,这是浮戏山区筑寨之始。北宋政和之末(1100),中原局势发生了很大的变化。金人的势力侵入了中原,汴京失守了,宋皇室南迁,皇陵保护任务加剧了。整个中原社会,阶级矛盾又加上了民族矛盾,使中原人民更陷于水深火热之中。明太祖诏谕中所称的"中原之民,久为群难所苦"的局面,自此开始,到洪武元年(1368),共计达260多年。在这二百多年的局势下,造成浮戏山这个良好游击战区的自然条件,成为一时的军事要地,也是地主武装筑寨自卫的地区,也是南宋政权转入地下势力活动的地区。两者在政治利害上是结合的,都是汉族,都是以反抗异族(金、蒙古—元)为对立面。因此建炎元年(1127)宋皇室南迁后,皇帝就给转入地下工作的西京(洛阳)都统翟兴札子,叫他"团结本处义兵保护陵寝"[1],所谓义兵,就是指建筑山寨自卫的地主武装,联合抗金。到元灭金之后,又继续抗元。直到明徐达率大军来到中原以后,才结束了他们的民族斗争的历史任务。正因为如此,在浮戏山区筑寨的也有他们的对立面,为着金、元的势力,要来镇压这些汉族义民及南宋潜伏的势力。他们的军队也要筑寨驻军,以作为镇压义民的基地。例如鸡翎寨一开始就是属于金、元的官方,黑山寨有时也是属于官方。他们和义民们的山寨是对立的。这种局面,直到元顺帝时,仍然如此。不过有一点很清楚:天堂寨和百尺川(《楚氏家谱》作百尺川)寨,自始至终属于汉族义民的一方。作为两个中心山寨。尤其是百尺川寨的寨主、楚谅、楚敬更是比较明确。因此,他们到朱元璋代表汉族的复起而"赶元王"的时候,他首先欢迎徐达,与徐达结合,给明军"入虎牢关,大败元军于洛水北"的战役解除后顾之忧,并帮助平复了浮戏山其他元的残余势力,如鸡翎寨、黑山寨,和降而复叛的各寨如天堂寨、仙人寨之类。事后随着徐达北上,打破元大都(北京),被封为大同总兵,彻底结束了异族入主中原的局面,完成了自北宋之末,浮戏山区筑寨维护汉民族利益,抗金抗元、恢复汉人政权的历史任务。就此来说,楚谅这个历史人物是值得敬重的。

《明太祖实录》所记的在洪武元年浮戏山诸山寨的情况。是这二百六十年具体历史发展的结果。因此,这些山寨的创建年代除几个是在北宋早期为守卫宋皇陵而建筑的。如俗称的孟良寨及穆柯寨(石门寨)之外,大都是在北宋之末和南宋之初。虽有的较早点,有的较晚点,但都属于宋元时代,肩负着中原人民抗击异族,

---

[1] 《三朝北盟会编》。

保护汉民族利益,争取恢复汉族政权的历史任务。在金、元的统制中心中原地区中,这些"义民们"为此而做的事业。使浮戏山这样一个小山区中,保存了一股民族复兴的火苗,度了二百多年的漫长岁月,终于同朱元璋(洪武)共同恢复了汉人政权。这一段史实给浮戏山添了多少光彩。

楚谅是在明成祖篡夺政权后被杀死的。楚谅忠于明正统的行为,不随政变而更易的气节,也还不失为一个忠义之士。

至于其使用的年代:应当从两方面来说,第一从狭义是专指在《明太祖实录》所记的洪武元年(1368)前这段时间。当然其时间也各有短长,如北宋初诸寨的使用时间要长点,其他建于北宋末及南宋初的使用时间要短点。但截止到洪武元年七月。这之间的时间总数都有200年左右。第二广义的使用年代是经后人又重修过,明清仍继续使用。但我们所指是前者,而不是后者,以宋元作为《明太祖实录》所记浮戏山诸寨的使用年代。

### 四、终止及荒废年代(明、清及民国,公元1368—1949年)

明徐达、傅友德等所收浮戏山诸寨的终止年代,应该是洪武元年(1368),据今为620年。因为这些山寨本身的使用价值是自卫和抗击异族,或是为异族的统治者修筑驻军以镇压义民的局面结束了,矛盾转化,则这些城堡本身的使用价值也全部结束。这些城堡本身年代即宣告终止。此后即进入荒废年代,则每个寨(城堡)也都同时同样进入了新的历史时代。在新历史年代中,各寨也各有不同的遭遇:有的仍保存原来的名称,如黑山寨,有的已数易名称,又大多以附近村名而改了名称,而称之为梅家寨、石楼寨、周家寨……或者随着地名的变化而数易名:如西沙固堆寨、马头山寨、二郎寨……,至使本来的名称湮没无闻。有的随着新局势下又经过重修,尤其到明末、清末随着农民起义军与地主武装的矛盾,有不少寨被利用,因而又加重新修筑。如明末李际遇曾利用鸡翎寨,加以扩大修建。到清末又被地主武装所根据,修建之后,改名为大鹰寨,清末地主武装就凌霄寨又修了一个寨名将军寨。……也有些没有再作利用,因而受到人为的和自然的破坏,有的已经成为一片断壁残垣;最不幸的如孟良寨已经没有了建筑物,只存其名而已。有的残余断断续续的城堡,名称已改。如今称的穆柯寨上,仍残余着宋代的城壁多段。今称的二郎寨上仍保存着一段宋元天堂寨一个城门和数段城墙。……当然也有些仍保存宋元城堡旧貌的,如今称的梅家寨(百尺川寨)、西沙固堆寨(仙人寨)、黑山寨、周家寨

（王山寨）、石楼寨（青山寨）等等。

　　浮戏山区在政治上属于登封、密县、荥阳、巩县、汜水五县共管的边区，易言之，也成了五县鞭长莫及都不管的边区。又是群山、峡谷、溪流……构成的险隘地区，自《左传》昭公二年就称它是"天下之险也"，自然地貌构成了三个南北通道：第一个是庙路河峡谷，自灵宫殿、石门寨、直南出巩密关，或经东麦熟固堆、五至岭出登封。第二个是"溯汜水而上"，经龙脖，或出巩密关，或经风门口及落鸭涧，或经东沟向东南出风门关。第三个是自王僧（宗）店，经古之蛇谷（今称盘龙谷），出风门关，这是一条古道，是周郑、郑韩和秦韩的主要南北交通道路，也是战略要地，尤其自负黍（登封、少宝山）向荥阳（今古荥镇）的要道，也是战争的主要战场。因此，沿着这一条峡谷两岸，建筑着蜿蜒的长城，这特有的政治条件和自然条件的结合，形成了浮戏山区自春秋战国以来2700年的一个特有的战争场所——很好的游击区。

　　自明洪武元年以来，这些城堡（寨）又肩负起新的历史使命，既为地主武装所利用，也为起义军所利用。最后，在日本帝国主义侵略下，中原沦陷后（1944—1945年），八路军（皮定钧部）又以其为据，有些作为了他们的防守武器和营地，皮旅的嵩岳支队一支即为现代中国史中所记"1944年（甲申）4月22日郑州失陷，29日八路军攻入方山（浮戏山）那一支"[1]。浮戏山中诸寨又肩负了抗击日本侵略者的历史任务。当然这些山寨也有些为地方民团所利用。明清以来中原局势的变化，都会给这个有特殊条件的战场上一个新的历史任务。主要有三次：第一次是明末，李际遇在登封（俗称"李际遇反登封"）。起义之后，实际他的大本营就是这些浮戏诸寨。接着是李自成进军中原。在这种局势下，首先是地主武装到山区筑寨"避难"，继之是起义部队到此山区开辟根据地，和地方武装冲突。第二个是清末，在太平天国之后，首先是捻军（张宗禹）进入河南，地主武装到浮戏山区筑寨，则起义军进入或经过浮戏山区时，浮戏山区又成为他们争夺场所。第三阶段则是抗日战争时的中原大部沦陷后的局面。浮戏山区诸寨在荒废时代中，随着中原局势的变化，而不断赋予一个又一个的历史使命。

　　武器的战争：热武器逐渐代替冷兵器，枪炮代替了弓箭之后，城堡在战争上亦完全失去了它的使用价值，因此，在浮戏山区中的古代城堡（寨）群，占三分之二以上的宋元古城堡群，也就完全失去了它的作为防守工具的使用价值，而转化为作为史迹，或作为旅游资源的观赏，或作为历史考古的主要对象。使用价值的变

---

[1]　《中国历史大事年表》第954页。

化,使浮戏山占三分之二的宋元古城堡遗址群,也变成了开发浮戏山旅游景点的重要对象,使原有的作为防守工具的价值,变作旅游区主要对象的观赏价值。

不可否认这一套《明太祖实录》所记的城寨,在它的上面表现了宋元时代中原地区阶级斗争和民族斗争的各种形象和它的历史,一直到它的最后政治使用任务——八路军嵩岳支队(皮旅)的革命史和对日的抗战史。因此,它不只有其特殊的观赏价值,也是举国不可多得的较完整的爱国主义和革命斗争的实物标本和直观教材。

**五、遗址与文献记载的结合**

就上列历史的发展,在荒废年代浮戏山宋元城寨本身为使用价值上有了新的变化,则它的名称也会随着而转变。因而,情况会给这些文献上的寨名造成很多的混乱问题。现在所称的寨名不都是文献记载的寨名。同时宋元的寨名在这个地区已多不存在。不只是人们口中的不复存在,即在明清地方志和有关文献(如《读史方舆纪要》之类)中亦多改变。因此造成了对《明太祖实录》中所记的城堡(寨)遗址认识上的一些问题。如何使发现的宋元城堡名称和《明太祖实录》所记的寨名结合起来?它们之间变化的线索还是可以找得出来。首先有一点很清楚,即都分布在浮戏山区(方山),这些山区明清以来又仍从属于巩县、密县、荥阳、登封、汜水等五县交界。这就划出了大的地理范围。那么就很容易从明清以来上列五县方志中所记的方向、道里而定出各古城寨的位置。次之是从《明太祖实录》所记徐达、傅友德等所收诸山寨的行军次序上可以看得出来:在洪武元年四月七日,至其向西征期间所收诸山寨在荥阳、汜水,自陕州徐达谕的诸寨在巩县。登封这些复叛的各寨—即用兵力剿平的各寨在登封及巩县。到曹谅驻军嵩州,最后向东北方打下的各寨应属密县。那么,也可按这个位置来定方向和位置。再次之,有少数寨名仍本《明太祖实录》及明代文献之旧:如黑山寨,可以根据他们的位置而推断其他山寨。

有的寨名变化是有迹可循的:如今称的梅寨。山下的溪流源出柏池(亦称百尺),称为百尺川。其山名百尺山。这个今称的宋元型的梅寨遗址,建在百尺川旁的山上,当然毫无疑问今天所称的梅寨,就是《明太祖实录》中所记的百尺川寨。今俗称的石楼寨,其山叫青台山,就当是《实录》中的青山寨。今称的二郎寨,在明及清早期的地方志中都有天堂寨之名,从无二郎寨之名,民国《巩县志》始有了二郎寨,却没有了天堂寨。显然这今称为二郎寨的,即宋元间的天堂寨。南小顶山称神顶,也叫香炉山。那么在今南小顶山上的宋元城址,即为《明太祖实录》中的神顶寨。西沙固堆寨俗传是张果老倒骑着驴上山修筑的。还残余着一些石坑被称为"驴蹄坑",处荥密交界。因此这个俗称的西沙固堆寨,就当是《明太祖实录》中所称的"仙人寨"。

还有些是断壁残垣,而且在其附近又建起了一座寨。如清咸丰年间建的牛家寨,在其东方残余有一些古老寨墙。建筑的石材,就工艺和建城技术来说都是属于宋元时代。究原为何寨残余? 只就其方向推断,当为宋元间的凌霄寨。但在《明太祖实录》中有凌青寨,没有凌霄寨。而《读史方舆纪要》有凌霄寨而没有凌青寨。《读史方舆纪要》为晚明著作。因此,就不能不产生下列两个问题:第一是凌青寨与凌霄寨为两个寨名,第二是凌霄寨是由元代凌青寨名到明末又变出的新名。我们的看法偏重于后者。在醋峪上首有一些残余的寨墙,就石材及建筑技术亦属宋元物。今称大寨。就其地形,与明嘉靖《巩县志》所记鹿耳寨相似,但在《明太祖实录》中却无鹿耳寨名称。有些为保卫皇陵在青龙山及赵封山所筑城寨,在《明太祖实录》中也没有提到,如孟良寨及石门寨之类。《明太祖实录》所记的孟夏寨,是否就是孟良寨,也可能不一个地方,也可能是明清之后把孟夏寨说成了孟良寨,因而把石门寨上首的各段宋代建筑石寨墙壁,也就误会成了个穆桂英寨。不论是原因出于何者,但从石材工艺及筑城技术上是可以肯定的,即这些寨墙是属于北宋早期,或更早点。可是穆桂英寨之名既没见于《明太祖实录》,也没见于明嘉靖《巩县志》。但这个寨是存在的,且处在浮戏山庙路河的北入口处,为险要地带。究竟这个寨是《明太祖实录》的哪个寨,就很难说了。

还有些经过多次重修,且已改名,只从其寨墙上见到一些古代建筑痕迹,或成段的被利用,如马头寨和风屏寨上都存有成段宋元寨墙。究属于《明太祖实录》中的哪个寨? 就很难答复。

还有些从记载的方位和地名上,可以推断它的存在位置。如《明太祖实录》中的鸡笼寨。第一是见诸洪武元年四月初间,徐达大军未"出虎牢关"向洛阳军之前,则这个寨应在荥阳县境。第二,是与"难"有关的地方,就应在南冠山左近,或即马头寨。还有方山寨,方山在地理上是列入汜水,当在百尺川寨的左近。即当在卧龙台寨的地方,或偏东的山上。据说在这里有古寨墙痕迹? 那么这两个寨是否是今称为龙马寨或卧龙台寨的前身,就尚待考证。

总的来说,现存比较保存完整的宋元城堡(城寨)遗址。与记于《明太祖实录》

中的寨对照,可以肯定的有下列十个。

| 《明太祖实录》所记寨名 | 今俗称的寨名 |
| --- | --- |
| 百尺川寨 | 梅寨 |
| 青山寨 | 石楼寨 |
| 神顶寨 | 南小顶山寨 |
| 鸡笼寨 | 马头寨 |
| 仙人寨 | 西沙固堆寨 |
| 黑山寨 | 黑山寨 |
| 凌青（霄）寨 | 牛家寨 |
| 天堂寨 | 二郎寨 |
| 鸡翎寨 | 大鹰寨 |

福昌寨、马上寨此外,现在俗称的周家寨,就其方位和徐达进军情况,当为《明实录》中的露豹寨,玉山(或王山)等寨都当在其西南,应属于登封县境,至于其他一些残壁或残迹,是属于《明太祖实录》的何寨的遗存？尚待继续考察。

1988年5月于郑州大学

（原载《中州今古》,1988年11月第6期）

# 民俗博物馆在现代中国之重要性

## 一、引言

在欧洲从亚历山大时代起博物馆就有了雏形[1],慢慢发展到了15世纪初叶,就有正式博物馆的成立,到近代,博物馆在各国已林立,尤其在苏俄,博物馆的数目已经达到二百多个[2],可以说整个苏俄的社会文化教育,是在利用着博物馆。不但苏俄,现在欧美的社会文化教育,也完全成了一种博物馆教育呢!甚而还有儿童博物馆的设立[3],连儿童教育也利用着博物馆。所谓博物馆,并不是一个古物的保管机关,也不是任何物品的保管机关,可说是整个社会文化的教育机关,他的价值是超过图书馆的。图书馆只能供给知识阶级阅读和参考,而博物馆则可以用娱乐的性质来供给一般人的欣赏和观览,灌输一般的知识和文化。它是能补助一切的教育,的确是整个的社会文化教育。再者,一个完备的博物馆中,要含有保管、陈列、及教育等种种意义,要分科学、历史、社会等等部门。而它的陈列品,不仅纯是原来的物品,还可分为模型、图写(照片附)等类。这样博物馆的功用及价值,便更大了。

## 二、所谓"民俗博物馆"

博物馆有特别的与普通的两种不同的性质。特别的博物馆是含有某种特殊性

---

[1] 亚历山大将侵略所得之物,命亚里斯多德保存。同时托勒米斯特(Ptolemy Boter)在亚历山大的世界希腊化政策鼓励之下,创立了一个博物馆。

[2] 苏俄的博物馆,完全是他们宣传教育最有力的工具。

[3] 美国有儿童博物馆的设立。

质的,普通的纯粹是为教育而设立的。这二种都有他相当的用意,尤其是普通的博物馆,在社会上的功用更大。民俗博物馆就是普通性质中的一种,是以民俗的材料而用博物馆性质组成的社会文化教育机关。现在把它的材料、功用和组织约略列之如下:

1. 民俗博物馆中的材料——它材料的基础,当然建立在人民——社会——的生活、风俗、与习惯上。人民生活的要素,可以分为物质的和社会的(或文化的)两种。在物质方面的材料,也可以包括人民生活中应用物品的全部。例如:日用器具,民间工艺,及其他一切民间的器物。至于社会方面的那更多可以包括人民全部的生活状况。例如:婚、葬、礼俗、会社[1],及其他民间之固有组织,人民之生活等类……这都是民俗博物馆中的材料。这些材料,搬到博物馆中,一经学者的整理:如分类、说明、制型、图写等等。还用科学的方法加以布置,便可供大家的参观,来领略相当的知识或文化。

2. 民俗博物馆的功用——各地因为自然环境之不同,生活也绝对有异,但是,也有相互应用的地方。而且要改革社会,必得先对人民之固有生活加以认识,因为整个社会的演进,是经过了相当历史的,绝对不是突然可以改进的。总得对于各方人民之生活状况加以深刻的认识,才能做出新的生活而适用于人民。而且人人都有相当的模仿性,对于好的自然可使人民自己去学习,风俗之于人民生活,可以说是有着重大关系的。不论是学术或者是社会等,都离不开民俗。所以史学家告诉我们:"空间的旅行等于时间上的旅行。"——因此,我们走进一个民俗博物馆里,可以说能得到了全球的及整个历史的文化知识,如同走遍了一个世界的人间一样。我们可在民俗博物馆里,研究得一个整个的社会的——人民生活的——状况,这个功用是如何的重大呢?况且民俗博物馆的观众不一定要知识分子,即普通一般人民,也可得到相当的知识。再者,民俗博物馆的材料不一定仅限于一地:它的范围可以有两种,第一种的范围可以包括全球人类的风俗与习惯。第二呢?即一国一省一县一地方,都可作为一个民俗博物馆材料的范围。第一种的功用自然是很大的,第二种的功用亦并不小,它最低可以使我们一目了然的知道了解某一个地方的人民之固有社会的状况,及现在人民生活的一般。——这种种的功用。可说是除民俗博物馆而外,任何文化机关所不及的了。

---

[1] "会社"是农村中一种固有的社会组织。"会"是庙会或神会。"社"是村社,或神社等。

3.民俗博物馆的组织——一个完全的民俗博物馆之组织,自然是很复杂的。假设是一个附属于其他机关的民俗博物馆,自然是很简单的。但是,我们一普通的独立的民俗博物馆之组织来说,总离不了下列的四种工作:

A.管理——在任何机关中,管理是一种最重要的工作。而在博物馆中,管理也是一种重要的工作,——所谓管理者,是专指馆中行政上之管理而言。而其他工作则各部分任之。所谓在管理的部分中的工作,如经济、人员及其他一切馆务管理的工作皆属之。

B.陈列——陈列在一个博物馆里是最主要的一件工作。尤其在民俗博物馆里,其价值更重要。而在通常博物馆里陈列的方法,其最大的弊端就是不能使观众得到相当的知识,这是一件最背乎博物馆原则的一件事。我们要细看它所以如此的原因,大半是把陈列看的太轻,而且去陈列者,亦大半是不懂陈列意义的人。这样自然会发出种种的弊端:第一是把博物馆中的材料当作珍宝。第二是陈列者的本身没有相当的知识。——况且,一个博物馆的功用全在于陈列上,岂可马虎么?最低,陈列的方法能使观众得到所陈列的意义才可,尤其民俗博物馆在陈列上更得注意。应当使观众能一走进陈列室如走进了一个社会一样,如从此境域至彼境域而观觉了整个的人间才可。因此,陈列的工作,亦得特别的要有相当知识的人去工作。——而且使彼等专门于陈列,不必顾虑他事。

C.搜集——搜集的工作,是博物馆中重要的一部分。博物馆一切材料的来源,都由搜求而得,搜集的工作亦得有相当的部分来专管才是,如调查,采集,制型,作图等,都是这一部分的工作。

D.研究——研究也是一件重要的部分。如材料之编辑成书,及译外国文之材料,与一切研究事项。可以说整个以文字来输入或输出材料的工作,都是研究部分的工作事项。

——现在把民俗博物馆之大概的部分及工作列表如下,以供研究:

馆长
1.管理部 { 会计(经济之管理)
　　　　　 庶务(役夫及其他一切杂事之管理)
2.陈列部(管理陈列之一切事项)
3.搜集部(管理一切材料之搜集事项)
4.研究部(编译一切材料及其他一切研究工作)

——上所述者,不过是一个民俗博物馆之大概而已。及至组织时,绝不是这样的简单。而且在德国汉堡已有一个规模较大的民俗博物馆,亦可作我们参考的。

### 三、现在中国为何需要"民俗博物馆"

一个国家之所以能够存在,就是有许多人民。而且人民知识高的国家,才能够存在与发达。人民知识愈低的国家,自然是日趋败亡。所以一个国家建设的基础,是人民知识的建设。而中国人民,大半还都目不识丁,任凭一般人怎样叫着"普及教育"。因为他们根本就没有社会知识,从哪里着手可以普及呢?现在一般人注意的普及教育,第一步是教他们识字,可是我们细细的去研究一下,这个方法是否可速即发生效力,自然是不可能的事。第一件:因为一般不识字的人,大半是劳农或工。他们的时间和精力是完全消磨在他们的职业上,绝对没有功夫再去学认字。第二件:是他们的习惯已经养成,再者他们不识字也可以维持了他们的生活,再也不愿意去学认字了。第三件:他们大半是年龄稍大的人——有二十岁以上的人,再从学字起,也不会发生效力。第四件:他们根本就不知道学字的好处。因为这种种的关系,可以说这些要他们识字的工作,是一件无益的工作。不过认字只管可以认字,而使他们能得到相当的知识,是一件绝对不可能的事。但是一个人,对于他眼前的事物,他们绝对可以分出善恶。再者,可以说人人都有向上择善的心理。他们只要看到好的事物,绝对是可以模仿的。——进一步说,一个见过的事物,他们最少可以知道而记下。——而且暇时都喜去娱乐。

一个博物馆可以当作一个娱乐的场所。——民俗博物馆可以当作一个整个的社会,像是社会的照相。内面是形形色色,无奇不有的动作与物体。他们可以娱乐,在娱乐里,他们得到了大社会的知识。可以说是得到了全人类生活的知识。这样的方法,其效力的速极大,可以说是任何方法都不能及的。

现在我们中国所受帝国主义的侵略,人人都知道其重要的是文化、政治、经济与武力等侵略。但是我们回头来看,他们所以侵略我国的原因,是我们文化的衰落,政治的不就轨道,经济的不景气,武力的散漫薄弱。这个问题的解决,是整个人民的知识问题,非从知识的根本着手不可。以现在来说:人民没有相当的知识,就是向他宣传一切,也不过是"对牛弹琴"。他们根本不知道的事物,如何能输入他们的脑海呢?所以现在汉奸可以乘机活动,也完全是人民只知道当奴隶而已。他们根本就不懂得什么是正路,什么是他本身的职务。……这样,所以中国越来越没办法,经济绝不会景气,而政治连带着也没有轨道,武力更是谈不上了。所以,中国的民族依旧是一盘散沙,依旧是东亚病夫。

所急需的第一步,就是知识的普及——教育的普及——问题。这一个问题的解决非用博物馆教育不可。——而我们中国现在的博物馆,不是特殊性的,便是古物的保管机关。完全与博物馆的原则不相符合。更是谈不到博物馆的教育。——现在所需要的博物馆,是普通性的博物馆,是通俗的博物馆。而且是一种能输入文化知识,及能作社会教育的博物馆。而民俗博物馆呢,是整个人类生活的一种写照,可以输入文化知识,可以普及教育,又可供一般学术家的参考。甚而说,可以因人民的生活而改良社会,这种博物馆,是我们中国现在所需要的,而且是最需要的,是一个效力最大的博物馆啊!

### 四、结论

民俗博物馆,亦有两种不同的性质。就是完全的——包括全球人类之生活及地方的两种。一个完全的民俗博物馆之设立,自非易事。而小规模的完全民俗博物馆,最低也得找到相当的材料。地方的民俗博物馆,设立时极易,而且经费又不多。虽在此经济景气之中国,民俗博物馆之设立也还是有可能性的。希望将来,民俗博物馆能够林立,用博物馆的方法来普及教育,使人民皆能得到相当的知识,则吾中华民族幸甚。

二五.五.十一于开封。

(原载《学术世界》,1936年第2卷第2期)

# 地方博物馆之目的与组织

## 一、地方博物馆之目的

博物馆（Museum）是一种社会文化机关，并不是专为保管宝物设的仓库。博物馆大别分为三种。第一种是特殊的，例如国家或是古寺、古宫殿等中之宝物的保藏及陈列等——这一种博物馆与国家社会的并不十分重要；不过也不说到没有关系，它总可以保藏许多宝物和材料。第二种博物馆，就是含有教育意味而在一特殊的地方，不是通俗的博物馆，例如某大学内的博物馆及其他含有某种性质的博物馆——如美术博物馆、科学博物馆等。第三种是通俗的，就是我们所说的地方博物馆。这一种博物馆的功用十分重大，可以说包括了完全的文化教育。——不识一文的民众，他们若是从一二等字学起，及至到学问知识都可应用的时候，就似乎是太晚，而且他们因为工作的限制的关系绝对不容他们求得高深知识与学问。但是他们是绝对不能没有一种常识，使对社会有相当的认识及对历史、地理及一切应用科学的常识。这一种文化教育的完全责任，可以说完全得负在通俗博物馆上。况且一个博物馆并不是专指古物的保存而言。凡是社会的、自然的及其他一切与人类有关系的物质之陈列及保存都在其内。

所谓陈列的用意完全是建筑在一般观众的身上，绝不是陈列而虚做一种样子。所谓保存，是保存与人类应用有关系的材料。

吾国现在的地方博物馆太少，这自然是一种国家之缺乏的地方。这个罪过，我们不能归之于国家，只可说怨一般人不深认识地方博物馆的意义。现在吾国确实是需要地方博物馆，可以说这一种博物馆需要当超过一般民众教育馆及图书馆等。因为一般民众中之知识分子太少，让他们去求高深的知识自然是不可能，这一种教育，除非用博物馆的方法输入不可。例如：一个不识字的人（只要不是傻子），你拿一种器物使他们自然见到，过去他们会有一种印象。再者即略有知识，或是略识文字的人,他们久处一地,所见闻者不过一地方,所以知识不能够十足。可是一个博物馆绝对可给他输入知识——可以说地方博物馆所负的责任,完全是一个地方的社会教育。

**二、吾国现在所需要的地方博物馆**

现在我们中国事事落后,这是人人都观察得出实事,细考落后的情况,自然是吾国国民的知识不能够普及。尤其在当下农村经济破产的时候,可说吾国整个的经济萧条,一般人能受教育的太少。所以一般民众十之八九都不能受到高深教育,而知识方面自然是不能充分的得到。这一般人的知识的输入,自然是负在博物馆上。再者,一个地方博物馆所负责任,是把一个地方的材料贡献给社会人作参考的资料,而且可以作一个地方上的总文化沟通机关,所以它的功用不只在输入文化,而且可以输出文化,可以作一个整个的社会文化的教育机关。现在我们中国实在需要这样的地方博物馆。

我们中国所需要的地方博物馆,绝不是玩古董的博物馆,而是一个社会的文化教育机关。所以在一个地方博物馆的材料,就不是只限于古物或某种的陈列品。而是总合一地的社会的及自然的材料而陈列出来,使一般人来在一处来领略相当的知识。所以在陈列方面,自然的,得完全因着观众的知识而陈列。在一个地方博物馆中,它的观众大概有两种。第一,是一般知识分子的游客——这一种大半是外来人,是为着研究某地方的史迹或社会而来。第二,是一般民众,他们来参观的意义完全是来领略知识。(这种情形大概每个的地方博物馆的观众都是如此,并不是只限于一地)所以在陈列上,绝对不是草草的可以办到,而得按着观众的心理及知识而陈列。

在陈列的材料上有三种不同。第一是实物的,第二是造型的,第三是画图的。这材料的问题,虽未完全解决,但是社会上已知注意得到,这三种所代表者各有不同。第一种,自然是一切的实物。第二种造型,完全是表现事实的一种,例如历史的、社会的、政治的等类的材料,自然的造型了。第三种,所代表的,例如史迹、地理等等的材料,不能把它移动,所以只有作图或照片了。这三种在博物馆中其价值相等,而且功用上制型当超过实物。(河南旧民族博物馆中亦会有几种造型)。所以在陈列方面,第一当注意其用途,例如古物的用途所表现的是工艺之演化的情形,自然陈列时第一是断代(断代之方法最好用地方的通用之名称而分)。第二是分类

（地方博物馆的分类方法最好根据器物之本身的用途）。第三种是意义。列表如下：

| 分类 | 器类1 | 2 | 3 | 4 | 1 | 2 | 3 | 4 | 1 | 2 | 3 | 4 | 1 | 2 | 3 | 4 | 1 | 2 | 3 | 4 |
|---|---|---|---|---|---|---|---|---|---|---|---|---|---|---|---|---|---|---|---|---|
| 时代 | 周 | | | | 秦 | | | | 汉 | | | | 三国 | | | | 晋…… | | | |

上表在陈列上，第一即断代，如周、秦、汉、三国等等，而遭某一阶段中，再据古物之用途而分类，以便观众之一目了然。这一种方法最适宜地方博物馆之古物的陈列。

此外之造型的陈列其用意极大——其陈列的方法自然得按其所表现之地理而分类，第二便是事实的分类。例如民俗之陈列，第一是把他的地理划开，或据自然地理或据人文地理；第二便是事实的分类等而外之一切的陈列方法。总之，是据陈列的用意而用科学的方法而分类，以便观众的参观。

再一种，就是知识的交换及输入问题。在陈列上自然可以负起一部的责任，但是绝不能完全的负起。陈列所输入的知识，也不过是简略的知识，而且所有的一切材料之整理外来的知识的贡献，自然还是编译的责任。而吾人所谓的贡献并不只是古物之拓片的整理，而译也并不是专译一切的书籍。所谓的编译的工作，是将材料加一种详细的说明或考释而贡献给社会的工作。

现在吾国所需要的地方博物馆，是能够输入知识的博物馆，而且可以贡献一切文化的地方博物馆，这一种博物馆在任何地方都可设立，而且所需之资本并不甚多。再大胆的说：就按这次的防空展览而言，其多展览者只限一地一时。而这工作究有何用呢？恐怕有许多未必得见到，而且见到的人也未必就对它有相当的认识。这种工作是地方博物馆中早应有的工作，而且在现在我们中国，人民之急待于输入知识。而地方博物馆亦急待成立。可见已有的地方博物馆反而专成为遗老们的玩古董及保管古董的处所，这岂不是笑话。假设博物馆的用意是如此，那么即刻可以不必要博物馆这个名词，而改为宝物保管库。吾国现在是绝不需要这种博物馆的。

**三、地方博物馆之组织及其他**

在任何一个机关的组织上，可以说都是为着他的本身的性质而组织，自然由馆长而至勤务应有尽有，这是必然的一件事实。但是地方博物馆的组织，却不能说完全与别的相同。而在一个特殊的博物馆中,其组织自然复杂,而地方博物馆呢?其组织自然因其所在地及用途工作而组织。概括地来说,其组织的标准系统当如下:

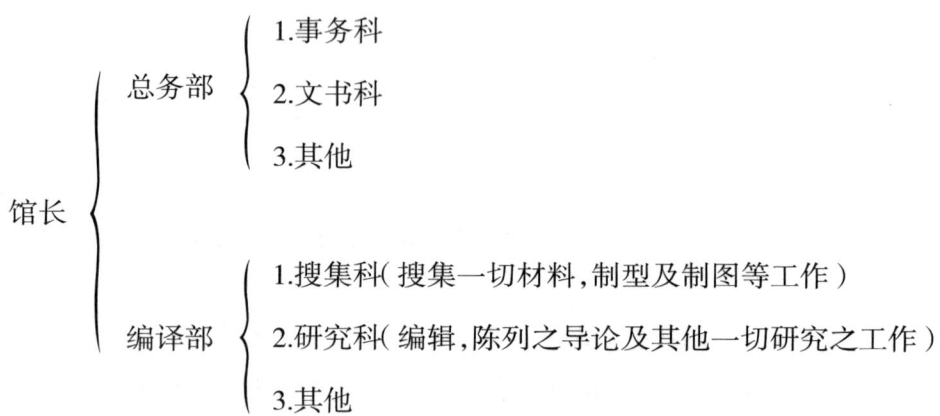

这样的组织的表示,不过是大概而已。而且是在任何一个博物馆中都得有的部分与科别。而组织时自然也不能限于此,这也不过是一个地方博物馆组织的标准而已,所需经费并不多而且功用可说是很大的。

希望已经成立的地方博物馆从今天起,能以改良,而成为实用的博物馆。并希望将来各地能多设立几个地方博物馆,来作社会文化教育输入一切的知识,或许可以使将来中国也不会再发现一个没有知识的人。

完成于一九三六年十月十五日

(原载《中国博物馆协会会报》,1937年第2卷第2期)

# 科学博物馆之功用及其组织
## ——对政府的一个建议

### 一、引言

据报载,教部通令"全国各省建设科学馆,并限三十年度以内正式成立"一节。这是如此重要及值得令人注意的一个消息。所谓的科学馆实即包括科学教育、科学研究及科学陈列等馆之三重意义而言。战前,我国各地有不少科学馆、教育馆及博物馆一类之设立,但不少的几乎成为养老机关,或普通行政机关,或是娱乐场所,而失去其真正的意义,实际配称得上博物馆的怕太少了。在抗战建国的今日,应积极发展科学教育,普及科学知识,造就科学人才,所以政府不惜巨资来作这个事业,我们总是希望这次的各科学馆成立之后,一定能实际的负起责任,以达到所谓的科学馆之目的。现在我们就以中国的实际情形,论一论我们当前最需要什么方式的科学馆。德国自然科学及工艺博物馆馆长米勒博士( Oskin Von Miller )曾云:"深信将来人人有机会,以寻求知识时,科学博物馆对于社会经济,必大有裨益。"我们从史实上,可以知道科学馆之功用,证明米勒的话。欧美各国之文明自宗教革命之后,蒙昧主义之势力和宗教的权威,一落千丈,而探讨科学之精神因之而兴。所以在十六世纪初叶提倡科学的第一声就是Accademia dei Lincei的成立,伽利略( Galileo )是里面的一员健将。到十七世纪中叶科学的力量就集中了。所以有下列这些学会的产生:Schweinfurt的Academia Nature Curfuseorus成立于1652年,佛罗伦萨的Academia det cimente 和马德里的Academia Natural Curiosorum成立于1657年,伦敦的皇家学会(Royal Society)成立于1660年,巴黎的科学学会( Academia des Sciences )成立于1660年。这些学会就是科学博物馆的先声,不但对于科学的发展上有无限补益,就对于人类社会整个的文明也有很大的贡献。十七世纪末叶,德国已经树立了几个重要的科学博物馆之基础。到了十八世纪的时候,社会才认清科学博物馆的重要性,1771年西班牙国王下令建Museo National de ciencias

Naturales 于西京马德里,该馆开馆于1776年。1793年法国于卢甫建造第一个公共博物馆,就是现在的国立博物馆,次年皇家花园又改为国立自然历史博物馆,1779年又在巴黎开幕了一个工艺博物馆。到19世纪,博物馆已经由贵族化而平民化了。L.C.Everard 氏对19世纪的博物馆曾加以赞美地说:"新式博物馆是研究学术的场所,是教育的中心。"从此博物馆由仓库或学者研究的场所,而一转为教育的工具,最早的科学博物馆于1869年出现于美国纽约省,并且美国也是建设博物馆最多的国家。不过在1869年以前英国已经有了类似此种的博物馆,飞禽和走兽的东西的采集。艾欧瓦省(Gowa)的达丸波尔多(Davenport)城和纽约省的布法罗(Buffalo)城的博物馆是首先提倡利用馆内的物品来讲学的。1851年伦敦水晶宫举行了一个大博览会,其目的不外为要借展览会的办法来促进这世界的科学。此次机械产物的展览会的确给了手工业一个很大的打击。自此以后,有许多临时的展览会,后来皆变为博物馆;例如1878年巴黎的世界展览会,产生了现今的 Trocadero。费列得乔非亚的纪念馆就是现在的宾夕法尼亚的美术馆,1893年哥伦比亚展览会结果成立了 Field Museum 的自然史馆,1893年一个世界产物展览会,到1933年成立了一个芝加哥的实业和科学博物馆,而外颇有不少实事,例如圣地亚哥自然博物馆产生于1915年的巴拿马加利福尼亚博览会,每次的展览会的结果,促成了每一阶段科学之发展,建筑了科学馆成为研究及推进科学的轴心。到现在全世界共有7000多个博物馆,但据马可哈谟(Merkbam)氏所估计的数字远不止此,大概约在8000以上,在这8000个博物馆当中,欧美各国就占了6500个,然而在这些国家中要算以德国和美国为最多,德国有1500个以上,德国专门的科学博物馆占了总数的25%,平均每四万日耳曼人中有一个博物馆,可以供给他们作为研究科学的场所,德国的大部分的博物馆是分建在各省的,博物馆对于地方政府之关系比对中央政府的关系来得密切,其收藏的种类以地方之精华为大宗,其馆之目的以人民之利益为前提。苏联的科学馆是专收关于应用科学之演进与研究材料。美国博物馆在教育上的活动是无微不至的,有一百二十五个设备完善的专门的博物馆,并且在其他博物馆当中皆设有科学部,建筑及增修博物馆的经费,美政府列入了正式的预算,当年经费数额为1600万美金。

　　欧美的文明本质是科学,而科学之产生完全是在科学博物馆里,它的功绩是如何伟大,我们可想而知。现代的博物馆不唯是像一座实验室,严格的说,它就是制造文明的场所。它的功用就是教育,所以美国博物馆与学校是切实的合作,并且现在有了一个更进一步的办法,就是使学生按规定的时间到馆里去受课。每个地方的博物馆成为每个地方的教育中心。现在世界各国皆正在积极发展各科门的博物馆，深切的知道博物馆的功用不仅是教育的工具，文明的制造场，而且是宣传的良好器械。1899年英国成立了博物馆协会，接着美国、德国的相继成立。现在各国都在积极的计划着发展博物馆。在中国的博物馆性质的机关并不算少，例如教育馆之类每县都有，但是大部的博物馆是清闲、散漫或是交接场所，在老百姓眼里是衙门，与学校及社会没有多大联系。这样的"馆"，只好暂也称之为"馆"了。抗战以来，教育馆之重要已被人注意得到，中央特地令各地训练民教馆长。但一般人所注意的问题只一样，只注意到教育馆是对民众宣传的工具，而忘却了它的本身乃是发展地方文化及普及教育的大本营了。

"Museum"原来是指的以实物的证验而作教育的工具之组织而言，是一种方法，是一种活动的组织，在欧美是发展科学文明之进化的力量，而跑到中国之后，便成为一种平静的死机关了，其原因固然是中国人才的缺乏，但有许多有才能的人反而没力量去做。这一点我们也不得不特别留意。所以我们主张多组织机关，反不若使每个机关健全起来。科学馆是Museum的一种，换句话说就是"科学的博物馆"。它的目的是在发展科学，传播科学地方的科学馆，地方科学馆的责任更大，他一方面在传播外来的科学知识于人民，另一方面确还得将地方的自然物资料介绍于社会，同时还得佐助各地方之教育机关之研究。这种责任是如何的重大呢！

**二、中国之自然环境及其所需要之科学馆**

我们常常自夸着地大物博，千真万确中国是一个地大物博的国家。按理说我们应当是世界上的一等强国，然而实事告诉我们的却不然：是次殖民地，是一个最贫寒的地方。但所以如此的原因，则为地不能尽其利，物不能尽其用。——至于人虽多而才太少，也算未能尽其用吧！其所以如此的原因，虽说是资本缺乏，无力开发，然究之实际，确因为科学的不发达，虽有物有地而不知如何用，这是我们当前所最痛心的一点。现在政府之所以决令各省建设科学馆的用意，盖也不外有二：（一）为促进科学之发达，（二）为普及科学知识于大众俾能达到"物尽其用，地尽其利"之目的，以使抗战之大业的完成。

第一步，我们先看一看中国的自然环境。中国是世界上的大国，极西是东经七十度零二十二分，极东是东经一百三十五度零二分半，东西所跨的经度有六十四度四十分尚多。极北是北纬五十三度五十二分半，极南是北纬七度五十二分,跨有四十六度之多。大部处在温带,在亚洲是一个位置最适宜的国家。亚洲的富饶土地都在中国:中国西部及北部居于亚洲的中央台地,大部属盆地或高原,固然有些地方比较干燥,但大部分因为多山,或者因为接近多雨地带,亦相当润泽,故植物茂盛,或为草地,或为大森林。北部的天山、阿尔泰山及萨颜等山中,多为针叶林,但在较暖之山腹地,则多为落叶林。这些地带不唯是大的农牧地,出产着大量的畜类及皮毛,而且是矿产及林木的大本营。中国的中部及东部完全为季节风区,风调雨顺,土地肥沃,大部为平原,可耕可牧,产大量的农作物,为世界各国所不及。中国有一万一千零十三公里长的海岸,有大好的商港与军港,水产丰富,美国的世界年值根据中国水产类的数字(约一百万美金),证明中国每年水产占世界水产值之第三位,仅次于日本和美国。

中国的面积不止在于有一千一百一十七万三千五百五十八方公里的土地,足当得住整个的欧洲,且是得天独厚,高山大川,沃野矿产,都在中国,翁文灏对中国的面积及地势区分,曾经有一个估计,表列如下:

| 类别 | 面积 | 占全国总面积之百分数 |
| --- | --- | --- |
| 平原 | 九十八万四千一百六十二方公里 | 百分之十 |
| 盆地 | 一百五十五万三千九百四十方公里 | 百分之十六 |
| 丘陵地 | 八十八万五百六十八方公里 | 百分之九多 |
| 高原 | 三百六十二万五千八百六十方公里 | 百分之三十四 |
| 山地 | 三百一十万七千八百八十方公里 | 百分之三十 |

中国的河川的川谷大都是生产价值极大,对交通上也有极大的贡献,山地和平野,平野及平野间之联络交通线,完全依赖着河道。长江,黄河,黑龙江,粤江,流经了全国,在中国的经济文化上皆有着极大的影响。比如说,长江有五千一百四十九公里长,是世界第四条长流,讲到它流域人口之多,天产之富,要算是世界第一,它由高出海面一万八千尺的高地流下,这经四个大小湖盆然后入海,第一就是四川盆地,第二是洞庭湖周围的江汉平原,第三是鄱阳湖周围的平原,第四是芜巢平原。这四个大湖盆成阶梯状的下移,皆是伟大的肥沃的土地。长江是华中交通的主干,上游可通小轮船,宜宾至巴县间水涨时可吃水六尺的江轮,巴县至宜昌间可行载重五百吨的江轮,至于汉口以下,吃水十尺的载重二千吨的江轮终年可通行无阻,若在夏季水涨,载重万吨的海轮也可直达汉口。

黄河流域有广大的平原,有丰富的物产,是中国文化的发源地。即其他各川,如粤江、黑龙江、绥芬河、图们江、滦河、鸭绿江、淮河、汉水、湘江、钱塘江、闽江、九龙江、怒江、额尔齐斯河,及内陆的伊犁河、匝盆河、疏勒河、柴达木河等的流域,皆有丰富的物产。有这么多好的河流,这是中国的河流之特有的伟大。

说到山岳、高原、丘陵,在中国有世界最高的额菲尔士峰(珠穆朗玛峰)。在中国的每一个山上:如天山、昆仑山、阿尔泰山,及其他大山遍分布在中国境内。中国的山中,皆有大量的森林矿产,这是我们中国的工业发展基础。且在每个大山山脉之间或其上,皆有不少的高原,可以耕牧。现在我们就从天山北岭山脉以北的高地域说起,在那里第一个就是蒙古高原,西自中俄边境起,东至大兴安岭,北自俄境,南至贺兰及阴山等的断层山地。在这个范围里包括着唐努乌梁海盆地及科布多盆地与准格尔盆地。其东山地中间,如兴安山麓地区,黑龙江山地区,长白山地区,以及辽东半岛的山地,甘肃的大部,渭河以北的陕西北部,以及拗褶作用所成太行山脉以西的山西高原,都是黄土所构成的高地域。在天山北岭山脉以南的高地域,长江以北的西北山地,包括有柴达木盆地,汉中盆地及四川盆地。南边便是西藏高原。再一区域就是李希霍芬氏所称的马来印度山系蟠亘地域之康滇纵谷地带,其东的云贵高原,以及华南丘陵地,东南海岸丘陵地,粤江流域丘陵地等等山地或高原地带不唯皆为森林矿产大本营,而且有大量的农产及畜牧业。

前面说过我们中国有九十八万四千一百六十二方公里的平原,既皆分布在沿海地带。这边从北部说起,松辽平原、华北平原、江淮平原、粤江三角洲,以及其他的盆地和小块的平原,皆为农产的大本营。

中国有这样伟大的自然环境,有这样无限量宝藏及天产。每年农产量颇富,据最新的中国农业概况估计与国联统计年值之报告数字,米产额得世界总产额的百分之三十六点六,占第一位,大麦得百分之十四点八,占第一位,小麦得百分之二十六,占第一位,玉米得百分之七点八,占第二位,大豆得百分之九十,占第一位,茶得百分之三十六,占第二位,丝得百分之二十二点四,占第二位,花生得百分之三十三,占第二位,棉花得百分之十点八,占第三位。其他烟草、大麻、菜籽之类皆占第三位以上。由这个数字看来,中国的农业确实丰富,但中国尚有广大的耕田正待开发。这些农产不过是全国总面积的百分之十点三的耕地面积中的出产,还有大量的荒地待耕,如果将来尽量的开发,中国的耕田面积至少可以增加一倍以上。中国的农产的数额更要多着呢!但是一切生产工具的未加改良,真觉得痛心。讲到海货,我国沿海有极大的渔场。讲到木料,南有南岭的阔叶树森林,北有东三省的针叶树森林，其他山中的森林。讲到糖，长江、粤江流域可产甘蔗，华北及松辽一带可产甜菜。世界各国的气候，能适宜种两种制糖植物的地方不多，中国总算是得天独厚了。但是现在每年有巨额洋糖的输入，岂不是人力的未尽而有负于地利吗？再以工业原料来讲，煤、铁、煤油、水力、羊毛这一类的工业原料，在中国皆有丰富的储量。煤矿储量得两千三百六十二亿八千七百万吨。中国矿业纪要载，山西煤矿储量占总额的百分之五十一点二五，陕西得百分之二十九，煤油储量得三亿两千七百四十桶，占世界第七位。讲到水力，孙中山先生在民生主义第三讲说得明白："各处皆有，随时皆可利用，全中国可以得到两千万马力，仅次于美国、印度、加拿大三地。铁在中国的储量有十亿零十九万四千二百九十二吨。其他矿产，以及各种工业上的原料中国都有，中国真是称得上地大物博的国家，但是都还没有开探呢！中国人整天嘲穷，不是真穷，而是不知道用罢了。以至我们的工业、矿业、森林业、船业都操于外人之手。我们是一个中国人呀！看到了占一半以上的外国棉纺织业，占百分之六十一点九的在中国境内航行外国商轮，及占百分之六十以上的煤矿的资本，不觉得令人更痛心而兴奋了。"

　　中国有四万万五千万的人口，但是有百分之五十以上的文盲，还有大批的腐化的及不肯努力的人。每一个德国人的生产量比得上五十个中国人，英美苏各国人的生产量比得上二三十中国人，都连日本人也是这样。他们肯努力，他们的科学发达，知识程度高，会利用精致的机器，所以一切都进步了，成为世界的强国。反过来中国呢？记得有一个笑话，也是带泪的笑话说："中国的兵在前线获得了日本大炮，但是不知道怎样的用，结果是又送回人家。"其他的如"看见了脚踏车便说是机器或说机器转动的神力"这一类人太多，即使知道用机器，但所用的尽是些"德国造""美国造""俄国造""法国造……"之类。中国有钢铁、金银，为什么自己不去造，而用人家的呢？把自己的钢铁送出去，买人家的机器，并且用洋货。甚至于说洋米、洋棉也大批进口，中国是自称以农立国，而农产却得仰给外人。天啊！我们四万万五千万的同胞，岂不是造成了良好的消费的市场，这算什么国家呢？孙中山先生在民生主义中明确地指出了中国当前解决粮食的问题，就是要使农业用上机器（工业化），改善生产的工具与方法。我们大的地、博的物，为什么不去开发呢？这一个回答很简单，就是一个人的知识程度低，尤其是科学。他们根本不知道怎样衣食住行，同时也不晓得自然物如何应用。知识程度如此，还怎样去前进。只有落伍。这样的大多数的人民，国家的前途是如何危机呢？当前中国需要推进科学的发达，而且需要许多健全的科学馆，指导一般人认识自然物及其与人类的关系。并会使用及制造新的工具去利用自然物。我们中国是不缺物资,缺少的是开发物资的人才,所以我们中国现代所需要的科学馆不是只重理化实验的科学馆,而需要的是科学博物馆。最低一个科学馆得有下列几种性能:第一,得使一般人知道中国之有物,并怎样的去利用物。第二,如何改善人民生活？第三,科学实验。第四,对地方自然之研究及设法采用与改良,并对外来的科学知识尽量输入于人民。上列几点之性能,如果能活动起来,除非利用"Museum"的方法。现在中国需要这样的科学馆,换句话说,所需要的是"科学博物馆"。

### 三、科学博物馆之各部门的工作及其组织

1.科学博物馆之功用

民国二十四年中国博物馆协会于北平成立,在这个协会的缘起一文内,有这样一段话:"所谓博物馆,不仅为保存古物也。举凡动植矿产、民俗、人种、教育、卫生、科学工程、建筑、美术之类,均宜兼收并蓄,各建专馆。比年以来,学校日闲,课室之所讲授,学子之所诵习,无不取则东西,顾其弊也,结论多余目验,空谈胜于事实,以至于学数十年,而效未大见。倘今后凡百科学,各设专馆,搜集实物,以资格考而举子之所习者,可以目验,一国富源,民情风俗以及现代科举之沿革及其应用,俱能一目了然,供其参览……尽列一室,仰视俯观,不惟知己知彼,且可使爱国保种族之心油然而兴,博物馆在教育上之价值,几倍于学校。"

Clarence S.Stein氏对现代博物馆之功用,曾经这样的说:"多数参观的人并非学者,一入博物馆内,如入另一世界,则怡情悦性。"总之,博物馆在教育上的意义,就是利用娱乐的机会及方法来教育大众,所以特别注重于陈列、实验、讲演以及各种的方式。但中国博物馆协会的发起人以及Clarence S.Stein先生只注意到的是博物馆陈列之功用,而没有注意到其他方面。博物馆原是一个探讨学术的场所,及发扬地方文化而兼收外来文化的株式会社,因为博物馆的教育方式,是在利用娱乐,所以使一般大众娱乐中求知识。而科学馆是博物馆的一种,不过他的对象是专在发扬科学。这样功用的机关,在现在的中国是如何重要呢!

2.科学博物馆物品之分类

在科学博物馆中之物品的分类方面,迄今还没有正式或专门著作出现,现在我们且根据几个著名的博物馆之关于科学方面的分类述出一二,以供参考:英国伦敦的科学馆是世界上比较著名的一个,它的主要目的是在阐明科学及科学对于

工业之应用。这一种目的大概合乎我们之所需要的科学博物馆。因是它把物品分为五部即:第一,工业工程,第二,定置汽机,陆地运轮,房屋建筑,第三,水上运轮,空中运轮,第四,科学(数学、天文、化学、光学、仪器等),第五,科学(物理及大地物理)各科之下又分数组,列如下:

第一部分为七组——(1)纺织机器;(2)工具及其机器工具;(3)电气工程及电业交通;(4)采矿选矿及冶金;(5)农业机器;(6)印刷;(7)煤气制造发光。

第二部分分为六组——(1)定置汽车;(2)铁路工程;(3)道路运轮,汽车等;(4)抽水机;(5)房屋建筑;(6)权度。

第三部分分为五组——(1)轮船制造;(2)航行汽机;(3)船坞及海港;(4)灯塔;(5)航空。

第四部分为二组——(1)天文;(2)数学仪器光学仪器摄影。

第五部分分为七组——(1)测地及测量;(2)气象;(3)地球磁气地震吸力天空电气及潮汐;(4)应用大地物理;(5)电气磁力,声学及仪器;(6)时间测量;(7)自然现象物性,及已故瑞来爵士之历史仪器。

在大英博物馆院的附属之自然历史馆里,里面专注重自然物之研究及说明。所以他的分类大体上分为动物、昆虫、爬虫、鲸鱼、介类、地质、哺乳类、矿物、植物等。动植物多为标本,矿质多为实物,古生物为化石,或为模型。至于其他各科学之博物馆,多是专门的。如水族馆、科学馆(指以数、理、化等等)、古物陈列馆、美术馆、商业馆、卫生馆……大规模的也不少,但是目前这个似乎不甚需要。我们需要科学馆的目的和英伦科学馆的目的一样,在于促使发展科学及科学之应用上。

在中国也有几个这一类的组织。但中国的博物馆多注重在人文方面,尤以历史考古美术为多。至于注重科学方面的太少,比较著名的几个:例如震旦博物院,华西大学博物馆及中国西科学院之公共博物馆等,也多注重于科学。震旦博物院为韩伯禄所创办,当其未来华之先,徐家汇天主堂中已收藏生物标本甚多。韩伯禄因之注意及之,而后他到内地考察;尤其对于长江流域特别注意。每次返上海,总要带点珍奇的标本,日积月累,为之陈列,公开令人参观,于是现在的震旦博物院之基础算奠定了。至于所贮藏中国所产之动植物标本之富,实为远东第一,此外也复收收藏日本、菲律宾、安南、暹罗、摩鹿加、马来等地之产物,也不少,特别注重于哺乳动物。该馆为便利研究起见,特制定韩伯禄之游览区域,及该院物品之出产地区等,悬挂于入门处,使参观者一望而知何地已经考察,何地何时考察。该院的目的原在于对中国物产之研究,所以特别注意中国的自然物。它分为三部:动物、植物、历史之文物。在动物方面分为：（1）哺乳类；（2）鸟类；（3）爬虫类；（4）两栖类；（5）鱼类；（6）软体动物类；（7）昆虫类（又分为膜翅目鞘翅目鳞翅目覆翅目直翅目半翅目双翅目）。在植物方面，大概是以地方作为根据而分类的。另一方面便是古物，暂不述及了。

华西大学博物馆共分三处，即自然历史馆，医牙科博物馆，及古物博物馆。现在我们所注意的是前两部。在自然历史博物馆中之标本分为动物植物与地质，医牙科馆分为（1）制药学系及药效学组；（2）病理学组；（3）牙医学系；（4）解剖学组。概据葛维汉华西大学博物馆概况——载于民国二十三年华西边疆研究学会会报第六卷：其动植物标本划分为（1）扁形动物；（2）圆形动物；（3）环节动物；（4）软体动物；（5）甲壳动物；（6）蜘蛛；（7）昆虫；（8）鱼类；（9）两生类；（10）爬虫类；（11）鸟类；（12）哺乳动物；（13）哺乳动物全形骨骼；（14）颅骨共计九千五百二十二件。植物标本划分为：（1）化石；（2）矿石；（3）岩石。共计2700件。

在医牙科馆里，分作：

第一，在医药学系及药效学组划分为：（1）中国生药材标本；（2）外国生药材标本；（3）缝线及缚线标本；（4）化学药品；（5）精油类；（6）孜克斐尔氏滤器；（7）各类药剂。

第二，病理学组划分为：（1）身体器官标本；（2）染色体微镜标本；（3）牙齿及口腔之显微镜。

第三，牙科学系划分为：（1）泥土所塑之人体模型；（2）石膏牙齿模型；（3）与颚骨相连接之牙齿石膏模型；（4）牙齿之放大模型；（5）金属胶体及牙齿石膏模型；（6）中国病人口中所取出之牙齿。

第四，解剖学划分为：（1）完全骨架；（2）保在于防腐液内之器官等物；（3）人体图解；（4）陈放于瓶内之各部分解剖之尸体；（5）人体学全套仪器；（6）无关节头骨；（7）人类器骨；（8）筋胶内之人体横切面标本；（9）汉人及藏人颅骨；（10）家畜类之四肢骨架；（11）人体及动物各部分之模型标本；（12）动物颅骨；（13）脏腑移位尸体；（14）装置完备之动物及爬虫类标本。共计两万八千一百二十七件。

在其他博物馆里虽无分别部组专设科学部，而大半皆有科学物品的保管与陈列之工作专室。至于各馆之物品的分类方法，我们从各博物馆的分类上，概有三种：第一是因其用途性能的区别，第二是以其品质类属的区分，第三是以各物之所在地域而区分。这三种方法是可以互相为用的。物品既分为种别，而功用自不相同，所以在一个科学博物馆的组织上也不得不分作各部门了。

3.科学博物馆之工作及其各部门

在伦敦科学博物馆里,共分五部,分别由馆员十八人负责,其职务为各类物品之发展,说明,标签之拟订,问题之解答,研究之指导,以及物品之布置。他们每日这样的工作,才完成了这个博物馆的目的,使推进着英国的工业、商业以及科学的进步。在一个科学博物馆的主要工作:第一是资料(物品)之搜集及制造,第二是资料的保管及研究,第三是陈列,第四是说明与演讲及标号,第五是实验与发明(或实行而用之实际)。这五种是一个科学馆内应有的工作,每一个工作部门,都是非常重要,现在我们就略来讲一讲。

第一,搜集及制造——资料之来源通常的有六种,其一就是以某次临时性质的陈列或展览会之全部物品作为根据,而成立一博物馆。例如芝加哥的实业博物馆,是一八九三年展览会的产物,斐尔得博物馆(Fild Museum)的自然历史馆是产生于世界哥伦比亚展览会,华盛顿的美国国立博物馆工艺馆的奠基是由于一八七六年菲列得齐菲亚百年展览会,诸如此类,皆是以临时的展览会的资料作为博物馆内的资料了。其二,是以某部或某私人的藏物作为基础的,例如上海震旦博物院的资料是徐家汇天主堂及韩伯禄之存物作基础而开馆,在许多的博物馆里皆有大部的资料是由这样而来的。其三,是征集。其四,便是派人专门调查搜集而收入馆内。其五是购买。其六,其他的来源。这上述的几种,不论哪一种的来源,在每一个博物馆里皆有专人负责。尤其在一个科学馆里,更得有专人去负责收集的责任,因为科学馆的资料大多都是散布在各地的自然物,另一方面就是科学仪器与标本。这些自然物也需要制成标本或模型,因此,不仅搜集重要,制作标本的工作也很重要。

第二,保管与研究——这些资料收集与制造之后,其重要的工作还有保管,保管并非易事,各博物院中对其资料,皆设有专室保管,而且因资料之本质情形放存或放置,使其不至腐化或破坏。博物馆之主要目的是教育,所以对于各种物品之发展、说明、标签,问题之解答等工作,因之不得不有专人研究其所有之资料,一方面便于对"物"的认识,而且便于分类、陈列及说明、制作标签;另方面则将馆中之物的功用及其本身之一切编订、出版、供给社会人士之参考,这两者是同时重要的。所以研究一项也是博物馆中主要的工作。现在有不少的名著——说现在的科学上的新获得,大半是出自几个科学的博物馆里。在中国几个主要博物馆内,近几年来也有不少的获得。例如中国古人类学的新发现,完全出自地质研究所。动、植、矿各自然物之新获得,完全由于几个博物馆,或是学会。长江流域之自然物的新认识,由于震旦博物院，伏牛山脉之动植矿之新认识由于河南博物馆。其他概皆如是。所以研究一项，在一个科学馆中占有特别重要之位置。

第三，陈列——物品之陈列，不只在对外，且在研究室方面也要注意。陈列之用意是在使观者对物之本身一目了然，所以特别重要，而且是科学博物馆的工作中心。因为观众不一定都是学者，是一般的民众，他的知识程度不见得都高，所以要用陈列的方法，使他明了科学的一切理，比如说，他们看了一个动物或植物，一看标签，知道了它的名称则一定得是从陈列上知道它的生活，及其产生地点与用途。看到一个机器模型，比方说，他看到一个飞机的模型，会由这陈列上知道它会飞，是怎样的飞，怎样的构造，以及它的用途？看到一个机器的模型，他马上由这上面会知道机器的构造，功用。比如一切的天文、物理、化学、生物进化及医学上的各方面，皆以此类推。一个陈列，变得使观者在他的上面发现那陈列物的各方面。使一个人一入科学馆的陈列室能心静神怡的去参观，及至参观以后，马上知道了一切的科学常识，认识了天地间之奥妙，这才是陈列之用意。如果只是把东西陈列出来，使人们只看而不知，不论陈列室装潢的多么好，也是无用。全在于陈列之方法，现在我们来略略的分两点谈一下：

A. 陈列之方法——在未进入正题之前，我们对于伦敦科学博物馆之各部门的陈列方法先介绍一下。工业上科学之应用，以模型与体积等大之实物、图表、照相及遮光片等物之充分表现，对自然方面又必须有表演与实验专室的设立。该馆的陈列室，大体为三十尺或三十九尺宽，但连接三栋的主要建筑之陈列室，则宽七十二尺。壁柜沿墙排列，其总长度与壁柜之长略相等。其高度为四尺六寸，距地二尺六寸，故其顶端距地面七尺，如此则各类及其中之陈列品，均为观视线所顾及，虽观看下层之陈列品，亦无须有俯身之劳，下层之陈列品，既不能充分表现，光线复又不足，故大部为无关紧要，且可随时撤除之件。壁上之窗牖自离地板七尺之距离，上达壁顶，几乎占墙壁之全部面积，新建筑中窗牖之全面积，等于地板面积五分之一；另有玻璃建顶之庭两所，若合并计算则为四与一之比。除壁柜外有多数散置之柜，其标准如下：

（1）大号：

内部尺寸：六尺二寸半乘二尺十一寸半乘三尺。

（6尺2.5寸×21尺1.5寸×3尺0寸）

（2）小号

内部尺寸：五尺三寸乘二尺0半寸乘三尺七寸半。

（5尺3寸×2尺0.5寸×3尺7.5寸）

此外另有多数大小不同之柜，以之陈列特殊物品，各陈列品无论在壁柜或散置柜中，皆各有说明，标签，其第一段为普通之说明，用大号粗体字记其物名，及陈列的原因，大段则为专门说明用普通字体。新得来之物品，首次陈列，则用鲜红色做边之临时标签，以示区别，临时标签于一年以后撤除之。

这是伦敦科学博物馆的方法，不一定适合于中国。统说欧美各国之各博物馆的陈列方法，概分为下列十种。第一，全部陈列法与选择陈列法为主要陈列品及研究陈列品。第二，层楼陈列法。第三，编年及文化演进陈列法。第四，分开陈列法。第五，轮流陈列法。第六，并列法与纯粹美术及装饰之分类。第七，横切面陈列法。第八，品质陈列法。第九，复合及综合陈列法。第十，乐器陈列法。上列各种方法为一般之博物馆，至于"科学的博物馆"之陈列方法应当酌采英伦科学博物馆之陈列方法而参酌以上列之四、五、七、八、九各种方法或以时，或以地，或并列而陈列。对科学之进化的情形去陈列，就应当以时为标准而排之，以下图示之：

| 黄帝时代之发明 | 三代之发明 | 秦汉之发明 | 南北朝隋唐之发明 |
|---|---|---|---|
| 1 2 3 4 5 6 7 8 | 1 2 3 4 5 6 7 8 | 1 2 3 4 5 6 7 8 | 1 2 3 4 5 6 7 8 |

按着时代，科学之进化情形排列出来，使观众周游一过，好像读了一部科学进化史一样。至于现存之自然物，就不能采用这个方法。按普通中国的博物馆陈列都用的一类陈列法，动物类，植物类，矿物类，各设专室，这是最不当的方法，观众观此多不感兴趣。不如大混合的陈列法，以地域来分开，各设专室，例如在"西藏室"内，以西藏的矿物作山水，上面有植物与动物。使观者在室内周游一过，如游西藏一周。余以此类推，小之一村一地也可，其他各因着物品的对象，而施以适合于这种物品而能引起观众之兴趣的方法陈列之。

B.陈列之建筑——要建筑一个陈列室，对设计，大小，外观，应完全合于实物为主，所以要建筑一个陈列室之先，应注意下列几个条件。如第一，本身之功用。第二，是否对研究者或观众便利。第三，是否能引起观众的情绪。第四，对于馆陈列之物品之发展，需要伸缩之余地。现在抗战期间，我们要成立科学馆，只有因陋就简了。

第四,说明,讲演及标号——分文字与口头两方面,制造说明牌号或是著文发表,以供社会参考。另一方面,就是专人的讲演,或是口头的说明,在欧美的博物馆里,这样也是主要工作之一项。

第五,实验与施行——科学博物馆的目的在于教育,同时也在于发明与创造,所以实验一项特别重要。而且需要用之于实际,这是科学馆的目的,尤其在抗战建国间的中国,更为重要工作之一了。

4.科学博物馆之组织

科学博物馆是一个活动的组织,它的目的是普及科学教育,及促使科学之发达,所以在一个科学博物馆中有上列得许多工作部门当然在组织方面也以这些工作为根据了。由于近世化学的分析,告诉我们构造物质的基本要素,只是电子、电子构成若干原子,于是才有了千差万别的物质。电子数目的不同,排列的形式又不同,所以构成原子的性质形状及能力皆完全不同。人类社会也是这样,要想某一种工作得到它相当的效率,发生某一职能,它的基本要件就在于它的分子与它的组织,单纯的分子是没有力量的,得将许多分子联合起来,分子的联合是自然的理,有联合才有力量,有力量才能达到目的。我们要发展科学,普及科学教育使科学力量发挥它的能力,它的工具就是科学馆,如果有一个科学馆组织的完善,则力量及效率就大,否则就形同虚设了。

科学馆分两种,就是中央的地方的。那么它的用途不同,各有各种组织,才能有各种的性能。现在我们找几个博物馆的组织情形来作例子,再根据这样而来折中的提出了科学馆应有的组织。(以我们目前只需要者为标准,当然还有以当地实情而增减者呢!)

伦敦科学博物馆分作五部,另外有搜集,保管,研究三部分,全部工作人员二百七十余人。英国国立博物院,使专在于日用工艺品及美术品,分类陈列,以表现各民族生活情形及其进化过程。范围比较大,它的组织是这样:设馆长一人,下设秘书一人。院之内部,分为九组,每组有保管员一人,负每组之责任。其外设事务员一人,其余为助理员,及其他人员。即在中国,各博物馆之组织也不同,今举几个地方博物馆来说:河南博物馆内分总务,保管与搜集研究三部。广西博物馆,范围较大,内分二部,即历史文化部与自然科学部,有馆长兼部主任一人,专任部主任一人,馆员九人,事务员一人,雇员二人,练习员二人,专门要员三人,名誉导师六人,名誉征收员十人。天津市立美术馆之组织,设馆长一人及秘书一人,下分三股,每股设主任一人。第一股管理事务,文牍、庶务、会计、保管、交际属之。第二股掌管征集、调查及陈列、鉴定事宜。第三股为研究、讲演、展览、图书等事宜。研究组下复设有工艺美术研究会七八种,有导师一人。例不多举,总之一间博物馆之组织是以其工作为标准的。

现在我们要组织地方的科学博物馆(简称科学馆)在前面已经说明了它的性能以及工作的范围。所以其组织范围较小者,可以自己斟酌分为若干部。前面介绍的几个博物馆的组织,皆可作为参考的。

如果范围较大一点,我认为除总务而外,还需要分各部门,有专门负责人为合适,如下表:

馆长
- 1.总务部:会计、文牍、庶务、出版等一切属于总务事宜
- 2.动物部:主任一人,搜集研究员、助理员、陈列数人
- 3.科学历史部、植物部、地质矿物部、数理部、机械部……

这样的来,可以专一的按次发展任何一个部门,可以由小范围做起,速收成效。将来还可一天一天的发展,增加一门,则一门的成绩可以早日而见,并且还可以造就许多专门人才,也可尽量发展其天才了。

5.筹设科学博物馆的步骤及应特别注意几件事项

一个博物馆的筹设,在步骤方面应特别注意,今将筹设之步骤略列如下:

第一,筹备委员会之成立。在成立筹备委员会时,特别注意人才之应用。往往任用人时,只重其社会地位,或是镀金(留学欧美)镀银(日本)的招牌,而不注重其实际能力,结果是一团糟,所组织成的科学馆则往往是"养老院""普通行政机关"而已。

第二,馆址的确定。确定馆址之标准,应当特别注意其自然及社会环境,以便科学馆能发展其性能,这一点中央应统筹计划,某处设立某种科学馆,将使其发展什么作用,特别注意某个部门。

第三,经费之确定。应注意其工作之范围,同时应注意及资料之搜集及研究结果之出版费用。

第四,建筑图案之设计。应请专家设计,特别得适合于博物馆之用。

第五,与学术文化机关之合作。

第六,工作计划大纲之草订。有计划然后能成功,所以这也是特别要注意的。

第七,资料之搜寻与开馆。

## 四、结尾

由上述的结果,我们得到一个结论。就是中国需要发展科学,尤其在抗战建国过程的今天,更需要发展科学,而且是要注意科学对于科学之应用。科学馆不仅是教育的工具而且是文明的制造所。它不是"养老机关"或"普通的行政机关"或是"娱乐的场所",而是发展文化的大本营,所以我们应当特别重视科学馆,发展及普及科学馆的事业。科学馆是博物馆的一种,所以也可命名为"科学博物馆",况且我们在前面第二章中已经说明了中国当前所需要的乃是科学博物馆。负责科学资料及工具之搜集、研究、保管、陈列及普及科学教育与科学之应用的责任。一个科学馆,换句话说就是发展科学的中心机关。这是如何的重要,如何的令人应当注意的一件工作! 我们要设立科学博物馆,第一个最重要的应注意的点,就是它的功用,及其所负责的特殊任务;它的功用是发展科学及科学教育与将科学对于工作之应用。那么我们组织一个科学馆,其目的也就在这上面。各个地方的自然环境不同,所以每个地方科学的任务皆完全不会一样。例如:中国的西北部的自然环境适于牧畜,海滨地区多产渔盐,平原是农业,西部及山西各地多矿产,那么我们所设的各省立科学馆任务就不相同,它的组织自然也不必太公式化。中国的物产之怎样的开发,先取决现在其实业计划,它已给我们提供了明确的道路,我们应按步骤去做,但是也应当按计划中之地点去分别按其自然环境的需要建设科学馆,使其变为发展资源的先锋,就近造就人才,就近发现及设法去开发资源。我有一点希冀,就是教育部不仅只管通令各省筹设,且应当有具体的计划,某地应设某性质科学馆,欲发生某种的性能,达到某种的目的,此其一;应按时代的需要及实际情况,分出步骤设立,此其二;中国各地都需要科学馆,不必只发展几个大都市,应当渐次普遍设立,务期达到地尽其利,物尽其用之目的,此其三;以往各种"馆"许多失败的原因是人才问题,这一次只希望在这一方面特别注意,先设科学馆人员训练班,造就馆务工作人员,须知:普通一个物理、化学或其他科学很好的人,不一定就能作科学馆务人员。这是一种事务,也是专门的事业,应当任用善于科学馆务的人。馆长的任用更重要,任用时多只注意社会地位,而不注意他的能力,往往馆长多是政客,有才能的人欲工作而不能。权与能支配的不当,结果会使一个组织失其本身的性能,此其四;中国人才太少,尤其"科学馆"人才更不多见,所以除设立科学馆人员训练班之外,应再集合博物馆事业各部门专人先组织一模范的"地方性之科学博物馆",使各地的人员有所遵从,此其五。

完成于一九四一年三月十六日见报载"教部令各地筹建科学馆"之时

(原载《青年中国季刊》,1941年第2卷第4期)

# 浮戏山古城堡群的发现及建立"中国军事建筑工程历史博物馆"倡议书(草案)

一、浮戏山历史沿革及自然景观(略)
二、发现的古城堡群及录像说明

我们先后经过三次系统调查和查对文献证明最古有郑、韩长城。最近的有在环翠峪入口处的文革中(1969—1970年)建筑的大型备战洞,其西北还有一个小型地洞。

除郑韩长城外,古城堡遗址计宋元石筑城堡有孟良寨、穆柯寨、黑山寨、鹿耳寨、梅寨、石楼寨、周家寨、马头山寨、马上寨、天堂寨、凌霄寨、鸡翎寨、小顶山寨群部分城垣。明清石筑城堡有龙马寨、馒头山寨、马蹄坑寨、将军寨、凤屏寨、八蜂嶂寨、卧龙台寨、风门东寨、风门西寨。都大部完好,气势雄伟,踞于各山头间,颇为壮观,这一系列军事建筑工程遗址,表现二千五百多年的战争历史和军事建筑工程技术发展的各个阶段的历史,由长城到城堡到地下军事建筑。

1987年5月对这群古城堡进行一套系统的录像,按录像带次序作简要说明。

(1)梅家寨。这个寨的时间,创建于北宋末期,直使用到明初,用于抗金和抗元。楚敬兄弟反叛明朝廷,被剿平后,这个寨也就荒废了,至今已是619年,它的使用时间约250多年,这寨是这一区城堡保存原状最好的宋元城寨之一。第一,没有后人的重修和再使用;第二,遗存比较的多,基本上可以看出它的原始面貌;第三,在筑寨形式上是宋元间的型式:半圆的门寨,使用弓箭及擂石的城垛(女墙),石料全部用锲子这种工具制成,这些都表现着宋元特征,反坡的地名与这段历史有关。

(2)龙马寨。俗名马头山寨,寨门建于清咸丰十一年,距今127年,但有不少用锲子制成的石料和梅寨相仿的城墙,可见,在清咸丰之前,这里就有军事建筑,规模庞大,遍及马头山间。

(3)石楼寨。就现在遗存的一些遗址,都属宋元间,与梅寨同时。

（4）郑韩长城。在风门口的一段及清代碉堡。风门口也叫风门关,是经蛇谷:《山海经》:"其东有谷,因名曰蛇谷,中多少辛。"少辛即细辛,在这谷里是生长着很多的,此处是细辛的主要产地。至于蛇谷之名,晋郭璞注说:"言此中出蛇,因以名之。"这一说法是错误的,实际因这一条谷形蜿蜒似蛇而得名。该谷是自古以来的南北通道,也是军事要道。从战国的秦攻韩魏,到清末张宗禹捻军的进兵都是经过此谷。因此,在谷的两峰山峦之上各代石筑城堡很多。韩的长城是绕着这个谷的两岸修筑的,战国是采取自然石块和手工而成的石块干垒起的,现在遗址清晰,一般宽为二至三米,高一般约一米,有的地方偶尔尚有高达二米多的,这种情况和内蒙及辽宁境内残余的赵、燕石垒长城遗迹完全一样。南起密县袁庄、茶庵至风门口为分水岭;向西至沙冈,折向北。过蛇谷南头,入荥阳境,经小顶山,又过蛇谷;向北至王宗店五岭,约三十多华里,痕迹清晰。我们先照了风门口的一段和一个清咸丰十一年筑的碉堡。这个碉堡的石材是用火药炸下,用钻子制成的,又用石灰砌起,这是清代建筑的特征,有炮眼,坐落在风门口的分水岭上。

（5）卧龙台寨。门额刻石写,建于清咸丰十一年。《县志》称"雒士杰等清同治元年建"（1862）。周长两千多米,宽两米,高七米,连女墙十米,有东、南、北三门,保存完整。

（6）八蜂嶂寨。建于清咸丰十一年,有石刻门额,民国初年又重修过,用青石砌成。石材全部是用火药炸下的石块,用钻子修整后的石块,规模宏大,气势雄伟!

（7）天堂寨——二郎寨。创建于北宋末叶,为义民抗金、抗元的指挥中心,山势险峻,山高为850公尺以上,为明初徐达、傅友德帅兵讨平的七山寨之一。元代著名寨主郝义。明初废,到清同治二年又被当地人民重修使用,改名为二郎庙。现存遗址,除下面两个门洞有用钻过的石材修筑之外,其余大部遗址都是用锲子这些原始制造工具造成的石材,形式与梅寨同。尤其山北边的城门建筑和山南的一段城墙,完全保存着宋元的状貌。

（8）鹿耳寨。在小龙池南山上,俗名大寨。也有城墙遗迹,创建于宋元间,为明初徐达讨平的七寨之一。

（9）鸡翎寨——大鹰寨,俗名冷沟寨。用石材建筑,创建于宋元间,筑寨之一,明初废,清同治元年又经张佑重修,改名大鹰寨,大部寨墙保存宋元石材和基址,尤其山南的一段。城门及四角碉堡为清代晚期建,民国初年又重修过,规模宏大!

（10）凌霄寨——将军寨。位于石城山上,创建于北宋末,为抗金、抗元七大山寨之一。使用到明初,为徐达镇压后废。到清末咸丰十一年,为牛风山状元重修改名将军寨,俗名牛家寨,尚有部分宋元遗址分布在山间。

(11)周家寨。位于巩密关南约二华里,属密县管。这个寨除西门里面部分是清末建筑外,基本全部是宋元建筑。原名何寨待考。应为明初徐达讨平的七大寨之一,可能是文献中记的雾豹寨或王山寨。周家寨之名为俗称,为后起。

(12)风屏寨——俗名柏树门寨。在东门首刻石额名风屏寨,清同治二年修,可是大部寨墙皆为宋元物,也当创于宋元间,原是何寨何名,尚待考。

(13)石门寨——穆柯寨。清乾隆以前的《巩县志》记有石寨门瀑布,俗称穆柯寨,寨门前有一石柱,俗称为穆桂英上马石,石寨门与其东山上石垒城堡遗址不连,也有人称为石门寨。其东的山,清乾隆前的志书称为夫人山。民国巩县志称为穆柯寨。山上有类似长城遗址,出土有秦汉铜箭头等等遗物。也有宋元堡垒遗址。

(14)黑山寨。在西荻坡。创建于北宋,为抗金、抗元使用,为明初徐达讨平的七大寨之一。遗址保存完整,清同治年间,也曾部分修筑使用,但原貌仍存。

(15)备战洞。

(16)郑韩长城北头及小顶山古城堡群一隅。在荥阳县崔庙乡。王宗店西山岭上,山上有一清代筑的石城堡,隔着蛇谷向东南望,蜿蜒盘绕在小顶山间一条长城,穿行在一个个元明清修筑的城堡间,是一个宏观的镜头。

(17)原始洞及北齐伏波将军宋世景石窟造像。下山在回郑州的大道东山崖间,有一个石灰岩自然洞穴,俗名原始洞,以产"龙骨"(即古生物化石)著名。1982年后,先后在洞中发现有肿骨鹿、野猪、熊等古生动物化石,且有用火痕迹,与北京猿人的洞穴相同,很可能是一个"荥阳猿人"居住洞穴。该洞穴距今估计有五十万年。

宋世景是北齐天统年间的伏波将军,行荥阳太守事。《北史》上记载着他在荥阳除暴安良的事迹,他将号称"难治"的郑氏"绳之以法",大快人心,这个石窟造像是他这段德政的纪念。

(18)再见吧!浮戏山!以美丽的风光、悠久的历史和丰富的古代军事建筑工程——城堡遗址而引人入胜,大批的古代军事建筑工程集于一地,在国内是罕见的,可能是唯一的地区。

### 三、古城堡群发现的特有价值

总结前述所发现的有长城、石寨、地洞和碉堡——烽火台、炮台……。从时间上说自公元前4世纪到公元1970年,所表现的历史是两千多年。如上溯《左传·昭公四年》称"阳城(山)为九州之险也",则此地作为关隘和战场已是约二千七百年,这些长城(Great Wall)、石寨及地洞,都是属于军事建筑工程,是防守的武器,也是进攻的武器。在城上可以放射箭、火炮、檑木、檑石……以攻打敌人。按城垣的建筑分为两大类:第一类是在有居民地建筑的城墙,叫城市(City)或城镇;第二类是专作为军事的建筑物。中国古代叫壁,或堡垒。汉魏以来称为寨,亦写作砦。通称为城堡(castle)。所以古语称"安营扎寨"或"作壁上观"。因此,专作为驻军的地方周围所筑的城墙,唐宋以来通叫作寨,筑城寨的材料是"就地取材",平地以土,山间以石。到明清以来,为加固土筑城墙,故外表和主要部分加砖。浮戏山区的石城垣,是驻军的地方,是以寨命名的,因此它们都是属于城堡(castle)的范畴。

在这里长城遗址,是韩国就郑国长城的基础上发展的,但现在的长城遗址是属于战国晚期。长城是由封建领主渡往地主经济关系下的产物,形成各个中央集权王国后的国界线,也是国防线。因此长城的出现是在春秋战国,尤其到战国晚期各个国家之间,都相竞筑长城,秦长城、楚长城、赵长城、齐长城、燕长城、魏长城、韩长城……,浮戏山区的石筑长城是韩长城的一段。但长城的存在和荒废,都是随着局势及其使用价值的变化而继续修葺或任其荒废的。如秦统一中国之后,由于政体上不再是各个中央集权王国,基本上进入封建地主经济,当然内地各国的长城都失去其原有作为国界线和国防线的使用价值,反而成了中央集权帝国统一行政管理的阻碍,因而不复再作修葺,即使不作拆除,也只有任其荒废,这就成了浮戏山区一段郑韩长城遗址的命运。自秦统一之后,任自然的及人为的毁坏,到如今只残余了一带遗迹。但在作为历史物证及名胜文物的使用上,仍有其很高的价值。

浮戏山区的城堡,最多是属于宋元,就他的本身使用价值来说,第一是保护宋陵驻扎军队和宋皇帝的陵园建设是一致的。是属于宋代保护政治体制的军事建筑物。第二是作为了抗金、抗元的基地,义民们构筑的山寨命运和抗金、抗元的政治和军事任务是一致的。因此,在宋元间浮戏山区才出现不少大规模的石筑的坚固城堡。到明灭元之后,这个驻扎军队抗金抗元、保护皇陵的使用价值消除了,反而成了明统一上的阻碍。因而明初徐达、傅友德等才以大量军力来镇压了这些山寨,则这些城垣也就任其荒废。但在这些残破的城址上却表现着当日这些义民们忠于宋室、抗拒异族的民族英雄气概。这些盘踞山头的石筑城堡,仍不失其作为名胜史迹的使用价值,可以作为精神文明建设、进行爱国主义教育的直观教材,仍有其很重大的使用价值。

在浮戏山区,明清的城堡是保存比较完整的,第一因为它们的时间较近,没有长期的受到自然的和人为的毁坏。第二明清城堡在建筑技术上比较进步,不易毁坏。第三明清的城堡大多为地主武装所建筑,直到民国还不断修葺。就今天来说,仍相当壮观,有很高的史迹名胜价值。尤其清末的筑寨,大多为对农民起义军的,但义民在这些城堡丛中,却表现了正义的和成长壮大的队伍。如捻军在此越过风门口后,大批人民参加,成长为十万大军,使满清朝廷震动。

这些古城堡群在浮戏山区的独有特点:第一,各代军事建筑工程、实物史料……能集中在一个地区。第二,在这古城堡群上反映了两千七百年的军事史。第三,各种军事建筑类型都有,代表各个时代特征。第四,保存基本完整。第五,这种情况国内是少有的,是举世罕见的。第六,它们反映了军事建筑工程技术的发展的系统历史。

### 四、兵器发展及城堡建筑互成因果的历史关系

城寨和堡垒,都是古代主要的军事建筑物。分为两大类:一是永久性的,在与所保护的对象,如京师、城市、仓廪、皇陵、关卡、工商区等类的四周险要山地或水滨。有战略地区和地点建立城寨。长期驻屯兵马,置军官,如汉代的细柳军,棘门军,宋代军事单位的寨。置有武官若干员。元代有百户所,千户所之类。二是战场上临时性军事建筑,古时称为壁、垒、寨(或写作砦)或称为军垒,是在军营之四周建临时性建筑物。这些军事建筑是在三代就有的,所以各国军中都设置有工兵(即工程部队),皆建筑有坚固的城垣。城垣的起源是于人类定居生活后,为保护私有财产起始的,约在新石器时代,随着农业的出现而产生的。但原始的城垣,只是用土或石垒起的一个墙壁。城墙建筑完善是到封建领主渐渐过渡到地主经济下的产物。封建领主或地主为着保护他们的财产,加强其对敌人的防御力量,筑城的技术也逐步完善,到战国时代,《墨子》中的《迎敌》《备城门》《备穴》等各篇中都讲了城的各种设备及建筑技术,到宋元以来的《营造法式》《武备志》诸书中就形成了筑城制度。

所有古代城垣,不论中国外国,古代和近代,砖城、土城或石城,在形式上完全一致,在城垣上有锯齿形的女墙,城外有池(即护城河)以及城上的碉堡和城楼、城门、桥梁等等。这个共同形式的形成,是否是谁受谁的影响,或建筑起源于中国向外传布呢?或自外国传入中国呢?这种看法都不正确。因为决定城的建筑形式是

城的使用意义,它是奴隶主或封建领主和地主以保护他们的政权、财产的防卫工具。相对是那些作为攻城陷阵的武器,如刀、戈、弓矢之类,和使用这些武器的车、马、工等兵种。因此,研究城的形式、建筑技术及其历史的发展,就不能单纯从某城的本身看问题,也解决不了什么问题。只是用形式、时代把城垣排列,并加一些渲染,说什么坚固、雄伟、壮观等等词句,这都不能解决它的本质问题,决定城垣大小和建筑技术高低的是当时该地区的政治、经济地位和具体需要,推动城墙建筑大小及技术进步的动力是当时武器的进步程度。由于防卫先进的武器,需加大和加固城的建筑及其一切有关设备,这样促进了建城技术的发展。同时要对城垣的攻破,也就必需创造出更有威力的攻城陷阵的新式兵器。因此,两者的进步是互为因果的辩证统一,实际城堡本身的性质也属于兵器的范畴。就中国武器的发展来说,在新石器时代直到夏殷,所使用的武器是一般的石质或铜质的冷兵器。因此,对它的防卫,只用一条或一周土、石垒的大墙就可以。但到了春秋战国,钢铁兵器的使用,出现了加柄的长兵器和锐利的短兵器,以及使用简单机械构成的壕、桥、云梯、冲车,抛射兵器也由一般弓、矢而发展成为弩、抛(炮)车,对这些武器的防卫,那些一条或一周土、石垒的城垣就失其效用,为这些武器的防卫军事建筑就不得不增加很多施设,如城墙上的女墙、城楼、窠穴、碉堡、城门等等。锯齿形的城墙大概就是相应铁兵器和简单机械兵器的情况下而形成的。战国之后——尤其到汉唐间,攻城器械的发达,出现了如望楼车、木牛车、尖头木驴、头车、轒辒车、饿鹘车、搭车、钩撞车、临冲车、吕公车、火车等等。因而在筑城技术上就不能不使其加厚、加高和加固,以配合建筑了一些使用新的防守城的武器和设备。汉唐新创造的守城器械,如撞车、抵篱、叉竿、飞钩、夜叉擂、砖檑、木檑、奈何木,狼牙拍,吊车、绞车、木女头、塞门刀车、铁蒺藜、鹿角枪、柜马抢、挡蹄、地涩……因此,在所筑的城堡也就更建筑了不少使用这些兵器的设施。宋元火药、火器的发明发展,相应促进了城堡的建筑技术。宋代的燃烧性火器,如弓射火石榴箭、西瓜炮、火球、毒药喷筒、毒龙喷火神筒、神火飞鸦、木火兽。爆炸性火器,是到南宋开始出现的。如宋高宗绍兴三十一年出现的霹雳炮,继之有金世宗大定二十九年创造的火罐炮和以此发展而成的震天雷、铁火炮、石榴炮和专作攻城用的威远石炮、炸炮、地雷炮、水底龙王炮……,这些火器的攻城力量加大了,相应是促进了修城的技术和筑城的原料。元代虽然也有管形火器,但所用的火炮没有瞄准具,因而命中率亦很低,威力较少,装填和发射速度慢,射程近,因而宋元的筑城技术没有太大的变化。明清火器的进步,促进了筑城的质料,在平地一般都变成了砖城。石筑城堡大都使用石灰粘接。

到清末民初火器的进步，加外国火器输入，如大炮、坦克等的使用，加之飞机参加作战，则城堡在军事上完全失去效用。因此修筑城寨的历史结束。军事建筑的工程不再是建筑城寨、堡垒，而变作修筑地洞和相应的防卫工程。中国城寨、堡垒发展的历史是和武器的历史发展是一致的，由低级到高级直到消亡。城堡是相应冷兵器而建筑的，原始是土城和自然石块堆积的城墙。火器的出现，促使着城墙的加宽、加厚，直到以砖建城和以石灰粘接人工的石块去建筑城堡。城堡也随着火器的使用而失去其使用价值，至于消亡。适应火器的军事建筑工程，不再是城堡，而是地下道——山洞。在浮戏山区是有原始以自然石块垒的长城，也有以石灰粘接人工石材建成的城堡，还有防卫火器的地下洞，构成了一套完整的军事建筑工程的历史实物标本，以说明武器的进步及城堡建筑技术发展相互为动力的推进关系。

**五、建立"中国军事建筑工程历史博物馆"的设想**

先谈谈它的建博物馆的特有条件。这里的古城堡群是一套完整的军事建筑工程的历史资料。有建筑技术原始的自然石块堆积起来的长城遗址蜿蜒三十多华里，有封建中晚期宋、元、明、清的石筑城寨，也有抗日战争时期（1944—1945）的中原解放区八路军嵩岳支队的革命战争遗址和革命文物，同时还有"文革"期间林彪搞的备战洞——是完全现代化的钢筋水泥建筑，规模宏大。这一套历史物质资料是应该保管的。它们分布在这一山势险峻、竹树翁郁、云雾苍茫的喀斯特形峰林中间，更加雄伟壮观。加之位于中国古代文化中心的中原地区，又在交通中心的郑州附近。就这些条件本身已形成一个"中国军事建筑工程历史博物馆"。这群古城堡都是很有价值的实物陈列品。在这里建立博物馆的条件就目前来说在全世界是很少见的。其他地方也不可能形成类似这一套的实物陈列品，个别山寨是有的，系统的成群的城堡在其他地方不可能存在，因为决定它的形成的是两千多年争夺中原战争的历史。春秋时期即称为"九州之险也"的阳城地区，才不断留下这样多的城堡、堡垒和碉堡遗址，这个"险峻"的阳城（浮戏）山区本身是演出这一场场历史战争的舞台，才形成一个博物馆的条件。这和故宫博物院一样，它的形成条件由于它是明清的皇宫。这个条件是特有的。

进一步再谈谈"中国军事建筑工程历史博物馆"建立的需要。从精神文明建设和发扬爱国主义教育角度出发，急需要一套能说明中国人民革命光荣传统的博物馆。第一，从浮戏山的历史特点来说，它是中国的历史，是道教创建的历史，又是圣地之一，又是民族英雄抗金抗元的历史，宋元以来是农民起义的根据地，又是革命根据地，这一套独具特色的历史是在浮戏山区演出的。浮戏山区具有人民起义和革命斗争的光荣传统。由开国→农民起义→一系列革命根据地，现存的古城堡，就是这一体系光荣传统的物证，也是这个光荣历史的物证，在它们的上面反映着这一系列的传统的光荣历史，对爱国主义教育的进行很有益。此外，在研究城垣建筑史、兵器发展史、中国战争史、兵工科学技术发展史等方面很需要一个陈列实物史料的博物馆（Museum），加之能在享受自然之美丽风光中，以娱乐的心情，去接受爱国主义教育，在这些实物史料表现的民族英雄及革命壮士的气概形象和事迹，这一套实物史料和自然景观和北京的皇宫及其一套皇室文物完全表示了两个不同阶级，立场和特征。二是完全表现了从春秋战国以来二千七百多年人民反抗封建统治者的压迫——包括道教祖师张道陵创建的五斗道和黄巾起义，中华民族儿女抗击外来侵略——自韩人抗秦和宋室义民的抗击金元，以致抗日战争期间八路军嵩岳支队皮定钧司令的抗日战争，这一系列在意义上比在明清皇宫中所陈列的一套皇室文物所表现的帝后腐朽生活方式是完全不同的。在社会主义的中国，对这一套有特殊意义的史迹文物，是需要建成一个博物馆的。

再次之，谈谈我们设想的"中国军事建筑工程历史博物馆"的形式。它是一所大型的就地保管古城堡的露天博物馆，以浮戏山区50-60平方公里的地区作为它的馆址，以该山的奇峰怪石、陡崖峭壁、竹树云烟、瀑布流泉作为它的庭院布景，以现有的古代城堡作为它的陈列厅，以自然地势和几条南北峡谷——庙路河、庙子河及蛇谷作为陈列品的背景（布景），通过巩密关、风门口这些著名关卡，作为南面两个大门，以灵宫殿、龙脖及北齐石窟寺三处作为它的三个北大门，这些大门口都有通往河南省会郑州的公共汽车，修筑有柏油公路，进馆后可以雇佣"脚驴"代步登山参观古城堡（当然也可以步行登山）。出博物馆的南大门是中岳庙和少林寺，出北门向西是古都洛阳，郑州市居于北京、南京、西安、武汉等大城市之中，又是交通中心。因此就位置来说，这个博物馆设在这个风景名胜、自然景观优美区域中，是完全合适的。

再次，设想一下这个博物馆的陈列区及陈列厅。

（1）由于兵器是决定城堡建筑技术进步的，因此在中心地区设一个中国历代兵器陈列馆，——系统陈列由冷兵器到火器的各种遗物和模型，包括收集来的古兵器以及本地发现的实物，如石斧、石刀、汉代铜箭头，明清铁炮和大批的革命文物。至于这个陈列馆的地点，初步想法从下列两者中选定一个，一为玉仙圣母庙

（俗称老庙），这里有唐代建筑物，有较开阔的场面。二为庙子，场面较大，地位虽比较适中，但缺少现成的建筑物，1985年北大教授冯友兰先生题了一个"环翠山庄"的匾额交庙子乡地方政府，建议在这里建个避暑山庄，可以利用。

（2）陈列区及"陈列厅"。

在我们划陈列区时的考虑是按历史时代区划呢？或按自然地势区划呢？最后我们决定以自然地势为宜，因为各代都有因地势而修筑的城堡。就此我们依地势划为三个展区：

第一，西路（或称西区），以庙路河为中心，自灵宫殿入口向南至巩密关。沿庙路河两岸山上建筑的城堡自北向南，以城堡（寨）为单位开设展厅。

第一展厅穆柯寨（北宋）

第二展厅鸡翎寨（宋元、清末重修）

第三展厅鹿耳寨（大寨、宋元）

第四展厅黑山寨（宋元）

第五展厅孟良寨（北宋）

第六展厅凌霄寨（宋元、清末重修改名将军寨）

第七展厅周家寨（宋元）

第八展厅天堂寨（宋元、清末重修，改称二郎寨）

第九展厅柏树门寨（清末建，有部分宋元遗迹）

第二，中路（或称中区），以庙子河、环翠峪为中心，自龙脖入口，南至落鹤涧，出巩密关。

第一展厅梅寨（宋元）

第二展厅备战洞（1969—1970年修筑）

第三展厅卧龙台寨（清末咸丰十一年建）

第四展厅八蜂嶂寨（清末咸丰十一年）

第五展厅石楼寨（宋元）

第三，东路（或称东区），以蛇谷为中心，自北齐宋世景造像入口，经蛇谷，南出风门口。

第一展厅郑韩长城沿城北自王宗店，南至茶庵，盘绕在蛇谷两岸山峦间，约三十余华里作为特别展厅。

第二展厅馒头山寨（清末）

第三展厅马上寨及马头寨（宋元）

第四展厅龙马寨及马蹄寨（清末，有宋元遗迹）

第五展厅小顶山城堡群（清末、有宋元遗址）

第六展厅东风门寨及镇远炮台（清末）

第七展厅西风门寨（俗名沙谷堆、清末）

在上列各展厅附近的碉堡、烽火台等等遗址附在各展厅内。

再次之，初步设计一下参观路线及日程。参观全馆需十天。

第一天，先至各路口馆务组办理食宿手续及登山代步工具（如脚驴等）。购买"参观指南"和找向导人等事宜，及参观"中国兵器历史陈列馆"，在录像放映室观看介绍浮戏山区风景名胜及全区城堡的录像，自灵官殿入口向西向东的参观路线，并参观附近风景。

第二天上午参观西路第一、二展厅；下午参观第三展厅。

第三天，经峡峪或醋峪登山，至西荻坡参观西路第四展厅和第五展厅。

第四天，参观西路第六展厅，下山参观明代采掘银矿遗址。下午参观西路第七展厅。

第五天，参观西路第八、第九展厅。

第六天，参观中路第四、第三展厅，下山可顺便参观神仙洞及落鹤涧和茶园。

第七天，参观中路第一、二展厅，下午参观中路第五展厅。

第八天，参观东路第四及第三展厅。

第九天，参观东路第五展厅、第六展厅及第七展厅。

第十天，自长城南端起，沿长城北行约三十华里至五岭，登第二展厅，至王宗店北齐石窟造像前来坐去郑州的公共汽车或旅游专用车。返回郑州，此地至郑州口有三十多公里。

如自东口北齐石窟寺向西参观，顺序反前者。至灵官殿出口返郑州，自此至郑州约五十多公里，时间亦约十天。

如自中路龙脖入口，可先参观中路，然后任意参观东路和西路，自西口出或东口出。

分布如附图二（略）。

最后，谈谈筹办步骤。至于建筑、收集、保管、编目、陈列、科研、群工等等业务方面及组织管理等行政方面的工作具体设计和总体规划，都不是现在所谈得上的问题。现已取得了地方党、政方面的重视和推动，进一步是争取一些学术团体的支持，请求有关上级事业主管部门的批准和支持——包括精神上和经济上两方面。

先同组织起一个"中国军事建筑工程历史博物馆筹备委员会",作出总体规划书,开展一切工作,促使这个馆的建立,因此我们目前可以作这一个希望,就是第一主管领导部门会批准办。第二能够筹到一部分开办费用包括上级资助及个人或单位的捐助,实际开办用钱并不太多。但巧妇难作无米之炊,到开办后,即可以馆养馆。我相信这个事业的前途是光明的。

（原文为1987年9月南京"中国兵工史学会兵器史会议"论文）

# 第二篇
## 科技史研究

# 十一——十九世纪中国在牵引钩上的发明创造与农机的改进

衡量农业工具进步与落后的标准不外三点：第一是减轻人们体力劳动的程度。第二是在农业工作上使用便利的程度。第三是在作用于农业生产力提高的程度，即进步的工具是体力劳动小而生产力高，落后的工具则反是。由落后到进步的发展，便是农具史的具体内容。秦汉以来农具的发展在这上面的表现是比较清楚。古代农用机械的动力，主要是人力及兽力。汉魏间的动力与工作机械是连为一体的"二牛抬杠"装置，所需的动力是"二牛"、人力是"三人"，生产力低。直到隋唐间，虽然在这个基础上有些改进，如曲辕犁及硬套的出现，但仍只是改良，还不是革命。到十一世纪作为兽力动力机构的绳套出现了。绳套的本身即是把"一条杠"分解为两条绳索，使牵引力加大。这是农具上的大革命。从而使农具进入新的历史阶段。但在动力机与工作机连接的"钩环"上仍为直柄的钩，其拉力仍然有限。明清又创造发明了Ƨ形挂钩，完全符合了"力的平行四边形"法则，它的对角线表现了合力的大小、方向和两个分力的配合。

它的矢量式是：

对角线表示的合力=分力Ⅰ+分力Ⅱ（$F=F^1+F^2$）

以此作为动力机及工作机的连接和传动的装置，改进了农业各工序上的工具：如犁、耧、耙、砘、耘锄以及兽力、水力、风力等动力机构与工作机的联系，因之也改进了一切灌溉和谷物加工及面粉制造的机械工具。

马克思说："所有发达的机器都由三个本质上不同的部分组成：发动机、传动机构、工具机或工作机。"[1]发动机即动力机构。我国古代从十一世纪以来在这各个部分的装置及其连接和使用上，取得很大的成就，在它的作用下，创造和改进了很多整套的农业机械工具。

---

[1]　《马克思、恩格斯全集》第23卷第410页。

## 一、宋元绳套与犁的"中置钩环"的创造及其在农机改进上的作用

垦耕机械工具。在敦煌61号及151号窟中都绘有北宋初的犁形。61号窟所绘水

图版一：敦煌61窟壁画水田图

田图,其犁是一手握犁把,下部在水中,前驾配牛(图版一);

151号窟所绘垦耕的是旱田,其犁的构造比较明显,系双手握犁把,耕槃是在犁辕前端,与犁相连,且都是直且长的犁辕及两牛抬杠的肩轭。这就表明了在北宋初年的犁的形制,基本上仍和唐代的犁形一致。可是到元代所绘的犁形却完全改变了隋唐以来牛犁相连的原始形态,基本消灭了二牛抬杠的农业工具。由宋初到元王祯《农书》[1]出书的仁宗皇庆二年(1313)的四百六十年间,农具的形制有一个很大的转变,首先一个大的发明创造是使耕盘与犁分开,以绳索连系牛轭,组合构造软套,装备成一个独立的动力机械,这样既可使兽力动作灵活,又可以端正垦耕的方向,并能加大动力机对工作机所起拉力的作用。软套在进行工作时,在兽力的带动下,两旁的耕索适成为二力的平衡,使农耕机械对工作上用力的大小、方向和作用,完全可以由一人来掌握,操纵自如。耕盘今俗名"马木杆",也叫套,是绳套后部的一个横木,有微曲和直的两种形式。《农书》说它在宋元间的转化过程,是

---

[1] 以下凡写《农书》,皆指元王祯《农书》。

"耕盘、驾犁具也,《耒耜经》云:横于犁辕之前末曰盘,言可转也。左右系以樊乎軏也。耕槃旧制稍短,驾一牛或二牛,故与犁相连。今各处用犁不同,或三牛、四牛,其盘以直木长可五尺,中置钩环,耕时旋杯犁首,与軏相为本末,不与犁为一体。"这是自唐《耒耜经》的犁到元《农器图谱》[1]的犁发展和转化的特点,这是在农具史上的一大革命,自此进入了新的历史阶段。至于牛軏,《农器图谱》说"牛軏,服牛具也,随牛大小制之,以曲木窍其两旁,通贯耕索仍下系鞅板,用控牛项,軏乃稳顺,了无轩侧。《说文》曰:軏,辕前木也,潘安仁《耕田赋》云:葱辕服于盘軏。"《说文》东汉人许慎作,潘安仁晋时人,这就说明了东汉、晋的牛軏是用绳系在犁的辕前耕盘上。唐代仍然如此,而元代的牛軏则在耕索之前,这样就系得更稳。至于"了无轩侧"则是指保持其平衡状态。"曲木窍其两旁"的牛軏,虽然在晚唐即已出现,但与耕索和耕盘组合成一个动力机械,则为宋元劳动人民在农业机械上的一个重大的发明创造。

由于兽力动力机械上的创造发明,也注意于犁架这一个工作机的改进。首先是大加减化,从唐《耒耜经》所说的十一个部件到《农器图谱》中犁,画有两个形制,都只有犁柄,犁辕,犁底,犁鑱,犁铧和犁箭等六个部件,是减少了一半。犁辕弯曲成为⌒形,使犁身尽量的缩小,以便轻快便利,这就为犁辕由木制转化为铁制造成了必然的条件。因为木是容易毁坏的,且天数多了会因使用而变形,不能保持原有的形状,减低工作效率,而铁制犁辕完全可以免去这些缺点。宋元间犁头,《农器图谱》一般在使用上分为镵、劐、划、铧等四种(《农书》卷十三)。在考古学上已取得些实物材料,如山西天镇县夏家沟出土辽、金时代的铁犁铧,其形与《农书》同。再一个大的创造发明,就是对动力机与工作机的连接装置,《农器图谱》的说法是"中置钩环",在图中套后的耕盘上绘着一个圆的横环,则它的牵引钩亦是竖挂,犁辕前端安一短轴柱,以便系绳索,或挂上牵引钩,把动力机与工作机(犁)连接起来。至其所用的牵引钩(或称挂钩)环,在考古学上已取得些证据,如北京房山县焦庄出土的金代铁器中,有两个式样犁上的牵引钩,一个是在环上挂着钩,另一个是以钩挂着环,钩长皆约在七厘米左右[2]。辽宁绥中县城后村金元遗址中出土的铁制犁[3]的牵引钩,是由两个长环和两铁钩构成,共四节,全长达54厘米,都仍非常

---

[1] 《农器图谱》为王祯《农书》的一部分。
[2] 苏天钧《北京出土辽金时代铁器》,《考古》1963年3期。
[3] 王增新《辽宁绥中县城后村金元遗址》,《考古》1960年2期。

笨重。但犁在构造上已完全转变了"牛犁相连"的旧形制,创造了挂钩作为连接牛犁装置的新形制,进入了新的历史阶段。宋元的犁,犁镵小于犁铧,犁镵为方形,且拖着一个大的平板形犁底,竖着去挂牵引钩等等,都还表现着落后形态。

宋元间还创制有一种使用兽力绳套以带动工作机的组合垦耕机械叫䴙刀,是为了开辟荒地时,不受芦苇荆棘的阻碍所创造的一种垦耕工具。《农器图谱》对它的形制描述是"辟荒刃也。其制如短镰,而背则加厚,尝见开垦芦苇篙莱荒地,根株骈密,虽强牛利器,鲜不困败,故于耕犁之前,先用一牛,引用小犁,仍置刃裂地,辟及一陇,然后犁墢随过,覆墢截然,省力过半。又有于本犁辕首里边,就置此刃,比之别用人畜,尤省便也"。可见它的形制,基本上与犁制同。有辕、柄、底和犁柱(箭)等等部件,只是与犁铧装置的方式上不同,但于辕头也同样有轴柱的设置,以便用牵引钩或绳索去连接在牛套耕盘的上面。这种工具既可以单独装置在一个类似犁形的木架上,用牛拉着,走在犁的前面,或者就装置在犁辕的头上向里的一边,用以先割去芦苇,然后就可没有阻碍的垦耕田地,可以节约人力及工作时间。

由手绳套及挂钩的创造发明,随着改造了耕后的一系列农作工序上所使用的工具。如耙、耖、劳、挞、磟碡、砺礋、全部使用了耕索与牛轭组合成的绳套,使工作更加灵便。其具体形制,在《农器图谱》都有比较详尽的描述。但他所称的耙,分方齿耙与人字耙两种,在耙的前端装置了挂牵引钩的圆环,"以系牛挽钩索"。至此完全转变了宋代以前二牛抬杠的耙地情况。

还有一种载运农具的工具叫作拖车,在宋元间也随着绳套的创造和使用而改进了它的工作效能。《农器图谱》对于拖车的描述。"拖车,即拖脚车也,以脚木二茎,长可四尺,前头微昂,上立四篑,以横木括之,阔约三尺,高及二尺,用载农具,及刍种等物,以往耕所,有就上覆草为舍,取蔽风雨,耕牛挽行以代轮也。"

《农器图谱》对于耖的描述:"疏通田泥器也,高可三尺许,广可四尺,上有横柄,下有列齿,其齿比耙齿倍长且密,一人以两手按之。前用畜力挽行,一耖用一人一牛,有作连耖,二人二牛。特用于大田,见功又速,耕耙而后用此,泥壤始熟矣。"劳,《农器图谱》称为"无齿耙也,用条木编之"的摩田工具。以石或木制的磟碡和砺礋,这一系列的垦耕工具都是适用于华北大平原及一切旱地,且在大田耕作。如在山中及水田,就会受到很多阻碍。为适应南方农业的发展,在宋元间也改进了不少的垦耕工具。如为南方水田耕作,制造的木砺礋,"与磟碡之制同,但外有列齿,独用于水田,破块滓,溷泥涂也"。在南方由于多黏土地带,铲、镢之类的生产工具多是以整块的铁片入土,接触面积既大,土壤的阻力也大,不易深入,为克服这些困难,所以造了六齿或四齿的耕垦工具,叫作"铁搭"。

播种机械工具。随着绳套及牵引钩的发明,也改变了播种工具的形制及其播种技术。耧的基本形制,下部是木制的几个中空的耧腿,下为铁制耧铧,一般为三个,但各地不同,《农书》说:"今燕赵齐鲁之间,多有两脚耧,关以西有四脚耧,但添一牛,功又速也。"四脚耧的出现,是一个很大的进步。两腿之间的距离为一垄。耧腿上端和子粒槽相连,子粒槽下部前面由一个长方形的开口,活装着一块闸板,用一楔子管紧。为了防止种子在开口处阻塞,在耧柄的一个支柱上悬挂一个竹签,竹签前端伸入耧斗下部系牢,中间缚上一个小铃。"其制两柄上弯,高可三尺。"两旁有两个木辕,相距可容一牛。在辕前系上耕索牛轭。元代"近有创造下粪耧种,于耧斗后,别置筛过细粪,或拌蚕沙,耩时随种而下,覆于种上,尤巧便也"(《农书》卷十二)。这又是一项技术上的创造。在耧的后边木框两边系两条绳子,悬挂方形木棒,随着耧在播种的垄上前进,把土刮平,覆盖了种子,这样一次就可以完成了开沟、下种、覆盖三个工序。

同时,创造了一种压实,使种子和土紧密地附在一起的工作机械,叫作砘车。往昔播种之后是人用脚蹋垄底以掩种子,及秦汉间耧车初创,乃用一种叫作"挞"的工具来平治垄沟,以掩种子,这种种田的方法非常不便,且不易生长。为解决这些困难,所以在北宋初创造了一种"行使极速"的"砘车",以木为轴,架着与所用的耧车等宽的两个或三个石轮,用兽力绳套挽行,随在耧的后面,随播随掩,这样更保证了种子的发芽生长。宋元砘车的形制,《农书》说:"砘,石砘也,以木轴架砣为轮,故名砘车。两砘用一牛,四砘两牛力也,凿石为园径可尺许,窍其中以受机括,畜力挽之,随耧种所过,淹垄碾之,使种土相著,易为生发,然以看土脄干湿何如,用有迟速也,古农法云:耧种后用挞,则垄满土实,又有种人走蹋垄底。各是一法,今砘转碾沟垄特速,此后人所创尤简当也。"

中耕机械工具。随着绳套及牵引钩的发明创造,也改变了一些中耕工具的形制及功能。首先适用于华北平原大块田地中耕创造了耧锄(明清称耘锄)。利用兽力挽行,增加了它在生产上的功能,使一个人用此机械每日即可耘田二十亩,其入土的深度超过了一般的锄力三倍。《农器图谱》介绍它的情况说:"《种莳直说》云:此器出自海壖,号曰耧锄,耧制颇同,独无耧斗,但用櫌锄,铁柄中穿耧之横桄下,仰锄刃,形如杏叶,撮苗后,用一驴带笼咀挽之,初用一人牵,惯熟不用人。止一人轻扶,入土二三寸,其深痛过锄力三倍,所办之田,日不啻二十亩。今燕赵间用之,名劐子,劐子之制,又小异于此,劐子第一遍即成沟子。谷根未成,不耐旱,耧锄刃在土中,故不能沟子。第二遍加礕土木雁翅,方成沟子,其土分壅谷根、擗土。《韩氏直说》云:如耧锄过,苗间有小豁不到处,用锄理拨一遍,即为全功也。"同时,为着"不致伤动苗稼根茎,或遇少旱,或熇苗之后,垄土稍干,荒莰复生,非耘耙耘爪所能去者"。因而又制造出一种形如马镫除草工具,名叫镫锄,"柄长四尺,比常锄无两刃角"。长铁柄的锄在唐代已经出现,在洛阳含嘉仓遗址58号窖中即发现有这样的锄柄。但在唐代的锄柄是直的,在考古学发现的材料,如在河南禹县出土的宋代铁锄及在辽宁阜新辽代城址所发现的铁锄,锄柄都是弯曲,和《农器图谱》所绘的耰锄一样,是"其刃如半月,比禾垄少狭,上有短銎,以受锄钩,钩如鹅项,下带深袴以受木柄,钩长二尺五寸,柄亦如之,北方陆田,举皆用此"。是其比唐代的锄在使用方便上又前进了一步。在江南地区,为适用于水田之用,制造成耘荡、耘爪及薅马等等中耕工具。

　　谷物加工机械。中国古代劳动人民在对谷物加工上,不断地创造了一些机械,如磨、碾、碓、罗及扇车等等。自汉唐以来虽不断有所改进,但最大的进步还是在绳套及挂钩出现之后,使兽力在这些机械上的使用,促进了这些机械的改进和发展。使磨到连磨,由石碾到棍碾,由使用人力的曲柄砻到使用兽力的砻,碓也由踏碓到纲碓。这是宋元间劳动人民在谷物加工工具发明创造的划时代的成就。

　　磨是用两块有一定厚度的圆柱形石头做成磨扇,下扇中间装有一个短的立轴,叫磨脐。上扇中间有一个相应的空套,两扇相合之后,下扇固定,则上扇即可绕轴转动。两扇相对的一面,留有两个空膛,叫磨膛。膛的外周制成一起一伏的磨齿,上齿有脐眼。磨面时谷物通过磨眼自动流入磨膛,均匀地分布四周,被磨成粉末,从夹缝中流到磨盘上,然后收入罗内筛去糠麸,就成面粉。磨的装置非常科学。这种装置即《农书》所说的:"主磨曰脐,注磨曰眼,转磨曰干、承磨曰盘、载磨曰床。"那就是说,一个磨的构造是由脐、眼、干、盘、床五个大的主要部分。在磨之上"皆用漏斗盛麦,下之眼中,则利磨旋转,破麦作麸。然后收之筛罗,乃得成面,世间饼饵,自此始矣"。一般的磨是用人力,宋代初的磨,在敦煌石窟61号宋初壁画推磨图及山西绛县金墓壁画中的磨,磨干皆是单杠,在磨的上面是用人推。可是,《农书》中的插图,磨为双杠,夹在磨上扇的两旁,用"绳套"套了两个驴,绳套是直接缚在这两个磨干的上面。在《农书》上绘有一个牛转连磨,是中立着一个很粗,长度适中的轮轴,轴上安装着一个大的齿轮,四周八个磨,每磨上安着个小齿轮,大齿轮与每个小齿轮相衔接。于中轴上安磨杠,把牛套在这个磨杠上面,拉动轮轴,则大齿轮即带动了八个小齿轮同时转动。连着磨的结构基本上和《后魏书》及嵇含的

《八磨赋》相同,在《农书》中的连磨确明写着"策一牛之任,转八磨之重"。显然是使用的兽力。

此外在《农书》中记有使用曲柄的力量推动的人力砻,同时也记有使用轮轴兽力构成的一个动力机械以皮弦(皮带)或大绳作成传动装置,去带动砻(工作机)进行稻谷去壳的工作,这也是一个很大的创造发明。

## 二、明清 S 形挂钩的创造发明及其在农机改进上的作用

明清劳动人民,在生产工具改进上,继承宋元的历史传统,很重视动力机的连接和传动装置,在牵引钩及传动带上作了不少的创造发明,以成为明清在生产工具发展史上的特点,尤其在农业机械的改进上,取得了很大的成就,不论在犁、耧、砘、石碾、石磙、及脱粒工具上的绳套与牵引钩(挂钩),在明末出版的《天工开物》中,犁与牛套之间的连接,在绳套的耕盘上,有一个向上弯曲的套钩,用这个钩直接挂在犁辕前端的圆环上,使动力机构与犁这个工作机连接起来。与之同时的《农政全书》绘的犁辕前的轴柱却安装一个圆环。但这个圆环是平置的,套钩是向上曲,竖着安装,直接挂在圆环上,这种连接方法,基本上仍是《农书》中的"连以环钩"的旧式装置,仍存在着相当程度的原始形态:套钩上曲,则缺口在上面,容易脱落,竖挂则对两方面活动上,都会受到阻力,在耕作的转动上不灵便。清代劳动人民,在这个基础上,又前进了一步,发明出了在套钩与犁辕之间,加上一个挂钩,从而改造了绳套耕盘及犁之间的连接关系,基本上构成旧式犁的形制。挂钩的形式,最广泛使用的是 S 形挂钩(图版二)。虽有长短大小的不同,一般如 S、⌇、ς、ᒣ 等,但基本原理和形制则是一致的,一般对此种叫两来钩。第二种形式是 C 形或 c 形或 ϱ 形等。第三种形式是一种有口可以挂的钩,另一头则是圆的,成了 ᓂ 或 ᓕ 形的挂钩,在

  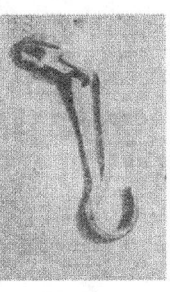 

第一种形式　　第二种形式　　第三种形式　　第四种形式　　第五种形式

图版二:明清在牵引钩上发明创造的五种形式

工作机的上面,把它们连系起来,这一种一般使用于耙、石碾、石磙、砘车的框上,在框上凿一较大的扁圆形的孔,这个孔的两面外口较宽,中间较窄,以便挂钩向两面自由活动。于后端用O形环钩或其它形的小钩,穿进孔内把它管起来。这个作为管的环形钩,有的是活的,有的就固定在工作机上连接牛盘的一面,以便随时使用。由于S形挂钩的发明创造,改变了作为动力机后面耕盘上竖挂的环与钩。S形挂钩的安放一般平行,但也有上下挂的。在工作转动上更加灵活。因此耕槃的环及套鼻,也不得不由横置而变为竖置。并把环变成了一个S形的套钩,使绳套的装置,更进了一步。由于挂钩上的很多发明创造,因而也改变了工作机的装置,如犁,原来的环及柱,都不能再使用,不得不改变犁辕前端的形制,由轴柱圆环,而改为钩。一般犁钩,分为单钩和双钩两种:双沟平行(开沟宽),便使用于耕熟地,如果挂在一个钩上,则犁用偏刃,开沟窄,便于耕生地及荒地。一般来说S形挂钩,适用于垦耕工具的犁;O形挂钩适用于石碾(石磙碡)及耙。耧也使用绳套,一般用O形挂钩或用绳索,这样更便于转动,一个绳套,只用于一个牛,如果要驾两个牛,就需要使用两个绳套,则必须加上一个长的木杠,于前置两铁鼻,以便挂两个绳套,驾两个牛。欲多驾牛,依此类推,但后面只有一个环鼻,与工作机连接起来,以便两牛合力带动一个工作机去进行工作。后面的这个木杠,叫"马木杆";由于挂钩的出现,随着使农业机械所用质料上也不得不加改变。如套鼻、套钩、犁辕之类等等,一律改为铁制。就在这个基础上,使得全部农具面貌改观。从垦耕工具的犁说起,在《农政全书》中绘有两个犁的形制,基本上说是和《农器图谱》在犁架上是一样的。由犁柄、犁辕、犁柱(箭)、犁底、犁鏴、犁铧六个部件装置而成。但在作为主要部件的犁鏴和犁辕,在形制和装置上却都有着明显的不同,明《农政全书》的绘图是犁鏴大于犁铧,一反元《农书》绘图的犁鏴小于犁铧的落后形态而有显著进步,在犁鏴的形状上,也由方形而变为半圆的O形状,这对于播土开沟都比较适宜。元时的大铧,入土的面积要大,即所遇的阻力也要大,且元代《农书》的铧尖平置向上,入土困难,耕过之后不显犁沟。可是明《农政全书》的铧,成三棱尖形,底部成平面,较之元代的为锋利。两个犁安装形式虽有差异,但从绘图来看,其辕仍为木制。在《天工开物》中绘有三个犁:在形制上是属于《农政全书》的第二个犁型,但犁底特厚,不显犁鏴,或者是把犁鏴制在犁底前端,与犁铧相连。还有一点,就是犁鏴全为直立形,这些都表现了其虽有些比元代犁为进步,但与清代的犁相比,仍属落后。继之产生的是铁制的犁辕,在辕头上,即带有挂钩,犁鏴发展为圆形,下方具有缺口,一边较长,一边稍短。犁铧薄而锋利,铧尖向下插入土内,犁箭使犁辕和犁之间的夹角可张大或缩小。犁鐴的装置,可以活动,以便随所使用,转动方向,则耕作起来,非常灵便,为新式步犁打下了基础。此外还在石磙、石碾、耙、砘车、耧车、耘锄、麦绰与麦笼等农业机械及其他农具如锄、镰、锹等等冶铸技术的发展和机械部件的发明创造的基础上,得到了长足的改进。

在灌溉工具的改进上,也充分使用2挂钩,主要的在三个方面:第一是在动力机与工作机构的联系。第二是水斗或水桶与辘轳的连接。第三作为控制水车动静管制机件。明清劳动人民,在绳套挂钩及一切传动部件上的发明创造,也促进了灌溉机械装置上的进步。创造出很多新的形制;在《天工开物》《农政全书》中兽力水车,大都使用了绳套作为动力部分,以挂钩去连在工作机械的上面,在兽力的带动下,进行灌溉。《天工开物》记载:"凡河滨有制筒车者,堰陂障流,绕于车下,激轮使转,挽水入筒,一一倾于视内,流于亩中。昼夜不息,百亩无忧。其湖池不流水,或以牛力转盘,或聚数人踏转。车身长者二丈,短者半之,其内用龙骨拴串板,灌水、逆流而上,大抵一人竟日之力,灌田五亩。两牛则倍之。"拨车,明代普遍使用,其浅池小浍。在载长车者,则数尺之车,一人两手疾转,竟日之功,可灌二亩而已。

"扬郡以风帆数扇,俟风转车,风息则止,此为救潦,欲去泽水,以便栽种,盖去水非取水也,不适济旱,用桔槔辘轳,功劳又甚细已。"

这就是说:"使水流绕过筒车下边冲击水轮转动,并装进筒内,一筒一筒地倒进引水槽,而导流入田中,这样日夜不停,即使灌溉一百亩,也没问题。不用水时,用木栓住,使水轮不能转动。在湖泊和池塘里的静水,有的用牛以绳套挂钩带转盘,有的用几个人来踏踩,水车车身长的二丈,短的一丈,车内用龙骨栓一串串板关住一格格的水向上逆行,大约一人一天的工夫,能灌田五亩,牛力功效高一倍。浅水池和水沟不能安放长水车的,就要用几尺长的拨车。一个人两手迅速转动,一天的工夫可灌田二亩。扬州一带用几扇风帆靠风力来转动水车,风停了车轮就不转。这种车是为了排涝,排去积水,以便种植。因为是排水而不是取水,所以不适合于抗旱。至于桔槔和辘轳功效是很低的。"在这一段叙述上有几点值得注意。第一,"筒车",这种水车构造和样式显然地比《农书》所绘水转筒车为进步,基本上和现在的兰州、四川及广西各地的水渠上的水车一样。人力水车和牛力转盘都和解放初期使用于广大农村的旧式水车一样。第二,拨车是一种轻便的灌溉工具。这可能是明代就元代刮车上的一种新改造。第三,在《天工开物》中所绘的桔槔是两个竖立的竹竿,中间加上一个转动的设备。这是过去所没有的。但在《古今图书集成·考工典》中所绘的桔槔,则是用一条绳把一个杆系在树上,一端系水桶,一端系重物,一起一落的吸水。这些设备比过去的桔槔显然是较为改进。第四,辘轳是利用滑轮原理制成的一种用于井上汲水工具,远在战国时代。但最早是小滑轮,和一个实心的转轴。至于在井口上安个架子,并装上一个小曲柄的空心较长的横轴、轴上绕条粗绳,绳子的一端固定在轴上,一端以挂钩上水桶,提水时,摇动曲柄放桶入井内装水,再摇动曲柄,使轴转动绞绳,而提桶取水。这种形制的辘轳,为宋元以后的一个创造,直到现在,仍为广大农村的提水工具。此外还有一种,于空心转轴两头都安装曲柄的筒内多装铜铃,称为铃子辘轳,也似当创造自元明间。最初是用于矿井,如《天工开物》有图形,但没有安装手摇的曲柄,两头加上曲柄的辘轳,创造的时间可能更晚到清代初年。

第五,风车,明代的风车形制,无图可考,而且只是"去水,非取水也"的工具,于此只是说明在明代已利用风力制成灌溉农田的工具去发展农业生产。在天津盐业区,有一种旧式风车,这种风车不受风向改变的影响是其优点,但体积庞大占地一亩多,不便用于一般农家。这种风车的创造,可能在明清间。

[原载《郑州大学学报(哲学社会科学版)》,1981年第2期]

# 孔子思想与科学技术的发展

同志们、同学们：

在一个月以前，我在山东曲阜师范学院曾讲了这样一个题目。陈正夫校长邀请我来和大家再讲一次。一方面使我们对孔子思想作一些正确认识，同时也对在文化大革命"批林批孔"中的一些余毒进行批判；另一方面以作为我们治中国科技史的参考。重点放在孔子思想与中国科技发展的关系上面，来谈谈我个人的看法，不到之处，尚望大家不吝指正。今天我谈谈下列几个方面：

一、什么是孔子思想？

我们认为孔子思想是在四书（即《大学》《中庸》《论语》及《孟子》）和五经（即《书经》《诗经》《易经》《礼经》《春秋》）及三礼（《周礼》《仪礼》和《礼记》）各书中所表现的一个思想体系。这个思想体系是在由封建领主经济向地主经济转化过程的历史阶段条件下形成的，推动着封建制的发生、发展到向前进，一直作着封建社会的主导思想。这个思想的特点是：第一，完全不是神鬼，没有宗教色彩；第二，完全重在人事上面，把"仁者爱人"及"仁民而爱物"作为施政思想基础；第三，建立一个文明的以礼让为中心的社会秩序；第四，民富则国强。即发展生产，安定社会，强威国家；第五是有教无类。因此，他代表了新兴地主阶级的利益，作为一个历史上进步的思想体系。但任何一个思想体系也都随着历史的发展，有其发生、发展、到腐朽没落的阶段，也都有其不同的作用和性质。因此，我们所称的孔子思想是在春秋战国时代，由封建领主向地主经济转化阶段，在政治上是由分散的诸侯国而向中央集权政治王国发展下的代表思想体系。不可避免它也随着中国封建社会的发生、发展至于没落而变化其性质和面貌。因此有孔子的本来面貌，有汉唐的孔子，也有明清的孔子，不能混为一谈。孔子思想是发生在封建社会的早期，到封建社会盛时的汉唐为之一变,到宋元后,尤其到明清也随着封建社会的腐朽没落而杂入许多不良因素,使其完全变质,产生了什么孔教、儒教,把一个人格性的孔子神化成了孔教、儒教的祖师,由"无冕之王"先师,变成了戴上皇帝帽子的"大成至圣文宣王",而完全由进步阶级代表人物而变成为没落阶级的腐朽象征。但这已完全不是孔子思想的本来面貌,因此,我们不能把宋元理学及明清儒学、孔教也看作是孔子思想,两者同称是混淆了是非。这是我们必须弄清的第一点。我们所说的孔子思想,是指它的本来面目,是产生在春秋战国、推动社会进步的一个思想体系,所以它有很多进步的精华,存在着很多进步的因素,值得我们重视和继承,更重要的是这个思想直接推动着科学技术的发展。至于说孔子该称为什么家呢？我的意见,孔子是政治家,更确切的说是政治思想家,在他的思想主导下,给科学技术制造了很多很好的发展条件,作了推动历史前进的动力。

**二、孔子思想的自然科学基础**

孔子的治学方法和宇宙观,是基于《易经》。孔子对《周易》不只是加过"笔削"（即补充与删改）,《易经》的《系辞》,相传就是孔子所作。孔子对《周易》是用过很大的功夫,以至于"韦编三绝"的程度。他并加以实地收集资料,对古代文化遗产加以批判的接受。孔子说:"吾欲观夏道,是故之杞……吾得夏时焉",即接受了适于农业生产的夏历。又说"吾欲观殷道……吾得乾坤焉。"即原始的《易》之原理—(乾)、--(坤)。孔子是把适宜于农业生产和讲述自然规律的《易》总合在一起去接受夏殷文化遗产的,进一步孔子对《周易》又加以"笔削",并加上"系辞"等等而成为传世的《易经》。它是用"乾""坤"作为基础的:即乾象表示天、阳、父、男、刚、正、大……。——坤象表示地、阴、母、女、柔、负、小……"一阴一阳之为道"的去把宇宙及一切事物的形态、动态和革变,都用这两者相对应所生的基本规律,看其所产生的动作和所得的结果,即所称的"万物"。《易·系辞》说乾是"万物资始"。又说坤是"万物资生",而讲它们所合而产生的动态。《系辞》说"男(—)女(--)构精,万物化生",又说乾坤"合德而生子",男(称为少阳),女(--)称为"少阴"。把父母子三者合而成为一卦,这就构成代表八种物体和形象,为八卦,即乾、坤、震、艮、离、坎、兑、巽,代表天、地、雷、山、火、水、泽、风等八种物质元素及八种形状,即"乾三连,坤六断,震仰盂,艮俯碗,离中虚,坎中满,兑上缺,巽下断",而表明事物和动态,子女是要结婚的,所以有内卦,下面的就要引来外卦,上面的一卦,内外合为六。八卦结合,演为六十四卦。以"万物资始"的乾(—)作为基数,同时把"万物资生"的坤(--),形成二进位制,以乾为正,以坤为负,因为六都是坤生的,所以称坤之数为六。物极必反,第六之后的七是"七日来复"(《易·复》),又到了新的阶段,新阶段的起始又是自一始。因此称乾之数为"九",又形成十进位。在《易经》中凡遇"坤"称为"六",遇乾都称为"九"。凡遇老阳或老阴必变,有相生就有相克,凡所有事物的形态新旧因素是相对的渐增与渐减下存在的,到新事物因素成为主流时必"革"(突变、革命)而成为新的事物形态或新阶段,在革卦中说"天地革,而四时成",因而就称赞了商汤王和周武王的革命。《易经》并阐明阴阳合而产生动能的规律。《系辞》特别重视这一点,他说"阴阳之义配明",又说"天地定位",又说"阴阳合德",又说"天地之大德曰生"。并说明:"阴阳和而万物德",又于《易·坤》说"阴类于阳必战",在六十四卦中基本上是说明这个道理,如《易·归》"天地不交而万物不兴",《易·否》"天地不变,否",《易·泰》"天地交,泰",又"天地际也",《易·巽》"天地相遇",《易·丰》"天地盈",《易·革》"天地革而四时成",《易·咸》"天地感而万物化生",《易·解》"天地解而雷雨作",《易·睽》"天地睽而其事同也",《易·节》"天地节而四时成",《易·颐》"天地养万物",《易·坤》"天地变化",《易·家》"男女正",《易·系辞》"天行健,君子以自强不息",《礼·郊特牲》"万物本乎天,人本乎祖",又"天地合而万物兴焉",这是孔子思想的基本因素。总前所述,《易经》是以乾坤(阴阳、正负)概念,来解释自然界一切相对和相互消长的物质势力,把阴阳交替看作宇宙的根本规律,并处在不断的运动和发展中,在时间上没有开始和终了,在空间上没有边际和尽头,是永恒的普遍的存在着新陈代谢,周而复始,否极泰来,物极必反。大而宇宙为一,小而至于万物各为一,都是由阴阳、正负的动作存在和变化。是一个很多物体(万物),相互关联着的物质世界,"大地载焉,万物育焉"的存在着。这一个物质运动与时空关系的理论,成为孔子的宇宙观,以此作为他政治思想及施政方针的基础。所以构成孔子思想的中心是"天命"。他的"天命",并不是信神鬼和迷信,他所称"天"是"自然","天命"即是"自然规律"。万物变化的自然变化规律运用于人事,而形成他的教化。所以他说:"天命之为性,率性之为道,修道之为教,道也者,不可须臾离也。"因此孔子才把这个教化表现在所称的礼。施于政治的中心思想是"仁者爱人"的"仁政"。仁政构成步骤,总结四书五经,它的公式,首先它产生步骤是:"利其器"——→来百工——→"财用足"——→(民)"富而好礼"——→"国治而后天下平"。礼是社会秩序,维持好社会秩序的基础是"工欲善其事,必先利其器"地去改进生产工具和技术革命,提高各个部门的生产率,使"财用足"则"民富而国强"。这个施政的原则是有其自然科学的基础的。

我们可以说《易经》是一部早期的自然科学概论,又是一部原始的唯物主义及自然辩证法的宏伟著作,包括了相对论、力学及原子物理学和电子学的很多规律,《易经》的二进位制也包括社会科学方面唯物辩证法的否定之否定及新陈代谢的规律。但如果就说孔子创造了现代的"相对论"、"原子物理学"、"自然辩证法"及电子计算机的二进位制,以此而给孔子再加上一个"科学家"的头衔,也大可不必,那就不符合史实,他毕竟受着历史的局限性。但在孔子的当时,他能够批判的接受先民的文化遗产而给予发扬光大,构成一整套的认识论和运用自然科学规律去用作治学和施政的理论基础,这一点确有其难能可贵的意义,在世界上有其特大价值。虽然它有些与现代科学中的相对论、原子物理学相近,毕竟是受着历史条件的限制,有其很大的局限性,只能说它们有历史发展关系,还没有形成现代自然科学中的各个学科。可见孔子能够发展和重视这些自然物质的存在和运动规律,而为学术和政治理论的基础,这就够了不起。

### 三、孔子思想的普遍性和永恒性

是不是真像极左者和外国学者们的一些论点说孔子思想是科技发展上的阻力,或历史上和近代中国科技落后的罪过都应当归罪于孔子呢?我们有完全不同的看法,我们现在来谈一谈孔子思想中一些原则的普遍性和永恒性。

孔子思想是在封建社会领主经济向地主经济转化阶段的历史条件下形成的一个进步的思想体系。他总结了过去遗留的优秀文化遗产,又以当时的时代要求去作总结,因此也有其普遍性和永恒性的原则,以推进科学技术的发展,以作为历史前进的动力。在这上面,他费了不少的功夫,进行调查研究。前面我们引用《礼记·礼运》记载孔子曰:"吾欲观夏道,是故之杞,而不足征也,吾得夏时焉。吾欲观殷道,是故之宋,而不足征也,吾得乾坤焉。"在《论语·八佾》篇也有同样的记载。他去到杞,又去到宋,收集夏殷的资料,考察研究夏殷两朝的文化遗产,可是他批判了杞和宋都不足为征。他不是复夏和复殷,他说:"殷因于夏礼,所损益可知也。周因于殷礼,所损益可知也。"他是从损益古为今用的角度去接受先朝的文化遗产,用今天的话是"批判地接受"。这种对待先朝文化遗产的原则,是古今所通用的。他是从有利于农业生产上来"行夏之时",即采用了适宜于农业生产的"夏历"(即今农历)和使用方便的殷代交通工具,结果是在民富国强的原则下来为当时

"郁郁乎文哉"的周朝服务。孔子对古籍的诗、书、礼、易、春秋和古之六艺都尽了最大的努力,他读易用功到"韦编三绝",他不泥古,对古代文献他都敢加以"笔削"(即删之补之),一切从为当下服务上,总结出不少普遍性及永恒性的原则,而为当时及后世在施政及治学上的典范,这样造成的环境,才有利于推动科学技术的发展,反过来则是科学技术为这个环境服务,发展再发展、生产再生产,而成为历史上有名的"文景之治""贞观之治"……这些"之治"的年代也是科技高潮的年代,两者的存在是统一的,是互相依存的关系,这是第一点。

孔子说:"君子务本,本立而道生。"又说:"行夏之时。"于是孟子就说了"保民而王","则天下之农皆悦而耕其野矣。天下之商皆愿藏于市矣","则财恒足矣。"孟子讲"天时不如地利""仁民而爱物""仁者乐山"。在孔子、孟子的言论中特别重视农、工、商及六艺的发展,以作为治国的基础,这就是儒家正统思想的一个突出论调。"民富国强",要使民富,就必须"开源",用现在的新名词来说就是生产,所以使生产提高,源流大开,就必须从改造工具开始。孔子有句名言,见诸《论语》:"工欲善其事,必先利其器。"这就是说要提高生产,首先是改进生产工具,随着生产力的提高,生产率也就增加了,生产增加了,社会就安定,人民就富了,国家就强了,于是"衣食足则知荣辱"。这就是孔子的一个基本原则。我们现在要提高生产,生产提高后我们的国家就民富国强了,这个规律用于三千年前是如此,用之于两千年前是如此,用之于今天不也是如此吗?这是第二点。

有人说,孔子是违反自然的,这话不对。孔子从没有一句话否定过自然。孔子的话讲得很清楚,孔子很重视"性"。他说:"天命之谓性,率性之谓道,修道之为教,道也者不可须臾离也。""天命之谓性",天,他不是说有个老天爷,他不信神,他认为天就是自然,"顺性"就是"顺乎自然的规律",任何一个东西都有天性,一定要顺着它,这样才能叫作"道",根据"道""修道"才是"教",这三者之间的公式是天+性+道=教。这个公式也可以写成天→性→道→教化,他不论从各方面来说,尊重自然、顺乎自然,那么就顺乎人情,所以叫作顺情合理,一切都是如此。所以孟子为发展生产,先讲天时地利,其次才是人和,儒家认为万物都是自然的现象,这个规则就是说要认识自然、利用自然,最后才能改造自然,万物是在自然中存在,顺乎天性,才能改造,由谁来改造呢?孔子认为是由人来改造的,孔子有一个论点,就是"仁学",他的政策也叫"仁政",他的政教一切都是根据自然间存在的规律来讲的,很清楚,孔子是尊崇自然规律的,他的最后一句讲得清楚:"不可须臾离也。"这就是说一时也不能离开,也就是说不能违反自然的原则,违反自然原则就是不科学,科学本身就是重自然。如我们现在利用电灯,只是我们现在能够利用电灯,你说自然间没电,我们能创造一个电?不能这样说。只能说是当时我们对问题的认识程度差,现在我们对问题认识程度提高了,我们能够去利用,我们能够去改造,这个道理是一致的,孔子思想中也贯穿了这一点——性。性由天而来,规定了这个思想原则,是永远的存在,我们要利用自然,就要认识和改造自然,正因要改造自然,所以就要发展各项技能,技能当时叫作"百工",这一基本思想贯穿于孔子的著述和经他笔削的著述中,包括四书五经等,这个原则在两千五百多年前是适用的,今后我想也是适用的,这是第三点。

由于孔子是重"易"之方法和自然的结合,所以他在各个科学技术方面都有不同的发扬,例如五行生克,便给医学、天文、数学都奠定了基础。易之原则也可使用于一切的技术、工作等各个方面,他为科学技术的发展奠定了一定的基础,有了一定的提法。孔子重六艺,即"礼、乐、射、御、书、数",他重视百工,他说"来百工也"。他并不自高自大地以"华夏"自居,而排斥夷狄,他说"柔远人也",即吸取各地的先进技术,来为他"吾岂为东周乎"而服务,他表示"道之不行也,乘桴浮于海",他又说"居于九夷",他愿到海外,他去各国考察和打交道。他使用他总结的内容之一的"璇玑玉衡,以齐七政",而提倡创造天文学上的仪器,以开天文仪器的制造先声。他演周易,把古代数学变化为创造一切古代科技的使用符号。如☰(乾),以此作为单位,再进断而为☷(坤),演为八卦,就此推演六十四卦,以至无穷,因而创造出二进位制。孔子对古代八卦的推演成就,为中国数学史做了很好的开端。在世界历史上发明创造二进位制计算方法的,在传说中是伏羲氏。但他只是传说人物,我们说是古代的劳动人民,积累了很多经验,用他们的智慧创造出来八卦。但总结这些成绩,如以推演而完成这一伟大创造成就的,却不可否认是孔子。孔子并把这些列入"六艺"之一,普遍使用于任何一种科学技术部门,而成为中国两千年来一切科学技术的共有符号,共有规格和共有的基本原则。直到近代才为西洋传来的科技符号A、B、C或X、Y、Z等所代替。这个数学基本方法,也是现代电子计算机的基本方法。孔子在发明二进位制计算方法上,应说是世界第一人。电子计算机是现代科学最先进的计算工具,但在把二进位制作为电子计算机的计算基础的工具却必须归于孔子。不可否认孔子是一个伟大的学者,用他的学生们的评价,是"圣之时者也"。所以称他为"时中之圣"的思想家。他"有教无类",不分华夏蛮夷。他说:"道之不行,乘桴浮于海。"他要到"九夷"去行教化,也不分国界和阶层。对无罪的人,他不只收为学生,而且招他为侄女女婿。孔子对事的处理,是走群众路线,他说"吾从众"。因此他之所以被称为思想家的伟大之处就在于他的思想能够在各方面来提倡、来推进和形成了很多基本的原理和普遍的原则,适用于古,也适用于今,使用于中,也运用于外,这是孔子的伟大之所在。所以我国的科学技术在春秋战国时期那样发达——春秋战国时代被称为我国文化史上的"黄金时代",孔子思想在当时的作用是不可忽视的。这是第四点。

孔子对古来的东西是批判地接受的。孔子对夏、殷都有些研究,最后他的结论,说是夏时(夏历)好,夏历与农业的时期相符合,曰"吾得夏时焉"。他说我要夏时历,他穿衣不穿夏时的衣服。孔子说:"行夏之时,乘殷之辂,服周之冕。"所以他对古代文化的态度在孔子时代是有进步意义的,在今天也有进步意义。有位老先生讲,"孔子的思想适用于当代的时代,也适用于今天的社会主义"。有人对此进行批判,就孔子来说,孔子是"时中之圣",我们对孔子的这几个原则的接受,不就是毛泽东所说的对古代文化的批判地接受吗?孔子对过去的东西并不否定,因为历史是发展的,任何时候都不能割断历史,任何东西也不能没有历史,但历史是为现实服务的,而现在是为将来打定基础的,这就是所谓"古为今用",孔子也讲"古为今用",他总结古代历史经验,说他要"祖述尧舜",其目的是"显彰文武"。这不就是古为今用吗?因为历史如果没有它的使用价值的话,历史便成废物,也就消灭了。他又说"郁郁乎文哉,吾从周",如此的目的,是实现大同的愿望。"从周"大同是"老者安之,少者怀之",是"老有所归"。他还说"吾其为东周乎"。他还想创造一个新的大同世界。当然,他的大同世界和我们现在所说的共产主义在内容上是不同的。古为今用并向前进的说法,是普遍的和永恒的原则,这是第五点。

孔子对神鬼的研究,由于历史条件的限制,他不能用科学的方法证明没有鬼,但他说"敬鬼神而远之"。他重视人生而不重乎死。他说,"未知生,焉知死"(《论语》)。他认为神是人造的,他说:"神也者,妙万物而为言也"(《易·说》)。这种不迷信的态度,是值得敬仰的。如果没有人,也就没有鬼神了。《礼记》的全部精神是尊天,所谓"尊天",尊的是自然,"尊天敬祖",重的是人伦。孔子的这些治学态度、原则,无论用之于古代还是用之于现在都是值得借鉴,学习的,这是第六点。

孔子这些规律是如何产生的呢?在当时又起了什么作用呢?现在来谈一下。

孔子是春秋末叶人,继春秋之后是战国时代。就现在来说,战国时代是地主经济,春秋是领主经济逐渐崩溃,地主经济的产生阶段,孔子思想在这一时期始终促使中国封建领主经济向地主经济向前推动,以致达到一个新的阶段,尤其在政治方面,他有"君臣之道",即"君君、臣臣、父父、子子",在"君臣之道"之下,使分散的诸侯国渐渐集中,发展到春秋晚期,成立了几个中央集权的王国,不可否认,孔子思想在当时起了很大的进步作用,这一点是必须承认的。

**四、孔子思想推动科学技术发展的历史证据**

孔子是重视科技的,在《周礼》中有一篇最早记载科学技术的《考工记》。恩格斯说:"科学技术的产生和发展一向是和生产分不开的。"因为人类要生存,要生活,为满足他们生存、生活的欲望,必须发展生产,生产的发展离不开科学技术的发展,这也是孔子所讲的原则。孔子对华夏夷狄划分的很清楚,但在要发展科学技术时就不讲华夏、蛮夷的划分了。他说:"来百工,则用足也。"因为科学技术本身没有阶级性,也没有国家性,它是为人类服务的,哪里都可以用,所以在《考工记》中所记的就既包括有华夏的成绩,也包括有蛮夷的成绩,在春秋晚期及战国时代的科技发展上,起着很大的作用。

自汉代以来科学技术发展上有几个特点:第一,每当大的动乱之后,必须要安定社会。不论哪个时代,汉到清直到民国,为着安定社会,就讲究孔子的仁政,以此为据而制定政策,必须先改进工具,发展生产,生产力提高了,民富了,"富贵而知好礼,则不骄不淫",然后国家就强盛了,从历史可以看得出来:如汉初是如此,才是文景之治。南北朝的北魏统一中原后,首先实行汉化,而后是改良农业,发展生产,使民安居乐业,各安生业地去改造技术,安定了社会,汉化的结果就是北魏太平盛世。唐初也是如此,才有贞观之治。宋、元、明都是如此,清代也是如此。这是历史发展中一个客观存在。

第二,与这种发展相适应,也出现了很多新的科学技术,就是与这个思想相适应,也出现了很多新的生产技术专家。如汉代的区田法、代田法,赵过创造楼犁,氾胜之以及杜诗、马钧创造水力动力机械。天文学家张衡,南朝注《论语》的祖冲之,北魏写《齐民要术》的贾思勰,唐代的僧一行,元代的王祯,明末的宋应星……这些大的科学家都是相应着上述历史条件尊崇儒术下出现的。

第三,各个朝代出现的几部大的科学技术书籍的开头都是"尊崇儒术",包括医药及天文著作,从来都是被称为"儒医"。这都是在特定历史条件下出现的。到《氾胜之书》《齐民要术》《农政全书》等农书出来后,在农业等方面的发展上,都有突飞猛进,起了大的作用,包括明清的东西,如《天工开物》《授时通考》在明清农业发展上都起了很大的作用,并没有因任何一本书就阻碍了农业的发展。我们说,每逢科学技术向前发展,必然促使社会经济进步,使社会经济、文化发展到一个新的阶段。

第四,在历史上,对当时科学技术的一切实施进行破坏的,都是一些反动派,这些人首先都是反对孔子(当然这之中有些人也是打着孔子招牌的)。例如有人以孔子说过"樊迟请学稼",孔子说"吾不如老农",又"吾不如老圃",他出去以后孔子说"小人哉",有人就此说成是孔子看不起农业生产。"小人"在《论语》中是与"大人"相对而言,在朝的(居官的)为大人,在野的和处于基层的人民称为"小人"、"小民"及"野人"并无卑视的意思,孔子从来都是重农的,我们不能抓住一句话而否定人家的全盘思想。

第五,科学技术从来是和生产分不开的,不论哪一个朝代,科学技术都是先使用在生产方面。

第六,科学技术的发展和社会的发展是分不开的。有人说秦汉以后中国社会、中国科学技术的发展是慢的,明清是处于停滞状态,这是不合乎实际的。历史的事实证明,无论是中国社会,还是中国科学技术都是在不停滞地向前发展着的,而且越发展越快。从博物馆中看陈列,汉代到北魏所使用的铁、钢工具并没有多大的进步,但隋唐的工具便很快过渡到北宋阶段了。宋元阶段生产工具的发展上更是突飞猛进,明清的任何技术、工具都比以前的高明很多。科学技术进步的结果是把社会也同样推向进步,而且越进步越快。

第七,纵观中国历史,无论是外来的科学技术或地方的科学技术,在孔子"有教无类"及"来百工也,柔远人也"的原则下,没有阶级性,科学技术不分国界,因此中国在各代都有引进的外来技术,而为本国服务。

第八,改进工具之后,技术要发展,接着是经济的繁荣,就是说,要使生产革命,生产革命的先决条件必须是工具革命,工具的改进本身也有其技术。

第九,事实证明历史上所有科技的发展大多是出于儒家,因为儒家不信鬼神而相信人定胜天,也就是相信人所造的科学技术进步的结果能够改造自然,充分地利用自然。

上述中国科技史发展的九大特点,都是以孔子思想作为主导思想来进行发展的。这是谁也不能否认的历史事实。

**五、近代中国科学技术落后的阻力是什么?**

进一步再谈谈近代中国科学技术的发展和西方相对比之下的落后原因。这一点我们也不要否认。但落后原因是不是像极左及其余毒所讲的,都归于孔子思想呢?我们认为还不都是。现在提一提我们的看法。

第一,中国近代科学技术落后的原因,不是由于中国历史发展的缓慢,也没有任何停滞状态,更不是受着孔子思想的阻碍,事实正如我们在前面讲到的自秦汉以来中国历史是加速向前发展的,且速度也越来越快,而且封建社会发展到晚期(明清)也正常地萌芽了资本主义,而且作了很大的发展。在这个阶段,孔子形象随着阶级、民族及逐步落后的两方面而出现两极分化:一个是人格化的孔子,即在孔子的"未能事人,焉能事鬼"的思想下,极力保持他以道德、仁义、富民强国的"人"的地位,以不同方式渗透在人民大众和爱国志士,作为中国前进的动力,另一个是神化的孔子,把他誉为一个教的教主(儒教、孔教),作为迫害人民的工具,表现最清楚的就是光绪维新抬出人格化的孔子,慈禧便抬出个神化的孔子来杀维新派。人民抬出孔子来革满清的命,清皇室也抬出个孔子来杀维新派,到毛泽东同志才是把孔子与孙中山一起总结,肯定了人格化孔子的一面,同时也要打倒孔家店。"批林批孔"是"文化大革命"中四人帮的产物,因为他们要造反,要使社会动乱,要破坏和阻碍科技进步,所以,他们要"批孔"。这一系列由"神化的孔子"到"与林彪共存的孔子",都不是孔子的真实思想,而是腐朽没落的封建主义。这不等于孔子思想,孔子思想不会阻碍社会进步和科技进步,而且在中国历史上主要的一面也没有发展缓慢及停滞状态。

第二,阻碍中国近代科技发展的是帝国主义,官僚资本主义及腐朽的封建主义,中国的社会性质也成为"半殖民地半封建"的性质。因此,在中国近代科技史上阻力的主流便是帝国主义。相反,孔子思想便成为加强中国科技发展主要的动力,成为爱国主义的标志,在发扬固有文化的原则下,孔子是主要人物。孔子是"有教无类"的,孔子的思想是吸收多方的先进技术,来为建设鲁国服务的前提下,在"来百工也"和"工欲善其事,必先利其器"思想指导下,中国出现了一些科技学者们,打出了"中学为体,西学为用"的口号,翻译不少的西方科技文献,如徐建寅的《器象图说》《汽机必以》《汽机新制》,徐寿的《匠论与规》《汽机发轫》《机器图说》,华备在的《机制理法》《兵船机器》,王汝聘的《金工教范》《机工要范》,李善兰的《测园海镜》《勾股割圆记》等——一时在天文、物理、化学、数学、科学部门,于清末民初都有不少译著和大的发展,"文化大革命"对科学技术做了大破坏,这一股历史逆流现在应当转变,使其应当走向引进外国的先进科学技术或自己创造先进科学技术,一致在使人民各安生业的富国强民的原则下,发展起来,共建新的中国,使中国科学技术史进入新的历史进程。

第三,近代中国科学技术落后现象,它的性质是属于世界历史上近百年发展的不平衡状态,只是相对的落后,并不是绝对的落后,实质上中国科学技术仍是中国古代科技基础上在不停的向前发展,现代科技是从历史科技发展而来的。当然,在各地文化交流中,新的科技也加了一些外来的先进科学技术因素,但仍呈现着中国的科技特色。

中国科技史的发展是不是就停滞不前呢？我说不是。我们首先应该注意,历史的发展都有它的不平衡状态,"平衡论"是必须批判的,毛泽东在《矛盾论》中说:"我们坚决反对平衡论。"历史的发展是不平衡的,不仅一个地方历史发展是不平衡的,世界历史发展也是不平衡的。欧洲文艺复兴之后,掀起了工业革命,工业革命形成了一个特殊的条件就是使动力机改变了,而我们的动力仍然是人力、牛力、至多是用水力、风力。作为动力来说,西洋是跑在前头了,这样做的结果,使机械进步了,随着机械的进步,技术就进步了,随之而来的是生产的提高。回顾中国近代史,除阶级矛盾外,从元代起,一直是民族矛盾,明清也是这样。到清代为什么把孔子又抬出来,又升高了呢？就是便于统治中国人民,它利用孔子作为它的统治工具,它利用理学作为他的统治工具,这样就使孔子蒙上了一层黑纱。所以我们说不是由于中国社会不发展,而是由于历史发展的不平衡状态是存在的,欧洲在前进,我们也在前进,形成的只是中国相对的落后,而不是停滞。例如赛跑,两人赛跑总会有一个人是第一,有一个人是第二,你说跑第二的人根本没跑？这话就不对,两个人都跑了,只是第一跑的往前一点。尽管这样,我们也可以利用先进技术赶上去嘛,这并不是谁聪明谁不聪明的问题。(2)近百年来是谁阻碍了中国前进？我们说是帝国主义、官僚资本主义,加之旧来像阶级矛盾、民族矛盾那一套封建势力下的东西阻碍了中国的进步,而不是孔子的思想。(3)孔子并不是崇洋媚外,也不自高自大,孔子讲他是"来百工也",虽然你远,你的先进技术我可以全部吸收,引进外来的技术改造我们的生产、我们的国家。《易》说"天行健,君子以自强不息",我们应当自强。"文化大革命"中对孔子的污蔑,对孔子的种种不实之词,我们更不能同意,尤其是截止到今天还利用那些批判孔子,更是不应该的,我们要发扬孔子的思想,说孔子思想促进了科学技术的发展,科学技术又促进了中国社会的发展。从古至今,孔子的几个原则是普遍的、永恒的,它是用于任何时代都对的,它有它的科学性。这一点不可否认,我们要恢复孔子思想的原来面貌,使它得到新的使用价值。

### 六、对"四人帮"批孔几个论点的批判

在"文化大革命"中,有一个长的阶段叫批林批孔,为着要把孔子"批倒批臭,再踏上一只脚",因此就对孔子学说尽量地曲解、捏造和谩骂,说孔子思想是"阻碍社会前进,复辟倒退",说孔子思想是"轻视自然,阻碍科学技术的发展"。他们一面采取了很多不好的手段,同时又把宋元理学及以后的儒学、孔学及迷信色彩的儒教、孔教等都算作孔子思想,又把元代和清代的阶级矛盾及民族矛盾在尊孔的幌子下所造成的一切罪恶,一律都算在孔子的账上,算作孔子思想,混淆了是非。任何一个社会的进步都有它进步的一面,同时也有它的逆流——即反动的一面。四人帮把反动的一面所造成的落后的及一切罪恶都算在孔子账上,在"尊法批儒"的口号下尽量扩大落后面,抹杀前进面,造成很大的诬陷作用,尽力丑化孔子。我们认为这是严重地影响到对中国科技史真实状态的认识问题。就他们所主要批判的各点来说,第一是对孔子思想中的"举逸民,继绝世"。孔子把隐逸的知识分子推举出来为社会贡献力量,对"已绝"的人家平反昭雪,使其子弟都抬起头来为国家工作,这又有什么不好呢?他们把这些"逸民"都看作是错划的右派、走资派,把"绝世"比作所谓的"地富反坏"的子女。因此也诬陷孔子的"举逸民、继绝世"思想为"反动"。第二,因为他们要搞极左,所以批判儒家的"民富国强"的传统思想为反动,把儒家的"与民争利而国危矣"的正确言论说成是反动言论。第三,为着批判孔子的"克己复礼"(这个话的意思是克服个人的困难和私欲,而复兴社会秩序的正常繁荣)。这种克己奉公、维护社会安定的正常秩序,又有什么不好呢?可能是不利于造反,因此他们就要批。第四是批孔子的"老者安之,少者怀之","鳏寡孤独皆有所归"的思想。第五是批孔子的"天命""仁爱""六艺"及"有教无类",把这些说成是"唯心""假慈悲""为封建作统治工具"等等。第六,就此一系列把孔子说成是轻视自然、轻视科学技术、轻视农工,尤其是一本叫作《儒法对立的自然观》[1],引用了大量宋元以来的理学、儒教、孔教的材料,来与法家学说对比,来说儒家反对自然和科学技术。直到1982年还有人写文章来批判孔子轻视自然、是科学技术发展的阻力。[2]把孔子思想说成是造成中国科技落后的主要原因。更有一位何

---

[1] 1976年上海人民出版社出版。

[2] 冯天瑜《孔子"轻自然,斥六艺"思想的历史评价》《中国哲学研究》,1982年第2期。

新同志在《科学传统与文化》[1]一书中把中国近代科技落后的原因归罪于孔子思想。这不符合史实。显然这里面受着很大文化大革命批林批孔的左的流毒。在这里,第一,我们必须把孔子与林彪分开,林彪与孔子并称,相当于古之恶人在杀耶稣的时候,找几个匪徒同时行刑一样是诬陷。第二,《周礼·考工记》虽是西汉刘歆补入的,但应是出于春秋末期齐、鲁人的手笔,记述孔子常常称赞的百工之事。如孔子说:"来百工也柔远也",又说"来百工则财用足"。孔子是把"百工"看作建国的基础,是富民的正道。在《考工记》中正记述了当时的"攻金""攻皮""攻色""攻木""刮摩""抟埴"等等,大都还是与孔子思想接近。《史记·孔子世家》很多记载接近事实,孔子是人而不是神,宋代把孔子做了最大的神化。元及清又把孔子转化为剥削阶级对人民的迫害工具,完全变成了一个"凶神"。这个变化,表现了历史上人们的不同思想、用意和想象。主要表现在孔子塑像的变化上。孔子本来是很魁伟、盛容繁饰的大丈夫像。这一点,在《论语》及《史记·孔子世家》中记载得很清楚,他是一个"其颡似尧,其肩似皋陶",又类子产,和禹差不多,"身高九尺"的一个"天庭饱满"的大个子。其周尺合19.91公分,即市尺的五寸七分左右,约为一米九多高。到汉武梁祠石刻画像及唐吴道子笔下,孔子变成了一个慈祥的老人。五胡十六国时代产生过污蔑孔子形象,说成是一个头、牙、眼、耳、鼻都外露的妖怪,这样就把汉人正儒的祖先孔子像也说成了一个龇牙露嘴的妖怪。元代在民族矛盾和阶级矛盾更加尖锐的情况下,被这些剥削阶级的统治者以名为抬高孔子,封为"大成至圣文宣王"或"至圣先师"的幌子下,却根据"八露"的污蔑说法,在孔庙中塑造了一个很不像话的偶像,把一个无冕之王的孔子戴上了剥削人民皇帝的帽子。经过清代到民国这个塑着"八露"妖怪偶像的孔庙,出现的就不是孔子本身的形象,而是代表了明清一直到民国剥削阶级对人民大众的想象的剥削工具,是一个凶神恶煞。孔府中出现大堂、二堂,完全变成一个特种刑庭氏的衙门,在此不知制造了多少不仁不爱、违反孔子遗训的罪恶,这种"孔家店"是应该打倒的,这符合历史潮流,也完全符合孔子思想。四人帮所批的孔子思想中的"举逸民、继绝世""民富而国强"和指出"与民争利国国危国诶""克己复礼""老者安之、少者怀之""鳏寡孤独废疾者皆有所养……"等等重视知识,敢于对弄错的平反,解放人才,使人尽其才,安定社会秩序,克己奉公,使老弱病残能安居并在各安生业的情况下,发展科学技术、生产建设,成为一个繁荣富强的国家,这一系列又有什么不好呢?在孔

---

[1] 1982年陕西科学技术出版社出版。

子"仁政"的措施下,只能是推动科学技术发展的动力,而不是阻力。

总前所述,政治与科学技术发展是存在着因果关系,施政善恶,直接关系着科学技术的发展。施政善,则科技发展也就快点,生产力也就高点,人民更可以"各安生业"地去改进有关生产部门的科学技术。相反,就慢点,或完全停滞。

下面,我们谈个有关孔子的故事。在《礼记》中有个"孔子过泰山侧"的故事,说是有个妇人哭得很痛苦,说:"吾舅死于虎,吾夫死于虎,今吾子又死焉。"孔子说:"你为什么不离开呢?"她回答说:"无苛政。"孔子回头对他的学生说:"小子识之,苛政猛于虎也。"在猛于虎的苛政下,又怎能去进行科学技术的发展呢?发展科学技术的唯一条件是孔子的"仁政",在"政通人和"的时间空间里,才能"百废待兴",这是万古不易的道理。施政与科学技术的发展从来是发生着直接的因果关系。因此两千多年来,中国历史在科学技术上所取得的辉煌成就及其在世界上的伟大贡献,是与孔子思想分不开的。

**七、我们对英人李约瑟先生所提四个问题的看法**

最后,在这里还应该提一提1974年4月英人李约瑟到香港作了一个题为《古代中国科学对世界的影响》的讲演,他提出四个问题。我们认为提得很好,受到他的启示,谈一下我们的看法。

第一个问题。他说谁是古代中国科学技术的创造发明者?在这个问题上,我们认为古代中国科学技术发明创造者是历代劳动人民和关心民间疾苦的仁政措施,而不是某些官僚,更不是没落阶级的封建官僚制度和封建精神,封建官僚制度只能是科学技术发展创造者的阻力,而不是动力,推进科学技术发展的仍应当说是农民起义,例如火药的使用发展者大都是这些农民起义的义军,他们利用着去争取农民的利益和摧毁腐朽封建统治者的堡垒。继承使用,并不是外人用来统治中国,相反是中国人民用它来打倒和驱逐外来侵略者。元人清人用火炮来统治中国。但在中国各地仍遗留着不少元末明初和清末太平天国的金属火炮,以及遗址和遗物,中国人民就是用这些火炮来打倒和驱逐元人和清人。为此也更促使了火药应用于武器和发展:由原始的火箭发展成到火炮。

第二个,是谁统一了中国?促进了古代中国科学技术上的进步和发展?又是谁才去总结古代劳动人民的创造发明上的经验和成绩了呢?我们认为不是铜器时代一结束,很快就进入了全国统一的中央集权制国家。东周已是铁器时代——

春秋战国铁工业已相当发达,但全国统一的中央集权制国家的出现却是秦汉,它距铜器时代已远在数百年之后。这时中国科学技术都已有相当的创造发明,把机械利用之于生产。例如自然科学,天文学上都有些知识,利用机械原理如滑车、绳轮、杠杆、曲柄以及水轮、齿轮,制造出的机械生产工具,如鼓风炉、纺车、织机,桔槔,以及交通上使用的指南车之类。他们利用劳动人民发明创造的新式工具,以发展盐铁工业,当然由于冶铁工业的发展,更刺激着生产工具和一切科学技术上的发明创造,促进了地主经济的加速发展,以至于完全消减了奴隶制的残余势力,造成了统一的基础条件。汉代是"罢黜百家,独尊儒术",这代表了广大劳动人民的意志,保护劳动人民利益的势力才能统一中国,更加速了科学技术上的创造发明,推进了科学技术的更进一步发展。冶铁工业是当时生产工具创造发明上的基本条件。汉代,最重要的措施之一,是在中国各地的冶铁工业经营上作了一次大调整,使很多冶铁工业及熟练的冶铁工人,找到了更多新的原料出产地,在这两者综合条件下,秦的冶铁工业的生产率,就增进了二十多倍。汉初在这个基础上作了进一步的发展,因此两汉的冶铁工业是繁荣的,同时刺激着生产工具等生产资料上的改进。秦汉间,有很多的科学技术上的创造发明。尤其农业,如《氾胜之书》及农具专家的产生,这些发明创造是用于生产,是用于保卫人民利益和政权,绝不是代表官僚利益的人们,和什么匈奴之流的外来侵略势力。这些科技上的创造发明,是使用在保卫自己的领土和打击外来侵略者,如马蹬。它并不是让匈奴和突厥用来侵略中国,而是用来打击北方的匈奴和突厥的侵略。

是谁才去总结劳动人民在科技上的发明创造,加以叙述与推广,起了很大的推进和革新作用呢？这些著名的著作,历代都有。如祖冲之、贾思勰、沈括以及元王祯的《农书》、宋应星的《天工开物》、方以智的《物理小识》,他们都是尊孔子,但他们都不是大官僚。

第三个问题。关于古代中国科学技术对于世界的影响。我们认为中国古代的科学技术并不只传入欧洲,在对促进欧洲物质文化上作了很大的帮助,更重要的是在亚洲方面,起着很大作用,除了日本、朝鲜、越南各地的开发和发展,和中国一样受着中国古代科学技术的作用而成为推进其社会进步的动力外,即在西部和南部亚洲及非洲各地,也都有很大的影响。实际上,古代中国科学技术的传入欧洲,还是通过西部亚洲各国人民所输入,在这些地方也都曾起过很大的作用。至于这些科学发明和技术上的创造、改新,在中国社会发展的历史上,以及科学发明本身历史的发展上都起过很大的推进作用。并不是有待于经过欧洲人改进后而成为现代科技再来使用,中国人对它也都不断的改进和发展。"中国是世界文明发达最早的国家之一。"创造中国古代文明的动力和主要表现是中国古代劳动人民在科学技术上的发明和创造,不只推动着中国古代社会的前进,也影响着整个世界社会在前进。

第四个问题,"既然中国古代的科技知识是这样优越,那为什么现代科技又只起源于欧洲,而不是始于中国呢"的问题。我们认为不是中国社会有异常的吸震能力,使那些古代的科学技术上的发明创造,都不能起到作用。史实是中国古代劳动人民的每一个在科学技术上的创造发明,都对历史的发展起着推动作用,使历史推进到一个又一个的新阶段。从五十万年前起,中国猿人发明创造了石器、骨角器,以及人工生火等等,使中国历史开端了。继之,劳动人民发明了制陶,用火变化了土质而成陶器,发明了弓矢、射箭,使中国历史由原始群进步到原始公社、陶车的发现,冶炼技术的发现——炼铜、炼铁,并发明合金技术,用于对原始石制生产工具的改进,促使着原始公社进步到奴隶社会,铁冶技术的进步,发明了杠杆、绳轮、齿轮、S形的牵引钩等等机械元件和原理,以及物理、化学上的知识,和水力、风力自然动力的作用,制造了机械,改进农、工业的生产,使中国社会由奴隶制进步到封建制。两千年来的科学发明,哪一件不是起了"震天撼地"的作用了呢?古代中国劳动人民在科学技术发明的基础上,逐步创造和改进农业、工业机械,用于增加生产,在封建制度中孕育了资本主义的由萌芽到发展,这些情况是历历在目,人人皆知的史实。

至于,现代科学是否是只源于欧洲呢?不能"割断历史"。古代中国科学技术在世界上的影响,在输入欧洲这支上,由于受到"工业革命"直到"十月革命"中的重视,使用和促进了它的发展,使它得以从古代的科学技术发展为现代技术,这也是史实。我们认为近三百年来,世界历史上有一个很大的转变,就是资本主义的产生及发展。由于他们引用中国古代劳动人民在科技上创造发明的成果,如引用火药的发明成果、制造成较利的枪炮。引用古代人民发明和使用磁石的科学原理之指南针,用于航海之类。并做了些改进工作,制成一些比较精致的器械,又随着他们的商业及侵略的殖民政策,于明末清初又传到中国,但在当时他们的机械还不比中国的高明,不为人所注意。欧洲史上起了工业革命,使他们的社会很快进入了资本主义时代,形成英、法、帝俄、德、意等国家。相对的中国却正在满清时代,原本的孔子思想已经变质,到了腐朽没落的阶段。在旧生产方式的基础上又增添了民族的矛盾,人民陷入更多的苦难中——在这种中西相对的发展情况下,一时显出资本帝国主义各国比较中国是有些进步,生产机械也比较精致。相对中国在近代史上正是半封建半殖民地社会,中国人民在帝国主义、官僚资本主义及没落的封建主义三座大山的压迫下,遭受了很大的苦难,因而显出相对的落后。但这并不是由于孔子思想的阻碍,而是缺乏真正的孔子思想的支持。

今天的报告就讲到这里。谢谢。

（原文系1984年11月6日荆三林教授在江西大学的学术报告,赵谖据当时录音整理）

# 中国古代农具史分期初探

## 一

近几年来,随着农业考古事业的蓬勃发展和农史研究的不断深入,不少同志对古农具的起源、种类和型制作了较深的探讨。但对我国古代农具的特点、规律和阶段的划分却很少有人深究。人们仍然习惯于旧的分期法,即从横的方面把古农具分为若干大类,如刘仙洲先生的《中国古代农业机械发明史》和周昕的《农具史话》;或从纵的方面以朝代的更替作为农具发展阶段的划分标准,如犁播的《中国古代农具发展史简编》等属于这一类。诚然,从横的方面可以研究中国古代农具自身的特点,从纵的方面可以研究它的发展规律以及在社会经济中所起的作用。从这一点来看,把中国古代农具分为若干大类作横的研究是可以的。但以朝代的更替作为划分古代农具发展阶段的标准显然是很不科学的。众所周知,生产力的发展决定着生产关系。一个王朝的兴衰对生产力特别是工具的发展会产生一定的影响,但不能起决定作用。我们应该寻求它自身发展的规律,下面就古代农具的分期谈谈我们的浅见。

## 二

和其他学科一样,中国古代农具的分期也有它的原则和标准。拿什么作为原则呢?我们认为至少有以下几点:

首先,我们要肯定古代农具在国民经济中所占的决定性地位。中国是以农业立国的古国,自古而今,农业在社会经济中始终占据着相当重要的地位。一个朝代的兴亡,社会的变革与农业有着密切的关系。而每一个时期农业发展的快慢,主要决定于此时的农业工具和农业技术的发展。社会的变革,首先是从生产力的变革开始的。而在古代的中国,可以说是从农具的改革开始的。从人类会制造第一个简单的工具开始,从旧石器到新石器,从石制工具到金属工具,从简单工具到机械工具,每一次大的转变和飞跃不正是社会发展的动力吗?随着考古事业的日益发展,人们已经愈来愈意识到了这一点。人们不再停留在只考证它的型制和起源等旧水平上,而是把它放进历史的长河中去探讨它的历史作用,从它的发展入手去揭示社会发展的规律。我们认为,这是一条很值得引起注意的正确的路。

其二,把探讨中国古代农具自身发展的规律和特点作为划分中国古代农具史各个时期的依据,是非常必要的。

我国是一个农业古国,农业的发展已经有几千年的历史了。在长期的生产实践中,勤劳智慧的劳动人民创造了一整套适合我国农业生产的工具,形成了我国古代的农具体系。在我国农业发展上,首先是垦耕工具的发展,由以促进其他农具的发生和发展。其次,在我国古代机械农具产生以后,就十分重视对自然力的利用,我们的祖先在水力机械和风力机械上的创造是世界上首屈一指。再次,我国古代农具的发展由于受地理和历史条件的限制,在其发展上有很大的不平衡性。同一时期,同一地区,先进的和落后的农具并存。少数民族和边远地区与中原、长江下游的差别就更大了。长江下游和黄河流域农具的发展也截然不同,江南走的是水田的道路而黄河中下游却走的是旱地的道路。我们在探讨中国古代农具史分期时切不可忽视这一点。再次,我国古代农具很重视使用配套,从秦汉开始,直到宋元形成了一整套的农业机械,南方有水田工具,北方有旱地机械,但又互相取长补短。

其三,我们在探讨古代农具史分期时,还必须注意其与社会经济、政治制度、土地制度,农业科技等等的关系。前面说过,农具的发展对社会的进步起到了很大的推动作用。而政治制度和土地制度等又反过来影响农具的发展。西汉武帝时,为增加财政收入以弥补连年兴兵带来的国库空虚,政府曾大力改革和推广先进农具,以促进农业的发展;东汉至魏晋南北朝时期,在北方逐渐形成了大庄园经济,与之相适应也形成了一整套从种植到加工的适合庄园使用的农具。在长期的农业生产实践中,我国形成了精耕细作的农业科学技术,也产生了与之相适应的小型农具:如六角锄随代田法而兴;挞和砘子随小麦的普遍种植而产生、发展。农业、手工业特别是铁业对农具的发展所起的作用也是不可小看的。

其四,在探讨农具史分期时,还应把各个时期、各个地区的谷种农具作一个系统的统计、分类和比较。不可以点代面。例如,在中原龙山文化遗址中出土了个别石犁,有些同志就认为此时的中原地区已进入犁耕农业时期。只有经过统计、分类和比较,我们才能掌握划分阶段的依据。

## 三

鉴于以上几点,我们拟将我国古代农具的发展分为七大阶段。

(一)前农业时期的生产工具。主要指旧石器时代中石器时代前期的简单的工具,这是人类的童年,一切工具都很简单和笨重,但它是以后的农具和其他工具的鼻祖,以至于我们不得不把它置于中国古代农具发展史的首位。这一时期的工具主要是木器、石器(尖状器、砍砸器和刮削器等)和少量的骨器,还有用于围猎的火和弓箭。使用简单的工具猎取的食物毕竟有限,人们只有过着共同劳动,共同消费的极原始的共产生活。

(二)原始农业时期的农具。相当于考古学上的中石器时代晚期和新石器时代。这一时期的主要特点是时间最长,农具最原始,主要是石器,木器和骨器。农业的开始是在中石器时代。正如宋兆麟、范楚玉和黄展岳等诸位先生说的那样,最早的农业发生在山地,经过漫长的历史时期才发展到平坦的河谷地区。所以,我们又把这一时期分为刀耕和耜耕两个阶段:

1.最原始的刀耕火种农业时期的工具。探讨这一时期工具的型制和种类,主要靠民族学资料、古传说和考古学资料。这一时期,农业的全部生产过程就是砍伐、烧荒、点种、收获等。全部的工具就是斧、棒、火及原始刀镰等。农业的收获是很小的,人们还主要依靠狩猎和捕捞。人们常常抛荒而迁徙。故又称为"迁徙农业"或"生荒耕作制"。

2.耜耕农业时期的工具。这一时期无论是生产工具和耕作技术都有了发展。农具多是石器、木器和骨器。石器已经普遍磨光,有的非常精致。就工具的用途而言,整地工具有石斧、石耜、石铲和石犁等;收割工具有石镰、石刀、蚌刀、陶刀等;耘田工具已有耘田器;加工工具有石磨棒、磨盘、杵臼等,灌溉工具主要是水罐等。由于工具的改革和进步,人们不再经常抛荒迁徙,而是长期定居了,故又谓"熟荒耕作制"。关于石犁的起源和使用,是考古学界和农史学界长期争论不休的问题。目前,无论是黄河流域还是长江流域都有石犁的出土,所以有些专家认为在黄河流域的龙山文化时期和长江下游的河姆渡文化第三、四期,这两个地区已进入犁耕农业阶段,我们认为这种说法是有待于进一步探讨的。

（三）金属农具的出现。这一阶段最大的特点就是青铜农具的使用，相当于商和西周时期。从考古资料来看，商和西周确实已使用了青铜农具，个别地方使用的数量还很大。种类有铜犁、铜镰、铜铲、铜钁等。郑州还发现了专门制造青铜农具的商代作坊。但是，把商周两代的农具作一系统的比较就非常清楚地看出，在整个农具中，金属工具所占的比例是相当小的。这是因为：第一，作为冶炼青铜的原料在我国所产不多。第二，青铜农具的制造要经过一系列的过程，不如石器制造简单。第三，奴隶主贵族把大量的青铜铸为礼器，而很少铸成农具以减少在他们看来不如牛马的奴隶的劳动强度。所以，我们不能说商和西周两代普遍使用了青铜农具，更不能说是青铜农具时代。尽管如此，此阶段的农具进步还是非常大的，比起石器时代来有质的变化，但比起铁器时代来显然不能同日而语了。这一时期变化的表现首先是农具的种类增加了，其次是工具本身也得到了进一步改进，耕作技术也随之提高，粮食的剩余愈来愈多，社会经济得到了进一步的发展。

（四）中国古代农具史上的第一次大变革及巩固发展时期（春秋—秦汉）。这是我国古农具的灿烂辉煌时期，又可分为两个阶段——即春秋战国时期的变革和秦汉时期的巩固发展。

我国铁制农具的普遍使用开始于春秋时期，据《管子·海王》篇所言，当时的铁工具已达到了农民离开它而"其成事者，天下无有"的程度，说明铁工具已影响着整个社会经济。战国时期，铁农具已开始逐渐取代木石工具。社会的变革，封建商业的兴起，促进了铁业的迅速发展，很多铁制农具已经商品化了。春秋和战国早期的铁农具出土很少，战国中期以后就不同了。北起辽宁，南到广东，东到山东，西到陕西、四川都有这一时期铁农具的出土，种类也非常多，但都是铁口的，显示了铁农具初期的特点。铁制农具的普遍使用使耕犁的推广成为可能，已经开始了牛耕。至此黄河中下游的广大地区才真正进入了犁耕农业时期。

如果说春秋战国时期是我国农具史上有辉煌成就的大变革时期，那么秦汉则是巩固、发展这一成就的重要阶段。

秦始皇吞并六国，建立了我国历史上第一个专制主义中央集权的封建国家，结束了长达数百年的割据局面。海内统一，山泽、田地归国家统一管理，有利于社会经济的发展。汉承秦制，大力兴办官营冶铁业，并统一制造农具，有力地促进了农具的改革和发展。秦汉两代农业生产的组织形式，已由集体转变为个体并逐渐趋于普遍和稳定。因而在全面完成农作物生产的过程中，每家每户无不需要自整地至收获加工的全部农具，加上耕作技术的进步，也要求农具在战国改革的基础上进一步的巩固和完善,而冶铁业的发展恰好适应了这一需要。秦汉时期的冶铁业,规模增加,技术改进。在冶铸方面,双合范逐渐代替了合范,这就更能满足农具制造的要求,使其可以批量生产了。制造农具已成为西汉政府的一项重要的官营冶铁项目。统治者也非常重视农具的制造和推广。《盐铁论》中记载"农,天下之大业也,……农夫乐事劝功","铁器者,农夫之死生也"。把铁农具看成是必不可少的工具是前所未有的。从某种意义上讲,秦汉两代在农具发展上所取得的成就远远超过了春秋战国时期。

就种类而言,适合我国古代精耕细作的一整套农具已基本完备。垦耕工具中除了各个部件已基本完善的犁,还有铁齿耙和碎土用的耰及手耙等。播种工具有耧车,覆种工具有挞。田间管理有中耕的铁锄、铁铲和灌溉的桔槔、辘轳、水车等。收割、脱粒、收藏和运输有各种镰、连枷、风车、仓、屯和独轮车等。加工工具出现了石磨,到东汉末年并发明了水磨。

(五)经济中心南移时南北农具的发展(魏晋—唐中期)。三国以前,我国经济中心居于土地疏松,易耕易垦的黄河流域。秦汉冶铁业的发展和铁农具的推广及南传,使江南水田的大面积开垦成为可能。南方水源丰富,气候温和等得天独厚的自然条件使农业经济迅速发展起来,逐渐赶上并超过了北方。从东汉末年开始直到唐末,经过长达数百年的努力,终于使我国经济中心从黄河流域转移到了江南地区。

从东汉末年直到隋统一,全国一直处于封建割据的动乱之中,影响了生产力的发展。而另一方面,各个政权为了加强自己的力量,都努力发展经济。所以,无论江南还是黄河流域,生产力都得到了进一步的发展。

1.北方旱地农具的进一步发展。北方旱地农具在魏晋南北朝时期随着冶铁技术的发展而质量提高了,随着耕作技术发展的要求而数量增加了。就耕犁来说,除了仍然使用的二牛抬杠式耕犁外,还有双柄犁和操作灵便的"蔚犁"。也开始用畜力拉耙和劳(也叫挞)。粮食加工工具出现了利用水力转动的水转连磨。

2.南方水田农具的改进和水力的利用。魏晋南北朝时期,在改进北方传去的旱地工具的基础上,逐渐地形成了一整套从耕到收的,适合于南方水田的农具。如在广东连县发现的犁田耙地模型中的水田耙,即是元人王祯《农书》中所说的用水田平地搅泥的耖耙。田地经耖耙后,泥烂地平,即可插秧。还有利用水磨、水碓加工粮食,并且这些以水为动力的工具已有一部分成为营利的工具。到了唐代,出现了适合于水田耕作的先进工具——江东曲辕犁。犁之后有耙、耖、砺礋和礰礋。耘田有耘荡、耘爪和秧马等,灌溉新出现了高转筒车等。总之,魏晋南北朝以至隋唐,是我国古代经济中心开始南移到完成时期,在这一时期,农具的最大特点就是南方水田农具得到了迅速的发展。

(六)中国农具史上的第二次大变革时期。如果说春秋战国是我国农具史上的第一次大变革,那么,宋元时期应该说是我国农具史上的第二次大变革时代。因为在这一时期,无论是动力的利用、工具改革、种类的增加还是使用的区域等各方面的伟大成果都远远地超过了以往的任何一个时代,也遥遥领先于当时的世界。

据元代王祯《农书》记载,当时用于农业的生产工具有一百多种,有旧的,也有新出现的。有用于垦耕整地的、播种覆盖的、中耕锄草的、水利灌溉的、收割脱粒的、储藏运输的和谷物加工等各个方面。

这次大变革与第一次大变革有很大的不同。首先,第一次大变革是在社会形态的变革即以奴隶制向封建制转变的情况下进行的,和社会变革相始终,并且相互促进。而这次大变革是在封建庄园经济向小地主经济转变的情况下为适应小农经济的需要而进行的,它促进了小农经济的发展。其次,第一次大变革主要是工具质量上的变革,即铁工具代替木石工具的过程,这个过程开始于春秋,发展于战国,终于西汉。而这次大变革主要是工具构造上的改革,它虽说开始于晚唐,而主要是在宋元两代。再次,第一次变革主要是在黄河流域的旱地,而这次变革主要是江南水田农具。它为江南农业经济的进一步发展奠定了基础,为以后的农业资本主义萌芽提供了必要的条件。

宋元时期农具的最大改革是工作机和动力机的分离。主要是服牛工具即牛套的出现,在唐代末年,显然出现了曲辕犁,仍然是牛犁相连。到了宋元时期,首先是耕盘与犁分开,与绳索连系牛轭组合成软套。这样就可以使畜力动作灵活,又可以端正垦耕的方向,并能加大动力机对工作机的牵引力。由于绳套的出现,耕犁本身也作了进一步的改革。首先是大大简化,从唐《耒耜经》中所说的有十一个部件的耕犁减少到只有六个部件的轻便犁。再一重要的发明就是连接装置——挂钩的出现。最早是用一根短绳将牛套和耕犁连在一起,因绳子易断,人们就改用挂钩,这是一项了不起的发明。由于牛套的出现,由于连接装置的出现,使畜力可以用于很多机械工具,很多原来要靠人曳拉的工具也开始使用畜力了。农具的改革促进了农业,手工业和商业的发展。

(七)农具趋于多样化和小型化时期(明清)。宋元时期的传统农业工具可以说基本定型,使用的动力有人力、畜力和水力。就传统的农业生产来说,已基本配套。

明清时期在宋元的基础上作了进一步的改革,充实和提高,出现了一些大型农具,但大部分农具为了适应以小农户为基本单位的经济结构的需要而日趋小型化。

明清两代,随着社会经济的发展,出现了经营地主。为了适应这些经营地主的大面积耕作而出现了一些大型农具如代耕架,大型风车等。明清时期,主要的耕具——犁又得到了改进。连接装置的挂钩也出现了多种多样,如S形、C形和g形等等。每种挂钩都有专门的用途,甚至一个牛套上就有数种挂钩。这样,数个牛套用挂钩连在一个长杆上,再用挂钩连在工作机上,就可以用数头耕牛同力驱动一个大型工作机。明清时期,耕地的深度也有明显的突破,出现了深耕犁和其他一些先进的农具。总之,明清两代的农具发展已达到在封建制度下能够达到的最大限度。这些小型的适合于自给自足的自然经济形态的农具一直沿用到解放前,有些今日仍在使用。

(本文系与李趁有合作,原载《中国农史》1985年第1期)

# 中国古代的覆种工具

覆种工具是用于播种之后的起覆盖和压实作用的一种工具。它的起源,早在新石器时代,和其他古代农具一样它也有自身发展的历史和特点。近读一些名家关于中国古代农具之大著,一些学者认为,早在西汉三脚耧问世不久就已经出现了砘子等先进的复种、压实工具。我们认为这种推断是值得进一步探讨的。复种工具早于播种工具(指耧一类的条播工具)出现是事实,但赵过发明耧车以后的相当长一段时间里,人们并不是使用砘子作为压实工具的。下面我们分三个阶段简述一下它的历史,以求教于诸位大家和学者。

## 一

覆盖种子工具,主要用于北方旱田。早在新石器时代我国黄河中下游特别是中原地区就已经有了先进的农业,主要种植稷、黍、粟等作物。除了点种外,主要实行漫撒种子(个别的也实行条播,但并非靠条播工具)。在播种以后,有两种覆盖和压实的方法。一种是直接用脚屈土覆盖,例如解放前尚处于刀耕火种农业时期的苦聪人的播种方法:点播者从山下开始,向山上每一步即以点种杆或木锄打一穴,投下种子,待穴周围泥土塌下,再踏一脚,这就是覆土[1]。第二种方法是使用树枝扫土覆盖。这种原始的覆盖方法早已不见踪迹了,我们只能用民族学资料作为旁证,解放前处于原始农业时期的云南莲山县和梁河县的景颇族人[2],播种的方

---

[1] 李根蟠、卢勋《苦聪人早期原始农业的生产和生活》载《中国农史》1982年第2期第71页。

[2] 李根蟠、卢勋《从景颇族看原始农业的起源和发展》,载《农业考古》1982年第1期第111页。

法是一人在前面挖穴,随后一人点种,最后一人手持树枝扫土覆种,这种用树枝复种的方法,逐渐发展出现了最早的挞。挞,就是将树枝束成扁平的一捆,在种过的地上拖拉,如在上面放一些土块和石头,还可以起到压实的作用(图一)。元人王祯《农书》中记载:"挞,打田甞也,用科木缚如埽甞,复加區阔,上以土物压之,亦要轻重随宜,曳以打地。长可三四尺。广可二尺余。古农法云,耧种即过,后曳此挞,使垄满土实,苗易生也。"文中所说的古法当指西汉末期到魏晋时期。可见这种挞在砘车问世之后仍然使用。这种挞还可以用以麦苗雍土,晚于赵过发明耧车几十年的《氾胜之书》曰:"秋锄,以棘柴耧之,以雍麦根。故谚曰'子欲富,黄金覆'。'黄金复'者,谓秋锄麦,酸棘柴雍麦根也。"石声汉先生解释为"黄金覆"就是秋天锄过麦拖着酸棘柴向麦根雍土是很正确的。

## 二

从秦汉开始,小麦逐渐成为黄河中下游的广大地区的主要农作物。小麦对播种后覆盖和压实的要求远比粟稷要高,所以就出现了新的覆盖工具——木挞,北魏贾思勰在《齐民要术》中说:"春种欲深,宜曳重挞。"这种挞是何种型制,文中没有明确指出,而考古学资料中却有反映。在山东滕县黄家岭出土的画像石的牛耕图中,前面有一人扶犁耕田,耕犁的后面,正有一个农夫驱赶一牛拉一横长条状木器(图见本刊1981年第二期43页)。蒋英炬先生称他为耱[1],并说:"从图像中看不出耪下有齿,不像上面所说的耙,而很像在耙梃之间用树条编成的劳。近代北方农村摩田还曾使用这种农器,又叫作耱。"实际上,这种农具并非用树条编成的劳,而是用方木做成的摩田和覆种兼用的工具——木挞。当然也可以叫作耱。在嘉峪关晋墓壁画中的牛耕图表现的就更明显了。在前室南壁两侧的屯垦图中,绘有一人扶犁扬鞭催牛耕田[2],一人扬鞭驱牛耙田[3]。而另一幅犁播图中,绘着犁、种、盖的全部过程。前面二人耕田,中间两妇女撒种,最后是二人驱挞覆盖(图见本刊1985年第二期137页)这显然是两组从犁到种、复盖和压实的操作图。这种用于覆盖和压实的挞前部分和当时的二牛[4]抬杠式耕犁构造相同,也有长长的辕和衡。辕的

---

[1] 《略论山东画像石的农耕图像》,载《农业考古》1981年第2期。
[2] 《文物》1972年第12期。
[3] 《文物》1974年第9期。
[4] 原文为"时",今据文意改为"牛"。

后端连接着一根横木。人站在横木上,以加大挞与地面的摩擦力,这大盖就是《齐民要术》上讲的"宜曳重挞"吧。

## 三

晚唐至宋元时期,是我国农具史上的大变革时期。各种农具都得到了进一步的改革和发展,覆种工具也不例外。出现了新的压盖工具——砘车。关于砘车的型制,王祯《农书》中介绍说:"砘车砘石砣也。以木轴架砣为轻,故名砘车。两砣为一牛,四砣两牛力也。凿石为圆径可尺许,窍其中以手机栝,畜力挽之。随耧种所过沟垅辗之,使种土相著,易为生发。然亦看土脉干湿何如,用有迟速也。"(图二)王祯在介绍挞时又说:"今人耧种后,唯用砘车碾之。"可见砘车出现是晚唐到宋元的时期的事。这一时期,用于服牛的软套进一步完善了,出现了牛套和工作机械的连接装置——挂钩,砘车也不用像以前那样的长辕了。可想而知,如果仍旧用二牛抬式拉砘车是无法回转的,这是砘车出现的主要条件之一。车的两石之间的距离要根据耧脚的距离而定,也就是说,根据所种作物的行距而定。这样砘车就成了专门的压实工具了。那么用什么作为覆种工具呢? 王祯又说"执耧者亦腰系轻挞,使垅土覆种稍深",然后再用砘车压实。与贾思勰说的"凡春种欲深,宜重挞"相映照,说明贾思勰时播种后用重挞,同时兼备复土、压实两道工序的功用。王祯时有了砘车作压点一具,故覆种无须再用重挞了而是"腰系轻挞",使种子能被土覆盖就行了。这样的砘车,一直在我国沿用了一千多年,现在在北方广大旱田地区仍然使用。

(本文系与李趁有合作,原载《农业考古》,1986年第1期)

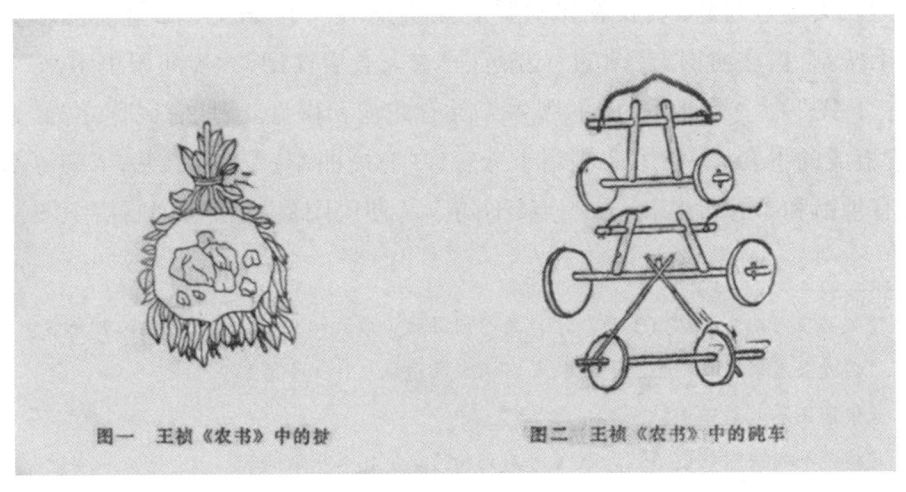

图一 王祯《农书》中的挞　　图二 王祯《农书》中的砘车

# 博爱耕织图石刻剖析

1978年，河南省新乡地区文物普查队在博爱县[1]南十五里的邬庄，发现了一幅完整的清光绪年间所刻耕织图。"耕织图石刻共有20多幅，分别刻在四块长200厘米，宽30厘米厚的青石上，均系减地线刻。在画面的间隔部位，用卷云纹和花鸟图案填充。画面内容共分为两组。第一组共十幅，是反映稻子从种到收的全过程。"[2]（见图）它的发现对我们研究清代晚期的农具和纺织工具有着极重要的价值。下面试就耕织图刻石作一些粗浅的剖析。

耕图有耕地、运苗、插秧、浇水、收割、运稻、碾打、扬场、装袋、运粮归家和庆丰收。

1. 博爱耕织图刻石中的"耕地"表现了从垦耕到插秧前整地全过程，十分简单明了。而南宋楼璹《耕织图》、清《御制耕织图》和明《便民图纂》都有耕、耙、耖三图，且所表现的都是水田（博爱耕织刻石中所耕显是旱地）。耖田是南方整地的一个特点，为使田中泥块"均摊"和碎烂[3]。北方是不用耖的，即使种植稻田最多也只是用耙将田中泥土蹚平。所以，博爱耕织图刻石中"耕地"一图只是"在画面的中央，以为农夫哈腰弓背（从衣着和发型上看，应该是一位妇女——笔者注），左手执鞭，右手扶犁，正在耕田。在图的右方，有一农夫右肩扛耙，大步向田里走来"[4]，是不会有"耖图"的。"耕地"一图的服牛工具有曲轭和耕盘（当地农民称之为"炮杆"）及绳索组成的牛套。所使用的耕犁十分轻便，有短曲犁、犁铧、犁底、犁梢等部分组成，没有犁箭和犁评等装置。这一点，不同于《便民图纂》和《御制耕织图》中的

---

[1] 博爱县在河南省的沁河下游。清代属河内县城（今沁阳县），1929年由沁阳析置。

[2] "博爱县发现耕织图石刻"，载《河南文物通讯》1980年第3期。

[3] 《便民图纂》耖田图诗。

[4] "博爱县发现耕织图石刻"载《河南文物通讯》1980年第3期。

耕犁,后二者中的耕犁都是木辕,为了加固犁身,必须装上犁箭,并且在犁箭和犁梢上装一横木,使耕犁浑为一体,才能结实耐用。博爱耕织图刻石中的耕犁已成铁辕,前面有一小钩,牛套和耕犁之间用铁环连接,这是明清时代我国农业工具中常见的连接装置之一。[1]

2.运秧:画面上,一农夫头戴草帽肩挑两箩筐稻秧,正在越过小桥向田间走去。在他的前面,一顽童用一根小棍肩背一小篮秧苗,边走边和农夫交谈着。从农夫的草帽形状看,不像是北方常见的用麦秸编成的草帽,而很像是用竹子编成的斗笠(因为麦秸编成的草帽是圆柱形,侧面呈"冂"状,而斗笠顶是尖的,侧面看呈"△"状)。斗笠是南方农村常用的帽子,当然,博爱一带产竹,并不排除使用这种帽子的可能。农夫肩挑的筐是北方特有的,当地称之为箩头,用荆条编成一个直径约为一尺半,高约一尺的荆筐,然后安上四根手指粗细,约三尺长的荆棍,将上端牢牢拴在一起即可。这种箩头用途十分广泛,挑粪、挑草、挑庄稼等等,是农家不可缺少的工具。据南宋楼璹《耕织图》和《便民图纂》记载,插秧前,除了耕、耙和耖外,尚有浸种、布种和下壅等工序。其中,浸种居首位。而博爱耕织图刻石却一笔概括了这些过程,真可谓删繁就简了。

3.插秧:楼璹《耕织图诗》中写道:"晨雨麦秋润,午风槐夏凉。溪南与溪北,啸歌插新秧。抛掷不停手,左右无乱行。我将教秧马,代劳民莫忘。"文中的秧马并非插秧工具而是用作拔秧的。[2]至今博爱一带在起秧时还使用一种类似秧马的工具。[3]博爱耕织图刻石中的插秧:水田中有三人,其中一人正弯腰插秧,身后放着满满一箩头稻秧。这种画法是不太符合实际情况的。一般的来说,秧苗在拔起时,就要洗净,扎成秧把。挑秧者把秧把均匀地撒在大田中,插秧者只要解开秧把上的草绳就可以插秧了。像此耕织图刻石上整筐的秧苗放在水田中是不可能的。秧把撒在水田中还可以使秧苗浸泡在水中,减少阳光的暴晒。"图的右下方,在两棵树下,有一妇人盘腿而坐,旁边放一陶罐和篮子,罐里有饭勺,篮里放着碗筷,似为送

---

[1] 关于挂钩的演变见荆三林《十一——十九世纪中国在牵引钩上的发明创造》,载《郑州大学学报》1981年第2期。

[2] 李群《秧马不是插秧工具》,载《中国农史》1984年第1期。

[3] 这种秧马是两块一尺见方的木板,再用一尺长的木棍将它们平行地连接在一起,即可当凳子在秧田里坐,这样可以加大它与地面的连接面,不至于陷于泥中。

饭而来。"[1]插秧的及时是十分重要的,适时即省秧苗又利于水稻的后天成长,这就是农妇送饭田,农夫争分夺秒的原因。正如《便民图纂》中写的那样:"芒种才交插时完,何须劳动劝农官,今年觉似常年早,惹得全家尽喜欢。"

4.浇水:插秧好之后,进行田间管理是十分重要的。楼琦《耕织图》和《便民图纂》中的田间管理有荡田、耘田和车戽等项。博爱耕织图刻石只有浇水一图,《便民图纂》中的"车戽"为三人踏水车而浇田。《御制耕织图》中灌溉图是:近处,一人用桔槔而浇,远方三人踏水车而灌。而博爱耕织图刻石最为简单,只是二人用戽斗在浇田。戽斗是一种古老的浇水工具。《物原》载"公刘作戽斗",公刘是周王的祖先,和叔均同时,也就是说戽斗可能始于夏。《事物原始》上说:"戽斗以木为小桶,桶旁系一绳,两人用以取水。"从博爱耕织图刻石"浇水"一图来看,正是这种小桶。戽斗用于水浅的河泊旁,这种古老的工具至今在博爱一带仍偶尔可见。不过不多见木桶,而是用柳条编成盎状,其状在顶端和边沿适当的地方各系绳子两根,二人相对而立,各拉两根绳子。拉边沿绳子则仰拉,顶端绳子则俯,接连不辍及可戽水入田。这种落后的工具常常是事倍功半。博爱一带清代少有水车等效率较高灌溉工具,除自流水外也只有戽水了。

5.收割:"图中一人正在捆扎稻子,另一人腰插镰刀,两手抱一捆稻子走来。在其左边,有一人弯腰站立,一手执镰刀,一手拿着刚被割下的稻子与捆稻子的人在谈笑,好像在议论着丰收年成。"[2]地上放着一根扁担,是准备挑稻子用的。割稻人所用的镰刀是至今还广泛用于北方的长柄镰。月牙形的镰刀钉在弯木柄上,柄长约二尺许,这样可以减少弯腰的程度。《御制耕织图》等图中所出现的镰刀都是全铁短柄镰,是南方常见的镰刀。这种镰刀在博爱一带是很少有的。

6.运稻:画面上,一农夫肩挑稻捆向场地走来。稻场上,两个农夫正在堆稻。为了防止脱粒前下雨,稻子需要稻穗向下堆成垛。在南方,一般是用筼来堆稻的。徐光启《农政全书》上有:筼,架也。《集韵》作簝,竹竿也,或省作筼。今湖湘间,收禾并用架悬之。以竹木构如屋状。若麦若稻等稼。获而束之,悉倒其穗,控此甚宜。北方或遇霖潦,亦可仿此。筼在今天的南方仍使用,侗族称之为"禾晾",有的一架可凉稻禾三千余斤。[3]这种"筼"在北方始终未能推广,近代的博爱一带是没有的。

---

[1] "博爱县发现耕织图石刻",载《河南文物通讯》1980年第3期。

[2] "博爱县发现耕织图石刻",载《河南文物通讯》1980年第3期。

[3] 《人民画报》1982年第8期。

7.碾打：《便民图纂》和《御制耕织图》中所用的脱粒工具都是连枷。楼璹《耕织图诗》曰："持穗及此时,连枷声乱发。"《便民图纂》也有"连枷拍拍稻铺场,打落将来风里扬"之句。南方还有一种叫稻床的脱粒工具。而博爱耕织图刻石中的脱粒却是另一种形式。画面上,一农夫扛着石滚的框架；一农夫肩荷桑杈,二人赶着一头牛从农家里面向外走,牛身上挂着绳套,不用说,是到场里打稻去,用石滚脱粒,是北方小麦脱粒的一种普遍的方法,当然也可以用于水稻的脱粒。博爱一带是很少能见到连枷的。即使没有牛拉石滚,也只用桑杈等物拍打稻谷。

8.扬场装袋：据《御制耕织图》记载：打下来的稻粒要经过簏、簸扬,然后装进箩筐,准备入仓。博爱耕织图刻石第八图即刻着扬场装袋的场面。一农夫正用木锨（和《御制耕织图》中的木锨相同。至今在农村仍广泛使用）把扬好的稻粒铲成堆。一农妇正张着口袋,另一农夫用斗量着往口袋里装稻谷。博爱一带多用口袋盛稻谷、小麦等粮食,是很少用箩筐的。

9.运粮归家：这在其他农书和刻石中是没有的。博爱耕织图刻石中刻着：一农夫扛着装满粮食的布袋,一脚门里,一脚门外走进粮仓。后面一农夫推着独轮车,车上装有两袋粮食,袋上分别写有"光绪捌年""孟秋月置"字样,可见,刻石大约成于此时。再后,还是一农夫肩扛一袋稻谷走来。

10.庆丰收：丰收了,勤劳一年的农民高兴地在方桌上摆上酒,畅谈痛饮。画面上,另有一农夫右脚蹬梯,左腿跪囤,高兴地谈笑着。这里所用的屯乃芦席圈成,是蓄粮常用的工具。《便民图纂》、楼璹《耕织图》比博爱耕织图刻石复杂一些,它们还详细描绘了稻子的加工过程。在南方,稻子加工有舂碓、砻等,而北方大多只用杵臼和碾。

综上所述,由于水利、土壤和其他自然条件的不同,博爱耕织图刻石表现出来的生产工具与楼璹《耕织图》《便民图纂》《御制耕织图》中所描绘的工具相比有着明显的差异。就整个耕图而论,除了耕犁、耙和独轮车外,其余都是极其简单的工具,说明当地农民的劳动强度是很惊人的。鸦片战争以后,一些新型的大型农具开始在中国使用。但在内地,这种大型农具是十分罕见的,广大劳动人民仍然使用着落后而又笨重的工具,这恐怕也是近代中国落后的一个原因吧。

织图分耕种、脱籽、纺织三大部分共十幅。

1.耕种：画面上,前有一牛,身上挂着牛套,后一农夫扛犁执鞭,旁边一人挎着装满棉籽的篮子,再后一人扛耙欲出。这是描写一家人前往种棉的情景。在豫北,棉田要在冬天耕,春三月种棉前再耙几遍,然后做成垄,种时只需在垄上挖坑点种即可。博爱耕织图刻石将耕、耙、种容于一图,生动地概括了耕种的全过程。

2.田间管理:棉花的田间管理是很复杂的,有锄草、间苗等多道工序。但博爱耕织图刻石只有锄草一图:棉田里,两个农夫正在锄草。所用"锄"是北方常见的锄草工具。

3.摘棉归家:图中一小孩扛着装满棉花的口袋,一妇人挎着一篮棉花,二人正向家里走来。在一间房子里,一妇人正在挑选棉花的优劣。

4.轧弹棉花:此图描绘了纺织前的三道工序,即轧花、弹花和搓棉条。图的右面,一妇人正在轧花。明宋应星《天工开物》记:"其花粘子于腹,登赶车而分之。"《天工开物》上所绘的轧车(即赶车)和此图中的轧车不太相同。这种轧车"以木为之……。高三尺许,上有厚板,约二寸,极左右有两耳,空其中,纳二轴,一木一铁。其铁者,长出左耳外尺许。铁轴尽处,承以木锤,形如藤枕而长倍之。络绳于铁轴,络板于绳之下垂处,以足踏之,则铁轴内旋,而核落于内。其木者,长出右耳外二三寸,缀以木,木长三寸余,一端承轴一端复一圆木,亦长三寸许,以手运之,则木轴外转,而棉出于外"[1]。这种轧车在豫北已很难见到了。图的左面"一女子蹲坐地上,身后悬弓,手拿木锤,正在弹花"[2]。弹松棉花的方法,元代以来,经过了多次变化。陶宗仪《辍耕录》卷二四记载弹花只是"线弦竹弧,置案间振掉成剂"。胡三省通鉴注曰:"以竹为小弓,长尺四五寸许,牵弦以弹松。"到了明末,徐光启所见的,已进步为"以木为弓,蜡丝为弦"。道光年间,张春华在《沪城岁事衢歌》记载的弹松方法是:"弹花必坐,其座极处悬绳,绳下著弓,以左手执弓,右手持槌击之,棉着弓而起,轻如柳絮,其弓弦以羊肠为之。"但这种装置必然运动不灵,使劳动者极易疲劳。[3]博爱耕织图刻石中的弹法已将竹竿扎在工作者腰间,使其成为立式装置了,这种方法在当时是较进步的。棉花弹好后,需要搓成棉条。将适量的棉花平摊在案上,用高粱秆放在棉花上即可搓成棉条。每条约八九寸长,重在一钱左右,棉条搓得均匀、粗细适当,纺出来的细如蚕丝,织成布匹,品居上等。"轧弹棉花"图的下方,二人对坐正在进行此道工序。

5.纺纱绕线:图中一妇人在亭中纺纱,外面一妇人在绕线(当地称为"拐线"),一小孩提着一串线球起来。博爱一带的纺车是随着植棉一起从南方传来的。图中

---

[1] 张春华《沪城岁事衢歌》。

[2] "博爱县发现耕织图石刻",载《河南文物通讯》1980年第3期。

[3] 严中平《中国棉纺织史稿》,科学出版社,1955年9月版。

的纺车显然是最简单的手摇一锭纺车。据调查,此种纺车十小时工作仅能出纱四两,按这样的速度至少需要三人同时纺纱,才能供给一架投织机的消费。早在元代王祯《农书》中已有"三锭"纺车的,叙谓"轮动弦转,荸縺随之,纺人左手典其棉筒,不过二三"。到了明清时代,已有纺四锭者。早在宋元之时已出现了水转大纺车,而博爱一带直到近年前还普遍使用这种落后的手摇一锭纺车。[1]脚踏三锭纺车始终未能在这一带推广。图中的线拐也较简单,在一个尺余长的短木两头,十字形地安上两根短木即可。南方在元代已有了拨车和軠床。清嘉庆时,拨车和軠床在松江一带已属落后了。"以棉纱成繀,古用拨车,持一繀周帀蟠竹方架上,日得无几,继用軠床,制如交椅,其上竖列八繀,以掉枝牵引,分布成絍,便于前制。今则所谓如交椅者,令人负之而趋,一人随理其绪,往来数过,顷刻可就,名其负车者。"[2]这种需二人操纵的"负车",其功效超过了拨车和軠床,当然也远远超过了线拐。

6.浆线:为了使棉线结实耐用,必须浆线。图中,一妇人正在浆水中揉线。不远的两棵树上架着一串线,一女人正在拧干线上的浆。线浆的好坏,直接影响到布的质量。"浆必须细白好面,调法不可太熟,熟则令纱色黑;不可太生,生则令纱不紧。在糊盆浸过一夕,值晓露未烯,或天阴不雨时,植竹架于广场,纬其两端,以竹帚痛刷候干,于分絍处闲以交竹,卷如牛腰,然后上机。"[3]博爱耕织图刻石的作者对纺织工序十分了解,于此可见一斑。

7.络线:"图右面有一妇人盘坐房内,一手执上籰的摇把,一手握线,正在络线。图左边有一妇人领一小孩,小孩手里抱着空籰子向房内走来。"[4]籰和络车都是从织丝那里沿袭来的。不过,络丝时"以木架铺地,植竹四根于上,名曰络笃。丝匡竹上,其傍倚柱高八尺处,钉具斜安小竹偃月挂钩,悬搭丝于钩内,手中执籰旋缠,以俟牵经织纬之用,小竹坠石为活头,接断之时,扳之即下"[5]。不同的是,络棉线不需小钩,是直接缠到籰上的。博爱耕织图刻石中的络车是以两根同样长的木板或竹板,十字相交钉在一起,四端各安上一短木,即可将浆好的线绷在上面。我们可以称之为竖式络架。还有一种称之为的"络车"的与其用途相同。

---

[1] 张世文《定县农村工业调查》,转引严中平《中国棉纺织史稿》。
[2] 孙星衍《嘉庆松江府志》卷六。
[3] 孙星衍《嘉庆松江府志》卷六。
[4] "博爱县发现耕织图石刻",载《河南文物通讯》1980年第3期。
[5] 宋应星《天工开物》,广东人民出版社,1976年10月,第78页。

8.经线:在一所宽敞的院子里,三人正在经线。一堵墙的前面,有两根木桩,上架一竹竿,竹竿上均匀地挂着四个环圈,下面放着五篗线。线头通过环圈和"掌扇"(经牌或又称分绞筘)牵在一妇人手中。图的下方,两边各置木桩数根,二人各坐一头,正准备挂线。经毕,先用交捧在分绞处把线间成一上一下,然后从尾到首卷成一团。

9.梳线:当地称之为印布。线经过后,首先需要将一根根线头从杼中穿过,以分开经线。交经棒在前,杼在后,用棕刷将线一点点梳通,把梳好的线圈到经轴(又称滕子)上,即可开机织布。博爱耕织图刻石"梳线"图即是表达此过程。图中左方,有一个拖架(可以随线在地上拖拉),上面放着经过的线。图的右边,放着一个梳机(或将经轴架在两椅子上也可),一人在扶经轴卷线,一人正在梳线,图中可清楚看到杼和分经棒。

10.织布和量布,中国的织机,出现较早,它经过了从踞织机到腰织机再到水平织机的过程。博爱耕织图刻石"织布"图中,一女子正坐在织机上"一手握梭,另一手伸向一人递过来的篮子里取纬线管"[1]。(纬线不浆,是将纺好的线球用在纺车缠到小管上,以便装梭使用)这种织机数年前仍使用于这一带的广大农村。图中还有两人正在量织好的棉布。

从整个织图可以看到,博爱耕织图刻石上的纺织工具与江南的旧式纺织工具有其相似之处,也有其特点。与《天工开物》、王祯《农书》中的纺棉工具有其渊源关系,但较先进。笔者于十年前在豫北还常常见到农民用这一套旧式工具纺织,刻石中的工具与实物几无差错,也可见刻石的作者对当时当地的纺织工具是何等的熟悉。织图的完整远远超过了耕图。

我国最早的南宋楼璹所作的耕织图共四十五。其中"耕,自浸种以至入仓,凡二十一事;织,自浴蚕以至剪帛,凡二十四事,事为之图,系以五言诗一章,章八句,农桑之务曲尽情状"[2]。明代万历间刊本《便民图纂》将楼璹《耕织图》稍加修改全部收入,但五言诗未收,清康熙三十五年(1696)命焦秉贞绘耕织图,焦氏据楼璹所作图而有所改变,耕图部分增加《初秧》《祭神》二图;织图部分删去《下蚕》《喂蚕》《一眠》三图,增加《染色》《成衣》二图,次序也有不同,其余都按原图。博爱耕织图刻石与它们不同是,无论耕还是织都很简炼,只有二十图。更重要的是,

---

[1] "博爱县发现耕织图石刻",载《河南文物通讯》1980年第3期。

[2] 楼璹《功媿集》卷七十六,"跋扬州伯父《耕织图》"。

无论是楼璹《耕织图》、《便民图纂》，还是《御制耕织图》中的织都以加工蚕丝为对象，而博爱耕织图刻石却以加工棉花为对象。这是我国至今发现的较早的加工棉花系列图刻石。

博爱耕织图刻石生动地为我们展现了清代晚期豫北人民男耕女织的劳动场面，对我们研究农业史、科技史和艺术史有着重要的价值。

（本文系与李趁有合作，原载《农业考古》1989年7月第2期）

河南博爱耕织图刻石（拓片）

1. 耕田

2. 运苗

3. 插秧

4. 浇水

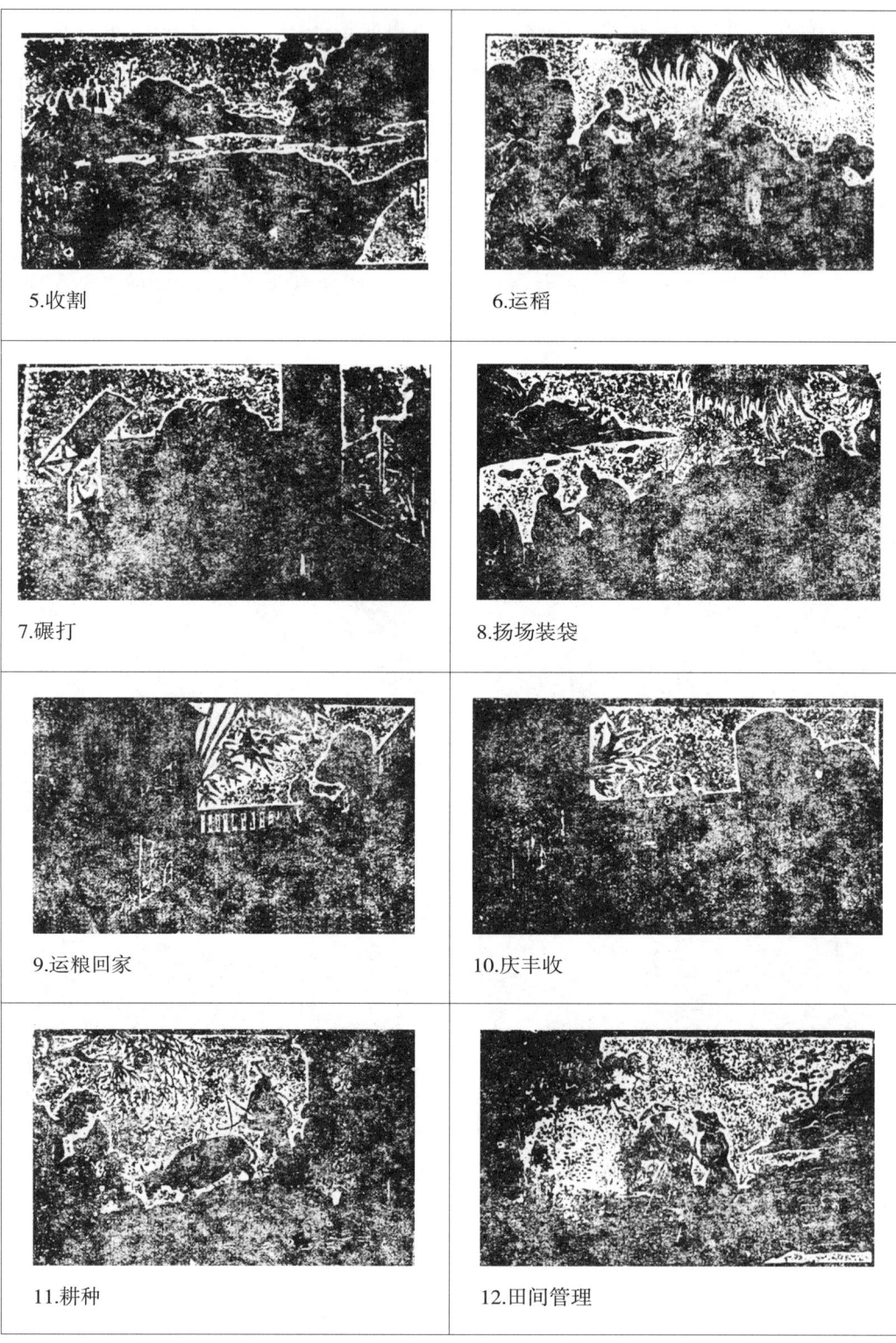

5.收割　　6.运稻

7.碾打　　8.扬场装袋

9.运粮回家　　10.庆丰收

11.耕种　　12.田间管理

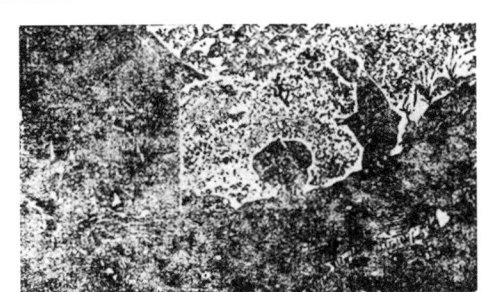

13.摘棉回家

14.摘棉回家

15.轧弹棉花

16.纺纱绕线

17.浆线

18.络线

19.梳线

20.织布与量布

# 中国生产工具发展史导论

《中国生产工具史》是一个专史,是解放后建立的一个新历史学科体系。

马克思主义认为,"用来生产物质资料的生产工具,以及有一定的生产经验和劳动技能来使用生产工具,实现物质资料生产的人——所有这些因素共同构成的社会的生产力"[1]。

发展社会生产力,必须把技术革命提到首要地位,特别是生产工具和生产手段的革命。社会的进步和发展,要通过社会变革和技术变革的实现。按照马克思主义观点,社会变革是技术变革的条件。技术变革所引起生产方式的变革,才会出现社会生产力的飞跃发展,才会使社会由一个历史阶段转变到另一个新的历史阶段。在社会历史时期也不能例外。社会主义革命的胜利是最伟大的社会变革,为我国出现一场伟大的技术变革创造了不可或缺的条件。因此,可以这样说,四个现代化首先应当是一场伟大的技术革命。一切生产关系和上层建筑的革命,都应当使用这场伟大的技术改革,为其创造条件并巩固其成果。研究工具史、工艺史、科技史,研究历史上生产斗争的客观规律,为我国技术革命找出方向,找出途径,这是摆在历史学、考古学工作者面前的一个重要任务。现代化建设与光荣传统在历史发展关系上是分不开和完全一致的。因此,发扬光荣传统是当前历史科学在教学及科研上的一个重要任务。所以,在解放后我们一直根据这个原则,在这个体系上进行探索,首先论述如下三个问题。

**一、马克思、恩格斯论生产工具史阶段的划分**

解放初,我们在讲授《中国物质文化史》及《科学技术史》中,突出生产工具

---

[1] 斯大林《列宁主义问题》,第621页。

的发展历史,把它的发展分为"石制生产工具""金属生产工具"和"机械生产工具"等三个时代。[1]显然这仍未脱离西方资本主义国家学者如德国米勒利尔等人的"工具进化论"把工具的进化分为:(一)石器时代,区分为新旧两时代;(二)铜器与青铜器时代;(三)铁器时代;(四)机器时代[2]的框子。按工具的含义,本身就是指从事生产所使用的器具,一般分为两大类:一是手工操作的工具,二是机械或机械操作的工具。机械是用来转换或利用机械能的机构,各组成部分具有一定的相对运动装置,即马克思说的所有发达的机器都有三个本质上不同的部分:发动机、传动机构、工具机或工作机[3]。

马克思对生产工具发展的过程,在他解释机器的发生和发展时说:"简单的工具、工具的积累、复合的工具;由一个发动机即人手开动复合工具;由自然力开动这些工具;机器,有一个发动机的机器体系;有自动发动机的机器体系。"[4]由此他注意到"机器是劳动工具的结合"[5]。马克思所指的生产工具是劳动生产者所使用的工具和对于生产上起到辅助作用的工具,如武器、车、船、渠道及仓廪。当然有些某个阶段它还是主要的生产工具,如原始群时代狩猎生活中的主要工具是武器,但发展到农业生产中它便成了辅助工具。车、船、仓廪始终和生产不是直接关系,但它却始终成为劳动工具的组成部分。生产工具史是以生产工具发展的情况作为研究对象的历史。科学技术和生产工具在发展的历史上是互为动力,互为因果而存在的,它们之间存在着不可分割的辩证关系,社会生产力发展推动着历史由低级阶段向高级阶段。机械与机器一般来说,是指以诸如蒸汽机等作为动力的机械化工具。以人力、兽力、水力及风力作为动力的是半机械化工具。按照工具本身发展的过程来说,最原始的工具是以手直接操作的工具为主,进一步是使用简单机械去进行生产。由半机械化工具到机械化,它的发展公式是:

手工操作工具——→半机械化工具——→机械化(机器)工具。

很显然,单纯从制作工具的材料去划分阶段,会忽视它的社会原因及生产工具在社会经济中的作用,那不符合马列主义的观点。因此,在本书中就完全放弃了

---

[1] 荆三林《中国生产工具发达简史》,山东人民出版社1955年版。
[2] 米勒利尔著《社会进化史》第二卷第二章《工具进化史》。
[3] 《马克思恩格斯全集》中文本第二十三卷第410页。
[4] 《马克思恩格斯全集》中文本第四卷第108页。
[5] 《马克思恩格斯全集》中文本第四卷第108页。

《简史》中所划分阶段的方法。重新按照工具在生产上的作用发展情况，按人在生产中的现实地位，依马克思所列的工具发展过程理论，结合着中国历史的特点和实际情况来划分阶段。当然，工具史的发生、发展和其他社会情况发展一致，都有其发生、发展、发达、消亡及新陈代谢的过程，也都有其连续性，同时更应该注意到发展中会存在有不平衡状态及其在发生、发展中所起的作用。

## 二、苏联及西方资本主义国家学者对生产工具史阶段的划分

在苏联，对生产工具及生产技术的历史，大都是附入社会经济史的历史范畴，大都是按照社会生产的五种方式而划分为：原始共产制社会的生产工具，奴隶占有制社会的生产工具，封建社会的生产工具，资本主义社会的生产工具，以及共产主义社会的生产工具。我们不否认生产工具的进步对社会经济史所起的作用，同时我们还要承认社会经济发展对于生产工具改良和创造的促进作用，两者是互为因果而发生发展的，在生产上就意味着社会生产，任何一个学科都不是孤立的。因此，我们在讲述每段生产工具发展概况之先，都说明当时的社会经济特征及其对生产工具发展所起的作用，同时说明生产工具的进步对社会经济所起的推动作用，但有不平衡性。西方资本主义国家[1]和来苏联的一部分学者[2]，把生产工具作为技术的一部分，因此把它的历史都附在技术史中来讲：把工具及有关设备作为技术手段，以此作为区分经济时代的依据。另一个是把工具的发展作为社会生产力发展水平的物质标志。以此对古代社会经济的历史，则划分为旧石器时代、新石器时代、铜器时代、铁器时代等等。对近现代，人们常以技术手段作为标志划分为蒸汽时代、电力时代、原子能时代、计算机时代、信息时代等等。同时也根据生产工具如机器在社会经济上所起的作用，而把自十八世纪六十年代以来的技术史分为三次产业革命，把现在和正在发展的新技术革命，称为第四次产业革命。

苏联C.B.舒哈尔丁在《关于科学与技术史的若干理论问题》一文[3]中，提出世界科学与技术史分期法，值得重视，照录如下："谨提出以下关于世界自然科学与技术史分期法。"

---

[1] Chailes Singer 等编《技术史》1954—1958年英国牛津大学出版社。

[2] 如A..兹伏雷金等《技术史》1962年莫斯科社会经济文献出版社。

[3] 《科学史译丛》1981年第3期第65页。

"第一个时期,简单劳动工具的产生和普遍应用,以及在原始公社生产方式的条件下,对于自然界的初步认识的积累(约自公元前200万、300万年至公元前四千三百年)。"

"第二个时期,复杂劳动工具的发展和普遍应用,以及在奴隶占有制生产方式的条件下自然科学个别部门的产生(自公元4000、3000年至公元5世纪)。"

"第三个时期,受自然力作用的复杂劳动工具的普遍应用,以及在封建生产方式的条件下关于自然科学知识的积累(自公元5世纪至14、15世纪)。"

"第四个时期,在工场手工业生产条件下,为机器技术设备创造的前提条件的产生,以及自然科学作为一门科学的形成(自14、15世纪至18世纪末—19世纪)。"

"第五个时期以蒸汽机为基础的工作机的制造和普遍应用,以及在资本主义工厂机器生产的胜利和确立时期的经典科学的形成(自18世纪末19世纪初至19世纪70年代)。"

"第六个时期以电传动力基础的机器体系的发展,以及资本主义开始衰落(帝国主义)时期自然科学方面的革命(自19世纪70年代至20世纪20年代)。"

"第七个时期在社会主义建设和资本主义总危机条件下,准备向机器自动化体系过渡和科学与生产的统一(自20世纪20年代至50年代)。"

"第八个时期在世界社会主义体系发展和资本主义危机的第三个阶段,以及殖民体系崩溃条件下,全盘自动化生产的形成和科学转变为直接的生产力(自二十世纪五十年代起)"

我们并不否认生产工具及技术的关系以及它在技术史中的作用,我们更应该看到硬件(工具、设施)与软件(操纵、知识、经验、程序)的联合关系以及它所占的主导地位。我们在划分中国生产工具史阶段时都有参考的必要。

### 三、我们对中国生产工具史阶段的划分

我们叙述的对象,虽偏重于古代生产工具史,但不能割断历史。应当承认,现代的生产工具都有其过去,都是由历史工具发展的结果,也都有其连续性。

我们系统考察了下列各种传统生产工具:手工操作工具,如斧、斤、凿、刨、锯、铲、镰、剪、刀等等,农业机械中的艾、锄、铡、犁、耒耜、耧车、桔槔、戽斗、辘轳、刮车、翻车、水转翻车、水转筒车、驴转筒车、高转筒车等等。纺织机械,如织机、纺车、缫车、棉搅车、轧车、棉纺车、水转大纺车、棉拨车、经架、绳车等等。其他手工业机

械如榨油机、汲卤机、糖车、磨床及镟床、风箱、水排等等。同时考察到各种机械的动力,如牲畜力(兽力)、水力、火力、风力、改变力和运动的绳轮、齿轮,及以杆转动的,如脚打罗、土垄、风箱、水力机械的装置,以及弹力、重力的作用,减小摩擦力与利用摩擦力,采用连续运动以代替间歇运动所产生的力的工具如扇车、风箱等。此外,也考察了有关建筑如水利工程、仓廪、交通建设和有关的科学发明如天文历数、改造自然等等。

总结生产工具史的研究,给我们显示了科学知识的发生、发展与生产工具及生产技术的发生发展关系,是不可分割的一体,证实了恩格斯在《自然辩证法》中所说"科学的发生与发展一开始就是由生产决定的"及马克思在《资本论》中讲述到"各种经济时代的区别不在于生产什么,而在于怎样生产,用什么劳动资料,劳动资料不仅是人类发展的测量器,而且是劳动借以进行的社会关系的指示器"等等观点。

我们按照生产工具在生产上作用的发展情况和人在生产中的现实地位,把中国生产工具的发展史分为三个阶段:手工操作工具生产时代、半机械化生产时代和机械化(大机器)生产时代。又各分为三期:前期述其发生,中期述其发达,后期述其达到高度化及普遍化的同时所孕育的新历史阶段诸因素和过渡形态。

第一,手工操作工具生产时代(公元前2世纪以前)

(1)前期:就中国历史来说。第一个手工操作工具生产时代,应从劳动创造人类本身讲起。恩格斯在《劳动在从猿到人转变过程中的作用》[1]阐述了劳动在促使猿人发展到人的主要作用是创造了手和足,手灵活了,足直立了。实际,通过不断劳动的结果,使猿人成为古人,又成为真人,经过三阶段始完成了生产工具基本形式和使用劳动工具的基本模式。锤头的基本形式是人的拳头,扒和耙的基本形式是手指共向后曲,耙的基本形式是手指并成尖状,刀的基本形式是手掌的侧部,碗的基本形式是双手合捧……在不断的劳动中也形成了劳动的基本模式、形式和姿态,如拉、投、推、打、勾、切和割,给生产工具和生产动作造成了基本形式……更重要的是不断的总结劳动经验,使脑容量扩大,智慧增加了,成为一个最好的劳动指挥器。这表现在原始人类体质的三个阶段的结果,是完成了生产工具的基本模式和使用生产工具的姿态。因此,应从化石人类发展的三阶段讲起。然后谈到他们对经验的总结、实验再实验。更以其去不断创造和改进工具,进行社会生产,使生产力逐步提高,也不断改变生产关系。在生产工具不断改进和生产力的提高基础上,

---

[1] 《马克思恩格斯选集》第二卷第508页。

不断地改造自然。

生产工具是改造自然的手段,使人类不断的征服自然。我们认为,人类征服自然即等于生产斗争,使自然物不断地通过生产工具的作用,变作为人们生产品和人化自然以满足人类的生活欲望。自然物→生产工具→人为物。千万遍的不断反复经过劳动的媒介,使生产力提高,文明进步。生产工具把万物(自然物质资料)变作为千万种的生产品;换句话说,千万种类的生产品都是劳动生产工具作用的结果。蚕丝之成为绸帛,是通过冷盆、热釜、缫车、纺车、经架及织机一系列工具活动的结果,然后这一堆蚕茧(自然物)才能成为绸帛(生产品)。一个钢刀的来历是一堆矿石,通过炼炉、铁锤等一系列工具活动,最后才得到一把钢刀的出现。由矿石(自然物)到刀(生产品)的全部过程,也是一系列生产工具活动的过程。诸如此类,生产工具是整个人类社会的命脉。

恩格斯在《自然辩证法》中说:"人类的历史是从生产工具的创造开始的。"决定生产的主要因素和主要手段就是生产工具。生产工具的原始是从人类体质构造及其活动的总结及体验中来的。因此劳动创造了人类的本身的同时,以其劳动诸形式、模式及姿势作为基础,扩大创造出原始的工具,如从拳的模式创造了石锤,以手掌横劈的模式创造了石刀之类。为加大锤的力度,便模仿着手臂而加上柄,使锤与锤柄(杠杆)构成复合工具而加大劳动效率。这就成为简单的机械工具,以结束了原有的石手锤,石手斧……等纯粹手工操作工具的生产运动,以进入新的阶段。因此,我们从劳动创造人类本身——化石人类发展的三个阶段讲起。

手工操作工具生产时代。前期包括旧石器、中石器到新石器时代前期,是直接以人手去拿着工具劳动,不论是手锤、手斧以及尖状器、割切器……都是用手执着去投、打、割、切、穿、刺等等以进行生产活动。旧石器时代虽然出现有复合工具,但一般普遍生产上使用仍是石器、木器和骨器。直到新石器时代中期,才是通身磨制的复合工具:如斧、矛、刀……还加了柄,同时发明了陶车、纺轮等简单机械。这是一次大的生产技术革命,以此结束了生产工具发展史第一时代的前期。

(2)中期:包括新石器时代的中晚期,也包括夏商(殷)及西周,因为这一期的主要生产工具都是石器。虽然在殷代出现铜,但铜制的工具——并不普遍且不一定是用于生产,它并不占有重要地位。但是殷及西周确已出现有织机(不论它如何原始),更有人把甲骨文中的犁字释作耕牛[1],意味着兽力参加劳动——即出现了

---

[1] 郭沫若《甲骨文研究》"犁"。

原始的兽力生产工具。

（3）晚期：包括春秋战国。它的主要特点是铁工具的普及使用,同时出现了成套简单的机械工具。由于古代劳动人民在不断地生产实践中,经常遇到自然界中的重力、弹力和摩擦力,从人的肌体对外界的作用,一个物体对另一个物体的作用产生了力的概念,有了力和运动的简单原理和知识为依据创造和改造生产工具,因此,在生产工具创造及改进适用关系上的科学知识是力学和机械工程学。在不断劳动中总结经验,一方面不断提高力学知识,同时另一方面也以不断提高了的科学原理去创造和改造手工操作的工具生产。当然同时也发现了和创造了一些简单的机械,如使用斜面去制造尖状器物,使用杠杆原理及元件去安装工具的把柄,利用物体的重心与平衡的原理去创造汲水和盛水工具。此外如陶车、纺车之类,都是使用的机械元件。但简单机械生产工具,如桔槔、滑车、轮轴的出现则大都在东周时期（春秋、战国）,杠杆、绳轮、曲柄……机械元件先后为人们利用,提高了社会生产力,以进入封建的生产关系。

总结这一时代生产工具的产生和发展,可见其的发展第一时代对社会经济发展的作用是十分显著的。不可否认中国生产工具由旧石器发展到新石器,在社会上的主要作用的结果是由原始群进步到原始共产制社会和奴隶制社会的出现；另一方面也由于社会生产力的逐步分工和生产方式变化而促使着生产工具的质量和工艺的进步及种类的增多以成为新石器生产工具的一次大革命——生产工具史的第一次革命；铁工具的进步及普遍使用于各个生产部门,结束了奴隶制和封建领主制的生产方式和社会组织,转化为封建地主经济,但同时也正由此而促进了铁制生产工具和简单机械工具的发生、发展和促进了社会生产的分工,因之更增加了生产工具的种类；造成了秦汉间生产工具的突飞猛进,成为发生生产工具第二次大革命的主要历史基础。

第二,半机械化工具生产时代（公元前3世纪到公元19世纪）

（1）前期：包括中国历史上的秦、汉、魏、晋（公元前221年到公元420年）在这阶段生产工具的主要特点是,"机械工程学"知识较早的发生在中国,但普遍使用机械工程学的原理创造和改进生产工具,却是在封建地主经济关系确立后的秦汉以来。古代劳动人民在生产实践中认识了机械运动及机械的功能与效率,可以减轻人力和提高生产率,因此,秦汉以来在生产工具的创造发明和改进上,在机械工程学上,才有了不少的成就。科学知识是服务于生产的,生产工具及生产技术是科学知识的实现。秦汉至隋唐间,农业机械如耕犁、耧车,以及灌溉用的水车、辘轳、谷物加工用的碓、磨、扇车,工业机械如纺车、提花织机……,在原动力上又普遍使用了畜力、水力、风力以及发现了天然气和石油等等。此外在磁学上,用天然磁石制成了指南针,远在《韩非子·有度篇》《鬼谷子·谋篇》及东汉王充《论衡·是应篇》等书中有关以"司南"用作于土地"正四方"及作为到远方去生产指路的工具。吸卤机及滑轮的普遍运用,三国诸葛亮创造的木牛流马,是利用杠杆及滑车联合造成的运输机械。炼钢术的进步,钢亦多用作生产工具。在农具上有赵过创造一牛三人的耕犁和播种的耧车……总之,在秦汉至魏晋间,是中国生产工具创造发明上的一个大的浪潮,生产上普遍使用简单机械,尤以兽力及水力机械的创造发明作为这一时代"硬件"的特征,也是"硬件"与软件之间关系的特征。

（2）中期:包括南北朝到隋唐五代。它的特点是在秦汉生产工具的基础上作进一步发展。总结秦汉生产工具及科学技术知识和经验,使其使用的普遍化。如从牛力拉磨的基础上创造了并转连磨,到处普遍建造水力的谷物加工工具的水碓、水磨和水碾,更把利用水力制造的水车普遍设置……这些建造为宋元生产工具的第三次革命,打下了基础。

（3）晚期:包括宋元明到清朝末叶(18世纪末)。北宋之后,劳动人民终于发现了人工磁化的方法,这样就产生了更高一级的磁性指向仪器——罗盘。在运动学上,公元前4世纪《墨经》中就曾阐述运动的分类、运动和时空关系、圆球的运动与它的随意平衡,轮轴及斜面的受力等,《考工记》中也记叙了惯性的现象。在其以前就依力的平行四边法则制成叫作"戽斗"的灌溉工具。这些运动学上的科学法则,大都作为秦汉至明清创造和改进生产工具的依据。在古代中国劳动人民对自然科学中的天文学、气象学、自然地理学、古生物学、矿物学、数学等等科学知识的发展及水利工程学、冶金工艺以及齿轮轮系的进步、火药及化学都有很大的成就……各种科学知识的提高都给生产工具及生产技术的改进提供了良好的条件。宋元生产工具的改造是"生产工具发展史"的转折点,最大成就就是在生产工具动力机与工具机的连系以及传动装置上的革命。如农具中的犁,在唐代前以一个长直的木辕,夹在两个牛的中间,使工作机与动力机连在一起,转动不便,且工作机的结构笨重,除犁铧和犁壁为铁制外,其余都是木制。至于复杂到"木金凡十有一事"[1],长至一丈二尺的一个大木架子。这样的犁,工作效率低。长曲辕犁虽是在唐代出现的,但仍很笨重,宋元在犁架构造上,首先是简化工作机,使其轻便灵

---

[1] ［唐］陆龟蒙《耒耜经》。

活,同时发明耕盘与牛轭组合成的"软耕索"服牛,在套(动力机)与犁(工作机)之间"中置钩环"(联接装置),初步形成了一个垦耕机械。至于其环的形状,就元《农书》的绘图,是在犁辕前平装着一个轴柱,套一个圆环,此环当为铁,至于所用的钩,其形状不得而知。至于联接处的挂钩,也是上下挂,这样的方法,仍然是相当的不灵活。不论如何,绳套的出现,是一大发明,不只改进了耕犁,即在人字耙前也是一个圆环,其他如耖、劳、挞、磟碡、石砺礋、木砺礋、耧、锄、副刀……也都得到了改进。在手工业工具上如砻、碾、磨以及水车,也由于绳套及钩环的使用更加灵便。在明代《农政全书》及《天工开物》等书的绘图中,套于工作机的连接仍是木柱和绳索,在清代的农具及手工业工具,不论动力是兽力、水力或风力,已经普遍使用了称为"两来钩"的挂钩。"两来钩"的形状主要为S形及C形,这样结构在生产工具上的普遍使用,使生产工具得到很大进步。由此在工具的头部大都带着一个竖环钩以便连接。如犁的铁辕前,即为一个钩,一般分为单钩或者双钩,耕地开宽沟用正钩,即将双钩一齐套上,如开生地或较硬的土地,则单挂一个钩,用偏钩,则犁钩即窄。明清牛盘的铁环是竖环,则挂钩都平放,这样更便于转动。S形钩及绳套的出现使生产工具普遍得到一次改进,已接近于现代机械进程,如现在的拖拉机与工作工具如犁、耙、播种机、收割机……工具之间的连接仍都是使用挂钩。

宋元是生产工具史上的第三次大革命时代,也促使着生产工具进入半机械化。机械在生产工作上主要是以小力发大力,逐步提高生产效率。因此,衡量生产工具进步与落后的标准,主要在于减低人的体力劳动和增加及提高生产力程度。落后的工具所需要的人的体力劳动量大而生产力低,进步的工具所需的人的体力劳动量小而生产率高,由前者向后者的发展变化,是生产工具进步的表现。宋元以来中国劳动人民在这方面的确获得很大的成就,首先在农业机械上,宋元间作为兽力动力机构的绳套出现,绳套的本身即是把原有一个木辕的一条杠分解为两条绳索,使灵活性加大,因而工作效率提高。以此作为动力机构,改变了原有动力机械与工作机构连为一体的原始状态,加上了一个"钩环"作为传动机构,基本上完成了农业机械装置的各个条件。同时出现了高效和联合作业农具,如粪耧、砘车、推镰和麦笼、水轮三事、水转连磨等等,还出现了劳动保护工具如芸爪、薅马、复壳、臂篝、秧马之类,还出现有测量天气的工具,如田漏等等。在手工业工具上,如带花楼的织机,拉杆风箱、糖车、油炸和水转大纺车……这些生产机械的发生发展,促进了资本主义的孕育和萌芽,同时由于资本主义的发展,也更加需要改进生产机械。两者关系的辩证存在,促进了明清在生产工具上的更加进步。明清西洋机械工程学的输入,在对中国生产机械的改造上起了一定进步作用,但随着而来的却是帝国主义经济侵入,使中国近百年的社会性质成为半封建半殖民地社会。

  总起来还有一点需要注意,就是在历史上每逢动乱之后,都要制定"安定社会"和"恢复生产、繁荣经济"的政策,促进生产工具及生产技术的发展。先进的生产工具及技术在恢复和发展生产及安定社会上都起着主要作用。远在春秋时代即注意到"工欲善其事,必先利其器"(《论语》)。相反,动乱的局面会造成生产工具及技术的退化,到新的历史阶段恢复重建的改革中,首先都是改良工具,促进生产,安定社会。战国末期,由于连年战乱,因此到秦统一中国后,首先是鼓励冶铁工业,改进农具。到西汉初叶,是"汉兴,海内为一,开关梁,弛山泽之禁",以改进发展铁制生产工具。汉武帝命令赵过专设部门改良农具。此后的唐太宗、五代及北宋的帝王都在改进工具上制定了一些有益的政策和措施,元明清更是如此。晚清以来虽有帝、官、封的阻力,但在生产工具发展史上,却没有因此出现停滞状态。中国人民以其反帝、反封建及爱国主义精神,在发挥其荣光的传统工具及技术基础上,也引进了外来的工具制造技术,因之不断发明创造了不少新的生产工具,促使着走入新的历史阶段。

  第三,机械化(大机器)时代(公元19世纪初叶以来)

  (1)前期:中国使用蒸汽机是在清朝末叶,起初是自国外进口机器,然后才有外商在中国设厂制造机器,然后中国工商业者也开始使用机器去进行生产。清末官方大量引进外国机器和各省设立机械局署去制造兵器和铸造硬币以及纺织、卷烟业,进而波及各生产部门使用机器和制造机器。光绪末年中国的机械制造,据当时的文献统计[1]已有汽船机器、汽车机器、电报机器、电话机器、制革机器、制呢机器、织布机器、缝衣机器、织靴机器、制纸机器、印书机器、碾谷机器、磨粉机器、榨油机器、造冰机器、卷烟机器、挖泥机器、抽水机器、锯木机器、铸银圆机器、炼铁机器、采矿机器、影戏机器、唱戏机器、照相机器、制造军械机器、制造玻璃机器、制造烛皂机器、制造药水机器。以上各种机器发展各有关工商实业。但所用机器发展的工商业大都是外人或外资所经营的工厂或工矿——最发达的纺织、煤铁矿业,大都掌握在外人手里,而属于外人的财产。这种情况的造成是与欧洲18世纪60年代之后多次的产业革命(亦称工业革命)分不开的。最初发生在第一次产业革命,是18世纪60年代首先发生在英国,由于瓦特发明了热能,创立了"热学",发明了蒸汽

---

[1] 陈家锟《中国工业史》103—104页。

机,作为带动生产机械工具的动力,最早用于矿井抽水,继之用于纺织业,以纺织业机械化为开端。美国和法国在19世纪初叶,德国在19世纪30年代(相当于中国的道光、咸丰年间)都先后完成了蒸汽机广泛使用为主要标志的第一次产业革命。以机械为主体的工厂代替手工工具进行生产的工厂。这一生产工具的大变革,从手工工业生产的时代进入机械化生产的时代。在动力上,蒸汽机代替了手工机械的重要地位,发展了纺织、冶金、煤炭、机器制造和交通运输等资本密集的新兴产业,形成农业与工业的产业结构,确立了资本主义生产方式,推动自由资本主义的发展。

马克思说:"机器不仅代替了活的劳动,而且还代替了劳动者及手工工具。当然,手工工具可能是微不足道的,例如,缝纫机代替一般缝纫劳动的场合就是这样。在大多数情况下,这完全不是代替,因为原来的劳动工具又重新出现在机械本身上,尽管这些机器的数量无限增多,它的本身在机械构造上多少有些变化。"[1]我们同意马克思的论点,就此也阐明了手工工具与机械的发展关系。马克思更明确地说:"机器与工具本身没有本质的区别,工具是简单的机器,而机器是复杂的工具。"第一次产业革命使机器代替了手工工具,以用于各业工厂的生产活动,提高生产力,基本上结束了封建主义生产方式,形成了自由资本主义。随着自由资本主义的发展,是工业部门的增多,市场的扩大,这就扩大到了中国,打开了中国闭关自守的大门。随着也把使用蒸汽机的机器传入中国,使中国也成了这产业革命的一环(畸形的一环),进入了中国生产工具史的第三阶段——机械化(大机器)生产时代。由此,中国的历史进入了世界历史的一环。由一个国家本身发展的历史,融入了世界的国际的共同发展的历史。

第二次产业革命,由1821年(清道光十一年)法拉第发现电磁感应定律,创立了"电学"和"磁学",1867年(清同治六年)西门子发明电机,1881年(清光绪七年)爱迪生建立大型火电站,1884年(清光绪十年)把内燃机应用于汽车。这样一来,引起了以电机(包括发电机和电动机)广泛使用为标志的第二次产业革命,19世纪70年代进入高潮,到第二次世界大战前(20世纪30年代中国是民国时代)基本完成。进入电气化时代,逐步进入垄断资本主义阶段,形成了一些资本帝国主义国家。随着他们势力的发展,把中国作为了他们争夺的地盘。

20世纪初叶以来,由于电磁波、电磁场、电子、核子的发现,量子论、相对论的创立,引起了世界上第三次产业革命,到70年代达到高峰,目前世界范围还未完

---

[1] 马克思《机器、自然力和科学的应用》第43页。

成。这一期的主要标志是以电子技术的广泛使用。这个革命始于1895年（清光绪二十一年），开始发展无线电通讯技术，发展广播、电话、电报、电视、无线电通讯事业、电子工业、核工业、合成材料工业等知识密集的新兴产业。形成第一产业（农业）、第二产业（工业）、第三产业（商业、服务行业）的产业结构，把电气化时代推进到电子时代。70年代以来，中国不是孤立的，在各个生产上也一直是追随着这个产业革命而发展，同样成为第二产业革命的一环。不过在清末及民国的半殖民地和半封建社会中，工业、农业以及各个生产事业都受到帝国主义、官僚资本主义、封建主义三座大山的影响，与欧美相比，一时曾出现过发展上的不平衡状态。解放之后，本应顺利前进，却又走入了另一种形式的阻力：由"大跃进"到"文化大革命"。因此，中国在今天来说，与他们相比之下，仍需要努力。

目前世界范围内正在兴起第四次产业革命。这个革命的开始应追溯到20世纪的40年代。从1945年美国发明第一台电子计算机起，各国急起直追，依靠电子科学、材料科学、能源科学、海洋工程、生物工程、光纤通讯、信息科学以及核工业、宇航工业等方面的重大技术突破来实现的。目前世界各国竞相运用这些科学技术来促进经济发展，出现很多新的创造发明和新行业，如智能机器人工业、电子计算机工业、航天工业、光电子工业、生物工程工业……因而在产业结构中又出现了第四产业（情报、资料、知识……——信息）。这次产业革命对国民经济结构和经济时代正在发生巨大的影响，中国也正在这方面急起直追。这次产业革命将发展到如何程度？何时完成？是否还有第五次产业革命？……就发展规律来说：前述各次的产业革命，起止时间是相互交叉的，主要手段——生产工具的机器动力由蒸汽机、内燃机、电机，到电子计算机，以至多代电子计算机、智能机器人……中国生产工具也是随着世界生产工具的进步而进步的。尤其在现代，也将会投入第四次产业革命的洪流，不断地改进生产工具。因此，生产工具史的第三阶段——机械化（大机器）生产时代，我们只能说到前期。至于中期和晚期，那就不属于我们今天讲述《中国生产工具发展史》的范畴。

（原文出自1986年9月中国展望出版社出版的荆三林著《中国生产工具发展史》导论）

# 清人陈玉璂《农具记》浅识

## 一

陈玉璂，字赓明，号椒峰，清初江苏武进人。康熙丁未进士，官至中书令。少时苦学，每天读书至深夜，两眸欲合之时，即用艾草灼臂。诗文皆佳，笔下千言，旬日之间，文稿可至尺余厚。其《农具记》文短而语精，且有新意，是作者在武进家中，通过亲身经历，并向老农咨询，参考前人著述而就。

《农具记》现常见到的版本有两种，一种是收入清人王晫《檀几丛书》第五帙第四十二卷，清康熙三十四年的新安张氏霞举堂的版本。分藏于北京图书馆、北京大学图书馆、上海图书馆、上海师范学院图书馆、天津市人民图书馆、山东省图书馆、山东大学图书馆、南京大学图书馆、四川省图书馆、云南省图书馆和中央民族学院图书馆等地；另一种是收入作者的《学文堂集》第十六卷，附在清盛宣怀辑的《常州先哲遗书》第一集之后。现有光绪中期盛氏刊本，分存于北京图书馆、首都图书馆、中国科学院图书馆、北京大学图书馆、清华大学图书馆、山东大学图书馆、南京图书馆、杭州大学图书馆、河北图书馆、江西省图书馆、四川省图书馆和四川大学图书馆等处。

## 二

原文很短，现根据康熙三十四年版《檀几丛书》本录如下，以供共同研究：

农之为具不一，而负牛之具曰犁。犁，利也，利发土绝草根也。《山海经》曰：后稷之孙叔均，始教牛耕。陆龟蒙《耒耜经》云：耒耜通谓之犁。耒耜即《易》所称神农氏斫木为耜，揉木为耒也。其制有冶金而为之者，曰犁镵、曰犁壁；斫木而为之者，曰底、曰压镵、曰策额、曰箭、曰辕、曰梢、曰犁评、曰建、曰盘，如是而犁之事毕。

服牛之具曰轭,曲木窍其两旁,通贯耕索,下系以控牛项。潘岳《籍田赋》,葱辖服于缥轭是也。驱牛之具曰鞭,紃麻合鞭,鞭有鸣鞘,人以声相之,用警牛行也。衣牛之具曰衣,牛于牧养中,毛最疏畏寒。每冬月编织冗麻,衣之如袒褐,所云牛衣也。汉王章尝卧牛衣中,晋刘富口涌手绳,卖牛衣自给,牛衣之制最近古也。如是而牛之事毕。

　　耕田之器则有若杷,以耘也。有若镬,主诛也。《尔雅》则谓之镭也。有若锸,颜师古曰锹也。有若锋,古农法云。锋地宜深,锋苗宜浅。以其柄如耒,首如刃,故名也。有若搭,农家不能尽有牛耕,尝数家为朋,工力相易,日可劚地数亩。以其齿劚土如相答,故名也。有若田荡,均泥器也。使和水土,凹凸相平也。又铁齿两行列荡去草根也。计插秧之始,一月之内,凡三荡,越数日头荡。越十日曰二荡,又越十余日曰三荡也。有若长镵,后偃而曲,上横木如拐,两手按之,捩柄以起垡。杜少陵歌:长镵长镵白木柄是也。有若钱,《诗》曰:庤乃钱镈。钱与铲同体而异名也。有若镈,《诗》又曰:其镈斯赵,以薅荼蓼。镈,迫也,迫地去草也。《考工记》凡器皆有国工,独无镈,非无镈也,夫人而能为镈,不必国工也。有若耨,制与镈略同。《易·系》曰:耒耨之利,以教天下也。有若耰锄,制又与耨略同,贾谊云秦人借父耰锄是也。如是而耕之事毕。

　　灌田之器,则有若桶,箍木为之,粪其田也。有若杓,亦箍木如盂,置之柄首,佐桶为用也。有若瓦窦,置塘堰中,放水使入亦使出也。有若筐,若篮,郭璞云,一器也,所以实灰土使肥田。如是而灌之事毕。

　　藏种之器,则有若蓧,若蒉。鲁论丈人以杖荷蓧,又荷蒉而过孔氏之门。器之从草者也。有种箪,形如甓,用贮谷种,度之风处,不致郁邑。器之从竹者也,有若谷盅,编竹作也。有若畚,晋王猛少贫尝鬻畚此也。南方以蒲竹为之,北方以荆、柳为之也。有若稻包,种之将布,必先浸之水际三日,以俟其萌而以草束为裹,俗曰稻包,无定制也。如是,而藏种之器毕。

　　布种之器,则有若瓠种,窍瓠贮种,穿两首以木箄为贯,泻种于耕,犁随掩过,覆土深,则虽暴雨不至,槌挞也。有若秧马,榆棘为腹,揪梧为首,昂其首尾,以便两髀较之伛偻而作者,劳佚殊。有若薅马,似篮而长,两端攀以竹系,置跨间,余裳敛之于内使不碍留行也。有若臂篝,状同鱼笱,穿臂于内,卷衣袖便插苗也。有若蓑。雨具也。有若笠,避雨亦蔽日也。二者自耕而获皆相需,而布种尤急也。如是而布种之器毕。

　　收获之器则有若推镰,形如偃月,作两股短叉,架以短木,两首穿小轮,中嵌镰刀，前向以断禾茎也。有若，构竹木如屋悉，倒控其穗，久雨之际，此积垛为有功也。有若乔秆，竹长短相等，每三为数架田中，控禾把以风沮湿也。有若扒，平木为之，平土壤之聚谷，便暴日也。有若竹耙，如童子聚薪之物，亦以摊谷也。有若晒盘，形广而圆，边缘微起，下系竹二，两端俱出，利杠移摊谷也。有若横筆，掼抖擞也，筆承所遗稻也。置木石之物于筆，举稻把掼之，子粒随落地。有若稻床，制如鞍而大，足前昂后低，以竹为界，而中空之，亦掼稻落子粒也。有若搭爪，如刀环以擾草禾之束，或积或掷，速于手挈也。有若杈，木杆铁首，二其股，利如戈戟，箱取禾穗也。有若帚，扫遗稻也。有若担，负禾具也。有若钩，禾即成捆，钩而负之也。有若连枷，用木条器以生草编之，又或独梃，皆于柄首造擺轴，举而转之，以扑禾也。有若风车，如马牛蹲立，中使圆转受风，以米谷渐加于背，而落于口，湿可使干，杂可使净也。若铚若艾，诗曰奄观铚艾，释云获禾短镰也。有若斗若斛，以量谷知多寡也。有若斛荡，制如尺，量谷使平也。如是而收获之器毕。

　　作场之器则有若磟碡。或木或石，刊木括之中，受轴利旋转，以碾捍场圃也。有若平板，长广相称，两耳系索摩土使平也。有若捶，沉重之木数尺，剡项为钮以执手，两人其举声相呼答，用筑由竿使坚，或用筑场也。有若耰，吕氏春秋曰：椎也，摩田亦击壤也。如是而作场之器毕。

　　戽水之器，则有桔槔，长木为箱，三面如墙堵，仰而缺。置小板数十如斗，而以木贯之如索。水间以架相承，岸横辊轴，二寸木制如推者十七八，又立横木。众人俯之而以足践椎，首尾旋转，如辘轳以引水上田也。有若水车，桔槔置之近水旁，用篾篷如风帆者，五六相为牵绊，使乘风引水也。有若牛车，制如前，以牛引之，省人力也。如是而戽水之器毕。

　　治谷之器则有若臼杵，有若碓，臼之变也。广雅云：臼，磾下力切，碓也。有若碾，制如磟碡，碾谷出米也。有若筛筲，比簸疏而深，上有长系，可挂以筛谷也。有若磨，以竹为齿，下架木为床，以磨谷出米。俗呼砻，或曰龙也。有若竹扬板，剡木为首，谓之木杴，可撲谷物。又或以竹为之，即云飏蓝也。有若簸箕，扬米去糠也。庄子曰：箕之簸物去粗留精是也。如是而治谷之器毕。

　　余庐墓旁课奴子耕田，见农具凡若干，询之老农，又考之古昔所称，图画所载，有合有不合，有名异而实同，有名实而俱异，而所用亦殊者。因为文记之，使知所考云。李研斋云：文字有经有纬，虽极考核、极典古、极长、极奥，使人读之自有线路可寻。又云文字碎而愈朴，鸣夏云：于琐屑处见奇古，于牉俗处见于精详，是注尔雅之才，记考工之法。

## 三

《农具记》分六部分叙述了从垦耕到粮食加工的六十六种农具。其中有些记载是符合明末清初武进一带实际情况的，有些则只是简单地抄录古农书的农具部分。现分述如下：

1. 垦耕工具。文中记述了十五种垦耕工具。其中重要的是负牛工具犁和服牛工具轭。中国古代的传统耕犁和其它工具一样，也经历了一个由简单到复杂再到简单的过程。秦汉时期，耕犁有了犁壁、犁评、犁建等装置。到唐代末年，正像《耒耜经》中记载的那样，发展到完善而笨重时期，共有十一个部件，丈二长。到了宋元，特别是到了明清，耕犁已非常简化，只有犁辕、犁建、犁壁和犁铧等几个简单的部件，但功能不减当年。牛套已形成，用于耕犁也用于其他工具。武进是当时社会经济较进步的地方，耕犁也应是先进的，可见《农具记》中的耕犁只是抄录于《耒耜经》，并不是明清江南耕犁的实际型制(可参见徐光启《农政全书》耕犁图)。驱牛之具——鞭，出现也很早，但往往被古代农学家们所忽视，如《王祯农书》和徐光启《农政全书》都未记载。《农具记》中则详细地记载了它的用途和制造方法。除此之外的十三种工具基本上照录《王祯农书》等而无新意。实际上，陈玉璂在写《农具记》时，像锋、钱等一些工具已基本淘汰不多使用了。

2. 灌溉工具。文中所说的"灌田之器"和"戽水之器"实为一类，可统称为灌溉工具，共八种。其中桶、杓、筐和篮为施粪肥田所用。是宋元明清常用而被王祯、徐光启忽视未记入《农书》和《农政全书》中的工具。文中的"桔槔"实际上是"翻车"。也许正像作者说的"名异而实同"，只是不同地方有不同称呼而已。自从唐宋江南成为全国经济中心之后，灌溉工具得到迅速发展，并且逐渐完善。出现了各种各样的灌溉提水工具，并不限于《农具记》中所说的几种。据《农政全书》记载，已有翻车、筒车、水转翻车、牛转翻车、驴转筒车、高转筒车和水转筒车等。不但使用人力和畜力，而且可以利用自然力——即水力和风力，这是中国劳动人民的创举。《农具记》却记载的很少，可见陈玉璂对当时江南的农具并不十分熟悉

3. 藏种工具六种，即篍、蕢、种篅、谷盅、畚和稻包。前五种是见于《王祯农书》和《农政全书》的，篍、蕢和种篅是盛种(或叫藏种)工具。谷盅，又称气笼，粮食入仓之时，将此器竖立于粮仓之中，用以透气，以防止粮食霉烂。畚，原于新石器时代，不独于用盛种，也可用以盛其他东西，还可以像筐一样搬运东西。稻包是用于浸泡种子的，严格的说，并不属于藏种工具。稻种育苗之前，先装入草包中(现在多用麻

袋)放在有一定温度的水中浸泡,使之发芽,然后布种。这样,可以提高稻种的萌芽率,有一定的科学道理。中国古代,由于各地自然条件的不同,形成了各式各样的粮仓和完善的藏粮技术,但使后人遗憾的是,《农具记》却无一条记载。

4.播种工具,此部分记载了六种播种(即文中的"布种")工具,有窍瓠、秧马、薅马、臂篝、蓑和笠。其中,直接用于播种的只有窍瓠一种,此种工具由来已久,是常用的播种工具。《农政全书》上称之为"瓠种",和近年河北省出土的实物完全相同。除此之外的五种工具皆为辅助工具。秧马是现在农史学界已基本肯定了的起秧工具,《王祯农书》《农政全书》都误为插秧工具,陈玉璂并未见,而是以讹传讹。薅马《农政全书》列入耘田类,陈玉璂却列入本类,实际上中耕和种前整田都可以作用。《农具记》忽略了最重要的一种播种工具——耧车。可见,此文一开头所说的"负牛之具曰犁"并不确切,自从宋代牛套形成以后,可以用于很多牛力工具,如耧、牛转水车、翻车等等,不独独耕犁。

5.收获工具包括"收获之器"和"作场之器"两部分共二十四种,有推镰、筦、乔杆、扒、竹耙、晒盘、横箪、稻床、搭爪、杈、帚、担、钩、连枷、风车、铚、艾、斗、斛、斛荡、磟碡、平板、椎和耰。此二十四种工具皆见于徐光启的《农政全书》,并大多是和《农政全书》文字十分相同,但用途略有异处。如耰《说文》解释为"摩田器",《农政全书》和《王祯农书》也都称为"摩田器"。当然也可以像《农具记》上讲的用以作场。磟碡,《农政全书》引唐陆龟蒙《耒耜经》上说"耙而后,有磟碡焉",是一种无齿摩田器,多用于旱田整地。《农具记》列入"作场之器"当然是指另一种用途,北方现在作场仍多用磟碡。铚艾是我国很早就有的收割工具,《诗经》中已有记载。到唐宋以后。这两种短柄收割工具多用于南方水稻的收割而少见于北方了。耙,《农政全书》上有竹耙、耘耙、小耙、谷耙和大耙之分,而《农具记》中只有竹耙一种,可见其范围之小。像文中所说的筦、风车、稻床等即简便且实用的工具,现在仍在农村普遍使用自不必多言。"作场之器"说的椎,实为农村盖房筑地基的木夯,现在北方农村仍有使用。当然也可以筑地作场,但由于费力大而见功小,而多被磟碡所代替。

6.中国古代的粮食加工工具,经过几千年的发展形成了两大系统,即用于加工稻谷的碾碓类和用于加工面粉的磨类。碓由杵臼而生,碾、磨由石磨盘、石磨棒演变而就。到了明清时代,更是种类繁多,有用人力、畜力,有利用水力和风力的。而《农具记》中却只有七种记载,其中筛筹、竹扬枕,是用来加工前去杂物的。簸箕是用来分离米糠。文中所言"有若磨,以竹为齿。外实以土,下架木为床,以磨谷出来,俗呼砻,或曰龙也"是不妥当的。实际上磨砻有别,砻样子似磨,但是用来加工稻谷的,像《农政全书》上称之为"砻磨"是较为合适的,砻磨也可以用牛牵引,功力当远远超过人力操作。

总之,陈玉璂《农具记》有其可取之处,所记大多为南方水田工具,也可以说是江苏武进一带的部分农具。也有其不足之处,像有些记载不甚确切,范围狭小,种类不全等等是值得我们注意的。我们在引用《农具记》时一定要把它和《王祯农书》《农政全书》《便民图纂》和《授时通考》等重要农书做一对比,以便互补不足。

（本文系与李趁有合作,原载《农业考古》1993年4月第1期）

# 第三篇
# 历史研究

# 《易经》时代中国社会情况之讨论

——批评郭沫若的《中国古代社会研究》和王伯平的《易经时代中国社会之结构》

## 一、《易经》的时代及性质

我们得先解决《易经》的时代问题及性质问题,对于《易经》的时代和性质,可先给几个假设:

A.《易经》时代是在殷周之际以前。

B.《易经》是周代民族东渐时期的社会史之片段。——其事迹当在周末灭殷以前。

C.《易经》是周代民族的一切记录。

既然有了假设,我们就可下手加以讨论。郭沫若君给《易经》完成之时代,是殷周之际,这是我同意的。而王伯平君则不然,他评郭沫若没有指出正当的时代。而他也没有说明《易经》的时代,王伯平说:"统观《易经》之时代的特点,可以相信他是完成在成康的时间。"照他的话来看,又将《易经》的完成期放下了几世。这是错误的。因为我们在《易经》中,找不到文王的故事。在易经中,所见的故事有:

泰六五:"帝乙归妹,以祉元吉。"

归妹六五:"帝乙归妹,其君之袂不如其娣之袂良,月几望。"

既济九三:"高宗伐鬼方,三年克之,小人勿用。"

升六四:"王用享于岐山,吉,无咎。"

明夷六五:"箕子明夷,利贞。"

震:"震用伐鬼方,三年有赏于大国。"

"帝乙归妹",这是殷周结亲的一种记载。高宗伐鬼方,此高宗绝不是殷之高宗;此高宗当是周民族的一个祖先。因为自然地理的关系,殷高宗决不会去伐鬼方的。现在不得不谈谈伐鬼方的地址。

毛传云:"鬼方远方也。"

宋衷《世本》注："鬼方于汉，则先零羌是也。"

《竹书纪年》："王季伐西落鬼方。"

　　由文字上的记载，鬼方当在今之陕西。文字一种不能说定，一定得再找古物的证据。在古物中，载伐鬼方是有小盂鼎。在小盂鼎，虽然没说鬼方的地址在何处；但是大小盂鼎之出土处，在今之陕西郿县，礼村之沟岸间。这鼎人人认为是周代的遗物，地方是周封盂的地方，大盂鼎记王封盂就国事，小盂鼎则记盂伐鬼方献俘受赐的故事。由上述可以证明鬼方在今之陕西之西，甘肃之境内。我们都知殷在今之河南河北两省之间，周在今之陕西，这就可知殷民族决不会去伐鬼方。这个高宗我们就不得不说周民族的旧来的一个族长。最可注意的，还有殷之箕子。箕子在传说中是纣王的叔父，可见箕子一定在纣王以前。如上面的"王"用享族岐山的"王"，郭沫若君说当在文王以后，这是错误的。这王在易的本身看，当是"周太王"，或最早之族长。由上述的故事看，《易经》结束时代，及完成时代，当在文王以前，至文王期止。在《易传》上看：

《易传》云："易之兴也，其在中古乎？"

《易传》云："易之兴也，其当殷之末世，周之盛德也。"

　　从处处证明，可以证明我的假设："易经时代，当在殷周之际以前"。

　　第二再来证明我的假设二，王伯平君说："《易经》不是古代的史书。"这句话，我们根本不能承认。因为在古代没有正确的史书，他们——古代的人——在不定住所游牧的时期中，文字是最少，最简单的，而他们的记载也是最简单的，所以只记一切游牧及渔猎的片段，不能叙述得像后来的记载一样而已。在王伯平说"《易经》是卜辞的总集"，这是错的，怎么会和殷民族的卜辞一样，而且甲骨是不是卜辞，是不是当时占卜用的？这我还不敢盲然的承认。按我的假想说：甲骨文是当时殷民族进化的记录，并非占卜用的卜辞。现在我们在此处不得不附带的讨论一下，"先有《易经》而后有占卜呢？或是先有占卜而后有《易经》了呢？"这个问题，不得不解决。在现在我们用的占卜法，都是从易而占。就按占卜法而看，皆是按《易经》的辞句而推的。在从古筮法中看，也是同样。再从《左传》看——《左传》当然是秦末焚书前的文献，这是无疑的。而在那书里见的卜句，很多是用易的成话。便随易的成语而作事，这便一点不疑是《易经》在先，占卜法是从《易经》中演化出来的。既知占卜法是从《易经》中的演化，就可证明王伯平君的话"《易经》是周民族占卜的总集"是错误的。既知易不是周民族的卜辞，这便又可证明了我的假设："《易经》是周代民族的东渐时期的社会史之片段。"

我的第三假设似乎有点重复，"既然易是周代民族东渐时期之社会史之片段"，又何是"一切的记录"呢？这便可以直接的回答，易是周代民族的社会史，而且包含着博物性的，并且含有一切的形影，所以说："易是周民族的一切纪录。"在《易经》中，很明显的记时法，是随着作工而记录的。当时的工作时间的分配，便是六天的工作制，和现在的星期一样，六天的工作，一天的休息。在《易经》中的记时法，都是六条，这可知道当时是六天工作制不疑。这一点后面还要正式的讨论呢。

　　《易经》既是当时的社会记录的片段，而其作者当然是族长的书记——史——的记录了。谈《易经》之作者的人很多，有的说是伏羲、文王、周公，有的说是伏羲、文王、孔子……这些话完全是伪的。伏羲不过是周民族崇拜的神。而文王呢？我们可想是不会的。不过周公，他是文王的儿子（？）我们也说不定他没有看过，或者说他是把《易经》收集在一起的。而说到孔子，这就更妙了。则后人都说孔子删《易》，并没提到孔子作《易》的话。而且这《易传》作者，据现代很多人的讨论，承认是孔学派的伪作，出在战国时期，这里就无容再加讨论。

　　《易传》云："易之为书也，原始要终以为质也，六爻相应，维其时物乎。"

　　在孔学派的人，当战国时代，就已经承认《易经》是最早的社会的记录之片段不讳。在《易经》中可以找出三个时代：1.渔猎；2.游牧；3.家庭形成之初期。

　　这就是，渔猎时代之末期，入于游牧的时代，而家庭思想之萌芽期。这是无疑的事实。在郭沫若君说当时有很少的农业证据；而在王伯平君便肯定说当时是农业的时代。因为我们已经知道《易经》是周文王时代才收集到一处的古史的残迹。可知周武王伐殷不虚，武王是文王的儿子。文王的时代，无疑是家庭形成的初期，牧畜的时代还没有脱离。在牧畜时代里没有农业的必要。那么无疑当时的经济还是牧畜经济为主。在《诗经》中，我们还可找到牧畜的残迹；如："谁谓尔无羊，三百维群"……这样情形，在周代下阶人民还是依然的。可见周末灭殷之先，一定没有农业的存在。

　　我们看王伯平的关于农业的证据。关于农业的：

　　无妄六二："不耕获，不菑畬。"睽六三："见舆曳，其牛掣，其人天且劓，无初有终"。

　　我说"《易经》时代农业已发达到犁锄农业的阶段"。由他的农业的例上看，那就不打自倒了。《易经》明说不耕获，不菑畬，那里还有农业的痕迹。在第二例看起来更明白，见舆曳，就是记载见了一车，挂着犁色的牛，一个天劓的人，在上面坐着，这还不是很明白么？哪里能说到犁锄农业呢？况且在《易经》中找不到锄样的农业工具的说明,而且还没有这样的字发现,现在可以证明当时没有农业的存在,就可知道了那时经济是以渔猎及牧畜经济为主体。

二、经济方面

我们可在《易经》中看看当时的经济情形。在前我们已经否认当时有农业的发展,并且我们认定了《易经》是周民族东渐游牧的残史,我们现在就来讨论《易经》时代的经济情形。

(甲)畜牧

在《易经》中可以找出许多的证据,当时无疑是游牧时期:

无妄六三:"或系之牛,行人之失,邑人之灾。"

大畜九三:"良马逐,利艰贞。"

六四:"童牛之梏。"

六五:"豮豕之牙。"

离:"离利贞,畜牧牛吉。"

遯九四:"好遯。"

大壮六五:"丧羊于易。"

益:"利有攸往,利涉大川。"

旅上九:"先笑,后号咷,丧羊于易。"

涣六四:"涣其群。"

中孚:"豚鱼吉,利涉大川。"

六四:"月几望,马匹亡。"

未济六三:"利涉大川。"

诸如上述,可见当时情形,还是游牧生活。如"利涉大川",显然地是逐水草而居,再如:"丧羊于易",易是地名——水名——他们可见是游牧到易地上,羊失去了,或者被他群夺去了的记载。当时的情形一定是民族的原始群之残迹,所有畜生一定是属于族长的。当时已经有了一定的畜群。如:

大壮九三:"羚羊触藩。"

大壮九四:"藩决不羸,壮于大舆之輹。"

离:"畜牝牛,利。"

大畜六四:"童牛之梏。"

晋:"康侯用锡马藩广。"

姤初六:"系于金柅……羸豕。"

大壮上六:"羝羊触藩,不能退不能遂。"

由上而抄录的情形来看,当时的社会情况之经济关系,疑是牧畜为主体。当时的人民没有一定的住址,是随水草而居的,那处的水草合于民生,就在那里住了。这个问题,易中可以举出几个例来:

井:"改邑不改井。"

井九三:"我心恻……王明并受其福。"

井初六:"井泥不食,旧井无禽。"

井上六:"井无收幕。"

在这上面的各证上看,"井"一定是水,并是临水而居的景象。"改邑不改井"可见是虽然改了地方,而还是顺着一条水,没有改到其他的水上去。在他本身说的清楚,要改井的原因,便是:"井泥不食。"这便可以证明,当时经济是牧畜为主体,人民是逐水草而居的,没有一定的住址。

(乙)渔猎

渔猎与游牧是最有关系的,他们两种是最有关系的,他们两种是不能离开的,就是游牧的时期中,一定得打渔田猎,以辅助羊牛之不足,或作为交换品。关于渔猎的,在易中有下列的证据:

比九五:"王用三驱,失前禽。"

屯六三:"即鹿无虞,唯入于林中。"

颐六四:"虎视眈眈。"

恒九四:"田无禽。"

剥六五:"贯鱼以宫人宠。"

随九四:"随有获。"

随上六:"拘系之……王用享于西山。"

明夷九三:"明夷南狩,获其大首。"

乾:"见龙在田,无首吉。"

姤九二:"包有鱼。"

姤九五:"包无鱼。"

巽六三:"田获三狐。"

诸如此类者,不可胜举,可见当时的渔猎经济及牧畜经济并用。我们再看田猎时及打渔时的工具吧。

噬嗑九四:"得金矢。"

噬嗑九五:"噬干肉,得黄金。"

解九二:"田获三狐,得黄矢。"

解上六:"公用射隼于高墉之上。"

井九二:"井谷射鲋。"

狐六三:"射一雉,亡矢。"

小过六五:"公弋取彼在穴。"

我们在上录诸例中,可以找到易经时代的田猎工具是"弓""矢"射的,和弋打的。再者:王伯平君,认为当时的渔猎是贵族的娱乐,这是错误的。在前面我们已经否认当时有农业的存在,并且当时的人类还没有固定的住址,还在游牧时代。在游牧时代的经济,无疑是免不了渔猎。因为我们在易经中根本找不到农业的证据,就在易中见到的"田"字,如:

乾六二:"见龙在田。"

师六二:"田有禽。"

恒九二:"田无禽。"

解九五:"田获三狐。"

这些田字,完全是说田猎的田,并且田还似乎是满地有水,还是深山大泽旁的田野,并没有认是农田,这是王君也认同的。由此我们更可证明,当时的经济是牧畜和渔猎的。如第一之"见龙在田",龙是水中动物,当然不能在陆地,可见田是大泽的水田。而且在易经的夬上说:"觅陆夬夬。"夬夬是很努力的样子。便是很努力的找陆地,可见当时不过思想是初转的讨厌了游牧了。并不是当时去为农业,不过是想找一个固定的陆地作为住址,也与农业无关。在王君他肯定说有农业的话:"那时渔猎经济已不是主要的生产形式,渔猎已被别的新生产形式所代替,我们的意见,那时的主要生产便是农业。"他所举的例,我们在前面已经说过了。我们在上面抄录的《易经》中,毫没关于另一种生产形式农业代替的形影。这个就可证明,当时周民族的经济之主要生产便是渔猎及牧畜。我们可以再把王伯平君的话抄录一段,看他的错误:"那时的渔猎完全是统治者的娱乐行为,或是为了祭祀的目的……祭祀要有大宗的牲口的,甲骨中殷王的祭祀,一次用牲甚至到四百头之多",由他的这段来看甲骨文我们在前面,说不定是卜辞,或者是最早殷民族之史的残迹,此不赘述。而易经我们已认明是周民族最早的社会史的残迹,又并认渔猎及牧畜是当时的主要生产品。他这段话,就毫不用力的知道是错误的。祭祀用牲,这问题在后面详解,此不赘。王君说的农业代替——《易经》时代农业最主要的生产——他举了个文字作证。就是甲骨文中的周字,他给的解释是田中有米,我们详细的看,此字明明是田中有水的形状,无疑是一种水边居住的民族。再者怕还有个问题,便是"后稷",是周的祖先的传说,他因什么是农业的始祖呢?这个问题好答。在《易经》中找不到"后稷"的名字,在《诗经》——周民族的歌诗集——中见到的"后稷",如:

"思文后稷,克配彼天,文我蒸民"……

"靡神不宗,后稷不克,上帝不临"……

"彼黍离离,彼稷之苗"……

"厥初生民,时维姜嫄……履帝武敏……载生载育,时维后稷……艺之荏菽,荏菽旆旆"……

在《诗经》中,那后稷简直是位神。明明是到西周时代,周民族灭了殷民族之后,慢慢的得到许多新的奴隶,慢慢的找到固定的住址,而后才从事农业,才生出了一个农神"后稷"。在这一段中,我们明白了"后稷"是西周时代的一个农神,这个问题就算解决了,没有什么疑问,肯定了《易经》时代周民族是游牧民族,他们的主要生产当然不外牧畜及渔猎。王伯平君的主要生产是农业,自然是错的,我们当然否认了。而郭沫若君也认为"当时的渔猎生产为经济的主要的"。但是他也不能没有错误。郭说:"1.所猎的都是禽鱼狐鹿之类,绝少猛兽,可知当时的渔猎尚十分幼稚……2.……3.无罟网之类的文字……是桑麻之业当未发达的原故。"由他的话看,当然是不对的。他说当时渔猎尚十分幼稚,没有猛兽,这显然是错误了。什么是猛兽,猛到如何程度算猛,这好像是他对于猛兽没有常识的原故,如易之"虎视眈眈"之虎,当然虎算是兽中之王,要算得为最猛的啦。当时能猎及虎,可见渔猎却是十分成熟了。最可笑的,郭君既然知道《易经》时代是渔猎经济时代,在他后面也谈及耕种,这似乎太前后矛盾了。况且他举的例——和王君的一样——我们已经否认。所以我最后的结语是:"当时的生产完全以渔猎和牧畜为主体。"

(丙)工艺

当时的工艺,我们在前面略述及。因为渔猎必得有渔猎的工具,游牧也必得有游牧的工具。如易中的:

遯六二:"黄牛之革。"

大有九二:"大车以载。"

贲初九:"舍车而徒。"

坎六四:"樽酒簋二用缶。"

噬嗑九四:"得黄矢。"

噬嗑六五:"得黄金。"

大壮九三:"羝羊触藩。"

鼎九二:"鼎有食。"

归妹上六:"女承筐。"

巽上九:"丧其斧。"

大壮九四:"壮于大舆之輹。"

观:"盥而不观。"

损:"簋不用享。"

坤:"黄裳之吉。"

依上所述的工艺品,完全是关于游牧和狩猎用的,可见当时是游牧时期无疑。"矢"用革矢,郭沫若君说是铜器。我们可得当时的工艺品列如下:

1.革——这是当然的,因为当时是游牧,只得有此。

2.樽、簋,缶,盥,鼎——关于食具的。

3.车——关于行旅的。

4.藩——关于牧畜的。

5.弓矢,斧——关于渔猎的。

6.戈——关于战争的。

(丁)交换

当时的商贾,是没有正式的,不过最初的交换,便是商贾的初步,这是无疑的实事。当时交换品,人人都承认,最初的交换意思不过是拿你的所有的来补助我的所无的,我拿我的所有的来补助你的所无,完全是为的联合友谊的关系而交换,完全是为互助的精神而交换,这是人人所承认的事实,在易经中也是同样的跳不出这个定律。

A.《易经》时代中的交换品——在我们前面已经知道,当时的经济生产的主要的是渔猎及牧畜。当然他们交换的是,禽鱼、兽、贝、马、牛、羊等。交换品不只此数,外尚有奴隶,因为当时组织,倘是合群的游牧团体,一定有族长——群长——至奴隶的阶级,——后面在社会组织方面说明,此不赘。他们的交换品,我们在易中可以找出。

无妄六三:"或牵之牛,行人之得,邑人之失。"

颐初九:"舍尔灵龟,观我朵颐。"

睽初九:"丧马无遂,自复。"

益六二:"或益之十朋之龟。"

益六三:"益之用凶事……公告用圭。"

旅于次:"或其资,得童仆。"

旅九三:"旅焚其次,丧童仆。"

震六二:"亿丧贝。"

当时的交换品,结论如下:1.牛,龟,马……——畜类。2.圭,贝,资……——货币。3.童,仆……——奴隶。

B.交换的用途

无妄六三:"无妄之灾,或击之牛。"

颐初九:"舍尔灵龟,观我朵颐。"

睽初九:"悔亡,丧马无遂。"

益六二:"或益之十朋之龟……王用享于帝。"

益六四:"益之用凶事,公告用圭。"

旅六二:"旅即次。"

旅九三:"焚其次。"

震六二:"震来属,亿丧贝。"

从上面的话来看,即可知当时的交换品。我们在前已知,这些东西为的互助及友谊。在《易经》的本身说的明明白白,完全是为互助而用。就是我用着牛了,你的牛现在供我用,至于你"享于帝"的时候,我也就给之十朋之龟。这样看来,当时的民族的互助力就很大,我们拿生物学,便可以找出更好的证据……郭沫若君说"当时是商贾的起源",这句话我们是同意的。但是在郭君不免也有点错误,即他说:"商贾是行商,那交通是很重要的,交通的工具,是用马牛车舆,我举的例有'乘马班如''大车以载有攸往'之类。但奇异没有舟楫的文字,涉大川字样,或利或不利凡十二见,这可见涉的重要,但涉的工具,没一处说及。而从反面来说,一、包荒用冯河,二、过涉灭顶凶,……或者好像全凭游泳,或用车牛。"由他这一段看来,郭君似乎已承认当时的情形是游牧的,并且他说当时的行旅很重要;可是他说这是行商的。这岂不是前后矛盾吗?他不知这些行旅是游牧生活。商人是没有的,行商更不必谈及。在王伯平君当然不承认郭沫若君的解释,可见他比郭君更可笑,他说在易经时代已有了商人。他说利涉大川是指的战争及抢婚,……这不是太错误了吗?假设要照他说的话,中国的社会岂不是在西周以前就成了黄金时代,什么都已完备。这岂不太可笑乎?他的大意对于古代社会略有知识的人们一看便知是错误的。

《易经》时代的经济情形大概在本节已经明白了。王君及郭君的在易经时代之有农业作经济生产主体,我们绝对否认。已经有了商人的话,我们是更不能承认的。

### 三、《易经》时代社会组织情形

在易经时代的社会,是游牧时代的末期,而至家庭思想之发达期为止。这个时候的社会组织,当然第一须先谈婚姻。

A.婚姻

在郭沫若君说《易经》时代的婚姻,还是女娶男的母系制度,这个我们和王伯平君同样的否认。那个时期我们已经说明是游牧与渔猎时代。明显是处处得劳动,在劳动期间,女子的体力及一切当然都不及男子,她既不若男子,劳动当然在男子之下,劳动既不若男子,经济当然是不若男子的,女子一定得男子之供给,这样女子就没有自主的权力,所以女子就不会有"母权的时代"。(参阅我将来的文:"劳动与妇女")不特我否认易经时代的母权,而更远的太古,也根本就没有母权制度之存在。(在他文上说明,此处不赘)郭沫若君的错误,我们不得不随着王伯平君的说法,说郭君的错误。真的,郭沫若君不知从哪里说起,根本是个笑话,这也可以拿来谈谈。郭君把婚姻制的解说"男子如嫁",他举的例子如:"屯如邅如,乘马班如,匪寇,婚媾。"他说这是男子初嫁的并且他说当时还有女酋长的存在,他举的例是在《易经》中的晋六二之:"晋如,愁如,贞吉,兹受介福于王母。"这个问题王伯平君说给他一个判语是"胡诌",郭沫若君诚实不愧曰"胡诌"。而王伯平君说当时完全是抢婚,这个就是他根本的错误,我们也可下一批判曰:"胡诌。"在他举的例,也同沫若君一样。

屯六三:"屯如,邅如,乘马班如,匪寇,婚媾。"
屯六四:"乘马班如,求婚媾。"
贲六四:"贲如,皤如,白马翰如,匪寇,婚媾。"
睽上九:"先张之弧,后说之弧,匪寇,婚媾。"

王伯平又补上：屯上六："乘马班如，泣血涟如。"王伯平君说："郭先生的引证没有一节不是抢婚的遗影的。"这个我们看他说的对吗？他说没一节不是抢婚的遗影的，怕是没一节是有抢婚的遗影吧！在上面引证的《易经》上看，那不过完全是娶妻的仪式的记载而已。例如："屯如邅如乘马班如。"这说明是娶妻的仪式。这是我们不能否认的。在《易经》中的"帝归乙妹，以祉元吉"，可见女儿的出嫁，一定得在祖先的神前加以祉祷而后才可出嫁，出嫁时已经有了主婚的人，就如帝乙之妹来嫁于周，而帝乙便是主婚者。"屯如，邅如，乘马班如"，就是在马上骑着赳赳昂昂的来娶妻的了，像匪也似的，可是不是的，这是娶妻的仪式，这种仪式，我们在文化落后的地方便可看出。而"泣血涟如"王君给的解释，说是"彼抢的女子不欲随去，哭的声音"。这不是"胡诌"吗？现在的女子出嫁时，都是不愿离开自己的生地。而且哭的很悲哀的。难道说现在的中国还实行着抢婚的制度么？这岂不是笑话。况且抢婚在当时并不是容易的，因为当时已有相当的组织。一定很有兵力，而况在那时的时代中，个个群都有自己群的力量的保护。女子并不是野的没有主的"野玫瑰"。像野兽一样的可以抢去。而再看王君的话说：《诗经》也有同样的，如"女心伤悲，殆及公子同归"那他又不将周代的婚姻制也说成抢婚了吗？而说周代的婚姻，谁都知道已经到了一夫一妻制，我们是不能否认。而在《易经》时代的婚姻，如下述：

屯六四："乘马班如，求婚媾。"

蒙九二："纳妇吉。"

蒙六二："勿用娶女，见金夫，不有躬。"

小畜九三："夫妻反目。"

小畜上九："妇贞。"

泰六五："帝乙归妹其君之袂，不如其娣之袂良，月几望。"

蛊初六："干父之蛊。"

大过九二："枯杨生稊，老夫得其女妻。"

同九四："老妇得其士夫。"

咸："亨利贞，娶吉。"

恒六五：贞：妇人吉

九三："畜臣妾。"

家人："家人，利女贞。"

家人九三："妇子嘻嘻终客。"

节初九:"不出户庭无咎。"

诸如此类,在《易经》中不可胜举,差不多每篇都有的,从这样看来,郭沫若君说的女权——女系,无疑是"胡诌"。而王伯平的抢婚也未免太"胡诌"了。当时婚姻一定是一夫多妻的制度。我们从《易经》上看,当时的女子不特没权,而且根本是附属品。因为一个群长——族长——在族中——群中——算是最有势力的人,便能娶许多美女,作自己的妾,所以娶女还讲究贞不贞,不贞也不可以的。所以娶女时"贞吉"。在上面的女子已经和现在的女子一样在家作贤妻良母,待男子们的救济。不过当时的妻已经是分等级的,如帝乙归妹,当然不是送到周作妾的。所谓畜臣妾的妾,当然不是他民族之族长的女儿和姐妹。当时阶级大概分三等:第一,妻——他民族长之女儿或姐妹,族长之专属品。第二,娣——随嫁的侍女。第三,妾——侍女和臣的媳妇。

大概是这样的分法,不致有错误的,一定是《易经》时代的情形无疑。

B. 家庭

家庭是从婚姻中产生出来的。既然明白了当时的婚姻制度,当时的家庭制便有法讨论了。家庭主持者,无疑如现在一样的是"男正乎外,女正乎内"的样子。当时的男子是经济生产者,女子是看守者——可说当时家庭是群体的大家庭。家庭没有已定的地址,便是像蜜蜂一样,族长便是王,王的妻便是后。同居在一处者曰:"邑"。在邑的文字上看,"邑"便是三人同居的一个团体。所以"众"字也是三人成"众",并且在易中很多三人行之句。郭沫若君之原始社会的母系时代,我们当然否认,而王伯平君说当时家庭已经形成,这我们也不能骤然承认。他说当时的"宗法家庭",而这话我们或者相信。但是我还否认古代有母权时代之存在,这是我们否认的。在古代我们无论如何看,皆没有母权之存在。由文字记载方面,根本找不到她们权的痕迹。就是"姓""始"等字之从女,这不过是离婚时代之遗痕。在进化方面看,当然离不了了劳动,在前面已说过。但是这问题并不是小的问题,此处也不是专讨论这问题的。可见我相信时代愈早,则女权愈微。而这《易经》的时代,我们便可知,还在野蛮时代。当时的家庭因为是游牧关系,所以也没有正式之家庭。不过王是有了固定的妻,而奴隶——人民,还是在杂交中,绝对没有一定的一夫一妻,所以当时之家庭,只有王官。例如"入其宫,不见其妻"之句。

C. 祭祀

我们既知王有固定的妻,他们的子孙,当然也有了固定,所以要有神,如渔神,猎神,及其他之神。大概神中之最重要的和现在一样,当然是他们之祖先,如:

随:"王用享于西山。"

观:"盥而不薦。"

损:"二簋可用享。"

益:"王用享于帝。"

萃:"王假有庙。"

升:"王用享于岐山。"

困:"利用祭祀。"

既济:"西临之祔祭。"当时的祭祀也不过是贵族的专有品。郭君说:"小子丈夫是当时的牺牲品。"这分明知道是错误的,无论如何也不会拿人作祭品。易经本身说的明白,"拘係之",是把这些获俘缚住,"乃从维之",教他们拿着祭品,从王到西山去。这些俘虏完全是新的奴隶,哪有把他们作祭品的话。在这里,我要附着说几句,这也是易经中显出进化的痕迹。就是俘其他民族的人作为新的奴隶,本族之旧奴隶便可升级,可为当时监狱之看守者,或监护人,即称之曰王,公,臣,士,等的不和奴隶一样。现在再说说当时的祭品:

益六二:"十朋之龟……王用享于帝。"

革:"王假有庙……用大牲吉。"

困九二:"王用享祀……酒食。"

当时祭品当然是1.关于渔猎方面的有鱼、龟、虎。2.关于牧畜方面的是,马,牛,羊,豕。3.酒食……。他们祭祀的意义没有其他,便是纪念而已。不过最稀奇的是庙。可是在易经中说的明白,"王假有庙"。可见庙不过是祭祀的地址而已,毫没有什么一定之地址。祭器在易经中可以见到的有"筐,簋,盥"等器物。

D.美术

美术的起源,在易经时代还是初期:

第一,关于诗歌的,音乐有"或鼓……或歌"。"不鼓缶而歌。"当时的诗歌都是很随便的。

如中孚九二:"鸣鹤在阴,其子和之,我有好爵,吾与尔靡之。"

井九三:"井渫不食,为我心恻,可用汲,王明并受其福。"

震:"震来虩虩,笑言哑哑,震惊百里,不丧匕鬯。"

由上面的易经看来,与诗经的诗歌完全相同,可见此即最初之诗歌。是在工作的时间顺口而成的歌。鼓缶而歌,便是那在手中的食器,随便鼓着音而歌的。当时乐器有鼓,缶。大概音乐的用途是祭祀时的趣助。在高兴时还舞且歌的,在易中见的舞有:渐上九:(其羽可用为仪)。这些音乐和舞蹈在当时确已发生。在上面的几首诗中,第一是贵族们的歌,第二和第三完全是奴隶们的歌,是奴隶工作时间,顺口而出的,没有什么音调——换句话说,便是当时之歌谣。在郭沫若君认为完全是贵族的娱乐品,是错误的。

第二,关于饰塑的。

鼎六五:"鼎黄耳金铉……鼎玉铉。"

第三,关于装饰的。关于装饰的在易经时代中已有相当的程度。

贲六五:"贲于立园,束帛笺。"

讼上九:"锡之鞶带。"

坤六五:"黄裳元吉。"

坤六四:"括囊,无咎。"

既济六四:"繻有衣袽。"

这些完全是记载当时之装饰的情形。他们的装饰和现在的落后的民族的意义完全相同,大概是求美主义……。不过在这一片之中,可注意便是"帛",我们现在作一结语:1.衣料——丝麻为主体。2.衣色——黄色为主体。

E.记时法

在郭王二君都说讨论及《易经》时代的记时法。无论如何在《易经》时代是有记时法的,因为他们在游牧时代里,记时是生活中离不开的东西。如易之蛊:"蛊元享利贞,利涉大川,先甲三日,后甲三日。"

先三日加后三日是六日,这便时涉大川——游牧——工作的时间表。由此可以证明《易经》之记载从六之来源。按易经的记载中,那就按春秋时代的记载中。"夏之正月,周之三月"。可见《易经》之记载也。用的是太阳历。"月"当然不外是三十天啦。现在可得小结:1.记年月是太阳历。2.工作的分配是六日工作,一日休息;所以《易经》便是《易经》时代的《史记》。

四、政治组织方面

说到政治的组织问题,因当时是游牧时代,他们没有正式的家庭,仍旧是游牧的群。我们可想而知一群中一定有阶级,这是无疑的。在群中之主要者,便是"王"——当时的群长——族长,他们最重要的工作,便是旅——游牧——及斗争。在郭沫若君将他们的组织分成:

1. 天子

大有九三："公用享于天子。"

2. 王公——大君——国君

师上六："大君有命。"

益六四："告公从利用为依迁国。"

观六四："观国之光,利用宾于王。"

复上六："以其国君凶。"

3. 侯

屯初九："利建侯。"

豫："利建侯行师。"

蛊上六："不事王侯,高尚其志。"

4. 武人

履九二："武人为于大君。"

巽初九："利武人之贞。"

师初六："师出以律。"

5. 臣官

蹇六二："王臣蹇蹇,匪躬之故。"

随初九："官有论,出门交有功。"

6. 史巫

巽九二："用史巫纷若……。"

当时的组织阶级,郭沫若分成六条,这样是一看便知是错了。如我们从第一级上看,"天子"绝对是没有的,《易经》本身说的明白,是"公用享于天子",天子明明是一位神,便是天主教那样崇拜的上帝一样,这是无疑的。如第二的王公是当时群中的领袖,第三的侯一定是比王低一级之统治者,如武人臣官,不过是高等奴隶之分配而已。再如史巫者便是王的近人。此外尚有俘获之新奴隶。在前已略说过,此不赘。

A. 斗争

我们既然明白了当时的阶级组织,现在再谈谈他们的工作。我们第一不得不先谈谈斗争,因为斗争之在当时无疑是主体,在游牧时代里,对于一切是斗争的。为争夺而斗争,为保护自己之地位而斗争,这是社会进化所必经的过程。在《易经》中关于斗争不胜其数:

师初六:"师出以律。"

师九二:"在师中,王三锡命。"

师六三:"师成舆尸。"

师六五:"长子帅师。"

泰六五:"不戒以孚。"

泰上六:"城复于隍,勿用师。"

同人九四:"乘其墉,弗克功。"

在这里我们不得不先讨论以下"城"和"墉"字。这在我们看起来,不是似乎有定居了么?不然,在《易经》本身说的明白,此城及墉是斗争时的后防,完全没有固定的形影。

同人九五:"大师克相遇。"

谦六五:"不富以其临,利用侵伐无不利。"

谦上六:"利用行师。"

豫:"豫利建侯行师。"

离上九:"王用出征——获匪其群丑。"

晋上九:"维用寇邑。"

既济九三:"高宗伐鬼方,三年克之。"

我们看这时的斗争,是多么努力呀!并且是如何的重要呀!无疑的是当时他们没有一定的处所,所以不得不互相斗争。郭沫若君说当时财产已归私有,这是我同意的,而王伯平君说当时的农民是被统治者,我们已经否认当时有农业。这理由当然是不能存在的。总之,当时之斗争是各个群的人为群固本群的势力及生活而斗争。

B.法律

法律是在奴隶之形成期就有的东西。因为有阶级,自然就有法律之存在。夫法律者,乃统治阶级对被统治阶级之统治的工具也。在最初就存在,这是无疑的。

蒙初六:"利用刑人,用说在桎。"

噬嗑:"噬嗑利用狱。"

噬嗑初九:"履校灭耳。"

坎上六:"后之徽纆,置之丛棘。"

睽六三:"人天且劓。"

鼎:"鼎足折,公餗,在刑剧。"

当时刑具,概有桎梏,徽纆,丛棘,狱。……肉刑有刺,劓,刖,劅,当然一定也有杀刑了。看当时的法律是多么重呢:"鼎足折","公食餗食"就是劅刑呀!并且有置之丛棘之刑,这是多么野蛮呀。当然当时的刑法是在初步,当然是很幼稚的,这是必然定律。在郭沫若君说:"刑人之用途有二,第一是做祭祀的牲,第二是做奴隶"。他说这是对的,不过第一说的不对,我们在前面已经否认过。但是祭祀用人之事也有,是献功于祖先的意思,并不是一定得用人祭的。在当时不只刑人,而且还有赏的,如:"兹受介福于王母","十年有赏","锡之鞶带"之类。可见当时已经分刑赏了。

## 五、结论

罢了,说了一片,大概对于《易经》时代之社会情况已明白矣,郭沫若君及王伯平君之说,一定是错误的,这个原因并不是其他,因为他们认为时代是根本错误的。郭沫若君《易经》的时代是母系初转入父系时代,经济是渔猎经济初转到农业经济。而王伯平君认当时是农业经济最发展的时期。而我们呢,认为当时是父系,根本否认古代有过母权之存在。而当时的经济是渔猎经济,依然是游牧时期,这才真实是《易经》时代之真相。并且再说几句,在郭沫若君之对举,与宗教……我看没有多大可讨论的价值,所以没提及。并且他说《易经》是宗教的书,这话当然我要否认。而我们在前面已经认定了《易经》是古代社会史的片段之残迹。这就勿容再谈。他所以是宗教书的例子有"舍有灵龟,观我朵颐"之句,这我们一看便知龟是给人吃的,完全没有宗教之形影。罢了。此可作了一总结语:

1. 批评郭、王,二君之说《易经》时代社会情况之错误。
2. 我们认明了当时还在游牧时期。
3. 当时之经济主要者是渔猎及牧畜,并否认有农业。

(原载《建国月刊》,1934年第10卷第2期)

# 中国古代社会中心是女系乎？男系乎？

目录

(一)引言

(二)从"女性中心论者"的几篇文章上批评起

 分一：钟道铭：中国古代民族社会之研究

 分二：任远荣：中国古代母系社会之考证

(三)资料之分析与批评

(四)理由之错误与商榷

 分一：由"图腾"说起

 分二：姓氏的分析

   A.释姓（从汝，非从女）

   B.姓的产生

   C.氏与姓的关系

 分三：同姓不婚之推论

 分四：兄终弟及之用意

 分五：所谓的先妣专祭

(五)结论——古无母系中心社会说

一、引言

  七年前(二十三年春)，作者在南京建国月刊拙作《易经时代中国社会情况之讨论》一文里。曾附带的提出了这个问题，当时即准备另写论文发表。但是因为感觉着资料的缺乏，便暂时停笔，后来专门搜集是项问题的资料：资料是越搜集越多，越多关系越乱，越乱越没办法整理。二十六年春天，作者在北平开始整理，定名为《中国史前社会史纲》。到六月中旬完稿,约三十万言,交于上海某书局。抗战军兴,"此稿之存亡未卜。当时所遗留于平寓"稿件及资料,约三柳条箱,现在也不知仍否保存得住。我在这上面,很费了几年心血,到现在竟未获得整理出一部内容充实条理井然的书来,内心时以为憾。今春来洛,辱荷诸位朋友的鼓励,重新提起了这个问题,抽端索绪的写了一本《中国社会史划分阶段之基本问题》小册子,(见本刊第一期介绍栏)但在内容上我还感觉许多缺失,然而值此抗战严重的今日,在洛阳这个地方,连一本参考书也找不到,仅凭作者脑海中所记的一点材料,那是多么的单薄呢。

为着补足这本小册子的缺憾,现在再来写这篇小文,也或可稍为补助于这个问题研究的万一罢。

### 二、从几篇专门考证中国古代母系社会的文章说起

国内关于专门研究这个问题的文章实在太多了,勉强找到了一点零星材料,也只是不成片段的简单几句话。

不是说"太古之事灭矣,焉志之哉……只知有母,而不知有父",便是"女生为姓",比较稍为具体成系统的是美国的莫尔根( Morgan )和德国的恩格斯( Engels )他们举述的里有比较稍多,可是一致的都承认(母系中心社会)的存在。这一种不加选择的研究史学实在太武断。其次还有一种更荒谬的,像罗香林君他在所著的本国史里初引证:

郑樵《通志·氏族略序》:"三代(指夏,商,周)以前,姓氏分而为二,男子称氏,女子称姓,氏所以别贵贱……姓所以别婚姻……氏同姓不同者,婚姻可通;姓同氏不同者,婚姻不可通……于文,女子为姓,故姓字之多从女,如姬、姜、姒、妫、妘、姻、始、妊、嫪之类是也。"

这一段的意思说的很明白,"氏字是分别贵贱",确不是明明的说明了"古代社会是男子中心"吗?但罗君岂不如此解释,他偏偏说:"此盖洞悉自黄帝至尧舜时代之母系纲度者。但于此有须附带说明者,母系制度与母权决然二事,母系为代表血族之系统,与部落管理之权,不相混蒙,故母系社会,非必政权即在女子手中,此则治史之士所宜明晓者也。见氏著本国史第六二页。"

此段话里面当发生三种大的错误:(一)即所谓"母系制度并非女权"。但不知是否指的"女性中心社会"。所谓"女性中心社会"的意义,在莫尔根及恩格斯的解

释,就是指的"女性有管理整个群体的意思"。他们的理由,是除血统关系外,其组合的力量就是女子性情比较沉静,善于看守,许多男子外出打猎,将所获取之物,交于女性看管,加之女性又善于采集植物,因之一切的工作也受女性的支配,这一个说法自然有一部分的道理;(不论窥之人情,揆之事理。)但是他忘记了:"人类之所以去求得物质条件的动力是求生存。"男子或许会受女子的影响,绝对不会全权交于女性。恩、莫二氏,错误固所不免,但是还可以解释得通,因为一个才能的女子也往往支配地动男子,所以女权在后代如中国武则天,西洋的伊丽莎白等,也偶然会看的见。况中古骑士,不唯崇拜女性,而且还要以"保卫女性"为天职。这种特殊的事情,只能称为武则天的权,或伊丽莎白的权,而不能称为女权时代。所谓女权时代者,就是以女子作为中心的社会之时代:也就是母系制度。罗君的解释"女权"与"母系制度",不知在历史上应如何配置?此其一。再者:母系为代表血族之系统,与部落之管理者不相同,代表血族之系统为社会中之一种现象,一种作用,在古代所发现的系统,差不多都是男性,为何称古代为母系社会,或母系制度?莫尔根、恩格斯的说法尚未了解,此其二。由此二点,吾人可知罗君之说,是不可靠的。

要有令人怀疑者,试问罗君所谓之自黄帝至尧舜的母系制(既非女权时代)当时不是母系中心社会,究竟是于何种社会?又如何至夏代呢?至于夏代之后又属什么社会?看他的意思又若谓是男子中心;但如何渡到男子中心社会,他却不曾说明。这种治史,说他是不通,不见得冤枉罢。

罗君之意且不列论,甚至是最负盛名的如郭沫若先生,且把女性生活最恶劣,女权最低的殷代都划入了"母系中心社会",牵强的去把易经中"乘马班如,泣血涟如"的句子都拉作例证。另外固然有一部分人曾对他批评过,说夏殷时代是抢婚制度,但是并不否认古代有母系中心社会。他们完全是上了莫尔根、恩格斯的大当。硬牵强附会的去说古代有母系中心社会。细数起来,国内有不少专门的文章,至于比较有体系的而且是专门讨论这个问题的几篇:则如钟道铭的《中国古代氏族社会之研究》,任远荣的《中国古代母系社会之考证》等,现在就引他们之说以为讨论的对象好了。

这两篇所根据的资料与结果大致相同;今分别罗列分析,批评之如后:

### 三、资料之分析与批判

要研究一个问题,得先行检讨他所依据的资料。这两篇文章的资料大致略同,今列举之如左：

（一）古神话——其来源自书经中之伪帝典，及先秦与汉魏诸子中；占全文之大部分。

（二）古物——最少部分。

其他似乎不甚注意。这些资料大半有问题，尤其古神话部分更是不足为凭，然而钟道铭君开言便是古籍所载神话；他说：《书经》中《尧典》《皋陶谟》《禹贡》几篇，顾颉刚和郭沫若都认为伪作。不过顾氏认《尧典》《皋陶谟》为秦汉间作品、《禹贡》为战国时作品（见《古史辨》第一册页二〇〇—二〇六）；而郭氏则认为《尧典》《皋陶谟》和《禹贡》都是儒家底伪作，但定时代为春秋时（见《中国古代社会研究》页九九——一〇三）。这几篇我也相信是伪作（《洪范》我也很怀疑），但伪作的时代我推想统在秦汉时，现在不必详论。不过这几篇虽都是伪作，但其关于尧舜禹的事实，乃杂抄春秋战国时之记载而成，至少可代表彼时底传说，因为传说中常常无意地流露着原始的真相，所以我们只要根据这些传说和其他一些材料，便很可证明图腾制底存在了。

我们可以发现他说话的矛盾，既说是伪作，而且知道是秦汉时代的伪作，史前——即以甲骨文为较进步之原始字——已经一两千年，当时的情形已经大非昔比。况所谓"神话"，完全是时代的反映，这样，秦汉间的神话，所反映的时代情况已完全是秦汉时代的社会，对古代的臆说，像我们做梦一样，虽然也往往会与现实相同，但实际是现实的化装。这一点，我们只能作为研究"先秦及汉代人类对的古代想象或臆测"。决不能用作研究史前的历史。简单的举个例子说，现代科学昌明时代，要从现在的神话中去窥唐朝的社会，年代并不远，是否可能？任远荣君也承认古书许多都是伪作，但他说："至于考证的方法，我是拿中国书上的材料（中国的旧书虽有伪作，但至少也可以代表当时的传说，因为传说中常常无意的流露着原始的真象）"，可是他接着又说："上列的这些神话，不但在科学发达的现在，不能相信他——那些唯心论理学者，也不能相信那女子在梦中受精也有结胎的可能的话了！就是在那过去的聪明学者，也多是不相信的。但这些学者，因为环境——神权的君权时代——和他们所代表的阶级之限制，所以不能大胆的坦白的去说些破除迷信话，彻底的作研究的工作。因此，他们便把那些神话，改装了一下，另外又罩了一种迷信的色彩，去给圣王君主代言，以作统治的工具。第一，像西汉的司马迁，他在《史记》里说些契生于卵，后稷生于人迹……的话，他何尝不知道世间的女子，若不与男子媾精,是绝不会凭空怀孕呢?所以他在三代世代里便很明显的说:'高辛生后稷为周祖。'……这样已表示后稷是有父亲(或知有父,或不知有父,我们不知道史迁的意思),而破坏了他所说的感于物而生之的肯定性了。第二,像东汉的许慎在《五经异义》里说:'圣人无父,感天而生。'又在《说文》里说:'古之神圣人母,感天而生子,故称天子。'到两汉的社会,拿上司马迁和许慎的学识与经验,不去倡导圣人感于人迹感于物而生的神话,本是应该的;但是为了他本阶级的利益,不得不说些拥戴所谓'天子'的话。什么'圣人无父,感天而生'的一类鬼话,都是借以麻醉那时智识低落的被统治的群众,给他们相信统治阶级的'圣人''天子'生来就和众人不同的。"

这样他自己把自己便打倒了。所以我们便肯定的说,春秋战国以至汉、魏的神话,只能用作考证当时人对古代的想象能力。而不能用作研究史前社会的证据。至于他们所采取的古物更少,任君云:"我们根据最近考古学家地下的发掘结果是:(A)殷墟所发掘出来的古物是石器、骨器,和青铜器等。(B)殷墟所发现的龟甲兽骨,上刻卜辞,经罗振玉先生的考证,断定是文字的起源。(C)商代的末年,主要的生产还是牧畜……那时虽已发生农业的生产形态,但还没有确立而发达。根据上述三点,可以断言在商代,都还只是石铜并用,牧畜还盛的时代罢了。那吗!商代的社会必然还是一个氏族社会——以母系为中心的社会。"

殷墟的发掘和甲骨文固然可作为研究殷代社会的资料,但在殷墟的古物及甲骨文上并没有丝毫以母系为中心的社会之痕迹,反之确有许多女子当奴隶的证据。再者:任远荣君的说法根据的资料似乎太少。虽然任君继之又说了三点"不成理由的"理由,其根据资料除王国维的《殷周制度论》,罗振玉的《殷墟书契》,及其他的几种神话。总之我们可以对他们下一个确切的批判:

(1)周秦神话不能作为研究史前社会的资料。——当然一切古书中的记载一部分皆不足为凭。

(2)他们探取得古物上的资料太少,而且有大部分以"新神话式"的史料作为根据。这样的研究古代社会史,想在考古学上有什么建树,是很难的。

(3)我们研究古代社会史最低限度,所引用的资料得有古文字、古物、古迹、古书,文化落后人群之社会生活,等各方面的佐证以资检讨。否则,思考未周,即贸然的肯定一件事情,似乎不是治史学者所应有的态度。

**四、理由的错误与批判**

他们既没有择定确实的资料,自然研究的结果绝不会对。再者,按钟道铭与任远荣二君的意思:(一)殷代还依然是母系中心社会。(二)牧畜的人群(社会)似乎通统该是以女性作为中心。这两点立意根本错误。第一,我们不唯否认殷代是母系中心社会,而且认为古代根本绝对的就不会有母系中心社会的存在,第二,牧畜时代是一种游动性的生活,在那个时代是根本不会有女权的可能。固然现在有一两种游牧民族中间盛行着"打伙赶牛,合伙娶妻"的事情,这完全是因为经济的困难,来解决性欲问题的一种经济办法,似乎与母系中心社会的意义完全不符。这不只是钟君与任君的错误,而是莫尔根、恩格斯根本"自欺欺人"。若按他们的意思,男性是农业社会专有中心,女子是游牧时代以前的整个中心,这种现象不唯古书上没有记载,而且是绝对的不合情理。古代是野蛮时代,每日需要战争,斗争的中心是男子,为什么劳苦功高的男子会把权让给女子,会把高地位让给女性而处处受其支配呢? 社会及自然间的通例,有义务方有权力的男性绝对不把权让给一个不尽义务的女性。况且:古代的游牧业,绝非现在的游牧业可比。即是说现在游牧业中有这"合伙养牛,合伙娶妻"的多夫现象。"因为夫多没法取姓,所以以母姓为子女之姓"这种现象间或有之。正同赘婿一样,是一种特殊的关系,并不是普遍的社会制度。古代的社会即以男女各占一半来讲,古代的游牧业中心就不会是女子。——凡是一个组织,所谓中心一定是强有力的能保护全群的作为中心–这种例子最普遍,在一切生物中间,大部分如此。如常见的鸡群,母鸡的动向常受雄鸡的支配,诸如此例,不胜枚举。况且人类之原始生活,每日在斗争与残杀状态中,怎会以母性作为中心呢? 这里:我们可以发现"女性中心论者"许多矛盾点。如:A.既曰女子是善于采拾,——当然对象是植物。那吗:女性当然该是农业社会的主人翁。然而农业时代确没有发现这种现象。于是又不得不上溯去,而说是游牧时代的中心。B.但在渔猎及畜牧上偏又不是女性的工作。如果强说这些时代是母系中心社会。那吗:权利与义务太不平均,也是违反宇宙间自然定律,所以"古代女性中心论者"他们不论从哪方面讲,总讲不通,总有点牵强附会。虽然任远君说:"人类由原始的杂婚状态,更进一步,就自然发生了群婚的状态,在这个时候亲子的关系,最难分辨;在做母亲的看去,那些群里的一切子女,完全当作自己所生的。关于这个,爱尔乌德在所著《社会问题》里曾说'上古之人,不知父与子女有生理上的联络;反之,母与子女有生理上的联络',……归纳起来,也就是说,原始社会只知有母而不知有父。所以那时代的血统是由女子来继承,家族内的团结,也是以女子为中心。这样就渐渐成为母系氏族社会。"

在这一段话里面,可以发现几个问题。(一)原始的杂婚状态中所组织的群体。其份子自然是男女兼有,所以成了多夫多妇的现象,在这种情形之下,子女是群体所公有,当然子女是多父多母,是群中的子女,这一个男女老幼份子复杂的组织,就是原始型的社会,实行族内婚。它的中心当然不会是女性。(二)渐而施行掠夺外族的美女,施行抢妇,中心当然又是男子。渐而实行族外婚,——男子是斗争的中坚分子,在野蛮斗争的时代,自然一个族中不肯让男子出赘,出嫁的当然又是女子,那吗:社会的中心又不会是女性。由这几点去考察,"女性中心论"的说法岂不是处处矛盾了吗?

进一步我们来对"古代女性中心论者"做一个体系的批判:

第一,从图腾说起——关于"图腾",钟道铭说:"图腾制为氏族社会必有之现象,因为氏族社会成立的基础,在血缘关系的辨析,而血缘关系的明了,须能追溯祖宗的系统,所以祖系观念是氏族社会的基础。因为原始社会动物威力之雄大,所以原始人类对于动物无不具有崇拜的心理,或者设想自己底祖宗就是这些动物。或者有意拿来做本族祖宗威力的表现,所以动物的名称便成了各氏族的标识——图腾"。

这一段话,我有一部分赞同。因为人类对兽类的崇拜,并非只古代如此,近代或现代何尝不是如此,如对男儿的命名为"阿狗""阿虎"之类,《诗经》上曾明白的比过男子是"如熊如罴",可见人类往往以男子的强壮去比兽类。女子的柔弱去比"蛇"类或花草,这是人的常情。所以古代也会有许多以兽类名命群名的,何尝不是表示自己群体强壮之意义。所以我们可以承认古代的社会群,氏族——可以用兽类命名,但是不一定就是女性中心。钟君的解释不是这样,他的意思是肯定的说氏族社会是女性中心,认为只有女性才有血统的关系。这一点未免太偏见,我们已经再三声明,氏族的社会不一定是女性中心。如此说来:图腾不过是用兽名表现其群体强壮和威力的意思,现在西南各夷族中还有不少的例证,如云南的苗,岭南的瑶,海南的黎,川汉间之玀,滇省边的白夷,土狇狇等族中间之永、狉、狪、狿等氏族群,皆以兽名为标识,自然不能不称之为"图腾"。但在西南夷族中间,并无母系制度的女性中心社会,且是地道的男系,女子是玩物,是奴隶,女后见酋长时也,还得跪着,由各方面看,"图腾"并一点不能作为女性中心论者的遗痕之例证。

第二,姓氏的分析。

钟道铭君根据郑樵《通志·氏族略》一段话的结语,他说:我们得到下列几个暗示:

(1)姓以"女子"为基准,所以"女生为姓。姓之字多从女"。

(2)氏是一姓中拿来分别贵贱的,这是最原始的情形,后来才"以地望名贵贱"即所谓的胙之土而名之氏。我们虽不敢断定只限于男子、但我们可以认定他只是姓的支别而已。因不同的姓中可以有相同的氏。

(3)氏同姓不同可以通婚,而姓同氏不同则不能通婚。

任远荣君也曾提到这一点。这是一般人所常引的例子,但是我们第一要得认识姓字的用意。

A.释姓——"女"字即原始之"汝"字是代表第二身的意义。此例字在中国古书——古文献上处处可见。在甲骨文并不见有"你""汝"等字,甚而言之,在秦代前之著述,如《诗经》、《书经》、《春秋》、《易经》等书中,皆无此字之发现,"女"之为第二身之代名词。在甲骨文中所见者;诸如:

释文:"王曰:侯虎,从'女'车□、受口月,□方:其至于象土,□□,侯虎往余不□其合□,乃事归。"

诸如此例,不胜枚举。到以后的书中,如:

《诗经》"谁谓'女'无家"——之类。则完全是"女"字。由此可知古代的女字只是第二身。如果说"女"字是专指"女性",那吗女子在古代岂不是纯正的附属品,换句话说由文字上看,这正是古代女子是附属品的遗痕。

这样,我们就可以得到一个最正确的结论:就是"姓"字的原始是第二身的意思,凡且非我本身而代表人类的事物,完全可以从"女"。况且原来的氏族乃是"生存力"所结合的一个群体。当然阿里表现他这一个群的"姓"字,一定是"生"自第二身了。诸如"始""妣""姬""姜""妨"之类的便一律从"女"了。况且古代代表"女性"是"母"字,在古文字中不时发现,这"姓之从女"于母系中心社会似乎一点也不发生关系,为何可作为"古代母系中心社会"之遗痕呢?

B.姓的起源——中国在古文献上对于姓的起源之史事记载颇为不少。总而言之,不外为下列三种原因:(一)从地:临近地方或者是居住的地方之名称,便引为自己的族群的名称,这一种现象,一至周末才断绝,如"项羽的祖先"为封于项,故姓项氏。盛行于商周或以前;(二)从父或祖父之名而命姓——这也是一种最普通的现象,他的父亲名字叫什么,儿子与孙子就可以姓什么。例如郑子国,子耳,子孔他的儿孙就可以姓国,姓耳,姓孔。在周代的姓,一个姬姓的群中,可以分出几百个姓,这正是古代男系中心社会的遗存。那么,所谓图腾何尝不是这样,也或许是他们的祖先的名字就叫虎、熊或任何一个兽类的名字。再者还有一种,(三)从群长——凡一群中的人都可以他的群长的名字为代表。比方说:他的群长名姬,他这一个群体的人就可以统称姓姬。

C.姓与氏的关系——由上面的解释,姓是血统的代名词,凡是同姓的人,似乎都有血统的关系,那吗:在古代的群体当然也可以称同姓。例子、姜、姬,都是分别的姓,而在姬姓中又因为种种的关系而产生出其他的姓,《左传》上面说的很明白,是"因生以赐姓"。至于氏:左传上面也曾说"胙之土而命之氏",由此看来,氏是分出的一个系统,《左传》上面还有不少的例子如"姓基氏",可见姓与氏是同样重用,所以白孔方帖说"生姓也,别其姓氏,分其族类"。我们可以知道古代姓是一个"氏"的代名词,氏与族是由血统远近而区别,近者为族,较远而发生血统关系的为氏。再者:氏字似乎又表现大族的意思。所以"同一姓也,而氏异焉,同一氏也,而族又异焉"。

第三,同姓不媾之推论——我们已经知道姓是代名词,古代所谓妇女"称姓不言名"之说,正含有:"女子不能继承,不必有名,只要知道他是谁家的女儿就罢了"。这一点正是古代女子在社会上不重用的及不能继承的遗痕。至于同姓不婚,这是最合乎人情的一件事。《左传》说得明白:"子产曰:侨闻之,内官不及姓,其生不殖,美先尽矣,则相生疾,君子是以恶之。"族外婚之一种原则,不唯基于伦理的观念,而且有生理的关系,所以族内的杂婚而渡到族外婚。出嫁的是女子,当然不会有女性中心的可能。所谓"氏同姓不同可以通婚"者,就是氏比血统关系远,姓氏以祖或父之名而引为姓,那吗血统的关系太近,当然不便通婚了。

第四,兄终弟及婚之用意

这一种婚姻制度现在中国还遗留有痕迹。大体上说,都是因为特殊的关系,而不是什么社会制度。任远荣君引王国维的考证之结果,他说:"第一,商代的继承法是兄终弟及,无弟然后传子。自汤(太乙)至于纣(帝辛),二十九帝中,以弟继兄者凡十四帝,其余以子继父的,也多传于弟的儿子……这是历史有明文的。"

——不错,商代是兄终弟及,但是要知道(一)他所及的是帝位,是一群之长的地位,并不是继承他的兄而娶他的寡嫂。(二)父子、兄弟一律是男子系统,并没有一点母子的痕迹。再者在中国的社会里,兄之一切由其弟来继承,正有这个道理,或者因为兄无子嗣,或者因为兄之子年幼而传之于其弟,在中国对于这并不是什么禁例,不唯商代如此,即以后之各朝代皆有之。这个一点也不能作为母系中心社会的证据,反而正是男子中心社会的现象,一点权也没让给女子。

第五,所谓先妣专祭

在商代固然有先妣专祭的现象但在周代亦有先妣特祭,此种现象,并非特奇。再者,儿女所受母亲之恩惠,按理当报,按之人情,也当有以报之。况且殷代先王专祭,先妣也有专祭,并非过分。况且所为专祭,似乎即为周制之"特祭",(另文详)当然不能作为母系中心社会之证据。至于夏代,任君与钟君尽引些神话,那何足为凭?岂不是用"旧神话"来造"新神话"的吗?

**五、结论——古无母系中心社会说**

由前述的结果,我们可以肯定古代不会有母系中心社会的存在。不论从各方面讲,绝无母系中心社会的痕迹,至于史前的妇女生活情形,从各方面可以知道,愈古的时代,女性生活愈恶劣由族内婚的杂婚(若群婚)而至于抢婚,及族外婚。在这个时代的女性生活完全处于奴隶地位,女性之先为奴隶,是一般人所承认的事实,不过,一般的男性对于女子因为"爱情"的关系,自然不免有种种崇拜的现象,自是从古如斯。古人女性的地位及其生活我们当另为专文。(我们不论那一方面看,古代的女性生活是恶劣的。)从甲骨文上说;从中发现不少的与女字有关的字,诸如:

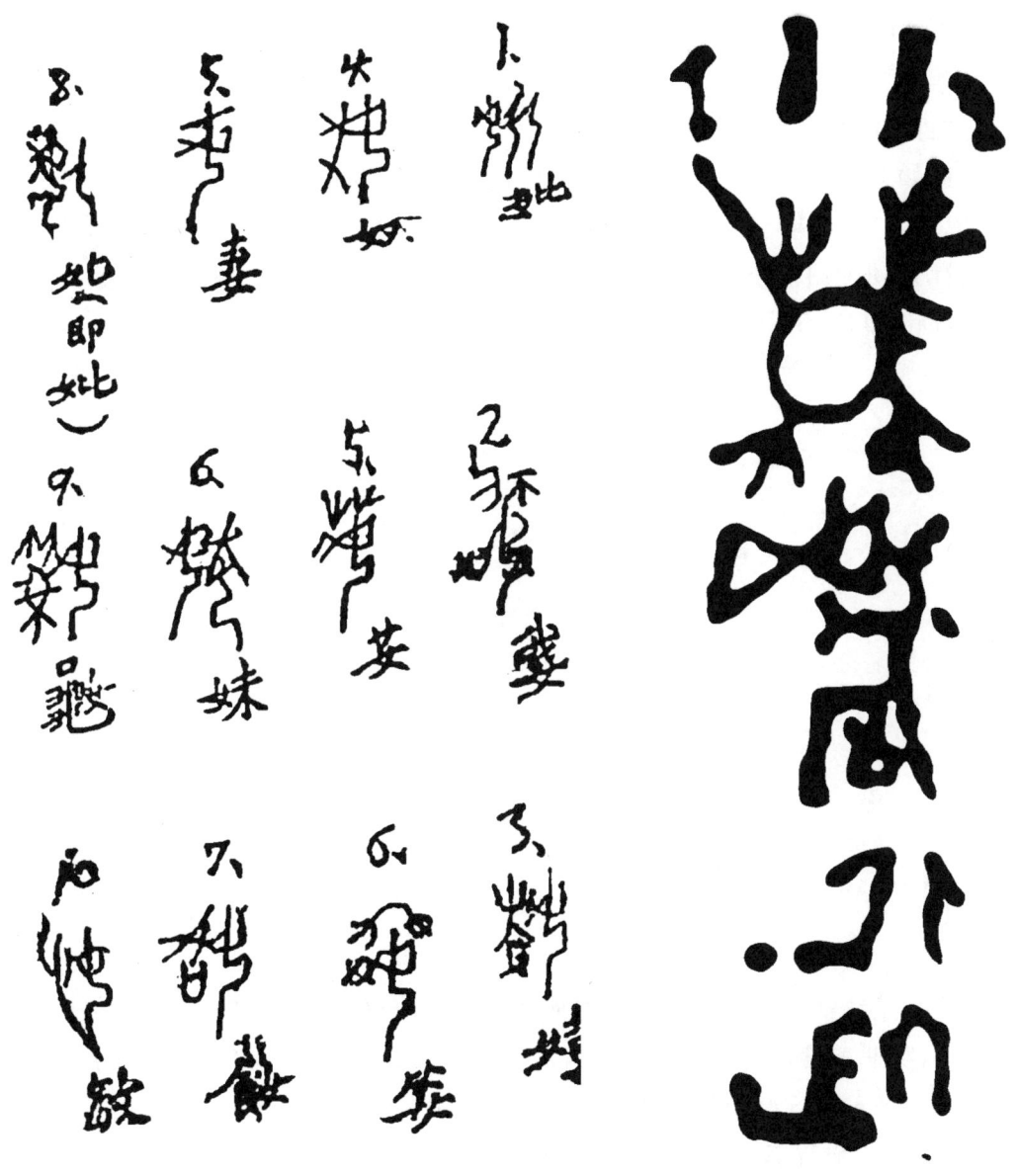

上图文字,除"妣"字是多子的形状而外,余各字形正表现着跪的情状,尤其(奴)字是执带的形象,看是多么的可怜啊?而且女子在男性的眼中看去是玩物。所以女性到了殷代的日常工作也列入了"丁丑,𩛩(饰)用贝",等女的装饰了。贝是古代的装饰品,近些年来据一般考古学家的报告,在古代的遗址中,发现不少"女子之装饰"的实例,不唯中国如此,即在国外各地考古的结果何尝不是如此。即从中国古书上的记载,如:

《易经》:"勿用娶女,见金妇,不有躬,凶。"

可见殷代所娶者为女。

《诗经》中的:"乃生女子,载寝之地,载衣之裼,载弄之瓦。"

"哲夫成城,哲妇倾城,维彼哲妇,为鸱为枭。"

诸如上例,可以知道古代女性之地位如何了。古代的男子对于女性是爱,是恨,以至是骂。如果:我们承认"古代女性中心社会论者"的说法,说殷代仍是女性中心社会。那吗中对这些资料将如何解释?况且殷代的世系,录如后:(据王国维之:殷周制度论。)

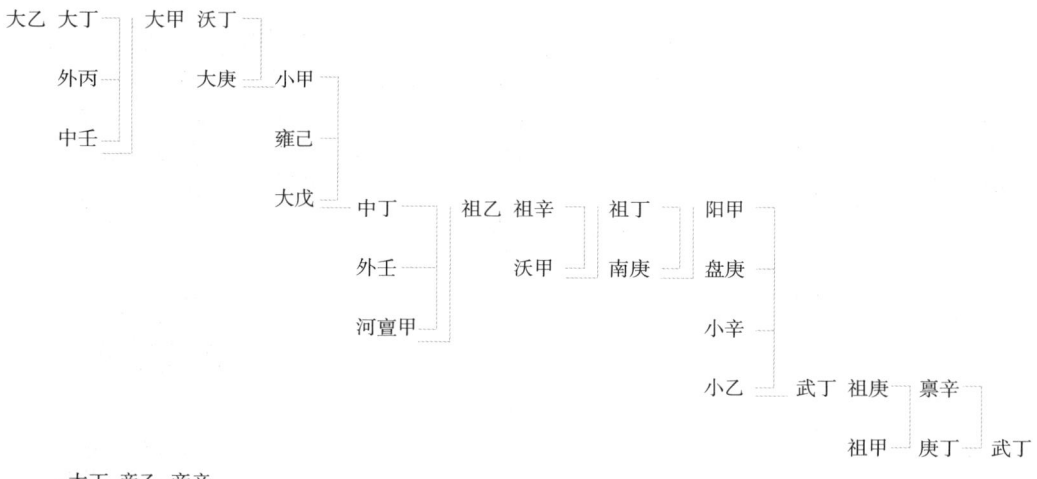

-太丁-帝乙-帝辛

上列系统,明明都是男性,当然血统也都是以男子继承。那吗,要说殷代是女性中心,除非把"男""女"二字的代名词换一换,不然的话,似乎是解释不通。即以中国现存各种民族群中的婚姻制度来比较,仍以男子为中心社会的为普遍。至于婚姻方式,仍余留不少抢婚的现象。在文化落后的人群中,女性的生活是非常的恶劣。

  总之：不论从各方面看。仍以男子为社会中心的资料为普遍。至于女子中心方面在社会上也有，但完全是有着特殊的关系；如赘婿之类，不维不普遍，而且根本不是社会正态，我们要以普遍的资料作为根据，从古物、古迹古书，文化落后的人群里面，及一般的原则上去考察古代社会的情形，从来是男子中心社会。所谓"古代女子中心社会"的论调，完全是"荒谬绝伦"，应当去肃清一下。

二九.十.二一。草于洛阳

（原载《学术评论月报》，1940年第1卷第2期）

# 中华民族之史的结构

（一）引言
1.为什么要提出这个问题？
2.释"中华民族"。
（二）中华民族之起源及其一元论
1.人类起源之多元论与一元论。
2.中华民族来源之种种论调。
3.从各方面证明中华民族是一个祖先。
（三）中华民族之分离与结合。
1.分离的原因与史实。
2.结合之史实及其必然性。
（四）结论
1.中华民族之伟大性。
2.中华民族应有的共同认同与共同责任。
附：中华民族世袭表。

## 一、引言

民族主义之目的有二：一为求中国境内之民族一律平等，一为是中华民族之自求解放。去年三月中央召开国民教育会议时，特决定各学校之历史课程以民族问题为中心。这就是指明，每个中国的国民，最低得认识中国的民族只有一个是最亲近（血统）的弟兄，是一个祖先，绝对没有任何民族的界限与区别，第二，中华民族的生命线只有一条，绝对要像铁一样有团结性。自该次会议以来，全国各报纸什志，发表不少有关的鸿文巨作，但统观所有研究的方向，所指出者仍以中华民族历代之混合及文化沟通为多,这一点固然重要,实际上也有缺点,如果专偏重在这方面,往往所给一般人的印象当为:(一)中华民族是许多的个体,个体当然可以为个体谋利益。(二)每个民族之联合的因素是战争,在当时是仇敌,每个民族中间有许多仇恨,自然可以相报。不唯不得好战,而且可以使许多民族中间发生恶感。(三)各民族中间于每次混战之后,可以文化沟通,沟通的力量是文明者同化不文明者。(四)各民族中间本身就有其语言及文化,经每次混合后,皆被消灭,如果讲到复兴,每个民族皆有复兴之必要。越谈越可怕,我们研究民族的一定要特别的留意。况且各民族在质的方面与量的方面,绝对没有区别,历代固然有许多的战争,完全是"兄弟阋于墙"的内战,那么每个中国人最低得认识"凡是中华民族皆是兄弟。后来每个兄弟各自为自己的生活,向各方面去发展,各因着地理的因素,而使其言语、生活发生、歧异之后的战争,每次混合,以及自己的兄弟,得到了更亲切的联系,虽然各因着信仰的不同,但是弟兄毕竟弟兄,到外御欺辱的时候,中华民族仍是站在一条生命线",这是我们每个中国国民都应有的认识,应有的觉悟。

所谓中华民族,是蒙古利亚系人种中之一支,原是一个血色,民族的意义。维香林君曾经有一个简单的解释,"民族者,谓一种具有同一形实,同一环境,富有团结情操,同类意识,能发生种种合力,以求达其唯生目标之人们集团也"。这一段解释虽然简单,而颇周详。我们就以这个作为原则,可以知道所以决定民族的因素,是人种、地理、语文、风格、组织等为主,我们同是黄种人,我们的语文、风尚及社会组织皆大都相同,语言是受自然环境而决定,各有各方言与土话,在大体上说,也还是诸多类似,总之,中华民族是一个体,并不会有什么区别,所谓"汉、满、蒙古、回、藏、苗等"他们绝不是一个单独的民族,而是中华民族中一部分的称呼,严格的说整个的中华民族是一个血统。

"中华"二字,远不是"汉族"专有,仅是"中华"与"华夏"两词之简称。所谓"中国",其意义是国中。诸古书中出现不可胜数:例如:《周书·梓材》称:"皇天既付中国民越厥,疆土于先王。"《诗经·大雅·民劳》云:"惠此中国,以绥四方。"《诗经·大雅·荡》:"内奰于中国,覃及鬼方。"《诗经·大雅·桑柔》:"哀恫中国,具赘卒荒。"《孟子·公孙丑下》云:"我欲中国而授孟子室。"《史记·穰侯传》云:"夫韩魏,中国之处,而天下之枢也。"《史记·孟子荀卿列传》:"以为儒者所谓中国者,于天下乃八十一分居其一分耳。中国名曰赤县神州。"上列诸句的意义,所指的"中国",与"天下"对称,显然并非专名,而是指地球上的一部分而言。况且毛传尚解为"中国,京师也",京师只指天子的封畿以内,部分更小。《礼记·中庸》云:"是以声名洋溢乎中国"。此"中国"一词,专指周王势力所及的地方。

至于"华夏",古书均用"诸华""诸夏"。如《左传》襄公四年,魏绛之陈悼公曾说"诸华必叛",十四年戎子驹支曰"我诸戎饮食衣服,不与华同",昭公三十年"子西曰,吴,周之胄裔也,而弃在海滨,不与姬通,今而始大,比于诸华",可见此"华"字,在古代所指者谓中原的人民,及地域并非有血统之区别。"夏"是中国古代的国名,"夏"为"周"之先,是古代的一个强大人群,是一方霸主,周的祖先是"西夷之人",当时常自称为华夏时《小雅·苕之华》,郑氏曾云:"其华犹如夏也,故或谓诸夏为诸华。"这句话的解释,是如何的清楚。华是周人自己的称谓,并不是专有。许氏《说文》训"夏"为"中国人也",这是很对。由上面的解释,我们可以得到一个结论,就是"中华"二字是我们中国人共同可以自称的名词,在内面本来包含有汉、蒙古、回、藏、苗等等的人,何况我们是炎黄子孙,是一个血统之下的儿孙们呢?

**二、中华民族之起源及其一元论**

中华民族是人类中的一种,人类的祖先究竟是一个或是两个以上,现在还是问题。神学派认为人类是亚当和夏娃的后裔,是由诺亚的两个儿子雅佛(Japhet)、塞姆(Shem)传下来的。在美国从前有一本书叫《兽类的尼格鲁人》(The NeRro a Beast),他们为黑人——即尼格鲁人——是兽类,但却被造成会说话并且有两双手以供白人的驱使,黑人不是含姆的子孙,《圣经》也不能证明。这一种说法未免太荒诞绝伦,似乎认定尼格鲁人就是生来的奴隶。我们中国的古神话中,对人类的起源,有不少的推测:例如:《易经》系辞中所谓的:"男女构精,万物化生。"又说"有天地然后有万物,有万物然后有男女,有男女然后有夫妇,有夫妇然后有父子,有父子然后有君臣",在先秦时代关于人类的起源,似乎也是由天地所造成的,人类是共同的一个祖先,现在的人类学家,根据各种族的体质、心理、语言、文化的差异繁杂,发生了种种的疑惑,如果说许多种族是一个祖先,不会有这样歧异的子孙,尤其是许多语言有很大的差别,不能推究人类共同的起源,因之,人类起源的多源说便产生出来。穆勒(F·Mnller)氏更主张凡一种语系,便代表一种种族。克利亚次其氏(Klaatcb)以为内安得塔尔人(Noomderthae)及克里马种人(Cromagnou)分属两种体形,前者和非洲的"哥利拉"同出一祖,后者和亚洲的猩猩(Oang utan)同属一系。不过"语言"的差异的原因,第一主要的是人类社会生活需要交换意见,发表意见的工具。另一方面,一切的自然环境也可以决定言语的一切。所以在不同一个地方的人群,语言当然也可以有多少的差异。因之,就有人类的祖先是一元的说法产生出来。

最初的人类一元论者,如勃鲁门巴(Blumendach)、林郝(Tinn-aens)、坎比尔(Comder)、普立折德(Prichard)等人,他们并没有根据什么科学的原理,只是唯心的所感,以为凡是人类都是一对男女的子孙,到了拉马克、达尔文、赫胥黎、斯宾塞,诸演进论派出来,以为人类是一种生物,便也应该用演进来解释人类分种的原因,穆勒奈尔更明白的说:"即便我们现在可以证明现在的类人猿和人类直接有共同的祖先,这一可以说在人的方面是进步,在猿的方面是退回原状,猿类缺乏社会本能,故言语文化都不若人类,有许多事实可以证明猿是人类的退化体。例如,类人猿确有与人类婴儿相似的地方。所以按生物发生的根本律推论,反可以说,这种猿的起源是从当时的人分出来的。"克霍(A.K.hijh)、克莱怕(A.L.kroeber)、钦那(A.H.Kesine)、诺氏,更将各人种明白的指出了他的来源及各人种或人群的血统关系,钦那氏特别的指明了汉人、安南人、缅甸人、西藏人、印度支那人是亲族,是最近的血统,是亲近的兄弟。

人类学若把现在的世界人种分别的很清楚,他们区别人种的标准是最合乎科学,概以人类的肤色、身长、头发、面形、颌状、鼻形、眼形及睛色、鬓状、体毛语言等等各方面的分别,这里面包含了血统、社会生活及自然环境的影响关系。以肤色分类始于林那氏,他把世界的人种分而为五,即(1)高加索种,(2)蒙古利亚种,(3)亚美利亚种,(4)埃提奥辟种,(5)马来种。穆勒以发形为标准,分人类为二种,即(1)羊毛种发种,(2)直发种。布洛卡(Broca)、托皮那(Topinard)以及最近的哈顿(A.C.Haddon)都是按发状为标准。费耳及佛劳尔亦据此而分为三种。钦那氏同林那氏一样。但他所分结果顿不相同,他分人类为四种,即(1)埃提奥辟种,(2)蒙古利亚种,(3)亚美利加种,(4)高加索种。狄孙氏(R.B.Dixor)按人类的头幅、头高,及鼻骨三种指数,分为八种基本型式,及十九混清型式。不论怎么的分别,站在人种学立场上我们整个的中华民族,都是一个。总之,多元论也好,一元论也好,近年似乎是一元论,尤其是演化论派的学说为最确实,整个的人类是一个祖先。但是共同的祖先太远了,追求本源似乎不易,而中华民族的血统太近了,不仅是站在人种学的立场上可以知道中华民族是一支,且各方面都能找到相关的证例,指出了我们共同的祖先。

人类的祖先是一元的。我们第二步要找出的就是人类共同的老家,现在一般人类学者,对此也曾有许多说法:据各方的资料,在新大陆上没有远古人类遗迹的发现,欧洲的史前人类遗址的发现虽说不少,但十分远古的却不多。在非洲的发现有不少的猿人遗迹,在南洋群岛的爪哇发现有最远古的猿人遗骸,中国的北平房山县周口店地方也发现的有猿人的遗骨,因之"人类究竟产生在哪里"的问题,已经发生许多,有点主张在非洲的尼罗河源头或大湖地方,钦那氏更注意印度洋,而主张人类的起源在"印度阿非利加洲说"(Iudo-Agmicau Coutiucut)以为第二纪或第三纪的初期以后,由非洲南角马达加斯加岛东岛到澳洲及新亚兰,有一个大陆,人类的祖先自此地散布四处,北经印度而至中亚,东赴澳洲,西向非洲,有非洲赴欧洲,由亚洲分移美洲。斯克拉特氏(Sclaten)所谓之列母利亚洲说(Llwuria)也就是指此。不过,以上二说根据是沉没的大陆,佐证太少,须再待以后的发现。马叟(Mathew)及韦司勒(C.Wissca),他们主张中亚说,不仅是以一切人类遗址的发现为根据,而且从一切哺乳类动物都是起自亚洲中央,然后由此散布各地,人类发生的环境,不是温热的热带,而是温和干燥的地方。哈顿氏主张西亚说,与上述也颇相似,自北京猿人发现后,给他们的说法更加一种佐证,从各方面看,人类的起源似乎是以亚洲为较可靠。

人类的起源是在中亚,或者在中央亚洲移动也未可知,我们中华民族是其中的一支,自然也是来自中亚或偏东一点,但是,现在一般人对中华民族之来源,说法颇不少:(一)源自埃及说——清顺治十七年,德国耶稣会教士基尔什尔所著《埃及之谜》及《中国图说》两书,其中有关中国文字与埃及文字之异同,曾说"古代中国人,即系埃及人之苗裔"等语。同时,波兰之卜弥格及,一九一六年的法国的胡爱,一七五九年的美朗及基涅,一七四四年英国的华柏敦,一七六一年英国巴特汉姆等人,先后以文字作为依据,附会他的学说,一八三四年在埃及第比斯的石墓中,发现中国人的瓷瓶,于是英国的威尔金生即以此为根据,说中华民族的来源是埃及。自此说产生以后,各国学者多起而反对。主要者有一七一八年法国的法兰古,一七三五巴雷农,一七七四年的得保,一七七三的福禄特尔,一八五二年英国的麦特赫斯脱,一八五三年的巴克斯,一八四六年美国的华尔敦,一八七八年英国的柏赤,举出许多理由,评论中国人源于埃及说的错误。到黄涓生著《埃及象形文字与中国文字的起源与演化》一书时,才特列具体的说明"中埃两国文字,虽有相似之处,然其原因不在两国文字之同源,而在人类精神努力之同向"。

(二)源于印度说——一八五三年法国哥比诺研究印度神话的结果,认为中国神话的盘古,实即印度人传入中国黄河流域之会长。盘古之名早见于中国之《五运历年纪》《述异纪》《三五历纪》等书,哥比诺这种说法未免太捕风捉影了。

（三）源于巴比伦说——清光绪年间（一八八〇年）法人拉克伯里著《支那太古文明西元论》一书，"引据亚洲西方古史来证中亚失误法制之多同，中国人类实有西方往东边之事"，到民国二年英国的鲍尔及日本的白河次郎皆加以附会，一时中国的学人如蒋智由的《中国人种考》，章炳麟的《种姓编》，刘师培的《国土原始论》《华夏篇》《思故国篇》，黄节的《立国篇》《种源篇》，丁谦的《中国人种从来考》等，一时盲目跟从，几乎忘掉了自己。近人缪风林力斥此说，证明中华民族绝非来自巴比伦。

（四）源于土耳其说——安特生氏在其所著《甘肃考古纪》说："惟此君于甘肃面授河南以制精陶之术者，则恐非中国民族之羌氏，而或为一种土耳其族。盖欲吾人认彼等为与正中国民族，实缺少种种之特征也。"但步达生氏在其所著《甘肃史前人种说略》中云："初步测验这些材料，所得的印象，使我们相信这骨骸所代表的历史以前的甘肃居民，大都是原形支那族的，不是加尔格伦教授所讲的土耳其种。"

（五）其他各种学说——（甲）法人格尔根据中国文字之形状，及语言的比较，说中国人来自马来半岛，但以后由美国人类协会远东部主任威廉士给以正确的批评，不能存在。（乙）德国的雷希霍芬据《魏书·于烈传》，说支那人来自新疆，（丙）日本鸟居龙藏的《甘肃说》，（丁）美国干得思的《蒙古说》，一八六二年法国的罗素满，一九一六年英国的洛斯，及韦白的伦，法国的巴伊等皆主张土著说，罗素在所著《中国文化论》一书，再三的说："中国文化完全独立发展而来。"韦尔斯在《世界史纲》中也说："中国文化，为自然发生，未受他助。"总之，中华民族之老家，究竟在哪里？现在没有一个正确的解答，但我们根据一般人类学者对人类起源研究结果，比较以中亚说为真实，那么民族虽不敢说就是土著，但最少也以产生于中亚或偏东的地方。根据古书的记载及近年来考古学发现的结果，中华民族确有从中亚来的嫌疑。姜亮夫在《夏殷氏族考》一文，说明夏商民族来自中亚，殷民族来自辽东。这样中华民族似乎又成了多元。朱文炳在《中华民族史》中，把构成中华民族的基本成分，分作八系：即诸夏系、东夷系、夏粤系、苗疆系、巴蜀系、氐羌系、北狄系、东胡系，他这种分法，根本忘掉了各系是中华民族演变中所分别构成的支派，并不是原来有这样多的成分。

中华民族原来是一个祖先，我们有不少的例证。凡是中华的民族起源无不与"夏"字有关，"夏"是中华民族的古代的整个的化名，词易言之，就是我们同为夏民族。

"夏"字的解释已如前述,《说文疑疑》云:"夏者,禹有天下之号也,从曰手所持也,从夂,足有所也,象神禹之八年治水也。"此意"禹"似是"夏"的第一位君主,但"禹"字是何物,《说文训》:"禹"为虫,顾颉刚先生说禹是像蜥蜴样的虫,金文书像敔的禹,孙诒让释作禹。小篆的禹字做禹,这一个分开,正是从九,从禸。九字,易经命阳为九,姜亮夫考证九又为龙。龙的形状《本草纲目》释云:"头似驼、角似鹿、眼似鬼、耳似牛、项似蛇、腹似蜃、鳞似鲤、爪似鹰、掌似虎。"古人特别崇拜龙,认为他是常常出没于水中或者云中的动物,是神仙的特用品,《史记·封禅书》说黄帝升天时所骑的为龙,《汉武帝内传》说西王母的行动也是"忽见西南如白云起,翁郁直来,遥趋宫廷,须臾转近。闻云中箫鼓之声,人马之响。复半食顷,王母至也……或驾龙虎……"在汉《武梁祠》中曾刻及此段故事,所书的龙形,俨然似马,故马之善走者又称龙,龙为水中动物。禹为夏之祖先,"夏"字为四季中一季,朱骏声说"象人当暑燕居,手足表露之形",夏天正是龙活动的时候。禹的毕生事迹,也完全与九有关,我们在《国语》《孟子》《墨子》《吕氏春秋》《史记》《淮南子》诸书中所见的如"禹作九鼎",《新书》言禹命"九牧",《大禹谟》说"和九功","叙,事"。《史记·舜本纪》说:"观九族","夏乐九成","乐成九韶"。《尚书》:"拘于九德。"《山海经》海外两经:"为九代之舞。"《吴越春秋》:"妻九洛期上皇。"《墨子》:"东教九夷。"其他如九州及《山海经》中的:"共工氏之臣曰相柳氏,九首,以食于九山……冯杀。"禹平生的事迹,不仅与九字有关,而且差不多也都是与龙有关,如《墨子》《吕氏春秋》《尸子》《吴越春秋》《淮南子·泰族训》《尚书》记载的开凿龙门,《史记》又说"禹之时青龙降于郊",《吕氏春秋》及《淮南子》所谓的"黄龙负其舟"。《春秋演孔图》说"御云而行",《抱朴子》"龙降于太庙",《山海经》及《拾遗纪》"神龙为禹驭"。《楚辞》"神龙为传"。其他如后来的孔甲豢龙,御龙,《史记·夏本纪》云:"孔甲立,夏后氏政衰,天降二龙,孔甲不能食。"再云:"禹的父亲是'鲧'为鱼类,臣名'夔'也是水怪。"《拾遗纪》载"鼋鼍为禹架桥",及禹的锁蛟故事,莫不与水发生关系,可见禹是古代中国民族崇拜的水神。夏季是雨水泛滥的时候,所以"水神"的"朝代"就叫作"夏"。

《尚书·君奭篇》说:"君奭,在昔上帝,割申劝宁王之德,其集大命于厥躬,惟文王尚克修和我有夏。"《诗经》:"奕奕梁山,维禹甸之,有倬其道,韩侯受命。"又说:"赫赫姜嫄,其德不回,上帝是依,无灾无害,弥月不迟,是生后稷,降之百福,黍稷重穋,稙稚菽麦。奄有下国,俾民稼穑,有稷有黍。有稻有秬,奄有下土,缵禹之绪。"从这上面看,周自己明白承认就是夏的后裔。况且,秦代以前的四代(夏、商、周、秦）的祖先，统统都是尧的臣子。尧舜是天神，禹是水神，后稷是农神。"周"是一个业农的人群，农作物的种植与收获都以夏天为最合适，农业离不了水，当然更离不了水神的禹。水是受上帝的命而来的：如《尚书·吕刑》："乃命三后，恤功于民，伯夷降典，折民惟刑。禹平水土，主名山川。稷降播种，农植嘉谷。三后成功，惟殷于民。"《尚书·立政》说："帝钦罚之，乃伻我有夏，式商受命，奄甸万姓。"又说："其克诘尔戎兵，以陟禹之迹，方行天下，至于海表，罔有不服，以觐文王之耿光，以扬武王之大烈。"又说："涉禹之济，四海攸服。"《诗经·荡》："殷鉴不远，在夏后氏之世。"诸如此例，周处处以夏自称，且以禹为崇拜的对象，况且"周"人群曾为"夏"之臣，易言之，周人即夏人。总之，我们可以略得一个结论，即：

（一）龙为中国古代民族之图腾；

（二）禹为中国古代之水神——后稷当然为农神；

（三）夏为古代中国人自夸之词。

我们再进一步看看我们中国古代的各人群无不与夏发生着相当的血统关系，略分举之如下：第一，从故书方面所知的古代民众，除正统的周人，殷人者而外，在西方的有今之羌族。《诗经》所说的："昔有成汤，自彼氐羌，莫不来王。"《尚书·牧誓》中武王伐纣时有庸、蜀、羌、髳、微、卢、彭、濮八为助，在北方有獯鬻、鬼方、猃狁、狄人。东北方面有山戎，南方有三苗及诸越，东方有"九夷"。《太平御览》以"畎夷、方夷、于夷、黄夷、白夷、赤夷、玄夷、夏夷、阳夷"等为九夷。《汉书·东夷传》："盖九夷者，极言其多也"，其根据地在今之山东、江苏、江西、安徽、湖北等中原地带。"夷"与"逆"字同音，概所谓"九夷"，即指诸叛逆之部落也。既称为"九"，亦概系属于"九"字之民族群。《后汉书·东夷传》云："秦灭六国，淮河诸夷皆散为民户。"当时如徐、淮等，这些民族群在古代完全为一个血统的子孙。

在中原活动的群体，主要的为夏、为殷、为周，其他的不下千余群，但这千余群完全都发生着血统的关系。比较重要的如：（一）夏——《史记·夏本纪》云："夏禹，名曰文命，禹之父曰鲧，鲧之父曰帝颛顼，颛顼之父曰昌意，昌意之父曰黄帝。禹者，黄帝之玄孙。"（二）殷——《史记·殷本纪》："殷契，母曰简狄，有娀氏之女，为帝喾次妃。"（三）周——"后稷名弃。其母有邰氏女，曰姜原。姜原为帝喾次妃。"（四）秦——《史记·秦本纪》："秦之先，帝颛顼之苗裔……大费拜受，佐舜调驯鸟兽……是为柏翳。舜赐姓嬴氏……其子孙或在中国，或在夷狄……赵衰其后也。"（五）越——"越王勾践，其先禹之苗裔，而夏后帝少康，庶子也。"（六）楚之先祖：出自帝颛顼高阳，高阳者，黄帝之孙，昌意之子也。（七）陈——胡公满者，虞帝舜之后也……至周武王,求舜后,得妫满,封之于陈。(八)猃狁、荤粥——《史记·匈奴传》:"匈奴,其先祖夏后氏之苗裔也,曰淳维。唐虞以上有山戎、猃狁、荤粥居于北蛮,随畜而转移。"(九)姜为炎帝之后,炎帝又称烈山氏。《后汉书·西羌传》:"西羌之本,出自三苗,姜姓之别也。"而三苗,姜亮夫在《夏殷民族考》中曾云:"三苗,姜姓,是楚之祖先,姓氏地望皆确然为夏民族无疑。"

第二,再按古代姓氏与中国别而论,古代姓的来源,或因封地,如赵,因封于赵,故姓赵。陈厉公跃的儿子完,即以陈为姓,后以食采地在田,所以又改为田氏,诸如此例。或者是因为父之名而定姓,郑子国之子孙,即姓国,今根据《左传》《国语》《战国策》,及《史记》《汉书》五种,将春秋时代各姓氏之处国之血统体系,列一简表如左(略)。

由这个份表上,我们可以知道中国古代所讲的民族完全是一个系统。《左传·昭公九年》载:"及武王克殷,蒲姑商奄吾东土也。巴濮楚邓吾南土也,肃慎燕亳吾北土也。"肃慎曾受过周的封爵,其地或当今之辽河流域,及至鸭绿江之地,《三国志·魏志》说:"挹娄",古肃慎氏之国也。而鲜卑族亦自命为夏后氏之后,可见今满族的起源亦自中原。今之国氏,大部为突厥人,突厥人有为匈奴人的别支,匈奴为夏后,突厥自不能例外。汉代以前,在今新疆一带,名之曰西域。汉时西域凡三十六国,孝武帝以前都隶属于匈奴,当然也与夏后氏发生血统上的关系。王国维先生在《西胡考》中说:"自来西胡之地……乌孙之徒,塞种之徒,大夏之徒,大月氏之徒,匈奴徒之,嚈哒之徒,九姓昭武之徒、突厥之徒、回鹘之徒、蒙古之徒,莫不自东而西。"月氏即为《逸周书》的禺氏,何秋涛、王会笺释云:"禺氏在西北,月氏亦在西北……禺月一声之籍,禺氏概即月氏。"由此可知,西北部诸民族亦为一系。况且,近年来据考古学发现之结果,如步达生、安特生等人,比较奉天(辽宁)及甘肃、河南等各地新石器时之古人类遗骨结果,证明古代被北方中国整个的民族是一个血统。而各地之遗物尤为接近。我们不论从哪方面看,中国北方及中部的各种民族是一个祖先。

至于西南的各民族,诸如(一)藏族(吐比特),(二)苗、瑶人,(三)黎,(四)独龙,(五)傣族等诸族,从各方面看,与我们都发生着相当的关系,冯大麟《汉族与西南民族同源论》曾论及之。

(一)藏族——在前面我们不是说过西羌与姜同系吗?按理说,西羌就是姜民族,是炎帝的子孙,即根据风俗语言,亦诸多类似,任乃强之《西原图说》:姚莹之康轴纪行。曾指出汉藏风俗相同处多端。诸如1.牆茨,2.苫,3.会盟歃血,4.坟墓殉葬,5.板压之类,与中国古代风俗正同。西藏之语言与汉语言皆属(缀)单语系,丁文江先生震旦语,瑞典汉学家葛本汉氏,曾于汉语词类中称藏语与汉语连同为亲属语族,例如：

| 汉语 | 藏语 | 说明 |
|---|---|---|
| 柴 | 薪 | 古称柴为薪 |
| 心 | 损 | 心与损为对音 |
| 想 | 赏 | 想与赏为对音 |
| 舌 | 解 | 舌与解为对音 |
| 发 | 渣 | 发与渣为对音 |
| 晚 | 尼 | 晚与尼为对音 |
| 名 | 闵 | 名与闵为对音 |
| 读 | 度 | 读与度为对音 |
| 入 | 如 | 入与如为对音 |
| 阿妈 | 阿妈 | 阿妈与阿妈同 |

其他相同点很多,足证藏族为汉族中之一支。

(二)罗罗——丁文江先生在《爨文丛刊》自序中曾引《华阳国志》及王国维、伯希和诸先生研究结果,谓："罗罗之先概为羌族",若以藏语与之比较,如：

| 汉族 | 一 | 二 | 三 | 四 | 五 | 六 | 七 | 八 | 九 | 十 |
|---|---|---|---|---|---|---|---|---|---|---|
| 藏语 | 幾 | 你 | 松 | 亿 | 了 | 著 | 邓 | 戒 | 固 | 脚 |
| 罗罗语 | 幾 | 你 | 桑 | 细 | 阿 | 著 | 形 | 贾 | 固 | 足 |

至于语法构造,根杨成志在其由西南民族说到独立罗罗之研究结果,谓罗罗语有数种形式,然皆与藏族中同,如"大狗"藏语为"狗大",罗罗语亦如是。又如"狗咬我",藏语亦然,此目的格在主格之后,动词置于句末。任乃强于其西康国经民族篇中,亦曾作类似之比较。要之,罗罗即古羌族之一支(羌族即藏族)。当然,罗罗亦即使中华民族的一支了。

(三)苗族——苗族之风俗习惯既与汉族同,"如跳月之风",我国周代有此类习俗,在《周礼》《诗经》诸书,班班可考,至男女婚姻,必野合受孕后,始能正式成为夫妇,此又与罗罗之习俗吻合,苗瑶之小孩生后,以鞋烙其足掌,浸于水中,再以顽木椎之,踏荆棘而不伤,走山险如平地,皆与罗罗同,由处处可知苗与罗罗为同系,间接可证明汉苗同祖,至于语言,有读"乡"为"乡",皆与汉语同,又谓"无"曰"没",而其语法之构造,皆可直释为汉语。再者:今苗族即古之三苗,更可充分证明苗族与汉族为一个祖先,发生着血统的关系。

总之,中华民族不论从哪方面看,都是一个祖先,我们是从多方面来了一个简略的考察:第一:站在人种分类的方面去看,汉、满、蒙古、回、藏、苗、越傣等民族是一个人群,而且发生着相同的血统关系;第二:人类的老家在中亚或偏东一点,也后者就在中国,自周口店猿人发现以来,更可证明中国人的老家就在中国境内;第三:从古书的记载上,与近年考古学的发现上,以及各民族群的语言、风俗等之比较上,可以完全的证明中国现在的各种民族是一个祖先,暂时定一个总名是"中华民族"。至于怎样分化?又怎样结合?及现在中华民族的责任与动向。留待下章中再来说明。

附记:凌纯声之《中国与傣族之关系》(青年中国季刊一卷二期),罗香林之《越羌源出于夏民族考》(同上刊第三期)皆可补正本文,请读者留意。

(原刊1940年代初《学术评论月报》第3期)

# 改造中国民族性应以改造风气为中心论

——与张君俊论中国南北之民族性并论中国民族之改造问题

**目次**

（一）本文之目的。
（二）介绍张著中华民族之改造。
（三）张君对南北民族性优劣认识之不够。
（四）书籍中（历史上）所记载的南北民族与风气。
（五）对历史人物之地理的分布上作进一步的分析。
（六）再举几个南北俗尚之不同点。
（七）尾声——改造中国民族性应有之先决条件。

命题之用意：——本文主张：中国民族及文化皆为一体，不应分南北，至南北之所以不同者，乃在于风气。故欲改造中国民族，必应以改造风气为中心，已往一般人主张中国南北民族之分，似有违反统一之意。且张君俊之中国民族之改造一书，竟主张南人优秀，应以南人改造北人，此更为谬误。故本文以批评该书为主要对象，主张"凡中国民族皆优秀"。至南北不同之处，全在乎风气，故命题为"改造中国民族性应以改造风气为中心论"云。

## 一、本文之目的

一个民族性的优劣，非经一次大的试验看不出来。要对一个民族的改造，也非经过一次的试验，绝对找不出改造的正确方针和有效的办法。在这一次大的战争中也就可以说是大的试验中，证明了已往一般人对中华民族性认识之不够，且有一部分还是误解。这一点，我们在抗战步入胜利阶段的时候，应当切实的提出一论，一方面要说明中国民族之特长及其优点，另一方面要指出劣点，俾在优点与劣点上找出改造的办法，使将来中国民族之优点能尽量的发展，劣的方面能尽量的改掉,要造成一个最优越的民族,也就是最优等国家的一份子。况且,我们抗战的目的是在建国,所希望是建成的一定是最强大的国家。然在最强大国家之间,当然所需要的是强大和优越的份子。可是我们现在的中国人是如何呢?固然有不少的优点,但劣点也并不见得太少,因此,在这个抗战建国的过程中,这个问题自然有切实讨论的必要。

### 二、介绍张著中国民族之改造

在讨论中国民族改造问题之比较具体一点的著述,当然只有张君俊君著的《中国民族之改造》一书。这本书是民国二十四年出版的,全书共分十六章,他由中国民族的血统,各省历代人物之消长,身长体重,以及气候、疾病各方面分析中国各民族的优点与劣点。这种方法及所根据的资料倒还合乎科学,故在战前也不易发现他说的话不对,然自抗战以来的大试验中,便发现他所得的各种结论,有了许多错误,而且他又太忽略了风气对人的影响。因此在他这本书里的理论前后有不少的矛盾,也就是说他根本对中国各地民族认识之不够。

### 三、张君对南北民族性优劣认识之不够

现在我们就先以张君对南北民族性的优劣比较来说,就发生了许多矛盾,按他的结论,是在说明南方人为较优秀,应当南人北移,都住在适合人类生存的地方。这一点我们且不论;我们应先把"优秀"划个标准,按一般人——即张也在如此所认为的最优秀民族是具有高尚人格和道德,大国风度的民族。因此所具备的条件是:(1)身体要强健。(2)性格要负责任,守纪律,重义气,有礼貌,勇于为真理而战斗,有牺牲精神。(3)做事要沉着,有毅力。(4)态度要大方,要严肃。(5)对人接物要忠实,而且有专一的信仰。这样的民族,才是最优秀的民族。反乎是的,自然是劣等。然而中国民族平均来说,大体都是优等。虽然南北略有差异,而是因为风气上和习惯上造成的性格之不同,而不是因为种族之不同而不同。由这一点上,即可以看出张君有许多矛盾的地方,我们来分别的批评一下,就可以知道他得的结论之不正确了。

张君在该书第九章中把南北民性分成两大系,北方区是指黄河流域以及黑龙江流域,尤以华北平原之冀、鲁、豫、苏北、皖北为代表。南方是指长江流域、珠江流

域,尤以长江下游为代表。他举出了九点不同的地方。他说:"第一北人多豪爽,南人多狡猾。"第二是说"北人礼尚特重,故守秩序的意识,异常特殊。……总而言之,他们多有一种爱讲理的特性,这种守秩序的精神,沉着毅力的表示,中国之所以能称为礼让之邦,便是因他有这大民族之风度,南方人不惯守秩序。"第三,"北方人的服从,是驰誉全国的,他们服从威权,他们服从制度,他们服从习惯。南人却不然。……北人对于服从的概念,决不似南人之淡薄。北方的风俗习尚虽有关系,但他们的沉着毅力实超过于南人,故他们的服从态度也就不同了。南人却不然,外人讥笑中国为一盘散沙,尤以南人为代表"云。第四,北人还有一种风尚便是尚侠义重然诺,他们认为对的事,以为是金科玉律,不可更改的,虽赴汤蹈火,也不推却。南人却没有那样傻,他们在未答应将答应的时候,早已预备退步的办法了。第五,北方民族重实行,南方人大半尚口讲,南人既尚空谈,一切事业也就以空谈了之。第六,北人诚实,南人虚伪。第七,北人保守,南人进取。第八,北人迟钝,南人敏捷。第九,"北人俭朴,南人奢华。"南人之不同的原因,说来说去,张君总归结于"因为北人体力较南人为优,南人智力较北人为优"。由这九点的比较上,我们大致都承认。然而他由此便说南人的民性较北人为优,这个结论我们由所定的标准上入眼,就可知道张君的话是前后矛盾的。

第一,按张君的说法,北人的民性很多合乎优越民族的条件,且有大国民性的遗风,而南人的条件似乎比较少差,因此就不能说南人比北人优劣。至于说以有"进取"和"敏捷"为优越的条件,这点张君在第二节会说:"南方人不惯守秩序,反而多轨外之行动,你说他好,便可以加上什么'活泼',什么'进取'等好听的名词,你说他坏,又可评他为体力不充实的幼稚病。"如此说来,张君所谓南方民性优越于北方的不知是指哪一点而言?这不是自相矛盾吗?且他接着又说:"须知民族要成其伟大,必要有爱讲礼让的精神,从前中国称为礼让之邦,便是因为有大民族的风度。现在中国人多丧失了这种美德,也是一种民族衰老的表示。"可见张君对于礼让之风也很崇拜。关于这一点,南方我不十分清楚,不过北方人对于这种礼让之美德,还应当保存,诚如张君言,不论城乡依然要讲礼,最普遍通行的如夫妻间"上床是夫妻,下床是礼义"之风气,以及崇尚孝悌、忠信及重友情的风气,虽在"打破礼教"高潮之下,依然还要保存。由此看来,北方民族的幼稚病还不甚大。

第二,至于张君说北方人服从威权,这一句话,我们需补充几句;况张君既说北方人尚侠义,按崇尚侠义的人民是多守节操的,所谓守节操的人民是服从真理的人民,不合乎道义的威权,就是"皇帝"他也不会服从,并且张君又说,北人无谄媚阿谀之习，因此人民"拍马"的"服从"威权行为倒不多。北人的性格，张君说到的也差不多。谚语说的"北人怕敬"，对北人的办法，只有多带点"高帽子"，多恭维两句，一切事情都可以办得通，要是无理对待，北方人是"可杀不可辱"，即是"皇帝"的威权，也要反对的。然而，北方人绝对服从公法，服从制度，这点我想不仅是北方人的特长，大概也是中国人通有的特点。

第三，张君说北方人保守性太大，遗有封建遗风，这一点我们也承认，北方人的保守性如果不大，当然中国的固有精神早也不会保得住。北方人的国家民族观念比较重，团结力也比较强，总处处不失为老大国的民风。因此，北方人的自尊心理也较高。虽非于张君说的"萧规曹随"，然"以子继父业为荣"，倒是通有的现象。北人的民性虽然较为固执，但改进的方面，却颇勇敢，不怕牺牲，但是总要稳重，绝不轻言改革，不论一切，凡事都取稳重态度，绝不轻举妄动，但因此新花样不易多见，既作之，要继续努力，绝不会弄"五分钟的热度"就改变了。这一点虽然是北方人的特短，但也是北方人唯一的特长。张君说："凡具有伟大眼光的民族，总是在保守中有进取，进取中有保守。但中华民族却不然，竟把两种特性彼此分离，不使他们合作。北方人有保守性，绝少进取精神，故他们仍在北方过那尧天舜日的生活。"这一句不知从何而起？在战前我会旅行全国各地，北方各大都市及乡镇，除少女脸上的粉和口红及奇装异服不及上海外，其他建设、文物、制度，并不落后于南方。他又说："南方专门讲进取，又少保守的涵养，无论什么新的事业，很容易在南方时髦一下，但昙花一现，转眼成空。南人多是浮而不沉，只能做许多热闹功夫，很少有深沉的毅力，去做脚踏实地的事业。"这一点说的未免有点太过，南方绝不是那样糟。不过，关于北人的创造方面，确是不作则已，一作就一定与国家民族以及一切大事业有益，即以张君俊所举的例子来说：如洪秀全之所以失败，也是因为无北人相助。孙总理革命之所以成功，完全是因为他肯用北方人。即民国以来的大运动如五四运动之在北平，以后凡大的爱国运动以及与国家大局有益的事业，也大半多在北方。向来是"南人唱于前，而北人向于后的则多成功，且可永久"。而"北人唱于前，南人向于后的越来越弱，渐至消减无闻"。这些史实或实事特多，可以找着看，由这一点就不能否认北人不是进取。再者：张君又举出闽粤人之开发南洋，他便忽略了山东河北人的开发东北及朝鲜，河南人开发西北，四川人开发康藏，云南人的开发缅甸。总之，中华民族都是向外发展的，各地人发展的力量相等，不过国家平时既没有统筹办法，人民就只有自动的向外发展，去开发新的园地了。这一点，张君倒不必担心"北人有体力无智力，南人有智力无体力"了。如果像张君所谓的"智力",我还是希望中国都不要有这些"智力"好。张君说:"北人喜欢讲规矩,很是谨严的,南人尚自由,不愿守成法……所以北人是行检整饬,南人是不修边幅了。北人对于钱是比较吝啬,南人对于此点却有点慷慨了。"这句话不知作何说法,按"慷慨"一词下面应是"好义",如果是好义的慷慨,北人大概尚不让南人独美。要是"无为消耗"的慷慨,北人到着实不来。

总之:张君对中国民族之认识太不够了。并且他自己有点主观见解,所以说的话便前后矛盾,曲解的地方便太多了。我们可以说北方民族并不衰老,南方民族也不衰老,至其民性为什么不同,完全是因为南北风气不同的关系所致,至于其为什么不同,自有其历史之原因及习尚之原因在,今于下列各节中述之。

**四、旧籍中(历史上)所记载的南北风气与民性**

中国历史上关于南北习俗民气之记载颇多,但大体说来,所记载都差不多是北人重气质,负责任,尚俭朴,礼让之风,南人尚浮华,浪漫之慨。在春秋时代以前南方无文化,也无人提及,即所谓荆蛮、淮夷,也还是属于张君所创的北方的范围内。在《中庸》中虽然有"宽柔以教,不报无道,南方之强也,衽金革死而不厌,北方之强也"的南方,但不出中原,所指的北方也不过是现在的鲁北及河北的南部,也还是中原。长江流域之文化发展是始自战国以来,但是时的风气,不论怎样,皆向慕中国,习中国礼仪。及秦代以后,经诸亡命之徒以及流亡政府君臣们的浮华,清谈之风尚,才把大好江南造成了华而不实的风气。所以上有了陈后主的君,下面才产生了大批"隔江犹唱后庭花"而"不知亡国恨"的商女。然而北方依然尚保持着义勇礼让的民风。所以迄于隋唐、北宋,中国皆不失为东亚盟主的大国风格。然自南宋以来,朝廷崇尚文词,人格教育一变而为"文墨教育",中国风气才一变昔日书观。此所谓世风不古,所以到了宋末,初有北方人民慷慨奋起的岳飞之流的忠臣义士,可是对称的便是秦桧。明宋奸臣辈出,忠臣义士有史可法,对称的便是洪承畴。及至清初,民气消沉,所以顾林亭先生乃大叹息的说:"饱食终日无所用心,难矣哉,今日北方学者是也。群居终日,言不及义,奸行小慧,难矣哉,今日南方学者是也。"这"饱食终日,无所用心",就是保守。而"群居终日,言不及义",就是以"小慧"创造新花样,但结果是"昙花"一现。如此的结果,才造成了今日中国的命运。

南北之风气自东晋以来就分途了,我们从南北文章崇尚上看便知。《北史·文苑传》说:"既永明天监之际,太和天保之间,洛阳、江左文雅尤盛,彼此好尚,雅有异同,江左宫商发越,贵于清绮,河朔词义贞刚,重乎气质,气质则理胜其词,清绮则交过其意,理深者便于时用,文华者宜于歌咏,此其南北词人得失之大较也。"到清初顾亭林先生对南北俗尚说:"江南之士,轻薄奢淫,梁陈诸帝之遗风也。"一语道破南方风气的成因,他接着说:"河北之人,门很报杀。"燕赵自古多慷慨悲歌之士,凶杀之事,在所难免,当然也不甚好。总之:北也太强,南也太柔,各有过与不及。今更引梁任公先生的话来一看:"北地……学术思想,常务实际,切人事,贵力行,重经验,而修身齐家救国,利群之道术最发达焉,惟然,故重家族,以族长为政治之本,敬老年,尊先祖,随而崇古之念,重保守之情深,排外之力强,则古昔,称先王,内其国,外夷狄,重礼文,繁亲爱,守法律,畏天命,此北学之精神也。南地则反是……故常达观于世界以外,初而轻世,继而玩世,既而厌世。不屑屑于实际,故不重礼法;不拘拘于经验,故不崇先王。又其发达较迟,中原之人常鄙夷之,谓为野蛮。故其对于北方学派,有吐叶之意,有破坏之心,探玄理,出世界,齐物我,平阶级,轻私爱,厌繁文,明自然,顺本性,此南学之精神也。"由这段话上,我们就可以看出来,抗战及建国,所需要的究为哪种精神,这一点我们不必废词来解释了。

至于南北民性为什么造了如此不同,他们的历史原因,按张君的解释是"一切北人南渡,大半为比较聪明的份子,他们初来的时候,未尝不带着北方豪爽气,及至环境变迁,身体亦遭气候之摧残,大有今不如昔的样子。……体为既缺勇敢,对于环境之应付,便不能干干脆脆的豪爽起来了……只好利用圆滑手段。"张君说的似乎不透彻,至于南人之所以如此,自有其历史的原因在。按历史上民族之迁移的原因与结果,不外二种方式:一为找更适合于生存的地方。一为被外力的驱逐或犯罪的被流放。前者移动的结果,在新的环境中,就重作一种远久之计,创造一种独特的优秀的好风气。后者移动的结果,因为份子大部分是流亡人,仍旧时时希望着返回故国,故皆不作远久之谋,本身既无把故乡文化完全带来,而新的设计又是马马虎虎,其本身尚好,然至其子孙难为定居,而习惯确已养成,因此便产生了一种"今日有酒今日醉"的浪漫风气,乃一变旧日的精神。此乃各殖民地文化的类型。中国民族之迁移,当亦不出例外。按中国历代民族之移动,在周代以前移民的方式,完全是属于前者,所开辟的土地,大半在黄河流域,以至中国文化的黄金时代完全在北方,在周初的时候,荆吴的蛮族,向慕中国文化,才有吴公子季札的观光上国,楚国的陈良说"周公仲尼之道,北学于中国",此后,长江流域才渐习"上国衣冠"。可是这个时候的吴、楚、越皆为故国,皆为定居的人民,故其文物制度,风俗习惯,皆处处模仿中原,故在这些国家中也有不少"豪爽""礼让"之士。然自秦代以来,历代的大部的流亡政府的君臣,如东晋、南朝、南宋等,或者是犯流刑的罪人,都迁往大江以南。这些流亡人以及流亡政府的君臣,在流亡期中,礼义渐废,因此乃上下相习,而成为放荡淫靡之风,虽尚习诗习文,而成为"言不及义,好行小慧"。虽然如此,但习尚大体相同,不过有的地方保守的深,有的地方较放荡而已,实际的说:中国民族及文化是一体的,南北的民性及风气虽略有差别,而实际上大体还是一样。现在引米内氏的一段话,作此节的结论。"虽然广东人有广东人的性格,四川人有四川人的性格,这都是由于地方的自然环境与社会生活而造成。但其间不论是广东人,是四川人,都有一贯的共同性格,而为中华民族的民族性格的中心,其性格为发源于黄河流域大平原的性格。"我们可以说北方人是"老牌"风气,南方是"新牌"风气,各有长短,而同是中国固有的风气与民性。不失为大国民的风格。

**五、对历代人物之地理的分布上作进一步的分析**

至于南北风气之不同,对于南北民性及事业上确有绝大的影响。这一点我们从历代南北人物的比较上,就可以知道一个大概。张君俊在该书第三章上道中国各省历代人物消长之原因,他的意思也是在说明"是要测验中国民族之智力,及其相连的关系。"他说:"所指的人物,有两种,一是富于自动性的,一是富于被动性。富于自动性的天才,很少被埋没的,因他身体内部之秉赋,异常充实,神经系统,尤称敏感,故他时时找发展才能的机会,只有那些富于被动性的天才,若无较好环境之刺激,便有潦倒之危险,前者……虽处于万分不顺利的环境……亦能造出一个环境,来适合他的要求,这便是英雄造时势的天才。后者如历代王佐之才,只能跟着别人奋斗。"他接着又说:"现在我们不问历代人物是属于何种天才,但我们可以借重他们来测知民族的智力之消长和趋势,由此我们可以推知民族品质优劣的成份。"按他前一段话的意思是在说明有创造性和能自立的人物应当较被动性的人物为优。当然观察各地人物应当重质不重量,可是他后边的文章意思倒又是"重量不重质"。这不惟是前后矛盾,而且这也是一件最大的错误,因为量多就不一定是质好,要是以大批的奸臣,以及舞文弄墨的无行文人滥竽充数,倒不若还是量少点好。对于改造民性上确是一个粗大的不正确的理由。现在我们要更进一步,质量并重的分析一下:

第一,先从历代南北人物之量上说——张君根据的资料不过是丁文江之二十四史人物统计,李桓之《国朝耆献类徵初编》及当代中国名人录所编之资料而言,汉代以前的人物根本没提及,清代东三省的人物也没提,他这种采取资料未免有点大不对了。在汉代以前的人物完全产生在北方,创造了文化。而后北人南移,南方渐被开化,因此由三国以来,南方渐有人物,不过以张君之统计而言,由汉至明末,北方各省人物尚以三一一〇占多数,及至清代及民国以来,北方人物渐少,确为事实。诚如张君所言。清代北方六省人物,共为一千三百三十六人,而江苏一省则独占一千三百二十三人。确实相差太多。如更进一步从质上来看,确成了一个大的相反。

第二,从历代人物之质上分析——南北的人物确代表着两种不同的性格。丁文江说:"南方人是尚美术的,北方人是尚气质的。"这确是实话。各省有各省的优点与劣点。所以所产的人物亦不相同,有七点显著的事实。就是(1)明清以来,诗词文章,江左第一。所以艺文之士,多出江左。尤其清代以艺文取士,所以清代江苏人物特多,自为合理。然而(2)历代帝王完全产自北方,(3)历代之名将名相也以北方各省为绝对多数。(4)中国学术思想各宗派(除文章宗派外)之主要人物也可以说完全产在北方。(5)历代之忠臣义士大部分都生在北部,宋代以后,浙江、宁波一带及福建、湖南各地,因有不少北方人移来,风气大受影响,所以也有不少节烈之士。(6)再以历代的大流寇如李自成,及大的汉奸如张邦昌、刘豫之徒,也以产在北者为多。不过应当注意张邦昌、刘豫这批汉奸的行为虽然不好,然与秦桧之流名不是汉奸者相比,大概还有点爽直的气概,绝不像秦桧之流的鬼鬼祟祟,谋害忠良,所以秦桧向岳飞跪着倒也应该。(7)每朝代建国之初干部多为北人,到世道衰亡的时候,肯坚持到底的忠臣义士也多为北方人,例如:宋室南渡以后的情形,引赵翼的话来看,他说:"宋南渡诸将立功,虽在江南,而其人皆北人也。韩世忠延安人,岳飞汤阴人……统计诸名将,无一非出自北方,是南宋之偏安,犹是北人之余力也。"明末何咎不如是。可是岳飞被谗杀了,不少名将都不得好果,是故宋之灭亡,确可叹得很。不惟宋代如此,按历代中国民族英雄的战将,也向以北方为多。今我们据王敬编之《中国名将传》、张元济著《中国民族的人格》、韩裴编《中华民族英雄列传》,列为二表,来一看:

| 时间\地点 | 春秋 | 战国 | 西汉 | 东汉 | 三国 | 晋 | 南北朝 | 隋 | 唐 | 宋 | 元 | 明 | 清 | 共计 |
|---|---|---|---|---|---|---|---|---|---|---|---|---|---|---|
| 河南 | 一 | 三 | 三 | 八 | 二 |  | 二 |  | 二 | 三 |  | 三 |  | 二七 |
| 陕西 |  | 二 | 八 | 五 |  | 二 | 一 |  | 二 | 二 |  | 四 | 一 | 二七 |
| 山东 |  | 四 |  | 一 | 一 | 二 |  |  | 二 |  |  | 一 |  | 一一 |
| 河北 |  | 二 |  |  | 一 |  | 二 |  | 一 | 三 |  | 一 | 一 | 一一 |
| 山西 | 一 |  |  |  | 一 | 一 |  |  | 三 | 二 |  |  |  | 八 |
| 甘肃 |  |  |  | 一 |  |  |  |  | 二 |  |  |  |  | 三 |
| 蒙古 |  |  |  |  |  |  |  |  |  |  | 四 |  |  | 四 |
| 东北 |  |  |  |  |  |  |  | 一 | 二 |  |  |  | 六 | 九 |
| 江苏（北） |  |  |  | 二 | 一 | 一 |  |  |  | 一 |  | 一 |  | 五 |
| 江苏（南） |  |  |  |  |  |  |  |  |  |  |  | 一 |  | 一 |
| 安徽（北） |  |  |  |  | 二 |  |  |  |  |  | 四 | 二 |  | 八 |
| 安徽（南） |  |  |  |  |  |  |  |  |  |  |  |  |  |  |
| 江西 |  |  |  |  |  | 一 |  |  | 一 |  |  |  |  | 二 |
| 湖南 |  |  |  |  |  |  |  |  |  |  |  | 五 |  | 五 |
| 四川 |  |  |  |  |  |  |  |  | 一 |  |  | 一 |  | 二 |
| 云南 |  |  |  |  |  |  |  |  |  |  | 一 |  |  | 一 |
| 浙江 |  |  |  |  |  |  |  |  |  |  | 二 |  |  | 二 |
| 广东 |  |  |  |  |  |  |  |  |  |  |  |  | 一 | 一 |

上表内所列共计一百二十八人，大概皆为一般人认为够作模范的名将。合计北方一百一十三人，南方十五人，尚不及河南或陕西一省所产将才之一半。这也是显著的特色。至于张元济所编中华民族之人格一书中所选模范人物十五人，河南者十人，山东者二人，山西者二人，鄂北者一人，竟无一人为长江流域者。而韩棐，中国民族英雄列传所选人物共六十一人，其籍贯分配如下表：

| 省名 | 陕西 | 河南 | 山东 | 河北 | 山西 | 福建 | 广西 | 江西 | 甘肃 | 浙江 | 四川 | 云南 | 江苏（北） | 广东 | 湖北 | 共计 |
|---|---|---|---|---|---|---|---|---|---|---|---|---|---|---|---|---|
| 人数 | 一五 | 一二 | 四 | 三 | 五 | 三 | 四 | 二 | 二 | 三 | 一 | 一 | 三 | 三 | 一 | 六一人 |

由这个表上看,北方人仍然占据绝对大多数。凡是有关义气教育的人物,多为北产,或为长久生活在北方的人,或为有北方风气的地方如浙江宁波一带,福建湖南广东各地的人。即以清代文人而论,南北文人亦有显著之不同,即北方重学理及考据之学,南人重文章,清代以文章取士,所以江左文人大盛一时,才能以一千三百二十三的数目超过北方六省的总数了。其实北方埋没的人物天才,何知又多少。战前冯友兰先生在印李绿园先生《歧路灯》一书的序上有一段话,正是清代以来北方文人厄运的一片写照。录如下:"近几百年来,河南人之能以文章学术成名者是损之又损……其所以'鲜矣'的原因,即是自从学术界的中心,自中原移到东南以后,河南人与各时代的'大师'或'学阀'失了联络。因之,河南人一方面不能得到'大师'的指导,而不能多有所成就。一方面又因'学阀'的鼓吹揄扬,所以即有成就亦不为省外人所知……"

我们看了这段话,正可知近二百年来北方文化厄运的一般了。可是在这种情形之下北方的学者数目并不见少。由此我们就可以知道北方人的脑力并不迟钝。张君俊的话说的根本不通。这完全是他所根据的材料及注目点根本就错误的关系。

**六、再举几点南北不同的习尚**

至于南北民族性不同的原因,张君只看到皮毛,而没有作进一步的观察。张君所言"因为南北体力的不同,及自然环境与南北疾病不同之关系"。这一点固然不能说没有关系,然而我们绝不能忽视风气的力量。例如,宁波一带与杭州一带,全是浙江省,而人物特点就大不相同,湖南也是长江流域,体质并不见得比长江流域各省为优。广东人体质并非彪形大汉,但创造力确不可漠视,北方的人也不见得各地人体力都好,然而确别有特性。江左文人特多,概也为风气的原因。南北的风气不同,除张君俊所举的各点外,我们还应当注意他各种风气造成的原因。我会从南北之崇尚、家教、歌谣、童话、故事、各地土调之剧本,以及村社与儿童游戏各方比较过,完全不同。比方说:遇到一个北方的老人,自夸少年的事,绝不是学问,总先说两套会做过的"宁死不屈节,饿死不做贼"的事件。南方的老人夸耀的是文章或者是家产。北方的家教是勤俭二字,这是不论城乡都是如此。南方关于这一点我倒不很清楚。一个北方小孩先讲究体力,玩两套国术。南方倒没有。北方重敬尊长,南方倒没有那样固执。我们从南北歌谣童话及故事中,也可以比较出南北的习尚,北方的歌谣以讲礼仪为多,如:"太阳出来亮似金,兄弟起来拜恩……"之类的歌谣,南方倒不多见。南方以情歌为多。而南方的情歌亦不相同。南方情歌重情,不顾一切;北方情歌,情中总要有很多顾及。北方的童话多为"飞毛腿"的侠客;南方则多神仙。北方的故事多忠臣,义士,孝子,贤孙;而南方则多才子佳人。至于南北剧本,我会统计南北二十七个大城市中的十戏剧本,平均说来,北方戏多述道义故事,妇女亦以贤妻良母为标准。南方剧本这一点则不及北方多。至于河南剧本中《仙蓬蒿》一剧中的苏虎妻子,在大旱三年的时候,割肉孝父的故事,南方剧本则绝未一见。(河南南阳曲子戏中即亦无此项剧本)如谈情说爱,公子小姐的剧本,(如卓文君型的女性)在北方民间,则绝对禁演。这是南北土调中不同之点。但是有一个共同点,就是皆大团圆为终结。(上列歌谣与戏词,我另有专文。这里不过提的结语而已。)北方还有个特殊的习惯是村社,概为古之"乡饮酒礼"。每年总有几次(至少一次)全村老幼相聚,长幼有序的讲理。这个社中有议论村政,及一切公共事项:如看地,看家,以及各家修房屋、婚丧大事,共相帮助及照料。平时社中也有组织,轮流为社长。这种组织在南方是没有的。(注意:不是神社,也不是秘密结社。)南北的社会生活是如此的不同,所以产生的民性以及人物亦大有异了。

南北风气各有优点与劣点,南方的风气尚自由,易于创新立奇。北方风气尚谨严,易于实行与保守。太自由了就会流于张君所谓的各点;太保守了,一切旧习多不易革去。如北方各地尚有少买卖婚姻,以及早婚的现象。这都是不可否认的事实。南方的人性,可以创造新学说,或理论。北方的风气易于推行或保守。学理的创造是需要,施行的力量更是需要,然而南北民性中总有一个共同性,说来,中国民族是不论南北的。

### 七、尾声——改造中国民族应有的前提

我们由前述各段来看，南北民族性虽然不同，而其间总有个共同性，这就是证明中华民族性原来是一个的。至于南北民族性分离的原因，完全是因为南北风气影响的结果。而南北风气之所以差异的原因，就是北方是"老牌"风气，南方是"新牌"风气。虽"牌"有新旧之分，然实质还是依旧的"大平原的性格"风气。所以我们主张要改造中国民族，就是要先从改造风气入手。总裁所指示的"施行新生活，恢复旧道德"。也不外是说："我们不论怎样改新，在立国精神上总不应漠视中国固有的立国，和独立性的风气。"以风气来说，北方的风气确有不可忽视的优点，这是不可否认的事实。我们同张君的见解是一样的。张君主张极力建设华北，他甚而说："中国北方无繁荣的可能，中国民族的体质，亦无挽救可能，所以北方之繁荣与否？与中国民族之命运，发生最密切之关系。"这一句话我们确实得相信和赞同，换句话说，华北就是中国的命脉，然由抗战以来的各种事实上更可以证明平时我们对华北建设的忽视。同时由华北人民在抗战及各方面的表现上：如（1）各战场北方兵的作战能力。（2）北方战区内人民的自卫组织，及游击工作。（3）河南人开发西北。（4）东北人的开发新疆。（5）灾荒中河南人精神的表现。（6）以及北方人在前后方各方面的表现如何，自有公论。由各方面均可以证明张君平时对北方人认识之不够。张君只看到华北的重要及华北人的保守性，所以他主张"南方之优秀份子，向北移植"。以此来改造北方民族。他便忽视了下列两点危险：

第一，现在的国防是不分南北的，北方民族固然需要改造，而南方民族的各劣点是否就要继续下去？（则南势必渐单薄。）

第二，北方的风气和民性本来超过南方，如要大批的"优秀份子"北移之后，如无具体计划，是否要将北部的民族性都要"南方化"？按张君的意思是说这些"活泼份子所以不好，是因为气候的关系"。他并没有注意到是风气的关系，更没看清风气之造成的原因。

有这两点，已经足够可怕了。再者，要按张君说的，政府应有北方"办大工厂，工人完全用南人"。说来说去，不外为"把整个北方让给南方的'优秀份子'"。"如此，才能使北方人民安居乐业。"这句话是怎样说法呢？难道，完全让北方人坐着吃饭不成？按张君全书的理论中心点只注意了一方面，而忽视了其他多方面。所以他便有不少前后矛盾和抹杀事实的说法。既说了"创造新花样而不能实行的民性，是幼稚病"。反而又说这是"优秀份子"。如果要像这样的"优秀"，未免是太骂了"江

浙人"了。大概张君是一个"幼稚病的优秀份子",偏偏又把文雅礼让的江浙人拉了进去。这本书不只侮辱了江南人,而且侮辱了整个中华民族。

中华民族需要改造,更需要普遍的改造。由我们在前面分析的结果,知道中华民族性衰老的原因是风气的堕落,所以说中华民族应以改造风气为中心,北方的风气虽然"老牌",但是"牌"太老了自然易流于保守。南方风气是"新牌",而"牌"太新了就未免变作幼稚。应各采所长的来补所短,例如现代各科专家以江南为多,自不可以否认。而北方人的重实行,负责任,确亦不可忽视,换句话说,北方风气中所含的"中国固有精神"较南方道地,这也不可否认。所以说北方开大工厂,应请南方技师,南方开工厂,应请北方工人。北方设大学或研究院,应请南方教授和导师,南方办社会教育,应请北方人作主任及指导员。即中小学中皆应用北方人作训导主任。诸如此例,如此以南北长短相补,以改造我国风气,就可以渐臻于至善。至有了大国的风气,就会有大国风格的人民,有大国风格的人民国家,才会是世界上最强的国家。

(原载《心理建设》1943年第1卷第4期)

# "易"之名义及其源流

## (上)易之名义

今世间流传之《易》上下经二篇,即为八卦(单卦)构成之六十四卦(重卦)。双十翼:即《彖传》(上下)、《象传》(上下)、《系辞传》(上下)、《说卦传》、《文言传》、《序卦传》,《杂卦传》是为《周易》,其意很显明即为周时代所发达之易。此外在古代所存在的别种之易,据《周礼·春官》有大卜之职云:"掌三易之法,一曰连山,二曰归藏,三曰周易,其经卦皆八,其别皆六十有四"云云。由此可知在周易之外尚有连山与归藏两种易书,至于连山归藏之本身为如何,真实不得而知,今继孔颖达《易经正义》载:"伏羲之易曰连山,黄帝者曰归藏。"又郑玄之易论及易实之说"夏曰连山,殷曰归藏,周曰周易",至于何故命名为连山,归藏,一般之解释多为臆说,不甚可靠,故不置论,不过据此只可知《周易》而外还有两种易书而已。

关于易之名流,据《周易正义》(卷一)引郑玄之说,论易之名概含有三意,即:(一)简易;(二)变易;(三)不易。所谓简易即简单明了,由简单而复杂的意义。以八卦演为六十四卦作为根据以说明天地间无限之事物,最简单的为阴阳二爻。《易·系辞(上)》传云:"乾以易知,坤以简能,易则易知,简则易从……易简而天下之理得矣。"又《易·系辞(下)》传云:"夫乾确然示人易矣,夫坤隤然示人简矣"。此言太阳东出西殁,昼明夜晦,春花冬雪,亲爱子,子慕亲,是最简易的程序……而易之变,则为明示天地间易简之法门。第二源之变易,即云宇宙间森罗万象转瞬即变,行云流水寒往暑来,总易变化代谢,观其流转变化上,一切现象尽在此范畴中,当为之变易,然而此变化错综现象中,应可见其有一定之法则。因此即生出第三个意义来:其质盖谓,日月星辰之运行,春夏秋冬之代谢,就此运行代谢中之事物而言,似有一定之法则,万古不变,如同流水,去而复返,又如花之谢而复开。个人之有生死,国家之有君臣,家中之有父子兄弟夫妇之存在,自昔而今不变。又如天尊地卑，君臣父子兄弟之道，恒久不变，此即生出第三意之不易的意味，故不易与变易之两意虽明似矛盾，然实际说来，在宇宙间森罗万象变化中，同时亦有很多不可易之理的存在。而易经则为由易简方法示出此复杂之变化中的不变之法则，以穷其千变万化之理，故程子《易传序》曰"易，变易也，随时变易以从道也"，朱子《周易本义》也说"易，书名也……有交易变易之义，故谓之易"云云。

再按其字义来说：概有日月与蜥易两种说法，据《说文》云："易，蜥易蝘蜓，守宫也，象形，秘书说，日月为易，象阴阳也。"按丁福保著《说文解字诂林》依《慧林音义》卷云：访画即指贾逵而言。又据段玉裁注及《周易参同契》皆依此说，谓易是日月阴阳配合之理，且按易之字形，其上为日，其下为月，亦有可书。至蜥形一说，按蜥为动物，其身每日变十二色，据李时珍著《本草纲目·卷四十三·鳞部》守宫云："南方有十二时虫，即守宫之五色者"，附录曰："《岭南异物志》言宫首随十二时变色，见者主有喜庆。"其物志言："其阴多缃绿，日中变易，或青或绿，或丹或红。《北户录》言：不能变十二色，但黄褐青赤四色而已。窃按陶弘景言，石龙九色者为蜥蝎，陆佃言，蜥蝎能十二时变易，故谓易名，若然则此虫亦蜥蝎矣，而生篱壁间，盖五色守宫尔。"又陆佃著《埤雅》卷十一释虫易之部引《博物志》曰："周易之义，疑出于此，取其阴阳交互而易，一曰蜥蝎，日十二时变色，故曰易也，……易之义出于易，皆取诸物也。"又罗泌著《路史》云："易者庐蠷之名，守宫是矣，身色无恒，日十二变，是则易者从其变也。"由此说来，《易经》命名之意，概因动物而起。总之：易的意义是取宇宙中万象如日月之变易，而其中更含有不变的法则，其变之形状如蜥蝎，是曲线的。在万变之中含不变，不变之中含万变，以说明宇宙中之生生化化，新陈代谢之强，这大概是易经命名的本意。因此，《易经》中含有无穷的生命之哲理。

至于《易经》之如何成立？及其作者为谁？亦是难以解答的问题。据旧说所述仲尼之作注，古来相传，伏羲画八卦，文王演绎六十四卦，文王及周公又作爻辞及象辞，孔子作十翼，《汉书·艺文志》云"人更三圣，世历三古"，注云"伏羲为上古，文王为中古，孔子为下古"云云。

《系辞》传云："古者包牺氏之王天下也，仰则观象于天，俯则观法与地，观鸟兽之文，与地之宜，近取诸身，远取诸物，于是始作八卦，以通神明之德，以类万物之情。"

此文概为伏羲画卦说之由来。又：

《系辞上传》："河出图，洛出书，圣人则之。"

以伏羲继天为王,故河出图,以画成八卦,《汉书·五行志上》云:"易曰:天垂象,见吉凶,圣人象之,河出图,洛出书,圣人则之。"刘歆以为,"伏羲氏继天而王,受河图,则而画之,八卦是也,禹治洪水,赐洛书,法而陈之,洪范是也"。又按《说卦传》云:"昔者圣人之作易也,幽赞于神明而生蓍,参天两地而倚数,观变于阴阳而立卦。"《系辞上传》云"是故天生神物,圣人则之"云云。又司马贞《补史记·三皇本纪》:纪伏羲之事云"太皞包牺氏……蛇首人身,有圣德,仰则观象于天,俯则观法于地,旁观鸟、兽之文与地之宜,近取诸身,远取诸物,始画八卦,以通神明之德,以类万物之情,有龙瑞,以龙纪官,号曰龙师"云云。又《周易正义》卷一:论重卦之人,引孔颖达曰:"系辞云:河出图,洛出书,圣人则之。又《礼纬含文嘉》曰,伏羲德合上下,天应以鸟兽文章,地应以河图洛书,伏羲则而象之,乃做八卦,故孔安国、马融、王肃、姚信等并云,伏羲得河图而作易,是则伏羲虽得河图,复须仰观俯察以相参正,然后画卦"。由此各点看,画卦实为伏羲,各书中所载伏羲之名,有包羲,伏羲、宓羲、庖羲,等之不同,然其形状皆为"蛇身人首",形象《说文》中的蜥蜴,由此可以观察出易与伏羲的关系,是伏羲与"蜥易"字音相近,而且伏羲为蛇身近似"蜥易"之物,由此说来应先有易书,至战国时代始由易而演出伏羲的故事,因而造成伏羲作《易经》八卦的神话,到秦汉时代更由神话中心人物人格化,而造成了伏羲画八卦的故事,化为很显明的以讹传讹的不实传说,《支那思想の研究·易之思想论》中说伏羲为古代中的神,而八卦为古巫术,此点颇多误会,此种解释在日本颇为流行,如狩野博士在支那上代之巫及宇野圆空氏之宗教民族学皆有类似之解释,意为伏羲为古代巫之神,而易为巫之术,此概因为日人信神鬼,其解释亦多从神鬼而言,荒谬已甚。

至于何人将八卦重为六十四卦,其说亦不一,按孔颖达著《易经正义》云"重卦之人,诸儒不同,凡有四说,王辅嗣等以为伏羲画卦,郑玄之徒以为神农画卦,孙盛以为夏禹画卦,史记等以为文王画卦",于结论更谓"伏羲既画八卦,即自重画六十四卦,为得其实"云云,此乃以伏羲为重卦之人,然我们既已知伏羲为神话中心人物,而其画卦于重卦之说则亦又为神话了,当不可信的。

究竟《易经》起于何时?作于何人?当成问题,按正义举二说,一为卦辞爻辞为文王所作,二为卦辞为文王所作,爻辞则为周公所作:此说之理由,起于《系辞上传》云:"易之兴也,其当殷之末世,周之盛德耶,当文王与纣之事耶。"——又《系辞下传》云:"易之兴也,其于中古乎,作易者,其有忧患乎?"因此故"垂皇策者牺,卦道演德者文,成命者孔"的一套关于《易经》之历史。亦即司马迁作《史记·太史公自序》所说的"文王囚于羑里而演易",乃相信卦爻辞为文王所作。文王为殷纣所囚居与羑里,因忧患而作易。此点虽非神话,然颇多附会处,亦不甚可靠。

更进一步,由《易经》之本身所记各史事来看,列举一二如后:

升卦之六四:"王用享于岐山。"此王概系指周王。按周人之称王,是始自周武王克殷之后,追尊为文王,若如此而论,当在武王之后。

又明夷六五云:"箕子之明夷。"箕子为殷纣之臣,武王克殷后箕子始后囚于,似当非文王之预言"箕子之被囚",似当为殷史料之记载。

又既济之九五:"东邻杀牛,不如西邻之禴祭,实受其福。"按日人伊藤东涯著《周易经义通解》云:"东邻为五,西邻为二,东阳西阴,君臣之分也,杀牛祭之盛也,禴者,薄祭也,殷之末丧师,孰知周之不若,商罪贯盈,而周德维新,识者有如知其兴亡之分矣,此新旧也,其当文王与纣之事乎。"据此:此殷史实亦当在文王以后,亦不当为预言。所以我们确定:"易经的时代当然在殷周之际及西周时代的初期。到孔子时代才渐次完成。"

又依《左传》曰韩宣子适鲁,"晋韩宣子观书于太史氏,见《易象》与鲁春秋曰:'周礼尽在鲁矣,吾乃知周公之德与周之所以王也'",此易象即指《易经》中象辞与爻。由此可知"周公之德",此似以明示周公作爻辞及象辞之意。惟天地之现象托之于六十四卦之中以言至妙至理,殊可敬佩,据经文多载殷周之际的事,颇似文王周公等大哲之忧患所演至理之作,至于孔子与易之关系,据《史记·孔子世家》载:"孔子晚而喜易,序象系象说卦文言,读易韦编三绝。曰:假我数年,若是我于易则彬彬矣。"此说在汉唐各代无人疑之者。孔颖达《周易正义》序曰"其彖象等十翼之辞,以为孔子所为,先儒更无异论",此语之根据盖为《论语》中的"子曰:假我数年,五十以学易,可以无大过矣"。又郑玄依此而言"君子爱日以学,及时而成,五十以学斯为晚矣,然秉烛之明,尚可寡过,此圣人之说辞也"云云。故王肃诗传的五字如七字,故恐为孔子晚年的话,虽然自宋以来,如欧阳修等儒,颇多疑惑此说,叶水心于《习学记言》卷三《周易》象辞之归属,与《论语》之文相出入,疑非孔子之作。此等疑惑续说在清朝的考证学者概皆向意。然按诸《易经》,与《论语》《中庸》与孔子之弟子的著述以及儒者流如孟子荀子的学说,颇多同类。且荀子多引《易经》,如《相非》篇:"易曰,括囊无咎无誉,腐儒之谓也。"《大略》篇云:"易曰,复自道,何其咎,春秋贤穆公,以其能变也。"又《大略》篇"易之咸,见夫妇,夫妇之道,不可不正也,君臣父子之本也,咸,感也,以高下下,以男下女,柔上而刚下。"……诸如此例,与《易经》以及孔子之思想相对照,可知易与儒家有相当的关系,当不可疑。按日人高田真治在《易四思想》云"十翼中,《象》《彖辞》传之文最简奥,近乎春秋《论语》之文,《系辞》《文言》次之,其文章与《中庸》《孟子》类似,其制作年代恐为《中庸》《孟子》前后之战国时代,《序卦》《杂卦》《说卦》等甚为汉初学易者之作"云云。

上述各点,我们可以得到一个简单的结论,即:《易经》之作,是超于殷周之际至春秋时代又确与孔子发生关系,经战国以后至汉代儒者之不断加改增添始成为现代之《易经》。至于伏羲画卦之神话当为由"蜥易"演变出,此神话之流行甚晚,当在春秋战国时代,伏羲亦当为一神话中心人物,是由易字上而产生的,故其年代当绝对在易成立之后。

（原刊于20世纪40年代中期西安《正报》星期专论）

# 《唐昭成寺僧朗谷果园庄地亩幢》所表现的晚唐寺院经济

## 一、叙说

《昭成寺僧谷果园庄地亩幢》，刻于唐贞元八年(792)，继刻至贞元二十一年(805)，石高三市尺多，八面，每面宽五·六市寸，全文共约四千多字，现存于河南荥阳县广武区桃花峪。桃花峪在郑州以北五十余里，广武陵山阴，背山面河，当京汉路黄河岸车站西约三华里。据该村七十岁以上老人谈，该幢系于清末在南山坡上，为马金声(已故)掘土所得，移于谷口大王庙内；即该幢今所在地。大王庙已拆毁，只余古柏一株，该幢倒于柏树下，出土后曾为邑前辈陈子怡先生（陈子怡字云路，河阴铺头村人，清廪生，历任县志局编修，北京女子师范大学图书馆馆长，1946年以前逝世于西安）抄录，收入《河阴县志·金石考》，此后五十年来任其损毁，1962年我们又加以拓摹及系统整理，纠正了《河阴县志·金石考》中一二点错误。如《河阴县志·金石考》记"昭成寺地亩幢，贞元二十八年六月"。又该书《古迹考》记有"昭成寺，唐时所建，在山北滨河处"。又云："僧朗谷，见昭成寺地亩幢。"按贞元系唐德宗李适的年号，始于公元785年，终于公元865年八月。顺宗立即改元永贞，故贞元只有二十一年，这"贞元二十八年"的写法，即为错误，当更正为贞元八年六月或二十一年——在公元805年8月顺宗改元永贞，仍称贞元年号，为二十一年。《金石考》抄文中字句也有些错误，如"芥城"，抄文误作"芬城"，"樊村"误作焚村。现原石有数处残破，且缺了一角，字句不完，且多模糊处，亦幸有《金石考》该抄作蓝本加以补正。

## 二、原文断句及注释

维大唐[1]贞元[2]八年，岁在壬申，三月乙卯朔十月甲子，东京[3]昭成寺于河阴[4]县僧朗谷果园庄一所。知事僧智用。然有施地[5]及卖地[6]众多，施主等皆有忏疏[7]，自立契书[8]舍入伽蓝[9]，永充常住[10]，洎乎施主乃知身若幻[11]，悟影如泡[12]，虑火宅[13]之难居，预修净境[14]，遂以割青畴之沃壤，恒供普通[15]，减绿野之良田，善牙不断，已斯功德庄严，施主维原七代先亡，神生极乐[16]，见[17]存眷属，福庆千春。但智用，一介肤僧[18]，滥为缁侣[19]，幸蒙驱策[20]，敢有思维，窃恐谷徙陵迁，桑田变海，文簿沦毁，卷疏漂亡，所以雕幢刻石，题施主之芳名，镌记于斯表，后人之瞻顾，即使

---

[1] 唐，朝代名，自公元618年至907年。[1]

[2] 贞元，德宗李适年号，自公元785至804年。

[3] 东京，元宗元年改东都洛阳称东京，直至会昌间。

[4] 河阴，县名，从开元间置，含今河南荥阳县广武间北半部，及武陟县东南郡，原阳县西南角一带地。

[5] 施地，不要任何代价，送给佛寺的土地。送土地的人称"施主"，或"施地主"。

[6] 卖地，即寺院用钱买的土地，原土地所有者称"卖主"，或"卖地主"。

[7] 忏疏，向神自陈悔罪，祈求保佑的文书。此处指施主自立的施地契约。

[8] 契书，施地或卖地时，由施主或卖主所书写文书。

[9] 伽蓝，梵语，即佛寺。

[10] 常住，佛教叫不变作常住，庙宇是不变的，因此，称庙宇为常住。于此是永远作为佛寺所有。

[11] 若幻，像梦幻一样。

[12] 如泡，像水泡一样，很快就破灭。

[13] 火宅，佛家称"烦恼世界"为（世俗）火宅。《法华经》"三界屋安，犹如火宅"，即像火烧的一样难过。

[14] 净境，佛家称"菩萨所居的世界"。

[15] 普通，佛家称一般的意思。

[16] 极乐，佛家称"阿弥陀佛所居之国"，为极乐世界。

[17] 见，即现字，见存意即现在活着的。

[18] 肤僧，谦虚的称自己是"一般肉身僧人"。

[19] 缁侣，缁是黑颜色，僧尼服装是黑色的，所以称僧尼为缁侣。

[20] 驱策，驱，"驱"字的古写。策是"策"的古写。两字的意思，是有所策使的意义。

满芥城[1]之不朽尽劫[2]而石永存者哉。

　　置果园庄施地主逯义,谷内地,同施人逯谈、逯清、逯进、逯珣、逯兰、逯恒、逯澄、逯春。谷门西地四亩,施主李光,谷东地五亩。施主李芬。李光地一段十三亩,村东一里,东河、西逯阴、南寺田、北自至,大历[3]十四年,将八亩博寺家,三亩充居住园宅,东刘春、西李光南道、北李光,徐五亩,别作钱二千四百文,计一十二千文。院家买李光地一段十四亩,八亩平,六亩峨,东自至、西寺田、南寺田、北自至,大历十四年买,院家用钱廿二千四百文。李光地一段十五亩,村东一里,东张悦、西河[4]、南寺田、北河,大历十四年院家买,用钱廿四千文。坎东谷里地一段七亩,施主逯庄。李希地一段十二亩,村东一里,东寺田、西张期、南山、北逯义,建中[5]元年买,用钱一十五千六百文。李芬地一段,一十八亩,村东三里,东李光、西寺田、南山、北道,大历十四年买,用钱廿五千文。塔头一段卅亩,连坡,东山、西山、南坡、北坎,广德[6]二年施地主张万、张迁,大历十四年买张悦地十三亩半。东张荣、西李芬、南坎、北河,用钱廿千八百五十文。张荣地一段一十七亩,东李光、西张悦、南坎、北河,大历十四年买,用钱十七千文。买僧智用生缘地都计一顷二十五,一段一十二亩,刘村南,东道、西刘迪、南自至、北道。一段七亩,东道、西道、南自至、北自至。一段十八亩,东周二兴、西道、南自至、北自至。一段十二亩,东官田、西道、南奢、北自至。一段五亩,东官田、西魏奢、南自至、北自至。一段四亩,东刘谅、西道、南刘谅、北官田。一段十亩,东魏胤、西魏奢、南刘牛儿、北魏疑。一段廿二亩,东寺田、西魏奢、南安神、北魏奢。右前件地智用去建中元年为官事不辩,遂与昭成寺果元庄,作钱一百贯文,其地本主先官,永充普通供养。赵芬地一段廿亩,东刘温、西米温、南道、北寺田,买,用钱十千文。赵芬地一段四十七亩,东道、西刘卓、南刘卓、北道,买,用钱廿八千二百文。王村内一段四亩,王谦地、施、永充供养。刘村仏[7]堂

---

[1] 芥城,佛家"以簪劫量者。《智度论》三十八"有方百由旬之城,中满芥子,有长寿人,百岁以来,持一芥子去,芥子尽,劫未尽"。云云。

[2] 劫,梵语劫波之略。谓道常年月日时不能算之远大时节也,意为"大时"。《祖庭事苑》云"日、月、岁谓之时,成往坏空之劫"。

[3] 大历,唐代宗年号,自公元766至779年。

[4] 河,所指当为浪荡渠,并非黄河。

[5] 建中,唐德宗年号(780—783)。

[6] 广德,唐代宗年号(763—764)。

[7] 仏,佛的古写。

北地一段八亩,魏胤施。山原地一段廿亩,施主魏疑。山原地一段六十亩,程贲半施半是卖。山原地一段廿亩,施主王二郎。山原地六十亩,是才人边买。山原地一段十亩,张荣边买。山原地一段廿五亩,施主胡顒。山原地一段五十亩,卅亩刘玉施,廿亩张延边买。山原地十五亩,胡英施。山原地一段十亩,孙四施。山原地一段八亩,施主王忧。山原地一段廿亩,施主王忧。山原地一段廿亩,李仙鹤边用钱二千买。山原地一段廿亩,施主李朝进。山原地一段廿亩,施主功德山。山原地一段廿亩,施主逯珣。山原地一段廿亩,施主苏弼。山原地一段五十亩,施主轧呆。塔院地惚一顷八十亩,并是山原。王二郎一段地五十亩,是买。王鸾地一段六十亩,是买。张荣地一段其七十亩,是买。右智用所买,前件地入和尚塔院内,世世守护,常为和尚礼忏,转诵门徒永充粮用。刘垣地一段五亩,东寺田、西渠、南自至、北道,买,用钱三千三百文。地一段十三亩,村南百步,东口进、西魏宣、南自至北刘润。一段廿三亩,村南二百步,东魏宣、西魏疑、南道、北自至,贞元八年廿二日。施地主李义、李逯等疏白,诸地一段十四亩,李固村北坎下,东自至、西道、南坎、北蓝若田。本是李留七地,建中元年,十亩院家买,四亩是施。坎西一段十五亩,东寺田、西张义、南坎、北蔡大娘,施地主王藏用。坎西一段十亩,东寺田、西王春、南周庄、北自至,施地主张守义。坎北一段廿亩,东李滔、西张义、南寺田、北道,大历十年,内院家用钱廿千文蔡大娘边买。坎南一段五亩,东寺田、西寺田、南自至、北寺田,是周庄地,院家用钱五千文买。诸田一段十七亩,村北三里,东道、西道、南周庄、北蓝。右件地先常设斋原设一百人。供充钱十千文,地主周用。一段地十二亩,村北三里,东道、西道、南周阐、北周阐,施地主周环、周芬、周俊。地一段二十五亩,陂,东李倩、西周瑗、南写河、北道,右减地先布施蓝若,施地主周阐、周皎、乐兴、周俊。地一段八亩,本地主大女阿张,买。施地一段捌拾亩,东至逯仕政、西道、南薛方、北道,内菜园一所,井一孔,草屋一口,杂果木等并是,右件地果园井屋等。戚秀兰并布施于昭成寺僧谷果园庄,永充普通供养。入常住,于后不得典卖,秀兰又愿过往先亡,神生静土,见寸家口,福乐百年。永为恒式,子孙已来,更无翻动,恐后无凭,故立此忏文,仍清上碑石为记,立男及孙,为验。其文地捌拾亩,忏疏,舍施,取钱五十阡,僧智用分付,贞元廿一年六月一日。施地主戚秀兰,忏疏,年六十六,男文偘年四十二,男文演年三十六,男文凑年二十九,男文海年二十六,孙男仫奴年十二,房亲戚年三十五,房亲戚斌年三十五,见施人[1]娄昂,见施人刘汶,见施人王恒,见施人刘

---

[1] 施人、见人、见施地人,都是证明人的意义。

干,见人[1]逯仕,见人逯润,见人逯澄,见人王海,见人梁金,见人张晏,见人薛万,见人戚遵。见施菌及地人[2]逯春,见人塬朝、见人康俊、见人刘通。地一段十亩、桑十功,是买,地主逯五德、男常政。地一段贰十亩、并桑,僧宝明处买,本地主刘春,山原地五十亩,是买。地主王季良,保人王伦,魏村佛堂前地拾贰亩,买。地主刘山高。地一段五拾捌亩,是施地主马清。见施人段沛、见人苏谦、见施人胡端。山原地一段柒拾亩,买。本地主张文义处,用钱拾五阡文买。山原地柒亩,逯义丰施。地一段拾亩,东胡铁、西河、南苏谦、北河,是买。地主逯保,债,保人逯润。河曲地一段拾亩,东胡后、西昭成寺、南寺田、北官河,卖地主胡铁母钏难辛卖。地一段拾贰亩,在河坎,余地并在河中,是买,东周琳、西至河、南寺田、北官河,地主逯保,债卖。山原地一段五拾亩,是买。地主张洽、弟裎、父亡、卖。地一段贰拾柒亩半、并桑,东逯五德、西逯五德、南王朝、北文义,是买。地主李端及子侄卖。施地一段三十亩、内桑柳并是,东逯庄、西道、南自至、北赵休,地主李文雅、弟文素、弟文宰,施地一段八亩,山原,东王润、王泰、南涧、北墓,施地主王小进、男清。樊村北诸地八十亩,东各家、西钊清、南薛昌、北王朝,施主乩皓、男叔宁。地一段五亩,东河、西苏谦、南戚秀、北寺田,卖地主胡士元。地一段七亩,东河、西寺田、南寺田、北孔秀。地一段贰亩,东河、西孔秀、南寺田、北寺田。一段贰拾柒亩,东寺田、西河、南苏谦、北张义。三段计叁拾捌亩,卖地主遂五德、男、僧常政。两段地贰拾五亩,桑拾功,西至乩皓、南道、北寺田、施主孔维。山原地一段五十亩,东茔、西岘、南赵清、北寺田。一段四十亩,东岘、西岘、南王太、北祈琳。僧智用自许钱买入常住且收供养、修功德,尽形后[3],入寺收[4]。

### 三、《昭成寺地亩幢》所表现的土地兼并过程及特点

在这个地亩幢上,很清楚表现了下面几点。

第一,它的时间是始于唐代宗(李豫)广德二年(764)至德宗(李适)贞元二十一年。(即永贞元年,公元805年)六月,先后共四十一年。

---

[1] 同上页注[1]。
[2] 同上。
[3] 尽形后,佛家称人死为尽形,即死了以后。
[4] 入寺收,即把归寺所有。

第二,就昭成寺僧朗谷果园庄逐年土地增加看土地的集中如下表:

| 年月 | 施地(亩) | 买地(亩) | 总计(亩) | 累计(亩) |
| --- | --- | --- | --- | --- |
| 广德二年 | 30 | | 30 | 30 |
| 大历十年 | 25 | 20 | 45 | 75 |
| 大历十四年 | 77.5 | 15 | 92.5 | 167.5 |
| 建中元年 | 24 | 141 | 165 | 332.5 |
| 贞元八年 | 330 | 418 | 748 | 1,080.5 |
| 贞元二十一年 | 325 | 386 | 711 | 1,791.5 |
| 总计 | 811.5 | 980 | 1,791.5 | |

由广德二年的三十亩,到贞元二十一年,仅是四十一年时间,就达到一千七百九十一亩。

第三,这些土地掠夺手段,主要有两种。第一是所谓的"施",就是不以任何代价取得的土地。由施主自立"忏疏",舍于寺院。至于他们舍地的原因,从智用的一段话里可以看得出来。他说:"施主乃知身若幻,悟影如泡,虑火宅之难居,预修净境,遂以割青畴之沃壤,恒供普通,减绿野之良田,善牙不断。"这就是说利用宗教迷信为欺骗手段,骗取了所谓"信士"土地,捐献给寺院。这是果园庄土地的主要来源。第二种手段是"买",即用钱从田主手里购买土地。这些土地大多是穿插在施地及寺田的中间,为着果园庄土地的集中,当然把一些不愿布施给寺院的土地也要设法购买过来,有些土地即是强从别人手中夺过来的,只是从表面上通过"购买"的方式,如智用的生缘地一顷二十五亩,就是乘别人在"建中元年为官事不辩,遂与昭成寺果园庄,作钱一百贯文"。还有是债务的关系,如逯保的地是"债买"。这就反映了昭成寺的放债剥削,乘人之危,掠夺土地的面貌。

第四,在先后夺地的手续上不同。在建中元年以前的施地,完全没有见人(即证明人或介绍人),是直接由地主与寺院发生着关系。买地也是这样。贞元八年之后,即施地也有了见施人及见人,如戚秀兰施地一事,见人即多达十六人,芬"见施人""见人""见施果园及地人"三种。在贞元八年之后,对卖地户更为苛刻,如卖地主胡铁母钊,艰苦卖,卖主张洽卖地原因是父亡,卖主李端是"全家及子侄"卖的,一段二十七亩半,连井、桑等等都卖了。李文雅是弟兄三人,出卖了一段三十亩"内桑,柳并是"……就此说明了到贞元八年之后,昭成寺在河阴僧朗谷为建立它的果园庄，便大量的对当地土地进行兼并，以致不少人倾家荡产，有的作了他的佃户，有的也当了和尚或流离外乡。

第五，按《昭成寺地亩幢》所记土地的地势，计有河曲地、谷内地、谷门西地、谷东地、山原地、渚田、山原荒……。四至中坎、涧、河等等，就这些名词上，"谷内地"自是指谷里面的一些土地，即指现在的居民地区及该幢现所在地一带而言。"谷门西地"及"谷东地"是指东谷及西谷口的一些平地，即今桃花峪两大队各菜园所在地，以及山原上的耕地，或在口外的一些水田，四临为坝，以及山底流水的闸，北至今日的黄河边的河地、渚地、口外的滩地，这些地形名称，古今对照，所指正为今桃花峪的全貌。(包括东沟与西沟)全部为唐时昭成寺的果园庄。今桃花峪在广武陵北沿为山水所刷而成的大峡谷，分东谷与西谷，中间谷口为一块平地。陵上及广武原，出谷口即为沿河平原，广武陵为黄土所构成，因此到处可以种植树木或开为梯田耕种，正是建置果园庄的良好自然条件。

第六，在这个果园庄的土地上，有三亩大的居住园宅，这是管理果园庄的中心，知事僧及一切高级僧众都住在这里。另有寺家、院众，即是园丁们的住处，占地达八亩，足证人口众多。这些都在谷门西，谷东一带，即当今桃花峪居民地区以及接近菜园一带。他们在这些土地上，种植桑树及杂果木等。所谓杂果木，即指一切如桃、杏、梨之类。当日桃花峪两谷内外，满山遍野的果木成林，春日百花争艳，情况不难想见。在山原地还有"和尚塔院"，为他们的墓地，占地却有一顷八十亩。

第七，就这一个地亩幢所记该寺的田产发展上来看。最初阶段在大历十三、十四年所购置的土地，多是接着"寺田"，如买李光的一段十四亩地，东面与北面是"自至"，西与南两面都是"寺田"。另一虽在村东里，仍为"南寺田"。可是到了建中之后的贞元年间所购置的土地，竟扩大到了刘村、王村、樊村……后多都不是与寺田连接，且远及于"村东三里"及"村北三里"。即戚秀兰的施地，也是"东至逯任政、西道、南薛方、北道"，也是不与寺田连接，有菜园、井、屋……的一个小庄园。就这一点上很清楚的看出，自广德二年之后，是先建立了它的大本营——桃花峪内的一个果园庄。逐渐用蚕食的方式，先吞并了临近的土地，逐步扩大其势力范围，而成为一个大的庄园。

**四、昭成寺的政治任务与经济活动**

关于昭成寺的命名，《河阴县志·金石考》有一段解说。"宋敏求长安志休祥访万善尼寺之西有昭成尼寺,据注为昭成皇后进福,改为此寺。邑昭成寺命名当亦同此"云云。这就说明了昭成寺是一个负有特殊政治意义的工具,而不是一般的普通寺院。据河阴自置县之后,即属河南府治洛阳,天宝元年改洛阳东都称东京,直至会昌间,是广德贞元间,河阴正属东京,故称为"东京昭成寺僧朗谷果园庄"。僧朗谷即今桃花峪之旧时地名,这些各地的昭成寺,普通的政治任务都是在为着给昭成皇后追福的上面。因此,昭成寺是这一时代政治主要斗争据点,也是两京中佛寺经济最活跃而且最有势力的寺院之一。《唐会要》称"昭成寺,道光坊,本沙苑监之地,景龙元年韦庶人立为安乐寺,韦氏诛,改为景云寺,寻又为昭成皇后追福,改为昭成寺"。这就是说它的原主持者是韦庶人。后来的对象又为昭成皇后。按韦庶人即韦后,是中宗神龙元年(705)立为皇后,到唐隆元年(710)被废为庶人,她立安乐寺的就当在这五年间。在这五年间她是掌管朝政的,是政治上掌握实权最活跃的人物,这是她直接支持建立的佛寺,是她的一大政治根据地。

至于昭成皇后:

《唐书》列传第一:"睿宗昭成顺圣皇后窦氏……睿宗为相王时为孺人,甚见礼异,光宅元年立为德妃,生玄宗及金仙、玉真二公主。长寿二年……正月二日朝则天皇后于嘉豫殿,既退而遇害,……睿宗即位,谥曰昭成皇后,……睿宗崩,后以帝母之重,追尊皇太后。"

她是在长寿二年(693)死的,生前并没封为皇后,睿宗是在韦后被废后(710)即位的,其后即玄宗。睿宗是她的丈夫,玄宗为她的儿子,肃宗、代宗、德宗都是她的孙及玄孙。她是在与武后(即则天皇后)和韦后这些人的政治斗争中的牺牲者,为她的丈夫、子、孙们争夺地位而牺牲了。当然她的丈夫、子、孙都要为她追福。建立这一大的寺院——昭成寺。为她追福改安乐寺为昭成寺的时间,自当在睿宗即位之后,自此经过数十年的不断发达,到德宗时的昭成寺自己在两京都非常活跃。是时东京的洛阳,号为神都金城,为全国文化经济的中心,他们在这里所建的昭成寺,其规模自不亚于长安的昭成寺,建筑宏伟,或更过之,即壁画亦多出名家手笔。

《名画记》云:"(洛州)昭成寺西廊障日,西域记图,杨廷光画,三门下护法二神,香炉两头净土变,药师变,程勋画。"并用大量财物来设备一切礼佛器物,一个香炉,就价值三万钱,是非常的华丽。

《朝野金载》云"洛州昭成佛寺,有安乐公主造百宝香炉,高三尺、开西门、绛桥勾栏、花草、飞禽、走兽、诸天使乐、麒麟、鸾凤、白鹤、飞仙、丝来线去、鬼出神入、隐起鈒镂、窈窕便娟、真珠、玛瑙、琉璃、琥珀、玻璃、珊瑚、璀璨、琬琰一切宝贝,用钱三万,府库之物,皆于是矣"。

按《朝野佥载》为唐张鷟撰,鷟正是时的人,所记当无错。就这一点可以看得出来在洛州(东京)的昭成寺规模是如何的宏大,其财力及地位自当雄厚。它和西京昭成寺同是在王宫支持下创建的,当然它有力量而且必要广置田产,以充实及活跃这个佛寺的经济。

**五、僧朗谷果园庄的社会经济意义**

僧朗谷即今桃花峪。唐时这一地方多以神佛命名,如临近的刘沟,唐时名"神峪",石榴峪则系附会汉张骞于西域得仙石榴种在这里等。这果园庄是昭成寺的,是佛教,当然命名也采取了佛教的典故。按僧朗是晋时高僧,是在泰山传教的,在中国的佛教发展上起着重大的作用,为北魏至隋唐间人所敬重。

梁释慧皎《高僧传》称:"竺僧朗,京兆人……秦始皇元年移卜泰山……朗乃于金舆谷昆嵛山中,别立精舍,闻风而造者,百有余人。"

昆嵛山在今山东省济南城南约四十公里刘埠镇南:《魏书·释老志》、《集神州塔寺三宝感通录》《十六国春秋·南燕录》等文献中皆有记载,当时帝王大臣对他都非常敬重。在"别立精舍"的地方,元魏至隋唐间即称为"僧朗谷"。河阴的果园庄是东京昭成寺于此别立的"精舍",取僧朗的名字来给此地命名,则是合于道理。至于为何改称桃花峪? 显然这是唐宋以后的名称,据明清时地方志如《河南通志》《续河南通志》《河阴县志》等,都记载着:"夹峰多桃林,春三月时,花随风转,游人为之目眩,今则仅存其名。"当时在果园庄中,该峪适合种植桃树,满山遍野。正反映了原为桃园。

桃花峪正处于河阴仓,输场,转运院等中间,临近县治,为西京长安及东都洛阳的咽喉,一切物资及食粮,大多仰仗着河阴的漕运。《通鉴》记载着德宗贞元八年间此地的情况:"每年江淮运来百一十万斛,至河阴、太原……今二仓现米犹存三百二十余万斛。"又:"江淮止运三十万斛至河阴,而河阴太原以次运至京师。"

这说明了河阴与京师的关系——它不只是京师的咽喉,而且是京师的命脉,则东京昭成寺在这里设置果园庄的经济意义,这就很显然。它是利用佛教当时在政治上的势力,于此交通枢纽地区购置大量庄田,生产大量水果及粮食,运输洛阳,远及西京,供僧尼的应用和出售,更充实了两京的佛寺经济。

### 六、僧朗谷果园庄的荒废问题

僧朗谷果园庄的荒废也是随着唐代的佛寺经济的衰退而荒废的。因此，我们也应当先考察一下晚唐佛寺经济总的变化过程。佛寺庄田的扩大，相对就是民间土地（民田）及政府土地（官田）的减少，佛寺人口的增多，相对就是政府人口的减少。这是佛寺经济与国家经济发展上不可调协的一个矛盾。加之僧尼特殊的政治势力，如免役权、免税权等，都给政府税收上及官吏权势上以很大的威胁。此种威胁自武后以后日益发展，使政府一天比一天感到困难，这是政府与佛寺之间在政治经济上最大的矛盾。于中宗时即已为严重的社会问题。

《唐书·魏崇传》："先是中宗时，公主外戚，皆奏请度人为僧尼，亦有出私财造寺者，富户强丁，皆经营避役，远近充满，至于崇奏曰，佛不在外，求之于心，……何用妄度正人，令坏正法。上纳其官，令有动隐括僧徒，此伪滥还俗者万二千人。"

此后，日益发展，到武宗时期，矛盾已达尖锐化。武宗说："一夫不耕，有受其馁者，一妇不织，有受其冻者，令天下僧尼，不可胜数，皆侍农而食，待蚕而衣"这说明了帝王对僧尼的愤恨，他不但不再对佛寺支持，而且下令一次拆毁佛寺四千六百余所，还俗了僧二十六万余人，把他们的"膏腴之田"四千多顷，皆收归政府所有，并"收婢及两税户十五万人"。经过这一次的打击，基本上摧毁了唐代佛寺经济及僧尼在政治上的特殊势力。这僧朗谷果园庄也当然于这个时候为政府所没收。第一，在此后的文献中没有再见过有关这个果园庄的记载，也没发现有其他有关物质资料。第二，自敬宗之后，宫内又发生变化，对昭成皇后的"追福"这一政治任务，不再重要，昭成寺成为打击的对象，经济上起了新的变化，到"武宗灭佛"的时候，自然也没收了这一庄园。第三，唐末社会动荡，河阴尤甚，亦失去其"经济活动"的重要意义。加之，五代又都时间很短，佛教衰退。北宋社会经济上基本有些变化，再也没有那么像唐代的大庄园出现，在自耕农及小土地所有者发达的宋代以来的社会中，也限制了佛寺不再可能占领那么大规模的土地与众多人民。这一系列的史事，决定了宋元以来都不可能再有这样大的果园庄的存在。因此，推断这个果庄园于晚唐开始荒废，此后它的果木园林就由佛寺的经营转化为政府的经营或分散为私田园，只空留了一个美丽的地理名，称"桃花峪"。

（原载《学术研究》1980年3月第3期）

# 荥泽水利工程与郑州地区古代人文地理发展的历史关系

## 一、荥泽水利工程的发展阶段及地理范围

荥泽时代的下限。据《史记正义》引郑玄的说法是："自平帝以后，荥泽塞为平地，荥泽民犹以其处为荥泽。"郑玄，字康成，东汉末人，所记当可靠。平帝是西汉末的一个皇帝，当公元元年至6年。

至其从什么时候开始？就文献的史料来说，最早是《禹贡》和《周礼·职方》。《禹贡》称"荥播既潴"。《周礼·职方》称"豫州，其川荥洛"。就此可以看得出来"荥"在古代是一个大水，而且是夏禹治水工程的主要对象之一。就此可以知道它在禹以前是一片危害豫州人民生产的一片"洪水"，则其工程的上限就可以从禹治水时起。禹是夏朝的始祖，约当公元前2200年，其下经商、周（西周、春秋、战国），秦，西汉，共约两千多年。在这两千多年中，荥泽水利工程主要分两个阶段。

第一阶段对荥泽的治理。在《禹贡》中记载的有下列资料：

"禹敷土，随山刊木，甸高山大川。……荆河惟豫州、伊洛、瀍、涧既入于河，荥播既潴。道菏泽、被孟潴。"

又："导流水东流为济，入于河，溢为荥，东出于陶丘北，又东至于菏，又东北会于汶，又东北与海。"

又："九泽及陂。"注云："济自地中溢出水既已成聚（即荥泽）。"又注云："九处数泽已成陂漳（其中包括荥泽）。"

就此，可以看得出禹对荥泽这一片洪水是费了很大的力量来治理，而其治理的方法是采用疏导。它的工程是从荥泽的东面挖开渠道，直流向陶丘，又东至菏，又东北流入汶水，入于海。

荥泽的主要水源是河、济，河即后来所称的黄河。首先考察一下黄河古道。

《禹贡》的记载："道河积石至于龙门，南至于华阴，东至于底柱，又东至于孟

津,至于大伾,北过降水,至于大陆,又北播为九河,同为逆河,入于海。"

这就很清楚地说明了它的流经方向,从龙门到华阴是向南流,自华阴至大伾是向东,自大伾之后是向北。自大伾以上的河道是流经高山峡谷地区;基本上和今河道是一致的,则大伾是河道自向东而转为向北的转折点。

大伾的问题。大伾应是处于高山地区与平原地区的交界地区,而且是接近洛汭(洛水入河处)稍东地区。所在地有三说,其一是汉人郑玄的注解称:"大伾是修武、武德之界。"《河南通志》称:"武德县,秦置,晋省,故城在今河南武陟东南。"其二是后魏张辑的注解称:"是成皋县山。"其三是唐宋以后的说法,如《史记正义》称"在卫州黎阳县(今浚县)南七里。"前二说基本上为一说。《禹贡》的河道不到黎阳,当然不会是黎阳的大伾。北魏之后河床徙近黎阳,故至唐人始加附会。因此当从前说。按《汜水县志》称:"大伾山在县西北二里。"又称"吕布城在大山"。是大伾山所指为今荥阳县汜水镇西及北部的一带黄土陵原,正为唐以前的武德、成皋县地。黄河至此折向北流,也正是沇水——济水入黄河处。《水经注》引《晋地道志》称:"济自大伾入河,与河水斗,南溢为荥泽。昔大禹塞其滛水,而于荥阳下引河东南以通淮泗。"是夏禹治理的工程,一方面是对所称的"滛水"加以筑堤堵塞,另一方面开始在下流疏导,使荥泽的水量得以减少,对山洪调济,是这一为害的洪水,得到了"既潴",或"既陂"。这是荥泽的第一期的水利工程,也是郑州地区文化史的开始。

夏、商两代都是以河南为中心的。夏禹建都阳城,虽然不一定即在今河南登封鄐城附近,但夏是居于河洛之间地区,这确不成问题。商都亳、嚻(隞、敖)、耿、邢等地,都在河南中部地区,又始终在荥泽四周和它的注入诸水或导流诸水沿岸活动。因此夏商两代在禹治水的基础上不断发展对荥泽的水利工程,相对地,由于这一水利工程的发展也刺激着夏商文化的发展。

西周的政治中心是在陕西关中地区的渭河流域,因此对荥泽的水利工程也就不甚留意。自成王至宣王间(约公元前1000年—公元前782年。)东都(洛阳)近荒废。当然荥泽的水利工程亦至于荒废。

荥泽水利工程的第二阶段。自平王东迁洛阳,政治经济中心都转移到河洛之间。荥泽属郑,继又属韩。于此时期荥泽的水利工程又成了国家的主要建设项目。在这一阶段,不只是排水工程而是进一步进行饮水工程的建设。这时的荥泽经过下游疏导,多年的流出已不再是原来的"洪水"局面,加之生产技术的提高,东方诸侯国的经济繁荣和各方面关系的密切发展上的需要,人们就更加重视荥泽的水利工程，《史记·河渠书》称："自是之后，荥阳下引河东南为鸿沟，以通宋、郑、陈、蔡、曹、卫，与济、汝、淮、泗会。"而把这黄河以及由它"溢出"成荥泽连接起疏导成中原东南交通的大动脉。这一工程自春秋——尤其在战国、秦、汉间，对中国经济、文化的发展，都起着重要的作用。

鸿沟的水道。在荥阳以下，是"通宋、郑、陈、蔡、曹、卫，与济、汝、淮、泗会"的，这就肯定了于荥泽以下绝不只是一条水道，而是既有通向东南陈、宋会淮水的水道，也有通曹、卫会泗水的水道。更有向南通郑、蔡会汝水的水道。这是很清楚的事实。

按《史记索隐》注（鸿沟）："楚汉中分之界，文颖云即今官渡之水。盖为二渠，一南经阳武。为官渡水，一东经大梁城，即鸿沟，今之汴河是也。"按《索隐》为唐人司马贞作，所指为唐代的情况。唐官渡水基本上是指禹导荥泽故道，即今黄河下游河道。另一个水道即为汴河，此说始于战国，《战国策》记苏秦说魏王曰："大王之地，南有鸿沟。"时魏都大梁（今开封）即在大梁之南，显然所指为汴水。这二条水道，原都是自荥泽引出，都是荥泽以下大运河的主干。

在荥泽以上，自黄河以下至荥泽间的一条渠道，在"禹导荥泽"时，这里是"溢出"，是一片洪水，因此只是下游导水工程，经过多年之后，洪水逐渐减退，也使黄河与荥泽间露出了一片陆地，因此到春秋时代，就注意到开渠引河连接荥泽的水利工程，这一个渠道，也称济，战国至秦汉之际总称为鸿沟，汉代及其以后，称狼汤渠、荥阳漕、通济渠、官渡水。

《汉书·地理志》（荥阳）："汴水，冯池皆在西南。有狼汤渠，首受济，东南至陈入颖，过郡行七八百里。"

是汉代所称的汴水，是指的今日旗热水，京、索诸水所总的汴河水系。

至于狼汤渠，当在今日的什么地方？首先可以肯定是在广武陵以北，至于是否是今日黄河河道？据原始记载的文献与实际地理对照，仍在今黄河河道以北。

北魏时《水经注》记载的情况是："汉灵帝建宁四年于敖城西北垒石为门，以过渠口，谓之石门。水门广十余丈，西去河三里。济水又东径西广武城北，济水又径东广武城北，济水又径敖山北，济水又东合荥渎，渎首受河，有石门，谓之荥口石门也。"

接敖城，即敖仓城。是在敖山上，即今所称广武陵。

又东荥渎，即荥泽。这个所流经是非常的清楚。它的工程是于引河处垒有石门，至入荥泽处又垒了一个石门。这就非常的清楚引河的地点是在今仓头的西北方向，当然不是今河道，仍应在今河道北。

唐《元和郡县志》记载称:(渠)"在县(河阴)南二百五十步,亦名浪荡渠(即狼汤渠)……自宋武北征之后复皆湮塞,隋炀帝大业元年更开导。名通济渠,自阪诸引河入汴口。"

《元和郡县志》说得非常清楚,原来的渠道于"宋武(南朝)北征后"淤塞了。因此《元和郡县志》所记的不一定就是《水经注》所记的渠道。这一条渠道是流经河阴县南的一条水道。按唐开元年间所建河阴,是"析汜水、武陟、荥泽三县地"置的。它的主要地区是广武陵以北,在这里有阪渚乡。建城的政治任务是"便于漕运",故设有输场及河阴仓。至于唐时河阴县治究在何处?按《赫连崇通墓记》,河阴县城"在神峪东北"。神峪即今刘沟,这就指明它的方向当在今刘沟东北。又据《元和郡县志》有"梁公堰在县(河阴)西二十里"。堰在河口以东,是东过堰又二十里,就此可以看得出来,唐代河阴县城的位置是今仓头的正北,仍至今黄河道以北的河滩地区、元代为河水所淹没。按宋乐史《太平寰宇记》称"河阴旧三乡,今二乡",是宋时已有变动。《河阴旧志》称:"编户十有一里,嗣因邑屡被河冲,逐割北三里以附武陟县。"于《武陟县志》中亦记载明清间并河阴黄河以北十八村有姚期营、李后庄等,即今武陟县东南角一带地。《河阴县志》亦称:"自黄河道南徙之后,山阴三保,半归武陟。"据此,则唐时析武陟县地置河阴,及以后河阴县地归武陟,这些变动,都是由于河道变动,为着政治上的方便,所以才随时变动。就此也不难看出唐代以来此地河道变动的情况:即唐时的河道是自李后庄西向北流的,因此这些乡里都在黄河以南,故分属河阴。元代河道南移,这些地区又都在河北,所以就复归武陟。就此很显然地表现出,唐时的河阴县城,当在今武陟县东南角,适在浪荡渠的北岸,而石门、梁公堰等也都在唐时武陟河阴交界处,亦即当在今武陟县境。

至于荥泽在今什么地方的问题。在一些字书如《说文》等把"荥"字释成"绝小水也",这显然是与"怀山襄陵,甸高山大川"的荥渎是不合的。后人的注解也多因当时的治所为准。如明人顾祖禹的《读史方舆纪要》称"荥泽在县(荥泽)治南"。清胡渭《禹贡锥指》称"荥泽县北四里"。又汉魏文献都说在"荥泽县东",因此近人对这一问题都是各指一方而称他说为误。实际汉魏的荥阳是指荥阳故城(今古荥镇)。所以《汉书·地理志》称:"流水东南至武德入河溢出荥阳北地中。"

《水经注索水》。引京相璠曰"荥泽在荥阳县东南"。《水经注》为北魏郦道元作,北魏时的荥阳县治已移于大索城,即今荥阳县治,当然荥泽又在其东南,《括地志》称:"荥阳故城,在郑州荥泽县西南十七里。"《括地志》为唐初李泰作,所指荥泽县治为隋治,当今在郑州北郊,核桃园北河道中。自宋之后,荥泽县屡遭河患。重要的如宋太祖乾德四年(966)七月,河水坏荥泽河南北堤岸。神宗熙宁四年(1071)八月初又决郑州荥泽。元延祐七年(1320)七月河决荥泽县海庄东堤,又决横堤数重,正统十二年(1447)七月河决荥泽。明景泰三年(1452)大水,决荥泽至原武。天顺间(1463)决荥泽,人高湮没。因此,荥泽县治也不断迁徙,明成化十五年(1479)正月迁荥泽县治于北丁铺,以避黄河水患。清康熙三十五年(1696)移荥泽县治于荥阳郡旧址西北隅。《读史方舆纪要》成书于明末,所指荥泽县治为北丁铺,《禹贡锥指》成书于清康熙末年,荥泽县已移于荥泽郡旧址,即今之古荥镇,所以又指"在荥泽县北"。

至于荥泽的范围。首先它在古代是大洪水,那么它的所在地肯定在古代黄河的河床以东,当时的河道是到大伾即向东北流的,它转折的地方是武德界,即当今荥阳县广武区刘沟以北,及今武陟县东南角,姚期营以西,因此这东南一带的低洼地区,包括今武陟县东南角。荥阳东北角(原河阴县、荥泽县)滨河地,原阳县南部、郑州北部、中牟西北部以及包括今河道在内的一带广大地区,正是这"怀山襄陵"河水溢出或溢出而成的大泽,正在荥阳故城以北,与《史记·河渠书》及《汉书·地理志》等所记完全吻合。在考古学上来说,在这一地区内,是没有秦汉以前的文化遗迹。这不是由于湮没的关系,且在文献中也没有记载。即以建治来说,如荥泽县始建于隋开皇四年(原名广武县,仁寿初始改今名)。《读史方舆纪要》称"今县本荥泽地",这是正确的。河阴建县更晚至唐开元年间,也都始建于荥泽塞为平地后、又经过多年未为人们在这些平地开发经营生产和定居之后。

历史地图正误。就此证明向来的地图中关于荥泽的位置都存在着很大的问题,如宋代《禹贡图》绘荥泽于济河以南,清周海陵绘《历代沿革图说》于禹贡九州图源亦绘荥陂于济水南,这都是错误。与《禹贡》的记载导荥泽的水利工程完全不合,而且他所绘的河道也是唐宋以后的河道,并非"禹迹"。自此所出版有关历史地图中有关荥泽的位置,皆在济水道以南若干距离,直至1958年出版的《中国历史地图集》(顾颉刚等编绘)夏、商、西周图中竟都无荥泽(或荥陂),于春秋、战国两图中所绘荥泽的位置在郑州大西南。就这一图中表示:第一是荥泽与济水、汴水——鸿沟完全离开了;第二在位置上把荥泽绘在京城的正北,与圃田、萑莆成了正东正西的方向,则这个地区,即正当今须水镇以东至今郑州西郊,这里正是一带高地,夏殷及西周在这里都是居民地区。近年在这里亦发现很多新石器时代及商与西周遗址,如牛寨、白寨、留王等遗址,就此证明这里不是古荥泽。人绝不会住在大泽中,这是肯定的道理。

春秋、战国的荥泽在今郑州北郊古荥镇东北一带，正是济水汴水——鸿沟所通过的大湖泊。

**二、注入荥泽诸水系及其沿岸的自然景观**

荥泽四周地势。荥泽西部和南部为今荥阳北部和郑州市北郊，原属汜水、河阴、荥泽三县地，滨临黄河。自汜水河谷以东为一带黄土台地，蜿蜒至于今京广铁路黄河南岸车站。山阴为陡岸，山阳为缓倾斜坡北高南低的陵原，向西直至㴲然（㴲河）河谷地，再过一带黄土岗即为索河河道，自此而西南又渐渐升高，为南山的山坡。南山为嵩山余脉，北麓斜坡冲积成黄土高原，自郑州市郊区以西南越来越高，总之，西部、南部较高，北部、东部都是平原，但西北角较高，也成逐渐的倾斜，向东南越来越低。

济水——黄河，荥泽的主要水源。按《禹贡》"导流水东流为济，入于河，溢为荥"，这就是说荥泽的主要水源是济水及黄河。黄河的上流尽是高山地区，平时水并不大，一遇山洪暴发，顺流而下，则这一大片低洼地区尽成泽国，因此黄河自大伾以下，成了两千年来治河的主要对象，济水是来自太行山南麓的济源县王屋山，也是自高而低，到今孟县（南岸为巩县荥阳的大伾山）注入黄河，更加大了黄河的水量与水势、河水是沿着大伾山阴向东流的，至武德南（今荥阳牛口峪一带）又转折向北，在这一大的转折地方，平时无事，山洪一来，势必涨漫，所流去处，很自然的是其东南这低洼地区，聚成了一个大的湖泊——荥泽。

敖山——广武。一个黄土陵原。在汜水入黄河口以东至黄河南岸横亘的带黄土陵原，据《汜水县志·地理》最早的名称是嚻，《春秋左氏传》宣公十二年"晋师在敖鄗之间"，因此敖与鄗有些注解称是两个山，如《左传杜预注》，隋唐之后的注解多敖鄗并称，如《括地志》《元和郡县志》及《太平寰宇记》等书都称为敖鄗也称三皇山，秦汉通称敖山名广武，按唐《赫连崇通墓记》，即称广武山，是唐代已通以广武名山。俗称广武陵，为一带黄土陵原，原上是黄土，易于种植。山阴陡岸，自汜水口以东经仓头至牛口峪，皆为东西方向，自牛口峪山岸突转向正北，成了一个大山湾，黄河的水是冲着这一山势转弯向正北的，至刘沟又转向正东，山外形成一片平原，即隋唐阪渚，河阴所在地，石门、金堤，以及引河开渠汴渠[1]、通济渠等都

---

[1] 汴渠等，按《水经注》"济水于此又称郏目（汴水），即是水也。京，汴。京相潘曰，在

在这里。元末黄河转向东南流,这一平原地区为河水所冲没,则这一带黄土陵原的敖山——广武始终是黄河南岸的自然大堤,因此在陵原上便从来是既可耕牧,最适益于人类活动的地区。

旃然水系及其沿岸。在广武之阳经流的河道,主要是旃然河,俗称涸河,或枯河,因上流时常干枯故名,它的源流是总合广武之阳诸水渠而成的一条水系,主源在今荥阳县汜水区之河祀村,一名河沟。另一源在西大村渼池,另一源在木楼村北,俗名北池,下流经水泉、胡村,入荥泽。在这里有两个问题。第一是"旃然"与"澶然"的问题,旃然的名称,始见于《左传》襄公十八年,楚伐郑,右师涉颍,次于"旃然"。又《水经注》于索水条件下称:"即旃然也。"因此就产生了问题,唐人称为澶然,故《河阴县志》依《水经注》于"山川考"中称索水为旃然,则另称砾石溪为澶然。把旃然与澶然分为两水,这一个说法是不正确的。按汉晋文献所指的旃然,如《左传》襄公十八年杜预注云:"水出荥阳成皋县,东入汴。"于《后汉书·郡国志》也记"成皋有旃然水。"可是《水经注》所记的索水则是"源出于京县南嵩渚山,流经荥阳入济河"的,根本没有流入流经成皋县境,显然并非旃然河,而是北魏郦道元的误注,因此也就影响到《河阴县志》的作者,在没法解释这一错误的时候,就从字面上把春秋至汉晋人称的旃然与唐人称的澶然分开。而另列入一水系。"旃"字本为"澶",后人以名水,故加三点。又按唐《孟头墓志铭》称"左连汉堞,右通牛口,澶然在前,灵河带后,千秋万岁,可大可久"。该石出于今刘沟之南,横沟以北,亦该墓所在地,正是东为汉王城,西为牛口峪,后为黄河,前为旃然河道。又唐《司马伦墓志铭》称"合葬于广武澶泉之阳,此澶泉亦指旃然水,就这些材料可以证明古之旃然,并非索水"。"旃水"与"澶然"实为一水名的两个写法,源出于成皋县,东流入汴,这与汉晋文献所记完全吻合。

第二是旃然与砾石溪的问题。按《水经注》"济水又东南,砾石溪水注之,水出荥阳县西南李泽,泽中有水,即古冯池也。地理志曰,荥阳县冯池在西南是也,东北流历敖山南,径虢亭北,又东北径荥阳县北,断山东北注于济,世为砾石涧,即经所谓砾溪矣"。按《地理志》为汉代文献,所指荥阳为故城,即今古荥镇。魏《郑道忠墓志》作砺石间,其经流正合于旃然水道,按《河阴县志·古迹考》称"冯池在河阴汜

敖北"。这是正确的,《元和郡县志》云"在县(河阴)南二百五十步"是唐时情况,但《困学纪闻·郡县志》称汴河渠河南府河阴县南二百五十步,今名"通济渠"。按《困学纪闻》作者王应麟为宋人,是时河阴城仍在原地。

水之交,按乃澶然河上源也。虽泽枯川竭洼下之地,尚可寻识"。这一说法,基本上是正确的。沿涸河道而上溯,至今西大村济渎池,显然此即古之冯池遗迹,《河阴旧志》称:"明嘉靖二十三年河枯,万历二十七年漫泉忽涌,三泉河流渐复,未几又枯,今谓其故道曰枯河。清末胡村以下又有流水。如遇山水暴发,南山北水,皆顺此道流入黄河。"

旃然河沿岸尽是适于耕种的土地,尤以上游平原为最适于人类生产与生活。

源于西南山区诸水系及其沿岸的自然景观。索河水系。索水源于今荥阳县东南四十华里的大周山麓高河村,初向西北流,经丁店、至今荥阳县城北,又折向东北,至苏寨以下,又迳广武镇(旧河阴县治)南城以南,又东合须水,至古荥镇城南,分为两支,一支从古荥阳城东南角下向东南流,合于京水,又东南合郑水,因此,称为京索水。另一支绕故荥阳城东,流向东北,至石桥,注入黄河。在荥阳城以南流在峪谷间,荥阳城以下,渐渐流经平原。全流域总的地势,在荥阳城南高北低的丘陵地带,荥阳以下是西高东低的一带平原,与旃然水系只隔一黄土岗原而并流,又东南而入淮河。沿岸土壤肥沃,全部可以耕种,适于人类生活。按古文献所记的索水:如北魏郦道元《水经注》称:"索水出京县西南嵩渚山……其水东北流,器难之水注之,《山海经》曰,少陉之山,器难之水出焉,而北流注于浸水,即是水也,经虢亭南。……又东经荥阳故城南,其城跨依岗原,居山之阳……又东流北屈,而转北流迳荥阳故城南,北流注入济水。"

先考证几个古地名如下:

嵩渚山。按《读史方舆纪要》称"在京县为南二十五里,一名小陉山,俗一名周山,《水经注》以为黄土山也,京索二水出山焉"。是嵩渚山即今之大周山。

京县。按《史记集解》称"京、县名,属河南"。《括地志》称:"京县城,在郑州荥阳县东南二十里,郑之京邑也,晋《太康地志》云,郑公叔段所居也。荥阳县,即古之大索城,杜注云,成皋东有大索城,又有小索城,在荥阳县北四里。"《集解》所记为汉代情况。《括地志》为唐初李泰撰,则所记为唐初情况,时京县已废,荥阳已于北魏间移治于大索城。京城故址,俗名京襄城,故城犹断续存在,在今古荥城东南约二十华里。大周山又在京襄城南约二十华里。大索城今荥阳城。城北于王河村附近古城垣遗址,即为古之小索城。

虢亭。按《河阴县志》称:"即平桃城,今俗称南城。"古城垣遗址仍可见到。

按这些记载来说,在今古荥镇以上的索水河道,基本上数千年来没有变动。以下是随着荥泽的淤塞、黄河的河道转变而所经流之变动而变动的。

京水系。京水源于今荥阳县南,大周山东石碑沟附近,向东北流,至今郑州市西郊、再北流至石佛村以北折向东南流的。北魏前亦称黄水。《水经注》"黄水发源于京县之黄堆,东南流,俗名祝龙泉,世谓之京水也"云云。唐《元和郡县志》称"京水源于嵩渚山,经郑州西南十五里,东北入郑水"。因此《纪要》京索并称为京索水,为《汉志》中的浪荡渠的一个源流,也是注入荥泽的一个主要水系。它的经流地势是西南高而东北渐低的一个丘陵地带,至郑州北郊始渐入平原。郑州以上的河道就京城(京襄城)等古迹为证,其河床数千年来基本上没有变动。下流隋唐以后,黄河(古济水)与汴河分流,而成为汴河,为宋代金水河主源,元代之后称为贾鲁河。

郑水系。郑水主源上流为金水河,源于郑州市南梅山,向北经流耿家河以下,向东北流至郑州旧城西郊,绕经城北折而城东,向东北流,合十八里河及祭城水、注入京水——京鲁河。自郑州以上,皆黄土高原,至城东北越来地势越低洼。北魏以前称为不家沟水,亦称管水。

《水经注》卷二十二:"渠水(京水)又东,不家沟水注之。水出京县东南梅山北溪,春秋襄公十八年,楚在冯,公子格帅锐师侵费,右回梅山,杜预曰,在密东北,即是山也,其水自溪东北流,经管城西,故管国也。周武王以封管叔矣。成王幼弱,周公摄政,管叔流言曰:公将不利于孺子,公赋鸱鸮,以伐之,即东山之诗是也。《左传》宣公十二年,晋师救郑,楚子次管以待之,杜预曰京县东北有管城者是也。俗谓之管水。"就此,可以证明今之金水河,基本上仍是北魏以前的水道。

《隋书·地理志》:"荥阳……开皇十六年析置管城县……囿田入焉,有郑水。"

郑水之名自此始。明清间的文献,如《读史方舆纪要》《郑州志》《河南通志》等,都有记载,称"金水河,一名泥河,在州城西关外一里,源出梅山东北,流至州西,如襟带,以其来自金方,故名,乃郑水西脉,东北绕旧渠与祭城水合,总名郑水。……又东北至开封府中牟县,灌田千余顷,入于汴"(上文引《郑州志》)。就这些记载,说明了金水河的河道自北魏以来没有明显的变动。

总的来说,荥泽是以上诸水系的总汇,也即是鸿沟这一大运河的主要水源。注入荥泽诸水道的沿岸,又都是易于耕种的良好地区。它的地势,以旃然水与索水自今荥阳以下的地区为中心,旃然水以北的敖山(广武陵)一带是北高南低的陵原,周围绕着河水、济水、旃然水而伸入荥泽,成为一个半岛的形势。索水以南又是渐南渐高,又渐形成南高北低的岗原,至今郑州市郊适成一个三角洲地带。南北断面如下曲线。

古代及中世纪的经济基础。基本上是自然经济,越原始越受自然大量的支配,因此,山川地势,也决定着古代人类文化的发展。人们渐渐由顺从自然,征服自然,改造自然,到利用自然。改造自然的结果,是更促进人类文化的发展。广武陵区是最适于耕牧的地区,因此人们最初就繁殖在这一地区。最初阶段的文化也就集中在这一地区。

### 三、"荥陂"时代(荥泽水利工程的第一阶段)人文地理的发展

(1)由"高辛氏火正之墟"到"荥陂既潴"(新石器时代)由原始社会到初期奴隶社会。(尧、舜、夏代)

在传说时代。《读史方舆纪要》,郑州名称:"州在上古为高辛氏火之墟。"按《史记·五帝本纪》帝喾高辛氏,是帝尧的父亲.也是帝尧前面的一个帝——统治者,是黄帝的孙,他的父名玄嚣,即敖——隞字,传说中的"高辛氏"是古代的部落,他是嚣生的。也就很意味出这个部落所在地与嚣的关系,则殷"仲丁迁嚣"也就有了来历。郑地在古传说中是属于高辛氏火正祝融之墟的,这一个传说春秋时,《左传》襄公二十七年曰"故有五行之官,是为五官,实列受姓氏,封为上公,祀为贵神,火正曰祝融",注曰"祝融,明貌,其祀黎也",疏云"黎为高辛氏火正"。又《左传》云:"郑灾,禳于回禄。"《淮南子注》:"祝融吴回,为高辛氏火正。"《路史》称:"祝融氏以火施化,号赤帝。"《山海经》:"南方祝融,兽身人面,乘两龙。"……历代说法虽不一致,但可以得出一个结论是在春秋时就普遍了的,而且是先传于郑国的一个传说。《左传》文公十八年称"高辛氏有才子八人"……到舜时,被举而平水土的。按五行生克来说,火是克水的,这就象征了古代郑州地区之所以称为火正祝融之墟与平水土的意义。

尧舜时代最大的忧患是洪水。《书经·尧典》说:"帝曰咨四岳,汤汤洪水方割,荡荡怀山襄陵,浩浩滔天,下民其咨。"经过四岳的推荐,他任命了鲧去治水。鲧采取筑堤堵水的治理方法,在平时未始不可,但一遇山洪暴发,堤岸崩毁,更多伤害了人民的财产,因此,经过九年的治理,没有功效。到舜代尧帝位后,主要的政治就是要"封山浚川",撤了鲧的职务,并给以处分,任命鲧的儿子"禹"为治水的总负责人,舜再三的教他说"咨汝禹",汝平水土(《舜典》)。舜接受了这一任务,"随山刊木,甸高山大川",与劳动人民共同努力下,经过九年才成功。禹在治水上是采用疏导的方法,这样一方面使积存的洪水得到了逐渐的减退,同时使暴发的山洪也得

顺着水道东流不致再为民害。经过这样的处理之后,豫州的一片洪水——荥泽得到了合理的解决,即"荥泽既潴"了。在荥陂的周围皆成了可耕可牧的地区,经过这一番大的改造,促进了荥泽西岸人类文化大大的发展——即今郑州地区文化史的开始。

《淮南子·本经训》记载着古代的一段传说,称"隶尧之时……禽封豨于桑林"。按《河南通志》"桑林,在氾水城东十二里,又名乾桑园,唐帝尧擒封豨旧地"。桑园是村名,今属郑州上街区,位旃然水系的上游。就此反映尧时这一地带还是野兽横行之区,是狩猎的地区。

到夏代的时候,在对荥泽的治理基础上,于今郑州地区发展了农业。

在考古学上的证据。夏的遗迹是与仰韶文化和龙山文化分不开的,仰韶文化的中心地区是在"河(黄河)洛(洛河)之间"的邙山陵原,滨临黄河,自潼关而东,直到今荥阳县东北角广武山头,滨临荥泽。联系着它上游的渭河流域及汾河流域的黄土冈原地带。荥阳县的东北角广武陵地区以及今郑州市西南郊区是仰韶文化中心地区的东沿,因此,在荥泽及其注入诸水道的沿岸高原间都普遍地存在着仰韶及龙山文化遗迹。据近三十年发现的情况,规模较大的居民集中地区,并遗代表时间较早的遗址,都在今广武陵及其西部,如秦王寨遗址,池沟寨遗址。秦王寨遗址在黄河的东岸,池沟寨遗址在今荥阳仓头池沟及宋沟之间的陵上,其面积都相当广大,为仰韶文化遗址的标准地区,皆濒临黄河,属新石器时代晚期。在这两地之间,普遍存在着这一时期的遗址及遗物。如黄牛寨上首及飞龙顶左近,就此向北至横沟、刘沟上首、摩旗顶、北池后,王村陂及其以西,骨头峪上首陵原间,皆不断有这一时代的遗址与遗物发现,自此向南在旃然河及索水上游,如下窝北沟及马固北沟,今上街区西部、周村北地,以及荥阳城北、河王等地也都曾先后发现仰韶文化遗址和遗物,在京水上游如京襄城、槐西等地的遗址遗物,基本上都和前列各地遗址为同一时期。

在京水及金水河郑水系上游的冈原地带,如白庄、齐礼阎、林山砦等地,发现的遗址遗物,有为当时人居住的地穴和房基遗址,并于102号灰坑内发现有许多类似粮食颗粒,有烧陶窑遗迹,构筑有火坑、火门、窑壁……遗物有陶器——砂质灰陶、泥质灰陶、红陶、彩陶、白衣彩陶片、黑白蛋壳陶片、红色蛋壳陶片。种类有瓮、罐、豆、盆、缸、鼎、碗、壶、盂,以及陶纺轮、陶环、陶弹丸等。石器有斧、纺轮、砺石,……骨器有镞、针、匕,加工鹿角。玉器有璜、环。有人骨架。就这些遗址遗物,"说明了它代表着仰韶遗址中较晚的及龙山文化的特征"。

从仰韶及龙山文化遗址遗物在这一地区的分布来说，最早居民集中在荥阳北部的广武陵地区，尤以池沟寨及秦王寨左右及两地之间地区为中心，散布于旃然、索水、京水等上中游。以郑州近郊为较晚，而且是在郑州城的西南方——如白庄在城西十五华里，齐礼阎在城南七华里，林山寨在城西十里。

龙山文化在新石器时代中是比较仰韶文化为晚的时期，它的主要遗址大部分分布在郑州以东各地，标准遗址在山东历城龙山镇城子崖，因此称为龙山文化。郑州地区是仰韶文化与龙山文化衔接的地区之一，而且往往在一个遗址中分布着仰韶层与龙山层，说明着它们的时代关系。

于此地区发现的仰韶及龙山文化遗址，主要的有在旃然河中游的青台遗址，以及广武镇东南三里的点军台遗址，经过前河南省博物馆的发掘，这些遗址都是居民的大村落，于其附近的水泉、唐岗、高村寺西南，沿旃然河中游两岸各地、东南至南城、大师姑一带都不断发现其同类遗迹遗物。在索河中游有河王遗址。郑州西郊旧城西十华里有牛寨遗址，在旧城西十三华里有旮旯王遗址。

此外仰韶、龙山及商代遗址混合的如荥阳城西北十三华里的白马寺遗址、荥阳城北三华里的魏河村遗址、荥阳西城南十八华里的周固寺遗址、荥阳城西北二十五华里的西柏社遗址。这些遗址的分布很清楚，都在荥阳县的西部、北部和南部，以及郑州旧城以西以南地区。就此来说于龙山文化时期，自此以北以东仍属于荥泽这一大湖泊的范围。

仰韶及龙山文化时期，是古传说中的尧舜及夏朝。在这一时期大力治理荥陂，而使其得到"既潴"，这一大的水利工程的结果，主要是扩大了陆地的耕地面积，而推进了农业的发展。到商代郑州市区也露出水面，成了农业地区。因及此，在郑州东北郊才分布了殷商灰陶遗址，如白家庄，以紫荆山公园左近。

（2）由"桑林祷雨"到"仲丁迁敖"——新石器时代晚期到铜器时代初期，奴隶社会。（郑州地区商代的人文地理）

在今郑州地区于商代最早发现的是桑林地区。商代的第一个王是成汤、都亳，在今偃师，他的王畿，据《尚书郑氏注》云："东成皋，南轩辕，西降谷"。按成皋故地属今荥阳县西北大部地区，则是今荥阳西北部（原汜水县）正属汤王畿内地。成汤有一件最大的政绩，是桑林祷雨。

《帝王世纪》"汤时，大旱七年，齐戒剪发断爪，祷于桑林，以六事责"。

《御览》卷五引《帝王纪》说汤灭夏之七年，大旱，至于洛川竭，"殷吏卜曰，当人以祷，汤曰吾所为自当，遂齐戒剪发断爪，已为牲。祷于桑林之野，祷于上天，已而雨大至"。按《说苑》记汤自责的六事是："祝曰：政不节耶，使人疾耶，苞且行耶，逸夫昌耶，宫室营耶，女谒盛耶，何不雨之极也，言末已而雨大至。"云云。至于桑林，按《汜水县志》在今汤王庙沟。在原汜水城东，上首有汤王庙。据《河南通志》则桑林为今郑州上街区的桑园村。自汤王庙至桑园村东西约十余华里，为一片平原，位于敖山之阳。就这一些文献记载及史迹对照，当时所称桑林，绝不是一两株桑树，必然成林，则自汤王庙沟以东的平原地带，于尧、舜至汤时可能为一片大桑林，于此林中祷雨则是不成问题。桑林不是一个普通的所在，按《左传》襄公十年："宋公享晋侯于楚邱，请以桑林，荀莹辞。"注云："……桑林，殷天子之乐名"。商代的国歌都以桑林为名，则这桑林于商朝建国的重要地位可想而知了。

在这一地区分布着商代前期的遗址。在1960年河南文化局文物工作队于这里作了一个大规模的发掘，[1]遗址在二十堡西，桑园村南，陇海铁路以南地区，有房基遗址，有陶器、石器，以及卜骨，证明这一个遗址的时代早于郑州地区各商代遗址，而晚于龙山文化遗址，为商代早期。这个结论正确，也正合于古文献记载的桑林地区，也证明当日的桑林是居民的地区。

仲丁迁敖。商帝仲丁时，把首都迁于敖（又写隞《竹书纪年》等书作嚣），敖是可以作为王都的，当然绝不是人烟稀少，必然文物繁荣的地区，则桑林至黄河间这一地区又甚合于这一条件，商代的初叶，农业技术尚在低级阶段，还是处于奴隶制的初期，因此他的人口并不会很集中在一起，而是散漫的居住，遍布于这一地区，这就很容易找出由桑林到敖都的发展关系。

首先是敖在今什么地方的问题？其一，帝仲丁的时代属于商代的前期，是自亳迁移到敖地的，因此我们就应当结合商代早期的遗址所在的中心地区，而且一定在敖山原上，商代的桑林是在敖山之阳，遗址也都在这里，又原属商代王畿的文化繁荣地区，因此仲丁所迁的敖，绝不会距桑林很远。

其二，据《竹书纪年》及《帝王世纪》的记载，帝仲丁"迁敖（嚣）于河上"。河在古代是黄河的专称。黄河在战国以前是至今牛口峪就向北流的。至刘沟就是直向北，即是此以东的广武陵都不临黄河。那么它的"于河上"，显然所在不会过今牛口峪以东，并决定是在河边的较高地区。

其三，据秦汉时代的文献，秦人所置的敖仓是就商代仲丁所迁敖城。敖仓的

---

[1] 河南省文物局文物工作队.《郑州上街商代遗址的发掘》[N].北京：考古，1960年6月第11页.

位置从《史记》等书的记载中非常明显。第一，在汉军守荥阳时，是"作甬道，属之河以取敖仓粟"的，这就说明了它的地点是近临黄河。第二，及至阵地转移到"军广武"的时候，汉军的主要有利条件是"就敖仓食"，显然它是在汉军的后方。当时所军的广武为今汉王城，遗迹犹在，则其后方，适在今日仓头，也正是当日的"河上"。

其四，按《穆天子传》记载"戊寅，终丧于嚣（敖）氏，已卯天子济于河于嚣氏之遂，舍于尺茅。癸未至于野王"，野王秦汉时称为河内，即今河南省沁阳县。尺茅、按《史记·魏世家》注，"茅亭在修武轵县"，今武陟县南境，他是自嚣氏之遂（即敖边的渡口）渡过河北的，则"嚣氏"的方向就非常明确是在黄河的南岸，临近着黄河。

其五，北魏郦道元作《水经注》，称济水是大伾入河道，与河水合流，北魏时的河道在这一地区基本上是"禹河故道"。其下是"又东径敖山北，山上有城，即仲丁迁"，则其位是在济与河乱流的阶段。在大伾以东，又在济徙河出口之西，正是在今日的仓头原上。

就以上五点，与今地实际对照，北魏以前文献所记的"仲丁迁嚣（敖）"的地点是一致的。很清楚就是今荥阳县北境东西仓头原上，在这一带有池沟寨仰韶文化遗址，以及直到秦汉时代的断瓦颓垣，这就证明仲丁所迁的敖及秦汉的敖仓都在这里。这里正是桑林的北境，正近临着黄河。

还有两个问题要与此作些探讨。第一周宣王"搏兽于敖"的敖和"晋师在敖鄗之间"的敖的问题，这所指的既有兽和可以作为战场，显然不是敖城和敖仓；而是广义的敖山。《后汉书·郡国志》记有敖山，有敖亭，况敖仓也不一定必然就建在敖城中间。第二是隋唐以后的注解，又往往就其当时的政治地区——治所为中心，或者由于地理变动或者把敖山这一个总的名称与敖城、敖仓等混而为一，故注解中出现了很多的问题，如《括地志》称："荥阳古城在荥泽县治西南十七里。即古之敖都也。"这是把在敖山之阳的荥阳城与敖山混而为一的错误说法。宋《太平寰宇记》"敖仓城。北临汴水，南戴三皇山，殷仲丁迁敖，诗曰：搏兽于敖、皆此"，这就与秦汉文献所记有出入。近人更有依《括地志》。向今古荥镇（清末荥泽县治）西南十七里去找荥阳故城，于是就假设了今日郑州市为古之敖都。实际唐人作《括地志》时荥泽县治在今郑州市正北胡桃园村以北，久圮于河，他所指的荥泽县西南十七里正是今日的古荥镇。从今日古荥镇再向西南十七里去找荥阳故城，就不会出现另一个荥阳故城址，也就找不出敖都。按《读史方舆纪要》"敖山在郑州河阴县西十二里"，则所指敖山正为今日的仓头上首的一带山陵。正敖仓所在地。《河阴县志》为说明敖山久圮于河，也就把秦汉的敖仓说成了楚军的后方，皆误。

按《汜水县志》称:"广武城。在城东五里,东西有二,相去二百余步,久废。"是以广武名城的并非只有一或两个,因此,历代的注解多以其所见为据,不一定专指今之汉霸二王城。

郑州地区商代文化的发展是与亳的发展分不开的。至武丁时,仍都亳。称"复成汤故居"是今荥阳大部仍为王畿,更进一步繁荣。武丁时称为高宗的,以傅说为相,以成中兴之业,《书经·说命上》记载着武丁与传说故事。"王庸作书以诰曰:以台正于四方。台恐德弗类,兹故弗言。恭默思道,梦默思道,梦帝予赍良弼,其代予言,乃审厥象,俾以形,旁求于天下,说筑傅岩之野,惟肖,爰立作相,王置诸其左右。"

《史记·殷本纪》也详记着这一段故事。武丁是以这样隆重的大典起用傅说为相,以成中兴之业的。"傅岩之野"又名傅险,注云"在虞虢之界"。今汜水以西属虞,以东属虢,虢国占今荥阳西北大部,据《汜水县志》称:"商相傅说版筑处。城西十里孙村。"这样一个重要人物便是居在这个地方,就此可以说明在"高宗中兴"之后,这一个地方的重要地位。武丁之后,商代晚期,荥泽水位下降,陆地越来越多,今郑州这一三角洲地带也成了沟通荥泽南北的水陆交通要道,因此也就成了新兴的人口集中地区。这一点在考古学上也得到有力的证据。在郑州的基本建设工程中,于二里岗、南关外、白家庄、铭功路、紫荆山、人民公园等地普遍发掘出了商代这一阶段的遗址。有房基、陶窑、墓葬。夯土墙遗物有石器、陶器、铜器、卜骨、骨器、蚌器。这些遗址一般说都晚于上街遗址(桑林),而早于安阳小屯的殷墟。这与文献所记历史正相吻合,说明"当时人口已经相当集中。农业已经相当发达,畜牧还是一种重要的生产,渔猎在当时生活资料的获得上,仍有其一定的重要性。手工业已有了分工。交通关系也已相当的发展。已经进入了阶级社会"。

(3)由管叔监殷"到晋楚战场"——铜器时代到铁器时代。由奴隶社会到初期封建社会(西周至春秋时期今郑州地区的人文地理)

周武王灭殷之后。对于殷民族活动地区还是经营的,首先是注意经营洛邑(今洛阳)。因此荥阳郑州一带仍不失其重要地位。

西周时代。管叔建国。武王灭殷之后,对殷移民采取的政策据《史记·周本纪》的记载:"封商(殷)纣子禄父殷之余民。武王为殷初定未集,乃使其弟管叔鲜、蔡叔度相禄父治殷……封其弟鲜叔于管。"

《读史方舆纪要》载"(郑)州在周初封管叔于此……管城废县,即州治,管叔封于此"。按《括地志》郑州的外城为故管叔国城。《河南通志》称"管城(郑州)城北二里"。就这些文献来看,是管叔时所筑的城不是郑州旧城。但是可以看出"武王叔鲜于管"的地点,只是近于郑州旧城,其城在旧城以北。封管叔于此的政治目的是在于使其监视殷"余民"。按《汉书·地理志》云:"河内,殷之旧都,周既灭殷。分其畿内为三国,《诗·风》邶、鄘、卫是。邶以封纣子武庚。鄘管叔尹之,以监殷民,谓之三监。"

按邶、鄘、卫三国是以纣都朝歌作为分界中心的,朝歌故城在今河南淇县,以北为邶,东为卫,以经南敖山沿荥泽西岸至今郑州地区都属于鄘的范围。鄘城在今新乡西南,敖为殷旧都,其西南伸入荥泽的三角洲地带,正是与周的东都洛邑的枢纽,这么一个商代晚期新兴的人口集中地区,又是南北要道,正是控制殷民的重镇。为着这一政治目的,所以武王就特别把他的亲兄弟管叔鲜封在这里,这就是管城的命名之始,也是建城之始。到周公东征时杀了管叔。据《水经注》"平桃城内有大冢名管叔冢",是管叔死在今荥阳广武南城附近,把殷余年迁到商邱去,建为宋国。另外把康叔封到卫国,经过这一政局的变动,管这一带也失去它原有的重要地位。在考古工作的发现上,郑州地区也很少西周的遗址遗物。除在董寨发现有西周时代的房基和陶窑各两座,遗物只有陶鬲、甑、垒、盆等九件。说明在于西周时此地区不占什么重要地位。自成王之后西周的政治中心转移到关中。起初周公(姬旦)还注意经营洛邑,到他死了之后,洛邑几至荒废。当然也不会有人再来注意于荥泽的工程及其周围的建设。此时今郑州地区分属虢、邲、祭等。

祭是古国,是妘姓,是高辛氏火正祝融之后。古城今密县城东北五十里。今郑州地区西南部为其属地。

东虢受封于西周之初。它的范围包括今郑州西北部地区及荥阳县,按《左传》隐公元年称"制、严邑也,虢叔死焉,杜注:虢叔,东虢者也"。按《后汉书·郡国志》:"荥阳虢亭、虢叔国。"《水经注》称:"应劭曰荥阳故虢叔国,今虢是也。故马渊《郡国志》曰:虢亭俗谓平眺城亦作平桃城"。据《河阴县志》称:"在河阴县城南一里余,俗名南城"遗迹犹在。

祭。《读史方舆纪要》称:"祭城在(郑)州东北十五里。"按所指即今之祭城公社。始见《左传》僖公二十四年:"富辰曰凡、蒋、邢、茅、胙、祭,周公之胤也。富辰曰邢、茅、胙、祭,之初封,畿外之国也。穆王时有祭公谋父,今有祭伯,世仕王朝,盖本封绝域,食采于畿也。"云云。

又《路史》"周圻内管城东北有古祭域"。

就这些材料来看,祭是西周初封的国,但这个国原来是否就在今之郑州北部祭城公社，却是一个大问题。《括地志》称："故祭城在管城县东北十五里，郑大夫祭仲邑也。"祭仲是郑庄公的臣，曾帮助庄公打过共叔段又打过周天王："四月郑祭仲取温之麦，秋又取成周之禾。"祭仲既是谋士，又是武帅，是春秋初期的一等红人，那么他的祭邑当然在郑国境内。但按富辰的话，把茅、邢等国并称，茅在今之河南武陟县境，邢在今之温县，胙在今之延津县，所在也都是旧殷土，而且又都是"周公之胤也"。很显然它是继管叔国在今郑州地区重新封的国家。

搏兽于敖。荥泽的水量由于多次以疏导方法来治理，一天比一天的减少，在荥泽的两岸露出很多新的未开垦的荒地——水草地区。这些地区临近敖山，是时敖山是森林地区，这就很自然的形成一个很好的渔猎场所。因此穆王于东虞养虎，改其地名为虎牢，在今荥阳汜水镇西。周宣王中兴后，带着大兵，来到圃田及敖山这一带作了一次大的狩猎。

由于政治中心转移关中，因此，终西周时代的建设工程大都在关中，对荥泽的水利工程没有发展的记载。

东周——春秋时代

今郑州地区于西周及东周之际，最早从郐及虢两国的土地转为郑国的土地的是郐的北部，如莘邑，以及虢国的全部。

《史记·郑世家》："桓公问太史伯曰，王室多故予安逃死乎？太史伯曰，独洛之东土，河济之南可居……地近郐虢，……（桓公）东徙其民洛东，而虢郐果献十邑，竟国之。"至于这十邑的名称：按《国语》载："若克二邑，虢、郐、鄢、蔽、补、丹、依、历君之土地。"据此正为十邑。莘，据《读史方舆纪要》称："（郡国志），在郑州东，《国语》史伯对郑桓公所云历、莘者，此即莘邑矣。"其城的位置，亦近郑州旧城东郊。自郑建了虢郐，郑武公东迁，在此地建国，还经过一度的重新划分和建设，则今郑州地区也就不是原来的局面。从《左传》等书中所反映，又是一个新的人文地理。

《左传》是从鲁隐公元年（前722）开始的，就是从今郑州地区开始的，隐公元年的大事是"郑伯克段于鄢"。原文："初，郑武公娶于申，曰武姜，生庄公及共叔段，庄公寤生，惊姜氏，故名曰寤生，逐恶之，爱共叔段、欲立之，亟请于武公，公弗许。及庄公即位，为之请制，公曰：制，严邑也，虢叔死焉，他邑唯命。请京，使居之，谓之京城太叔。祭仲曰，都城过百雉，国之害也，先王之制大都不过三国之一，中，五之一，小，九之一，今京不度，非制也。君将不堪。……又收贰为己邑，至于廪延。"

在这一段中所反映的地理情况，中心地是京城，京是过百雉的大城，是可以控制"西鄙北鄙"。直到郑的晚期，缙公十五年（前408）还大修过一次京城，足证它在春秋时代始终是今郑州地区的政治、经济与文化的中心。京故城址在今荥阳县城东南二十华里的城里村及城角村间，俗名京襄城，遗址仍在。次之是制，《汜水县志》载"即今上街"，在京城西北四十余华里。再次之是祭仲所居的祭，在今之祭城公社，距京城东北也为四十多华里。京的势力可以到达廪延。按《读史方舆纪要》"延津，酸枣城，（延津）县西北五十里，本郑之廪延邑"云云，就此可以看得出来，郑自灭虢、郐二国之后，在今郑州地区重新划分的政区情况，是制邑、京邑、祭邑，北至廪延，都是沿着荥泽西岸和北岸而建设的。京与祭为近邻，都是大邑，由于权力及地盘的矛盾，所以祭仲与京城太叔也就是直接成为敌人，因此在打共叔段的事件中，祭仲才是最有力的谋士和主将。

此外在春秋时于这里还有些重要的地方。首先是衡雍与践土。在春秋初叶的郑国是当时的一等强国，当时东方诸侯也都纷纷崛起，互相建立关系，在这一个时代的要求下，郑国也不会不注意于荥泽的水利工程，与其沿岸的开展工作。《左传》僖公三十八年，晋文公败楚兵于城濮。"还至横雍，作王宫于践土。"按《韩非子》称："庄王既胜，狩于河雍也。"《释水》称"水自河出为（雍）"邵晋涵《尔雅正义》称"楚庄王之河雍，是茛荡渠初出之雍也"。按《元和郡县志》称："在（河阴）县南二百五十步，亦名茛荡渠。即古济水，汴隋后名通济渠，一名茛荡渠。"河水分流为邲水的地方，亦即隋唐的阪渚，石门等地方，皆在今武陟县东南境旧属河阴的地区内，就此所反映的是当时河水向东南再不是自然的从地下洑出或从堤岸溢出，而是从河堤开了一个水口，使其流出而成渠道，注入荥泽。则很显然当时不再是古代的洪水，也不是"既潴"的"荥陂"，荥泽水位也有了一定，距黄河中间有一段距离，经人工去开渠引河水向东南流入荥泽，这一条渠在春秋时代称为"汳"，这一工程始于春秋初期，为战国秦汉间的鸿沟这条大运河奠定了基础。是晋国向东过黄河后与郑国等的交通孔道，晋国可以过黄河南，经此渠顺流而下，经敖山下，荥泽西岸，出管城，直趋郑国都——新郑。郑在春秋中叶之后，是晋楚两国的争夺地区，也是缓冲地区，又是互为保护的地区。晋楚两国关系自晋文公之后，是越来越频繁，晋文公是五霸之一，城濮之役是"一战而霸"。为此他在晋郑的交通孔道上筑了践土台。据《读史方舆纪要》《河南通志》及《荥泽县志》等书的记载，在荥阳故城内东北隅有"践土台"，地点正当今日的古荥镇，为荥阳建城奠定了基础。

襄城。《汜水县志》称："周襄王避子带之难居此，即周固寺。"

坎埳。《汜水县志》："周襄王始出于郑，今穆家沟。"

伯牛。《汜水县志》:"《左传》云次于伯牛,在城(汜水县城)东伯朵之北。"俗名伯牛冈。

旃然。《汜水县志》:"《左传》云次于旃然,城东十三里,今名河沟。"(水名)

这些或为冈名,或为水名,或以自然地势(坎塪),或因襄王临时居处而命名,显然这些都不是邑城,但就此反映它已为人们所开发。

此外尚有:

垂陇。《读史方舆纪要》:"在(荥阳)县东,春秋文公二年晋士縠会济侯,盟于垂陇。又襄公十二年,郑伯享赵孟于垂陇。京相璠曰,在荥阳东二十里,世谓之都尉城。又东二十里有釐城,公会郑伯于时来,即釐也,亦曰郲。"

索氏。《左传》昭公五年,"晋韩宣子送女如楚,郑子皮等劳诸索氏"。《读史方舆纪要》称为以后的大索城。即今荥阳县治。

按此,垂陇,索氏都是城镇,但不是邑的名称。

晋楚邲之役。

于《左传》这一段战役的记载中,清楚地反映了春秋中期郑州地区的人文地理情况。邲之役是在宣公十二年(前597)夏六月。大意是:晋军过黄河,大军驻在敖,鄗之间。楚军首先"北师次于郔",杜注称"郑北境地"。更进军"次于管",按《河南通志》:"管城在郑州旧城北二里。"在这一阶段双方的战争接触地点是在今郑州以北和涢河(旃然河)以南的地区,正今古荥阳镇至石佛村一带。在一些接触中提到的地点是"及荥泽",说明这一地正沿着荥泽的西岸。在这一阶段晋师的一切布置,如"七覆于敖前"即在敖山的南面,而北面的活动都是在河上。大战是乙卯这一天开始的,楚王是亲自出马以逐赵旃的,楚军随着疾进大军,"车驰卒奔乘晋军",经过一天的战斗,阵地转移了,"及昏、楚师军于邲,晋之余军,宵济,亦终夜有声",足见邲当在敖山之北黄河之东南方。第二天(丙辰):"楚重至邲"即辎重都到了"邲"。自此,"邲"便作了楚军的后方。"遂次于衡",是衡雍又在邲之北。最后是"祀于河",即赶到黄河岸上,举行庆祝胜利的仪式,在这里首先需要讨论的便是"邲"所指的是水或是城的问题。《读史方舆纪要》是解释作邲城的,并说"邲城,在管城县"。《河南通志》称"邲在郑州城东"。一般注解多从此说。但这一解说与《左传》的记载显然不合。楚军不是向东进军,此地距故黄河约百余里,也不会逼的晋军"余军不能军"。《水经注》称:"济水于此兼邲目,即是水也,音卞,晋楚战争于此,邲、汳同字,后因避反,改称为汴。"按京相璠的说法邲在敖北。这都是北魏以前的说明,这种说法与《左传》的记载事实是吻合的。《史记·楚世家》亦称:"晋救郑,与楚战,大败晋师河上。"《郑世家》亦称:"楚大破晋军于河上。"《史记》汉司马迁作,是汉魏间的注解与《左传》都是一致的。且郑州东的邲是城市,战争也绝不会在城中进行。敖北的邲水沿岸是一片平原,正是车战的战场,且直通黄河。《水经注》云"河水又东径卷县北,晋军争济,楚庄去河,即是处也"。北魏时此地近卷县。就这一记载上说明了于春秋时,河水经流情况,在敖山以北引河为邲,是经流于一段平原地区,东南流入荥泽,更东引荥泽而成为鸿沟,北支称济水,南支称汴水,或荥阳漕。至元代黄河改道之后,除于自今刘沟以东、河道南移沿山东流外,自此而下,入于济水道——大致即今黄河道。敖山是临着黄河的,则晋士季命韩穿"七覆于敖前"的地方是应在荥泽的西岸,则春秋时的敖山,正是今之广武陵,荥泽是在管城以北又若干里。当时这一地区的地理情况,根据这一战役的记载,反映的有如下两点:

第一是荥泽西部敖山地区林木昌茂。《左传》:"乙卯,楚王乘左广,以逐赵旃,赵旃弃而走林。"楚王是从管(林州旧城北)出发的,这里尚可以乘坐战车,向西北进击,把赵旃打得逃进森林中的,可见这些森林是在今郑州的西北又几十里之外。又"赵旃以其良马二,济其兄与叔父,以他马反,迂敌不能去,弃车而走林"用良马即可"济其兄与叔父",显然这所济的水不深,不是黄河,而是在敖山前的水道——索水或旃然水。"弃车走"的林是"以他马反"后所在地区。则是仍在敖山以南,这一地正是在今古荥镇南北一带,当时是林木昌茂地区。

第二是禽兽活动的场所。在战事的第一阶段中,楚方"许伯御,乐伯摄叔为右,晋人逐之……麋兴于前,射麋丽龟"。又"楚潘党逐晋魏锜,及荥泽,见六麋,射一麋以顾献"。这些麋当然不是家畜,且在两军交战时,还随时可见,足证不是少数。地点又很清楚是"及荥泽",又正在那林木畅茂的地区。

就此不仅可说明周宣王"搏兽于敖"的地方是这一带荒山地区,同时也说明了当时荥泽西部沿岸,是闲着的荒芜之区。此后由于不断战争的影响,加之天灾人祸和经济中心的转移,到春秋末期,管城一带也呈现了荒芜景象。如昭公二十年(公元前522年),"郑子产疾数月而卒,太叔为政……郑国多盗,取人于萑苻之泽,太叔为政,兴兵徒以攻萑苻之盗,尽杀之,盗少止"。萑苻泽,据《郑州志》的记载在今五里堡(现在医学院及郑州大学所在)一带,是正为其七十六年以前"楚师次于管以待之"的管城近郊,至此时已成为"盗贼"出没杀人地区,可见其荒废的一般情形。

此后这一地带郑州国的统治力量远不及晋国的势力,晋国与此可以建筑军事距点的城堡,有宅阳城。《读史方舆纪要》称:"在(荥阳)县东十七里,晋出公六年

(70)郑伐卫,荀瑶城宅阳。"又城巫沙。(同上书)"又(魏)惠王三十三年(336)王及郑侯盟于巫沙,以释阳宅之围"。《水经注》:"荥阳泽际有沙城,即巫沙。"《水经注》北魏文献,所指荥阳为旧荥阳城(在今古荥城),则巫沙又在荥阳城东之荥泽西岸。

这就说明了,到春秋末期荥泽以西不断有由他国建筑军事性质城镇。

**四、鸿沟开凿时代人文地理的发展与变迁**

(1)由鸿沟开渠到三川郡治——荥阳城的兴起与发达(战国至秦)

春秋时代的末期,全国局势发生了很大的变化。首先是南方吴越的兴起,及楚灭吴越后,楚国的势力占领了整个的江汉及淮河流域。同时晋也分为韩、赵、魏三国,因此郑国也失去了原来作为晋楚两国的缓冲地区,而成为两国急于瓜分的对象。同时齐在东方,燕在北方,秦国在西方都逐渐扩大了地盘,形成了六国争夺中原的局势,则政治、经济与文化都适应着这一政局的需要而进入新的阶段。

韩灭郑。《史记·韩世家》:"哀侯二年(前375)灭郑国。袭都郑。"

韩的古都是阳翟(今禹县)袭都的郑在今新郑县。经过这一转变,则今郑州地区的政区也就必要重新划分。各城市的重要性质也就随着政治、经济的需要而升降。

在郑国的前期,主要是郑与周的关系(周在今洛阳),因此今郑州地区处于新郑与洛阳之间,是两国交通必经之地。郑国的商人不断到周去经营商业,有名的如弦高之流。在这种情况下京、制等城都是处在这一交通的枢纽地方,起着两国政治,经济上的重大作用,又是军事重镇,因此京、制于春秋初期都是郑国北部的大邑。春秋以后,郑晋关系频繁,所以在它交通孔道上的衡、横、雍、践土、巫沙、宅阳都相继而起,韩灭郑之后,这一局面又转变了,在周郑交通孔道上的京、制重要地位相继下降,践土、宅阳、巫沙这些小城又适应不了新的局面。

韩灭郑之后。韩国疆土是跨黄河南北的,河西北有野王(今河南沁阳),直到上党(今山西长治)的广大地区。河南基本上有今河南省的西南和西部地区,包括春秋时的周郑旧地,都新郑。为着统治河北,便于南北的联系,则沿荥泽西岸而至衡雍渡黄河,直赴野王,就成了当时唯一孔道,而且是韩国南北的咽喉,国都与野王之间的枢纽,因此,韩国就不能不重视建设这一孔道,必然于它的枢纽间经营起新的城池,来适应这一局面。加之当时各国之间的关系日益频繁,工商业的进一步,各国之间为着这一政治经济上的时代要求,都在重视水陆交通的建设。鸿沟这一伟大的交通水利工程就是这一个时代要求下的产物。因此,它是从荥阳开的。

《史记·河渠书》:"荥阳下引河东南为鸿沟。以通宋、郑、陈、蔡、曹、卫、与济、汝、淮、泗会。于楚,西方则通渠汉水、云梦之野。东方则通鸿沟江淮之间。于吴,则通渠三江、五湖。于齐,则通汶济之间。于蜀,蜀守冰蓄凿离碓辟沫水害,穿二江成都之中。此渠可行舟,有余则用灌溉,百姓飨其利。"

这样一来,则鸿沟不只是韩国的交通要道,也是国际上一个大运河主干。古代运河的开凿都是利用自然地势,把许多湖泊和河道联系起来的,他的起点是处于荥泽西岸上的荥阳,主要水源是黄河及荥泽,并以荥阳地区为中心组成了一个大的国际水运交通网,在荥阳以上是黄河,黄河的水是向东北流的,联系漳卫诸水系,经流今河北山东平原上,联系上了燕赵。自荥阳沿黄河而上,济洛水至洛阳。沿黄河再西连接渭河、汾河诸水系而达秦晋。就此来说,荥阳适居于全国的交通中心地位,是各国的交通总枢纽,正是秦国向东方的咽喉。因此,战国时代的荥阳就不只是韩国大河南北两部的命脉,而成了国际的总枢纽,在这一条件上荥阳城也就一跃而起,成了当时国际上一个名城——大都会。此外于荥泽沿岸也新建筑了不少城镇。如衡雍、卷、衍、中牟等,在鸿沟交通主干的刺激下,沿岸一时更兴起大都会,如大梁、陶、寿春、彭城、睢阳……都成了一时的政治、经济、文化中心。这一大动脉——鸿沟,促使全国工商业的发达和文化沟通,为中国的统一打下了基础。

广武建城与敖仓。由于荥阳的重要地位,所以,秦国攻六国的策略首先是攻韩,攻韩的第一部就是谋取荥阳。广武城与敖仓就是在秦这一政策及军事发展具体情况下所建的重要设施。

自周赧王二十年(前295)之后,秦国在东方的势力是一天比一天大。秦将白起攻伊阙,"韩予秦武遂地二百里",此后攻魏、攻赵、攻齐,都必须牵扯到韩国,必须于此建据点。

这就形成了必在广武建城设仓,作为秦国向东方用兵的根据地。

广武建城。始建于秦昭襄王四十三年(周赧王五十一年,公元前264)。

《史记·范雎蔡泽列传》:"昭王四十三年,秦攻韩汾陉,拔之,因城河上广武。"

范雎于广武建城是与秦将白起攻汾陉配合的行动。这个广武注解有三个。

第一是没指出一定的地点,如《史记索隐》云:"刘氏云,此河上盖近河之地,本属韩,今秦得而城。"

第二是指今河南广武陵上。如《先秦史》[1]:"(周赧王)五十一年。白起攻韩,因城河上广武,在河南河阴县北。"

第三是说雁门郡的广武(今山西代县西北)如《河阴县志兵事考》云:"史记因城河上广武,此广武,即《宋书州郡志》雁门广武。"

我们的意见。以第一、二说为近是,第三说不合史实。按昭襄王四十三年当时局势来说,秦昭襄王是在依据范雎的计划步骤来对韩国进行侵略的。范雎的计划是:《史记·范雎蔡泽列传》云:"客卿范雎复说昭王曰,秦韩之地形,相错如绣,秦之有韩也,譬如木之有蠹,人之有心腹之病也,天下不变则已,天下有变,其为秦患者,孰大于韩乎?王不如收韩。昭王曰:吾固欲收韩,韩不听,为之奈何?对曰:韩得而勿听乎?王下兵而攻荥阳,则成皋之道不通。北断太行之道,则上党之师不下,王一兴兵而攻荥阳,则其(韩)国断而为三。夫韩见必亡,安得不听乎?若韩听,而霸事因可虑矣。王曰善。见欲发使与韩。"

范雎自此重用。范雎的计划也是根据当时形势来制订的。是时秦兵已"攻垣·河雍,决取桥之"。"并攻魏卷(今河南原阳县西南地)蔡阳、长社(在许昌)取之"。昭襄王三十二年"攻魏,至大梁"。以上皆见《史记·白起传》。当然所需要的就是在这里如何建根据地的问题。此后一切对韩的军事政治行动,都是与这个计划有关。因此,昭王四十三年的"因城河上广武",也就成为范雎的重要业绩之一,而特著于《范雎传》。显然这一个广武绝不会是攻韩无关的雁门广武。而且那个广武,在今山西北部代县。既非韩国属地,也远离黄河数百里。更需说明的是那个广武是至汉始得名置县的,也远在"城河上广武"之后。这就证明第三种说法是远离史实的。但在第一、二说法中也有问题。第一是都没查定地方。第二虽然不是秦汉以后文献中所指的广武城,按一般人所指的广武城是指的汉霸二王城。这是秦汉之际楚项羽和汉刘邦的军垒,与秦代的城广武自有区别,这两点必先弄清。范雎所城的广武是在河上的,河在古代是专指的黄河,那么他的位置绝不会远离当日的河流。而且它是作为秦在东方的根据地,其所镇压的目标是荥阳,所要起的作用是要"绝巩,成皋以及太行山党道",把韩绝为三段的,那么这个城不只要屯军,而且要屯粮,并作为一切在经营东方政治上的基地,则这一个广武城的地点就非常清楚,不是指的汉霸二王城,而是既在"河上"、又处于扼这三处道上的中心,即敖仓所在,后人称为敖仓城。在这仓头原上。"秦人筑城于上,置仓于其中"这是一回事,

---

[1]　吕思勉《先秦史》[M]上海:上海开明书店,1941年,第23页。

这与此后的军事行动完全配合,在《史记·白起传》和《秦本纪》中记载的很清楚。

"(昭王)四十三年白起攻韩陉城,拔五城。"

"四十四年,白起攻南阳太行道,绝之。"(按南阳在今河南修武县)

"四十五年伐韩之野王(沁阳),野王降秦。上党道绝。"

按着秦将"王龁攻上党(今山西长治县)",上党降赵。因此引起一场有名的长平之战,坑杀赵兵四十万,秦占了上党。至此韩国在黄河北部的地方,大都属秦。更进而灭周,进而占领阳城负黎(在今登封县)。因此,韩国就不敢不唯秦之命是听。全部完成了范雎的计划。

三川郡治荥阳。在这一局势顺利发展的条件下,进一步便顺利地占领了荥阳城。

《史记·秦本纪》"庄襄王元年(前249),蒙骜伐韩,韩献成皋(今荥阳县汜水镇西北),巩(今巩县),秦界至大梁(今开封),初置三川郡"。

《韩世家》:"秦拔我成皋、荥阳(今古荥镇),置三川郡。"

《资治通鉴》:"(秦)庄襄王元年,蒙骜伐韩取荥阳,初置三川郡。"

三川郡是这一历史阶段上建立的,郡治在荥阳,它负着秦对东方经营军事政治及经济上的三重使命,是秦在中原的重要根据地之一,控制着韩、魏、燕、赵、齐的一切活动。因此,在荥阳故城西门外,这里建设有大规模的铸造铁器的工厂。这就更加大秦在东方的军政势力,决定了它的必然胜利。

按郡的意义来说,本含有军事的意义。因此,周时,郡不属于邑,秦时郡是在军事上的战区中心设立的一个统制机构,则其范围比县大的多。

秦始皇时,秦国在新占地区已设的郡,如巴、蜀、汉中、宛、郢(陕西南部、湖北西北部、河南西南部以及四川省大部)广大地区的南郡、上郡、河东郡、上党郡、三川郡等,势力半中国。秦王政七年(前270)灭韩,建颍川郡,这一形势的发展决定了秦一帆风顺、先后灭了韩、赵、魏、楚、燕、齐诸国,而统一了中国。在统一前段的几十年中,荥阳始终是起着东方中枢的重要作用。直到秦统一中国之后的三川郡,更是居于天下之中的中原地区。

(2)荥阳成皋争夺战至鸿沟为界

秦汉之际。自秦世元年到汉之五年(前209—202),战事的进行,主要都在成皋荥阳间。第一阶段,自陈涉起义之后,向西进攻,至荥阳下,斩了秦将郡守李由,占领了荥阳,声势大振。在敖仓自始至终是驻有秦的大军和储存着大量食粮。因此,于荥阳为陈涉率领的起义军占领后,秦军即退守敖仓城,与起义军对抗。陈王(涉)

的令尹臧"乃使李归等守荥阳,自以精兵西迎秦军与敖仓与战,田臧死,军破。章邯进击李归荥阳下,破之,李归等死",这是荥阳争夺战的第一阶段。

第二阶段是楚项羽与汉刘邦的攻守荥阳。自汉之二年刘邦从彭城皋(今江苏徐州)败退到了荥阳。事见《史记·项羽本纪》。此后在荥阳城内,是周苛、枞公及魏豹等守的荥阳。刘邦逃到了成皋(今氾水城关公社西北),经过重整军队、坚守荥阳,筑"甬道,属之河,以取敖仓"。楚军又数次侵夺汉的甬道,打进荥阳,杀了周苛、枞公,并向西进军至成皋,刘邦逃跑,独与滕公出成皋玉门,渡河走修武(今获嘉县),楚军占领成皋。刘邦复渡河南来还军攻至敖仓,把楚截断,进军"破项籍成皋南绝楚甬(粮)道。足证于这一阶段,楚也是依靠敖仓的存粮作为他主要的军粮"。

战争的第三阶段是楚汉相拒于广武间。汉之四年(前203)。汉军自敖仓向西攻打楚军守成皋的一支部队,在氾水上杀了楚大司马曹咎、肃清了敖仓以西地区的楚军。因此,战争局势成了汉王引兵渡河、复取成皋、军广武,"就敖仓食"的局面,这个"军广武"的军垒,就是现在俗称的汉王城。"项羽闻成皋破,乃引兵还,亦军广武"。这个广武,就是现在俗称的霸王城。遗址都在,中隔着一条南北沟,名广武涧。

楚汉两军长时间相持在这里,汉军由于有敖仓的食粮,兵强马壮。而楚军则老弱罢(音疲)转漕,因此急于一战。数次挑战,汉军终是坚守不动,最后,只有互相让步,"相约以鸿沟为界"。这里的鸿沟指的是鸿沟这一条中分天德大运河的一支主流。

在《汉书·功臣表》中的功臣,有很多都是这一战役得功的,如"以都尉击项羽荥阳,绝甬道"的陈濞,"以内史守敖仓"的周昌……

汉之五年,灭楚,项羽自杀,汉王刘邦即皇帝位后,结束了前一阶段的局面,全国统一了,政区也又要重新划分。

(3)西汉河南的经济中心——荥阳

汉于今郑州地区设置的县有荥阳、京、中牟、成皋、卷、原武各县。

《汉书·地理志》:河南郡,故秦三川郡,雒(洛)阳户五万二千八百三十九,户二十七万六千四百四十四,口一百七十四万二百九十七,有铁官、工官、敖仓在荥阳。县二十二,……荥阳,卞水,冯池皆在西南,有浪荡渠,首受沛,东南至陈入颍,过郡四,行七百八十里。京,卷……中牟,圃田泽在西,豫州薮,有管叔邑,赵献侯自耿徙此。卷,原武……成皋,故虎牢,或曰制。

于此反映的荥泽显然已不是古代的洪水局面,水量比春秋时代也小的多,相对即露出的陆地面积也比较大了,周围再不是春秋时晋楚战场上的林木荒草及麋鹿奔走,而是车马辐轮人烟稠密的大小城邑。

西汉时代河南郡和秦时的三川郡在政治任务上是不同的,它已不再是侵略六国政治、军事策略的根据地,而是统治中原的政治中心,在这个意义上荥阳显然不及周王旧都的洛阳,因此郡治就移在洛阳。在经济意义上,荥阳是在鸿沟这一条大运河的入口处居于全国交通中心的一大都会。这一条件洛阳又远不及荥阳,因此,"工官、铁官及敖仓皆仍设在荥阳",而成为河南郡的经济中心。

荥阳也是洛阳和汉首都长安的东方门户。

**五、荥泽淤塞与荥阳城市的荒废**

由于鸿沟的开凿,荥泽的积水是逐渐顺流而下,则荥泽的面积也就越来越小,终至于西汉至末(公元前后),就"夷为平地"这一变化,首先影响到鸿沟的水量和运输等等问题,一时河汴决坏,此后在对这一条大运河的水利工程上,也和往日不同,虽然也利用原来鸿沟的一些水道,但是也需要再建一些新的设施。明帝永平十二年(69)由王景负责治理时,即沿岸修堤,称为金堤,运河的名称则改称荥负漕。灵帝建宁四年(171)又引于河处砌面为门,阳为石门。因此,今郑州地区的政治区划大致以西汉之旧。

《后汉书·郡国志》:"河南尹。萤(荥)阳,有鸿沟水,有广武城。有虢亭、虢叔国。有陇城,有薄亭,有敖亭,有费(荥)泽。卷,有长城,经阳武到密,有桓雍城,或曰古衡雍。有扈城亭。原武、阳武、中牟,有圃田泽,有清水口,有管城,有曲遇,有祭亭。……成皋,有旃然水,有瓶丘聚,有漫水,有氾水。京、密,有大隗山,有梅山,有陉山。"

于此有一个显著的变化,即荥阳县中所称鸿沟水已成史迹,"荥泽"也称"费泽",三国魏黄初中(220—226)又修过一次,晋武帝时(265—290)荥阳太守傅祗修过沉菜堰,自此年久失修,交通阻塞,则荥阳也随着这一条运河的失修逐步失去了它在全国经济政治上的重要地位。因此到北魏时(453—534),荥阳县迁移到大索城(今荥阳县城)去了。则这座居于荥泽西岸、鸿沟枢纽地位的一大都会——荥阳城池,就自此随着而荒废,终于成为古迹之一了。

这一变动之后,随着荒废的是京城和成皋城。至此,这一地区的政治区划就不得不重新分划。

最后附带说明如下三点。

第一，郑州市区，于荥泽时代都不是今郑州地区的中心，西汉时是属于中牟县的一个古迹，称为管叔邑，后汉始称管城。

第二，今郑州地区的政治区划局面，是从隋唐开始的。北周（557—581）所建郑州，治成皋，在今荥阳汜水镇西北，不在今郑州。今郑州当时称管城县，隋始设荥泽、汜水，开元间析武陟、汜水、荥泽地置河阴，至此才奠定了今郑州地区的局面。

第三，古之荥泽，基本上就是后来的荥泽县地。

（原文系1983年"黄河流域水利史学术讨论会"会议论文）

# 鉴别古钱中的几个问题

初涉泉坛,定会在钱币收藏和研究方面,遇到许多问题,使人不知其然。本人就最常见的几个问题如古钱的名词、年号相同而时代不同、钱文的读法和书法体会及对不同压胜钱的看法等,阐述浅见,供学者参考。

一、对于名词、年号相同,而时代不同的古钱,怎样来辨认?

在我国的历代古钱中,同一名词、同一年号而不同一时代的古钱,还是很多的。如果不把它分别地认识清楚,往往会把时代倒置,则史实会弄错。在古钱中的名词相同,而时代不相同的例子很多,最常见的就是"五铢钱"。它的钱文是Ⅹ铢。但是有汉代的五铢,有梁代的五铢,以至于隋代的五铢。五铢先后通行七百多年。从名词上来说都是相同。仔细鉴别起来,还是各有时代特点的,形制上的大小厚薄,即钱文上的书法,还是有所区别的。就以五字来说,一代比一代的书法简化一些,到隋代五铢,"五"字的看法,就简便成直线式的了。从制作上说,梁代的五铢,比较汉代的五铢,有了内郭,几百年来,五铢钱在这个时代里,是没有间断的铸造。(如图一、二、三、四),从它们的范模与形制上研究(图五),大约可分数百余种。此外还有一个最显著而常见的,就是半两钱。它的钱文都是"半两",但有的是秦代的半两(图六),有的是汉代的半两(图七、八)。秦代的比较大些,厚些,字文高起些。汉代的比较小些、薄些,字文低些,从钱文上看,书法也有些差别。在汉代的半两钱中,有些简笔写的"两"字,如"再"。因此,在鉴别古钱上,虽然须依靠古钱上的名词或书法或年号才能决定它的年代。

至于年号相同,而时代不相同的古钱,是很多的。例如唐代有开元钱,五代也有开元钱;北宋有皇宋钱,南宋也有皇宋钱;元代有天顺钱,明代也有天顺钱。可是有些相同的年号,而并没有铸过钱的。如唐代的天祐年号,就没铸过钱,元末明初张士诚的天佑年号就铸过钱,当然"祐"字与"佑"字也有区别,往往会混而误为一。因此除根据古钱的文字、书法、制作等方面的不同之外,还应注意到历史情况。

二、对于旋读与对读的古钱、怎样来分别

在鉴别古钱时,有时我们会把年号的时代弄错,有时对古钱的读法,也会弄错,把该旋读的,去对读了,应该对读的,把它旋读了,如开元通宝钱,很多书中都读作"开通元宝",这就弄错了。现在我们举出这些对读的例子。如下图九、十九。同时,也举几个旋读的例子。如图二十至二十三。

下面进一步说明。北宋徽宗时代的"宣和通宝钱"就是对读的,如果发现了"宣和元宝钱",就是旋读的,和字在右旁,如果把它对读,就会读成"宣和元宝",就把宣元当作年号来看,在宋代的历史是找不出来的。这种旋读的古钱,在北宋、南宋都有,如北宋的祥符、咸平、明道、元丰、元符等。南宋的淳熙、开禧等也是旋读的,但在北宋钱中,如元祐、绍圣、圣宋,有旋读的,有对读的,而政和旋读的绝少,南宋的建炎、嘉定,对读的多,旋读的也还有,如建炎元宝就是旋读的。北宋的大观,也是对读的多,旋读的绝少,至于北宋的崇宁钱,通宝者旋读的多,重宝者则是对读的多。一般在两宋钱中,以及其他的朝代钱,凡属于元宝者,多是旋读的,通宝与重宝者,多为对读。但并非完全如此,如北宋的天禧通宝,以及崇宁通宝等,也都是旋读。这一系列的不通过读法,我们是应当注意的。

三、对于书法不同的古钱,怎样来体会?

历代的古钱,由于它的形制多样性,而它的发展变化,也是多样性的,同时它在文字上的书法改革,也是多样性的。二千多年前的春秋战国时代的古钱,如我们经常听见的平首方足如安阳(图二十四、二十五)、平阳(图二十六、二十七)等,都是表现有样的写法,到汉代以下,更趋于多样了。众所周知,祖国的文字出现于甲骨上为早期,记载着"贝朋"……即指贝币。甲骨文中的贝字作是臼象形字。在刀、布上的文字,与在钟鼎上的,也有时不一样。列国古钱上的文字,有些是不太好认识的。有些在古钱上的是简化字。到新莽之后,在钱币上的书法改变的就更多了。秦汉以后历代的钱币,从表面上看,其形制都是圆形。但钱文书法是多变的。书法最多样的,当首推宋徽宗时代,在这个时代中,徽宗改过好几次元,铸造过好几次不同年号的钱,不但真草隶,篆的书体都有,而且在一个钱上有铸两种书法的,甚至于有个别字的书法不同的,而且徽宗在他铸造钱币的时代里,每改一次元,都有他的亲笔所写的"瘦金体"字,可谓独创一格,也可以说是书法艺术上的一种发展。清代的钱币,更于钱背上满文又成一种形制。

在宋代有一种钱,未必是普通流行的,而是一种"试范钱",就是铸造铁钱的范。在初铸钱时,开始铸的一种样品,也叫"铁范铜铸钱",也叫"铁母"钱。这些钱的书法特别精致,例如徽宗时政和通宝的隶书,和大观通宝小平钱的草书,还有其他如元符通宝小平钱的隶书,绍圣通宝钱的篆书,元祐通宝折三而得行书(传为苏东坡写的)等等。此外有个别字的不同写法的,如宋徽宗的篆书宣和通宝,有的通字是楷书,研究者称之为"宣和楷通",还有如淳化元宝小平隶笔,而淳字为真书,因其三点水缩得很小,研究者便称之为"缩水淳化"。又如北宋的天禧通宝,小平楷笔者,通字的走之往上弯,人称为"勾通天禧"等等。

还有一种钱,表现着简化字的意义。自唐代而下,几乎是每个钱币上,都有一个宝字。按宝字在钟鼎文中的宝字是从着"缶",以后在楷书中是从着"尔",在南宋的建炎通宝钱中,有的把宝字简化为寶,在元代的延祐宝钱和泰定元宝钱中,都把"寶"字简笔为"宝"。其他的简笔字很多。例如汉代的半两钱,有的把两写为"再";五代的开元钱,有的把"開"字简笔为"問";北宋的大观通宝钱,有的把"通"字简笔为"通";南宋的建炎通宝钱,有的把建字简笔为"建";国钱中的"國"字简写成"国"……就这些例子上可以看得出来,祖国文字的由繁而简的发展进步,由来已久。

四、对于"压胜钱"的不同类型,怎样看法?

古钱中,还有一种作为货币意义不大的古钱,它的钱面或背上多是以吉祥语、诗句、人物、花草、鸟兽以及图案花纹等等来表达意思的,这种类型的钱,叫作"压胜钱"。在它的上面往往没有具体的年号。一般常见的文字,如"田仓万倍""五谷(穀)丰登""风调雨顺",这些钱明显地反映出当时人们的愿望。又如"一本万利""金玉满堂"……其他如诗钱、格言钱、礼品钱、佛钱、咒钱……此外还有一种"佩带钱",经常见的在上面铸造有"三省吾身""学而时习"等等语句。此外还有"镂空钱""年号压胜钱"之类。(如图二十八)这些钱大多不属于法定的通货,但在民间却有交换使用的意义或者作为礼品(如下列各例)互相赠送,因此,压胜钱在社会经济上的意义,也是不容忽视的。

[原载《中州钱币(金融理论与实践)》钱币专辑(二),1988年8月]

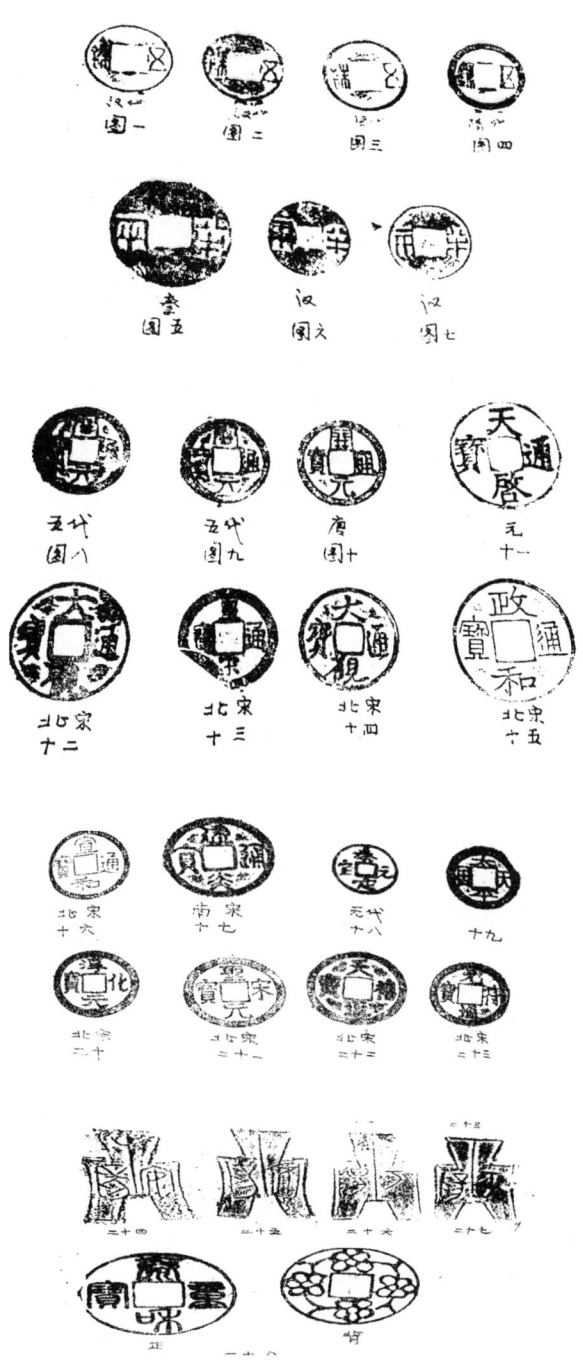

# 第四篇

## 旅游与文化遗产类

# 黄河游览区黄河河道的变迁

在今日五龙峰北麓提灌站的北面,是浩浩荡荡的黄河的平沙无垠的河床。这一片土地,却正是唐代东西两京(长安与洛阳)的咽喉和命脉,在这里设置着河阴县、河阴仓、输场、输院、板城乡,经流着广济渠,停泊着江船、河船、卫船、汴船、扬船、渭船……真乃是一个四通八达、无限繁荣的去处。直到元代晚期,黄河河道向南的转移,使这一片繁华的"桑田",变作了浩瀚的"沧海"。在这一带黄河两岸,空余了不少的残埽、废堤、大王庙,成为后人凭吊的名胜史迹。

## 一、黄河故道

在元代以前,黄河的河道在这个地区基本上是稳定的。北魏郦道元《水经注》所记自大伾(今荥阳汜水乡西)以下,是(河水)"又东径板城北,有津谓之板城渚口"。这很清楚,所说的河道是在板城以北,在那里有一个渡口,叫"板城渚口";又济水是到成皋入河的,成皋在今荥阳汜水城关西,所以济水入河处在今汜水乡以北。唐代河阴县的城板乡,又叫作板渚乡,是河阴县治所,这个地区是在黄河的东南岸。在这个地区的西北是一系列的防御黄河的堤防工程和引黄开渠的水利工程。在汉代以前经黄河下流的有沛水(济水)、会郲(汴水),秦汉时因以开凿了有名的鸿沟,又名莨(狼)荡渠。黄河的水是带着大量的泥沙,下游河道因而日益加高。荥泽的水量又由于东流而日益减少,到汉平帝时便"塞为平地"。在引河的地方,有一个用石头垒成控制水流量的石门。因此,到东汉之后,对河堤及引河工程的加固成了重要的任务:安帝永初七年(117)"于石门东积石八所,以捍冲波,谓之八激堤"。灵帝建宁四年又"于敖城西北垒石门"。这样使河堤加固,稳定了河的流向。这也说明了这个河道的东南岸,是在敖城以北折向东北的。敖城在今荥阳牛口峪上首西部地区,河道折向东北的地点在今牛口峪西北。而唐代板渚乡是在牛口峪东北,沿着济水(通济渠)向东直接荥泽县的地区。在元末黄河改道后,把留在北边的一些村庄划归了武陟县,这些村庄基本是今武陟县的北郭和二铺营两个乡南部的一些村庄。在这些村庄中还遗留着不少东汉史迹,如姚期营及马跑泉。这就说明了唐代以前的黄河是流经这些村庄的西北。

至于它的北岸,据我们考察的资料,在这些村落的西北十多里外的一带被称为清风岭的高地,及自温县向东北经武陟、获嘉东南境,一带高地,普遍存在着仰韶文化、龙山文化至商代文化的遗址,又完全和南岸广武岭原上的遗址相同。这一点证明了它的文化发展和广武岭地区的关系,证明原是与广武陵连着的一带高地。在清风岭以南到新乡县一些村落以北,相去大致都在十里开外的一带,大多沙丘,村落稀少,这清清楚楚地是唐宋以前的黄河故道。

五胡十六国到南北朝,石门金堤是这一带交通中心,也是兵家必争之地。发生在这里的重要的历史事件,如公元310年王澄进兵驻石门;公元328年石勒据石门;公元370年慕容德据石门,苻坚运漕万艘经石门,公元390年朱党戍石门;公元410年刘裕水军经石门……这就说明了石门的重要地位。因此在晋代修了沉莱堰和开凿了济水。《水经注》:"济水又东径敖山北,又东合荥渎、首受河水,有石门,谓之荥口石门,今无水。"这就是说,济水是引黄河的水,从石门流出,流至古荥泽,但北魏的荥泽已是没有水了。

## 二、唐代河阴

唐代河阴,是开元二十二年(734)设置的,辖有三个乡,即三山乡(在广武原上,今广武城关西部)、归德乡(今广武城关东部)及板城乡(今广武陵以北至今武陟北郭、二铺营两公社以南旧河阴各村庄)。板城乡的南边是鸿沟里(在今汉霸二王城下)。河阴县治设在板城乡,通济渠(济河)的北方。它的具体地点,根据在荥阳广武公社小曹庄南地发现的路碑记载,原文是"河阴县城东南十八里",说明河阴县城在它的西北十八里。从此向西北十八里,正是今黄河以北的武陟县蟒河以北,余会各村以南的地区。由于这里正是元明时的河道,因此河阴县治是完全被淹没了,与之有关的转运院、输场……当然都不会再有遗迹存在。而汉魏的石门、金堤也都随着黄河的改道而淹没在地下了。

隋文帝开皇七年(587)增筑了汉魏古堰,主持人是梁睿,所以又叫梁公堰,也叫汴口堰。这一次工程,更加固了黄河堤岸,使河道稳定,使汴渠交通方便。因此到隋炀帝大业元年（605），更令开导，名为通济渠。这个渠的位置，根据《水经注》是"在敖北"，其方向是在今牛口峪以北。唐《元和郡县志》说它"在县南二百五十步"，《太平寰宇记》及《困学记闻》都说它"在县南二百五十步"。县是指河阴县治（城），在"首受河"处，它的位置是在黄河的东岸和济水（通济渠）的北岸，则通济渠也正是今日蟒河（济河）的位置。通济渠是南北大运河主干的一段，正是引河"首受"的一个工程，隋炀帝大力建筑了这一段工程，成了唐代这一地区所以繁荣的基础。唐开元二十二年（734）就是在这个基础上设置河阴县，以便于办理对长安、洛阳的漕运。在渡口上置输场，"场东置河阴仓，西置柏崖仓，石门东置集津仓，西置盐仓"。又"凿漕渠十八里"；由河口向东十八里，即至今桃花峪以北，向东流入荥泽。在这条漕渠中"每岁运米至百余万斛"，使江南的米、海滨的盐都源源运进了长安、洛阳，为居住在那里的人们输送了新的血液。在桃花峪的上首建立了一个大的果园庄。今日站在提灌站向北望去，凝目一思，还不难见其当日繁荣景象。

### 三、黄河南徙

宋乾德三年（965）黄河才从原武溢过故河道向东南流。因此，在北宋时代河阴县没受黄河的影响而引起变化。北宋末重和元年（1118）河阴的广武埽虽曾发生危机，但金大定十二年（1172）黄河的水部不曾流至河阴的广武山下，且大定二十一年经过治理，又移回故道。这样直到元末的至正十六年（1356）"河决郑州，河阴县官民署民居尽废"。自此，黄河的水才经流原通济渠道。河阴县治也不得不在明初移到大峪口，把留在黄河北岸的村落划归武陟。因此，在《宋史》"河渠"及"地理"都说，河阴县城及板渚乡依然存在。那么，广武埽当时对它起着保护作用，是广武埽远在广武山北，自今武陟县向东南经原阳，也起着对荥泽县城的保护作用，熙宁十年（1077）十月广武埽受到大河水涨，在形势危急的时候，很多人都不敢登堤，"提点京西北路刑狱乔执中挺身登其上，随者如蚁，不日埽成"，才免去了水患。可是到徽宗的时候，不重视政治，却开始封了青、红、黑、白、黄五龙神为大王，敕命沿河立庙。把希望寄托在这大王爷身上，为此耗费了大量财力和人力，把筑堤的精力，又分到祭祀鬼神。

元至正四年（1344）夏五月，大雨二十多天，黄河暴涨，金堤、广武埽、白茅堤全开口，河阴县城受到很大威胁，不得已徙治到广武阴山大峪口，大峪口当在今张沟以北。到明初，这里还有一个鸿沟堡，沿山还有很多肥沃的农田，叫"皇粮地"。明洪武二年（1369）又受河患,只好把河阴县城迁到山南黄店街,即今荥阳广武乡所在地。清康熙三十三年（1694）"河又南侵"。到三十五年（1696）荥泽县城也被淹没,只好移县治到荥阳故城西北角,即今古荥镇。至此,黄河才紧靠广武山流。到雍正二年（1724）在嵇曾筠的疏奏中,已成了"全河之水,直趋广武山根,以致土崖汕刷"了。原来唐宋的繁荣板城,元明的"皇粮田园"全部化为今日的浩浩荡荡的黄河和一望无垠的沙滩。

历史的经验,给我们一个教训。对龙神（大王）的迷信,救不了人们的厄运,相反,还会带来无限的灾难。大河南北残余着不少的明清堤坝、大王神庙,包括皇帝诏修的大规模御坝及大王宫观。这既是封建时代以神道设教的历史见证,也是供今日人民游览的名胜史迹。

**四、御坝和嘉应观**

封建时代的统治阶级大搞迷信,企图使神灵抵御水患,为此敬龙神,修大王庙,为我们留下个名胜史迹——嘉应观。

在黄河北岸,有一段高大突兀的堤坝,这是康熙皇帝钦命修筑的一段堤防,为给康熙歌功颂德,雍正皇帝赐名"御坝"。现堤外巍然屹立一块青石大碑,宏伟壮观,碑高约丈余,宽三尺,厚约一尺,碑头上雕刻二龙戏珠,两侧面各雕有双蛟龙,周围饰以花纹图案,极其华丽,碑的正面是雍正皇帝巡视堤防工程时御笔的两个遒劲大字——"御坝"。

嘉应观坐落在今武陟县二铺营东一里许,与郑州市黄河游览区内的提灌站隔河遥遥相望。从提灌站出发,跨过黄河铁桥,沿绿树遮掩的黄河大堤西下,过御坝,跨上明堤、清堤,远远就能看到一处偌大的保存完好的古建筑群,周围绿树参天,浓阴下,殿台楼阁鳞次栉比,气势雄伟、金碧辉煌。

嘉应观创建于雍正三年（1725）。因当时黄河在武陟屡决南北大堤,洪水泛滥,吞没大片良田,危及国计民生,雍正皇帝发出谕旨,修筑堤防。又企图依靠神龙、大王防御洪水,更迷信龙神能御水灾:"朕思龙为天德,变化莫测,云行雨施,品物咸亨,又能安水之性,使引地中无惊涛沸浪之虞,有就下润物之益。特命河臣于武陟建造淮黄诸河龙王庙,申秋祭以祈历柘礼……"命修嘉应观,供奉龙王、禹王,以御大灾,捍大旱。每年逢九月十五、腊月十五两次庙会以祭祀。

嘉应观规模宏大,占地百亩之多,内建殿台楼阁数十座,组成庞大的建筑群。

殿台楼阁"穷极壮丽,楼观飞掠,殿宇宏广,其瓦则琉璃也,其木则松杉也,刻其桷,丹其楹,镂以百物,涂以黄金,绿荑悬插,红萼倒生,懿欤盛哉"。更加观中松柏参天,四周围是合抱的青白杨,直指云天,遮天蔽日,使其地风景优美,有似仙境。

嘉应观坐北向南,以山门和最后面的禹王阁为中心轴线,主要的大殿都建在中轴线上,每一大殿两边都两两对称配以楼亭廊房。小山门前原有一对大铁狮子雄踞于石墩之上(可惜狮子已不知去向),墩高二米,由青石砌成,周围饰以花纹。山门是石拱形,上面雕刻七条龙,盘旋飞舞戏珠于祥云瑞气之中,雕刻技术精湛,做工细致,堪称艺术珍品。山门两边是两座仪门,前院墙青砖砌成,白灰抹缝保存尚好。

进山门迎面是御碑亭,呈六角形,分内外两层,内层六根大柱环立,外面六根合抱大红柱子挺立六角,亭顶卷檐挑角,上扣琉璃瓦,全部木结构都饰以图案,极为壮丽。亭中巍然屹立一块青铜铸造的大碑,高四米,宽一米多,厚约一尺。碑头镂二龙戏珠,左右侧是双蛟龙,下有卧龙。碑文雕刻雍正皇帝命修嘉应观的谕旨,详细记述了黄河的源流,泛滥危害的情况及修嘉应观的缘故。以御碑亭为中心,左右对称的是钟楼、鼓楼,楼皆是琉璃瓦盖顶,钟楼上高悬大钟,但不知鼓的去向。

四天王殿位于御碑亭后,相距十米。形式庄重朴实,红墙碧瓦,光彩夺目。大殿为面阔三间,进深一间的高台建筑,基高一米,皆为条石包砌。殿堂通高约十多米,前后各有朱红檐柱四根。前面原有廊房,木雕花门窗,今毁为砖墙。大殿上部为四角挑檐歇山顶。龙头鸱尾,瓦条脊,四条垂脊及角檐上皆有兽头,整个房顶全门采用碧色琉璃筒瓦,阳光照耀,相映生辉。

四天王殿为嘉应观正殿,位于正殿后,禹王阁之前,建在一米多高的砖石台基上。殿门前正中置一约三米高的铁铸香炉,两侧各设没梁庙一座,供人烧香敬神祈雨之用。今香炉仍在,犹有余灰,小庙已无,但有翠柏两株,亭然而立。大殿建筑雄伟,采重檐歇山顶形式,用蓝色琉璃瓦覆盖,斗栱和枋上均采绘。面阔五间,进深二间,屋内天花板上绘有各种龙纹图案,丹朱圆柱矗立于殿内殿外,正乃画栋雕梁。殿上方正中挂一"治德维仁"黄色大字横匾,匾中盖有金色官印,实有金碧辉煌之感。殿内供奉着金龙四大王、黄大王、朱大王、李大王。十龙王殿分立于四天王殿前两侧。其建筑风格与正殿同,为单檐歇山顶,每殿各敬奉五位龙神。

最后是禹王阁,用青砖青瓦建造,这是观中最高的建筑,在阁上可以俯瞰全观。阁中是禹王锁蛟,阁下供奉吕洞宾和三皇姑。禹王阁左右两廊房内祀风神、雨神。

这数座殿亭楼阁,沿条中轴线合理布局,构成一幅精美的图画。这个庞大的古建筑群至今保存完好,殿亭楼阁,气势雄伟,雕梁画栋,金碧辉煌,更衬以森森苍松翠柏,参天白杨,风格别致。

**五、今日新貌**

一晃数千年的历史过去了,多灾多难、放荡不定的黄河终于被人民的力量驯服了。屈指可数的解放后三十多年时间,黄河发生了翻天覆地的变化。封建社会和旧中国几千年办不到的事情,短短的时间之内办到了。今天,你登临黄河南岸的广武山头眺望,茫茫黄河,波浪相叠;河上铁路、公路大桥如巨龙飞蛇,横架南北;两岸大堤杨柳护卫像钢铁防线巍然屹立;纵横鱼渠把滔滔黄水引进两岸平原,渠网纵横,变作沃野千里,一望无垠。微风吹来,稻花飘雪,真有沁心欲醉之感。唐代的三山乡、归德乡,也已被星罗棋布的社会主义新农村所代替。明清堤坝和嘉应观神庙都已成了人们凭吊怀古的历史陈迹。昔日满目苍凉的景况,已成了繁花似锦的乐园,求神求鬼的时代一去不复返了。

随着黄河的治理,两岸现代工业也蓬勃而起,岳山脚下新修的现代化提灌站,经八十六米高的两级提灌站把黄河水提到五龙峰上,输送到郑州市内,保障着城市人民吃水和工业用水。过去两年一涨,三年一泛,灾患无穷的黄河,如今成了造福人民的甘泉。

(原稿完成于1957—1958年,后载于《黄河游览区史话——附史迹考证五篇》,郑州市黄河游览区史话编写组,1985年8月)

# 浮戏山地理考
## ——汜水源头名胜史迹初步调查研究

### 一、位置、名称及范围（附图一，缺）

浮戏山位于河南省会郑州市西南四十余公里。

夏、殷商及西周，称谓"阳城山""戏童山""越戏方"。春秋战国的文献《左传》叫它为"阳城"。《山海经》称它叫"浮戏之山"。汉桑钦《水经》称"浮戏山，世谓之方山也"。北魏郦道元《水经注》称"（黄）河，又东合汜水。水南出浮戏山，世谓之曰方山也"。《隋书·地理志》称此地为天陵山，唐以来叫五治岭；因为巩县、荥阳、汜水、登封、密县五县共治。后讹传为"五至岭""五支岭""五指岭"，甚或讹为"五枝岭"。明《读史方舆纪要》列方山与汜水县。明清汜水地方志称"方山霁雪"为汜水县八景之一。竹树蓊郁、云雾苍茫、到处流泉、遍地花香，峰峦秀丽、气候宜人，行政上分属于巩县新中乡、核桃园乡、涉村乡、小关乡及荥阳县庙子乡和崔庙乡，密县尖山乡及登封一角。

至于命名原因，据《汜水县志》的说法是："泉石欹危，映带左右，晨起伏而凭之，烟霞弥漫，万顷茫然。峰峦尽露其巅，烟移峰动，如众鸟浮水而戏……天下奇观也，山名浮戏，取义于此。"这段简单的描述，绘出它的壮观。

《山海经·中次七经》所记载的地理范围是：（自太室山起）"又北三十里曰讲山。""又东三十里，曰浮戏之山，有木焉，叶如樗而实赤，名曰亢（橿）木，食之不惑。汜水出焉，而北流注于河。其东有谷，因名曰蛇谷，上多少辛（郭璞注：细辛也）。""又东四十里，曰少陉之山。"

按此勾划，浮戏山是在太室山的北方，讲山和婴梁山的东方，少陉山的西方。汜水源于此，而向北流。按《水经注》："嵩渚，在京县东十二里，一名小径山，俗名周山……京、索二水出也。"按周山即今之大周山，在京襄城东南，索水出其西麓，京水出其东麓。则《山海经》所勾划的地理范围，是索水以西的一带山区，为汜水的发源地——包括各个源头的泉、潭、瀑布和溪流。西界按《水经注》:"罗水出方山。"《河南府志》更明确地说:"汜水出浮戏山东麓,罗水出浮戏山西麓。"正属今日荥阳南部的庙子乡及巩县东南的新中乡地区。罗水以东,都属于《山海经》所勾划的"浮戏之山",亦即"世称之谓"的方山。

## 二、浮戏山地理沿革

浮戏山原称阳城山及戏童山。《汉书·地理志》"洧水出阳城山",在罗水上游。《河南通志》卷五十二古迹下,河南府"郇城,在巩县西南罗口保"。殷商(约前1700—前1100)及西周(约前1100—前770)称为越戏方。春秋(约前770—前478)称为阳城山及戏童山,属郑国。事见《左传》昭公二年,说"四岳、三涂、阳城、太室、荆山、中南九州之险也"。按四岳,是指岱(泰山)、华(今华山)、衡山、恒山,三涂是指太行山、镮辕山及崤渑。太室是嵩山的主峰,中南是陕西省的终南山。荆山在武当山东南。阳城山当时是与这些名山并称为"九州之险"的。《中国地名大辞典》"阳城山条"称"在河南登封县东北……伊河、贾鲁河间诸岭谓之阳城山脉"。按此,则春秋所指阳城山的位置正是《山海经》所称的"浮戏之山",亦即《水经》所称的"世谓之方山"。嵩山之名为后起。《史记·封禅书》始称为嵩高山。《汉书·地理志》称为嵩高山。《后汉书·郡国志》及《白虎通》也称为嵩高山。说"中央之岳加嵩字者何?中岳居四方之中而高,故曰嵩高也。"南北朝文献中皆类此,显然当时所称的嵩高山,包括浮戏山。把太室、少室诸峰单称嵩山,为唐宋之后事,原"嵩"字意为"高山"的一般通称,无固定于一个山名,"嵩"古字为"崇"与"崧"字通用,《说文》"'崇'高也,从山宗声"。又《尔雅·释山》"山大而高'崧'"。《后汉书·郡国志》:"颍川阳城有嵩高山:注'《禹贡》有外方山,即嵩山也。'"据此则证明今之嵩山,原由方山而得名,意"在方山之外",或"方山之南"。可见古代嵩高山的中心则是方山。

按《读史方舆纪要》:"登封阳城废县,在县东南四十里,本周之颍邑。《左传》昭公元年,晋赵孟自郑还,周景王使刘定公劳赵孟于颍。九年,晋梁丙张趯率阴戎伐颍,阴戎即陆浑之戎也。战国初属郑,谓之阳城。《史记》郑君乙十一年,韩伐郑取阳城。秦以为阳城县,陈胜阳城人也,二世三年,沛公自洛阳东还,至阳城,汉二年汉王使韩襄王韩信急击韩王郑昌于阴城,昌降,汉置县,属颍川。"又:"阳城山,在县北三十八里,晋建兴末,刘聪遣子粲,屯小平津,粲遣刘雅生攻洛阳,守将赵固弃阳城山,俗名车岭山,亦名马岭山,洧水所出。"

又：阳乾山，在县东二十五里，颍水所出。

就此可见，在今登封告城附近设置阳城县治的时间在秦汉之际，那里原名"颍"，与春秋以前所称的阳城根本不是一个地方。春秋、战国称的阳城是指的阳城山区，先后属郑国和韩国，秦属河南郡。在今登封以北，颍县属颍川郡，因此，在秦朝以前所有文献称的阳城，都是指的在今登封、密县以北及巩县、荥阳南部的阳城山及其周围地区，而不是秦以前叫颍的阳城废县。春秋前的阳城山，包括同时称为浮戏山，和汉代以后世称的方山，包括很多的小山和山谷。

### 三、"浮戏之山"诸峰峦

在北魏《水经注》中记载的有石城山、层阜及娄山等名称。

《河南府志》："巩东有老庙山，即石城山。"《河南通志》："赵封山在县东南，为宋种茶于此，封固其地，故名。"

《己酉志》："石城、赵封本一山，但石城南半皆石崖峭壁，不可种茶，赵所封者在小龙池二天门北麓，二十余里，皆沃土，宜茶，今石碑尚存，……山口一村落，名茶店。据此则石城山半以北为赵封。而道元所谓石畦石窟皆傍水绕赵封也。"

关于清乾隆年《巩县志》称"伏儿山，在县东南三十里"，又说："旧志……古无此名"。按明嘉靖三十年编的《巩县志》中无伏儿山，却记有"夫人山在县东南三十里，汉光武经此纳左氏夫人，后左氏夫人终于此山故名"。按所称距县治的道里远近和方向清乾隆年间所称的伏儿山，为在县东南三十里，道里正为明嘉靖时所称的夫人山。民国《巩县志》无此山名，则另出来一个"穆柯寨"，道里方向皆同。是夫人山、伏儿山及穆柯寨为一个山的不同时代的称谓。据明《巩县志》在赵封山东北十里亦正为今称之穆柯寨，附会为宋穆桂英的老家。明《巩县志》尚记有下列山名：

"寒战山，在县南五十里，峻嶒陡峭，高插云霄，下有玉仙河，人经者，凛然战惧。"

"五指岭在县东南七十里，上有石五块，若五指然，故名。"

《读史方舆纪要》巩县"寒战山，在县东南五十里，其山陡峻，临玉仙河，经者战惧，因名"。"又赵封山，在县东南四十里，志云：'宋种茶于此，而封固其地，因名。'"就这些材料，所指五指岭，系出附会，与五枝岭，为一地。又似专指浮戏山南的一带山岭。实际，五至岭，是指原登封、巩县、汜水、荥阳、密县五县交界的地区，即"五县所治"或"五县所至"的意义。

**四、浮戏山历史地理**

《读史方舆纪要》列方山于汜水县,说:"方山,在县南四十里。《山海经》浮戏之山,汜水出焉,是也。"《汜水县志》:"方山在城南约六十余里,又名浮戏山。"

这个地理范围勾画的比较清楚,基本与《山海经》《水经注》一致。是今日的巩县、荥阳、登封及密县之间的山陵地区,两个中心地点是环翠峪及九顶雪花峰。东起汜水与索水分流的嵩渚山(即少陉山),西至以罗水为界的讲山,北沿霍山、穆柯寨(古名夫人山或伏儿山)及佛山、三山、万山一线,南至密县和登封的北部。由于这一地区的山峦在"烟霞弥漫,万顷茫然"中,"峰峦尽露其巅,烟移峰动,如众鸟浮(戏)水"。所以才叫浮戏山。这个解释基本正确。亢(檀)木是本地区的特产,远在《山海经》(春秋、战国)时代(公元前7世纪—公元前3世纪)就记载着它是本山区的特有木材。现在这一地区,仍存着不少的大檀树,称"万年檀"。《词源》等工具书皆称"檀,古木也",为"古木"的活标本。在去九顶雪花峰的庙路河入口处,灵官殿前,长着一棵大的万年檀,枝叶茂密,苍劲雄伟,似迎接客人的一位老人,称迎客檀。至于本名方山,这和嵩山的称为外方山是一致的。按《书·禹贡》"熊耳、外方、桐柏"是中原并称三座高山。外方山的名称,见诸《汉书·地理志》:嵩高在颖川嵩高县(今登封县),古文以为外方山、嵩山在浮戏山之南,南为外,故称今嵩山为外方山,则浮戏山即称为方山,亦名"北嵩山"。在这里说明一点,就是在唐代的《元和郡县志》里误称陆浑山为方山,因而影响到《读史方舆纪要》在陆浑山条中称"亦名方山"。并误认隋大业十三年李密所经的方山,说在此山。按李密帅七千人是自阳城(今告城)经方山去兴洛仓的,兴洛仓在今洛口,那么,它所经过的自然是荥阳巩县之间的方山,而陆浑山在今嵩县西北,距此远在百里之外,李密绝不会绕道百里之外而去现在的洛口,况《水经注》陆浑山与方山就不是一回事,是唐《元和志》弄错了。明人顾祖禹又失于考察。《水经注》是比较正确的一本书,它对方山的南界讲的也比较清楚,他说:"洧水东流,绥水会焉,绥水出方山,即《山海经》所谓浮戏之山也。东流入密县境。"

现在这里的峰峦,在巩县沿庙路河以西,自南向北,属于桃花峪小流域,西至洪河,从人头山向北,为马头崖、大桃花峪、小桃花峪、牛家寨、虎脑、大峡峪、小峡峪(以南属古之石城山)、醋峪、鹿耳寨、耍峪——小龙池(以北为古之赵封山),有冷沟寨、棋盘山、王顶山等。庙路河以东,自南向北有二郎寨、八蜂嶂寨、香炉山、窟窿山、凤凰顶、柏树门寨、天桥山、呼雷洞山、箭穿山、寒战山、石门寨、万鸟峰、穆柯寨——灵官殿。在荥阳境内属于环翠峪诸山有紫玉岩、抱螺峰——卧龙台、祖师山、奶头山、双牛山、马头山、鸡冠山、梅山及其以东的南顶山等等。

**五、诸峰峦高度及自然景观**

（一）桃花峪小流域

桃花峪溪水，流入庙路河，又流入汜水，它包括桃花峪、天井坑、教练坑、老庙、峡峪、灵官殿六个村。

（二）面积

共二十六点五平方公里（折合39704亩），农户1217，人口5747。

（三）地形

分为四段，第一段从五治岭、巩密关到峡峪水库。山高谷深，河槽窄，坡降为1060—590米，落差470米。第二段从峡峪水库到峡峪口，为喀斯特型地貌，多溶洞。因而，左岸有纳水洞漏水。坡降为590—545米，落差45米。第三段从峡峪口至灵官殿、龙王庙弯，支河逐渐增多，河槽加宽，坡降为545—430米，落差115米。第四段从龙王庙弯到茶店大桥，河谷宽，有较多洼池，坡降为430—363米，落差为67米。

（四）山峰

东麦熟谷堆海拔1108米，教练坑832米，二郎寨854.5米，牛家寨793米，香炉山673.5米，老庙457米，雪花洞555米，峡峪367米，小龙池339米，冷沟寨556米，石门寨337米，灵官殿294米，五治岭1128米，西麦熟谷堆1215米，柏树门寨144.4米，巩密关的北峰837米，东峰930米。

汜水自黑背影以北分为二，西源，即所谓桃花峪河流域。东源自西阴以下，上至809米高地下注，形成很多大瀑布。有十五叠瀑布、有潭、溪、急流于砾石中，后坡以下，经落鹤涧至二郎庙合流至庙子，汇为柏池，再北流为汜水。

八蜂嶂寨海拔733米，卧龙台631米。老庙基本与干隐潭东西平行。比柏池稍偏南。

小龙池与马蹄沟东西相望。卧龙台在贤孝128米的西北方，卧龙台、八蜂嶂寨与柏树门寨东西相望。其西端自张家咀以下为之洪河，成为洪河水库，在霍山之南。

汜水河的西源东北流自西咀，东流自后坡再北流，经落鹤涧至二郎庙下，至干隐潭（南庄东）合流汇于柏池。尖山乡所在地海拔1131米，虎脑沟以西为霍山，醋峪沟上首有一山峰，四面绝壁，只有一条小经可达山顶，此山称为大寨（741米）。大峡峪的水向东北流入汜水。洪河水库向西北流。西岭，后岭以西为霍山，以大峡峪为界，虎脑沟水向西北流，为洇水上源，它与大峡峪沟水以人头山（958米）为界，北为猴山，其南为霍山，霍山以南的洪河水库，西北流入庙路河。

桃花峪和小桃花峪的汜水在月弯合流，在老庙北建一座水库，下流入汜水，为汜水的西源之一，俗称庙路河是黄河流域汜水河系的一个支流，称为巩县桃花峪小流域。

汜水源出双牛山海拔842米的兰花岩下，称兰花河，自田种湾分三股自高地而下泻。中道后坡749米—落鹤涧149米，落差为600米，汜水源于后坡下—落鹤涧—西凹—二郎庙合西来水。

西道：西咀下—庄上—何家凹—鸡爪窝—陈庄—王家庄—二郎庙东，与南来水合。

东道：北沟（783米）—龙潭崖店—铁匠凹入地下。合流为柏池（在庙子）。

牧猪泉在八蜂幛寨北沟，朔刀泉在侯家咀下，三字峪在紫玉岩北，山高502米，峪海拔110米，黄龙庙在卧龙台北。

"方山霁雪"是汜水八景之一。《汜水县志》称它是一个由很多山峦组成的地区。东西达三十多华里，是一个山水清幽，林木葱郁，云霞缭绕，峰回路转，史迹丰富，气候宜人的天然公园。

**六、瀑布、池潭及天然洞穴**

在这些山谷池潭中大都有溪水和泉水，有池、有潭和瀑布。总的聚汇各溪流成为汜水，浮戏山区则是汜水的源头。

《水经注》："汜水，水南出浮戏山，世谓之曰方山也。北流车关水，出于嵩渚山也。泉发于层阜之上。一源两支，水流泻注，世谓之石泉也。东流为索水，西注为车关，西北流杨兰水注之。水出非山，西北流，注车关水。又西北浦水入焉。水自东浦西流，与车关水合，而乱流注于汜，汜水又北，右合石城水，水出石城山，其山复涧重岭，欹叠若城，山顶泉流，瀑布悬泻，下有滥泉，东流泻注，边有数石畦，畦有声（按宋本作数）野蔬，岩侧石窟数口，隐约存焉，而不知谁氏所经始也。又东北流，注于汜水，汜水下北合酂水，水西出娄山，至冬则暖，故世谓之温泉。东北流，经田酂谷，谓之曰酂溪，水东流，合于汜水。汜水又北经虎牢城东，汉破司马欣曹咎于汜水之上。汜水又北流注于（黄）河。"

按"鄩"与"米"同音,按《水经注》所记源出流向及方位,鄩水即今称之米河。

《汜水县志》:"汜水起源有二,一曰小龙池,出九顶雪花峰,俗名老庙山,古曰石城山……则小龙池与黄龙池水,即《水经注》之石城水明矣。"

这就是《水经注》所称"右石城水"的一枝。按其方位,结合清乾隆年间《巩县志》所绘图始黄龙池,则所指"数十石畦野蔬"的地点,当即今之"桃花峪",在玉仙圣母祠西。黄龙池流至庙路河,入纳水洞中。

《汜水县志》:"二曰柏池,俗称庙子池,在环翠峪神母祠前,此池源于黄龙池,即出而复纳于石隙,至此复见之。汜水北行受诸水之支流者,若马跑泉、朔刀泉、豹窝河、汉家泉、桃花河、棘寨河、竹叶河。"……

环翠峪四周诸山,东为梅山、鸡冠山、马头山、南顶山,北为紫玉岩(高704米)、卧龙台,南为双牛山,乳头山,西为二郎寨、祖师山,皆峻石巉岩,再东索水上游,为大周山——即少陉山。浮戏之山的东端为南顶山,在这里有很多泉水,如:汉家泉、朔刀泉、马跑泉、翻花泉、牧猪泉、柳泉、灵泉、神仙泉、水洞泉。……瀑布多在汜水源头之落鹤涧及潭沟、南沟、斗龙沟、水洞沟一带,计48个。皆飞泉挂碧峰上,颇为壮观。其北有白水道,神仙洞及梅山瀑布,池潭有柏池(俗名庙子池)、黄龙池、二郎池,有龙潭、翻花潭、干隐潭、八分潭、蛤蟆潭等。还有树木阴浓、流水淙淙的落鹤涧,风门关及巩密关等大峡谷等,有石门、一线天,形成一个风景优美的去处。各涧、溪由支流到汇合,由细流到大溪,汇成一个有名的汜水河。

在浮戏山西有:

蒲池水,《水经注》……"盖肝子郁罗之宿居,故川得而名耳。"

冷沟村南有蒲池,在蒲坡下,池大丈余,水自石孔涌出,可溉田两顷余,西北流八里,至夹津口,入罗川。

黑龙潭,在巩县东南二十里,前有玄君庙,石门寨瀑布,泉在悬崖峭壁中。

以上俱见《民国·巩县志》

钟乳洞、牛鼻洞、雪花洞、纺织洞、老君洞、神仙洞,约数十个。

《巩县志》所记道里:

县东南:四十八里,西茶店,附村有草圈河、灵官殿、庙路河、石门寨,并沟,八蜂嶂寨(同治元年程佐尧修)。

四十九里:东茶店,附村曰八月黄树岭、西温堂、牙沟、西红椁、西苇园、杨树沟。

十五里:东温堂,附村有石沟、蝎子山、东苇园、朔刀泉、石殿门。

五十二里:西荻坡、三合镇。

六十里：洪河。

六十五里：三峪河，其附村曰杨树坟、虎脑、耍峪。

七十五里：九顶山，刘公义桥（乾隆三十年建）附村有小龙池、将军寨、桃花峪、醋峪、峡峪、老君洞、软枣树沟、夹谷口、东荻坡、二郎寨（同治元年修民国重建），东南至密县界。

九十里：五指岭，东南至密县界。

（原载于荆三林著《浮戏山丛考》，浮戏山环翠峪史迹名胜管理处，1988年3月）

# 浮戏山历史考

## 一、从"禹避舜子商均于阳城"传说谈起

首先我们应说明,"夏""夏族""夏朝""夏代""夏文化"的区别。"夏"是统称。"夏族"是直属于姒姓这一血统的部族。"夏朝"是指由这个部族为中心而建立的政治体制和社会秩序。"夏代"是自公元前21世纪到公元前16世纪这一段时间。"夏文化"是他们创造和发展的文化。夏的时代在中国历史上是一个朝代,在这个王国的中间存在着很多大大小小的部落。即所谓的"禹会诸侯于涂山,执玉帛者万国。"这"万国"所在又都基本上在一地内和其附近地区。

《竹书纪年》《史记·夏本纪》等及其他有关古代文献的记载。"自禹至桀十七世,有王与无王,周岁四百七十一年。"(自前2205年—前1734年)。所记的十七世是禹、启、太康、仲康、相、少康帝予(或杼)、后槐、后芝、后泄、帝不降、帝扃、帝胤(亦名廑)、后孔甲、后皋、后发、帝癸(桀)。外加后羿执政的一段。这各王的首都所在、《竹书纪年》称禹"居阳城",又称"黄帝至禹为世三十,禹立四十五年。"《史记·夏本纪》也有同样书载。《正义》称:"夏者,帝禹封国号也。"

夏时的阳城,当然是指的秦以前的阳城,即阳城山区。按《孟子》称:"禹避舜之子商均于阳城。"《竹书纪年》称:"夏道将兴,祝融降于崇山,都于阳城。"按崇为嵩的古字,这里"崇山"包括阳城山。《登封县志》引《史记·封禅书》,"天下名山,四五在中国……太室……黄帝所常游。"又称:"仓帝都于阳城。"按《禅通记》:"仓帝史皇氏,姓后冈,名颉,治百有十载,都于阳城……""黄帝游于太室,帝尧游于阳城。"罗泌《路史》按少室亦名负黍。就这一系列的材料,可以得出这样的结论:即在"禹居阳城"之前的古传说中,这一地区早有仓帝(颉)、帝尧等所居住,即已为人类劳动繁息的地区,又已为政治、经济的一个中心。禹执政后,首先"会诸侯于涂山,执玉帛者万国,今其存者,无数十焉"。这里所指的万国,显然是指中原地区的

各个部落。《史记·夏本纪》禹曰:"余辛未娶于涂山,癸甲生启。"按《史记·周本纪》周武王十四年谓周公旦曰:"自洛汭延于伊汭,居易勿固,其有夏之居,我南望三涂,北望岳鄙,顾瞻有河,粤瞻伊洛,毋远天室、成周于洛邑,而后去。""又十有三年,命南宫伯达迁九鼎于洛邑。"《史记》注引《括地志》云:三涂在陆浑故址(在嵩县城北),其东临登封,有汉启母阙(启母石),则所称的涂山聚会的地区与禹都阳城正相接近。

夏的事迹。自禹至桀,大事都在罗水,汜水及洛水沿岸,根据《竹书纪年》把夏都斟鄩后有关事件排列如下:

"夏、帝太康元年,帝即位,居斟郇",狩于洛表。

羿入居斟郭。

帝失国,昆弟五人,须于洛汭,作《五子之歌》。

帝仲康元年,帝即位,居斟郭。

帝孔甲三年王畋于负山(按负山在巩县北,临黄河)。《吕氏春秋》夏孔甲游于东阳。《水经注》《帝王世纪》以为即东首阳山。《隋书·地理志》,在巩县有东首阳山,旧志云"盖邙山支麓也"。

三年筑倾宫,毁容台。

六年岐,钟戎来宾。

十年五星错行。

夜中星陨如雨。

地震。

伊洛竭。

十三年迁于河南。

就这些材料,可以得出夏以前所居不会是颍。禹后裔所居的中心自太康到桀都是斟郭。他们在这里创建了夏朝,发展了夏文化,他们的活动和一切事迹又多在阳城,罗水至洛水沿岸。

**二、陈涉、邓说生的阳城问题**

阳城山在春秋战国是与太室山相并称为四险的。此间所称的阳城是与负黍共称的地名。罗泌《路史》说:"按少室亦名负黍。"按《史记》阳城在负黍以北,正是今天的浮戏山区所在。到战国郑君乙,"郑负黍反,复归韩"。又"十一年韩伐郑,取阳城",此时即系居民城镇,这个城镇在战国时与颍同时存在。在颍地建阳城县,是在秦占了颍之后。而陈涉的起事,在秦二世元年。当时他的年龄多大,虽无记载,但他是"发闾左,适戍渔阳"的。则他的年龄当是壮年,当不止三十岁。按秦始皇统一中国是公元前221年,到秦二世的元年是公元前209年,共计有十二年。秦灭韩的时间是公元前230年,则是时陈涉已成人,是其生时的阳城绝不是秦改颍之名为阳城的"阳城"(今告城附近的阳城县),而应是在少室山以北的阳城地区。他是这里的农民。《史记·陈涉世家》记载他在这里的一段事迹:"陈胜者:阳城人也,字涉⋯⋯陈涉少时,尝与人佣耕,辍耕之垄上,怅怅久之,曰'苟富贵,无相忘'。庸者笑而应曰:'若为人佣耕,何富贵焉?'陈涉太息曰:'嗟乎,燕雀安能知鸿鹄之志哉!'"

此时,还有一起义领袖邓说。

《陈涉世家》:"阳城人邓说,将兵居郯,章邯别将击破之,军散走陈⋯⋯陈王(陈涉)诛邓说。"

陈涉是中国第一个农民起义领袖,司马迁就给其很高的评价。说:"陈涉虽已死,其所置遣侯王将相竟亡秦,由陈涉首事也。"

### 三、张道陵与寇谦之得道方山

张道陵是道教的始祖,号称张天师。东汉光武帝建武十年(34)生于沛国(今江苏沛县)。据《后汉书》及晋葛洪《神仙传》的资料,他"本太学生,博通五经"。隐于北邙山(今洛阳北邙)、章帝(76—86)、和帝(186—195)累召不起,遍游名山。一日与王长入北嵩山,练衣使者告之曰,中锋石室,藏上三皇内史,黄帝九鼎,太清丹经,得而修之,乃升天,于是道陵斋戒入石室,果得丹书,静心修炼,得分形散影之妙"(上引《重增搜神记》及《尚友录》)。后来他闻蜀人多纯厚,易可教化,且多名山,乃与弟子入蜀住鹤鸣山,著道书二十四篇,《重增搜神记》及《尚友录》皆记张道陵,创建五斗米道。传之与他的儿子张衡和张鲁,以至张角事,东汉荥阳(今郑州北郊古荥镇)农民起义,影响及于华北各地,即旧史所称的"黄巾贼"。是中国历史上规模较大的农民起义,后为曹操所镇压。不可否认,从张道陵起,经张衡、张鲁、张修到张角,反抗压迫,在人民群众中有很高的威信,终东汉之世到三国,一直是站在人民大众立场上,与封建统治者斗争的一大势力。他们所持的道教义及方术:《黄帝九鼎太清丹经》及"分身散形之妙",都是在北嵩山——方山中修炼而成的,方山是道教的发祥地。

北魏初,在政治上影响很大的寇天师,他名叫寇谦之。事迹详见《北史》的《太武帝纪》及《崔浩传》。在他的影响下,改年号为"太平真君"(440—451),共十一年。《汜水县志·仙释》,总结了过去的文献,称:"冠谦之,字辅真,隐居方山,修传道陵之术。一日游嵩山遇老子孙,授北图录真经。泰常八年奉其书于朝,司徒崔浩,素不好老庄,一见谦之,遂师其术,且上书魏主曰:'圣人授命,必有天应,河洛图书,皆寄信于禽兽之文,未如今日,人神相对,文笔烘然,辞皆深妙,自古无比,岂可世俗常虑,而忽上灵之命哉。'魏主为之立天师道场,改元曰太平真君。他日复言于魏主曰:'陛下以真君御世,建静轮天宫之法,开古以来,未之有也,应登受封书,以章圣德。'魏主诣道场,受符录,所居今谓神仙洞,石壁间丹灶尤存。"

又古迹条载"神仙洞,魏寇谦之修炼于此,按在紫玉岩下。"

按《北史》《魏书》等有关文献,寇谦之是寇钻胞弟,为平谷昌平(今北京昌平)人,钻在姚秦(后秦)时为襄阳(今湖北襄樊市)令,归北魏为魏郡(今河南安阳北)太守,谦之生于公元365年,十八岁从成功兴居方山学道(对于成功兴这个人,《神仙传》说是琅琊人),后托言太上老君授于天师之位,并赐以《云中音轮新科之诫》二十卷,要他整顿道教,然后受到崔浩的捧场、魏主的支持,建立天师道场。魏主且因此改年号"太平真君"。寇谦之十八岁是公元383年,北魏建国是386年,是他到方山修道时,尚在北魏建国的前三年,其兄仍为姚秦的襄阳令。按北魏灭姚秦事在公元417年,寇钻降归北魏,为魏郡太守之事应在此之后。太平真君元年为440年,谦之到魏都设立道场之事应在其前一年,即439年。则谦之居方山修道的时间是383年至439年,长达56年。方山又作了"新天师道"的发祥地。

**四、隋末李密过方山**

隋大业十三年(617)二月,李密说翟让:"……今百姓饥馑,洛口仓多积粟,去都百里有余,将军若亲率大军,轻行掩袭,彼远不能救,又先无预备,取之如拾遗耳,比其闻知,吾已获之,发粟账穷乏,远近熟不归附,百万众一朝可集……让曰:……'请君先发,仆为后殿。'密帅将精兵七千人,出阳城,北踰方山,自罗口保袭兴洛仓,破之,开仓恣民所取,老弱缊负,道路相属"《隋书·李密传》。

李密这一次是成功的一战,得到群众的爱戴,而奉为魏公,改元永平,因此大业十三年也是魏永平元年。

### 五、宋元人民在方山结寨自卫及抗金、抗元

北宋元末为保护皇帝的陵园（宋陵），在其东的青龙山及赵封山一带曾驻重兵,并建一些防御工程的寨堡,建炎元年(1127)更"扎西京(洛阳)翟兴团结本处义兵保护陵寝",《三朝北盟会编》在这次政治任务和军事任务下,巩县、汜水一带义民,即有民族气节抗击金兵的人民便开始在浮戏山地区结寨自卫。尤其到了元代,在方山地区用石头建造了一些城堡如梅家寨、石楼寨、黑山寨、鹿耳寨等,都见诸史志。

梅家寨。这个寨的时间,创建于北宋末期,直使用到明初,用于抗金和抗元。楚敬兄弟反叛明朝廷,被剿平后,这个寨也就荒废了,至今已是619年,它的使用时间约250年,这寨是这一区域中保存原状最好的宋元城寨之一。第一,没有后人的重修和再使用;第二,遗存比较多,基本上可以看出它的原始面貌;第三,在筑寨形式上是宋元间的型式;半圆的寨门,使用弓箭及擂石的城垛(女墙),石料全部用锲子这种工具制成,这些都表现着宋元特征。反坡的地名与这段历史有关。

石楼寨。就现在遗存的一些遗址,都属宋元间,与梅寨同时。

明嘉靖三十四年(1555)《巩县志》:"鹿耳寨在县东南赵封保,其峰峻绝,上有泓水,四面壁立,止有小径,可以避兵。"

"鸡翎寨在县南罗口保,元初台百户立寨于此。"

"天堂寨在县东南赵封保,元人郝义避兵于此。"

"孟良寨在县东南罗口保,宋将孟良立。"

就这些资料证明了自宋到元都不断在方山地区建筑城堡。按"百户"系元代的官名,属千户所。孟良是宋将,是杨家将的重要人物,与杨延昭(六郎)是好朋友。郝义显然是一个地方的望族在明人顾祖禹的《读史方舆纪要·登封》记有：

"鸡翎山寨在县西北,又有雾豹、王山等寨,皆元末土民婴险自守处也。"

另巩县条:记有:

"天堂山寨,在县南境,又有凌霄、黑山等山寨,皆元季乡豪屯聚处。"

所谓鸡翎寨在登封县西北与《巩县志》(明本)所记"县东南"不矛盾。方山——五至岭,本在登封与巩县的边界上,巩县的东南就是登封的西北。《读史方舆纪要》称在巩县西南,失于调查。《读史方舆纪要》成书时间晚于《巩县志》。在明、清及民国《巩县志》都称在"县东南"是一致的,正是在浮戏山地区。

上列宋元所筑共八个城堡(寨),到明末仍然为地方武装所据守,以自治自卫。

《明史》在洪武元年(1368)仍和明朝廷发生矛盾。

"洪武元年五月甲申登封、巩县鸡翎山并天堂山寨复叛,徐达指挥丰谅率兵讨平之,指挥任亮克雾豹、王山等寨。参政傅友德取凌霄、黑山二寨。"

《范氏族谱》:"崇祯五年,……李际遇反,时刘贼骚扰巩境甚急,别有小寇数十队,此去彼来,出没无常。李际遇督众与战,小寇远避,巩民少安,尔时巩无县官者七年。民皆筑寨自卫,小寇自逐,大寇借重际遇,地每亩出粮五升,向际遇完纳。"

又:"登封贼李际遇倡乱,巩县洛水南俱为残破。"

**六、清末地主筑寨与义军为敌**

清末咸丰,同治年间,由于太平天国及华北各地义军的发展,地主武装纷纷起而筑寨堡。录有关资料如下:

《巩县志》(民国):"清咸三年五月大头王红巾军五月二十六日,有南走密县者。咸丰十一年冬,巩民始筑寨。太平日久,人不识兵,巩民持有山险,谓莫予毒。捻匪入境,搜岩索谷,无所不至,始悟山居难持,意议筑寨自卫,而同时百堵兴矣。"

(同上)"同治二年秋,八月,捻匪犯巩县,各乡民复筑村寨,捻匪至登封分窜至巩,逃匿山谷者多被害,至是纷纷就近筑寨。"

"民国十二年冬十月,土匪宋保成、屈子舟等大张旗鼓,啸聚运沟,附近居民四逃,十一月县知事毛龙、章予受民团方略,偕同区长李玉田与匪血战于五至岭,几濒于危,县队长孙志曾、马芝田、区勇白成俱事亡,匪解之。"(同上)

《汜水县志》(民国)"清之末季,洪杨(洪秀全、杨秀清)事起,颍亳响应,张总愚(张宗禹)率众二十万,欲取道虎牢,以窥洛潼,至此彷徨不敢进。遂溯汜流,破三家店,越石坡口、风门口、巩密关,间道登封,以出龙门,于是燕赵之间,麇然骚动矣。"

又"三家店在寒山寨金山之间,为巩汜分界处,两山夹峙,汜水中流,其最狭处不过数步,清季张总遇被民团困于此,南趋登封,当时拒守所筑墙堞,至今犹存,亦吾汜南方之咽喉也。过而南,羊肠鸟道,为赴登间道,曰巩密关,在五至岭下,近时山多伏莽,数年之间,匪徒据为巢穴,出没焚掠,设非巩邑乡团竭力拒之,则汜南危矣。东南为小关,越山以达巩密之交"。根据这些材料,可以看出来,在清末至民国初年,在方山地区又不断增修城寨,以及作战的防御工程,如:烽火台、炮台、碉堡之类。但清末以来所建的寨,惯例是在寨门上都刻有颜额,标明××寨,××年,

## 七、抗日战争时中原解放区的中心

1944年4月22日郑州沦陷,29日八路军嵩岳支队在司令皮定钧的率领下,攻占方山,建立了中原抗日根据地。4月29日是皮定钧攻打皇古寨的战役,打走了盘踞在这里的国民党残余部队,决定了他选择方山作为根据地的中心。

## 八、浮戏山的历史特点

就上述一系列历史事件,它的特点是一个人民起义的历史及人民革命斗争的历史。在此奠定了基础,以取得最后的胜利,为中国历史的进步起了推动作用,这是它的历史特点。

从夏禹说起,夏禹到此原是避舜子商均之难的,他在此山中锻炼了自己。受封为夏伯后,就以此地(阳城)为首邑,沿着罗水及汜水发展了夏文化,创建了中国第一个朝代,以完成了有夏一代的大事业,有夏一代自阳城——斟鄩到夏末的夏台,都是在罗水流经的"长罗川"发展的,陈涉及邓说为中国历史上农民起义的领导人。张道陵到张角以至北魏的寇谦之,虽在当时形势下,不得不用宗教迷信的形式,但毕竟是站在人民的立场上反对迫害人民的统治阶级。尤其是寇谦之在方山56年中,写成《新科经诫》二十卷,且以此为理论根据,清整了道教,除去了三张(张道陵、张衡、张鲁)的缺点,革新了道教,可惜后来他为元魏的统治阶级的帝王服务。寇谦之在政治历史上起了划时代影响。李密是义军的首领,宋元间人民的结寨抗金、元,不仅有民族意义,也有进步意义。明末方山是农民起义军首领李自成、李际遇的根据地,清末又是捻军首领张宗禹的聚义地。结果竟至使"燕赵之间,麋然骚动。"抗日战争时又成为八路军中原解放区的中心。因此,浮戏山的历史,是中国开国的历史,是道教创始的历史,又是圣地之一,是民族英雄聚义抗金元的历史,宋元以来是农民起义的根据地,又是革命根据地之一,这一套独具特色的历史,是在浮戏山演出的。浮戏山区具有人民起义和革命斗争的光荣传统。

(原载于荆三林著《浮戏山丛考》,浮戏山环翠峪史迹名胜管理处,1988年3月)

# 浮戏山史迹考（附文物）

**一、阳城山麓、探寻禹迹**

在浮戏山(方山)区自分水岭以下直达洛水流域的长罗川流域,普遍存在着仰韶文化——龙山文化的遗址、遗物。离浮戏山区较近的为涉村遗址,及夹津口遗址,都在罗水以东,基本上属于浮戏山区。再下为郭城(斟䙮)遗址、稍柴遗址、坞罗遗址。其西南接赵城遗址。在这些遗址中,出土有中石器时代晚期——新石器时代早期的打制石器。稍柴遗址更表现新石器时代晚期——河南龙山文化为主,但也有部分属于殷商早期遗物。因此有人认为,它即是夏文化遗址。在庙路河与米河汇合处的两河口间,又普遍存在着仰韶文化及龙山文化遗址;也有商周遗物,直到秦汉。规模较大的有南城遗址和北城遗址。向东在荥阳境内直到索水起源地,沿索水而下,也都存在有新石器时代遗址。它们的分布不只是围绕方山四周,且在方山地区——即阳城山区。它的时间平均在距今三千五百年以上,最发达的是河南龙山文化晚期,约在距今3500—5000年之间,正属于传说中的黄帝至殷早期,亦即为先夏及夏初。在分水岭南侧,虽尚未调查,但其南的登封、密县也都分布有仰韶文化及河南龙山文化直到商周遗址亦普遍存在。以这些遗址结合古代文献,禹避舜子商均是在阳城的,封为夏伯又是在阳城地区。这个地名,在太康时叫它斟䙮,直到殷代仍然称它是斟䙮,即在作为夏代王都,始于太康元年(前2188)到帝相迁商丘,约在公元前2146年,其间是四十多年,仲康、少康、后羿都是居斟䙮的,桀又是自即位之年(约在前1766)又四十多年,是斟䙮先后作为夏都的时间达百年以上,占夏代全部时间的四分之一。在夏之后,夏的后裔又封在这里,一直沿袭下去。就此不能不肯定斟䙮在夏代王都中的重要地位。它又一直是作为夏族及夏朝的中心。

## 二、斟鄩故址何在？

在历代文献中，有下列几个说法。

第一，《河南通志》卷五十二，古迹下、河南府："鄩城，在巩县西南罗口保，禹封夏伯于此，后太康亦居之，其址尚在。"

又："夏台，在巩县西南，即夏桀囚汤处。"

第二，明嘉靖三十四年本《巩县志》卷四古迹"鄩城"在县西南罗口保，昔禹封夏伯后，太康居，后羿亦居之，桀都为城，废址存焉。

按明万历之后的编制，罗口保以长罗川得名，共分三里，都在城南和城西南，距城远近是："孝罗里，距城六十里，罗堤里距城五十里，罗原里距城四十五里。"按长罗川即《水经注》的"罗水出方山西北流，经袁公坞北，又西北经潘岳父子墓，又于訾城东北入洛。"据此，则斟鄩的故址，在其西南四十五里之处的罗口保地区，正至于浮戏山范围。

禹是夏代的一个王，即封夏地而称为伯。成为这一个朝代名，自此开始，那么就是说禹封夏伯的阳城，可能即是太康的斟鄩，它不仅是夏代太康的都邑，也是夏的起源地和中心地区。

第三，唐代《括地志》云："故鄩城，在洛州巩县西南五十八里，盖桀所居也。阳翟县，又是禹所封为夏伯。"

就这些材料来说，夏太康、仲康及桀所居的王都是斟鄩，当在巩县西南五十八里，按唐时巩县县治即今站街乡老城村一带，其方向道里大致指了出来，是进入了浮戏山区。

第四，新编《巩县志》比较更进一步地处理了这一问题。在首卷，沿革云："夏属豫州有斟鄩。"下面有段考证云："河南巩县有地名鄩中，《括地志》故鄩也，在洛州西南五十里，又曰，于周又谓鄩之邑，其后或以鄩名，或以罗名，实一地也，于今为罗庄，巩县（旧治）西南五十里。"

第五，我们于此应纠正一下《读史方舆纪要》中的一个错误说法。明顾祖禹《读史方舆纪要》卷四十八，河南巩县条中称"鄩城在县西南五十八里，周鄩邑也，《左传》昭公二十三年，王师晋师围郊，郊鄩溃，杜预曰郊鄩二邑名，今巩县西南有地名鄩中，郊与鄩盖相近，或谓即夏之斟鄩，误"。

又于该书卷三十八，山东潍县条中称平寿城又西五十里，有鄩城，古斟鄩国，亦禹后也，后羿所灭，汉置为斟县，属北海郡，后汉废。又寒亭在县北三十里，杜预曰"平寿东有寒亭,即古寒国,盖寒浞所封,唐初有寒水县,属潍"。

按照顾祖禹的说法,则是夏太康、仲康直到桀所居的王都斟鄩。都在今山东东部的潍县,并特别指出"或谓(河南巩县)即夏之斟鄩,误。"究竟何是？这是一个值得讨论的问题。

山东省的潍县与河南巩县,东西相距两千来华里,中间隔着很多大山大水,尤其在夏代交通处于原始状态,两者的联系是不方便的。更重要的是太康至桀的事迹都在河洛之间,太康的主要事迹见《书经·五子之歌》原文:

"太康失邦,昆弟五人,须于洛汭,作五子之歌,太康尸位以逸予,灭厥德、黎民咸二、盘游无度,畋于有洛之表,十旬弗反,有穷后羿、因民弗忍,距于河,厥弟五人,御其身母以从、继徙于洛之汭,五子咸怨,述大禹之戒,以作歌。"

又《史记·夏本纪》:"子帝太康立,帝太康失国,昆弟五人,须于洛汭,作五子之歌。"

按《竹书纪年》"帝太康六年(约前2188)帝即位,居斟鄩,畋于洛表,羿入居斟鄩。"

就上列各记载有关地名:"是有洛之表","洛之汭","洛汭"。"河"自古指的黄河。"有洛之表"意是"在洛河的两岸",即洛水流域。"洛汭"即洛河入黄河的地方。这就非常清楚,太康所居的斟鄩和他活动的地区是在洛河流域,而且是其下游及近洛河入黄河处。直到桀的事迹都是与伊汭——即伊水入洛河的地方,和洛河流域及洛河有关,就此非常清楚,夏都斟鄩是在伊河以东,洛河流域直到洛河入黄河及周围地区。就这条件来说,在山东的潍县既没洛河,而且夏时的黄河行禹河故道,是到今荥阳即向北流,而当时的山东潍县距黄河和洛河都在千里之外,就此,当时斟鄩不会是在今山东的潍县,而是今日的河南巩县。这个"误"的是顾祖禹。太康仲康以及帝癸(桀)所居的斟鄩,按《书经·五子之歌》去看,正当今日河南偃师东部及巩县全部,而下及荥阳西北部,沿着洛河直到洛口,即所谓的"有洛之表"和"洛汭"。这一地区土地肥沃,林木畅茂,正可供太康玩乐。羿是自西南向东北把他"距于河口"的,当时他母亲及昆弟的去处也只好向着"洛汭",这个地理完全符合《书经·五子之歌》的记载。当时,夏都斟鄩,也当在今日的河南巩县。

就此,与分布在这里的新石器晚期遗址结合来看,夏代的历史是长罗川为中心的。《水经注》:"罗水出方山……方山即《山海经》所谓浮戏山也。"《河南府志》:"汜水出浮戏东麓,罗水出浮戏西麓。"新石器时代晚期遗址即禹及夏代各帝在浮戏山区及其四周山麓所留下的史迹。

### 三、郑韩长城遗迹

王僧店(俗名王宗店)以南的马头山及南顶山之间为一大的山谷,即是《山海经》及《水经注》上的"蛇谷"。自古为南北通道。秦汉以来为荥阳至密县的官道。是阳城山的关卡,险要地带,自古为军事要地。在这里山陵间的长城遗迹,坐落在马头山南、北至于王僧店西南五陵上。为战国郑韩修筑的长城遗迹,基本清晰。宽约三—四公尺。

位于今荥阳与密县交界的浮戏山区,南起密县茶庵,向北至石坡口向西,再折向东北延至今荥阳王宗店五岭,共约三十华里。这段长城与战国的魏国无关。为什么过去有些人会把它说成"魏长城"呢?很显然是由于下列两个原因。

第一是把同名称的今地误作古地。所以他们说:"因此,密荥境内的那段长城,而是魏长城。"显然他们所指的"密、荥"是今密县和今荥阳县。因而他就引了不少汉代文献中有关魏长城在荥阳和密县境内的资料。他没注意到历史上荥阳和密县政区的变化。浮戏山区在战国至秦汉间是既不属于今荥阳,更不属于今密县。战国至秦汉间的荥阳在今郑州北郊古荥镇,故城遗址仍在。春秋战国无密县之名,先后属郑国和韩国,名叫新城和新密。汉置密县,县城在今密县城关东南三十多里。《后汉书·郡国志》说"密有大隗(騩)山、有梅山、有陉山。"大隗山大部在今禹县,陉山在今新郑县西南,梅山原属郑县,今划入新郑县。汉代的密县远在今密县的东南。汉代的阳城县,秦以前名颍,秦灭韩改名阳城,为颍川郡治。则阳城山(浮戏山)属三川郡。古无原阳之名。……对这些古政区变化弄清之后:即战国荥阳非今荥阳,古新城(新密)亦非今密县。《史记》《汉书》所写的荥阳密县,都非今"密荥"。这位于浮戏山区的长城遗址,距他们说的"韩魏交界"远在百里之外。第二是他对这地区自秦汉以来的地貌变化没弄清楚。东汉以前在今郑州北郊,包括中牟大部、北至今原阳、延津,旧荥泽县全部,为一个名叫荥泽的大湖泊。当时的黄河到汜水口即向北流,故称其西叫河内(沁阳),属魏国。过河以东叫河外,仍东接魏国,因此梁惠王时韩魏界线是自"河外、卷、衍、酸枣",向东南,沿着荥泽,到荥泽南的两国界线是自古荥阳至密县的边界上。北魏时这个长城仍在,郦道元《水经注》所记它的位置:卷二十二渠水称"西限长城",又"(管水)东越长城"。而浮戏山则是在《水经注》卷五河水。按管水即郑河,原出梅山东,俗称七里河,东北流入贾鲁河。是其长城,皆远在郑州东南,当在今中牟县境内。

韩是在郑国的西方,原在今禹县,浮戏山区在春秋战国时代先后为郑周、郑韩、韩秦的交界,到战国晚期又是秦国攻韩国北方重镇荥阳的要道,是郑韩的门户,防守重地,也是战略要地。古文献有明确的记载:《左传》昭公四年说:"四岳、三涂、阳城(浮戏山)太室、荆山,中南九州之险也。"此地先后为郑韩争夺战中的目标,因此,在韩灭郑的首先是"郑君乙十一年,韩伐郑,取阳城(浮戏山)",就取得灭郑军事的有利条件。战国晚期秦兵攻韩之荥阳和首邑(今新郑),是自少室山先拿下阳城(浮戏山)。则阳城既是韩国的前线阵地,又是秦攻韩的战略要地。就这些历史实事上来说,自春秋到秦灭韩三百多年间,对这个号称"险"地的阳城山区,自当有不少的军事建筑。显然位在浮戏山区这一段长城遗址,是与这一段历史分不开的。

浮戏山区是位于韩国的西方,距其东方的韩魏边界达百里之外。中间隔着韩国,当然不是魏长城,当称之为韩长城,或郑韩长城。

**四、北齐石窟造像**

在王僧店入口处的东面山崖间,有北齐天统四年伏波将军宋世景造石窟像一处,窟上有铭记,详记造像经过。事见《北史·宋隐传》(宋世景)"为伏波将军,行荥阳太守。时郑氏豪横,号为难制。济州刺史郑尚弟远庆,先为苑陵令,多所受纳,百姓患之,而世景下车,召而戒之,远庆行意自若,世景绳之以法"。世景以此筹建一大规模的石窟寺院,甫成一小窟,齐亡。因此寺院未成。四周各洞,有原始洞,织机洞、穿棱洞,皆有经过人工痕迹,山崖还凿有小坎。其南还有一区摩崖造像,俗称马蹄佛。皆同时物。

在王僧店东崖的原始洞中发现有古生物化石,有些疑是人骨(未作最后确定),与人类起源有关。将作继续的探索。

**五、张天师、寇天师修道洞穴**

就文献上看,东汉张道陵修道的北嵩山"精心思炼"的地点是一个中峰石室,寇谦之所在也是在洞穴中,这些石室和山洞,都是自然洞穴,在浮戏山区有不少自然洞穴。北魏郦道元《水经注》称这里有很多石窟"隐迹存焉,不知开于何时?"现在这里著名九项雪花峰范围内,在玉仙庙左近的老君洞、白云洞、纺纱洞、牛角洞、玉石洞、黑风洞以及在八蜂嶂寨山半腰的山顶洞,石门寨西山崖的仙人洞。在环翠峪范围内有卧龙台西侧抱罗峰半腰的神仙洞和在抱罗峰下的仙人洞,在龙脖峰上的蜘蛛洞,在角山东侧的蝙蝠洞,在落鹤涧石门内的老虎洞,九连山上九连洞。在这些山岩石穴中,都有神仙传说。但结合文献来看,张道陵天师修炼的地方应是今日的老君洞。寇谦之修道的石洞比较明确,《河南府志》载"在汜水县南六十里抱累峰半崖",规模比较大和适于人们居住。但他们所居绝不只在一个山洞里,所以在这些山洞中的传说,当该都有些史影。

### 六、宋元城堡

宋元间,由于保卫皇陵驻扎军队抗金抗元,不断建筑了一些军事设施的堡垒、碉堡、烽火台以及城寨,有的是残存,有的经后人重修。这些建筑布满了浮戏山区的山峦之上,构成了一组最有声色的史迹文物。这些寨的现状不外三种:第一,是后人不再使用的,仍保留其原名,如孟良寨及黑风寨。第二,是多次重修的,寨名亦作了改变。因此现在鉴别起来,对后人无再使用,听其荒废的城寨、堡垒,比较容易识别。但对那些多次重修,而且于重修后改了寨名,这一类就不容易识别。

我们在浮戏山区进行了系统调查和考证。先后一个多月,现就所得资料,综合古文献的记载,可以得出各寨遗址的下列情况。第一,各城寨在古文献中大都记载有一定方位。如孟良寨及鸡翎寨在明嘉靖三十四年《巩县志》都记明在罗口堡,天堂山寨及凌霄寨明代文献记在赵封保。那么我们分别到元、明时代的罗口保、赵封堡范围去找这些宋元古寨,或者按有关城寨及里数去查对某些城寨。第二,按各时代的建筑物特点。如所有清末建的城寨普遍都有门额刻石并记有寨名及修筑年日。相反,宋元一般没有这些。那么那些不记年月的城堡就说明是早于有门额刻石的建筑物。第三,就这些城寨建筑技术来作比较。清末的建筑技术用石灰粘接,石块方正,且有錾子的痕变,样式美观,女墙完整,相对较早都是用大小不等的石块干垒起来的,且显著残破。

①孟良寨。据明嘉靖三十四年(1555)《巩县志》记载是"县东南罗口保,宋将孟良立"。根据这个线索,应先注意两点:第一是宋将孟良,第二是明代罗口保方位。传说孟良,宋仁宗(1021—1065)时与焦赞同为杨六郎(延昭)的朋友,也是得力家将。仁宗时为保卫皇陵,在其东南青龙山及附近山上驻扎部队,在驻军就有城堡的建设,这是符合道理的,按明本《巩县志》"青龙山在县城西南四十里,其山岭高耸,宋太祖及诸陵所在,以其在陵东故名。"第二是罗口保,按明嘉靖时的编制,罗口保以长罗川得名,共三里,都在县城南和西南,直接登封县境。距城的远近是:

"孝罗里距城六十里,罗堤里距城五十里,罗源里距城四十五里。"自最西的孝罗里而东,及其东南山峰属罗堤里到罗源里的范围。明代赵封保在巩县城东南四十五里之外,直接登封、密县及汜水各县界。西北两面都与罗口保相接。赵封保基本上占了浮戏山的大部,罗口保占了浮戏山区的西部——即汜水与罗水分流的山峦。就这个范围,我们在浮戏山区的西南部的原属罗口保的范围内,找到了孟良寨遗址,位置在铁生沟西南山上,已残破。在罗水东南山陵上,仍是属浮戏山区,正属于明代罗口保罗源里的南部。同时也可以看出所称为"窖粮坑"实为宋代"教练"军队的地方。明《巩县志》尚记有"射垛山在县西南六十里。宋时孟良常习射于此"。这一带正为宋时驻军地区,并发现有宋时"义军都统之印"等文物。

②鸡翎寨。明本《巩县志》所记它的位置是"在县南罗口保,元初台百户立寨于此"。"按百户"是元代的军官;元代军制,设百户为百夫之长,隶属于千户,为世袭军职。驻各地者设百户所,分隶于各县千户所。百户所分两等,上所设蒙汉百户各一员,下所设百户各一员。至于这个"台百户"是蒙古人或汉人他没有明说,但可以看出他是属于元代官方的代表人物。按元灭金的时间是在公元1234年,正是南宋理宗端平元年,正式在巩县设治是始于元世祖至元元年(1264)。在这时期的浮戏山区,正是南宋指挥下义民(即地方人民)纷纷结寨为保护皇陵,以抗金的斗争时期,当然他们接着也要抗元,搞独立自治的情况下:台百户的政治和军事任务,是对这些忠心宋室义民的镇压。义民的结寨是集中在浮戏山区内的,则台百户所设的鸡翎寨也就不会在山区以内,而是利于他们行动的山口去处。所以,它的位置应是在接近赵封保以北仍属罗口保。在这个方位,有个冷沟寨,它原属罗口保,距旧城四十五里。按民国本《巩县志》称为"大鹰寨,清同治二年张佑修"。大鹰寨即凌沟寨,位于明属罗口保接近赵封保地区,其南为悬崖峭壁,有一石门,其北则是较缓的山坡,正适合于对南方山区义民武装的作战。按照这个道里,方位及自然形势完全符合明志所记的鸡翎寨。因此,我们对它进行了考察,发现它的域址面积很大,建筑技术不一致,大部分城墙系原块青石堆成,城墙只有一米多厚,有些属于早期建筑。而北面的城门、角楼皆为较晚的建筑物,就此可以得出一个结论:清末张佑只是加修了一些城门、炮楼之类,其他大部分保留原状,即在张佑修寨之前有旧的城垣。大鹰寨是张佑命的新名,显然与鸡翎寨在意义上是所本的。就此可以推断,现在俗称的冷沟寨,即明本《巩县志》中所记的元初建的鸡翎寨遗址。

至于《读史方舆纪要》所记登封县西北的鸡翎山寨是否就是这个,或者另有一个,仍待考察。

③黑山寨。(原图版16,现已略)现在仍叫黑山寨,保持原状。在西狄坡,遗址仍断续存在,小部经过重修。其原因是明末及清末的农民起义军大都集中在庙路河及荥阳的庙子乡一带。因此远在西狄坡的黑山寨,使用意义不大,就无多重修的必要,所以它保留了原来的面貌。

④鹿耳寨。明志记"县东南赵封保,其峰峻绝,上有泓水,四面壁立,止有小径,可宜避兵"。并无记有人工建筑,而且据险可以避兵。在今要峪与醋峪之间,有一个山峰,其西坡称为大寨,从地理形势上,很像《明志》所记的情况,其上亦发现有人工修筑城堡痕迹。就此,这个"大寨"就可能是元代义民占据的鹿耳寨。

⑤凌霄寨。它的方位,按《明史》洪武元年(1368)五月"参政傅友德取凌霄、黑山二寨"。看起来凌霄寨与黑风寨应在一条线上,而且接近以利联系,应都在庙路河以西。按照这些具体情况及地理位置,它应是在今牛家寨的地方。在牛家寨的东方有不少古旧寨墙,且在西山上也有不少残余的烽火台遗址。我们就此推断,牛家寨是在旧凌霄寨所在地修筑的。有的翻新,也有些未及使用——即残余的旧城墙。

⑥天堂寨。明嘉靖三十四年《巩县志》记它的位置是"在县城东南赵封保,元人郝义避兵于此"。这里面应注意下列三点。第一方位上是在县的东南。第二是在赵封保的范围以内。第三是它的取义是"天堂",即含有宗教上天府——天爷所居的宫殿意义。就应向赵封保的东南去找。再者,这个建寨的政治任务是避兵。所指的"兵"是指统治阶段的部队,相对统治者称避他们的人叫"匪"或"叛民"。显然建天堂寨的郝义属于"忠宋室,抗金元"的义民豪绅的屯集中心,是和元初的"台百户"建"鸡翎寨"的目的是相对垒的。我们就这些线索去找,在这个方位,在原赵封保的地区内,根据这种意义,它应是今日的二郎寨。我们考察了二郎寨,在主峰周围,尤其在偏南的山坡上发现一座完全符合宋元建寨条件的旧石城垣遗址,无记年月、寨名,山峰上尚有瞭望和防守设备,有许多住房遗址显然这是一个中心山寨。清代末年又经过重修,新建了一个东南门和其他垣墙。即民国《巩县志》及《庙子乡志》所记的二郎寨。二郎寨的位置是在玉仙圣母庙所在的山上,根据明嘉靖三十三重修山门碑记,这个山称为"九顶雪花玲珑山",与玉仙圣母庙在自然地势(名胜)上是一个整体。"玉仙"又称"天仙",在元至元元年(1264)《重修玉仙圣母庙碑记》称此地为"仙府",有大多天兵天将。右部天将居嵩少之间,左部天将居隗茨之畔。"神兵各十二万,更卒三千"云云就此来说,其上的寨名就应称为天堂。按至元为元初,亦正修天堂寨的时间。当时的局势,该碑记也记有"庸值壬辰兵革",按壬辰为公元1232年,为南宗理宗绍定五年,金哀宗开兴元年,蒙古(后称元)太宗

四年,正是金元在巩县混战,忠宋的义民(乡豪们)纷纷起来结寨自卫的局面。这个寨是在这一局面下,在这个山峰上建筑的。则它的名字是很自然带上这一地方色彩而称为天堂。在明代文献中不论《巩县志》《读史方舆纪要》以及《明史》中都记载着这个天堂寨,从没有二郎寨这个名称。二郎寨的名字是出现在民国《巩县志》上,自此后的文献中却没有了"天堂寨",并出现了一个记有年代的"清同治二年修的二郎寨。"按二郎为神名,原出于《西游记》《封神演义》及《宝莲灯》,称二郎神是三圣母(华山圣母)之兄,名杨戬,住灌口,他的能力是镇山、担山和移山,他的职守是为天爷镇守山门。这里说明一下,秦李冰子的(李)二郎神和神话中的杨二郎神是两回事,宋末徽宗开始令天下建(杨)二郎庙,元至元元年(1330)封二郎神为"英烈昭惠灵显仁佑王"才普遍立庙的,说明了二郎神与天堂的关系。二郎神之名晚于天堂寨的时间,因此证明建寨时绝不会以"二郎"命名。清末把天堂寨改称二郎寨,也是有其因果关系的。因此,我们初步断定这个处在玲珑山峰的古寨遗址就是元初建的天堂寨遗址。

⑦梅寨。因在荥阳县庙子乡梅家沟百尺山上,故俗称"梅寨"。该寨残破,为大石块干垒的,城门无题额刻石,与黑山寨、天堂寨等宋元建筑完全相同。梅沟原属荥阳县,在乾隆《荥阳县志》及民国续《荥阳县志》"建置"中都无此寨名,足证其年代早于清代。按《楚氏家谱》称元末楚敬守固百尺山、降明后又反明。因此可以看出梅寨为元代遗址。

⑧石楼寨。在荥阳庙子乡东南,据碑记称这个山叫青台上。寨墙残缺不全,有一个寨门。建筑技术与梅寨相同。清代《荥阳县志》"建置"中也无它的名称。

在今称穆柯寨的山岭上出土不少汉代铜箭头,足证汉代在此作过战。这与称为"夫人山"的故事是结合的。有不少烽火台的残余,是宋驻军为守宋陵的建筑物。

至于雾豹、王山两寨,没有记载方位的原始材料。按《明史》上看来,当在罗口保南端范围内,似当今教练坑及洪河水库一带。周家寨可能是其中之一。他们与金元对抗,到明初还可"复叛",以致像徐达、傅友德这样的大将,才把他们打下,足证这些山寨的建筑是很坚固的。从基本上保存原状的凌霄寨、天堂寨、黑山寨、鸡翎寨(冷沟寨)周家寨、梅寨、石楼寨等上还表现着当年雄踞一方忠宋保民、抗金抗元的伟岸姿态。

在荥阳庙子乡马头山以东及崔庙乡南顶山东北和东南,进入密县境一带的山陵间,还残存着很多残破石垒城垣,大都系宋、元、明、清历代遗存,同样在万山,也发现有元代"都统之印",说明它们与前者为同一历史事件中的产物。

注：王山寨是否是王升聚众安营扎寨之王升山，施《河南府志》有记载。

**七、明清城堡**

①卧龙台寨。在荥阳庙子乡，按民国十八年《汜水县志》今庙子乡原属汜水县东南区。原有村庄：反坡（距县城数50）、郭顶（50）、豹河（50）、石井沟（50）、梅家沟（50）、司庄（50）、三子峪（58）、十田台（60）、夏南峪（59）、庙子（60）、贤孝（60）、三坟（62）、落鹤涧（62）、土岭（72）、二郎庙（72）、陈庄（72）、陈南沟（82）、萧沟（82）、大来（83）。于此有"卧龙台寨，雒士桀等，同治元年建"。据此调查结果，门额刻石为"卧龙台寨，清咸丰十一年（1862）"。寨用石块垒年，周长两千多米，两米宽，七米高，有东、东南、北三门。东、北西门上嵌有门额刻石。城墙及女墙建筑整齐。明郑交正德五年（1510）曾作有《登卧龙台远眺》，全诗描述了该山景观，但无一字涉及建筑城寨。足证当时卧龙台上尚无城寨建筑。足证卧龙台寨为晚清创建。

②八蜂嶂寨。在巩县新中乡及荥阳庙子乡之间，石城巍峨，规模比卧龙台大，城高约十米，宽约四米，女墙完整。城的门额都有石刻，书"八蜂嶂寨，清咸丰十一年修"，内有修寨碑记。民国十年还经过重修。

③风屏寨。俗名柏树门寨。这个寨，城垣较薄，建筑技术比较粗糙，城东门修筑完整，门额石刻题"风屏寨　同治二年修"，城门建筑规格与八蜂嶂寨及卧龙台寨同。从建筑技术与城墙各方面看来，显然经过三个阶段。如以城门及北方一段城墙，则时间可能有一部分是元明建筑遗物，到同治年间加以补修而成。规模比八蜂嶂寨略小。

④将军寨。俗名牛家寨，有修建城碑记，门额刻石题"将军寨，清咸丰十一年修"。有南门、东门、西门，规模较八蜂嶂寨大，建筑雄伟。为清末武状元牛凤山所监修。其西山上一排碉堡，向东头有断续，显然是早期建筑的石筑城墙，与清咸丰年间修的牛家寨不在一起。

⑤龙马寨。在今庙子乡马头山上，俗称马头寨。《荥阳县志》（民国）"建置"称"在马头山上，咸丰年间，王克勤倡众创建"。现存遗址，门宽3.2尺，高5.2尺，内宽5尺，高7.5尺，深8尺，两旁有穿杠孔各两个。东南下方有一个很简单的门，其实是一个路口，形状如门。北门墙高15尺，门上镶嵌着一块石额"龙马寨"三个字。没有写建筑年月。寨门宽6尺，深15尺，从北寨门两边的墙来看属清朝，因为它具卧龙台式炮眼和女墙建筑。寨门里有一石室深一丈五尺，高九尺，宽九尺，寨内坐南向北有

一院落基石,三间上房,六间厢房,室内各间一丈见方,院子一丈宽,现在墙高五尺,低的有一尺高。有平石垒砌,白灰作浆。

此外的赵堂寨,雄武寨等都是清末建筑,在东麦熟谷堆上有古碉堡遗址。

总结前述浮戏山区石砌城寨及碉堡——烽火台等等史迹是很丰富的,颇为壮观。能够集中在一个区域,在国内尚属罕见,从它的上面表现了宋元以来人民为着忠宋抗金元及人民起义艰苦斗争的幕幕情景,反映了浮戏山区人民起义斗争和革命战争的光荣传统。

此外,还有些历史著名的关卡,如风封口及巩密关。

## 八、革命史迹

抗日战争时期,皮定钧司令率领的嵩山支队及豫西十九支队在这里创立了革命根据地,留下了许多革命遗址,列表如下:

| 当时机构名称 | 所在地 | 保存情况 |
| --- | --- | --- |
| 司令部 | 茶店村 | 原状 |
| 政治处 | 茶店村 | 原状 |
| 公安局 | 灵官店村 | 原状 |
| 专员公署 | 新中村 | 原状 |
| 豫西抗日第一区政所 | 茶店村 | 原状 |
| 供销社 | 茶店村 | 原状 |
| 拘留所 | 老庙村火神庙内 | 原状 |
| 军医院 | 灵官店村 | 原状 |
| 鞋厂 | 灵官店村 | 原状 |
| 电池厂 | 灵官店村 | 原状 |
| 供应处 | 灵官店村 | 原状 |
| 印刷厂 | 峡峪村 | 还保留有石印版 |
| 被服厂 | 老庙村玉仙圣母庙内 | 原状 |
| 仓库 | 老庙村老君洞内 | 原状 |
| 制弹厂 | 杨树沟村 | 原状 |
| 修械所 | 石殿村 | 原状 |
| 后方医院 | 庙子乡三坟村 | 原状 |

后方医院还保留有病房两处,手术室、办公室、药房及住室。

此外在紫玉崖下有"文化大革命"中林彪部修筑的备战洞两个。

(原载于荆三林著《浮戏山丛考》,浮戏山环翠峪史迹名胜管理处,1988年3月)

# 浮戏山祠庙考

## 一、玉仙圣母庙

俗称老庙,位于新中乡的南部,九顶雪花峰下。自灵官殿村以南,沿庙路河,上溯行约十多华里即可到达。

该庙创建年月无明确记载。

"元至元元年岁次甲子十一月"立《重修玉仙圣母庙碑记》云:"禀玉虚之妙秀,因号曰玉仙,或名曰天仙,其玉仙者,分中岳之秀,三山石洞。其他,但木叶落水,自山禽御出,……圣母之侧,有左雷神十二部,右风师十二部,以应民祷,右部大将居嵩阙少室间之,左部大将居隗茨之畔,神兵各十二万,吏卒三千以为卫后从。元君出入白龙居右,黑龙居左,前导十二玉虎,四千玉女音乐,尝与太一元君会于瑶池……其建祠立像朝代不可胜纪,或传云自汉至于唐宋,号曰玉豀观。祠在龙尾山之末……大山前……桥下有玉水,水势湍急,视之寒慄,不禁久立。自桥至殿,松柏森然,殿内塑像三尊,中曰玉仙圣母,左曰□(按当为"麻")姑大仙,右曰翠霞大仙,与圣母同师,此三尊共治仙府,……今有赵公先生者,乃陇西之豪民也,……至甲午间,自密至巩,寻访玉仙胜迹,面谓灵相。庸值壬辰兵革堕废,廊庑霖露,灵像虽存正殿,亦乃流漏,狐兔之踪,以□至□伤感间,有巩邑民耆老……为此将领徒众,自挑栋梁,经之营之,不日成之,以致正殿两廊,环抱三门,并孙仙□,内为塑像,俨然重新,创构钟楼一所,或曰成功之始,不亦可乎。……其嵩岳附山,乃洞天福地。……正书:至元元年。题额三行,行三字,径三寸。今在县东南七十五里九顶山玉仙圣母庙外。石高三尺六寸,广二尺。三十三行,行四十字,前款识不等。"(转《巩县志》)

按元世祖至元元年(1264)是南宋理宗景定五年。这是刻碑之年。则重修庙宇的时间要早于此年,重修庙宇的赵公先生是"至甲午年间","自密至此"。按甲午年(1234)是南宋端平元年,是金哀宗大兴三年,亦即末帝时,是蒙古太宗的七年,已入中原。该碑又称"庸值壬辰兵革堕变"。按壬辰为公元1232年,为南宋理宗绍定五年,金哀宗开兴元年,是年此地的局势:"蒙古兵大破金兵于钧州(今禹县)之三峰。大败之,获金将蒲阿,自此金将死亡殆尽。"又遂下商、虎、嵩、汝、陕、许、郑、陈、亳、寿、睢、永等州。正是蒙古从金人手中,占领了嵩(登封)洛(洛阳)地区,即本碑文所称的"壬辰兵革"。在这一次兵革中,这一带受灾很大,事先是金人的"括粟"(指抢粮食),加之大雪、大疫,以致"人相食"。当时的浮戏山区正是忠宋的义民据守的地点,与蒙古兵有一番争夺战斗,遭到很大破坏,这座处在义民保卫地区的庙宇,自在毁破之列,到赵公先生至巩的甲午年不到三年,在1234年此地的局势:春正月"(金主)随自经而死",金亡。是年六月宋诏出师复三京(今开封、洛阳、商丘),七月宋兵入洛阳,八月宋兵又退出河南,同时元人在是年七月也"以胡土虎那颜为中州断事官"来安定中州的社会秩序。……在这种条件下,缓和了巩县义民与蒙古人的矛盾,浮戏山区得到了暂时的平静。因此有机会重修这个二年前被兵毁的玉仙圣母庙,经过二十二年,到至元元年,蒙古已定国号为元,也定了年号为至元,北方的社会秩序稳定下来了,因而人民更有力量来立起这个记事碑,以记明这段重修的原委。在这个碑上表现的非常清楚:(1)在重修前这座庙宇名称叫玉谿观。(2)建祠立像的朝代"或传云自汉至于唐宋"。那就是说唐宋就有这个玉谿观。(3)寺的位置在龙尾山之末,原有桥梁殿宇。(4)殿宇内有玉仙圣母,麻姑大仙及翠霞大仙等三尊神像,这三尊神像在庙宇被毁以后,仍存在正殿。他在重修时,仍按原来位置而加装饰。(5)重修之后,除正殿两廊,三(山)门,及附有的孙仙庙外,又创建了一所钟楼。据当地人说:"'文化大革命'以前,这里还有一个唐代的石碑,这个石碑也不是创建碑。"这个说法与至元元年的《重修玉仙圣母庙碑记》的说法是一致的,则其创建时间是不是像这个碑记所称"自汉至唐宋"呢?那就不妨考察一下三尊主神的来历。神的名字较早和具体是麻姑大仙,名称始见于晋人葛洪的《神仙传》卷四,说她是建昌人,修道于牟州东南姑余山,东汉桓帝时"应王方平之召,降于蔡经家,年十八九,能掷米成珠。自言曾见东海三次变为桑田,蓬莱之水也浅于旧时,或许又将变为平地"云云。既是始见于东汉桓帝,则规定了立麻姑祠的时间不会早于东汉桓帝。晋时葛洪才为立传,她的名字是因葛洪的《神仙传》而著称的,则立其祠时间也应当在葛洪之后。至于玉仙圣母,玉仙之名是由西王母故事变化来的,西王母故事产生于秦汉间,说他居于昆仑之间,有瑶池。有城千里,玉楼十二,左侍仙女,右侍羽童。远在战国的《楚辞》中就有"载玉女于后车",称神女为玉女。《神异经·东荒经》等也称神女为玉女,晋张华《博物志》有称东海泰山神女为玉女。金仙、玉仙之名始于唐代景云年间。《旧唐书·睿宗纪》"景云二年(711)五月改西城公主为金仙公主,昌隆公主为玉真公主,仍置金仙、玉真两观,为公主出入修道之所",是唐代已为玉仙立观。则玉豀观的创建,似当在唐代中晚期,也正是道教的发达时期。到宋真宗时始封道教之神东岳大帝的女儿为"天仙玉女碧霞元君,令天下建祠庙祀之"。《嵩庵闲话》称汉时仁圣帝前有石琢金童玉女,至五代殿圮像仆,童砌尽,女沦于池,宋真宗东封还次,御帐涤手池内,一石人浮出水面,出而涤之,玉女也。命有司建祠奉之,号为圣帝之女,封天仙玉女碧霞元君。就此一系列的文献资料,可以看出玉仙是由玉女发展而来。玉女是由西王母故事中产生的。西王母的祠是从汉代武帝时始,至于翠霞之名不见宋真宗时的《云笈七签》,显然为后出。按《隋书·经籍志》玉女是北魏寇谦之的老师。该碑文称她与玉仙同师,这次定了其出现的时间当在真宗之后,至元元年之前,可能是在宋末徽宗时代。就此来说亦当处于西王母故事:有元华夫人,与玉女同时待西王母。可能是由此变化而来。麻姑在绛珠河边以灵芝酿酒,为王母祝寿,这就成为这三个女仙的特有关系,而成为道教中的一组女仙。西王母的职责是掌管所有的女仙,称为"女仙之宗"。当然不论玉仙、麻姑、翠霞都是籍历于西王母的。就此看来,玉仙的祠庙是很早的,可以追溯到汉魏。玉女一名出于唐"天仙玉女",称号始于宋真宗时。就此可以看出原称为"玉豀观"到宋元以后改称"玉仙圣母庙"的原因。"观"是道教神庙的通称,始于唐代。根据上列情况,我们可以这样说只就玉豀观来说,它是唐代创建,宋元改名玉仙圣母庙,又加以重修,而奠定了明、清玉仙圣母庙的基础。

就现在所残余的祠宇情况,主体有山门、大殿,西方有圣母观花楼,再西有一座庙宇为火神庙,附祀的小庙有猴爷、牛王、土地、五通,对面有戏楼一座。东方有玉皇阁、三官庙,其前为王母行宫及瑶池。

(1)大殿。外部的砖墙全部为唐代建筑。上部间有宋砖,其上为明代砖雕,屋顶为绿色琉璃瓦,似为元代物。内部券砖及神龛皆属明代。在殿头的门上刻着"明正德元年去木用砖券造"并刻"会首张天锡,木匠李浩、刘兴"。按正德元年为公元1436年,距今有五百年。既然这个砖券的大殿是就原来木构建筑而成的,显然在未改砖券以前有一段较长时间的历史。在这个大殿的墙壁上所砌的多为唐砖,显然这个建筑物起始于唐代,以后不断地重修过。在玉仙元君殿的门刻着一副对联,上联是:"金像丰伟,万载恩泽垂远地。"落款是:"生员孙孝出。"下联是:"玉仙辉煌,千年灯火接天长。"落款是:"逸人郭对。"都属明代。

（2）山门。在山门下明代嘉靖三十三年十一月十二日建立的碑记，记重建"九顶雪花峰岭陇山重修玉仙圣母太素元君神宫"，及山门的事体。清顺治七年（1650）重修。

西方

（1）圣母观花楼。据碑文记载，它创建于清乾隆八年（1866）。

（2）玉皇大帝殿。据碑文记载，它创建于清乾隆四年（1739）。

（3）再往西的火神庙等据碑文记载，创建于清乾隆三十九年（1744）。

东方

（1）玉皇庙。据碑文记载，它始建于清康熙九年（1670），乾隆十四年（1778）重修。

（2）三官庙（殿）。创建于清乾隆年间。

（3）王母行宫，瑶池。据碑文记载《新建瑶池王母行宫碑文记》，时间是清乾隆三十五年（1770）。

元初修的钟楼是在"文化大革命"中拆毁的。大殿前的月台石栏都毁于"文革"中，石碑大部被毁。此外，元初修建的桥，及碑文所记的池、洞都仍在。大片的庄院，大都是明清的建筑物，玉仙元君庙现为新中乡的学校。它四面环山，前面有两个池和一条溪水，风景清幽，每年农历三月间这里有一个盛大的庙会，会期半月。真乃"祠宇瑰玮，香火十方"，为中州一大胜地。（图版19，略）

在这里简略地介绍一下这庙宇内有关诸神的来历。从东面：

（1）玉皇。按《重增搜神记》他是上古"光严妙乐"王国的太子，是太上老君从空而降给他皇后送的儿子，正月九日午时诞生，"自幼慈惠，所有国库宝藏，尽行散施贫民"，在王死了以后，就到陕西的普明山及云南的秀岩山修行，行药治病，普救众生。宋大中祥符七年（1014）及天禧元年上玉皇尊号，称"玉大天帝。"《通鉴纲目》载，宋徽宗政和六年（1116）上玉帝徽号"太上开天，执符御历，含真体道，昊天玉皇上帝。并召天下建观塑像"。南北朝梁陶弘景《真君灵位业图》列居玉清，三元宫第一中位。按"三元"之说为元魏寇谦之天师创造的说法。他是道教中的神仙之一，与西王母对称的是东王公，号玉皇君，东王公为木公，主春天，因此又有"春之神"的说法。唐李白诗中有"入洞通天池，登山朝玉皇"。宋以后，玉皇在道教中的地位最高，主管三界（上、中、下），十方（八方，加上、下两方），四生（胎生、卵生、湿生、化生），六道（天、人、魔、地狱、畜生和饿鬼）的大主宰。因而玉皇阁的建立也就遍于中国，到了明、清则更甚。

（2）三官。《陔馀丛考》说：天、地、水三官之说，出于道家。以天地水为三元，能为人赐福,赦罪,解厄。皆以帝君尊称焉。汉灵帝熹平(172—178)中,有张道陵之子衡,造符书,令有疾者自首,书民名及服罪之意,作三通,其一上之天,著山上,其一藐之地,其一沉之水,谓之天、地、水三官。……其以正月、七月、十月之望谓为三元。则自元魏始。盖其时方尊信道士寇谦之。三元之说,甚即谦之袭取张衡三官之说。明清又以三官为陈子春三子,皆封为"大帝",到处建庙。

(3)王母、瑶池。王母即西王母,事见《穆天子传》"乙丑天子觞西王母于瑶池之上,西王母为天子谣"。就是说周穆王和王母在瑶池上饮酒作乐,西王母为天子唱着歌曲。

西方

火神

火神的祭祀,远在春秋以前,《左传》就记有"火正曰祝融"。《淮南子》注说"祝融吴回,为高辛氏火正,死为火神,托祀于灶"。又《左传》说"郑灾,禳于回禄,火息"。因此,有的注解说吴回就是回禄。又有人说回禄是重黎的弟弟也叫吴回,其子叫陆终,都是火神了。《山海经》说他是"兽身人面,乘两龙。"到处设火神庙,尤其到明清,更为普遍。

## 二、神母祠——紫云宫

位于环翠峪紫玉岩之阳,面向柏池,原为一规模较大的祠宇,毁于"文化大革命"后期。据当地人们回忆,正殿为圣母殿,东廊为火神殿、龙王殿、关帝庙和三官殿。西廊有仙爷殿、广生殿、土地、牛王和山神殿,山门上建文昌阁,对过为戏楼。今存只有一座戏楼,石碑全毁。

《庙子乡志》记载:"圣母祠(紫云宫):圣母祠位于柏池之东北,今乡政府院(西半院),始建不明,重修多次,现仅存康熙、乾隆、嘉庆等重修碑记,祠院坐北向南,南北长28米,东西宽18米,八所建筑物,有上大殿,内塑有碧霞元君、太素元君、麻姑大仙(群众称为大奶奶、二奶奶、三奶奶)。东厢三所火神、龙王、三官;西厢大仙爷、广生、牛王、马王、山神、土地。前边有一文昌阁,前为文曲,后有菩萨,八所殿宇,雕梁画栋,高大雄伟,气压诸方。宫殿正门上方刻有'紫云宫'匾额,字大又余,雄健有力。"

于此,我们谈几个问题。第一,正殿内主神、碧霞元君,及麻姑大仙皆见前述。在这里与玉仙圣母庙不同的,就是那里有个翠霞大仙,而这个则是太素元君,按

"太素"之名,始见《列子·天瑞》说:"太素者,质之始也。"汉班固《白虎通·天地》:"起始之天,始起先有太初,后有太始,形兆既成,名曰太素……"这里的"太素"并无宗教意义,而是指宇宙构成的阶段。"元君"是道教对女仙的尊称,是与男仙尊称为"真人"的对称。把太素与元君合称为一个女仙的名字,始见于宋真宗时的《云笈七签》:该书为道教的类书,为张君房辑。太素元君名见该书仙真位籍,为西王母诸女之一。所以在"王母祠庙中,是有她的位次"。第二,关于这个庙宇的建修年代。在明嘉靖三十三年(1554)肖珮纂修的《汜水县志》,万历四十三年(1615)杜汝亮修《汜乘》,清代顺治十六年(1659)、乾隆九年(1744)及民国《汜水县志》中都提到这个紫云宫,或称神母祠,称"柏池"俗名庙子池,在环翠峪神母祠前。又在"方山"条载:西靠抱螺峰,峰半有仙人洞,又南群峰拱向,中开一局为环翠峪,峪中有古神母祠,祠下有泉,名曰柏池。土人以为神母真乘也,以神母泉呼之,祠北为紫玉岩,岩上旧有"览古亭",废于弘治间。

就此可以得出两点结论:一是在明朝以前就有这个神母祠,二是这个神母祠在明朝就已称为古神母祠。至于其古到什么程度?北魏郦道元写《水经注》对于水边神庙是有记载的,他对罗水沿岸的九山庙等记载颇详。他记汜水源流是较详的,并未提到有此祠庙,足证北魏时此地无祠庙。至于"览古亭"虽传建于北魏但并不在明代所指的庙地内,因此,我们把上限仍断自唐宋,圣母庙为同时,据现存明清碑记:

《重修龙王殿碑记》:汜邑之东南,有山曰百尺,有庙曰圣母,内有龙王殿三楹,其建在天启五年(1620)。其殿在李贼(注:李自成)猖獗,崇祯末年殿宇告成,神像焕然一新(清康熙四年)。此外,有乾隆三十九年修的关帝庙,嘉庆八年又在其东南角修的三官庙等等碑记。可见,东西两厢的小庙皆为清代增加。

至于文昌阁及山门。按文昌,道家说"文昌星明,文运将兴,上帝命张氏子掌文昌"。按道藏中有《文帝本传》及《文昌化生书》,辞多荒诞不经。按《重增搜神记》元仁宗延祐三年(1316)七月七日封为"辅元升化文昌司绿宏仁帝君"。因其生在四川梓潼县,所以又叫梓潼君,"令天下立祠祀之"。就此则"紫云宫"山门的文昌阁创建年代更不会早于元仁宗延祐三年。亦当为明清建筑。

### 三、二郎庙

在环翠峪王庄村东,现存二郎庙大殿三间,紧靠公路,殿前古柏一株,仍有旧时规模。在落鹤涧沟口东南坡,也有一规模较小的二郎庙。关于二郎神已述如前篇史迹考中,现就这个庙的修建做些考证。在《庙子乡志》古石刻分布,列有唐代"二郎庙碑记",并有监证人张文政。如然这个二郎庙是创建于唐代,就现在的建筑物说是明清重修。至于原来规模如何?因未见到该碑记,又未见其原抄文,亦未见其说明该碑年月。但史实"令天下建二郎庙"的时间为宋徽宗政和间。二郎庙原指秦初蜀守李冰子,宋元以来指的是《封神传》的杨戬,后者为道家之神。据此则此二郎庙祀的当是杨二郎。则此唐代的碑记可能不是记二郎庙的创建,而是记神母祠——紫云宫的创建事,其时间当为唐睿宗景元年间。因两庙相近,石碑被后人移于二郎庙之误。

**四、灵官殿**

在进入庙路河山的东崖上,有一座建筑物叫灵官殿,殿前有一株称为万年檀的大檀(亢)树。檀(亢)树是《山海经》中浮戏山的特产植物,是《考工记》中作车轮用的最佳木材,这一棵檀树也当有数千年,表示着它的古老挺拔英姿,在迎接着历代千千万万的客人。

《陔余丛考》记:"道观内多塑王灵官像,如佛寺之塑伽蓝,坐镇山门。"

至于它的来历,《燕都游览志》:永乐间,有周恩得者,习传王元帅法显京师。元帅者,世称灵官,天将二十六居第一位。文皇祷辄应,乃命祀于宫城西。宣德初拓石额曰"大德显灵官"。按《列朝诗集》《清溪漫稿》是宋代道人林灵素始有王元帅之说,明宣德中才封为"天将王灵官隆恩真君",敕令天下建灵官殿,镇守山门。就这些资料决定这所镇守浮戏山门的灵官殿,亦当为明清建筑。——可能创建于明,重修于清,有碑记。

**五、其他诸杂神祠庙**

在这里首先谈一谈位于小龙池的龙王庙。据《创建碑记》载,创建于明成化辛丑年(1481)。有殿,有门,有塑像,毁于"文化大革命"中。其地即今之小龙池招待所前院,石碑仍立于门前。至于龙王是怎样一回事呢?龙王之名原出自佛教的《华严经》及《妙法莲华经》,载有八大龙王和十大龙王的名称。他的职责是管理雨、水等等,唐代儒士们对于神还是反对的。如在唐肃宗至德二年(757)诏修龙湫洞,就得到昭应县令梁镇的反对。他说："夫湫者,龙之窟也,龙得水则神,无水则蝼蚁之匹也。故知水存则龙存,水竭则龙亡,今湫干已久,龙安何在?何崇视祠宇?"龙与云,与水的关系是中国古代就有的。唐代仍是称为龙神。到宋代,据《文献通考》载,宋徽宗大观四年(1110)诏天下五龙神,皆封王爵。"青龙神封广仁王,赤龙神封嘉泽王,黄龙神封广应王,白龙神封广济王,黑龙神封灵泽王。"出自此,才把佛经中八部或十部龙王之名,引渡道教的范围内而出现了五龙王,元明才普遍出现龙王庙的建筑。这是明成化年间,在小龙池建龙庙的原因,也是明清在浮戏山区凡泉、潭之旁建大大小小龙王殿的原因。

此外,在柏树门口有座山神庙,也为明清建筑物。

在大寺坪有一座规模庞大的祖师庙,祠玄天上帝。《重增搜神记》说："玄帝乃元始化身,太极别体,符太阳之精,托胎化生浮乐国善胜夫人之腹,孕十四月而生。……披发跣足,金甲玄袍,皂纛玄旗,统领丁甲,下降凡世,与魔王战于洞庭,是时魔王以气化现苍龟巨蛇,玄帝运神力蹑之足下,锁鬼众于酆都大洞。"古称玄武,宋改为真武。宋徽宗为他画了一个神像,元成宗大德七年十二月加封真武为"元圣仁威玄天上帝"。就此来看这个祖师庙,也是明清建筑物。

此外在庙子乡上首有山神庙两间,在黄龙池畔有黄龙庙两间。在司庄有火神庙两间,桑梓峪口有火神庙一间。……火神、龙王、土地、山神、牛王、灶君……的大大小小碑庙遍山崖。

就这些祠庙来看,都属于道教范畴,说明了浮戏山于道教之渊源及发展关系。

(原载于荆三林著《浮戏山丛考》,浮戏山环翠峪史迹名胜管理处,1988年3月)

# 浮戏山杂考

## 一、关于"王莽赶刘秀"的传说

在浮戏山区有许多关于王莽赶刘秀（东汉光武帝）的传说。

明嘉靖三十四年《巩县志》说："夫人山是在县东南三十里，汉光武经此纳左氏夫人后终于此山故名。"又在小龙池对岸有一山名箭穿山，传说是刘秀习射处，用箭将山穿透了一个洞，而在山陵间确有不少汉代铜箭头的发现。在巩县新中乡及荥阳庙子乡交界处，紫玉岩山阴的司庄村北，有一泉和池，叫汉家泉。《汜水县志》称："汉家泉在环翠峪口，相传汉光武假道于此，渴欲饮水，军士掘泉以饮之，至今古迹尚存。"《庙子乡志》中，"光武遗迹"条记如下三处：

汉家泉：司庄村北，有一山泉，据传东汉光武帝讨伐王莽，到此处人疲马乏，饥渴交加，令部下四处讨水不得，便亲自下马挥刀掘泉，剑拔泉涌，人马喝个痛快，精神抖擞，猛追王莽，为光武伐莽立了解渴助战之功。光武就顺嘴说道，这泉为大汉复兴有功，就叫"汉家泉"吧，故称汉家泉。又因水向上流常有翻花之状，后人俗称翻花泉。

隐身碑：坐于司庄南，河东石崖上，高2.5米，宽1.3米，相传光武帝与王莽在此山沟较量，一个回合又一个回合，在此一战，光武帝利用地形（形如石碑）来隐蔽自身，时隐时现打击对方，尽管对方把自己身下石壁上打了千千万万个箭痕，后人称弹弓窑，但光武没中一剑，直至打退对方。光武离开这儿时，双膝下跪，口中念道："多亏隐身碑保佑。"

拴马橛：马跑泉，梅沟口内北坡半崖下，有十多米粗，三十米高，远看一个橛，据传，这是东汉光武于王莽司庄之战获胜后，将马拴在此橛上，召开部下商议下步如何攻打。正在兵将愁着没水喝时，只见战马用两个前蹄扒呀扒呀，不多时，就见马扒的石坑里流出一坑水来，这一发现，全军惊喜，众人为战马扒水而深有感触，光武便高声说道："我们有水吃全是战马之功,我们就叫它'马跑泉'。"后来不知是谁在泉边青石上镌刻了"马跑泉"的字样。

此外还有一个石崖,俗称金銮殿。说是刘秀到这里,人困马乏,坐下休息,这里很凉快,很舒服。他就说这个地方胜似金銮殿,因此这山崖被称为金銮殿。还有在新中乡耍峪有几个自然形成的独立石柱,被称为拴马橛,也说是刘秀的遗迹。

按《后汉书·光武帝纪》记有一件事的确是与此地有关。即在建武二年(26)"骁骑将军刘植击密贼,战殁"。他的行动是在配合着"建武元年(25)七月,陈元俊军五社津,备荥阳东"的军事行动的。当时的荥阳是今古荥镇,他是自此向密县以北山中的农民起义军进攻的。密县北的群山就包括这个浮戏山区。农民起义军在此打败了来镇压他们的汉将刘植,并在此将他击毙。是时不是王莽,莽死于公元21年9月。当然到公元26年王莽不会再复活去"赶刘秀",刘秀在公元25年(即建武元年)6月在河北藁南即皇帝位的,是年十月定都洛阳,按刘植是昌城人,字伯先,王郎起兵时,他聚众据昌城,后归附刘秀,为骁骑将军的。在刘秀即帝位定都洛阳时,他随着到了洛阳,密县当时为农民起义军占领,为镇压起义军,而向密县进攻的。很显然他是到的浮戏山区,因此在浮戏山区有不少关于刘秀的传说,这是有其影子的。但也有些出于附会,如金銮殿,按"金銮"名殿,始于唐代之大明宫内的金銮殿,见《两京记》。宋代也有金銮殿,因此这个名称常见于"包公戏"及"杨家将戏"中,显然汉代的刘秀不会说"此地胜似金銮殿"的话,因此称此山崖为金銮殿是后人的附会。左夫人事亦不见正史。

此外还有一次是建武九年,刘秀"夏六月幸缑氏,登镮辕",是否曾进入浮戏山区,没有记载。

就此来说,这里所称的"汉代刘秀遗址"是有些失实。但有些也有其史影。如隐身石碑,汉家泉之类。也有些附会,如箭穿山,金銮殿等等。

**二、关于穆桂英与穆柯寨的传说**

在巩县新中乡的第一关,传说原为宋穆桂英的上马石,其东山陵称为穆柯寨。小龙池对过的箭穿山,传说是穆桂英继汉光武(刘秀)把它射透了的。但穆桂英这个人物,是不见诸正史的。可是在宋元戏本中,她是杨门女将之一,是杨六郎的儿媳,杨宗宝的妻子,杨文广的母亲,但在正史中,杨六郎的儿子就叫杨文广,他的妻子慕容氏,是一名女将,立了不少战功,可是在戏本上都没见慕容氏,不过有一点可以注意，所指穆桂英是宋仁宗时人，是与寇准（莱公）有关系的人物，他的学生丁谓在宋仁宗时曾任山陵使，即守皇帝陵墓（今宋陵）的主管大臣，青龙山及龙尾山东南驻扎过军队，修建过一些军事设施。如城寨、堡垒、烽火台之类则是史实。如果穆桂英真有其人，随着寇准在这里活动也是符合情理。由于穆桂英明清以来是传说中的女英雄、女将领，因而就把这一带宋代的城寨附会为"穆柯寨"。又由于这一带山上产有"降龙木"，因此就以穆桂英的名字代表宋代的军事建筑名称。

### 三、贤孝及石龟

《庙子乡志》记载着这段神话。"一提到贤孝，人们就联想到白水道下，石壁上的石老婆、石媳妇，婆媳贤良孝顺的情景就会闪现在眼前。"

相传，几千年前卧龙台东住着一家婆媳二人，婆母对儿媳贤良，儿媳对婆母孝顺。那年天遇大旱，一口水也找不到，婆媳无奈只好出外逃荒，走至白水道，婆母一点也走不动了，人要渴死，媳妇发现岩石隙中流出一口清水，两人互让，谁也不肯去喝，稍时，水已耗干，两人依扶同死，为纪念婆媳贤良孝顺，时人刻石为像传于后人颂之。

实际并非石刻，而是自然形成，石质石灰岩，由于这个石崖似人，演出了这个神话。在明本《汜水县志》中就有它。由于这个神话上就形成了一个地名叫"贤孝"。在这个石崖的对面山坡上，有两个极像龟形的石块，一在前，一在后，似向山上爬行，因而就形成另一套神话：说它两个也是下山来找水喝。看到婆媳在让水，他们深受感动，决定不再去涧内喝水，回头上山，却被渴死了。虽然都是自然形成，中间是白水道瀑布。旱时水小，阴雨水大，形成很好的风景。令人感到大自然造物的风趣。

### 四、浮丘公邀请王子乔驾鹤共游

浮丘公的名字，见于汉刘向的《列仙传》及晋葛洪的《神仙传》称"王子乔者，周灵王太子晋也，好吹笙，作凤凰鸣。游伊洛之间，道士浮丘公接以上嵩山，三十余年后……果乘白鹤驻山头，望之不可到，举手谢时人，与容成子游"。按容成子是古传说中的人物，说他"始造律历"。道家所说的容成子则是有"采阴补阳之术"的仙人。至于王子乔是否即周灵王太子的说法，按周灵王（前571—前545）正是春秋的中期,《逸周书·太子晋》中。

王子(晋)曰:"且吾闻汝知人年长长短,告吾,师旷对曰:汝声清汗,汝色赤白,火色,不寿。王子曰:然。吾后三年将上宾于(天)帝所。汝慎无言,殃将及汝。师旷归。未及三年,告死者至。"

在此处并未言成仙,亦未说他是王子乔。到汉刘向《列仙传》时,把一位仙人的王子乔,才附会到晋身上。王子乔这位仙人的特点是善于吹笙,骑着鹤与浮丘公共游。浮丘公的出现和《山海经》为同时,当时的嵩高山麓名为浮戏之山。据《河南府志》及《偃师县志》王子乔"驾鹤别时人"的地点在缑氏镇附近,也是今天嵩山北麓,可见他所游的地点也正是"阳城山区"。则这位浮丘公就有了来历:过去各家注解都说他是"浮丘其姓而佚其名"。看来"浮丘"并非其姓,而是此人所在的地名,"浮丘"是"浮戏之山"的简称。"公"在战国、秦汉间是对人的尊称。相当于后来的先生。可见这两位古仙人的"驾鹤""吹笙"所游的即"浮戏之山"。在浮戏山中有些地名与此有关,如落鹤涧等。

此外还有些传说:如阴阳石、棋盘山、小龙池等等。

### 五、桃花峪古代银矿遗址

在石城山桃花峪两崖石壁上,有许多古银矿遗址,明《天工开物》称银峒,今俗亦称银峒,分布在该山各崖间,已发现大小六十多个,我们将主要的48个,就南山自东向西南再折向东北沿崖壁编号:

第一号深15米,宽1米1,口大,有义枝洞一个,有方铅矿窝(即《巩县志》所称的"银包痕")。

第二号在一号西约十米远,深两米,外宽1米1,里宽50公分,入口处高,向西渐前渐低,只有20公分。

第三号面向西南,深三米一,高一米九,入口处一米一,门外石壁上刻有题记,是"大明正德四年六月十八日"(图版20,略),侧刻"天顺八年六月"又"八年六月",另刻一"枚"字。

第四号深二十二米,入口处宽三米二,里宽二米,高一米,有义枝洞。洞外崖壁上刻"何(河)南府巩县,成化八月十六日一"。又刻"成六月八日龙飞"。

五号峒

六号峒

七号峒较大

八号峒在半山崖壁间,俗称窗户峒,为一曲弯的许多连接崖峒,长约数十米,人工痕迹断断续续,似为就自然崖洞开凿。银窝痕不明显。

九号峒在窗户洞对面。

十号峒在窗户洞南侧崖壁上,因太高未进内调查。

自此进入官地湾,东崖壁上有大群的银峒,我们编号为:

十一号

十二号

十三号(上峒)

十四号(下峒)

十五号(大峒)

十六号(大峒)进深三十多米,尚未到底,入门处高四米。宽两米多,渐进渐窄,约一米左右。

十七号(大峒)进三十多米,尚未到底

十八号

十九号

二十号为一峒群,主峒深十米多。

二十一号

二十二号深十米,未到底。

二十三号深约八米,入门处高一米多。

自此向东北,入银峒凹地区。

三十四号—三十五号在白石坡。

三十六号在王升上湾。

三十七号在教练坑三队。

三十八号大峒,入口即分为二峒,进三十多米,未到底,义枝甚多,其上东南旧有银王庙,遗址多为唐砖瓦残块或残片,在峒内有宋瓷片和瓷碗。

三十九—四十二号峒在北山崖壁,四十一号,峒口较平,越进越较高大,约五十多米深。

四十二号峒,义枝洞较多。

四十三—四十五号,皆在北山崖下,据说有铭记,太高未见到。

四十六号在王占元家对过山崖间。

四十七号在小桃花峪,俗名桃花峒。

四十八号在小桃花峪,俗名下闸峒。

此外尚有许多小峒及附峒未编号者,约尚有二十多个。

在王占元家,据云开掘山石作建筑材料,采掘到大批成窝的方铅矿,多又埋在地下。如此者不断出现,各峒大都有清晰的人工痕迹如斧痕、镢痕、凿痕,间有炸药痕迹。各峒都留有窝矿痕迹,属于鸡窝矿型,这一个大规模古代银矿采掘遗址的发展,为郑州地区有色金属矿藏开发的历史提供了一个极有价值的资料,同时更对"古矿开新花"提供了线索。

**研究结果**

1.年代考证。

就现存石刻铭记年号月日,为"大明天顺八年六月""成化""正德四年六月十八日",按天顺为英宗(朱祁镇)的年号,八年为公元1464年,成化为明宪宗(朱见深)年号,自公元1465—1487年。正德是明武宗的年号,四年为1509年,就此所表现在此采掘银矿的时间为1464—1509年间,先后达45年。为明代的中叶。但在此采银事业不见于明史,亦不见诸当时的《巩县志》,直到民国五年(1916年),重修《巩县志》中,才提到"县东南石城山桃花峪间有银峒,土人呼为银峒凹……。相传明正德时,曾掘矿采银、峒,两旁尚留银包痕"。所记也不完整,且尚称为"相传"而已,这个采银矿事业,是与明天顺正德间巩县桃花峪地区的局势变化分不开的。按照嘉靖三十四年《巩县志》尚无"桃花峪"之名,通称玉仙山,即《水经注》中的石城山,实际所指"玉仙山"为玉仙圣母庙左近诸山峰,即明代石碑记载的"九顶玲珑雪花峰",西接石城山,桃花峪在石城山间,居赵封山南端,明代属赵封保,该保经济中心为小里河镇,每月十五日有集市。玉仙流泉为巩县八景之一,玉仙圣母庙每年三月有庙会约十多天。在其周围宋元多筑寨,如天堂寨、黑山寨、凌霄寨、鹿耳寨、鸡翎寨等等。至于在此地采银之事,是与这些自然的和社会的环境分不开的,也随着这些地方的局势变化而兴衰。明初叶,此地局势,按《明史》洪武元年(1368)五月,"甲申登封、巩县鸡翎寨并天堂山寨反叛,徐达指挥丰谅率兵讨平之。指挥任亮克雾豹、王山等寨,参政付友德克凌霄、黑山二寨。"这些寨都在桃花峪四周,是明初该地连年战乱,不利于开采掘银矿工作。正德七年(1512)明志记载此地已为"流贼(农民军)"的根据地点,且攻陷巩县城池,此后连年天灾,人祸继之,农民军李自成部,及李际遇等,先后在此地活动,又不利采银矿的事业的继续发展。就此局势,天顺至正德(1457—1509)年间的巩县桃花峪附近正是清平盛世,人民得以安居乐业,采掘银矿发展炼银业的良好时机。至于这处采银矿址,在当时社会上的作用,明末宋应星著《天工开物》中记有关的材料,虽无明确指定就是这个遗址,但是确划了产银的地理范围。"银(产银之地)、河南、宜阳赵保山、永宁秋树坡、卢氏高咀儿、嵩县马槽山"……都相去不远,且在行政上都属于当时的河南府,岩上的刻字即标明"河南府巩县"字样,宋应星是明万历五年生人。《天工开物》初版于崇祯十年,所记正为明代中晚期情况,宋应星是江西人,并未到过河南,而讲到河南产银的地方是概括,应包括河南府的所在地区,银质优良,在当时社会经济上起了很大作用。

至于这个银矿区是否就始于明代,就我们在银峒中所发现的标本,有宋代瓷器及瓷片。银王庙遗址的砖是唐砖,再向前推,北魏郦道元作《水经注》河水汜水条中有一段记载:"(汜)水出石城山,其山复涧重岭,崎叠若城,山顶泉流,瀑布悬泻,下有温泉,东流泻注,边有数十石畦,畦有声野蔬,岩侧石窟数口,隐迹存焉,而不知谁氏所经始也。"

所描述的石城山的"复涧重岭"的地点正是今称的桃花峪,在这里特著(一)数十个"有声野蔬"的石畦。显然是与植物探矿有关。(二)岩侧有石窟,即洞穴,又显然是和这"有声野蔬"的石畦有关。按《管子》及《淮南子》等都记有"山上有葱者,下有银"。葱是蔬菜,且是作为"声"的。按声是表现意义,则这个野蔬是作"声"的,而且为此开凿的石窟,很显然是与银矿有关。就此,可见于北魏时期此地已有人们来采掘矿石,这些峒的年代和开凿者,郦道元仍是以"不识谁氏?"显然早在北魏晚期以前。据此来说,在这里采银矿的起始,就不止始于明代,当更早些。

至于是到什么时候截止,就目前我们掌握的材料,还没有发现有清代的遗址,也没有清代的文献记载甚或传说。

2.探矿与采矿技术

在银峒中尚采集到一些方铅矿和闪锌矿等碎块,这些显然是古代人们采掘后的残余,按方铅矿,化学成分$PbS$,铅灰色,条痕是灰黑色,金属光泽,成分中含银,为银的主要来源之一。因此这个时代所开采的所谓银矿,实际是方铅矿床。

我国古代对银矿的知识及探矿是不断积累经验,和不断的提高,远在春秋时代《管子》就有"上有丹砂,下有黄金,上有磁石者,下有铜金,上有陵石青,下有铅、锡、青铜"的记载。又《地数篇》记(山)"上有铅者,其下有银……此山之见荣者也。"见荣就是矿苗的露头。按鈆为铅字的古写,意思就是说上面露出铅矿,下面就有银。就此可见他说的"陵石"及"鈆"都是方铅矿,足证早在公元前3世纪以前,我们中国已经具备了铅银共生和在方铅矿床中采银的知识。同时也认识到植物的生长与矿藏的关系。《荀子·劝学篇》讲了"玉在山而草木润"的原理。晋张华作《博物志》时更具体说"山上有葱,下有银,光隐隐正白,草茎赤秀,下有铅"。南北朝的梁代已出现一部专讲究探矿的书《地镜图》和唐代的《酉阳杂俎》,都讲了"山上有葱,下有银",总结前人的经验,宋元以降,岩石和植物作为表现矿藏成为普遍探矿技术的理论,它是中国古代人们劳动的伟大成就,但由于历史条件限制,对金属矿产本身认识上还有很大的缺点,如在汉代《淮南子》说"五金生元气,中央之气帝的变化而成为'黄埃(黄金)',黄泉——黄龙、东方之气八百岁生春曾(碳酸铜),青曾(汞),八百岁生青金(铅)"等等。刘宋建平王著《典术》称"雄黄千年后化为黄金"。元明间,更总合这项论调,如《鹤顶新书》说"铜与金、银同一根源也。得紫阳之气而生绿,绿,二百年而生石,铜始生于中。其气禀阳,故质刚劲"云云。明代李时珍著《本草纲目》仍说"石者气之核,土之骨也","大则为岩岩,细则为砂尘,其精为金为玉"。这种种说法,显然是不符合科学的原理。明代确在前人的认识基础上前进了一步,对银矿的看法道出了这个局限,如《天工开物》第四十卷,五金、银条:

"凡石山顶中有矿砂,其上现磊然小石,微带褐色者,分丫枝径路,采者穴土十丈或二十丈,工程不可日月计,寻见土内银苗,然后得礁砂所在,凡礁矿藏深土,如枝分派别,个人随苗分径横挖而寻之。上档横板架顶,以防崩压,采工篝灯,逐径施镢,得矿方止。凡土内银苗,或有黄色碎石,或土隙石缝有乱丝形状,此即去矿不远矣。凡成银者曰礁,至碎者曰砂,其面粉丫若枝形者曰矿,其外包环石块曰矿。矿石大者如斗,小者如掌,为弃置无用物,其礁砂形如煤炭,底衬石而不甚黑。其高下有数等(商民凿穴得砂,先呈官府验辩,然后定税),出土以斗量,付于冶工,高者六、七两一斗,中者三四两,最下一二两(其砂礁放光甚者,精华泄漏,得银偏少)。"

在这里我们应当注意以下几点,第一:所见土内银苗,然后得礁砂,所在的"礁砂"是什么?"礁"古无此字,一般与焦字通,按照方以智《物理小识》七:"煤则各处产之,臭者烧礁而闭之成石,则凿而入炉曰礁,可五日不绝火,煎矿煮石,殊为省力。"所指显然是"焦炭砂",《本草纲目》载玉砂部。则"礁砂"是指像焦炭一样矿石,宋应星在《天工开物》解释的很清楚,是"凡成银者曰礁,至碎者曰砂",又说"其礁砂形如煤炭",是大块小块的像焦炭一样的矿石,颜色是灰黑色。而且是"其礁砂放光甚者"。这就很清楚所指的方铅矿PbS。第二是：凡礁砂深藏土，如枝分派别。这种情况和桃花峪明代银矿遗址表现完全一致。第三是：他所描写的状貌："凡土内银苗，或者黄色碎石，成土隙石缝有乱丝形状，此即去矿不远。"这一点也和此地银洞的所见岩石状貌完全相同。所记分枝（即叉枝洞）"深十丈或二十丈"铅银共生等等现象，都与这里发现的银矿遗址实际相吻合。证明《天工开物》及《物理小识》所记的探矿及对银矿的认识和这些实物资料一致。说明明代在对银的探矿知识上确比过去是前进了一步，且接近现代的银矿探矿和技术。

关于桃花峪古银矿遗址所表现采矿和冶炼成银的技术。当地农民传说这些银洞的开采是火烧的方法，但在遗址的表现清楚是用镢及凿等工具开掘痕迹，不论主洞和不少的叉洞，都与前录《天工开物》记述完全相同，是明代当时采银的情况。该书初刻本"开采银矿图"所绘也相当逼真。

3. 炼银技术

至于从"方铅矿"中怎样炼成银。在《菽园杂记》及《天工开物》都有这样描述。录如次：

"凡礁砂入炉，先行拣净淘洗。其炉土筑巨墩，高五尺许，底铺瓷屑、炭灰，每炉受礁砂二石，用栗木炭二百斤，周遭丛架。靠炉砌砖墙一垛，高阔皆丈余。风箱安置墙背，合两三人力，带拽透管通风，用墙以抵炎热，鼓鞲之人方可安身。炭尽之时以长铁叉添入。风火力到，礁砂烧化成团，此时银隐铅中，尚未脱出，计礁砂二石熔出团约重百斤。冷定取出，另入分金炉（一名虾蟆炉）内，用松木炭匝围，透一门以辨火色，其炉或施风箱，或使交篾。火热功到，铅沉下为底子（其底已成陀僧样，别入炉炼又成扁担铅）。频以柳枝从门隙入内燃照，铅气净尽，则世宝凝然成象矣。此初出银，亦名生银，倾定无丝纹，即再经一火，当中止现一点圆星，滇人名曰茶经。逮后入铜少许，重以铅力溶化，然后入槽成丝（丝必倾槽而现，以四围匡住，宝气不横溢走散）。其楚雄所出又异，彼峒砂铅气甚少，向诸郡购铅佐炼。每礁百斤，先坐铅二百于炉内，然后煽炼成团。其再入虾蟆炉沉铅结银，则同法也。此世宝所生，更无别出，方书、本草，无端妄想妄注，可厌之甚。"

当时由于历史条件的限制，宋应星也不会完全脱离以论气去看待矿物的范围，因而产生一些不正确的论点。如他说："大抵坤元精气，出金之所，三百里无银，出银之所三百里无金。"不符合实际，金银矿大多是共生，但也有分生，铜、铅、银一般也都是共生，但也有分生，铅与银一般是共生。

**未决问题**

附带我们再提出三个问题,供进一步讨论。

1.在桃花峪的范围内,尚未发现有冶炼方铅矿成银的遗址,那么,这些方铅矿是运到哪里去冶炼呢？在荥阳贾峪乡楚村,有一处冶炼铜的作坊遗址"面积约一千平方米。地面上散存有烧结的炼炉壁、炼渣、坩埚碎片等遗物,还有陶器碎片和瓦片等建筑材料"。这一所冶炼铜的作坊遗址,这个地点按自然地理范围不属"浮戏山区"。距此约四十余华里,当然炼铜的也可以冶炼铅和银,但这个遗址,有关单位推断距这处铸铜作坊遗址的年代是可能属于宋代,其下限不会晚于元代。这个推断显然不一定正确,很可能盛于明代,按明代制度,凡开采银矿,是要向政府登记和交税、交款的,但方志无此记载,想这处银矿也不会例外,如果说只分散于一些"银匠炉"去冶炼,则范围太大,与这个规模庞大的采掘银矿遗址又不相适应,因此,这个冶炼场所的遗址的问题,尚需进一步调查。

2.关于银洞中火的痕迹问题,在个别洞中,有火的痕迹,这个洞外有记事刻字,显然这些洞在当时似为采矿工人们的办公场所和工人居住区,则这火的痕迹即是灶火。此外也有个别痕迹,似是火药爆破遗址。则可说明在开山工作中,除用镢、凿等工具外,亦或使用了火药爆破——即火药由作兵器的使用外,也用于生产。

3.这个古银矿场所是否还有铅和银矿的问题,我们在调查时,据说,目前当地人民在取石时,尚不断发现有一窝窝的方铅矿,可见该地区还有很多方铅矿的蕴藏。

(原载于荆三林著《浮戏山丛考》,浮戏山环翠峪史迹名胜管理处,1988年3月)

# 附：浮戏山盛景佳叙之一[1]

## 丁卯年隆冬
## 司振华

山峻悬崖陡，峰高白云低，
攀登无栈道，古来少人迹，
仙多隐浮界，洞庭显灵犀，[2]
瑞云绕山头，似鸭水中戏。[3]
郑韩古长城，[4]千载悠悠史，
山巅多城堡，[5]峡谷雄关崎。

---

[1] 浮戏山位于河南省会郑州市西南，距郑约40余公里，东西约30华里，南北约20华里，总面积50—60平方公里，包括巩、密、荥辖区。夏、殷、周，称谓"越戏方""阳城山""戏童山"。《山海经》称它为"浮戏之山"。汉桑钦《水经》称"浮戏山，世谓之方山也"。北魏郦道元《水经注》称"黄河水，又东合汜水，水南出浮戏山世谓之曰方山也"。《隋书·地理志》称此地为天陵山。北宋称为赵封山、五冶岭，明清称西部老庙山、东部叫环翠峪。统称仍名方山。《山海经·中次七经》记载它的地理范围是："（自太室山起）又北三十里曰讲山。""又东三十里，曰浮戏之山，有木焉，叶如樗而实赤，名曰亢（檀）木，食之不惑，汜水出焉，而北流注于河。其东有谷，因名曰蛇谷，上多少辛（郭璞注：细辛也）。""又东四十里，曰少陉之山。"谓之"浮戏山"是因它山高水低，遇热而水温增高，水蒸气自峡谷冉冉而升，伴山头缭绕，群峰似鸭在水中嬉戏游水。

[2] 这里神仙洞颇多，有很多美妙的传说。

[3] 同注[1]。

[4] 这里遗存郑韩长城旧址，南起密县石坡口以东茶庵，北至王宗店山巅，绵延石坡，遗址明显，距今已二千七百多年，早于秦长城。

[5] 浮戏山辖区山顶有宋、元、明、清时期义民卸敌修筑的古城堡23个，在荥阳庙子地域内有18个。

抗日根据地,[1]威威展红旗,
　　诸多病伤员,留住医患疾。[2]
　　山坳一石窟,[3]开凿桑子峪,
　　设置造型新,景观独一枝。
　　瀑布峭壁挂,[4]峡谷遍潭溪,[5]
　　流水潜复现,[6]莹晶犹珍玑。
　　溶洞现多处,[7]云起在窟底。[8]
　　翠石态异状,倒悬钟乳石。[9]
　　婆贤儿媳孝,[10]让水互不吃,
　　为义丧泉边,后人传古奇。
　　雄雌两巨龟,[11]饮水至泉池。
　　情受妇义染,立地化石尸。
　　山巅卧青龙,[12]为民降甘雨,

---

[1] 抗日战争时期,皮定钧司令率领嵩山支队在此建立抗日根据地。

[2] 在三坟建立了抗日后方医院,伤病员曾在这里住院治疗。

[3] 在"文化大革命"中,林彪授意在这里开挖了一座备战洞,颇具规模。瀑布颇多,景观壮丽。

[4] 指梅山等诸多瀑布,景观壮丽。

[5] 涧、谷、潭、溪、泉、池比比皆是,水清见底,游鱼翔戏。

[6] 这里地质构造复杂,泉流溪水叮咚,时隐时现,流向巨测。

[7] 溶洞多处,大小不等,形态各异,是我国北方少有。

[8] 一处溶洞常于阴天喷云雾,似地河所在(拟开发此景)。

[9] 洞中钟乳石姿绚丽,千姿百态,煞是好看。

[10] 传说很久以前,这里久旱不雨,缺水如油,卧龙台山麓涌一细泉,水流甚微,时遇兵祸天灾,饥民幸存者无几。一农家唯存婆媳二人,贤孝出众,饥饿难耐,相依至泉池边饮水,聊以支撑延喘,视水少,互让而不忍沾唇,因二人腹中断食又渴而不得解,绝世于泉边,乡人闻此无不叹惜、敬佩,史传迄今,芳名不衰。

[11] 山中两乌龟,相依为善,至泉边饮水受二妇义染,忍痛不喝,复回洞穴。少许,即为渴不得水而死,在离泉不远处的山坡上,化为龟石,背泉面山峰,石露地面,龟体真切,久不风化,传为一奇。

[12] 传说"卧龙台"寨靠南墙处的一巨石上,龙曾在此落卧,周围山石上多有云花,云随龙落,犹如画毯。

岩泉汇柏池,[1]史传叟孺知。
朝潮四次水,天然一泉池,
奇景出山坳,海拔五百尺。[2]
仙女临凡界,[3]酷爱一樵夫,
天公发雷轰,化云变石妪。
妖洞半壁悬,精化一蜘蛛,[4]
盘踞日良久,地方作孽疾。
史册详记载,道教发祥地,
张冠浮丘晋,[5]修身皆于此。
葱郁落鹤涧,[6]遍布天然诗,
竹树伴云烟,[7]巨盘几断壁。[8]
奇观露石面,姿态颇为异,
有似灵芝岩,[9]也有类塔级。[10]
幽谷卧一峰,[11]晋骑丹鹤至,[12]

---

[1] 即庙子池。因诸山岩下的潜水汇此出而得名。

[2] 卧龙台,山西北山坡,海拔约500米处,现一山泉,池面约5平方米,当地群众称之为黄龙潭,每天有规律性地四次涌泉,此景我国北方少见。

[3] 传说上古一仙女自天而降,与山村一英俊的打柴后生相爱,结为夫妻,日子过的甜蜜。后玉皇后知,派天将下界催其脱俗回天宫恕罪重归正果。女不受命。玉皇怒而绝情,随遣将发雷,毙其女。立化云变一石妪。此景位陈庄西北约五里处。

[4] 入"龙脖"不远处,近面山岩半壁露一石洞,传说为蜘蛛精的巢穴——蜘蛛洞。蜘蛛吐丝结网,在反坡一带食人,作恶多端。后被火龙降伏,丧命于一水潭。

[5] 即为张天师、寇天师、浮丘公、王子晋皆在此修道成仙。

[6] 为王子晋应道友浮丘公所邀,骑丹鹤前来落此。

[7] 山村多翠竹,伴浮云游动,似仙界圣地,寓诗情画意于自然界,观此景使人心旷神怡。

[8] 悬崖峭壁的山峰,似刀切一般,断面多处。

[9] 断面石上隐约现出各种奇特的景观。突出一景似灵芝般的构图,一把把伞状花式,布满石壁。

[10] 断壁上石状似塔,层层叠叠,貌似塔林。

[11] 王子晋骑的鹤着落的山。

[12] 鹤落此,后人称此山峰为"落鹤峰"。

宾主此相会,[1]吹笙道天机。[2]
峻峰千姿态,更发人回味,
僧冠扣石上,[3]浮丘爱雄狮。[4]
怪牛被降伏,[5]赖得一桩石,[6]
神童望日出,[7]依托圣母慈。[8]
百转步龙潭,犹身致囹圄,[9]
绿水映眼眉,使人毛发指。
谨遵王母意,三藏发咒语,[10]
容怒弟子过,悟空跪拜师。[11]
天公作美境,峭壁现画石,
方园九百六,[12]祖国大版图。[13]

---

[1] 浮丘公迎王子晋于此。
[2] 王子晋善吹笙,优美动听,声若凤鸣。
[3] 石像僧人的帽子。
[4] 山腰两峻石近在咫尺,一似老叟浮丘仙翁,一像雄狮向仙翁跪拜,翁视狮如珍兽,洋洋得意。
[5] 传说天宫一怪牛,性烈难驯,多做上界诸仙不悦之事,把它打入凡界,恐其旧病复发,诱其同意破其圆蹄,四蹄皆为两半,因而伤了元气,被降伏化石为山。
[6] 牛头对面山坡竖一石柱,传说为拴怪牛的镇物,因而牛久卧幽谷动弹不得,仙凡相安。
[7] "落鹤峰"对面的山峰顶两石柱,形似仙童,一高一低,犹似胞兄弟,背西面东,早晨的太阳从东山顶射下,童面笑逐颜开,精神焕发。
[8] 两仙童背后竖立一峰,态似圣母盘坐莲台,对仙童爱抚不舍。
[9] 斗龙沟在迂回紧闭的石门壁峰中攀崖穿拐至绝壁处,竖一旋筒式的陡峭奇景,高近十丈,周圆二百余尺,其下为绿水深潭,乍一看去,绿油油,黑压压,深有龙从潭底一跃而出之感,不由使人毛发悚然。再环顾四周,因山峰折壁,形若S字,像似堕入异境。仰望蓝天,扎翅难飞,观景后寻路折回仍有余悸未消之虑。
[10] 凤门谷口外西侧山坡处,两俏石对卧,相距咫尺,生态微妙。一如唐僧三藏之首,面容庄重,似在默念咒语,责备悟空之过。
[11] 似悟空跪拜求饶,像在说谨遵师命,过则即改。
[12] 即全国疆域九百六十万平方公里。
[13] 老泉沟峡谷深处的山崖上,呈现一组由各种山石态势组成的天然"中华人民共和国"地图,线条突出,疆域地貌明显可辨,实属罕见绝景。

踏入一线天，仰望天宽尺，
层层石门紧，[1]迂回折峰壁。[2]
荆棘盘交错，崎岖路难觅，
汜源尽头处，[3]景像一天地。
这正是：浮戏山峻溪潭多。
幽谷遍布天然诗。
君闻盛景不觉妙，
观后顿悔游此迟。

（作者时为荥阳市旅游局局长。原载于荆三林著《浮戏山丛考》，浮戏山环翠峪史迹名胜管理处，1988年3月）

**附 注：**

郑州大学历史系教授、古稀老人荆三林，于1984年至浮戏山考古发现这里山势地貌奇特，旅游资源丰富，古城堡居多，认为颇有开发价值，为使浮戏山区的旅游景点早日招揽游客，富裕山区人民，近四年来，荆老不避炎夏酷暑和冰雪严寒，披荆破棘，攀山越涧，呕心沥血，考究史料，足迹无处不至，实为吾辈楷模。

---

[1] 石壁峰在峡谷内弯弯曲曲，把山势装点为S字形，似门紧闭。

[2] 一峰似庭院迎壁，远望像谷底，只有走近细察左转，才能步出困境，就是"柳暗花明又一村"了。

[3] 攀越层层瀑布、悬崖，至汜水源头，山顶谷底各种奇观，另有一番情趣，使人流连忘返。

# 倡议建立汜源公园（草案）

## ——郑州最大的一个天然游乐场所

### 一、地理位置

按北魏郦道元《水经注》对汜水源头地理位置的记述,是(汜)"水南出浮戏山,世谓之方山也。北流车关水,出于嵩渚之山也。泉发于层阜之上,一源两枝,分流泻注,世谓之石泉水也。东流为索水,西注为车关,西北流杨兰水注之。水出非山、西北流注为车关水,又西北蒲水入焉。水自东蒲西流,与车关水合,而乱流注于汜"。

据此,汜水源为浮戏山,即方山。北流的车关水是出于嵩渚山。按《开封府志》:嵩渚山一名小陉山,是索水的源头所在。据《山海经》,小陉之山在浮戏山东,浮戏山东有蛇谷,即今南小顶山与马头山之间的一条大谷。《水经注》汜水源头的地理状貌是"出于层阜之上"。按"阜"的字义,《说文》称"山无石者曰阜",《释名》说"土山曰阜"。则其源头是"在一个层层的高土冈之上",那就是说它的源头地貌既是高地点,又是土地的丘陵。而它的水流是自此"向下泻注"的,因此世谓(俗称)"石泉水也"。成为很多的流在山峰上的泉水层层叠叠的向下流成很多的瀑布,又是"一源两枝",形成了"乱流注于汜"。按《说文》《释名》《尔雅》对《汜》字的解释是"水入而复出",或"复还而入也"。按此地貌,正符合西至祖师山,东至斗龙沟,约九公里,南至田种弯,北至二郎庙,约八公里,其中的地理面貌,以落鹤涧大峡谷(照片)包括南沟、老泉沟、迎请沟、潭沟为中心,以其西的水洞沟及其以东通过茶园而达斗龙沟,为其东西两翼,包括铁匠凹及龙潭。这些沟中的泉水、瀑布、溪流大都到二郎庙,集中于喀斯特地形地带的暗河或石流中而汇集成柏池,即《水经注》所谓的"而乱流注于汜"。因此,这是汜源主流地区,《水经注》中的杨兰水,即今称的兰花河,所谓车关,当即今汇于二庙的两条溪流,都是汇集在柏池,正是"汜"。再出此而下流成为溪流,故名曰汜河(水),这都与《水经注》所记的地貌相符合。因此,在这一地区建立的公园,命名为氾源公园,该地区在省会郑州西南约四十多公里,行政上属于荥阳的庙子乡和密县的尖山乡,总面积约20—30平方公里。

## 二、自然景观

氾水源泉出于祖师山东麓的兰花崖下。祖师山高957米。自此向东北为一带海拔867米的高地,再向东由尖山乡北至丁沟间,平均高度为700—800米,这一地带为较平缓的土冈(阜),适宜种植,有居民。其北方即成为陡坡、大峡谷和悬崖。崖下东西一线,西自大寺坪、落鹤涧,东至铁匠凹,平均高度只有400—500米,上下两地带的落差达350—400米。主要的大峡谷为落鹤涧(照片),自二郎庙至田种弯约8—9公里(18—20华里)。最高深的一段是自落鹤涧到折壁(俗名影壁墙)的一段约二公里,陡崖峭壁高平均达约300多米。此外有大寺坪、水洞沟、南沟、潭沟,径茶田(照片)至斗龙沟,分布许多陡峻大谷。非常明显都是由第四纪冰川侵蚀作用和堆积作用所成的冰川槽谷,在谷中存在着大量的冰川沉积,如各种大小不同岩石,碎屑,如巨砾、砾石、卵石、砂和黏土等等。落鹤涧是标准的冰川作用形成的"U"字形幽谷,两壁陡峭,两壁岩石为石英岩和变质岩——石英脉岩;岩石的成分是二氧化硅($SiO_2$)三价铁($Fe^{+3}$)等,因此形成了一个晶莹珣白间以赤红色的玲珑景色,岩隙中丛生着柏树和檀树,绿中间黄,竹树云烟,笼罩着奇石怪峰。进第一关至三道关,都为高约达300公尺的红白相映的陡崖。山下是潺潺溪流,大小砾石,清碧见底的池潭,以及十五叠的大小瀑布。自第一关至折壁约二公里多,约五华里。真是千姿百态的大好世界,为全国各名山所未见。

南沟和潭沟主要岩石也是石英和石英脉岩,红白相间,晶珑剔透的奇石怪峰夹着一条自三百米高的地区下流的氾水,形成多处"飞泉挂碧峰"的景观(照片)。两沟共计大小瀑布三十多个,瀑布下有潭,潭又下流,潭中有游鱼、螃蟹,水草碧绿,实际是两个十多层的泉水,似从天而降,与大峡谷中的溪流汇于落鹤涧,再向东北流而入于一个喀斯特形的地区,漏入地下成为地下水,和其他的溪流同汇于柏池。

在这个地区,春天是百花盛开,夏天是竹树荫浓,秋天是满山红叶,冬天的白雪和冰柱,还有各种的禽鸟。自古有不少文人来游赏和吟咏。

录明代诗两首:

游方山（七律）

郑　交

叠嶂层峦九曲隈，游人深入意徘徊。
岫云缥缈连还断，窦水潺湲去复回。
傍屋茅簷苍石掩，穿崖萝迳紫烟开。
我来欲写山中景，愧之辋川诗画才。

方山

禹选

莫讶方山险，来游得趣多。
闲花铺锦秀，野鸟奏笙歌。
路遥烟霞转，水翻石隙迤。
行人图画里，骚兴自婆娑。

在南沟的上首是老泉沟和迎青沟。修竹清流，桃红柳绿，瀑布池潭，别有天地，最令人注目的是北山崖的大褶皱，断崖高约二十米，宽约六十米。褶皱也叫褶曲，是成层岩石受力的作用而发生波状弯曲，而其连续性没有受到破坏的一种构造变形。褶轴和翼都非常明显，完全形成了一幅"中华人民共和国地图"（图版，略），这是一个很大的奇迹，山石形状，似人，似马，似唐僧，似老人，似兄弟，似牛马，似狮，似虎，越此山峰，碧潭溪流，瀑布下注，再下即入潭沟，迎面而来的是两叠大瀑布和清澈见底的泉水，风光明媚，气候宜人，为国内不可多得的天然旅游胜地。最后用落鹤涧名称的来历看这个自然景观与人们的关系，事出浮丘公和王子晋的故事。事见晋人葛洪著的《神仙传》，说周灵王太子王子乔（亦名晋）驾鹤吹笙，尝与浮丘公游嵩山三十年。《逸周书》和《列仙传》称"王子乔吹笙，道人浮丘公接上嵩山"。至于浮丘公，古传说为黄帝说仙人，"与容成子游"。按黄帝约在公元前三千年前，距今约五千年以上。浮丘公是浮戏山上的老翁尊称。这个神仙故事的构成大概在战国至秦汉间，落鹤涧即是由这个故事而得名的，已有五千年的历史。梁《昭明文选》有"仙人王子乔，难可与等期"。唐朝李白在他的《感遇诗》二十四也称赞"吾爱王子晋，得道伊洛滨"。这个为吹笙骑鹤游的王子晋与浮丘公们落鹤栖息的去处，五千年来为仙人和文士们所欣赏的美丽环境，不只给人陶冶性情，且延年益寿，羽化登仙。在这个谷深壑幽，流泉瀑布的云烟深处，几户竹树人家。——象征着"门有千管竹，家藏万卷书"的隐士生活。"峰回路转疑无路，柳暗花明又一村"，引得人们进入世外桃源。但神仙隐士居住的时代过去了,现在将成为社会主义人们的游乐和锻炼情操的场所。

### 三、开发条件

第一个是这里的独特自然景观,且面积广大,足够三日游或较长时间休息,作避暑、疗养和度蜜月。第二个是时代的要求,在中共第十三次全国代表大会的政治报告《沿着有中国特色社会主义道路前进》中,关于"经济发展战略"一章讲到进一步扩大对外开放的广度和深度,不断发展对外经济技术交流与合作时说"同时积极发展旅游业"。1988年是发展国际旅游年,这个时代的要求,不能不使人们重视这一个独特的自然景观。第三是距离郑州近,只有四十多公里,且郑州为中国的交通中心,是开放城市,需要一个大面积的天然公园。第四,交通方便。郑州到荥阳庙子——环翠山庄有平坦的柏油路,有直达的公共汽车。其南端田种弯村南即为郑密公路,且有路通巩县新中乡雪花洞名胜区,可称四通八达。第五,距离"浮戏山环翠峪史迹名胜管理处"较近,便于管理。第六,方山有丰富的土特产,如茶叶、胡桃、柿饼、沙梨、金银花、鸡蛋和大理石等等,可作为旅游纪念。

### 四、公园区划

原则上这里的自然条件,已足够一个天(自)然形式公园(Park),不需要改造,尤忌改建而破坏了它的美丽的生态,因此在发展上不需要大量投资和建设一些不伦不类建筑物,如远离主题的塑像之类。所需要的是为旅游服务的设施和适应这一套自然景观的建筑,如亭榭之类。按公园(Park)的使用价值是供群众休息及文体活动进行宣传教育,以及节日游览等等活动的场所,是城市建设和绿化的重要组成部分。一般根据因地制宜的原则进行规划设计,利用自然环境,名胜史迹,作适当布置,新建或改造而成。因此,古往今来以及世界各大城市在其附近名胜史迹地区都建立较大规模的天然公园。在古代如"文王之囿方百里",秦汉以来的宜春苑、上林苑……直至清代的颐和园、圆明园……都是就自然环境建立的。就此,我对这个天然公园的区划,初步作如下的几方面设想。

1.中心景区——以落鹤涧自石门至大折壁以北和南沟及潭沟,——包括老泉沟、迎青沟及褶皱"中华人民共和国大地图",及其中的四十八个瀑布、碧潭、清泉、奇石、怪峰和竹树云烟……。

2.两翼景区,以水洞沟至大寺平为西翼,以斗龙沟至铁匠凹为东翼。

3.通道景区,以田种弯向北至大折壁约三华里的峡谷作为南部中心的通道景区,以村北约三华里的峡谷为北部通道景区。

4.全游需二—三日。

5.公园北大门设在石门前,南门设在田种弯或八分潭上首。

6.以原落鹤涧村为公园中心,设食住以及商业的集中场所,发展家庭式旅馆及食堂。公园管理处亦设在这个村内或附近。

7.在公园范围内,不行驶机动车辆,以脚(毛)驴作为代步工具。

8.对公园登山及涧中道路,尽管保持"羊肠小道"的"曲径通幽"状态,但必须清理平整,必要时可砌成石阶登道。路旁可设石桌石凳,甚或长条石板,作为"高枕石头眠"的休息场所。在大峡谷内,以及迎青沟、老泉沟及褶皱的"中国大地图"处设卖饮食店。

### 五、建立步骤

争取在1988年内基本完成下列十项工作。

1.动员群众,由地方群众自己建设公园,改变自己的生活面貌。

2.对汜源公园的各个景点进行题名,如峡谷、石门及大批的瀑布潭水,应一一给予题名,并作出《汜源公园一览图》。树立大型牌子,编印《汜源公园一览》,进行宣传,并请各电台电视台及有关报刊人员参观,以便播放及发表文章,以广宣传。

3.动员群众,首先是对居民智力开发,分别按需要组织学习班。学习有关知识和技术,继之转变该村居民身份,一律由农民变为"汜源公园"的工作人员,如导游员、旅馆、食堂等服务员,……视所需而分别组织安排。

4.设立家庭旅社、食堂、小卖部、毛驴及车辆管理组织。

5.植树(竹)造林,更加园容美化。

6.建筑公园大门,修整游览路线上的道路和设置石凳石桌之类。

7.设置治安及医药人员。

8.设置照相、绘画及组织娱乐场所,和电影、戏园等人员。

9.将名人题诗及记游刻石,并刻出各个景点名称。

10.进一步在适当地点建筑亭、榭之类。为对国际友人,适应他们旅游需要,可建一些国际性的宗教建筑物,这样更可点缀风景。

1988年完成准备及宣传工作,欢迎参观,争取到1989年旅游旺季正式开放。

(本篇作于1987年12月,后载于荆三林著《浮戏山丛考》,浮戏山环翠峪史迹名胜管理处,1988年3月)

# 徐达与浮戏山

明朝的建国基础稳定，主要在洪武元年(1368)的中原战役。这一战役的主帅是大将军徐达、副将军常遇春、指挥花云龙、都督同知康茂才及参政傅友德、曹谅。战役在三月到八月，是整整五个月，但自始至终大部分时间都在对浮戏山宋元以来诸山寨的收复工作。

这段战事，详见《明实录·太祖高皇帝实录》卷二九至三五。朱元璋在南京登帝位后，建元洪武元年，首先的决定是"欲定天下，必先定中原"，且打算要建都开封或洛阳。因此任命徐达为大将军北征中原，于三月乙亥兵至陈桥(开封东北)打下了开封。经过一段的整顿，朱元璋亲到开封坐镇。四月八日徐达引兵向西至河阴：按河阴县城在洪武元年的前二年已移治黄店街，即今荥阳县广武乡。前锋至虎牢关(今荥阳县汜水乡西)，达派员外郎高瑞抚谕浮戏山区诸寨(在登封、巩县、密县、荥阳、汜水五县交界地区)。北宋以来一直代表宋政权负责抗金、抗元、保护地方的任务，直到南宋亡后，有的也被元招抚封官。四月十一日百尺川寨(在今浮戏山环翠峪梅山上，俗称梅寨)寨主楚谅"诣大将军送款"即宣布投降明朝廷。四月十二日副将军常遇春"分兵取未付诸山寨"。四月十二日神顶寨(在今荥阳崔庙乡南小顶山上)寨主"西山青以骡马三十匹，来见大将军于军门"。四月十八日和"降将"楚谅(原白尺川寨主)"招谕登封各处山寨头目柴岩、翁谅等。于是巩县、孟夏寨寨主李成来降"。按孟夏寨或即为在西荻坡今俗称的孟良寨。四月二十一日徐达遣傅友德取福昌寨(在今密县尖山马头山上，四月二十六日)，方山寨寨主程学鲁以其众诣大将军降，按方山寨当在今紫玉岩上(或俗称马尾寨)。至此告一段落，百尺川寨主楚谅等随着徐达大军向西，攻下了洛阳，赶走了"元王"，并攻至陕州。再回来又到河南(洛阳)的时候，徐达遣唐英去对巩县诸寨主抚谕。不料以巩县天堂山寨(今俗称二郎寨)及鸡翎寨(今俗称冷沟寨)两寨为首的各寨又叛变了，徐达大军又回到河阴。五月十五日指挥任亮以兵取雾豹寨克之。(可能即今俗称的周家寨）五月二十一日傅友德以兵取凌青寨（今俗称牛家寨，因清末为牛凤山重修过）、黑山寨（在醋峪上首）。两寨主"闻风遁去"——逃跑了。并打下了仙人寨（今西沙固堆寨），活捉了他的寨主牛某。五月二十四日指挥唐英及曹谅打下了鸡翎寨，活捉寨主李德，"斩之"。同日任亮打下了玉山寨及黑山寨，活捉了他们的寨主张恒等等十六人。六月三十日神顶寨及鸡笼寨（今俗称的马头寨）寨主张知院和杨仲华等来降。不久青山寨（今俗称的石楼寨）寨主王兴祖投降。到七月二十八日徐达大军攻下焦山寨（在今荥阳贾峪乡），寨主刘士元被活捉。至此，浮戏山区的宋元以来所建的十九个山寨的抵抗宣告结束。徐达大军聚在河阴，到八月初一这些山寨的人马，在楚谅的带领下，随着大军北征，打下了元都（今北京），建立了全国统一的明朝政权。楚谅以军功、封大同参将。

浮戏山不只是北宋皇陵的外围和南宋留在中原义民的根据地，又是汉族复兴建立明朝中原战役中的主要力量。明朝对他们是以恩威并重的手段征服的。使他们在明朝的政策感召下，把他们的力量投入了恢复汉族政权的大业上，作了打倒元朝的急先锋，至今遗址尚存，分布在各个山头，颇为壮观。

（原载于荆三林著《浮戏山丛考》，浮戏山环翠峪史迹名胜管理处，1988年3月）

# 鬼谷考

在神仙洞景区,沿着龙溪而上,到大龙潭的上首是一处"山深树密,幽不可测,似非人之所居"。直上到鬼潭,其中有两个大瀑布,地势险峻,俗名叫鬼谷。

我的外甥赵子谋来问我一个问题。说《东周列国志》第八十七回"辞鬼谷孙膑下山"下的是阳城。说该山如何险峻,可是登封告城的鬼谷墟又是那么平夷,这是怎么回事?况且鬼谷子的学生们,文献中记载的孙膑、庞涓、张仪、苏秦……都是起过很大作用的历史人物。为此我们查对了一些资料。

首先,我们查对了鬼谷所在的阳城。《左传》昭公二年:阳城是天下之险也。而且明言他是郑国的边地,即属郑。在《战国策》《国语》及《史记》有关人物的列传,以及《汉书》等等战国至秦汉文献,都一致记载鬼谷是在阳城,属郑,后属韩,曾属过楚。那就说明了鬼谷所在的阳城:春秋及战国前期属郑,战国中期属韩,晚期曾被楚军占领过,后被秦军占领。但阳城自始至终都是战场,于此修筑有军事建筑物的长城。这就是说决定孙膑们所学习的地点鬼谷所在地:一是孙膑们的时代各国情况,二是鬼谷和长城必须接近,以便于讲授兵法和教学生们实习。

其次,我们进一步查对了孙膑们的时代。孙膑主要的事业还是为齐威王(前356—前320)的相。于齐宣王二年(前318),《史记·田敬仲世家》说"孙膑为帅救韩赵,以击魏,大败之马陵,杀其将庞涓"。则是孙膑在阳城鬼谷子向鬼谷子学兵法的时间,必在公元前356年以前。而且他"下山"之后,又经过在魏国见魏(梁)惠王和受到庞涓的残害"膑其足",而其在鬼谷的时间更在此以前。"韩攻郑、取阳城"的时间是公元前375年,到356年只有19年,是孙膑们在阳城鬼谷学兵法的时候,阳城仍属郑国。但张仪、苏秦确较晚,张仪为魏襄公相是在襄王十三年(前306)。显然,苏秦和张仪在阳城鬼谷学习的时间较晚,其时该地已当属韩。就此看来,在阳城鬼谷设讲兵法的学校(用现在的话说是"军事大学")时间相当长。是自春秋晋平公(前550年前后)到战国都存在,而被称为"鬼谷子"的也绝不会只王栩这一个人是这个学校的统称。后传的《鬼谷子》一书是保存了这个学校讲义的残余,为汉魏人编造而成的。

再次,阳城在哪里? 现在的登封告成,秦以前叫颍,汉建阳城县,它包括两个山:洧水所出的阳城山和颍水所出的阳乾山。

《汉书·地理志》"阳城(县)、阳城山,洧水所出,东南至长平入颍(水),过郡三,行五百里。阳乾山,颍水所出,东至下蔡入淮,过郡三,行千五百里,荆州浸,有铁官"。

是当时阳城县的范围,包括了今密县的西部和禹县的一部及登封的东南部、治颍。北魏阳城山的范围:郦道元《水经注》的叙述是:"洧水出颍川(郡)阳城山,山在阳城县之东北,盖马岭之统目焉。……水东流,绥水会焉。水出方山绥溪,即《山海经》所谓浮戏之山也,东南流,……绥水又东南流,径上郭亭南,南注洧。洧水又东,襄荷水注之。水出北山子节溪,亦谓之子节水,东南流于洧。"

绥水和子节水都是出于阳城山(浮戏山),又名方山,绥源等在周家寨下。阳城山是自马领(岭)(在今登封唐庄乡东北角及密县尖山乡西南角)以东,至沙堌堆一带,为"汜水出其阴,洧水出其阳"的中间地带,旧名横岭,俗名五至岭,郑韩长城遗迹蜿蜒起伏在其东境。

总结上列材料。一是汉代所建阳城县治颍,是今告成春秋战国时不叫阳城,而孙膑求学的鬼谷是在阳城,绝不会跑到颍地去。它也不属于汉代以后的阳城县。二是北魏以前的注解说:"鬼谷在阳城"是正确的。因为当时阳城山属阳城县。唐宋之后注:"鬼谷属阳城"或"登封"都是因袭的。今登封及告城之名都始于唐代。阳城山只是一角在登封境内外,大部都在密县。

就这些材料所得的总结,第一,鬼谷是在阳城山(浮戏山),而不在颍,更不是"登封"或"告成"。第二,鬼谷子的时代,鬼谷所在地方是属郑国。第三,鬼谷地方是临近长城。第四,阳城山的范围,《水经注》讲得清楚,是"洧水出其阳,汜水在其阴"的分水岭。第五,这个神仙洞景区内的"鬼谷"正符合这个条件。就此,可以肯定自大龙潭瀑布以上,以鬼潭为中心的险峻峡谷,幽静的自然景观,正该是韩魏于此设"军事院校"的鬼谷。

附录《东周列国志》第八十七回"辞鬼谷孙膑下山"一段作参考。

却说周之阳城(今登封县),有一处地面名曰鬼谷。以其山深树密,幽不可测,似非人之所居故云鬼谷。内中有一隐士,但自号曰鬼谷子。相传姓王名栩,晋平公时人,在云梦山与宋人墨翟一同采药修道。那墨翟不蓄妻子,发愿云游天下。专一济人利物，拔其苦厄，救其危难。惟王栩潜居鬼谷，人但称鬼谷先生。其人通天彻地，有几家学问，人不能及。那几家学问，一曰数学，日星象纬在其掌中，占往察来，言无不验。二曰兵学，六韬三略，变化无穷，布阵行兵，鬼神不测。三曰游学，广记多闻，明智审势，出词吐辩，万口莫当。四曰出世学，修真养性，服食引导，却病延年，冲举可俟。那先生既知仙家冲举之术，为何屈身世间，只为要度几个聪明子弟同归仙境，所以借这个鬼谷栖身。初时偶然入市，为人占卜，所言吉凶，休咎应验如神。渐渐有人慕学其术，先生只看来学者的资性近著那一家学问，便以其术授之。一来成就些人才为七国之用。二来就访求仙骨共理出世之事。他住鬼谷也不计年数，弟子就学者不知多少。先生来者不拒，去者不追。就中单说同时几个有名的弟子：齐人孙膑，孙武之孙；魏人庞涓；张仪；洛阳人苏秦。膑与涓结为兄弟，同学兵法。秦与仪结为兄弟，同学游说。各为一家之学。单表庞涓学兵法三年有余，自以为能（自以为能便自然不是真能）。忽一日为汲水偶然行至山下，听见路人传说，魏国厚币招贤，访求将相。庞涓心动，欲辞先生下山，往魏国应聘，又恐先生不放心。心下踌躇，欲言不言（亦知先生未必十分相许）。先生见貌察情，早知其意，笑谓庞涓："汝时运已至，何不下山，求取富贵？"庞涓闻先生之言，正中其怀，跪而请曰："弟子正有其意，未审此行，可得意否？"先生曰："汝往摘山花一枝，吾为汝占之。"庞涓下山，寻取山花。此时正是六月炎天，百花开过，没有山花。庞涓左盘右转，寻了多时，止觅得草花一茎，连根拔起。欲待呈与师父，忽想到此花质弱身微，不为大器，弃掷于地。又去寻觅了一回，可怪绝无他花。只得转身将先前所取草花藏于袖中，回复先生曰："山中没有花。"先生曰："既没有花，汝袖中何物？"涓不能隐，只得取出，呈上。其花离土，又先经日色，已半萎矣。先生曰："汝知此花之名乎？乃马儿铃也，一曰十二朵，为汝荣盛之车，数采于鬼谷。见日而萎，鬼傍著，委汝之出身必于魏国。"庞涓暗暗称奇。先生又曰："但汝不合见欺，他日必次以人之事，还被人欺，不可不戒。吾有八字，汝当记取：'遇羊而荣，遇马而瘁。'"庞涓再拜曰："吾师大教，敢不书绅。"临行，孙膑送至山下。庞涓曰："某与兄有八拜之交，誓同富贵，此行倘有进身之阶，必当举荐吾兄同立功业（始意未尝不善）。"孙膑曰："吾弟此言果实否？"涓曰："弟若谬言，当死于万箭之下（轻咒者必慢神）。"膑曰："多谢厚情，何须重誓。"两下流泪而别。孙膑下山。先生见其泪容，问曰："汝惜庞涓之去乎？"膑曰："同学之情，何能不惜。"先生曰："汝谓庞涓之才甚为大将否？"膑曰："承师教训已久，何为不可。"先生曰："全未，全未。"膑大惊，请问其故。先生不言，至次日，谓弟子曰："我夜间闻恶闻鼠声，汝等轮流值宿，为我驱鼠。"众弟子如命。其夜，轮孙膑值宿，先生于枕下取出文书一卷,谓膑曰:"此乃汝祖孙武子兵法十三篇,昔汝祖献于吴王阖闾,阖闾用其策大破楚师。后阖闾惜此书不欲广传于人。乃置以铁柜藏姑苏台屋楹之内,自越兵焚台,此书不传。吾向与汝祖有交,求得其书。亲为注解,行兵秘密,尽在其中,未尝轻授一人。今见子心术忠厚,特以付子。"膑曰:"弟子少失父母,遭国家多故,宗族离散。虽知祖父有此书,实未传领,吾师既有注解,何不并传之庞涓,而独授于膑也。"先生曰:"得此书者善用之为天下利,不善用之为天下害。涓非佳士,岂可轻付哉。"膑乃揣归卧室,夙夜研诵。三日之后先生遂向孙膑索其原书,膑出诸袖中,缴还先生。先生逐篇盘问,膑对答如流,一字不遗。先生喜曰:"子用心如此,汝祖为不死矣。"再说庞涓别了孙膑,一进入魏国。以兵法干相国王错,错荐以惠王。庞涓入朝之时,正值庖人进蒸羊于惠王之前。惠王方举筯,涓私喜曰:"吾师言,遇羊而荣,斯不谬矣。"惠王见庞涓一表人物,放筯而起,迎而礼之。庞涓再拜,惠王扶住,问其所学。涓对曰:"臣学于鬼谷先生之门,用兵之道颇得其精。"因指画敷阵倾倒胸中,唯恐不尽。惠王问曰:"吾国东有齐,西有秦,南有楚,北有韩,赵燕皆势均力敌,而赵人夺我中山,此仇未报,先生何以策之。"庞涓曰:"大王不用微臣则已,如用微臣为将,管教战必胜,攻必取,可以兼并天下。何忧六国哉。"惠王曰:"先生大言得无难践乎?"涓对曰:"臣自揣所长,实可操六国于掌中。若委任不效,甘当伏罪。"惠王大悦,拜为元帅兼军师之职。涓子庞英,侄庞葱、庞茅,俱为列将。涓练兵训武,先侵卫宋诸小国,屡屡得胜,宋鲁卫郑诸君相约,联翩而朝。适齐兵侵境,涓复御却之。遂自以为不世之功,不胜夸诩。时墨翟遨游名山,遇鬼谷探友,一见孙膑,与之谈论,深相契合,遂谓膑曰:"子学业已成,何不出就功名,而久淹山泽邪?"膑曰:"吾有同学庞涓出仕于魏,相约得志之日,必相援引,吾是以待之。"墨翟曰:"涓见为魏将,吾为子入魏以察涓之意。"墨翟辞去,迳至魏国。闻庞涓自恃其能,大言不惭,知其无援引孙膑之意,乃自以野服求见魏惠王。惠王素闻墨翟之名,降阶迎入。叩以兵法,墨翟指说大略,惠王大喜,欲留任官职,墨翟固辞曰:"臣山野之性,不习衣冠,所知有孙武子之孙孙膑者,真大将之才。臣万分不及,见今隐于鬼谷,大王何不召之。"惠王曰:"孙膑学于鬼谷,乃庞涓同门,卿谓二人所学孰胜。"墨曰:"膑与涓虽则同学,然膑独得乃祖秘传,虽天下无其对手,况庞涓乎?"墨翟辞去,惠王即召庞涓问曰:"闻卿之同学有孙膑者,独得孙武子秘传,其才天下无比,将军何不为寡人召之。"庞涓对曰:"臣非不知孙膑之才,但膑是齐人,宗族皆在于齐,今若仕魏,必先齐,而后魏。臣是以不敢进言。"惠王曰:"士为知己者死,岂必本国之人方可用乎?"庞涓对曰:"大王既欲召孙膑,臣既当作书致去。"

庞涓口虽不语,心下踌躇。魏国兵权只在我一人之手,若孙膑到来,必然夺庞。既魏王有命,不敢不依,且待来时生计害他,阻其进用之路,却不是好。遂面修书一封,呈上惠王。惠王用驷马高车,黄金白璧,遣人带了庞涓之书,一径望鬼谷来聘取。孙膑拆书看之,略曰:"涓托吴之庇,一见魏王即蒙重用。临岐援引之言,铭心不忘其今特荐于魏王,求即驱驰赴召,共图功业。孙膑将书呈与鬼谷先生,先生知庞涓已得时大用。今番有书取用孙膑,竟无一字问候其师。此乃刻薄忘平之人,不足计较。但庞涓生性骄妒,孙膑若去,岂能两立。欲待不容他去,又见魏王使命郑重,孙膑已自行色匆匆,不好阻挡。亦使膑取山花一枝,卜其休咎。此时九月天气,膑见先生几案之上,瓶中供有黄菊一枝。遂拔以呈上,即时复归瓶中。先生乃断曰:"此花见被残折,不为完好。但性耐岁寒,经霜不落。虽有残害,不为大凶,且喜供养瓶中为人爱重。瓶乃范金而成,钟鼎之属终当威行霜雪,名勒鼎钟矣。但此花再经提拔,恐一时未能得意,仍旧归瓶。汝之功名终在故土。吾为汝增改其名,可图进取。"遂将孙宾宾字左边加月。按字书膑乃刖刑之名,今鬼谷子改孙宾为孙膑,明明知有刖足之事,但天机不肯泄露耳,岂非异人哉!髯翁有诗云:"山花入手知休咎,试比蓍龟倍有灵。笑当今,卖卜者,空将鬼谷画占形。"

(原载于荆三林著《浮戏山丛考》,浮戏山环翠峪史迹名胜管理处,1988年3月)

# 河南密县尖山乡神仙洞历史溯源

神仙洞位于密县尖山乡的东北部,距河南省会郑州西南约45公里,在自然地理上处于浮戏山东北角,紧邻小陉山。为氾源公园的第一景区,该景区8—10平方公里,景点除神仙洞外,还有鸡山三峰、宋鸡笼寨、石武士门神、明银矿峪、龙溪、天门池、大、小龙潭、大、小龙潭瀑布、古鬼谷、饮马池、龙潭、乳头峰、灵石、砾石洞、石经峪、《自然经》摩崖刻石、对棋两峰及丁沟等大峡谷……白云红叶,茂林修竹,风光宜人,神仙洞是俗称,古名"崆山峒",明清称为"仙宇灵源",为自然的钟乳石溶洞,全长约5000米(10华里),现经探险测定2000米(4华里),有六个大厅,大的可开万人大会,这样长大的冰雪一样洁白色溶洞,在全国来说,还是首次发现,现在决定要动工开发和展示设计,我很高兴,来提供一些历史资料作为设计时的参考。

## 一、古传说时代——广成子所居

古传说中的广成子是黄帝(约当公元前2600年,即距今4500—4600年间)时的高士。晋人葛洪著《神仙传》称:"广成子者,古之仙人也。居空同之山,石室之中,黄帝闻而造焉。曰敢问至道之重,广成子曰,尔治天下,禽不待候而飞,草木不黄而落,何足以语至道。黄帝退而闲居三月,后往见之,膝行而前,再拜请问治身之道,广成子答曰:至道之精,杳杳冥冥,无视无听,抱神而静,形将自正。必静必清,无劳尔形,无摇尔精,乃可长生。慎内闭外,多知为败。我守其一,以处其和,故千二百岁,而形未尝衰。得我道者上为皇,失我道者下为土,将去汝入无穷之门,游无极之野,与日月参光,与天地为常,人其尽死而我独存矣。"[1]

---

[1] 《神仙传》卷一,第一人。

但在汉司马迁《五帝纪》中黄帝"西至空同"[1]既没提到见广成子,也没有问道的内容,而且是指黄帝在青壮年时事。

唐王瓘辑《轩辕本纪》[2]记黄帝与广成子的关系是:黄帝北到洪堤,上具茨山,见大隗君,又见黄盖童子,受《神芝图》七十二卷,适中岱,见黄子中受《九茹方》。"登崆山峒,见广成子问至道。广成子不答,(黄)帝退捐天下,筑特室,籍白茅间,居三月,方往再问修身之道,乃授以《自然经》一卷,黄帝舍帝王之尊诧猴豚之文,登鸡山,陟王屋。"这里所说的黄帝又是老年时代事,在这个纪中,此后又若干年,玄女"授帝如意神方,即藏之崆峒山,帝精推步之术于山"。显然"崆峒山"与"崆山峒"是两回事。

就这些资料得出两个初步结论:第一个广成子所居的"石室"是空山洞,而不是空同山,按"崆"原作"空"或"孔",峒与洞为同一字。显然所指的是在一片广大群山中的一个自然洞穴。第二个黄帝到大隗山"问至道",这个事远在战国时代的《庄子·徐无鬼篇》就说:"黄帝将见乎大隗之山。"因此应首先明确下列三个问题:

第一,这个空山洞的方向和位置。由于黄帝是自大隗山西北向王屋山去的。那么空山洞的位置很显然是在大隗的西北方,按《汉书·地理志》河南郡:"密,故国,有大隗山,溱水所出。"《后汉书·郡国志》"密有大隗山,有梅山,有陉山"。《水经》"溱水出河南密县大隗山",北魏郦道元《水经注》称"大隗即具茨山也,黄帝登具茨之山,升于洪堤上,受神芝图于黄盖童子,即是山也。水出其阿,而流为陂。俗谓之玉女池,东迳陉山北"。按《山海经·中次七经》大隗之山在浮戏之山东南方,陉山在浮戏山的东北方,都是接近的地区。则今密县崆峒山正是在大隗山的西南角,正对浮戏山的东南角,相隔是鸡山的西端,其西是一片广大山区,空山洞是在这空山下的,向北的溪流入氾水,向东南的溪流就都入于洧水。鸡山包括鸡冠或称鸡头、鸡腰及鸡尾三峰。东方溪流入索水。则这一地区为氾水、洧水、索水三个河流的共同起源的山,实质上鸡山是浮戏山及陉山的交界地区,俗称的神仙洞位于它的西麓对岸。按"崆"的古字是"空"。空的意义是广阔、荒芜和高峻,即广大的荒山意义,并无定名,意义就是指在这个地区的一个山洞。《山海经》无具茨之名,它所记大隗山和现在密县的大隗在地理位置上是一致的,是属于中岱范围。中岱即中岳。黄帝得《自然经》后所登的是鸡山,然后是要去王屋的。王屋山在济源,相隔是黄河东

---

[1] 《史记·卷一》"五帝本纪第一"。
[2] 《云笈七签》卷之一百纪。

南与西北的两岸。就这些方向规定了广成子所居的（石室峒穴），是在大隗山西北的鸡山下，就此古传说广成子所居的崆山峒，正当是宋元以来所称的神仙洞（或峒）。

第二，"襄城之野"的问题，首先应明确黄帝传说的"襄城之野"，是不是今襄城县呢？按《左传》周襄王避王子带之乱所居因命名的襄城，是今荥阳周固寺西北的古襄城，唐颜师古《等慈寺碑》称"近眺襄城"。今襄城县之得名，是在秦统一中国之后，春秋时今襄城并非郑地，属楚国的西不羹，名赭阳。战国为魏邑，秦统一后才改赭阳名襄城的，秦置襄城县，晋置襄城郡。显然黄帝所去的襄城，不是赭阳今襄城县的，而是大隗山西北、洪堤所在地。正处于这"襄城之野"。

第三，洪堤的问题，地理上没有洪堤这个地名。按字义来说：是一个大的较平缓的岭原，像个大堤一样。按这个地形来说，在今大隗山的西北，襄城之野的范围内，旧名横岭（今尖山）所在，是这个形状。战国时的《山海经》称为浮戏山。汉《水经》又称"世谓之方山"，正合于古传说黄帝自大隗山向西北登的"洪堤"。

明确了这几个问题之后，则这个俗称为神仙洞的大型自然溶洞，不可避免的结论，它应是古传说中广成子所居的石室。

至于崆峒山在哪里？最容易混淆把"崆山峒"误为"崆峒山"。而在有称为崆峒山的地方又都附会有广成子的传说和建筑物的广成子庙。因此，在这里也需要谈谈，按"崆峒"两字，古为"空同"，实即今密县的崆峒山。另有一个说法，在"河南临汝县西南六十里。《庄子·在宥篇》称（黄帝）'闻广成子在于空同之上，故往见之'"。《唐汝州刺史卢贞碑》："庄子述黄帝问道崆峒，遂言游襄城，登具茨，访大隗，皆与此山接壤，则此为近是。"显然唐宋人是把古襄城误为今襄城，而产生了一些混淆。唐宋以来，黄帝经过神化之后，崆峒山也就更多附会。有说在陕西、甘肃间。如唐张守节作《史记正义》便说"在陇右"。《雍州录》说，"在原州高平县，即笄头山，泾水发源，今平凉府西，崆峒山有广成子宫"。此外，有说在江西赣县东南六十里的空山。有说在四川平武县西……这都是自神化后的黄帝故事中演出的，随着人们为着神奇玄妙的想象，和黄帝的神化程度加大，就把广成子的居处和黄帝向广成子问道的地方由中原而乱扩大到边远的大西北，或江西、四川。于是"空同"二字也加上"山"字旁了。

## 二、神仙洞中的神仙们

密县尖山的神仙洞在地理位置上属于中岳嵩山的范围，为《道藏》三十六洞天的第六中岳土岳,称"上帝司真之天"[1]。说这洞"即黄帝治中岳,土德,分诸黄老驻跸,生圣人贝多之海,有玉女绩线之台,石髓琼环,玉人金像,上应井柳星张之瑞,下缜周地之分"。这段景象也正应此"神仙洞"中自然景观,这些人物中,有帝王家的黄帝,有道家始祖的老子,有大群的圣贤,有无数的玉女……,他们都是"石髓琼环"——即石英石,钟乳塑造而成的"玉人金像",布满了这一个"神仙洞"。我们进一步考察一下这些神仙们的来历和形象。

第一个当然是黄帝,黄帝是中华民族的祖先,是中国开国之君,举世华裔都是"炎黄子孙",他是有熊国(中心在今密县,包括新郑等地)国君少典的儿子,姓公孙,名轩辕,征服了暴君炎帝及蚩尤,宾服了诸侯,《史记·五帝纪第一》"(黄帝)乃修德振兵,治五气,艺五种,抚万民,度四方,教熊罴、貔貅䝙虎,以与炎帝战于阪泉之野,三战然后得其志"……然后,诸侯共同尊轩辕为天子,建立了统一中国的事业。录《史记·五帝纪》:"黄帝者,少典之子,姓公孙,名曰轩辕,生而神灵。弱而能言,幼而徇齐,长而敦敏,成而聪明。轩辕之时,神农氏世衰,诸侯相侵伐,暴虐百姓,而神农氏弗能征,于是轩辕乃习用干戈吕征不享,诸侯咸来宾,从而蚩尤最为暴,莫能伐。炎帝欲侵陵诸侯,诸侯咸归轩辕,轩辕乃修德振兵,治五气,抚万民,度四方。教熊、罴、貔、貅、䝙、虎,以与炎帝战于阪泉之野,三战然后得其志。蚩尤作乱,不用帝命,于是黄帝乃征师诸侯,与蚩尤战于涿鹿之野,遂禽杀蚩尤。而诸侯咸尊轩辕为天子,代神农氏,是为黄帝。天下有不顺者,黄帝从而征之,平者去之,披山通道,未尝宁居。东至于海,登丸山及岱宗。西至于空桐,南至于江,登熊湘,北逐荤粥,合符釜山,而邑于涿鹿之阿,过从往来无常处,以师兵为营卫,官名皆以云。命为云师,置左右大监,监于万国,万国和,而鬼神山川封禅与为多焉。获宝鼎,迎日推策。举风后力牧、常先、大鸿以治民,顺天地之纪,幽明之占,死生之说,存亡之难,时播百谷草木,淳化鸟兽虫蛾,旁罗日月星辰,水波土石金玉。劳动心力耳目,节用水火材物。有土德之瑞,故号黄帝。黄帝二十五子,得其姓者十四人。黄帝居轩辕之丘,而娶于西陵之女,是为嫘祖,嫘祖为黄帝之妃,生二子,其后皆有天下。其一曰玄嚣,是为青阳,青阳降居江水。其二曰昌意,降居若水,昌意娶蜀山氏女曰昌仆,生高阳,有圣德焉。黄帝崩葬桥山。其孙昌意之子。高阳立,是为帝颛顼也。"

第二个是教黄帝修身、治国、平天下之道的广成子,这位"崆山峒主"。至于广成子的家世,在《轩辕本纪》中,只是说他是崆山峒中的一个居人,在《神仙传》的

---

[1] (宋)陈元靓《事林广记》卷六,仙灵胜景,三十六洞天。

《老子传》中讲到他的世系变化时,说他就是"老子"。他们的关系是:晋《神仙传》"或云:上三皇时为元中法师,下三皇时为金阙帝君,伏羲时为郁华子,神农氏为九灵老子,祝融时为广寿子,黄帝时为广成子,颛顼氏为赤精子,帝喾时为真形子,殷汤时为锡则子,文王时为文邑先生,一云守藏史。或云在越为范蠡,在齐为鸱夷子,在吴为陶朱公"。

到宋代,在《事林广记》更系统化了。列了一个《老子变现之图》(插页,略)叙到汉时。"高祖时为黄石公,文帝时为河上公。"最后说:"以上凡历几代更易姓名,变现不一,其实只是一老子也。"这个说法,晋葛洪著《神仙传》时即对他做了批判说:"皆见于群书,不出神仙正经,未可据也。"但道家称"黄(帝)老(老子)"为道家之祖——道教的宗神是可以肯定的。因而广成子的事业也就有了交代,老子的地位,也成为"帝师"。老子的事迹见《史记·老子传》录如下:"老子者,楚苦县厉乡曲仁里人也,姓李氏,名耳,字伯阳,谥曰聃,周守藏室之史也。孔子适周,将问礼于老子。"老子曰:"子所言者,其人与骨皆已朽矣,独其言在耳。且君子得其时则驾,不得其时则蓬累而行。吾闻之良贾深藏若虚,盛德容貌若愚。去子之骄气与多欲,态色与淫志,是皆无益于子之身。吾所以告之,若是而已。"孔子去,谓弟子曰:"鸟,吾知其能飞;鱼,吾知其能游;兽,吾知其能走。走者可以为罔,游者可以为纶,飞者可以为矰。至于龙,吾不能知其乘风云而上天。吾今日见老子,其犹龙邪!"老子修道德,其学以自隐无名为务。居周久之,见周之衰,乃遂去。至关,关令尹喜曰:"子将隐矣,强为我著书。"于是老子乃著书上下篇,言道德之意五千余言。而去,莫知其所终。或曰:老莱子亦楚人也,著书十五篇,言道家之用,与孔子同时云。盖老子百有六十余岁,或言二百余岁,以其修道而养寿也。自孔子死之后,百二十九年,而史记周太史儋见秦献公曰:"始秦与周合而离,离五百岁而复合,合七十岁而霸,王者出焉。"或曰儋即老子,或曰非也,世莫知其然否。老子,隐君子也。老子之子名宗,宗为魏将,封于段干。宗子注,注子宫,宫玄孙假,假仕于汉孝文帝。而假之子解为胶西王昂太傅,因家于齐焉。世之学老子者,则绌儒学,儒学亦绌老子。道不同不相为谋,岂谓是邪?李耳无为自化,清静自正。

就此可见作为历代帝王师的孔子对老子也是很尊敬的,而比之为"其犹龙乎!"孔子是师事老子的。至于在《轩辕本纪》中说"黄帝到崆峒山中去拜访广成子",广成子不答,帝退,捐天下,筑特室,籍白茅间,居三月方往。再问修身之道,乃授以《自然经》一卷,内容如何?没说,不过老子的《道德经》是讲"通法天,天法自然"的。黄帝"舍帝王之尊,托猳豚之文","猳"是母猪,"豚"是小猪,按《山海经·中次七经》浮戏山的神,"皆豕身而人面,其祠:毛牲用一羊,羞,婴用一藻玉,瘗"。就此可见黄帝所说的"貑豚之文"是居在浮戏山间受"豕身而人面"山神的保佑。就此可以看得出来,《密县志》中所记传说中"神仙洞"的两位神仙,一个叫右缅非,一个叫比何,两个仙人的来历,正是《山海经·中次七经》两个神的行状,一个是"人面而三首",是无何可比的,这当是传说中的"比何"名称的由来。另一些神的"豕身人面",即面貌全非的"右缅非"。

在这个山上,传说有个棋盘,同时有仙翁围棋,一个樵夫吃了他的核桃,到老人叫他回家一看,人间已过了几百年。这在《山海经·中次七经》是记有"帝台之棋"的,但所指的是那里的小石子"五色其文,其状如鹑印",像棋子一般。至于樵夫看围棋的传说,事见宋张君房《云笈七签》卷一百十"洞仙传":称即晋人王质"入山伐木,遇见石室中有数童子,围棋歌笑,质聊置斧柯观之,童子以一物如枣核与质,令含咽其汁,便不觉饥渴,童子云汝来已久,可还。质取斧,柯烂已尽,质便归家,计已数百年"。宋《衢州图经》亦有同样记载称"晋人王质入山,见二童子围棋,质以斧柯置坐观之,童子云斧柯烂矣,质归世已百岁"。所围棋的地方都在山洞(石穴)中,这童子当然是这洞中所居的神仙。

还有些是避难而来的高士,如古丈人。"嵩山松下古丈人一,女子二,曰老人秦之役者,女宫人,合为殉,幸脱骊山之祸匿此。"事见陈继儒著《香案牍》列仙七十二人。按所指地名,当在丁沟附近,亦与本洞有关。

**三、神仙们的形象与动态**

在这大群的洞仙们,有帝王、贵族、高士、学者、仙翁、仙童、文武大臣、老妇人、玄女、玉女、农夫、樵夫,还有些难民、商贾、纺织女工,以及奇形怪状的人和地方——如"猪身人面",女人国等等,大凡人间形象尽在神仙群中。动物有龙、凤、虎、鹿、鹤、马、牛、羊、兔、猫、犬豕之类,植物有松、柏、榆、槐、灵芝、玉树、竹,果有桃、杏、枣、梨、柿……家具有床、榻、车、席、桌、椅、枕、被、衣服……食品有珍馐、佳肴、玉露、琼浆、美酒、玉屑。景观有"多贝之海""织绩之台""帝台之棋"……。风云、雨、露、雾、烟等。因此他们的动作是访道、讲道、问道、习道、乘龙、驾鹤、驾白鹿、骑虎、吹笙、围棋、跳舞、饮食。兴云至雨,以表示着在神仙们保护下的风调雨顺,国泰民安,也表示了凡人的受苦受难。这个鸡山对过的崆山峒中,便成了他们的舞台,而构成了这一神仙洞景。

首先,我们看看黄帝的形象与动态。在《轩辕本纪》中,说他长相是"龙颜日角,河目隆颡,苍色大肩"。就是说他鬓角发光,眼像河水汪汪,宽大而隆起的额头,黑红颜色,宽大的肩膀。那就是说他是有双漂亮聪明的一表人才,相貌堂皇,文武双全,又非常勤奋好学,又很虚心谦恭,有礼貌的去礼贤下士。他老年又是一个很温和慈爱的长者,寿命很长。汉刘向在《列仙传》给他八句赞词是:

> 神圣渊玄邈哉帝黄,
> 暂莅万物冠名百王。
> 化周六合数道无方,
> 假葬桥山超升昊苍。

所以他做出了如前录《史记》所载的世业。感天动地,又占据了神仙中的第一位。(参考附录唐王瓘著《轩辕本纪》)。当然有些是经过后人"神化"的,过于玄乎,但仍不失为道教神仙之长。

次之是广成子——老子的形象,道教所尊的神是并称"黄老"的。广成子是一位道貌岸然,品学兼优的高士、学者、君子。他不图名利,到一代帝王之尊的黄帝去问他求教时,他仍然不为所动的来个"不答"[1],这并不是骄傲,而是显示出他的品学贵重,不轻传于人。到皇帝"退捐天下,筑特室……居三月之后"又来的时候,他才授以《自然经》一卷,说明了广成子的自高身价和《自然经》的特有价值。广成子——到春秋时化身老子。《史记》给他列的有传,《史记正义》引《玉札》说他身高是八尺八寸,"黄色、美眉、长耳、大目、广额、疏齿、方口、厚唇"。即一个高个子、大眼睛……漂亮的男子,但由他母亲八十一岁才生的他,所以长了白发、白眉毛,像个老头子,因而就被人称为老子。他著了一部《道德经》,他训教过孔子,由于孔子是代代帝王师,这也就捧高了老子的地位。老子到晚年乘牛车(一说骑青牛)出函谷关而西,去了大秦,大秦是古罗马——即今意大利。宋《云笈七签》有一幅图画,形容他过函谷关时受人礼节的场面。(插页,略)

与皇帝同伙的仙人,而且与广成子——老子化生间有关的神仙,如赤松子、宁封子、马师皇、赤将子与偓佺、容成公等,他们的情况皆见汉刘问《列仙传》。

"赤松子者,神农时雨师也,服水玉,以教神农,能入火自烧,往往至昆仑山上,帝止西王母石室中,随风雨上下,炎帝少女追之,亦得仙俱去,至高辛时复为雨师,今之雨师本是焉。"

---

[1] [唐]王瓘著《轩辕本纪》第卷之一百。

眇眇赤师,飘飘少女。
　　接手翻飞,冷然双举。
　　纵身长风,俄翼玄圃。
　　妙达巽坎,作范司雨。
宁封子者,皇帝时人也。世传为皇帝陶正,有人过之,为其掌火,能出五色烟,久则以教封子,封子积火自烧,而随烟气上下,视其灰尽,犹有其骨,时人共葬于宁北山中,故谓之宁封子焉。
　　奇矣封子,妙禀自然。
　　铄质洪炉,畅气五烟。
　　遗骨灰炉,寄坟宁山。
　　人睹其迹,恶识其立。
马师皇者,皇帝时马医也,知马形生死之,诊治之辄愈。后有龙下向之垂耳张口,皇曰此龙有病,知我能治,乃针其唇下口中,以甘草汤饮之,而愈,后数,有病,龙出其波,告而求治之,一旦龙负皇而去。
　　师皇典马,厩无残驷。
　　精感群龙,术兼殊类。
　　灵虬报德,弭鳞衔辔。
　　振跃天汉,粲有遗蔚。
赤将子与者,皇帝时人,不食五谷,而啖百草花,至尧帝时,为木工,能随风雨上下,时时于中市卖缴,亦谓之缴父云。
　　蒸民粒食,孰享遐祚。
　　子舆拔俗,餐葩饮露。
　　托身风雨,遥然矫步。
　　云中可游,性命可度。
偓佺者,槐山采药父也,好食松实,形体生毛长数寸,两目更为方,能飞行,逐走马,以松子遗尧,尧不暇服也,松者简松也,时人受服者,皆至二三百岁。
　　偓佺饵松,体逸眸方。
　　足蹑弯凤,走超腾骧。
　　遗赠尧门,贻此神方。
　　尽性可辞,中智宜将。
容成公者,自称皇帝师,见于周穆王,能善补导之事,取精于牧,其要谷神不死,守生养气者也。发白更黑,齿落更生,事与老子同,亦云老子师也。

亹亹容城,专气致柔。

得一在昔,含光独游。

道贯黄庭,伯阳仰倩。

玄牝之门,度几可求。

从这些材料来看,他们是在农业、陶业、医学、药学、木工、园艺等等方面有所创造的人物,而被后人加以"神化"而入了神仙之列。

除此之外,女仙中有"太阳之精""天帝之女",有庄严肃穆的老妇人——西王母。有妙龄的玉女,有人面禽身飘飘飞舞的玄女,有皇后,有公主,也有贵妇人。黄帝出行,有时微服独行,有时大队,他的卫队是"黄帝将会神灵于西山之上,乃驾象车、六交龙,异方并辖,蚩尤居前,风伯进扫,雨师洒道,凤师覆上,乃到山大合鬼神,帝以号钟之琴,奏清角之音,谓昆长仑山之灵封,致丰大之祭以诏后代,斯封禅之礼也"。黄帝有时带着玉女们同奏"云门""大卷""咸池"之类的"国歌",也以"号钟之琴,奏清角之乐"。黄帝也命那些御凶鬼的神荼郁垒们为"百姓除患,制驱难之礼",或"张乐于洞庭之野,其奏也,阴阳以和日月,以之和风俗也"。还有些奇风异俗。总之黄帝有关神仙,不论"神化"至如何程度,但都不离"修身、治国、移风、易俗,弘扬教化"的一个规范。

此外如人首猪身的山神,或兴云治雨的龙王,或深居洞穴的仙翁、仙童……虽有些玄灵,但都涉及人事沧桑变化,为一方人的利益护卫。虽有些近似迷信,但在封建社会的腐化没落阶段,是不可避免的现象。"古人以神道设教",亦在所难免出现迷信的色彩不合情理,但我们以"批判的接受"态度,采其精华的一面。

## 四、洞内与洞外的自然景观

神仙洞是一个石灰岩溶洞,按溶洞是地下水岩层层面或裂隙溶蚀并经塌陷而成的空洞,洞内常见有钟乳石和石笋。由于各溶洞的逐渐扩大,互相通连,形成时宽时窄的地下廊道,其中亦常有地下河道,在地壳间断上升情况下,也可成层分布而成为楼阁式。溶洞分布在喀斯特地貌的地区,喀斯特地貌,是地表可溶性岩石受水的溶解作用和伴随的机械作用所形成的各种地貌,如石笋、石沟、石林、峰林、溶斗、落水洞、暗河、溶洞、溶性洼地、盲谷等等。地面是石骨嶙峋、奇峰林立,这种地貌,构成了神仙洞的洞内景观和洞外景观。

神仙洞洞内景观，主要是石钟乳和石笋。一色洁白，玲珑剔透，整个景况北魏《水经注》描述是："入石门，又得钟乳穴，穴上素崖壁立，非人迹所及，穴中多钟乳，凝膏下垂，望齐冰雪，微津细液，滴沥不断，幽穴潜远，行者不极穷深，而穴内常有热风，火无能以经久故也。"今天无复再有此顾虑，所用为电灯，此句可改为"虽有热风，于电灯无力熄灭也"。新时代电灯的光亮，照明了一个通体洁白的钟乳石洞，也照出了它的千姿百态，这些洁白的钟乳石、石笋自然的行成了宫殿、楼阁、台榭和"多贝之海"、"帝台之棋"、床、桌、厨、灶，及藻井，以及活动在其中的帝王、贵族、高士、老妇、幼女、樵夫、农民等形象，这些天然雕塑的"玉人全像"，从神仙洞口一进入，就能看到形形色色的"龙"（似龙的钟乳石、雪花石），里边有盘龙，有卧龙，有腾云驾雾的龙，有双龙戏珠，都好像是黄帝来问道时所骑的龙群。在此我们不但能听到龙的传说，而且还能行在龙身，尽情的遨游，仿佛我们也成了仙人，要乘龙上天！神仙洞不愧是龙的故乡，龙的世界。在进入洞口约二百米处便可看到千姿百态的钟乳石、雪花石。如"石炕头""石蜂巢""石笋"，还有大石柱称"中流砥柱"等等。在进入大溶洞的途中，有很多关卡，很多大厅，每进一个关卡，就有一个引人入胜的大厅，出现"石牛、石像、石骆驼、石莲花、石塔林、石瀑布群"，比比皆是，每个大厅里都好似一个豪华的大宫殿，不愧是"群仙聚会"的地方。有的似在举杯庆功快乐，有的似在议谋天上天下之大事，有的似在传授道术，有的似在辛勤耕织……真是千姿百态，琳琅满目，一色洁白，给人们带来了纯洁幽静之感，表现了历史的真实和人们的光明磊落。这些天然"雕饰"，既像是黄帝的礼贤下士，也像是广成子的安贫乐道，像玄女的飞行，像玉女的舞姿……长达十里的神仙洞是"上帝司真之天"的缩影，是中华悠久历史的陈列。

神仙洞的外景。是峰林、峡谷、溪流、泉水、池潭、瀑布形成一个自然景区。它的中心是鸡山，登鸡山可以北览黄河，东看日出，和华北平原自然和人文景观尽收眼底。向西和向南看是群山起伏，云雾苍茫，山崖陡峭，大峡谷的石质大多为石英岩，赤色和白色。在这个景点，还有两株已达三千年的老亢树，竹树云烟，景色宜人。尤其是一些岩石，自然形成的形象，鸡山三峰:天然形成了鸡头（或鸡冠）鸡腰和鸡尾三个部分，矗立在神仙洞的东方，表现了"雄鸡一唱天下白"的英雄姿态。向北沿龙溪而下，两山壁立，形成了一个自然的头道大门。"大门"的西山崖看去正是一个身着全服甲胄的武士，俗称大阎王，腰带长剑，庄严肃立，执行着镇守神仙洞区这个光明磊落的神仙群居的洁白世界，给有意来玷污这个洁白世界的人们以严厉的警告："你要来玷污就叫你见阎王。"大门的东山看去是慈祥的老人，表示对善良人们的欢迎。

在这里还有不少的史迹文物,鸡冠山下的一个峡谷叫银巩峪,山崖有明代劳动人民在此采银的遗址。自此登鸡山,缅怀黄帝先业,扩大眼界。过鸡山,便是宋元间义民为抗金、抗元而建的鸡笼寨,俗名马头寨及马尾寨,城址仍在,这个寨为保卫宋朝和当地汉族的势力,使用它和异族斗争了二百多年,直到明洪武元年,大将军徐达来到这里,联合了这个寨主,赶走元王,为明朝打定了江山。

### 五、设想与规划

(1)主题。要表现出下列三种关系。即第一是古与今的关系,古为今用的现实意义。第二是人与自然的关系,即劳动创造世界改造自然的关系。第三是建设与服务的关系,即社会主义的文化建设,为建设社会主义和文化而服务:加强爱国主义,知先王创业之艰难,中国历史的悠久和文化特征,光辉与伟大。雪一般的洁白,表现了中华民族的光明磊落,令人向往。因此,突出黄帝与广成子的关系:黄帝不以帝王之尊,为着治国安邦,修身善行而礼贤下士,前来崆山峒中访问广成子,广成子也以真诚的心情献出《自然经》,黄帝与广成子的结合,完成统一诸侯,创造中国的大业。同时也突出自然与人的关系,山洞的兴云致雨,在科学知识不发达的时代,自然会被人们认为神仙的威力和功绩,于是把这个"灵源"就认为是仙宇,为着农业,盼望着普降甘霖。于是采用一套封建迷信的焚香礼拜祷雨祈福,加高了这个溶洞的地位,而被俗称为"神仙洞",并立碑刻石。尤其在封建社会的没落阶段的元明以降,神仙洞成了一个风景名胜地区,给了它雅号称"仙宇灵源",吸引了不少游人,其中有不少的文人墨客,如崔介石、李煦、李威等等。

经过这些人们的渲染,这个自然构成的溶洞,也就更加神秘,变成了煞有介事的神仙世界,大大提高了它的地位,赢得了十方香火,载上了地方志——《密县志》《荥阳县志》及《汜水县志》。但随着科学知识的提高,神仙迷信的枷锁被突破了,作了科学性的探险,发现了它原是一座洁白的溶洞,琳琅满目,都是自然成形人物、花鸟……看来黄帝、广成子、赤精子、玉女、玄女、王母、白鹿、麒麟、龙、虎……形形色色,千姿百态,都在一色洁白中展示出来了。剔去神仙迷幕,表演出历史的真实,走向人民,以作为游乐的场所,作为这个"自然公园"的中心景点,这是我们开发神仙洞的宗旨。

在这里还需作两点说明:第一,从发展看问题,任何历史阶段,都是由出生——

发达—腐朽衰亡,但新的阶段又都是孕育于旧阶段没落的同时,旧的衰亡和新的孕育是同时存在,而且发生相互的和新陈代谢的关系,中国的封建社会也是如此。它的出生阶段在春秋战国,发达阶段是汉唐,宋元以降入于腐朽,到清末渐渐衰亡。因此,汉代的《史记》中的黄老和宋末张君房的《轩辕本纪》所表现的黄帝和广成子关系是不同的。《史记》中的黄帝和老子多富于人性,但到《轩辕本纪》就"神化"了,到明清就完全成了迷信的荒诞不经,但从本身来说都是为着人民的利益,例如到"神仙洞"拜"龙王"是"荒诞不经",但它们的目的同样是求兴云致雨,以利农业。因此它表现的愿望便是风调雨顺,人寿年丰。正因此,提高了神仙洞的"风景名胜"性,而吸引了今天的探险和兴建旅游区、以利于社会主义的人民福利。这个辩证的关系和连续性,我们在规划主题时,是不能忽视的。

第二,从功用上及时代上看问题。一切看法都是随着时代的作用不同的,都有随着需要而设想的伸缩限度。黄帝、广成子的本身就是在春秋至秦汉间形成的古传说或古神话人物,司马迁作《史记·五帝本纪》时开头说:"太古之事灭矣,属志之哉?"因此,司马迁才从"黄帝始"。因此,我们考窍这个神仙洞为广成子所居,只是就《史记·五帝本纪》及《老子传》和晋葛洪《神仙传》及宋人张君房的《轩辕本纪》的记述而定的方位。如果要说"广成子居的是否就是这个神仙洞?或是另一个?"那就是另待考证的问题,我们只是就这个地理范围历史事件而言。当然也有些是为着加大这个神仙洞的名胜地位而设想,但这个设想从功用上来说是统一的。

(2)分区及游览线路规划草案。以公路为中心,分为东区与西区,东区的景点有古代银巩遗址——银巩峪、鸡山三峰(鸡头、鸡腰、鸡尾)及宋元鸡笼寨(俗名马头寨,及马尾寨)。西区沿龙溪而上,一路是经两对棋峰之间进,另一路登大坝经天门湖、丁沟大峡谷、龙溪大峡谷、古亢树小龙潭、小龙潭瀑布、大龙潭、大龙潭瀑布、饮马池、古鬼谷到鬼潭、神泉(俗名牡牛泉)、神泉瀑布、空山(或孔山),神仙洞在空山石崖下通丁沟,长达十华里(5000米),现已开通四华里(2000米),有六个大厅,我们按照黄帝与广成子的故事,及其有关的历史传说与故事,就在这个内容上,总的洞名可叫"上帝司真之天"的洞天福地。由于它的洞口向东,面向鸡山,和黄帝来的方向一致,因此,这里面的大厅可分为起居厅、迎宾厅、问道厅、万民同乐厅、歌舞升平厅、五谷丰登厅、人寿年丰厅……把里面的自然景况、按像形而定出人物、动物、植物、气象、山水……的动作使吻合黄帝及广成子以来的历史,使炎黄子孙知先祖之创业艰难和中华文化历史悠久与光荣,世代人们的歌舞升平,人寿年丰的来之不易。古人以"神道设教"的用心,破除了过去对神仙们的迷信思想,不只是空山洞(崆山峒)而使其成为人民财源的游乐场所,洞内的气温,令人感到是冬温而夏凉,空气清新,不论冬夏都是保持在15摄氏度左右,既是避暑胜地,也是避寒胜地。

北大门设在大阎王面前,以自然的山势为大门,不加建设,刻上"汜源公园神仙洞景区",南大门可设在自沙堌堆来的公路拐弯处,东区北门自银巩峪入,登鸡山,观大千世界,观日出、日落。东区南门设鸡尾峰下登山。西区大门设在公路拐弯上坡处马庄村头,沿龙溪而入向南大坝至天门池,沿龙溪观山景。向西进神仙洞,全游程可三日,也可选景点作一日或二日游。

此外,还有些围绕着景区开放的服务设施,如旅馆、饭店、茶馆、洗澡、理发、照相以及出售地方特产、小商品的市场区、交通工具等,这些一律由公家管理,个人投资和收益。

(3)进行步骤

第一个三年计划。

第一期(1989年10月—1990年10月)重点工程,修整神仙洞内,但千万要保持其自然面貌,避免作出建设性破坏,争取到1989年底能够架起电灯。1990年底1—2月进行设计,编成各厅的内容和简介,印刷说明材料,培养出相适应数目的导游人员。同时外景建设,也要特别重视保持其生态平衡,重点以天门池的划船和渡船设备、山顶的灯塔和管理处的房舍修建。大门只要刻上字和牌子,不建大门,重点是刻石壁上的名人题字。如大门牌由游寿教授题写,神仙洞由贾兰坡教授题写,鸡冠山、鸡笼寨由高锐院长题字,天门池由日本人相川教授题写,此外于山崖上多刻题字和诗词,沿龙溪至大小龙潭可保持原状,对古亢树两株写说明牌,争取明年"五一"正式开放,即可有大批的收益。

第二期(1990年10月—1991年10月)在此期间神仙洞及天门湖是要继续不停的游览,尤其冬天,洞内气候温暖,游客更多方便,即经费收益是不断的。第二期建设工程,主要建设龙潭及去大、小龙潭,至饮马池、贵潭的道路,以便行人,以曲径(小路)为主,溪两岸大量植树,以柳树、紫穗槐、荆条为合适,争取一年成丛林,造成曲径通幽的景观。溪中可多加坝,贮存雨水,两龙潭加深:小龙潭及瀑布是季节性的,可设法使潭面加大加深,成小水库。在曲径旁摆石桌石凳,沿途修茶亭茶馆、小卖部,以供游客饮食和休息,以供观赏峡谷风光。自龙溪入,从棋盘山下,穿两对棋峰之间而归,白、赤相间的石崖和流泉瀑布,为其中的游览对象,这一期工程至

1991年4月完工,争取5月开放。

  第三期(1991年10月—1992年10月),重点建设东区,首先是银巩峪的古银矿遗址,和登鸡山三峰的道路,以保持羊肠小道的山间道路为主,山间可建亭、榭和小卖部等服务点,山峰上多刻字,山崖、山顶可建些亭台,如观日台,可建在鸡冠山前,面观黄河和郑州一带大平原,似在玻璃罩中的一片绿海,或山间的蜃楼海市,别具风光,取"雄鸡一唱天下白"之意,上可悬大钟,天亮时,钟声惊梦。同时修建去鸡笼寨的道路,可建梯阶的石磴道,对两寨古建筑以保存现状的原则,于其上建一保管所,专事管理。于马头寨门口设售门票处,争取到1992年,全区开放,可供三日游,亦可作避暑胜地,至此"神仙洞景区"即可达到了一个"自然公园"的地步。至于以后的建设,第二个、第三个三年计划,那就是第二步的问题。在这一个景区带动下,氾源公园的其他景点也就都随之而起,到1993年氾源公园这一个世界上最有突出的天然公园(national park)就出现在中原大地,成为国家创外汇的一大去处,每年可引来游人百万以上。这个设想,不是梦,而是现实,那时候初生在这里的儿女们,再也不会见到落后贫穷的旧貌,这个旧貌为新颜代替,它就一去不复返。但主要实现的决定条件是"天时不如地利,地利不如人和"。我相信同志们还是会一致在"人和"原则上去向远大处看——光明前途的设想,如果黄帝、广成子们有灵,他们会为他们的子孙而欢笑。我们一定不负炎黄子孙的这个身份,而在黄帝向广成子问道的地方,把鸡山下一个古来的崆山峒,变成今天有用的神州大地悠久历史的缩影。

  努力前进吧!同志们!

  (李焱红据1989年8月3日荆教授对密县尖山乡全乡干部讲话录音和补充整理)

# 嫦娥与浮戏山

人人见到月亮，都会说到月里嫦娥。嫦娥的故事出在郑州附近一座美丽的山区——古称阳城山，《山海经》称为浮戏山，世为之方山。

嫦娥是古传说中的人物，是美女，是月神，又被俗称为月奶奶，她在古传说中写作常羲（古与娥同音）、姮（古与常同音）娥，或常娥。早见于《山海经·大荒西经》，说她生于"西周之国，有女子方浴月"，又"帝俊妻常羲，生月十二，此始浴之"。在长沙马王堆西汉墓中，出土帛画有嫦娥奔月图。西汉刘安撰《淮南子·览冥训》记载着后羿从西王母处得到不死之药，其妻嫦娥偷吃后，遂奔月宫。后羿是夏初的人物，在公元前两千年左右。后羿是有穷氏，原是西夷的一个首领。在夏太康时，曾代夏政，事见《书经·五子之歌》。原文是："太康尸位以逸豫，灭厥德，黎民咸二，乃盘游无度，畋于有洛之表，十旬弗反。有穷后羿，因民费（弗）忍，拒于河。厥弟五人，御其母以从，徯于洛之汭，五子咸怨，述大禹之戒以作歌。"

夏都斟鄩，居今巩县罗水上游，属浮戏山区西北部。洛是指洛水，河是指黄河。"洛之汭"为洛水入黄河的地方，即今洛口。按原文意来看，则是太康时，后羿已为夏臣而居于夏都斟鄩，他是向北据太康的，使太康五弟及母亲沿洛水而下，到洛口的。此后都是后羿执政，直到少康复兴。《左传·襄公四年》魏绛讲的是"后羿自钼迁于穷石，因夏民以代夏政。号有穷氏、善射"。夏都阳城、斟鄩都在浮戏山区内。后羿代夏政的首邑当然也是阳城山的斟鄩。屈原《天问》描述了他这一段的生活，是"帝（天）降夷羿，草孽夏民，胡射夫河伯，而妻彼洛嫔"。可见他在代夏政这一段时间，他的妻子都是和他在一起，而居在阳城山间。

后夷是西夷人，和嫦娥是同乡。《山海经》说他的老家是"西周之国"。并说在那里"有方山者，上有青树，名曰柜格之松，日月出入也"。又说在那里"有西王母之山"，后羿的"无死之药"是从那里来的，正是常羲（嫦娥）的老家。就此可以看出后羿和他的妻子嫦娥是同乡，又是同来自"西周之国"，同居在阳城山中夏都斟鄩。

至于他们是何时来到中原呢？按《淮南子·本经训》说"尧之时，十日并出"，尧命后羿射掉了九个。可见他到中原的时间远在夏代以前，那么自此算来，到少康复国是约四十年。即他们夫妻在浮戏山麓是度过了大半生。他们的老家叫方山。则这个阳城山——浮戏山之所以"世谓之方山"也就有了来历。《读史方舆纪要》列方山在汜水县。这就不难看出，方山是后羿及嫦娥夫妻共同游乐处。

至于嫦娥与月的关系。从古传说中，嫦娥一出生就与月发生着关系：由"浴月"到"奔月"。《淮南子》记载她能腾空跃上月亮的原因是吃了西王母的"无死之药"。那么，就是说这个"无死之药"是嫦娥能够飞跃上天的动力。因此，"嫦娥奔月"的传说，成为世界讲航天史的首章。即由想象到实现的发展史；由"嫦娥"到"亚波罗一号"；由"无死之药"到"三级火箭"。也是世界航空馆陈列这个主题的起点。

嫦娥与月的关系是逐步发展的。东汉张衡《灵宪》说她到月宫后，变为蟾蜍。这是指月亮中的黑影像蟾蜍一样，并非指的动物中的蟾蜍。李白诗称"蟾蜍蚀圆形，大明夜已残"就是此意。东晋干宝著《搜神记》把嫦娥神话了一番，说她是月神，掌管群仙，察看人间善恶。给予祸福。南北朝梁刘照注《后汉书·天文志》时，把她与月的关系更具体化了。他说："月者阴宗之精，积而成兽。象兔、阴之类，其数偶，其后有冯（意为凭）焉者。羿请无死之药于西王母，姮娥窃之于奔月。将往，枚筮。之于有黄，有黄占之曰吉，翩翩归妹，独将西行，逢天晦芒，毋惊毋恐，后其大昌。姮娥遂托身于月。是为蟾蜍。"隋唐以来，经过很多诗文描述、如唐代诗人李商隐的《嫦娥》诗：

> 云母屏风烛影深，长河渐落晓星沉，
> 嫦娥应悔偷灵药，碧海青天夜夜心。

自此，嫦娥之名，越来越普遍化，又与中秋节结合起来，则"嫦娥奔月"又成了"月饼"的画面。

至于嫦娥最后是怎样离开了方山？是随着后羿的被寒浞所杀，及少康的复国，在有黄为之占卜的说法下，她是"独身西行"了。西行后是否就"遂托身于月"？又是否是登月？这当然是一些不必要认真的问题。但在这个方山上，却有不少以石灰华（为碳酸钙$CaCO_3$的隐晶质集合体）构成了不少大大小小美丽的古代舞女图案，会引起不少人们臆想这里应是嫦娥登月的起点。

（原载《荥阳乡音报》，1989年11月13日）

# 浮戏山神仙洞景区的古今传说及观光线路

**一、地理位置及规划原则**

神仙洞景区,因其主要景点是一个长达5000米的溶洞,俗名叫神仙洞而得名。位于郑州市西南约45公里,属密县尖山乡,交通方便,有其独自的特点和优势,具备着天然公园的条件。我们旨在把它建成一个弘扬中国文化,发扬爱国主义,具有社会主义文明特色的旅游区。因此,在规划上,我们极力反对庸俗、低级的趣味和封建迷信的色彩。

神仙洞是处在古传说中黄帝访广成子的地区,广成子是居于"石室"中的。

应充分利用它有炎黄二帝对中国创建及悠久的传统文化历史特点,和发挥神仙洞景区的自然的美丽景观,给人们以幽静神秘感的作用。因而,黄帝访广成子的传说正与这个大型自然溶洞和美丽的外景结合为一体。

黄帝是中华民族的共同祖先,中国开国之君,是继炎帝神农氏而治理天下。黄帝居于有熊。有熊又名新城,又称新密。神仙洞正处在这个区域的西部,炎黄子孙遍布世界,因此,在设计神仙洞景区时,首先是要着眼于发挥它的优势,以牵动全局,以影响全球。宣传炎黄的创业及其子孙的发扬光大的形象和业绩,是最能引起海内外炎黄子孙关注的大事,尤其在海外的同胞,关怀祖国,寻根求祖而向往中原,寻求观光去处。神仙洞不只是有琳琅满目的内景,而且有不少历史遗迹。如传说中黄帝登临的鸡山,公元前5世纪至公元前2世纪的郑韩长城,宋元的鸡笼寨,以及明代劳动人民采银遗址。加之美丽的自然景观:瀑布、池潭、峡谷、溪流、竹树云烟。和3000年以上的稀有古木——亢树。这一套完整的人文与自然资源的结合,是神仙洞景区特有价值。它可以作用于:凝聚四海炎黄子孙赤子之心,作为宣扬炎黄二帝建国创业的一个强大的精神支柱和发扬基地——大本营,发挥了炎黄子孙的感情优势。促进四化大业。因而,促进实现祖国统一的大业,以炎黄正气,而破除迷信,加强爱国主义教育,以促进团结、安定和热爱大自然及保护大自然的美德。因此,对神仙洞景区的开发和设计神仙洞的本身,就是一个深化爱国主义教育的活动。

### 二、古传说中的黄帝访广成子故事

晋人葛洪著《神仙传》称:"广成子者,古之仙人也。居空同之山,石室之中,黄帝闻而造焉,曰敢问至道之重,广成子曰,尔治天下,禽不待候而飞,草木不黄而落,何足以语至道。黄帝退而间居三月,后往见之,膝行而前,再拜请问治身之道。广成子答曰:至道之精,杳杳冥冥,无视无听,抱神而静,形将自正,必静必清,无劳而形,无摇尔精,乃可长生,慎内闭外,多知为败。我守其一,以处其和,故千二百岁,而形未尝衰,得我道者上为皇,失我道者下为土,将去汝入无穷之门,游无极之野,与日月参光,与天地为常,人其尽死而我独存矣。"

唐王瓘撰《轩辕本纪》:"黄帝自襄城之野,北到洪堤,上具茨山,见大隗君,又见黄盖童子,受《神芝图》七十二卷。适中岱,见黄子中受《九茹方》,登崆山峒,见广成子问至道。广成子不答,(黄)帝退捐天下,筑特室,籍白茅间,居三月方往,再问修身之道,乃授以《自然经》一卷。黄帝舍帝王之尊,托猕豚之文,登鸡山,陟王屋。"

这段故事是在黄帝的晚年,约当公元前2600年,距今4500—4600年[1],按是时的黄帝是从襄城到洪堤这个大岭上具茨山,见的大隗君,按秦以前今襄城县名赫阳,周襄城在今荥阳周固寺,城址尤显遗迹。《汉书·地理志》河南郡"密、故国、有大隗山,溱水所出"。《后汉书·郡国志》有大隗山,有梅山,有陉山,《水经》"溱水出河南密具大隗山"。北魏郦道元《水经注》称大隗即具茨山也,黄帝登具茨之山,升于洪堤上,受神芝图于黄盖童子,即是山也,溱水出其阿,而流为陂,俗谓玉女池,东迳陉山北。"唐《括地志》等书中有称为陂在密县",有的把具茨山和大隗山分为两个,有的合而为一,说:"具茨山就是大隗山。"或说:"大隗山就是具茨山。"再按《山海经·中次七经》大隗山在浮戏之山东南方,陉山在浮戏山的东北方,都是接连的地区。实际鸡山在大隗山的西北邻浮戏山的东南角,相隔是陉山的西端,神

---

[1] 据宋《事林广记》卷二历纪年:黄帝在位100年。当在公元前2748—2648年。则他到大隗山的时间,当在前2680年前后。

仙洞正处在这个地区。

### 三、《山海经》所记的浮戏山与大隗山

《山海经》是完成于战国时代的著作,它集合了古代神话传说的大成,他记的浮戏山及大隗山同见《中次七经》,原文是:"又东三十里,曰浮戏之山。有木焉,叶状如樗而赤实,名曰亢木,食之不蛊。汜水出焉,而北流注于河,其东有谷,因名曰蛇谷,上多少辛。"

"所记的大隗山是大隗之山,其阴多铁,美玉,青垩,有草焉,其状如蓍而毛,青花而白实,其名曰菔,服而不夭,可以疗腹病。"

又说,"其神是豕身而人面,其祠:毛牲用一羊羞,婴、用一藻玉、瘗",这与黄帝"舍帝王之尊,托豭(母豕)豚(小猪)之文"是一致的,至于亢木从唐宋以来,到现在的工具图书,都称为"古木也"。但在神仙洞景区,古亢木就有二十多株,尤其在鸡山东麓古亢成林,则它们不只是珍稀植物,而且是活的"化石"。

### 四、在神仙洞景区关于黄帝访广成子的流传

在神仙洞景区,有一套系统描述黄帝访广成子问道故事的传说,说广成子居住在神仙洞中,进洞的第一个有石炕头、石灶的大坎,就是广成子的住处,在黄帝的老年想修仙求道,来访神仙广成子,不料进洞之后,广成子训了他一顿说:"像你这草木之人,也想来求神仙道术,根本不要你,回去吧。"给他了这个钉子,黄帝不只没有动怒,也没耍他的帝王威风,去罪责广成子。反而退出洞来,顺山向南进了"天门",沿着龙溪进了深山,在一片长满茅草的山坳荒凉去处,筑了一片茅庵,独自一人在里面反省和告诫,坚固来向广成子问道的诚心。在这时候,随从他的群臣和他的妻子嫘祖以及他骑的"八翼之龙""六蛟龙"和"飞黄(龙马)"等等都散在四周保围着他的安全,命两个神荼郁垒把守着北大门,这就是俗称大阎王、二阎王,嫘祖率着她的家属和诸仙女们守在乳头山。因此,留下很多的痕迹:如嫘祖在乳头山上哺育了黄帝的子孙,并将子孙们向她问的事都装在一个大石中,谁要有要求,就敲乳头山前的一块青石,发出清脆的响声,即如愿以偿。至今这块石头仍然存在,名叫灵石。凡是找对象的青年男女,和求子孙的爷爷奶奶、爸爸、妈妈们,和想延年益寿的老年人,都爬上山敲它,心诚则灵。她的大臣们在山上栽种不少的特有

树木——亢树,它的果实吃了不迷惑,识别方向,山中魔鬼邪怪都避开了。龙们是随着泉水活动的,黄帝所骑的龙常来的地方叫大龙潭,"飞黄"走得快,到这里饮水,后人就叫它"饮马池",也叫"黄帝饮马池",为着龙马的平安,把捉到的鬼怪经鬼谷投入最高的大潭中,因而俗称叫鬼潭,大潭流出溪水,叫龙溪,在它的东方水较少的潭叫小龙潭。流水叫小龙溪,嫘祖也是乘龙的,她骑的龙就停在乳头山下,俗名叫龙潭,自上而下:俗称黄龙、黑龙、白龙、青龙、赤龙。形成自上而下的重叠瀑布,飞溅于赤白相间的石英崖谷间,颇为壮观。俗名斗龙沟。水源处四面环山,到处桃红柳绿,竹树云烟。嫘祖们守候在神仙洞上的乳头山,静听着广成子对黄帝的接见信息。转瞬三个月过去了,黄帝的诚心感动了广成子,他传令接见黄帝,黄帝是跪着进去求教的,这一次广成子倒很客气,把他迎进了洞内:随着黄帝们所骑的龙也都进洞,守候在洞口的两旁,在这大约200米的洞穴上,留下了大量龙的形象,有"八翼之龙"、"六蛟龙"、"飞黄"(马形带翼的龙,也称龙马)、天龙,还有一条最大在地上蜿蜒的地龙,都是由赤白如玉的石英岩或石钟乳之类自然形成,布满洞顶、壁和地面,沿着淙淙流水或卧或起……表现了各种动作:我们把这一段叫"飞黄停骖处",他们在这里等待着黄帝和他的随从们。过此有一大厅,在左方有一块石笋,非常形象,端坐在帐幔中的广成子,现身说法,下面一堆石笋也很传神,好像是黄帝在听讲。环顾四方石笋和石钟乳确实像或坐或立的听众,间以祥禽瑞兽,像海、像湖、像山水、像竹树,钟乳下垂,像罗绮帐幔,这一段叫"授道厅"。再前进洞上是"望齐冰雪"的钟乳和成块的石笋、石柱,形成帐幔帷幄,光线好,广成子引着黄帝收到群臣的庆贺,这一段叫"得道厅"。再前进正迎大道是一个石笋形成的宝塔,标志着进入了一个新的阶段。黄帝得道了,这一个厅叫"悟道厅"。广成子又引着黄帝前进,观赏大自然的奥秘:神龟(图一)、龙鱼、大鹏、仙鹤、白鹿、凤凰、角瑞(麒麟)……这一个厅叫"论道厅"。再前进:为"教化厅",万方来朝,万民同乐,呈现着"贝多之海""帝台之棋""瑶池会西王母""飞黄腾达"……黄帝从乳头山西麓出了洞与嫘祖她们相会了。广成子引他折回过了乳头山,走入"石经峪",指给他看《自然经》的刻石,打开一页(插图),教了黄帝看,自是非常欢喜。下来山,两个人又到龙潭岸上着了一盘棋,棋子丁丁然,响彻云霄,后人名他两个坐靠的小山,叫对弈东峰与西峰,中为棋盘,自此同登鸡山,两个又坐在鸡腰峰与鸡尾峰间着棋,登鸡冠峰,观大千世界,远观黄河如带,近看群峦起伏,万谷幽烟,黄帝向广成子一再感谢,告辞要去王屋山,广成子也深深赞扬黄帝不以帝王之尊,为治国修身而礼贤下士的美德,广成子要再送一程,到卧龙台上不胜惜别意。正是:

> 一别鸡山再徘徊，
> 八翼腾飞去复来，
> 轩辕乘龙涉王屋，
> 广成信步卧龙台。

这些流传与古传说是吻合的，显然他们既是古传说的地点落实，又是古传说的演义。

### 五、历代发生在这里的历史事件和遗迹

第一，春秋的郑国在这里建筑与周及韩的防卫线（长城），继之是韩国又建立了对秦国的防卫线（长城），在这里经过不少战争，都见诸《春秋·左传》《国语》及《史记》等文献，余留在这里有南自茶庵、北到王宗店三十多华里的长城遗迹。古鬼即鬼谷子教孙膑、庞涓、张仪、苏秦等学习兵法处。

第二，晋代樵夫王质偷吃仙桃而成仙，回家一看，已过了数世。这个故事，在文献中是有记载的，宋张君房《云笈七签》卷一百十《洞仙传》记王质入山伐木，"遇见石室中有数童子，围棋歌笑，质聊置斧柯观之，童子以一物如枣核与质，令含咽其汁，便不觉饥渴，童子云汝来已久，可还。质取斧，柯烂已尽，归便质家，计已数百年"，他称王质是东阳人。宋《事林广记》称："晋人王质入山，见二童子围棋，质以斧柯置坐观之，童子云斧柯已烂矣，质归，世已百岁。"

第三，传说此地有金山、银山和南蛮子来盗宝等故事，在银巩峪内还留有两个古代采掘银矿的遗址，这和桃花峪的银峒一致，那里有刻石，是明成化年间。

第四，南宋以后，当地地主杨氏为抗金兵元兵，保卫汉民族的利益，在马头山上建筑了"鸡笼寨"，直到元末，寨主杨仲华投降了明将徐达，帮他打走元王，安定了中原。这事见《明太祖实录》，现该遗址仍在，但在马尾山上，明、清又重修过这个小寨，俗名马尾寨。

第五，明清以来，传说神仙洞中住着两位大仙，一个叫古偭，一个叫比何，（见《密县志》），古偭显然是《山海经》所记浮戏山的猪身人面的山神而变来的。即"上古面目"又"何所比"之意。

第六，神仙洞自明清以来成为农民祈雨的对象，加之美丽的自然环境，又成了文人雅士游乐之所，称为"仙宇灵源"，他们作了不少诗词文章来描写，提高了这已经取代旅游价值，录其诗五首。

### 仙宇灵源
#### 清·崔介石

十洲何处问神仙,悟彻天机在眼前。
指下能令霖雨降,感深不倩箓符传。
座中环佩神应寄,世上风云帝少权。
自是灵源随地涌,瓣香处处证玄诠。

### 仙宇灵源
#### 清·李煦

绛阙瑶台未可知,步虚曾此驻灵旗。
会从西母分琼液,何必南溟蘸柳枝。
活泼真源随感应,渊沦惠泽及时施。
云车风马胆环佩,楚岫荒唐空梦思。

### 仙宇灵源
#### 清·李威

二妙壶关产,紫团道得传。
云车来虢地,山麓显灵泉。
指下水称圣,源深雨是仙。
甘霖随祷沛,人不患无年。

### 沁源春·春游灵源山
#### 清·张朗生

风细细,水盈盈,幽岩垂柳线,危岭响松声。山房云锁花飞面,长啸春归谁伴莺。

### 登卧龙山远眺
#### 清·许敦勉

惠风和畅暮春天,屐齿能轻百尺巅。
修竹烟浓环翠峪,繁花日丽锦阳川。
闲寻处士藏书屋,待唤骚人载画船。
遥望五云看不厌,千峰林立绕窗前。

第七,在陈继儒著《香案牍》列仙七十二人有"嵩华松下古丈人一,女子二,曰老人秦之役者,女官人,合为殉,幸脱骊山之祸匿此"。按所指地,当在丁沟。颇似桃花源故事。

**六、主题与副题**

这些传说表现的思想性是健康的:

从古传说黄帝访问广成子的故事来说,既表现了广成子的安贫乐道,对学以致用上的认真,绝不因帝王之来而阿谀。也表现了黄帝不以帝王之尊,为着治国,修身而礼贤下士,并没因广成子"不理"怪罪。这种精神和态度都是可贵的。在封建时代由于自然经济支配和对自然认识水平上的限制,认为兴云致雨是龙神的作用,是洞仙的灵验,这符合历史上"以神道设教"的规律,并不是迷信,这些传说与自然环境的结合,既成了一个险要去处,为英雄豪杰们的据守,保卫过郑、韩两国的安全,也保护过汉民族政权的利益,又为兵法的发祥地,又关及朴实神态的矿工、樵夫、农民所居,表现了中华民族的悠久历史和先祖的美德,劳动人民的智慧创业,以及不屈于异族统治,顽强斗争的民族气概。这个思想性是正确的,遗留下丰富的文化史迹和伟大的美好榜样。加上自然地貌的总和,构成了这个景区在开发第三产业上独特的优势。

因此,主题是黄帝访广成子的传说。副题是历代传说及历史事件。

**七、观光的路线(另附,图略)**

至于传说与各个实物资料的具体落实,作为旅游路线,我们初步打算:分观光为三个路线。

中路:突出黄帝"籍白茅间"的一段,(皇帝退居处)沿龙溪峡谷西岸向南,进入神仙洞景区,在大门上首先看到守山门的是两个自然生成的石武士,头戴盔,身穿甲,腰带剑,面向大路,非常逼真,俗称大阎王、二阎王。按《轩辕本纪》说他是"神荼郁垒"为黄帝镇守山门的卫士。自此向南到马庄口,仍沿龙溪前进,经天门、登大坝、渡天门湖,可以划船也可以游泳。此南景点:包括岭南峡谷,其上为"疑是银河落九天"的大瀑布(季节性),入冬则形成万里冰封的北国风光。南为龙溪峡谷,沿溪而上行,由龙脊山分为二,向西游砾石涧至白茅间(即传说中黄帝退居处)。西至大龙潭及龙潭瀑布,攀援而上,入约一公里长的古鬼谷石英岩峡谷。沿溪行至黄帝饮马池,有一个高达60米的大瀑布,再上至鬼潭,又一大瀑布,自此绕道上山观云海或者原道下山皆可,再至白茅间,过大龙潭,登山向东行经古亢第一株,下山入小龙溪,向东南至小龙潭,小龙潭瀑布(季节性),登山至棋盘,穿对弈东西两峰间,羊肠小道,曲折北返,至天门湖畔。愿乘船者乘船,能游泳者游泳,愿沿岸边小径而至大坝也可,下坝至马庄,有汽车,有毛驴,有花轿,有旅社,有饭店等一切服务设施。以上为一日游。

西路:突出嫘祖在黄帝退居期间。她们守候在这里(嫘祖候帝处),及广成子授黄帝《自然经》的事,沿南岭(北麓)而西行,观神泉及神泉瀑布,再前入神仙洞。但入神仙洞游览,必须控制人数,每隔20分钟进20—25人,每日不超过500人。由一个讲解员负责带入,游客需遵循一切制度。因此,进洞前需到负责管理的地方登记,另购入洞票。等候安排进洞时间。洞长共5000米(十华里),现已开通有2000米(四华里),六个单元:一处、五厅,需三小时,现仍得从原口出,出洞向西,登山至石经峪,参观《自然经》卷的石刻,看娘娘(嫘祖)上山骑的马蹄痕迹。登东乳头峰,沿岭脊西行至西乳头峰,敲灵石,老人可延年益寿,青年找好对象,中年求子孙。自此下山,经丁沟(桃花源)结合古丈人的一段故事,至传说黄帝在洞得道后出口。至龙潭及龙潭大瀑布,至此,原路回马庄或者经斗龙沟下山,再参观五个潭,五个瀑布,宿庙子也可,又足足一日游。

东路,突出黄帝登鸡山的一段(黄帝登临处)包括银巩峪——古采银矿遗址,黄帝登临处的鸡山三峰,明大将军徐达收服杨仲华的鸡笼寨。再东至蛇谷(明《徐霞客游记》行经地)观看盘绕起伏于山峦的春秋战国的郑韩长城遗迹。最美丽的景观是鸡山观日出,和远观黄河、近看起伏的山峦。下山至石经峪古亢树林,亦自马庄出发,备有导游员,备有脚驴和小轿,如果想在鸡山观日出,山上备有食宿处,如果只游至马头山上的鸡笼寨,可返回马庄乘车或住宿。如不折回,前进观长城,可至荥密公路上,或南至石坡口,或北至荥阳听便,这也足一日游,这个地区的景观,大多见明《徐霞客游记》中。

共三日游,可以选其中之一作一日游;或选二处作二日游;听便。另示意图:

(本篇系荆先生未刊稿,1990年4月18日作于郑州大学)

# 黄帝文化及倡建黄帝文化学会的旨趣

同志们：

我今天讲话题目是《黄帝文化及倡议建立黄帝文化研究会或学会的旨趣》。打算谈谈下列六个内容，第一是黄帝文化的意义。第二是黄帝文化的自然科学基础。第三是云崖宫及《风后八阵图记》碑的特有价值。第四是黄帝文化的特征与特性。第五是我们为什么选定会址设在今密县。第六是黄帝文化研究会的任务和使命。抛砖引玉，以就教于同仁。

一、黄帝文化的意义：

黄帝文化（Yellow emperor culture or civilization）是指黄帝作用下构成的一种特定文化形态和总结。文化（culture）是人类劳动创造成绩的不断总结和总和，历史就是文化史，包括它有关的过程，事物以及其属性发展，演变的因果和规律。恩格斯把文化发展的历史分为三个时代，即蒙昧、野蛮及文明，又各分为前、中、晚三期。文明史孕育于野蛮时代的晚期，因为它总结了过去人类数十万年的劳动经验和成绩，结束了"结绳记事"进入符号等原始书契纪事的手段，而奠定了一切的制度，构成了国家制度的雏形。恩格斯是以铁在生产工具和生活用具的应用作为文明时代的开端。至此文物大兴，国家由原始的体制进入了完整的体制。在历史上作出不少的追忆和编写。中国铁在生产工具及生活用具上的应用，是从春秋和战国时代开始的。不可否认，此时已是文明时代。文物教化大兴，诸子百家齐出，继承夏、殷、周三朝之盛，追溯先王先帝的基业功绩。而及于三朝之上，又向前追溯了四百多年，即旧史上所称的三皇，五帝。皇是大、远、久的意思。帝是最尊的神，一般称天帝，上帝。皇字和帝字都出现在殷周文献。如《易经》《书经》《诗经》以及甲骨文和金文中。但这个皇帝还没有构成一个名词，和春秋以降的"黄帝"是两回事。更不是秦代统一中国之后的"皇帝",这是三个概念。到汉代对三皇五帝的看法,司马迁说得好:"太古之事灭矣,属志之哉。"因此在《史记》中,他总结了春秋战国及秦汉间古传说作《五帝纪》,是"自黄帝始"。这是黄帝事绩最早有系统的追忆,而所反映的春秋至秦汉间一般所称的诸子百家们对古史的追忆。因此,渗入所谓黄帝业绩有最大成分是中国文化史黄金时代的光辉。黄帝名字出现,始见于春秋战国时代(前700—前210)的文献。各个族姓都认为他是祖先,如附表(略)。《国语·周下》说:"夫亡者,岂繄无宠,皆黄炎之后也。"汉人的注解,此黄炎是指黄帝与炎帝而言。马融作《广成颂》说:"自黄炎之前,传道罔记,三五以来,越可略闻。"战国时代诸子百家的盛兴、在中国文化史上称为"黄金时代"。黄帝和老子并称黄老,为道家之祖,汉王充《论衡·自然》篇称他是"贤之纯者"。对黄帝作了肯定性的评价。

至于为什么称黄帝？黄是颜色,《易经·坤卦》说:"天玄而地黄。"阴阳家把五行的五方以土是黄色,土居中,故以黄为中央正色。因此称"主管中央至高无上的大神"叫黄帝。当时所称的中国,如《周书·梓材》"皇天既付中国民,越厥疆土于先王"。《诗经·大雅·民劳》称"惠此中国,以绥四方"……他所指的中国显然是"中原""中土"或"一国之中",自称曰:"中华"或"华夏"。他的任务是:"以绥四方。"四方的人群称"夷、狄、蛮、陌"总的概念称"天下"。即邹衍以为儒者所为中国者,于天下乃以八十一分居其一耳。中国名曰"赤县神州"。(见《史记·孟子荀卿列传》)黄帝是华夏的天帝,因此正统的唐虞、夏、商、周都称黄帝是他的祖先。各代封的诸侯及战国各中央集权王国也称是黄帝的子孙。各边疆居民,为崇尚华夏文化,也称是华夏子孙,如楚、吴、越、猃狁、三苗、匈奴、西羌……因此,当时所称的天下,又皆与黄帝是弟兄,炎帝是黄帝的弟弟。二是说他是黄帝的臣,即君臣关系。但炎帝的氏族与黄帝的氏族是世世代代为婚姻。因此所有的"天下"人们又都黄炎并称,称为黄炎子孙。第三个是秦汉之后出现的,说炎帝是黄帝前面的一个统治者,是黄帝以武力夺取了炎帝的政权,这样就把《国语》中的"黄炎"改成了炎黄。炎帝是居在许昌,原来的许昌在今许昌的西北,是属于颍水流域。颍水东源出阳城山,即浮戏山的西南角。炎黄二帝两个氏族的活动地区是接近的,炎帝的最大业绩是在农业上的创造,奠定了以农立国之本,为建立国家开创了基础。这与黄帝的事业,从发展关系上来说,是一致的。从周秦各国的姓氏来说,又都是炎黄后裔。我在《中华民族之氏的结构》一文中,曾列过一个表,现摘录作参考,如附页。因此,所有的中华民族,都是炎黄后裔。

在这里需要谈一谈"民族""种族"及"人类"的涵义,往往因此引起不必要的误会。不久前一位苗族的首长，就反对中华民族的说法，说他就不是中华民族。因而也反对称"台湾同胞"和举世的华人都是炎黄子孙。这是对这三个名词混称的结果。这是三个不同的概念。

民族(Nation, Nationality)，不单纯是血统关系，血统关系叫姓、氏、宗、族、种。泛指历史上形成的，处于不同社会发展阶段的各种人们共同体。如汉族是由汉朝而来。中华民族是包括人们在中国历史上形成的一个有共同语言、共同地域、共同经济生活以及表现于共同文化上的共同心理素质的稳定的共同体。马克思主义认为是一个历史范畴，有其发生、发展和消亡的过程。

"种族"(Race, Racial)主要是血统关系。种群，亦称群体。分布在同生态环境中，能自由交配、繁殖的一群同种个体。"人种"(Ethnie group)也称种族，指体质形态上具有某些共同遗传特征(如肤色，发型，血型)的人群。这些特征是在一定的地域内，长期适应自然环境而形成的。分蒙古种、欧罗巴种、尼格罗种三大种。各人种间，在形态上和血型频率上虽有一定区别，但无明显界限，而且有逐渐过渡现象，这说明全世界人种在生物学上同属一个物种，而且有共同的祖先。但不是民族，也不是种族。

"人类"。属灵长目，经劳动创造改造了本身的结果。因此他包括文化史——社会发展史。分文化人类与体质人类。

我们所指的是"中华民族"这个名词和"中国民族"是两个概念。前者是中国历史所形成的，后者是在资本——帝国主义出现后所出现的。中华民族是炎黄子孙，中国民族就不一定完全都是炎黄子孙，有些竟是帝国主义分子的后裔，或者是流亡到中国来的人们(如白俄……)由于这些概念上的混乱，才出现了如前述到的一些不承认苗族是炎黄子孙，不承认台湾海峡两岸的人们是同胞，反对称所有华裔都是炎黄子孙，是不可分割的同胞们的说法。我在《西北民族研究》一书中在讲述了中华民族都是炎黄子孙后裔，总结列了一个表，附录于此，作参考[1]。

总前所述，黄帝的事绩和形象也是随着中国的历史发展变化而发展变化的。因此黄帝的时代分为三大段，第一是传说中黄帝的本身时代，约当公元前2500年—公元前2700年间，即距今约4400年—4600年。即传说时代的黄帝，是古时代的人主。第二是始见于文献的时代，即加工"黄帝形象，及业绩"的春秋战国时代(前700—前200)，因而黄帝具备了双重性人格：即一个是人主性的一代君王，另一个

---

[1] 荆三林著《西北民族研究》，建国编译社出版社，1942年1月。

是道家者流的圣贤(黄老)之术的道长。第三段是唐宋之后。黄帝由人而神化的开始,既不否认他的人君地位,也要把他置于神仙范畴。代表文献有三个,一是司马迁的《五帝纪》,突出他的人君地位和业绩,以及他与三代的天子、诸侯及各族姓的关系。二是晋人葛洪的《神仙传》,他就成了一个热心求道修仙的人物。唐王瓘总合了唐代以前及当时的有关黄帝传说和记述,而撰的《轩辕本纪》中,既突出了黄帝的才智、文治、武功、创制及教化,也突出了他的热诚求道和登仙。第四段是宋元,逐渐由人而神仙化,成了道教的教宗。第五阶段是到了封建时代腐朽没落阶段的明清,终于使黄帝成了"荒诞不经"的一个"上清宫"居中坐的偶像。总之,黄帝自始至终都居于历史的主要地位,即一个特定形态和性能的文化主导作用的地位。就此来说,黄帝文化的特定价值是:1.是源于中土,发展于中土,代表中土的文化。2.既表现了中国的创建的初期,也表现了中国文化史上黄金时代光辉的文化。3.是华夏文化。4.是中国历史上的正统文化。5.是中华民族所共有的文化。6.是代表中国在世界文化上起推动作用的文化。因此,在空间上它不是地方性的文化,而是属于世界性的一种文化。在时间上它不是代表那一个时代的文化,而是和中国历史的时间共进的文化。自有其过去,现在,也有其未来。

## 二、黄帝文化的自然科学基础

我们进一步肯定黄帝文化的科学性能,和它的普遍性及永恒性。不只为中国的科学文教奠定了基础,也为世界的——现代科学技术作了主要的历史因素。黄帝的创制主要理论根据是《易经》和"八卦"。在唐王瓘撰的《轩辕本纪》里述说黄帝的创制情况。1.黄帝首先据伏羲氏卦象,作八卦又重为六十四卦,成《归藏》亦称"八索、九丘"。2.取☰(乾)、☷(坤)天尊地卑之意,定国家制度与教化,并作冠冕,定服制。3.据(风水涣)之理作舟楫(水上交通工具)和陆上交通工具的车。4.根据雷山小过做乘马,服牛(利用兽力参加生产劳动)。5.根据地火明夷作灶,改生食之弊为熟食。6.根据火泽睽作武器弓、矢。7.根据泽雷随筑宫室。8.根据雷天大北(☰)筑城邑。9.据乾为天之理造文字,以代结绳记事。因而创制天文、地理、医学、兵法,无不根据八卦,《易经》的原理而使中国历史划时代进入了文明之域。

什么叫八卦和易经呢?八卦是以八种物质元素的代表符号,以"一、--"为基本符号,即☰(乾)代表天、阳、大、善。☷(坤)为代表地、阴,与阳相对。☵(坎)代表水。☱(兑)代表泽。☲(离)代表火。☴(巽)代表风。☳(震)代表雷。☶(艮)代表山。《易》是讲述这八类物质元素普遍存在的组织结构、动态、现象、变化、关系、作用、方法,及其因果关系、新陈代谢的发展等等的原理和规律的著述。以一(太极)为基本单位,大到宇宙是一个体、小到一个细胞,也是一个个体。在这些各个基本的体中所存在事物的组织、动态、现象、变化、关系、作用等都是同样的存在。因此易之原理既可适用于大到一个宇宙,也可适用于小到一个细胞,甚而到质子。也可以把《易》理适用于人事,大到一个国家,小到一个蚁,建立了治国和治人(包括医学)的科学。因此易理是普遍的存在,而八卦这些符号也随着易之普遍的应用而普遍的存在。用现在的话说,《易经》是最早的一部自然科学通论或物理学通论,又是一部自然辩证法。

易之名义,汉代郑玄的解说是有三,一为"简易",二为"变易",三为"不易"(永恒的不变)。我在1942年的《益世报》上作为星期专论发表过一篇《易之名义及源流》中有如下的一段解释,将来我复制下来,寄给同志们做参考吧。

《易》是讲事物变易,既发展及演化原则的著作。变易,没有一刻停止,但它有一定的规律,如白天黑夜,春夏秋冬,时时在变。宇宙间的万物,由无生物到生物,有机物和无机物,从石头到人,也是常常在变化,"变易"是宇宙的普遍现象。讲这种"变易"法则的书,叫《易经》。它的五个变异规律是:

A.生克相对。既存在是相对,时时不停的相生相克。即"矛盾"。

B.新陈代谢。矛盾着发展。

C.物极必反。否极泰来,乐极生悲。

D.物质不减。量和质的变异。由量变到质变。也有质变到量变。

E.因与果的相互作用与存在、相互推进。向前不停的发展。因此,《易经》的原理宇宙万物只有前进无后退,只有动而没有静。

《易》讲宇宙之变易。变易的起点,它的符号是——太极,无极。(A)宇宙万物的成为气。(B)宇宙变化的因由是气的阴阳。(C)宇宙变化的程序是:"易有太极,是生两仪,两仪生四象,四象生八卦。"(系辞上,第十一章)《易经》代表这种变化的程序,用图形做代表。图形称为"体",卦的图形称为"象"。卦的"构成素"称为"爻"。卦的解释为"辞"。以此,而看待和处理质量、时间与空间的种种问题。

因此在易经八卦中所显示的变易程序如下图。

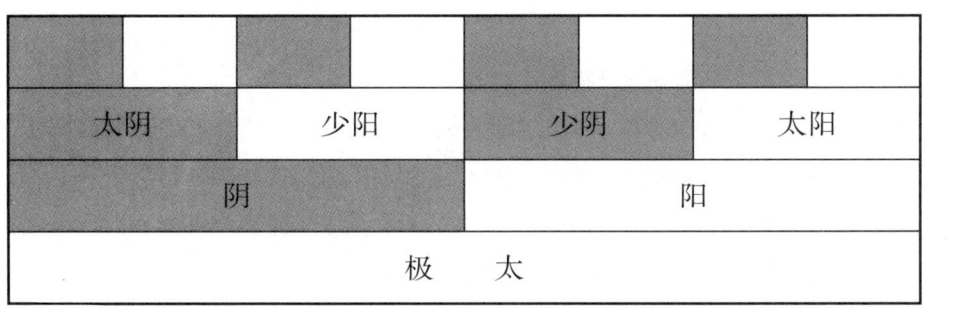

　　八卦数字是二进位制。变易是按照数字的程序来表示,因而八卦、复卦为六爻(如泰),演成了六十四卦,如乾(—)作为单位,再进而断成坤(- -),迭为八卦,演为六十四卦,以至无穷。因而创造出二进位制,即"一生二,二生三,三生万物"。德人莱布尼茨把"—、- -"改以用1和0两个为基数,按照"逢三进一"的规则进行计数,用不同的进位制法示出来的同一个极值,其形成则是完全不同。例如十进位制的九,每于二进位制则为00001001,十进位制的119等于二进位制的1110111,同样是9,用十进位制表示是一位数,用二进位制表示则为四位数。因此,八和九两个数字在《易》中都是表示作为科学技术及一切文化的、物质的最大数。直到今天,为发明创造电子计算机打下了计算方法基础。

　　汉代之后八卦的学说起了变化,与五行相结合到算命的方法。任何事物都有其始、盛、衰的三个阶段,汉代的《易经》八卦加五行。五行是汉代学者搞的,以金木水火土,五种元素合成宇宙万物,到宋代心理学家周敦颐作太极图,他的公式便成了宋代的理学基础。太极而无极,太极生阴阳,阴阳生五行,五行生男女,男女生万物,因而把五行作为了五种变化。

　　明清以来的《易经》,八卦的使用价值变化,由科学的根据,变成迷信的工具。至"于六爻卦"占命,再配上天干地支,加上人事,父、子、官、兄、妻(财),去占卜吉凶。虽始于北宋之末,盛于元代,到明清越来越奇。这更不属黄帝文化的易经本质之范畴。由质变到量变,则性能的全部变化,所以明清时期的易经八卦虽然形式上是与古代一致的,可是能动性上变了。宋代邵伯温——元代末的刘伯温,两个"伯温"把易经八卦的性能全变了。由科学的"八卦"的变易之学(动的哲学),变成了庸俗的迷信玄学。把八卦的活的能动性,变成了腐朽的"算命术"。根据易经"物极必反"原则,腐朽的东西需要彻底的否定。到新的时代中,我们对传统的东西,要根据"批判的接受"原则,接受原有的进步面,批判其腐朽的一面。不能把算命先生用的八卦阵去看待黄帝文化中的《易经》八卦,《易经》八卦是黄帝文化中科学理论基础和法规。

最后谈谈《易经》八卦在世界科技史上的地位。

明末,法人金尼阁(Nicolas Trigault)译《易经》为拉丁文,作传教的参考。以《易经》的哲理去解释宗教学说,作侵略中国的手段,但却为西方科学界所注意。后来通过德外交官卫礼贤(Riehaod Wilhelm)更把易的变易三原则传到柏林大学,形成了西方的原始自然辩证法,以后发展成为自然辩证法。

18世纪30年代,法人宋君荣(Antonius Goubil)译《易经》成法文,19世纪由颜赛芬(S.Gouvreur)等十多人或译法文,或译成拉丁文,组成《易学》的研究组织。英国传教士利亚格(Jam.S.Leqqe)译成英文,荷兰的Henri Borel、Duy、Dam、Dak等译成荷兰文。Maqa Milcinskl译成俄文,南斯拉夫文。一时有意大利文、丹麦文、西班牙文……的译本。是时在欧洲正是现代科学技术出生的时候,首先为德国莱布尼茨(Wilhelm Leibniz)等,他们接受了易经、八卦的进步面,发扬了进步面。首先根据易经卦象组成爻——、--用1、0代替,写成《论二进位制》的论文,白晋(教士)更以《伏羲六十四卦次序图》和《伏羲六十四卦方位图》一律把— --改成1、0,把六十四卦写出,以至无穷。充分阐述了"一生二,二生三,三生万物"的原则。这个工作给计算机的创造打下了基础,因而成了发展旧的天文学、生物学、物理学、电子学、心理学、化学、地质学、机械工程学等现代科学的基础。直到近代新兴科学,如《仿生学》《生物工程学》……它的原理作了充分利用,及实用于战阵、攻防等等指导。黄帝的八卦,成为现代科学技术构成的因素,也是推动力量和原则,而成为世界科技史的主要一环。英人李约瑟的《中国科技史》讲了它,我们在《中国生产工具史》特别突出它的科学技术原理和作用。

### 三、云崖宫及《风后八阵图碑》的特有价值

云崖宫是汉唐以来的皇帝在风后拜将的地方修的纪念性建筑物,它表现了后人对皇帝拜风后这个历史事件的敬仰。八阵是在布阵兵法上的理论,包括天时、地利、人和,也就是包括天、地、人的各种重要因素。"风后八阵图"是阐述了继承八卦的科学思想而制的阵式以图样表示出来,是黄帝文化运用在兵法上的一个重要的历史物质资料,因而它的价值不只是一个历史文物,而且是表现了它在兵法发展史上承先启后的划时代的一件大贡献。有重大的科学意义,因此,密县的同志对于云崖宫及风后八阵图碑的发现,这是一件重要的事体,而且有其特殊的价值,在

兵法史上也立了一大功,也为黄帝文化的世界性放出了一大光辉,为我中华民族所欢迎。因此在这里我打算谈谈下列几个问题:第一个问题是,在《史记·五帝纪》和唐《轩辕本纪》两个文献所记黄帝在得风后的时间次序上的不同。按《史记·五帝纪》"举风后,力牧,常先,大鸿以治民"。是晚于"与炎帝战于阪泉之野,三战然后得其志。蚩尤作乱,不用帝命。于是黄帝乃征师诸侯,与蚩尤战于涿鹿之野,遂擒杀蚩尤,而诸侯咸尊轩辕为黄帝"之后,然后到大定天下的时候,"才举风后,力牧,常先,大鸿以治民",即根据《五帝纪》来说,风后的出现,是在天下大定之后。《帝王世纪》"黄帝梦大风,举风后",也是在天下大定之后。至于在《轩辕本纪》及云崖宫《风后八阵图碑记》所记载却是黄帝举了风后后,才剿灭的蚩尤与炎帝,起了一定作用。汉代的文献说在先,唐代文献说在后。那我们要按照前一个,那就是说,风后对于平炎帝和平蚩尤都是没有功劳的,要按照后一个,风后在平炎帝和蚩尤上都建了很大的功劳。这两者,是有很大的区别,这个区别是不是对于《风后八阵图》有一个不同的评价呢?我们认为,它的原因是:由于《五帝本纪》和《轩辕本纪》两书出现的时间不同,所以记载的先后各有差异,记载的次序也有差异。但这是古传说,古传说的时间本来就没有一定,那么我们可以得出这样一个结论:即使说黄帝的风后不在平蚩尤之先,而在其后,是不是说就没有价值的呢?不是这个样子,即使不在平炎帝和蚩尤之先,而是已经天下大定,为着治理国家,保卫了黄帝的天下,这个功劳也是相当的大。再者总结其精华,吸取其中的经验,而构成一部"八阵图"的书,这个原理也就从上面而来。就这一点来说,风后、力牧等也是在定了天下后而完成一切文治与教化上,建立过很大的功勋。其次,风后在黄帝兵法中的作用,运用八卦的原理与兵法上,奠定了中国兵法"八阵"的基础。再次之,谈云岩宫名字的来源与地位,云岩宫是根据黄帝以云纪官而命名的,《轩辕本纪》说,"帝以景云之瑞,庆云之祥,即以云纪官,官以云为名,故有缙云之官。于是设官分职,以云名官,春为青云官,夏为缙云官,秋为白云官,冬为黑云官,帝以云为师"。封官的地方称为云崖,因此后人在云崖地方建的黄帝庙叫云崖宫。黄帝受国于有熊,袭封君之地。云崖宫所在地是有熊国所在,即黄帝治绩所表现的地区。黄帝于此建立了国家的政权、制度,因此云岩这个地方建立的黄帝庙,后人叫它云崖宫,其意义是很大的,它表现了黄帝文化的中心的地点。进一步再评价一下云崖宫《风后八阵图碑记》首先应从"八阵"谈起。必须先说明"八阵""八阵图"及"八卦阵"是三种完全不同性质的事物。"八阵图"来源于"八阵","八卦阵"是元明以来产物,一般是道士们用于丧葬道场,是属于封建迷信,不能混称。"八阵"见于《孙子兵法》,是孙膑所著。根据最近在山东云雀山出土的物证,本书所载的八阵,是"大陈"(古阵字)的意义,八是二进位制的大数。所指的是上、下、内、外、胜、败、生、死。它重点论述的是:以道制胜的原则。

在《孙子兵法·八阵篇》说:"孙子曰:智不足将兵,自恃也。勇不足将兵,自广也。不知道数战,不足将兵,幸也。夫安万乘国,广万乘王,全万乘之民命者,唯知道。知道者,上知天之道,下知地之理,内得其民之心,外知敌之情,阵则知八阵之经,见胜而战,弗而见静,此王者之将也。

"孙子曰:用八阵战者,因地之利,用八阵之宜。用阵三分,海阵有锋,海锋有后,皆待令而动。斗一,穿二。以一侵敌,以二收敌。弱以乱,先其选,卒以乘之。敌强以治,先其下卒以诱之。车骑与战者,分以为三,一在于右,一在于左,一在于后。易则多其车,险则多其骑,厄则多其弩。险易必知生地、死地,居生击死。"

孙膑之学出于鬼谷子,鬼谷子居鬼谷,现在我们看一看鬼谷是在什么地方?鬼谷子在历史上很出名,是居于阳城山的,至于阳城在什么地方? 在秦代以前的阳城指的是浮戏山。当时的登封告成叫"颍"。汉代置阳城县、治颍。而阳城山属阳城县,属三川郡。所以在秦代以前的阳城是浮戏山。鬼谷子的时间是在春秋晚期到战国中期,孙膑的时间是在魏惠王或齐威王的时候,到孙膑为帅,进攻韩赵时,以至大败魏师于马陵,杀庞涓的时候是在齐宣王三十二年。那么他就学于鬼谷的时间仍然在郑君乙的前后。正当孙膑、庞涓二十岁左右,在此学习,是时的鬼谷仍然属于郑。可我们指的鬼谷子是汉代以前的,而且是春秋战国时代的鬼谷子,那么说他教孙膑的时间是在春秋之末,战国的初年。这个时候的阳城指的是阳城山,是今密县的尖山乡。还有一点,就是它的军事建设——长城出现。因为春秋时候,从春秋昭公二年称"阳城天下之险也"。到郑与韩的战争,大部分是在郑的阳城。那么当然这个阳城必然居在这个地方,此地不仅是险地,自古以来是兵家必争之地。那么鬼谷子的学问是理论与实践相结合的,使学生们的军事学习也得天独厚。这是与现存长城遗址接近地区的自然景观形成了八阵的理论基础。它的基本原理一个是智,一个是勇,一个是道。那么就是说孙子兵法中的八阵是原出于今密县阳城山(浮戏山、方山)。

进一步谈谈八阵图。在《汉书·艺文志》有《风后兵法十三卷附图》,可见八阵图是很早就有了,而是与风后有关。

八阵的出现及八阵图说出自汉,指古代兵书的八种阵式。汉班固《封燕然山铭》注(梁)称:方阵,圆阵,牝阵,牡阵,渲衡阵,轮阵,浮沮阵,雁行阵。"《三国志·诸葛亮传》:"推兵法,作八阵图。"关于其遗址有说:1.在陕西沔县;2.四川奉节;(上皆见北魏《水经注》)3.四川新繁,见宋《太平寰宇记》。宋王应麟说:诸葛亮的八阵图是洞当、中黄、龙腾、鸟飞、折冲、云翼、握机、连衡等。究竟八阵图是什么样子? 从无见过。唐人独孤及作《云岩宫风后八阵图碑记》记述了风后八阵图的来历,肯定了它的重要地位,它的八阵图有这样两个特点:第一根据地形作了概括,第二风后八阵图是总结古代的八阵原理,为此后的兵书中的战阵作了指南。《宋史·艺文志》出现一部书叫《握奇经》又名《握机经》。《握机经》的著者写黄帝臣风后撰,汉公孙弘解。但是《握奇经》既不见于《汉书》,也不见于《隋书》,也不见于《唐书》。始见于《宋史·艺文志》,其全部内容是抄唐独孤及的云崖宫《风后八阵图碑记》。宋代王景云著《诸葛武侯全书》引唐代孤独及的八阵图记,说是诸葛亮的八阵图。

宋代高以孙著《子略》,说《握机经》是马隆撰。清朝康熙《密县志》选有"八阵图",但这个八阵图是录自明本《诸葛武侯全书》。

我们应该肯定这在黄帝创制封官地方建的云崖宫及风后八阵图碑记,和独孤及写的内容,它既总结了过去所有"八阵"和"八阵图",也开创了唐宋以后诸如《握奇经》和《诸葛武侯全书》的八阵图,也成为唐宋以来兵法的依据,应用于战阵,因此对在云崖宫发现的《风后八阵图碑》不只是有其重要的文物价值,而是一个起到承先启后作用的兵法史料价值。

**四、黄帝文化的特征和特性**

这是一个很大很多内容的问题,在这里我们不能详谈,只是能指出来两点。第一点,构成因素:包括地理因素,如中岱、黄河、气候、地势、物产和历史因素,包括黄帝文化的历史基础,以及它的影响所造成的文化性能。我们应当是这样的看待黄帝的时代:一个是人格化的时代。包括传说中黄帝的时代和制造黄帝文化的时代。另一个是神化后黄帝的时代,在这里我们先谈一下他的地理因素,先说中岱(中岳)易经是艮为山,是"止也",即不可动摇的形态,具有刚健性和"一览众山小"的高尚气概。第二个因素是黄河。表现在它的跳动性,邵永诗说它"西到昆仑东到海,其中多少不平声",表现了光明正大的正义感。肥沃适宜于农业发展,所以世界上的农业文化都是发生于大河流域。黄帝文化得河洛之间的地气,有登上中岱,可以"一览众山小"。往下去是黄河,又处中下游大地平原,又是平原与山地接壤的地方,是起中枢作用。这个地方气候平均性,还有一个特点就是它的气候折中南北,是中和的,中国的一年四季,二十四节气,只有这个地方比较中和。还有黄河源远流长,既表示了它的持续性,又表示了它的永久性。长年长流不断,这些特点构成了华夏文化本质,所以《论语》称"夫子之道也,至大至刚"和"时中之圣",代表了华夏文化精神,又形成了时中、道德、仁义、理智、均安、中庸、大同、自尊。"天行健,君子以自强不息"独立地向前发展。这是它的特点,正因为有了它的这样几个特征,也出现了它的特性。既有:中和性、刚健性、扩大性、跳动性、平均性、永久性。就此,我在《风气与文化》[1]一文里,曾将我国历史上和世界古文化国的历史作个比较,录其图如下。黄帝文化是总结和继承了这些丰厚的历史基础,发扬光大,并推进持续到如今,和今后永向前进。这是黄帝文化永恒性历史见证。中华民族的文化,从猿人起,一直往下来,能从古传说中的盘古到如今,万古一系,只有这个文化时间最长,而且向外到处发展。这是一个历史的又一鉴证。第三点黄帝文化从中原起它的发展几十万年的波纹。以中原为核心,具体说今密县是处于了核心地位之一。最早在河南,陕西关中。当时是沿着黄河扩展,因此,最早是向东北方向。黄河最后至于渤海,当时渤海即今渤海湾,位于辽宁南部。当时山海关的山是缓坡形,外面还有平原,所以这样渤海湾一直绕到朝鲜。内蒙古南部及辽宁的古文化遗址,与中原的表现一致,都属于黄河流域,周朝以后,渐渐开发,使不属于黄河流域的古山东,到这时而形成华夏文化。近代,它的波纹就更大了。它的放射线及于五大洲。现在还有一个华裔的人已经到太空去成为宇航员,那就是中国炎黄子孙发展上了天,八方风雨会中州,继续着发展黄帝文化。

  关于黄帝文化与考古学上文化阶段问题。前面安同志讲,黄帝文化的时代相当于仰韶文化的年代。对此我有一些不同的看法。第一,仰韶文化的时代,是有上下限的。第二,它的时间是距今8000—5000年间。第三,它的下限是龙山文化时代,龙山文化的时间是距今5000—4000年。当然它的中间也有其过渡期,不能一刀切。而黄帝本身的时代最多只能放到距今4500—4600年。夏代是始于公元前21世纪,即距今4000多年,加上尧舜以前的二君而到黄帝的四百多年。黄帝是秦代前夏,殷,周……共有祖先,他们都是自称黄炎(汉以后改成炎黄)的子孙,且都有世系。因此,自汉代的司马迁著《史记》到现代的中国史教科书和博物馆的历史陈列,黄帝都连接有史时代,而且是中华民族的共有祖先。黄帝文化即中华民族的文化,中

---

[1] 载《心理建设》1943年第二期。

华民族的发展是永久的,谁也不能给它来个下限,它的下限更不能是在5000年以前。仰韶文化是属于考古学文化的名词,它是新石器时代,它的社会组织与经济关系是氏族和氏族公社形成的原始社会。传说中的黄帝时代已有国家制度,已是封爵、拜将,显然已入阶级社会,黄帝文化是中华民族文化,不是"仰韶氏族文化"。仰韶时代无"中华"更无"民族"。但我们不能否认黄帝文化的历史因素是有发展关系。黄帝文化的属性是历史学上名词,如用仰韶文化一下限起来,不是对今天来研讨黄帝文化来了个全盘否定了吗?考古学上的成绩,对历史学上的关系,一个是相互印证关系,另一个历史因素及因果关系。况且仰韶文化的下限还距今5000年,而黄帝纪年开始距今也只有4600年,也接不住口。因此,我们对这个问题,仍按教科书及博物馆陈列顺序的办法,在原始社会以前以考古资料为主,有史时代从夏、殷、周讲到他的前史(Proto History),从他们共有祖先的黄帝讲起,逐渐形成"华夏"及华夏文化——中华民族文化。如果需要与考古学上文化印证的话,黄帝传说的时代4500—4600年间,相当于考古学上是龙山文化中期,已近夏代。

**五、为什么把黄帝文化研究会的会址选在今密县?**

首先说明今密县不是古密,也不是新密,也不是汉魏的密县。古密在今大隗镇,包括今禹州一部分。新密又叫新郑、新城,包括今新郑、尉氏、中牟、禹州、许昌等县地。我们现在所开会的地址当时不在密县而属阳城县,因此我们所选择的是今密县,严格的说是解放后的局面。为什么我们要选择这个地点,我们的理由:

第一,在人类的经常影响下,文化景观是不断发展和变化。但自然规律受生产力以及社会制度条件的约制,决定着人类对自然改造及利用方法的程度,因而构成了它的各个历史阶段的时代特征,具体表现在历史物质资料是这一个地区的史迹文物。因而形成了黄帝起源地的自然物和人为物的特有关系和价值。这是我们选择黄帝文化研究会址的原则和标准。

第二,我们看看今密县所处的地理位置,正处于黄帝文化起源的中心。下面,我打算谈谈这么几个问题:这两者有些在概念上是不同的,在地理范围上也是不同的。在政治、社会、性质上也是不同的。但是我们所指的密县在《密县志·沿革》里面是笼统叙述什么:上古祝融之墟属豫州,夏殷周属豫州,西周为密国及邻国,东周是新城、新密、属郑,烈王时属韩,显王时属楚的新城郡,秦时期属颍川郡,西汉置密县属河南郡,晋属荥阳郡,北魏以后属郑州,唐代武德三年改为密州,四年又属郑州,宋以后始入今密县。县志的沿革就是这样。那么,这里边我们就要提出来几个问题。第一个是关于"有熊之墟",就是黄帝的国家所在。现在我们根据各个县志书来谈,新郑、密县、荥阳、郑州、巩县、登封,一开头都是说他们是有熊之国,祝融之墟。就此有熊之国,它的范围包括偃师县以东,巩县、荥阳、河洛之间这些地区。不是那一县所专有。第二个就是所谓西周的密国和郐国的问题,郐国是现在密县的东南部,在密县的大隗镇,这个故密的范围,它向东可以一直拖到现在的尉氏,向西可以与郐国联系起来,在大隗附近。只有现在密县东南部,我们还讲了一个在《轩辕本纪》里记载的"襄城之野",在过去说"襄城之野"就是在现在襄城县。在禹县的南边,《密县志》也是这样说,这是一个不切实际的说法,是错误的,是把古今地名,弄混淆了。秦统一中国前的襄城县,并不叫襄城,而是叫赭阳,是属于楚国的西不羹,与现在的密县根本不发生任何关系。与古密国,郐国也都很远,郐国属郑,属韩,而赭阳是属楚国。秦统一前的襄城,是周襄王辟子带之乱居的地方,是现在荥阳县周固寺附近。那儿有古城遗址。直到唐颜师古作《等慈寺碑记》述说"近眺襄城",就这个情况,所谓的"襄城之野"包括有今密县。再一个我们谈一谈郑国,古来的密县先后属密国和郐国,是郑国东迁后的都邑,是东周最早的郑国,所居是虢郐,虢在荥阳,郐在密县。郑庄公往东边挪了,把新建的都城叫新城、新密,也叫作新郑。以此而区别郐地旧(或老)郑。即现在的新郑县的郑韩古城,汉代属密县,西汉密县一直到北魏的密县治,都在密县老城东三十五里。北魏以后到隋代,才把汉密县的西北部,不断将京县的西南部,阳城县的东部,成皋的东南部,包括了浮戏山(又名阳城山,又名方山)及大隗山的地区,建成密县。今密县这才初具规模。

　　第一个问题:历史上的密县和今密县。我们不能用历史上的来论今密县。历史上的有熊之国,它的面积虽然很大,而中心却很清楚,是在郐(今密县大隗镇附近)。祝融之后封于郐,妘姓。第二个再看一下新密县关于黄帝的名胜及史迹,可以说山山水水,无不与黄帝有关。从西边算起,打开《密县志》先看山:密岵山、崆峒山、讲武山、大鸿山、具茨山,这些都是与黄帝有关。如密岵山是黄帝探玉山玉策。崆峒山,在五治岭以南四十五里。有人讲,在河南的临汝县,这是唐代以后,由于它与"襄城之野"那种情况,把今襄城当作为古襄城。从此以后就更多了,西北、四川、江西各地方都有附会。除此外,有黄帝与风后讲武的地方在县东南三十五里,叫讲武山。黄帝的臣大鸿氏屯兵的地方也是黄帝避暑的地方,叫大鸿山。黄帝见大隗于具茨山。除此之外有所谓的风后顶,上有力牧台,此外有浮戏山、摩旗山、横岭(就是黄帝上的洪堤)。此外还有些洞,如天仙洞在天仙庙,黄帝三女修道处。灵岩洞,是黄帝与风后讲武处,有庙。唐建云崖宫,即唐独狐及书《风后八阵图碑》所在地,这是一个重要史迹,还有神仙洞,还有鸡山,黄帝向广成子问道处,除此之外在密县有洧水,有颖水,这些都是与炎黄有关的水。还有些史迹,如力牧台,台在大隗镇。卧龙台,在方山。讲武门,轩辕门,白松,卧牛坪,摩旗穴等等都集中在今密县。因此,我们才要选择黄帝文化研究会会址在今密县。

**六、黄帝文化研究会的任务和使命**

第一个是历史的任务和使命。我提下列三点:1.阐明黄帝文化的精神文明和物质文明,并研究其遗存,找出它的发展规律。2.鉴别黄帝文化的真,伪,因为历史上有华夷之分。3.吸取其精华,扬弃其糟粕。批判的接受。

第二个为时代的任务和使命。1.树起黄帝文化的中心,发挥黄帝文化的核心作用。2.团结举世的炎黄子孙。3.促进中国的统一。

所以,我们最后一个任务就是我们打算在时代的任务中,在促进所有的炎黄子孙包括台湾海峡两岸同胞重新统一起来的上面起某些作用。我想我们应该有这几个任务。最后我再谈一谈对于史迹名胜要修建的原则。史迹名胜的建筑和文化展览会或"古文化游览区"的建筑是两回事。史迹文物建筑必须在史迹文物所在地。古文化游览区的建筑,便可以在任何地方,跑到香港可以见到宋城,跑到那儿都可以建筑,但是对史迹名胜就不行,史迹名胜原则来说第一个是保存现状,就是对还有遗存的要保存现状。第二个是恢复原状,对已经倾圯但还有遗迹的。第三个是建筑纪念物。如果一切建筑都没有了,为着对它纪念,可以建筑纪念物。纪念物你可以随便建,那么你可以建立一座楼,一座塔,一个像,或者树个牌子,立个石碑都可以。这三个原则是不能随随便便来更换。所以今后我们很希望能负起这个任务,负起这个使命,我们办好这个黄帝文化研究会和建设好黄帝文化旅游区。

最后我对于建黄帝文化旅游区上,我的想法是应以今密县为中心。重点建立三个景区:第一是云岩宫景区,但我不主张恢复重建云崖宫那个旧貌。在对这座庙上,对古建筑余留部分,应保存现状。对已完全拆毁的主要部分,如最上的原塑黄帝像的"上清宫"应新建纪念物。我认为可建一高塔,上塑或铸黄帝骑在龙马(飞黄)上的形状,呈现出黄帝的"飞黄腾达"。建立的塔像配以红霓灯光,照到遥远的地方,使举世黄帝子孙仰望,采"居其所而众星拱之"之意。此外我很同意刘法海同志的设想,不妨趁看古寨及群岛上建成八阵图,亦呈现出黄帝阅兵的姿态。把《云崖宫风后八阵图碑》作为主要文物保存在中央,建一个碑亭。第二,开发浮戏山景区。以尖山乡为主要地区于其中开发汜源公园和洧源公园,利用岭上的气候凉爽,可开发避暑山庄:尖山乡的气温一般比下面要低七—十摄氏度,是炎热夏天的避暑胜地。第三再开发崆峒山景区。……这样使今密县成为黄帝文化的中枢观光地,成为发扬中华民族文化,加强爱国主义教育的景观课堂。我想着还是很有意义。我想这也是举世炎黄子孙所希望的一个去处,以使黄帝精神文明永存于世,想举世的炎黄子孙来而且是高兴来担负这个任务和使命,完成这个伟大的事业。我想密县的党政领导同志们和人民也会愿意从这个任务和使命上作这个东道主。

  我祝贺黄帝旅游区的事业前途会是像"火地晋"。黄帝一定骑飞黄龙马来庆贺这"飞黄腾达"事业,黄帝会于此接见他的亿万子孙们。

  我今天拉拉杂杂就讲到这里。请同志们指正。

  谢谢!

  (本文据1990年7月16日上午荆三林教授在"黄帝文化研讨会"上的学术报告录音整理,整理人邱春起。)

# 附 录

# 毕生追求学术　风范永存人间

——缅怀荆三林教授

著名考古学、博物馆学家,中国生产工具史学科的创始人荆三林教授已于1991年3月不幸离开了我们。但他手不释卷、笔耕不辍的身影,诲人不倦、奖掖后学的音容笑貌,却不时浮现在我们的眼帘,激励着后人在科学的道路上奋发前进。

**自学成才、矢志不移**

荆三林先生是河南省荥阳县人,1916年出生在家学敦厚的书香门第。其父荆文甫是晚清拔贡,是一位著名的经学大师,曾和康有为交往甚密。在父亲言传身教的熏陶下,他少年时代就有了良好的古文功底。1929年,他到开封中州中学读书,开始学习中文、英文、数学、生物等"洋学"课程。一年后,因家境窘迫,中途辍学,到一家经营文房四宝的文具店当学徒,其间,系统攻读了《史记》《汉书》等史籍。1930年,因被常到文具店购买物品的著名学者关伯益赏识,被推荐到河南省博物馆当练习生。这期间他勤学好问,自学了考古学、人类学、自然科学概论等课程,加之得到关伯益、徐旭生等前辈的指教,并时常同他们到野外进行考古调查和发掘,逐步培养起研究学术的兴趣和能力,开始了他一生的重大转折。

1933年,荆三林先生在南京《建国月刊》上发表第一篇学术论文:《易经时代中国社会情况之讨论》,对郭老在《中国古代社会研究》中把殷商说成是原始社会的观点,大胆质疑,提出殷周为奴隶社会的新观点。当时侨居在日本的郭老听到这个观点后,重新考虑了自己论点的科学性,后来在《中国史稿》一书中,接受了荆先生的观点,荆先生一举成名,更激发了他旺盛的学术探索的热情。此后,上海《新中华杂志》又连载了他的《安特生彩陶分布说之矛盾》这篇重要论文,他的《民俗博物馆在现代中国的重要性》《地方博物馆的目的及组织》《民国二十四年之中国考古界》《青年对考古学应有之认识》《考古学观念形态论》等论文先后在上海、北平、汉口等地的学术刊物上发表,受到学术界的广泛重视,深得徐旭生、张中孚、胡石青诸前辈的赞赏和好评。很快,他被提拔为河南省博物馆馆刊编辑、河南通志馆编辑,同时还担任了《考古学周刊》、汉口《大光报》学术评论版主编及北平《文史集刊》的特约编辑,并由徐旭生、顾颉刚先生介绍加入中国博物馆协会。1940年到1942年,他又接连出版了《博物馆学大纲》《西北民族研究》《中国近代经营边疆史》《陕西人文志》等学术专著,创办并主编了《学术评论月报》。由于他学术成果卓著,荣获了中英科学奖金。1942年,原中央学术审议会授予他大学教授资格,当时,他年仅26岁。是年,重庆国立社会教育学院即聘请他为图博系教授。一位只读过初中的青年,靠刻苦勤奋自学成才,终于登上了高等学府的讲坛。此后,他历任中央大学、兰州大学、西北师院、西北大学教授。新中国成立后,历任厦门大学、山东师范学院和郑州大学教授。

如果说荆先生少年得志,多数人难以学到;那么他在逆境条件下,对学术事业的执著追求和无比热爱的顽强意志,则永远值得我们学习。1957年,他被错划为"右派",强令到农场劳动教养。在"十年动乱"期间,他又连遭抄家、殴打、禁闭、放逐的厄运。但不论条件怎样恶劣,他从未放弃过学术研究。在郾城农场放羊时,他发现了台王村古村落遗址,于是"羊寻羊的草,他找他的宝",在极其困难的条件下,完成了《河南郾城台王村古文化遗址初步调查——附论殷商源流》的论文。也是在身陷"牛棚"的昏暗油灯下,他写就了20余万字的《河南史迹研究》书稿。这些手稿在他平反昭雪之后,终于得以付梓刊行。1990年11月,他被诊断为食管癌,病魔无情地折磨着他,使他滴水难咽,脸色青黑,骨瘦如柴,但他此时想的不是个人的安危,而是"中国生产工具史丛书"的宏大事业,为此,他拒绝手术。在病榻上,医生这边为他输液,他却在那边埋头写作。直到生命垂危之际,他还一再叮咛其学生:一定要完成"中国生产工具史丛书"的事业。荆先生虽然离开了我们,但他那种酷爱事业,逆则弥坚,生命不息,笔耕不已的忘我精神,永远铭记在人们的心中。

**勇于开拓,著作等身**

荆先生生前曾担任中国科学技术史学会、中国农业历史学会、中国自然科学博物馆学会、中国人类学会的理事或顾问,并荣膺中国生产工具史研究会理事长,美国西部矿业与工业博物馆名誉馆员等学术职务。从这些繁多的学术头衔中,足见他学识的广博。他的研究领域涉及考古学、博物馆学、科技学、历史学、人类学、旅游学等众多学科,而尤以在考古学、博物馆学、生产工具史的研究中建树为多。

在二三十年代,安特生等人的"中国文化西来说"笼罩着考古界,安氏认为:中国文化最早不超过公元前3000年,"彩陶文化"来自中央亚细亚,经河西长廊到中原。这种观点已写进当时的中学教科书里。荆先生在考古学的研究中,对这一论点产生了疑问。为了解开中华文化真正来源这个谜,他在极艰苦的条件下,从1934年秋到1935年夏,用近一年的时间考察了豫北、山东、陕西、山西、甘肃直到新疆哈密等地的新石器时代遗址,在掌握大量第一手材料的基础上,撰写了《安特生彩陶分布说之矛盾》的科学论文。他在结论中指出:"如以被找之材料而论,正是中国古代文化经甘肃之兰州,沿黄河河谷西行、南北两山之间而至中央亚细亚。西方人受东方人或东方之影响,而向西移动。"并提出"要建立一新的历史系统之中心",将有帝国主义侵略色彩的"彩陶文化"之名词,改为能代表中国民族文化源于黄河中下游的"仰韶文化"(这一名词见上海《新中华杂志》复刊第11—12期),表现出强烈的爱国热情。在抗日战争的岁月里,为了反对外侮,增进民族大团结,荆先生把学术研究和满腔的爱国热忱结合起来,在实地考察的基础上,提出了中华民族一元论的观点。他在《中华民族之史的结构》(《学术评论月报》第3期)、《中原文化的盛衰与国运》(重庆《心理建设》1943年第2期)及《史前中国》(四维书局1946年版)等论著中,以中原为我国民族文化的摇篮,以山西南部、陕西关中、河北、山东、河南及苏皖北部、湖北北部等地作为传统文化的中心地区。认为中华民族都是炎黄的子孙,是世界上最优秀的民族。这在当时起到了鼓舞民众、团结抗战的作用。

  1942年,荆先生受聘于国立社会教育学院,教授"考古学通论"课程,并开始实现他编写具有中国特色的《考古学通论》专著的宿愿。在他编著的《考古学通论》中,既注重中国古代遗迹、遗物的介绍,又兼顾考古学基础理论和基本方法的概述。同时,他还把历史上的一切文化现象看作是各种文化相互作用的结果,指出"讲原始社会的物质遗存,只讲中国的中国猿人、河套人、山顶洞人是不能说明问题,必须讲一讲爪哇猿人、尼安得塔尔人……。"(《考古学通论自序》1956年厦门大学版)这本书是我国学者撰写的最早的考古学通论著作之一,共石印一次,油印8次,铅印3次,并在1955年由高等教育出版社正式出版。他还曾于1949年与苏联学者史大力可夫率队在松花江流域进行史前考古调查,共同编写的报告书用俄文在莫斯科出版,他写的《长春近郊伊通河流域史前文化遗迹调查报告》在《厦门大学学报》(1953年)发表,提出了东北南部文化从属于中原文化的观点,这项研究,具有一定的国际影响。

  在中国石窟艺术的研究上,他也用功甚勤。1954年前后,曾对山东地区的石窟及寺庙遗迹进行了细致的调查研究,发现了济南千佛山、玉函山的隋代摩崖小龛等遗迹,并对石窟的建造年代及雕刻艺术进行了深入的研究,发表了《玉函山之宗教史迹》(《山东师院院刊》第47期)、《济南近郊北魏隋唐造像》(《文物参考资料》1956年3月号)、《神通寺史迹调查记略》(《文物参考资料》第10期)等颇有见地的论文。他还在《音乐研究》(1958年10月号)上发表了《河南巩县石窟寺北魏伎乐浮雕的初步调查研究》的论文。1956年至1957年，他承担了《中世纪中国石窟寺院的研究》的科研课题，并用一个月的时间对河北下花园石窟、峰峰响堂山石窟、山西云冈石窟、鲁班窟、五官屯石窟、天龙山石窟等进行了系统考察，于1958年完成了《中国石窟雕刻艺术史》的书稿。但由于荆先生被错划为"右派"，这部书被尘封了30年，直到1988年才由中国美术出版社正式出版。该书以200多幅精美的图片，富有创见的观点受到学术界的重视，填补了我国对石窟雕刻艺术史系统研究的空白。

早在本世纪30年代，荆先生就开始了博物馆学的研究。在那时期发表的一系列论文中，探讨了博物馆的重要地位及组织管理问题，并提出了发挥科技博物馆作用等重要观点。他在1941年出版的《博物馆学大纲》(中国文化服务社)，在当时产生有较大的影响。1942年，他在国立社会教育学院开设了博物馆学课程，使博物馆学开始成为大学课程，因此，他作为博物馆学高等教育的前辈是当之无愧的。中华人民共和国成立后，他继续为我国的博物馆事业而奔走，倡导建立科技博物馆专业。1990年他主编的《博物馆基础理论与实用技术》一书由河南大学出版社出版。该书在论述博物馆学的基本理论和方法的同时，注意吸收科技发展的新成果，将物理考古、计算机考古等新技术介绍给读者，是一本具有鲜明特色的博物馆学专著。

荆先生是蜚声中外的生产工具史专家，早在1948年他就开始搜集中国生产工具史资料。中华人民共和国成立后，他自觉用马克思主义关于生产力与生产关系的理论指导自己的学术研究，并对掌握的资料加以系统的整理。1955年，山东人民出版社出版了他的《中国生产工具发达简史》，创立了一门崭新的学科。1979年，他率先在郑州大学开设中国生产工具史课程，并招收了这一学科的研究生。1986年，中国展望出版社出版他重新修订的《中国生产工具发展史》。该书按照生产工具在生产上作用的发展情况和人在生产中的现实地位，把中国生产工具发展史分为手工操作工具时代、半机械化生产时代和机械化(大机器)生产时代三个阶段，把考古资料和科技知识有机地结合起来，以翔实的材料和新颖的观点受到国内外学术界的重视和好评。该书曾获河南省教委优秀论著二等奖，包括著名科学家李约瑟在内的英、美、法、德、日、澳等国的学者纷纷来函，与荆先生建立学术联系。在他的倡导下，中国生产工具史研究会于1989年成立。为了推动这一学科的研究深入发展，荆师发起并组织编撰一套系统的"中国生产工具丛书"的庞大计划，准备分42册对各类生产工具加以系统研究。这一计划不但得到了国内许多学者的积极响应,还被第五届中国科技史学术会议誉为世界科技史研究的新方向,引起国际学术届的高度重视。但荆先生的突然逝世使这一学科痛失旗手,实为生产工具史研究事业的重大损失。

据初步统计,荆师一生共完成著作36部,论文240余篇。在他70大寿时,江西社科院副院长陈文华教授曾致贺辞道:"人生七十古来稀,荆先生著作与身齐,而今满园桃李艳,科技博物馆花独奇。"这正是恰如其分的评价。

**奖掖后学,遍栽桃李**

在荆先生50多年的教学生涯中,他教书育人,呕心沥血,是一位辛勤的园丁。他极为重视教材建设,不论考古学通论、博物馆学、中国石窟造像,还是中国生产工具史、河南史迹研究,都是自编讲义,成为一家之言,从不人云亦云。他注意对学生科研能力的培养,曾组织郑大历史系77级、78级学生成立了中国生产工具史研究小组和博物学研究小组,以忘我的热情指导学生开展考古调查和研究活动,扶持他们尽快成长,不少学生就是在他的引导下走上了学术研究的道路。为了培养自己的学生,他除了自己认真传授外,还特意聘请了国内著名专家学者如贾兰坡先生、傅振伦先生、陈文华先生等,为他的研究生上课,并多次带学生外出考察和参加学术活动,悉心指导其撰写毕业论文。他亲切对待学生,不管是谁向他请教,始终做到诲人不倦。为了给经常向他求教的学生提供方便,他还专门为学生配制了一把自家门的钥匙,荆先生的家成了他们自己的家。一位家在农村,只念过中学的外地青年慕名前来向他请教,荆先生为他强烈的求知欲和上进心所打动,欣然让他住在自己家里,夜以继日地向他讲授知识,现在,这位学生已学完大学的全部课程,并报考了研究生。如今,他的学生遍布在祖国的大江南北。

最后,我们愿把郑州大学车得基校长在荆先生追悼会上所致的悼词中的话作为本文的结束语:"我们悼念荆三林先生,要化悲痛为力量,学习他自强不息,勇于开拓、立志成才的进取精神;学习他酷爱科学事业,生命不息、奋斗不止的顽强意志;学习他为培养后学而精心指导、辛勤操劳的园丁精神;学习他注意调查、学以致用的研究方法,继承他未竟的学术事业,在党的领导下,为振兴中华而努力奋斗。"

(本文为王星光、李趁有所作,发表于《中原文物》1993年第2期)

# 荆三林先生著述目录

## (一)专著

### (1)出版本

《博物馆学大纲》中国文化服务社1941年(民国三十年)。
《西北民族研究》建国编译社1942年(民国三十一年)。
《中国近代经营边疆史》中国文化服务社1942年(民国三十一年)。
《陕西人文志》建国编译社1942年(民国三十一年)。
《史前中国》(上、下册)西北大学丛书,四维书局出版1946年(民国三十五年)。
《中国生产工具发达简史》山东人民出版社1956年。
《中国生产工具发展史》中国展望出版社1986年。
《中国石窟雕刻艺术史》人民美术出版社1987年。
《博物馆基础理论及实用科学技术》学术期刊出版社1988年。后与李元河共同主编,以《博物馆基础理论及实用科学技术》为名,由河南大学出版社1990年出版。

### (2)专业机构印行本及有关论文集

《河南中部坟墓外部之研究》1935年河南博物馆石印本。
《黄河游览区史话附史迹考证五种》1982年黄河游览区印行。
《浮戏山丛考》,浮戏山环翠峪史迹名胜管理处印行1988年。
《战时教育论》,武汉独立出版社1939—1940年间(重版十三次,为战时的政策学习资料之一），收入荆三林的《非常时期农村教育先决问题》，原发表在《文化批判》月刊。

《蒙古与康藏》荆三林主编，上下册，共收有相关论文百篇，独立出版社1944年。

《五十年来汉唐佛寺经济研究》1986年北京师范大学出版社出版。其中收录有《唐昭成寺僧郎谷果园庄地就幢所表现的晚唐寺院经济》一文，原发表在《学术研究》月刊1980年第3期。

《峥嵘岁月》（"国立社会教育学院"院史之一）1987年出版，收入《揭开中国博物馆教育史的第一页》。

《河南地震史料》（参编）1980年河南人民出版社。

《中国地震历史资料汇编》（参编）共四卷，科学出版社1985年。

### （3）讲义本

《博物馆学》自1942年在国立社会教育学院图博系开课始用。经西北大学、厦门大学至1978年在郑州大学先后使用，共石印一次，油印九次，铅印本两次，约五十万字。

《考古学通论》（三十万字）同上，共石印一次，油印八次，铅印本三次，（包括高等教育出版社1955年印发的交流讲义）。

《中国科学技术史与科技博物馆》（二十万字）1943年开始使用于国立社会教学院图博系，至1948年参加革命时，共油印三次，并收集有关资料约一百万字，油印100册。

《中国史籍源流考》兰州大学1946年油印，西北大学1947年铅印。

《中国文化史》（十二万字）西北师范学院1945—1946年油印。

《东北考古论丛》（十二万字）东北商业专门学校1949—1950年作为《东北史迹名胜志》课教材油印，部分已发表。

《中国新民主主义经济史纲》（十万字）东北商业专门学校1949年油印。

《原始社会史及人类学通论》（约十万字）东门商专及厦门大学1949—1953年共油印三次。

《中国物质文化史》（五十万字）厦门大学1953年油印。

《河南历史物质资料研究》（约五十万字）郑州大学1979年打印。

### (4)现存稿本

《现代中国经济史料》(约五十万字)1938—1940年于故乡汜水县(今属荥阳)段坊村旧宅经畬书舍。

《汴京史迹考》(约二十万字)1945年于开封,部分发表在《民国日报》副刊。

《陕西之物产与实业》(约二十万字)1942年于西安。

《中国精神文明》(残稿)。

《中国文化之原始及流变提纲》(残稿)。

《济南史迹丛考》(十五万字)部分发表于《文物参考资料》《现代佛学》等刊物中。

### (5)遗失书稿

《中国社会史划分阶段之基本问题》(约十万字)1940年写于洛阳,稿交谢冰莹同志带往西安,据云,交新文化出版社(不确定),《学术评论月报》第一期(1940年10月出版)有李逸先生对该书的介绍文章。

《中国政区沿革史》1943—1945年间写于重庆,共五册,第一、二册共约六十万字,交独立出版社社长卢逮曾先生。不久抗战胜利,出版社迁南京,荆先生去西安西北大学,第三册完稿于兰州静园(兰大教授住宅),四、五册资料存西北大学,1948年匆匆离西北大学投奔陕北,都留在西大住宅内。

《中国文化之渊源及流变》1947年写于西安,在1948年6月离西安前寄上海中华书局。

### (6)有关专册附主编报刊

《科技史与博物馆》——纪念荆三林教授执教50年及七十岁生日纪念论文集,1986年郑州大学打印本,1988年铅印本。

主编报刊

《周末文艺》1933—1934年开封出版的《午报》副刊之一。

《考古学周刊》1935—1939年开封出版的《民言日报》副刊之一。

《学术评论版》1936年汉口出版的《大光报》就是一个版,不定期,出三次。
《战时社会问题》1937年冬在郑州出版的《大刚报》副刊之一,只出了四期。
《学术评论月报》1940—1941年在洛阳出版,出了三期。
《中原与西北》(月刊)1945年冬开封出版,共出了两期。
《益世报》1943—1945年任重庆版社论委员,1947—1948年任版社论委员会主任委员。

## (二)论文

1929年
登铁塔有感,中州中学校刊。

1934年
易经时代中国社会情况讨论,南京《建国月刊》1934年2月。
老铁正传,《民国日报》副刊连载。

1936年
河南考古界之改造论,《河南民国日报》。
民国二十四年之中国考古界,汉口《大光报》。
民俗博物馆在现代博物馆之重要性,《学术世界》1936年第2卷第2期。
白公教人员待遇之调整上对今后兰州公教人员生活之预测,兰州民国日报1936年6月20日。
考古学观念形态论,汉口《大光报》。
民俗博物馆在现代中国的重要性,上海《学术世界》1936年第2卷第2期。

1937年
地方博物馆之目的与组织,《中国博物馆协会会报》1937年第2卷第2期。

1938年
非常时期农村教育之先决问题,《文化批评》1938年第5卷第1期。

1939年
战时农村工作与农民组织,《中山周刊》1939年第18期。
社会的组织基础论,《文化批评》1939年第5卷第4期。

1940年
抗战期间青年学术研究者应负的使命,《青年正论月刊》。
陕县莘原V字形谷地的先史遗址,重庆《大公报》1940年3月。
组织论,《抗建》周刊。
中国古代社会中心男系乎？女系乎？《学评月报》1940年第2、3期。
邙山陵地带的先史遗迹,行都日报。
从秦王寨出土着色陶器上对安特生及阿恩之质疑,1940年7月。
河南古人类遗址之新发现,1940年10月。

1941年
仰韶文化之起源分布与流变,《学评月报》1941年第3期。
科学博物馆之功用及其组织问题,《青年中国季刊》1941年第2卷第4期。

1942年
救灾与建国,《河南民国日报》。
考古与西北,《西京日报》学术专论。

1943年
改造中国民族性应以改造风气论为中心论,《心理建设》1943年第1卷第4期。
河南鲁山邱公城遗址调查与发掘报告,《民国日报》。
中原文化之盛衰与国家之命运,《河洛日报》。
对于救灾预灾的建议,《益世报》。
我们为什么要研究考古学(国立社会教育学院,讲稿)。
考古学之意义(国立社会教育学院,讲稿)。

1945年
盛都洛阳,《中原与西北》(一期)。

陇海路沿线的先史遗迹遗物,《中原与西北》(二期)。

1946年
需要学术研究风气普遍化运动,《阵中日报》1946年3月。
青年对考古学应有之认识,《现代青年》(半月刊)。
青海湖沿岸考古记略,兰州《阵中日报》。
拉扑楞考古记,兰州《阵中日报》。
兴隆山考古记,兰州《阵中日报》。
阿干河流域新石器时代遗址,兰州《民国日报》。

1947年
益世报西安版发刊词,《西安益世报》第一号。
评罗著《中国国民经济史》第一册,《益世界》星期论文1947年8月。
神仙的历史根源及其末路,《西安晚报》。

1948年
安特生彩陶分布说之矛盾,上海《新中华杂志》复刊1948年第6卷第7期。
币制改革与物价问题,《益世界》星期论文1948年1月25日。
西安鱼化寨新石器时代遗址,《西安益世报》。
毕竟谁是真主,《武汉时报》专论。

1949年
仰韶文化、龙山文化及殷商文化关系诸问题,《考古学通论》第三章。

1950年
东北考古学上存在的诸问题(讲稿)。

1951年
广武地区先史考纪略,《科学通报》
东北原始人类体质之考古学的分析(讲稿)。

1953年

厦门大学红楼记。

从猿到人的"实践"意义(讲稿)。

秦统一中国——中央集权帝国的形成(专题报告文件)。

大学考古学课改革刍议(与林惠祥先生合作呈华东教育部文件)。

1954年

历山山麓黄石崖北魏石窟及摩崖造像,《大众日报》。

长春近郊伊通河流域史前文化遗迹调查报告,《厦门大学学报(文史版)》1954年第1期第157—178页。

1955年

厦门南普陀佛寺明墓发掘报告,《考古通讯》1955年第3期。

东平陵城故址考,《考古学参考资料》1955年第3期。

济南近郊北魏隋唐造像,《文物参考资料》1955年第9期第22—39页。

玉函山的宗教史迹,《山东师院院刊》1955年10月。

千佛山寺庙沿革及其附近的史迹杂考(稿本)。

1956年

关于《济南近郊北魏隋唐造像》的补充意见,《文物参考资料》1956年第3期第59—61页。

云门山及驼山石窟。

神通寺史迹初步调查记略,《文物参考资料》月刊1956年第10期第28—36页。

神通寺龙虎塔造型与年代,《文物参考资料》月刊1956年第11期第18—20页。

关于历史剧本改编上的一些问题(稿本)。

1957年

对河南科教事业的三点建议,《河南日报》1957年6月6日第3版。

对长春近郊伊通河畔田野考古调查一些问题商榷,《文物参考资料》1957年第7期第62—63,67页。

近百年来中国机器制造工业之史的发展(未发表)。

中国石窟造像发展之史的阶段(稿本)。

华北石窟考古录——张家口下花园、大同云冈、太原天龙山山峰南北堂山等石窟调查研究,《中国石窟艺术》。

1958年

济南石窟及摩崖造像,《现代佛学》月刊1958年5月6日。

河南巩县石窟寺北魏伎乐浮雕初步调查研究,《音乐研究》1958年第5期第80—90页,(图)97—100页。

中国石窟艺术诸时代特征(稿本)。

近百年来对于石窟造像的调查和研究(稿本)。

1964年

华北史迹丛考自序(稿本)。

郑州历史物质资料五种研究自序(打印本)。

1965年

清河武松传说及其有关史迹(稿本)。

1969年

西平二十堡汉代古坟初步鉴别报告(稿本)。

1978年

郑州大学历史系历史物质资料简要说明书(参加学术会议)。

中秋月饼杂考(未发表)。

荥阳故城址沿革考附论冶铁遗址的年代问题.郑州大学学报(哲学社会科学版)1978年第4期第89—95页。

悼亡友赵全嘏同志(赵全嘏追悼会,发言)1978年12月。

1979年

哭杨钟健先生,知难而退——杨钟健先生纪念文集(陕西人民出版社)。

纪公庙史迹文物,黄河游览区史话考证第三篇。

祭灶考,《荥阳文艺》1979年第4期。

荥阳故城沿革与古荥镇冶铁遗址的年代问题,《河南文博通讯》1979年第2期第40—44页。

把晚年献给人民的考古学科教事业,《河南日报》1979年4月2日第3版。

荥阳邢河石窟及摩崖造像,《中国石窟造像》。

西平、郾城东汉墓地杂考,《河南史迹研究十讲》。

洛阳龙门石窟寺沿革考,《河南史迹研究十讲》。

关于大伾山问题附答×××先生问,《河南日报》1979年12月5日。

1980年

郑州故城址年代问题商榷,《郑州大学学报》(社会科学版)1980年第1期第21—26页。

再论郑州故城址的年代——答杨育彬同志,《郑州大学学报(社会科学版)》1980年第3期第61—66页。

《唐昭成寺僧郎谷果园庄地亩幢》所表现的晚唐寺院经济,《学术研究》1980年第3期第91—96页。

《中国生产工具史》课程、教材及展望,中国科学技术史学会成立大会(北京)1980年10月7日。

关于中国建筑工具之史的发展,中国科技史学会建筑史组(北京)1980年10月9日。

中国自然科学博物馆的传统、现况及展望,中国自然科学博物馆协会成立大会(北京)1980年11月29日。

对《中国古代科学技术史展望提纲》的意见,中国科技馆筹备处(北京)1980年12月6日。

1981年

关于裴李岗文化问题,社会科学战线1981年第2期第220—223页。

郑州大学历史系文物室器物说明书(印刷)。

郾城台王古文化遗址调查研究(附论殷商源流),《郑州大学学报》。

11—19世纪中国在牵引钩上的发明创造与农机改进,《郑州大学学报(哲学社会科学版)》1981年第2期第85—93页。

淅川下王冈出土的几件中石器时代标本——兼论中国中石器时代,《郑州大学学报》。

自然科学博物馆在四化建设中的作用.中国自然科学博物馆协会学术讨论会(郑州)1981年11月20日。

1982年

岳山述怀,《黄河游览区史话》。

关于裴李岗文化及郑州商城答客问,中国考古学会。

自然科学博物馆在四化建设中的作用,中国自然科学博物馆协会第一次学术讨论会。

唐宋以来垦耕工具的两次革变对社会经济的推进作用,《云南农机》。

批判旧中国的考古教学,建立新的考古教学(苏州大学,学术报告)1982年12月24日。

1983年

生产工具发展的不平衡状态(讲课稿)。

汉"就食敖仓"的时间考证(附论汉霸王城非广武城),《中原文物》1983年第2期。

洛阳今昔(洛阳白马寺对考古实习全体师生,讲稿)1983年4月19日。

唐宋以来农机的连接装置,中国科学技术史学会通讯。

东北体质人类的比较研究,东北民族史学术研究会。

《大唐皇帝等慈寺之碑》研究,河南考古学会年会。

简论郑州地区黄河河道变迁,黄河水利学年会论文。

荥泽水利工程与郑州地区古代人文地理发展的历史关系,《黄河游览区史话考证》第二篇。

夏都斟寻考证及其有关问题,河南考古学会。

科技考古及科技博物馆(天津大学,学术报告)1983年9月。

郑州地区古代水文地理的变化,河南水利学会1983年11月。

关于中国生产工具史发展阶段的划分(西北大学,学术报告)1983年11月。

传统水利工程与现代水利工程,郑州黄河水利史学术会议1983年11月。

关于郑州郊区编修史志问题,郑州市郊志编委会1983年12月。

1984年

敖仓故址再考,《中原文物》1984年第1期第22—26页。

郑州沿革及其研究问题,《郑州史志通讯》1984年第3期。

孔子思想与中国科学技术的发展,《科技史文集》1984年第11篇。

科技博物馆与科学考古的关系,中国自然科学博物馆协会第二次学术讨论会论文集(出版)。

薛城沿革及考古问题(薛城政协,学术报告)1984年8月9日。

古代东北民族与中原民族的关系,东北民族历史学术会议(抚顺)1984年9月。

郑州历史及对其研究上的一些问题,郑州历史学会成立大会1984年10月12日。

生产工具及生产工具史(江西大学,学术报告)1984年11月5日。

从河南博物馆事业的历史谈到发展科技博物馆,河南博物馆学会成立大会1984年12月9日。

1985年

四千年(前21世纪—公元19世纪)郑州大事记,郑州市情。

薛城沿革及其在中国古代历史上的重要地位,《薛城文史》1985年第1期。

中国建筑工具阶段的划分问题,《河南建筑史志通讯》1985年第1、2期。

中国古代农具史分期初探,《中国农史》1985年第1期第40—44页。

关于浮戏山旅游区的开发问题(荥阳庙子乡,学术报告)1985年4月。

汜水源头的自然景观及史迹文物,河南水利志成立大会1985年9月。

传统农业科学技术的研究与发展第一产业(南京农业大学,学术报告)1985年11月26日。

彩陶文化与仰韶文化(湖北省文史馆,学术报告)1985年12月3日。

1986年

生产工具发展不平衡状态,《社会科学论丛》。

关于中国生产工具史阶段划分问题,中国农史1986年第1期第100—106页。

试论殷商源流,《郑州大学学报(哲学社会科学版)》1986年第2期第41—50页。

中国古代的复种工具,《农业考古》(南昌)1986年第1期第154—156页。

The Main Point On Dividing the Historical Periods of the Chinese Production tools. 澳大利亚第四届中国科技史国际会谈1986年5月18日至21日。

The Fourth International Conference on the History of Chinese Science,星洲日报1986年5月21日。

TAOHUAYU（Peach-Blossom Valley）-The Ruins of An Ancient Silver Mine Congxian County.金属早期生产及应用第二次国际会议1986年10月19日至23日。

生产工具史与物理学考古,（新疆师范大学学术报告）1986年10月24日。

### 1987年

浮戏山古城堡群的发现及建立中国军事建筑工程历史博物馆倡议书（草案）,中国兵工史学会兵器史会议论文（南京）1987年9月。

中国农史研究的今后发展方向,中国农业历史成立大会（讲稿）1987年9月。

中国生产工具史研究的范围与体系,20世纪科技史学术会议讲话（北京）1987年9月。

倡议建立汜源公园,《浮戏山丛考》1987年12月。

### 1988年

鉴别古钱中的几个问题,《中州钱币》1988年5月。

读《关于科技史研究现状的反思》后,中国生产工具史通讯第二期1988年10月。

《明太祖实录》徐达所收浮戏山诸寨遗址考,《中州古今》1988年11月。

### 1989年

嫦娥于浮戏山,《荥阳乡音报》1989年11月13日。

博爱耕织图石刻剖析,《农业考古》1989年第2期第141—148页。

### 1993年

清人陈玉琪《农具记》浅识,《农业考古》。

**未确定写作时间的文章**

《往事》、《桃花源》、《罪孽》、《洋枪底下》、《杏花开了》(发表于1932年至1933年《午报》周末文艺,其中《桃花源》底稿现存)。

秦王寨出土古陶器纹样及其年代问题,学评第1期。

中国古代神话的产生及流变,《民国日报》(史学副刊)。

豫东新石器时代遗址的新发现(散见于民国日报《考古学周刊》及《史学周刊》)。

敖仓故址考,《文史杂志》第二卷第9、10合刊。

伊河流域先史遗址新发现,《洛阳中原》。

考古学知识讲座,《中原与西北》。

风气转移与国家兴亡,《心理建设》第2卷第1期。

关于史迹保管,《力行月刊》。

考古与甘肃,兰州民国日报,《阵中日报》。

考古学上发现至史料及其问题,《阵中日报》。

中国历代对史迹的保管与研究,《力行月刊》。

世界古物保管法令之总合研究,《西安益世报》。

易之名义及其源流,《西安正报》星期专论。

中国古代天命思想之渊源,《益世报》星期论文。

春秋三传源流考,《西北大学校刊》。

在西北大学河南校友会成立大会上赋诗志庆,《西北大学校刊》。

关于武都猿人的发现及其问题。

1917年—1926年俄国对于远东及中亚之研究,《益世报》专论。

灶君与财神,《西安晚报》。

中国史前史引论,《西北大学历史考古专刊》。

西北民族问题及边疆问题,《边政月刊》。

经会书斋讲学旨趣(当作于1944年至1945年间荥阳油房八路军联络站)。

中国农具史发展史略,《农史研究》第六辑。

论科技博物馆事业及科学技术的发展关系,中国自然科学博物馆论文集。

编纂地方志的一些有关问题,《荥阳县志》资料第一期。

编纂方志有关历史、考古上的一些问题,《荥阳县志》资料第二期。

中国自然科学博物馆的过去、现况及展望,中国自然科学博物馆协会成立大会。

从河南博物馆的历史谈发展科技博物馆,《中原文物》特刊。

历史物质资料——考古学研究对象(载于1953年至1954年间厦门大学学刊)。

农业博物馆中国传统农具的历史陈列,中国农展(北京)第四期。

浮戏山环翠峪旅游区开发方案(草稿),浮戏山环翠峪史迹名胜管理处。

明代建国与浮戏山,《浮戏山导游报》。

建议召开台湾海峡两岸统一的中国科学技术史会议,《中国生产工具史通讯》第一期。

许昌地区合作社志,河南人民出版社。

怀古诗二首(铁塔怀古)。

怀古诗二首(金谷园怀古)。

抗战过程中学术研究者应负之使命:写给"狂风暴雨"下之学术研究的朋友们。

邙山陵地带之历史价值(附图)。

树立学术研究风气。

农业博古馆农具史陈列的顺序、断代与分类(北京全国农业展览馆,学术报告)。

丝织工具技术的历史与陈列(南京中国织锦生产试验中心,学术报告)。

缅怀顾老(顾颉刚先生),稿本。

悼亡友刘尧庭先生。

旧貌变新颜,《高教研究》(西北大学版)71年校庆纪念专刊。

**荆三林先生事迹介绍文章**

访考古学家荆三林教授.中国新闻社记者1980年9月3日。

老教授开出新课——中国生产工具史,新华社、《光明日报》1979年9月10日。

严寒酷暑等闲度,《河南青年》1981年2月。

饱经沧桑的博物馆学家,《大自然杂志》1981年3月。

为中华民族争光荣的老教授,《工人月报》1986年第1期。

二十年后收到的情书,红叶、文艺杂志、报告文学1987年12月。

另,中国社会科学家词典、中国文化名人词典、中国历史年鉴(1986年)、科技史词典等皆载有相关条目。